뼈꽃이 피다

뼈꽃이 피다

초판 1쇄 인쇄 2009년 2월 20일
초판 1쇄 발행 2009년 2월 25일

지은이 고명철 **펴낸이** 공홍 **펴낸곳** 케포이북스 **출판등록** 제22-3210호
주소 서울시 서초구 서초동 1599-2 엘지에클라트 302호
전화 02-521-7840 **팩스** 02-6442-7840 **전자우편** kephoibooks@korea.com

값 24,000원 ⓒ 고명철, 2009
ISBN 978-89-960412-2-1

이 도서의 국립중앙도서관 출판시도서목록(CIP)은 e-CIP홈페이지(http : //www.nl.go.kr/ecip)에서 이용하실 수 있습니다.
(CIP제어번호 : CIP2009000506)

고명철 평론집

뼈꽃이 피다

한국문학의 신생을 위한 비평의 육성

케포이북스
KEPHOI BOOKS

한국문학의 '뼈꽃'이 피기를

바람 타는 섬

바람 아래 사는 꽃

너를 보면 눈물 나

키는 몰라도 뿌리는 알아

바람 아래 살아도 꽃은 알아

낮지만 환하게 피는 꽃

그래도 언젠가

바람 아래 못 살아 이웃 섬나라로 끌려간 꽃

다 늦은

뼈꽃으로 돌아와 잠든 무덤에도

바람 아래 피는 꽃

너를 보면 눈물 나

— 안상학의 「아부오름 갯쑥부쟁이」 중에서

　내 고향, 제주에는 한라산의 기생화산인 오름들이 많다. 제주의 들판 곳곳에 야트막한 키로 납작 엎드려 있는 오름들은 제주의 오랜 시간의 흔적을 고스란히 간직하고 있다. 그곳에는 태고적 원시의 생명의 숨결이 맴돌고 있으며, 인간의 그 숱한 역사의 상처들이 남아 있다. 오름에 핀 야생화는 오름에 스며든 사연들을 침묵으로 말해준다. 아부오름에 핀 갯쑥부쟁이도 그 중 하나일 터, 제주의 바람은 보통 바람이 아닌 사방이 탁 트인 바다에서 맵싸게 불어오는 해풍인데, 이 해풍과 한데 어울려 피는 들꽃이 바로 갯쑥부쟁이가 아닌가. 비록 한때 이 "바람 아래 못 살아 이웃 섬나라로 끌려간" 적이 있지만, "바람 아래 사는 꽃" "낮지만 환하게 피는 꽃"의 숙명을 거스를 수는 없는 것이다. 그런데, 오름에 돌아온 그 꽃은 지난 날의 그 꽃이 아닌 "뼈꽃으로 돌아와" 피어 있다. 오름에 활짝 피었던, 생의 화려한 순간을 못 이겨 피어낸 그 꽃이 아니라, 지난 날의 모진 고통을 견뎌내고, 또 다른 신생의 기운을 간직한 '뼈꽃'으로 피어난다. 생의 완전한 소멸 위험 속에서 죽음의 극한을 통과하여 피어낸 갯쑥부쟁이를, 시인은 '뼈꽃'으로 호명한다.

　나는 시인이 호명한 이 '뼈꽃'을 환기할 때마다 한국문학의 작금의 현실을 떠올려보게 된다. 언제부터인지, 한국문학 특유의 활력이 현저히 떨어져가고 있음을 체감하게 된다. 한국문학의 온갖 상상력들이 문학을 하는 사람들 사이에서만 회자되고, 한국사회와 공명共鳴하는 지점들이 극히 미약하기만 하다. 외화내빈外華內貧이라고 했던가. 분명, 한국문학의 제도적 여건들은 외형상 과거보다 잘 정비되어 있되, 급변하는 현실에 능동적으로 대응하고 도래할 미래를 전망해내는 래디컬한 문학적 지성의 행보는 좀처럼 보이지 않는다. 혹자는 '한국(근대)문학의 종언'이라고 하여, 이제 더는 한국문학의 사회적 실천으로서의 역할을 다 할 수 없다는 선언을 서슴없이 내린다. 크고 작은 이유야 어떻든, 한국문학의 현실이 음울한 것만큼은 그 누구도 부인할 수 없는 사실이다.

이럴 때일수록 한국문학은 냉철해야 하지 않을까. 한국문학을 향한 저간의 실망과 낙담은 그만큼 아직도 한국문학을 향해 거는 사회적 기대가 결코 작지 않다는 것을 보여준다. 정작 한국문학에 절실히 필요한 것은 다종다양한 '상상'이 아니라 우리들 삶의 저 깊숙한 곳에 어떤 파문을 일으키는 '상상력'이다. 지금까지 낯익은 삶에 조종弔鐘을 울림으로써 어떤 신생의 가치를 욕망하도록 미적 전율을 일으키는 그런 '상상력'을 꽃 피워내는 것이야말로 한국문학에서 절실히 요구되는 노력이다. 그러기 위해서는 솔직해지자. 모든 허위를 벗어내자. 한국문학의 작금의 외화내빈을 인정하자. 애써 한국문학의 의연한 포즈를 취하지 말자. 그렇고 그런 화려한 조화造花를 피워내려고 안간 힘을 쓰지 말자. 비록 볼품없지만, '뼈꽃'을 피워내자. 한국문학 안팎에서 불어닥치는 거친 바람에 한데 어울려 피는 강한 생명의 '뼈꽃'을 피워내자.

이번 평론집은 모두 4부로 구성돼 있다. 1부는 문학제도를 이루는 여러 문제들에 대한 메타비평을 다루었다. 최근 타자(성)에 대한 관심이 급증하면서 상대적으로 주체에 대한 관심이 소홀한 감이 없지 않다. 우리가 경계해야 할 것은 주체의 맹목화로 인한 타자(성)을 배제하는 데 따른 문제이지, 주체 자체를 휘발시킴으로써 타자(성)을 맹목화하는 게 결코 아니다. 이러한 관점에서 탈주체적 비평에 대한 비판적 성찰을 시도해보았으며, 기초예술로서의 문학에 관한 중장기적 예술정책의 필요성을 검토해보았고, 아직도 표현의 자유를 억압하고 있는 반시대적 악법인 국가보안법을 부정하는 한국문학의 실천적 노력들을 주목해보았다. 그러면서 민족문학의 갱신을 위해 가시적 성과를 보이고 있는 민족문학운동의 최근 양상을 살펴보았다.

2부는 세계의 각종 고통'들'과 정직하게 대면하고 있는 작가의 작품들에 대한 주제론으로 이루어져 있다. 문학은 개별자의 상처를 새롭게 발견하는 것을 통해 상처난 자들의 상처를 위무해줌으로써 삶의 아름다운 가치를 발견하도록 한다는 소박한 견해를 나는 갖고 있다. 2부에서 주목한 주제들은 바로 이러한 것들이다. 한국사회의 곪은 상처가 촛불집회를 통해 드러났고, 촛불집회를 통해 그 상처가 치유되는 과정을 밟고 있듯, 제주 4·3의 역사적 상흔, 한국현대사의 민주화를 향한 도정에서 깊게 패인 상처, 자본주의의 비루한 일상과 결부된 상처 들에 대해 우리 시대의 작가들은 뼛속 깊이 아파한다. 나 역시 이들 작가들에 대한 글쓰기를 통해 그 아픔을 조금이라도 공유했으면 한다.

3부는 송기원, 윤대녕, 김종광, 김재영, 박금산에 대한 작가론으로 묶었다. 작가론을 준비할 때마다 나는 행복한 고민에 젖곤 한다. 한 작가의 내면과 만나기 위해 나는 솔직해야 한다. 그동안 켜켜이 나를 감싸고 있던 온갖 가식과 분식粉飾으로부터 자유로워야 한다. 그럴 때 개별 작가가 지닌 진정한 창작의 고통과 환희를 대면할 수 있다. 내게 송기원, 윤대녕, 김종광, 김재영, 박금산은 그동안 망실하고 있던 문학적 영혼과 대면하는 길을 안내해준다. 그들에게 많은 것을 빚지고 있다.

4부는 개별 작가의 작품론으로 이루어져 있다. 비평의 생래는 작품의 존재에 있다. 작품에 대한 말걸기를 통해 비평은 비평의 존재와 가치를 스스로 증명해보인다. 나는 작품론을 해가면서, 비교적 쉽게 내가 이해할 수 있는 범위 안에서만 작품을 해석하려고 하였다. 나의 공부가 짧은 탓도 있겠지만, 애써 이론을 끌어와 개별 작품을 해석하려고 하지 않았다. 가급적 작품과 부담없이 대화를 나누고 싶었다. 그래서 작품이 하는 얘기를 충실히 들어주고 싶었다. 이렇게 작품과 나누는 대화 속에서 혹시 작품과 멀어지고 있는 작금의 비평에 대한 활로를 찾을 수 있지 않을까, 하는 기대를 품어보기도 하였다.

나로서는 이번 평론집을 통해 좀더 성숙한 비평의 길을 새롭게 모색해야 한다는 반성적 성찰을 갖게 되었다. 이번 평론집을 계기로 내 비평에도 '뼈꽃'이 피었으면 하는 바람 간절하다. 다시 새롭게 출발하는 신생의 기운을 간직한 '뼈꽃'이 피었으면.

바쁜 출판 일정에도 불구하고 정성스레 원고를 다듬어주고, 원고에 생명의 기운을 불어넣어준 편집 담당자 여러분에게 감사의 말씀을 어떻게 전해야 할지 모르겠다. 아름다운 삶의 가치를 향한 비평에 정진한다는 약속을 드린다.

2009년 2월
바람 타는 갯쑥부쟁이로부터 한국문학의 신생을 꿈꾸는
고명철

◎ 차례

2부/ 세계의 고통'들'과 현실의 진전

1부

비평과 문학제도의 쟁투

탈주체적 비평을 넘어서야 하는 이유들

1. 다시, '비평의 가치'를 생각하며

'비평의 시대'인 때가 있었다. 비평을 읽고, 비평에서 제기된 쟁점들을 토론하며, 우리 사회의 안팎을 현미경적 시야와 망원경적 시야를 통해 인식하려는, 차갑고도 뜨거운 지적 분위기가 만개한 적이 있었다. 그것도 문학비평을 통해서 말이다. 동시대의 가장 남루하고 비루한 삶의 현실에 착근하여, 그 삶의 온갖 주름들 사이에 배어든 삶의 진실과 비의성을 추구하는 문학에 대한 비평을 통해 우리는 삶의 엄숙성을 성찰한다. 여기에는 한 비평가만 자족하거나 비평가들끼리만 소통하는 비평의 문제의식이 아니라, 동시대의 문학과 관계를 맺는 독서대중과의 폭넓은 교감 속에서 비평의 영역을 가로질러, 삶과 현실에 깊숙이 삼투되어 있는 데 대한 비평적 실천을 가볍게 지나쳐서 안 된다. 말하자면 비평은 문학에 대해 말을 걸되, 그 말의 파장과 심도는 문학의 경계를 넘어 동시대를 살고 있는 삶의 전영역으로 넓고 깊게 확산되고 스며든다. 즉 문학의 경계의 안팎을 경쾌하게 넘나드는 비평의 저 활달한 움직임 속에서 비평은 그 스스로의 위상을 세워나간다. 문학비평의 안쪽에서만 존립을 찾는 것도 아닐 뿐만 아니라 그 바깥 쪽으로 무리하게 비평의 영토를 넓히는 게 아니라, 그 안과 밖을 동시에 볼 수 있는 겹시선을 가지면서 넘나들 수 있을 때야말로 '비평의 가치'를 당당히 확보한다.

그런데, 1990년대 이후 최근까지 비평의 동향을 대략적으로 살펴보면, 예의 '비평의 가치'가 무색해지고 있는 것처럼 보인다. 동시대의 독서대중이 예의 '비평의 가치'를 얼마나 중요하게 인식하고 있는지, 특히 문학인들이 이러한 '비평의 가치'에 대해 어떻게 인식하고 있는지, 더욱이 비평가들 스스로가 '비평의 가치'에 대해 이와 같은 문제의식을 갖고 있는지, 이 일련의 사안들을 생각해볼 때마다 1990년대 이후의 '비평의 가치'에 대한 판단은 그리 녹록치 않다. 그럼에도 불구하고 분명히 제기하고 넘어가야 할 문제는, 1990년대 이후의 문학지평에서 광범위한 영역에 걸쳐 진행되어온, 이른바 포스트필리아postphilia의 매혹에 푹 빠진 비평이 확산되고 있는바, 도구적 이성중심주의에 사로잡힌 주체(성)를 부정하고 비평적 관심의 대상에서 비껴나 있던 타자(성)를 적극적으로 옹호함으로써 탈주체를 논리화하는 비평이 주류를 차지하고 있다는 사실이다. 하여, 욕망과 감각을 중시하는 비평의 새로운 논리와 언어가 급부상하고 있다. 물론, 이 같은 현상 자체를 전적으로 부정할 수는 없다. 1990년대 이후 급변한 우리의 삶에 조금만 관심을 가져본 자들이라면, 그토록 복잡다기한 일상 속에서 개별자의 삶들은 어떤 단일한 가늠자로 판단할 수 없기에 이르렀고, 그러한 삶 속에서 각자는 개별적 진실들을 추구하는 데 여념이 없다. 더는 역사적 혹은 사회적 진실을 추구하는 문제와 개별자의 진실을 추구하는 문제들이 밀접히 연동되어 있다는 것을 일상의 실감으로 포착하기 힘들다고 얘기한다. 사정이 이렇다보니, 오직 믿을 수 있고, 실감할 수 있는 것은, 개별자의 욕망과 그 욕망의 구체적 보증이라 할 수 있는 감각에 기댄 진실뿐이라는 점이다. 그런데 이 욕망과 감각이라는 게 주체의 그것이 아니라 주체의 경계를 벗어난 타자의 그것이라는 점이 부각되고 있다. 탈주체적 성향의 비평은 바로 이러한 문제의식을 적극적으로 섭취하고, 비평의 방략方略으로 삼는다. 바꿔 말해 탈주체적 비평에서 중요한 것은 주체의 바깥 혹은 주체의 흔적으로 남는 타자의 욕망과 감각이다. 게다가 이 타자의 욕망과 감각은 텍스트를 촘촘히 해석하는 과정을 통해 비평의 새로운 논리로 구체화된다. 텍스트를 미시적으로 읽어내는 과정 속에서 기존의 인식틀을 과감히 해체시켜 새롭게 재구축하는 새로움이야말로 탈주체적 비평의 특장特長이라는 데에는 나 역시 이견異見이 없다.

하지만 탈주체적 비평의 특장이 비평의 자기소외와 고립화란 문제점을 낳고 있다는 것을 가볍게 보아 넘겨서는 안 된다. 나는 앞서 '비평의 가치'에 대해 잠시 언급하였다. 아무리 1990년대 이후의 삶과 현실이 앞서 언급한 '비평의 가치'에 공감할 수 없으므로, 달라진 현실에 걸맞는 '비평의 가치'를 정립해야 한다고 역설하지만, 다시 검토되어야 할 '비평의 가치'가 텍스트의 안쪽에만 붙들린 채 텍스트의 미궁을 헤매며, 그 미궁을 벗어나는 길을 탐구해내는 지적 유희에 자족할 수는 없는 일이다.

텍스트의 비의성을 탐구해내는 데 백화제방百花齊放의 비평이 긴요한 것은 사실이되, 그 비평이 무엇 때문에 긴요하며, 그 비평을 통해 발견된 텍스트의 비의성이 텍스트의 안쪽으로만 공명共鳴해서는 곤란하다. 도리어 텍스트의 안쪽에 균열을 냄으로써 텍스트를 내파內破하여, 텍스트의 안팎을 소통할 수 있을 때 백화제방의 비평은 그 몫을 다 하는 것이다. 이 몫을 실천하는 것이야말로, 달리 말하면, '비평의 가치'를 보증하는 셈이다. 여기서 나는 탈주체적 비평 자체를 부정하는 게 아니라 '비평의 가치'를 너무 안이하게 간주하거나, 텍스트의 안쪽에 포박되었으면서도 그것을 이러저러한 구차한 변명(즉, 탈주체적 비평의 담론)으로써 자기합리화하는 탈주체적 비평을 문제 삼는다.

그런데 무엇보다 간과할 수 없는 것은, 이러한 탈주체적 비평이 대상으로 삼고 있는 텍스트들이 개별적 진실을 추구하는 데만 치우쳐 있듯, 탈주체적 비평이 구사하는 새로운 비평의 논리와 언어가 텍스트의 그것을 충실히(?) 분석하는 가운데 탈주체적 비평마저 여타의 비평 주체들과 소통하는 것에 대해서는 무심하며, 오로지 탈주체적 비평 스스로의 비평적 진실 탐구에만 매몰되어 있다는 사실이다. 탈주체적 비평에게 비평의 공적 소통의 장은 있어도 그만이요, 없어도 그만이다.[1] 탈주체적 비평에게 비평의 공동체는 중요하지도 않을 뿐만 아니라 존재하지도 않는 것으로

---

[1] 나는 문학평론가 이명원의 「비평―고백과 판단」(『문학수첩』, 2006년 봄호)을 접한 후 문학평론가 김형중이야말로 비평의 장을 염두에 두고 있지 않구나, 하는 생각을 쉽게 떨칠 수 없다. 김형중에 대한 이명원의 섬세한 비판에 따른다면, 김형중의 비평은 '판단의 공동체'를 괄호안에 넣은 채 고백의 마술적 효과만을 극대화시키고 있는 비평인데, 나는 김형중의 비평이 이렇게 된 데에는, 김형중의 비평을 포함한 우리 비평의 공적 소통의 장을 그 자신이 그다지 중요하게 간주하지 않으려는, 그렇기 때문에 김형중 마음대로 우리 문학의 지형을 파악하고, 특히 그의 비평적 감식안으로 다채롭게 해명할 수 있는 젊은 문학에 과도한 사랑을 보이고 있는, 일종의 비평의 자폐성과 같은 이상 증후가 내면화되고 있는 것은 아닌지 생각해본다.

간주되기 십상이다. 이것은 그동안 텍스트의 안쪽 경계에 붙들린 탈주체적 비평에 대한 비판적 쟁점을 제기하였으나, 이렇다할 논쟁이 진행되지 않는 것을 보면 단적으로 알 수 있다.[2] 비평의 공적 소통의 장과 비평의 공동체 속에서 치열히 실천되는 탈주체적 비평은, 자신이 놓여 있는 논쟁의 지점 속에서 '비평의 가치'를 새롭게 확보할 수 있을 터이다. 탈주체적 비평이 중요한 비평적 관심의 대상으로 삼고 있는 '욕망과 감각'은 개별자의 진실을 탐구하는 것뿐만 아니라 개별자들 사이의 관계 속에서 생성·변주·굴절되는 삶의 결들을 새롭게 포착할 수 있다는 점에서도 그 중요성을 아무리 강조해도 지나치지 않기에 그렇다.

이 글에서 나는 최근 우리 비평계의 탈주체적 비평을 향한 비판적 대화를 통해 우리 시대의 비평이 자칫 망실하고 있을지 모르는, '비평의 가치'와 관련한 문제를 성찰해보기로 한다. 하여 비평이 텍스트의 안과 밖을 동시에 겹시선으로 보며, 텍스트 안팎의 경계를 경쾌하게 넘나드는 또다른 주체로서 '비평의 가치'를 새롭게 인식하는 계기를 마련했으면 한다.

---

2) 문학권력 논쟁을 통해 문학권력 비판론자들은 문학상업주의에 나포된 해설 비평의 문제점을 비롯하여 특정 매체의 일방적인 비평적 옹호 속에서 비평적 판단이 실종된 비평의 무기력함에 대해 문제를 제기하였다. 대부분의 경우 논쟁의 당사자들의 침묵으로 인해 논쟁다운 논쟁이 펼쳐지지 못했다. 다만, 문학평론가 오형엽의 경우 그 자신에게 가해진 문학평론가 임규찬의 이른바 문학주의에 대한 비판을 일목요연하게 비판함으로써 오형엽과 동궤에 놓여 있는 젊은 비평을 '미시적 이론화'란 측면으로 반박하였다. 오형엽, 「이분법의 극복과 미시적 이론화」, 『주름과 기억』, 작가, 2004 참조.

2. 탈주체적 성향의 젊은 문학에 대한 비평의 과잉

　탈주체적 비평이 주력하고 있는 것은 최근 몇 년 사이에 두드러진 문학 활동을 벌이고 있는 젊은 문학을 집중적으로 조명해내는 일이다. 딱히 탈주체적 비평에 국한시키지 않더라도 새로운 문학적 징후를 보이고 있는 젊은 문학에 비평적 조명을 가해야 하는 것은 마땅한 일이다. 젊은 문학의 새로움을 통해 자칫 구태의연해질 수 있는 동시대의 문학을 전복적으로 성찰할 수 있다. 동시대의 문학은 젊은 문학의 싱싱함과 패기어린 기운을 섭취하여 문학적 갱신을 이룰 수 있는 새로운 계기를 접할 수 있다. 탈주체적 비평을 포함한 여타의 비평이 이러한 점에 딴지를 걸지는 않는다. 그런데, 내가 우려하는 바는 탈주체적 비평이 젊은 문학의 미학적 성취에 주목하는 것 이상으로 젊은 문학을 과도하게 조명하고 있다는 점이다. 물론 여기에는 젊은 문학의 미적 성취가 탈주체적 비평이 관심을 쏟고 있는 비평적 테마와 밀접한 연관을 맺고 있다는 것을 간과할 수 없다. 주체의 자명성을 의심하며, 주체와 관련한 온갖 담론과 실재를 회의하거나 부정하는 젊은 문학에 대한 탈주체적 비평은, 비평적 이물감 없이 자연스레 그러한 텍스트와 궁합이 맞는 셈이다. 그러다 보니, 탈주체적 비평은 그러한 젊은 문학의 존립에 정당성을 부여하기 위한 담론을 제공하는 데 안간힘을 쏟을 수밖에 없다. 하여, 텍스트에 대한 비평적 판단은 결여된 채 어떻게 하면 텍스트를 탈주체적 비평의 코드에 부합되도록 조망할 것인가 하는 문제에 사로잡히게 된다. 탈주체적 비평에 대해 우려를 갖는 점은 바로 이러한 이유 때문이다. 이것은 탈주체적 성향을 보이는 젊은 문학에 대한 탈주체적 비평의 과잉을 비판적으로 성찰해야 하는 이유이기도 하다.

1) 시적 주체의 미적 고투에 주목할 수는 없는가?

탈주체적 성향의 젊은 시에 각별한 비평적 관심을 기울이고 있는 비평가들이 있다. 권혁웅과 이장욱이 그들이다. 권혁웅과 이장욱은 공통점이 많다. 우선, 그들은 시쓰기를 겸하는 비평가다. 게다가 메이저 문예매체의 편집위원이다. 권혁웅은 계간 『문예중앙』의 편집위원으로서, 그리고 이장욱은 계간 『창작과비평』의 편집위원으로서 주요한 역할을 맡고 있다.3) 그들은 최근에 자신의 비평 세계를 정리한 비평집─권혁웅의 『미래파』(문학과지성사, 2005) 및 이장욱의 『나의 우울한 모던 보이』(창비, 2005)─을 출간한 바, 모두 시를 대상으로 하고 있는 비평집이다. 특히 21세기의 젊은 시들에 집중적 조명을 가하고 있는 게 주목할 만하다. 그들의 비평 세계를 여기서 자세히 살펴볼 수는 없지만, 그들의 비평이 탈주체적 비평의 맥락을 공유하면서, 그들의 비평적 안테나에 포착한 젊은 시에 과도한 애착을 갖고 있다는 점을 가볍게 지나칠 수 없다고 나는 생각한다. 가령, 권혁웅은 그의 「미래파」에서 장석원, 황병승, 김민정, 유형진 등의 젊은 시인들의 시 세계와 대화를 나누고, 그들의 시 세계를 리트머스지 삼아

---

3) 권혁웅과 이장욱이 각기 주요 매체 편집위원이라는 사실은 가볍게 지나칠 수 없는 사안이다. 무엇보다 이들은 각 매체에서 시 분야를 책임맡고 있는 편집위원으로서 이들이 지닌 동시대의 시에 대한 안목과 비평이야말로 매체의 편집 방향은 물론, 매체에 실리는 시들을 선택·배제하는 편집권을 행사한다는 점에서 그냥 지나칠 수 없다. 특히 이들은 모두 『문예중앙』과 『창작과비평』의 갱신을 모색하는 차원에서 새롭게 구성된 편집위원이라는 점에서 두 매체의 편집방향과 밀접한 연관을 맺고 있어, 이들이 젊은 시에 대한 비평적 입장에 주목할 필요가 있다.

그들의 미적 스펙트럼으로 포괄할 수 있는 젊은 시들을 이른바 '미래파'로 주저없이 호명한다. 그러면서 그는 다음과 같이 단언한다.

처음으로 돌아가자. 다시 말하지만, 새로운 세대가 생산하는 시들은 결코 요령부득의 장광설이거나 경박한 유희의 산물이 아니다. 그들에게서도 시는 여전히 생생한 체험의 소산이며, 감각적 현실의 표명이며, 진지한 고민의 토로다. 세대가 바뀌면 그 세대에 통용되던 미학과 세계관이 바뀐다. 그런데 비평은 늘 작품보다 늦되다. 비평이 작품을 선도할 수는 있으나 오도해서는 안 된다. 나는 다음과 같은 사실을 믿는다. 먼 훗날, 이들의 작품이 낡았다는 비판이 제기되는 날이 분명히 올 것이다. 다르게 말해서 이들의 작품이 가까운 미래에 우리 시의 분명한 대안이라는 것을 인정할 날이 올 것이다.[4)]

권혁웅은 '지금, 이곳'의 비평이 자신이 호명하고 있는 '미래파'의 젊은 시들을 "읽어내지 못한 비평이 아닐는지?"[5)]라고, 문제를 제기한다. 그러면서 "이들에게는 1980년대 시인들이 걸머져야 했던 역사와 시대에 대한 채무 의식이 없고, 1990년대 시인들이 내세운 그럴듯한 서정, 고만고만한 서정이 없다. 그 대신에 다른 게 있다. 그리고 이들의 시는 무엇보다도 먼저, 재미있다"[6)]고 호평한다. 권혁웅이 자신의 비평적 코드에 걸맞는 시들을 '미래파'로 호명하면서 그에 대한 적극적 의미를 부여하고 있다는

---

4) 권혁웅, 「미래파」, 『미래파』, 문학과지성사, 2005, 171쪽.
5) 권혁웅, 위의 글, 148쪽.
6) 권혁웅, 같은 글, 149~150쪽.

것 자체를 탓할 수는 없다. 문제는 그의 비평적 입장에 의해 옹호되는 '미래파'가, 그의 비평적 언어에 의해 마치 역사와 시대에 대한 채무 의식이 전혀 없는 것처럼 곡해될 뿐만 아니라, 1990년대 서정시의 가치를 무차별적으로 폄훼하는 비평적 판단의 준거를 제공하는 것처럼 읽힌다는 점이다. 한 비평가가 자신의 비평적 척도로써 작품에 대한 미적 판단을 가하는 것 자체는 응당 자연스러운 일이다. 하여, 비평과 창작이 함께 상생하는 길을 모색하는 것은 아름답다. 하지만, 창작의 미적 성취의 여러 가능성을 열어놓는 게 아니라 어느 일방의 그것으로만 판단하는 것은 경계해야 한다.

과연, 권혁웅이 호명하고 있는 '미래파'의 시들이 탈역사(혹은 탈사회)의 시적 태도를 보이고 있는가? 혹시, 권혁웅 자신이 탈주체적 비평의 태도를 견지하고 있기에, 그 비평적 입장을 '미래파'의 시에 덧입히고 있는 것은 아닌가? 물론 그는 "새로운 시어를 도입하고 새로운 어법을 소개하고 새로운 주체를 제시하고 새로운 세계를 열어젖힌 시가 좋은 시, 빼어난 시다"[7]라고 언급하는 데서 짐작할 수 있듯, '미래파'가 '새로운 주체'를 제시하고 있다는 데 주목하고 있으므로, 그의 비평이 주체와 무관하지 않다고 생각할 수 있다. 그런데 그의 비평담론에서 '미래파'의 '새로운 주체'는, 장석원의 다성성, 황병승의 무의식, 김민정의 코믹잔혹극, 유형진의 새로운 서정성 등의 시적 특질을 해명하는 차원으로 국한될 뿐, 시적 주체의 온전한 양상에 대해서는 탐구되고 있지 않다. 말하자면, 권혁웅은 '미래파'의 문학적 젊음과 새로움만을 부각시키고 있을 뿐이지, '미래파'의 독특한 시적 주체의 실체에 대한 궁리는 하고 있지 않다. 기왕 말이 나

---

7) 권혁웅, 「전범들」, 같은 책, 176쪽.

왔으니 몇 마디를 보태자면, 권혁웅은 그가 호명하고 있는 '미래파'에서 탈역사의 시적 태도를 증명해보일 게 아니라 '미래파'만의 시적 인식과 시적 새로움에 의해 포착되는 시적 현실의 문제의식을 예각적으로 해명할 수는 없을까. 권혁웅도 인정하고 있지 않은가. '미래파'의 시들은 "여전히 생생한 체험의 소산이며, 감각적 현실의 표명이며, 진지한 고민의 토로"이듯, '미래파'에서 새로운 시적 감각만을 주목할 게 아니라, 시적 주체가 어떠한 시적 현실에 부딪치고 있으며, 그 시적 현실과의 부대낌 속에서 시적 주체는 어떻게 '미래파'의 시에 자리하고 있는지를 담론화해야 하지 않을까. 그렇지 않을 때 권혁웅의 '미래파'에 대한 비평적 옹호는, 선배 비평가들이 그렇듯, 자신의 비평 세계의 출사표에 해당하는 '새로움'의 징표로만 차용될 따름이다.[8]

요컨대 권혁웅의 비평은 주체와 무관하지 않은 것처럼 보이지만, 실상은 주체에 대한 온전한 탐구로부터 비껴나 있는 탈주체적 비평을 통해 '미래파'로 호명하는 젊은 문학에 올인하고 있다.

권혁웅이 최근 젊은 시를 '미래파'로 호명하면서, 자신의 비평 영토로 그들을 에워싸려고 안간 힘을 쏟고 있다면, 이장욱은 특별한 호명을 하지 않고 젊은 시들의 미학을 촘촘히 해부한다. 이장욱의 비평에서 특기할 만한 것은 "지금 나타나고 있는 새로운 감각(들)이, 궁극적으로는 서정성의 '부정'이나 '해체'가 아니라 일종의 '내파' 방식일 수 있다는 심증을 전제로 삼는다. 서정시는 사라지지 않고, 다만 갱신된다"[9]라는 전언이다. '새

---

8) 권혁웅은 계간 『문예중앙』 2005년 봄호부터 편집위원을 맡은바, 그의 「미래파」는 편집위원을 맡자마자 처음으로 발표한 의욕적인 비평이다. 이전에도 비평을 발표한 바 있지만, 「미래파」는 그를 포함한 동시대의 젊은 시인들의 미적 동향을 야심차게 옹호한다는 점에서, 동시대의 미학을 전유하려는 비평가의 출사표에 해당한다고 보아도 무방하지 않을까.

로운 감각'이란 권혁웅의 말을 빌리자면, '미래파'의 시들을 지칭해도 무방할 텐데, 주목해야 할 것은, 서정성의 '부정'과 '해체'가 아니라 '내파'의 방식을 통한 '갱신'이라는 점이다. 하여, 새로운 서정성을 획득하여 서정시의 갱신을 위해서는 "서정적 권위를 지닌 시인의 미학적 '자살'이 필요하다"[10]고 이장욱은 주장한다. 그리고는 시적 치열성을 강조한다. 그에게 "'치열하다'는 것은 좌충우돌하는 삶을 뜻하지 않는다. 그것은 삶과 대상에 대한 것이 아니라 자기 자신이 무의식적으로 승인하고 있는 고정된 감각과 관념과의 싸움을 뜻한다."[11]

이렇듯이 이장욱의 비평에서 초점을 맞추고 있는 것은 서정시의 갱신이며, 그 갱신은 낡고 고루한 감각과 관념과의 쟁투 과정에서 수반되는 시적 치열성을 확보하는 일이다. 시적 갱신이 구태의연한 감각과 관념에 맞서 싸우는 치열성 속에서 이루어진다는 이장욱의 견해에 나는 전적으로 동의한다. 하지만, 그의 비평적 입장에서 경계해야 할 것은, 자칫 '시적 치열성'의 문제를 '감각과 관념'의 층위로만 협소하게 파악할 우려가 있다는 점이다. 이장욱은 분명히 언급한다. 시적 치열성의 문제를 우리들 삶과 대상에 결부시켜서는 안 된다고. 그런데, 과연, 이러한 시적 치열성에 의해 씌어진 시들이 시적 갱신의 가치에 부합되는 시적 경지에 도달할 수 있을까? 삶과 대상을 괄호안에 넣은 채 시적 주체의 고정되고 자동화된 감각과 관념과의 싸움이 가능한 것일까? 삶과 대상에 대한 것이 아닌, 시적 주체의 감각과 관념과의 싸움이 무슨 의미가 있을까? 시적 주체

---

9) 이장욱, 「꽃들은 세상을 버리고」, 위의 책, 16~17쪽.
10) 이장욱, 위의 글, 39쪽.
11) 이장욱, 「상상의 지리학」, 위의 책, 114쪽.

의 고정된 감각과 관념과의 싸움이란, 감각과 관념을 고정시킨 세계, 즉 삶과 대상과의 싸움은 아닐까? 말하자면, 이장욱의 비평에서 관심을 기울이는 시적 갱신은 결국 시적 주체의 갱신이 동반되지 않는다면, 갱신다운 갱신이라고 할 수 없을 터이다. 바꿔 말해 주체를 도외시한 시적 감각과 관념의 갱신은 갱신의 포즈로 전락할 뿐이다.

여기서 이장욱은 "언어와 현실, 미학과 성찰, 시와 삶, 말과 사물의 '송과선'은, 그 자체로 매력적인 스파크를 일으키는 시적 발화점일 수 있다."[12]라고 하는데, 그것이 시적 발화점일 수는 있되, 그 자체가 시는 결코 아니라는 사실을 직시해야 한다. 시적 발화점에서 발화된 시적 감각과 관념을 통어統御하는 시적 주체의 존재야말로 시를 생성시키는 데 주요한 역할을 한다는 사실을 간과할 수 없다.

이장욱의 비평이 탈주체적 비평의 맥락에서 읽힐 소지가 다분하다는 것은 바로 이러한 점 때문이다. 그의 비평에 의해 21세기의 젊은 시들이 지닌 새로운 감각과 관념이 돋을새김된 것은 주목할 만하다. 이것은 권혁웅의 비평과 함께 거둔 성과임에 틀림 없다. 다만, 이장욱과 권혁웅의 비평에서는 젊은 시의 새로운 자질과 그 미학적 성취에 대한 친절한 해명이 뒤따를 뿐, 젊은 시들이 부딪치는 삶과 현실과의 관계 속에서 보이는 시적 주체의 미적 고투에 대한 성찰은 결여되어 있다. 권혁웅이 자신있게 호명하는 '미래파'이든지, 이장욱이 관심을 갖고 있는 21세기의 젊은 시들이든지, '지금, 이곳'의 비평이 공을 들여야 하는 것은, 시적 주체의 육성과 몸짓을 통한 새로운 감각과 시적 인식을 획득하기 위한 시적 고투의 치열성 여부다. 그래서 탈주체적 비평을 넘어 비평의 새로운 주체성을 모

---

12) 이장욱, 「오감도들」, 같은 책, 71쪽.

색해야 하는 것은 우리의 비평이 걸머져야 할 긴요한 일이다.13)

2) 삶과 현실에 부딪치는 주체로서의 미적 갱신은 요원한가?

이제 소설에 대한 탈주체적 비평을 성찰해보자. 여기서 내가 주목해보고 싶은 대상은 김형중의 비평이다. 김형중은 권혁웅과 함께 계간 『문예중앙』의 편집위원으로서 소설 부분에 대한 책임 편집을 맡고 있다는 것은 두루 아는 사실이다. 김형중은 지금까지 두 권의 비평집을 세상에 내놓았는데, 『켄타우로스의 비평』(2004)과 『변장한 유토피아』(2006)가 그것이다. 그의 두 비평집에는 동시대의 소설에 대한 성실한 글읽기로 이루어져 있다. 동시대에 발표된 주목할 만한 소설, 특히 젊은 소설에 대해서는 김형중 특유의 열정적이고 해박한 글읽기가 돋보인다. 나는 분명히 밝히건대, 동시대의 소설에 대한 김형중의 열정과 성실한 비평의 태도를 접하며, 동료 비평가의 한 사람으로서 진심으로 따뜻한 격려를 보낸다.

---

13) 이 글을 탈고한 후 나는 창비 웹진에 신설된 '창비주간논평'의 2006년 5월 2일에 실린 이장욱의 짧은 글을 읽었다. 최근 번역된 가라타니 고진의 『근대문학의 종언』을 읽은 소회를 피력한 글이었다. 그 글에서 이장욱은 시인으로서 혹은 비평가로서 주체성에 대해 성찰하고 있었다. 「탈주체적 비평을 넘어서야 하는 이유들」이란 글을 쓰는 나로서는 이장욱의 짧은 글을 대하면서, 이후 그가 시적 주체의 미적 고투에 주목하는 시인 혹은 비평가로서의 치열성을 기대해본다. 동시에 계간 『창작과비평』의 주체에 대해서도 갱신하기를 기대해본다. 나는 다음과 같은 이장욱의 견해를 경청한다. "이것은 지적·도덕적 요청을 감당하지 않으려는 문학에 대한 질타이며, 자기도 모르는 사이에 상업성에 잠식된 문학에 대한 질타이며, 리스먼(D. Riesman) 식으로 말하자면 타인의 인정을 받기 위한 '타인지향형' 문학에 대한 질타이다. 이 질타에서 창비와 이 글을 쓰는 나 자신 역시 자유롭지 못한 것은 물론이다. 주류 문학정론지로서의 『창작과비평』은 그 위상에 합당한 역할을 하고 있는가? 여전히 지난 시대의 '후광효과'에 의존하고 있는 것은 아닌가? 창작자로서 나는 삶과 세계에 대한 근원적인 회의에 이르고자 했는가? 허망한 차이를 유의미한 개성으로 포장하고 있는 것은 아닌가? …… 아마도 이에 대한 대답에는 '시차'가 필요하겠지만, 지금 이곳으로부터 끊임없는 자기갱신이 불가피하다는 것은 자명해 보인다."(이장욱, 「카라타니 코오진과 근대문학의 '종언'」, http://www.changbi.com/weeklyreview)

그런데 이러한 그의 비평을 대하면서, 내가 우려하는 것은 동시대의 젊은 소설에 대한 비평의 과잉이다. 좀더 정확히 말하자면, 동시대의 젊은 소설 중 그의 비평적 감식안과 문제틀에 걸맞는 작품 위주로만 편향된 비평적 애정을 쏟는다. 그에게 유의미한 소설은 동시대의 미적 모더니티를 새롭게 포착하고 있는 것이지, 동시대의 삶과 현실에 부딪치며 육화된 소설의 언어를 통해 우리의 삶을 반성적으로 성찰하고자 힘쓰는 소설에 대해서는 일부러 거리를 멀리한다. 하여, 그의 비평에서 각별히 옹호되고 있는 것은 젊은 소설들에서 발견되는 미적 모더니티의 온갖 양상들이다.[14] 그는 자신이 애써 구획지은 비평의 경계 안으로 젊은 소설들을 불러들인다.

이러한 김형중의 노력은 젊은 소설들에서 미적 갱신을 발견하는 것과 밀접하다. 그런데 김형중이 초점을 맞추고 있는 미적 갱신은, 민족문학 계열 혹은 리얼리즘 계열의 소설에 대한 강력한 문제제기와 맞물려 있다. 그의 첫 비평집 『켄타우로스의 비평』에서는 개별 작가와 작품에 대한 비평으로 일관된 반면, 두 번째 비평집 『변장한 유토피아』에서는 민족문학 계열의 소설에 대한 가차 없는 비평을 통해 그 자신의 비평 세계를 견고히 구축시키고자 한다. 「이것은 리얼리즘이 아니다」, 「민족문학의 결여,

---

14) 나는 그가 동시대의 소설에 대한 해박하고 성실한 글읽기에 격려를 보내되 미적 모더니티의 온갖 새로운 양상들을 발견하려는 그의 비평의 과잉을 경계한다. 그의 비평에는 서구의 다채로운 사상과 이론적 전거들이 곧잘 출현하는데, 아마 모르긴 모르되, 김형중은 미적 모더니티의 새로움을 과도하게 주목하여 그것을 '해명'하려는 비평적 욕망이 강한 것으로 나는 생각한다. 그 과정에서 서구의 이론에 대한 맥락을 김형중 식으로 과도하게 자의적으로 해석하여, 미적 모더니티의 전략을 강조할 뿐이다. 김형중의 이러한 비평에 대한 맹점은 문학평론가 홍기돈에 의해 예각적으로 갈파되고 있다. 홍기돈, 「비평의 유토피아, '총각 딱지 떼기'의 후광으로 빛나는」, 『주례사 비평을 넘어서』, 한국출판마케팅연구소, 2002 및 홍기돈, 「인정투쟁의 욕망과 '새로움'이라는 블랙홀」, 『인공낙원의 뒷골목』, 실천문학사, 2006.

리얼리즘의 결여」, 「이국에서 얻은 '마음가짐'」 등에서 지속적으로 그가 문제삼고 있는 것은, 리얼리즘 계열에 속해 있다고 그 자신이 판단되는 소설(혹은 비평)이 리얼리즘의 갱신을 제대로 이루어내지 못한다는 점을 힘주어 강조한다.

만약 '아직도' 리얼리즘이 가능하다면, 그것은 지쳐서 자주 당대적 현실로부터 도주하는 관성적 글쓰기에 의해서가 아니라, 이들 젊은 작가들에 의해서이다.[15]

만약 어떤 이가 스스로를 리얼리스트 비평가라고 주장하려면 약화 일로에 있는 서사 일병을 구하기 위해 매번의 소용없는 전투를 치러야 할 것인가, 아니면 그런 현상 배후를 파고들어가, 징후의 연원을 밝히고 그럼으로써 현상 너머에는 항상 사회적 결정인자가 가로놓여 있다는 사실을 드러내는 리얼리스트의 자세를 견지해야 할 것인가?[16]

방현석은 이제 시간적으로는 당대로, 공간적으로는 한국으로 돌아와야한다. 단순히 작품의 무대를 두고 하는 이야기가 아니다. 모든 소설의 시점이 현재일 필요도 없고, 모든 소설의 무대가 한국일 필요도 없다. 중요한것은 과거를 무대로 하더라도 현재를 이해하기 위하여, 베트남을 무대로하더라도 세계자본주의 체제의 한복판을 사는 21세기인들의 삶을 이해하기 위하여 써야 한다는 점이다.[17]

---

15) 김형중, 「이것은 리얼리즘이 아니다」, 『변장한 유토피아』, 랜덤하우스중앙, 2006, 26~27쪽.
16) 김형중, 「민족문학의 결여, 리얼리즘의 결여」, 위의 책, 38쪽.

김형중에게 리얼리즘의 갱신은 당대성을 끌어안는, 그래서 21세기인들의 삶을 이해하는 젊은 소설이어야 한다. 리얼리즘의 갱신에 대한 나의 비평 역시 김형중의 그것과 어쩌면 맥락을 함께 한다고 할 수 있다. 그런데 김형중의 리얼리즘의 갱신에 대한 입장에서 간과할 수 없는 것은, "리얼리즘의 갱신은 모더니즘적 기법과 주제들에 대한 임차 계약을 통해서만 이루어지고 있다"[18]라는 데서 단적으로 알 수 있듯, 리얼리즘의 갱신을 모더니즘적 미학의 혜택(?)으로만 파악하고 있다는 점이다. 이것은 그가 리얼리즘의 갱신에서 신뢰를 갖고 있는 젊은 소설가들(전성태, 김종광, 천운영, 강영숙, 표명희, 정이현, 김애란 등)에 주목하는 이유가, 그들의 소설이 '당대적'이며, 모더니즘적 미학을 보이고 있기 때문이라는 사실이다. 물론, 이것을 전적으로 부정할 수는 없다. 하지만 정작 그들의 소설에서 눈여겨 보아야 할 것은 리얼리즘의 갱신을 위한 미적 모더니티의 새로움이 아니라, 김형중도 주목하고 있듯, "소비자본주의 시대 '새로운 민중'들의 삶과 의식세계를 직접 소설화하려는"[19] 시도다. 말하자면, 리얼리즘의 갱신을 위한 젊은 소설은 미적 모더니티의 새로움을 추구하는 것은 물론, 젊은 소설 나름대로 세계를 해석하는 가운데 새로운 성찰과 모색 속에서 발견되어야 할 소설의 주체다. 김형중 자신도 언급하고 있지 않은가. 소비자본주의 시대 혹은 후기자본주의 시대를 살고 있는 '새로운 민중'의 삶과 의식세계를 성찰해내는 젊은 소설에서 리얼리즘의 갱신에 대한 가능성을 타진할 수 있다. 이것이야말로 우리 시대의 비평이 주안점을 두어야 할

---

17) 김형중, 「이국에서 얻은 '마음가짐'」, 같은 책, 59쪽.
18) 김형중, 「이것은 리얼리즘이 아니다」, 같은 책, 17쪽.
19) 김형중, 위의 글, 26쪽.

탈주체적 비평을 넘어서야 하는 이유들 31

비평적 과제 중 하나이며, 김형중이 그토록 불온시하는 민족문학의 갱신의 길을 모색하는 비평에 동참하는 길이다.[20] 그럴 때 김형중에게서 보이는 다음과 같은 현실인식은 재조정될 수 있지 않을까.

> 창살에 갇힌 동물들의 처지는 정확하게 문학이 이즈음(특히 90년대 이후!) 처한 처지와 일치한다. 문학 또한 변장한 유토피아다. 자본주의라는 거대한 창살 안에 갇힌, 그러나 갇혀서도 여전히 자본주의와는 상관없는 어떤 상태를 지시하고자 온갖 애를 다 쓰는 유토피아, 그것이 내겐 문학이다. 비관을 경계하고 낙관적 전망을 즐기는 독자들에게는 안된 말이지만, 이 창살로부터 탈출할 수 있는 가능성은 '전혀' 없어 보인다.[21]

김형중의 말대로, '자본주의라는 거대한 창살'로부터 탈출할 수 있는 가능성은 '전혀' 없는 것일까. 이 거대한 창살 안에서 그렇게 무심히 살아가면 그만일까. 그렇게 자본주의와는 아무런 상관없이 무심히 살아가는 소설이, 온갖 의장意匠으로 변장한 채 살아가는 게 소설의 운명일까. 그렇다면 소설 속 그 숱한 주체들은 거대한 창살 안에 갇혀 살아야 하는, 구경

---

20) 그런데, 사실 김형중이 민족문학을 불온시하는 것으로만 볼 수는 없다. 그는 (사)민족문학작가회의 산하 광주전남작가회의에서 발행하는 기관지에 민족문학과 리얼리즘에 관련한 비평을 발표하기도 한다. 또한 광주전남지역을 기반으로 하는 계간지 『문학들』의 편집위원으로서 활동을 하고 있다. 혹자는 김형중의 이와 같은 비평 활동을 보며, 서울에서는 『문예중앙』의 편집위원으로서 민족문학과는 무관한 비평 활동을 보이고, 지역에서는 『문학들』의 편집위원으로서 범민족문학 계열의 문학과 관계를 맺고 있는 비평 활동을 보이는, 즉 다소 상충되는 비평적 아비투스를 보이고 있다고 하는데, 김형중은 이러한 목소리에 귀를 기울일 필요가 있다. 나는 이러한 김형중의 비평적 아비투스를 보며, 미적 모더니티의 새로움을 추구하는 문제와 민족문학의 갱신이란 문제가 접촉하는 가운데 상생의 관계를 통해 우리 시대의 리얼리즘의 갱신과 민족문학의 갱신에 동참했으면 한다. 비평적 동지로서 말이다.
21) 김형중, 「저자 서문」, 같은 책, 5~6쪽.

거리로 전락한 채 살아야 하는 처지에 만족해야 할까. 김형중의 비평이 진실로, 진정으로, 리얼리즘의 갱신뿐만 아니라 더 나아가 우리 소설의 갱신을 위해 성실히 분투하고자 한다면, 창살 안에 갇힌 소설(혹은 소설의 주체)를 변장한 채 살도록 지켜만 볼 게 아니라, 창살 바깥의 삶을 꿈꾸는 주체를 발견하도록 힘써야 하지 않을까. 미적 모더니티의 새로운 발견은 삶과 현실의 부딪침 속에서 새롭게 구축되어야 할 주체와 함께 모색되기 때문이다.

3. 비평의 공적 소통의 장과 비평의 주체에 대한 성찰

'지금, 이곳'의 비평은 새로운 움직임을 보이고 있다. 그 움직임은 비평의 공적 소통의 장을 활성화시키기 위한 것으로, 그동안 특정 매체 중심으로 이루어진 비평의 장이 해체·재구성되고 있다. 여기에는 문학권력 논쟁을 통해 문학상업주의의 시녀로 전락하고 있는 비평의 타락한 행태와 유수 매체의 비평적 에콜이 전횡하는 문학권력의 부당성에 대한 신랄한 비판이, 비평의 주체에 대한 성찰을 폭넓게 진행하였다는 사실을 쉽게 지나칠 수 없다. 하여, 이 논쟁을 통해 우리 비평이 얻은 값진 성과는 비평의 주체가 지녀야 할 자율성과 독자성, 그리고 윤리성에 대한 치열한 성찰이다. 하지만 문학평론가 조정환이 적시하고 있듯, 문학권력 논쟁이 "새로운 문학운동의 조직화로 나타나지 않았다는 점은 주목을 요한다.

이 논쟁에서 기소자들의 위치에 놓였던 사람들은 자신의 역할을 비판에 한정했고(이른바 '비판적 글쓰기') 새로운 구성의 문제는 제기하지 않았다"[22]는 사실은, 이 논쟁의 한계다. 기실 이 논쟁에 적극적으로 참여했던 문학평론가 권성우 역시 "지금 이 시대의 문학장과 비평적 관행에 대한 문제의식을 지닌 비평가라면 이제 불만과 의혹의 시선에서 더 나아가 기존의 문학매체 권력과는 질적으로 다른 비평적 기획과 대안을 실천적인 차원에서 전개할 필요가 있다"[23]라며, '비판적 글쓰기'를 넘어선 구체적인 비평적 실천에 지혜를 모아야 한다고 역설한다. 즉, 문학권력 논쟁을 통해 비평의 주체에 대한 성찰의 문제의식을 가다듬었다면, 이제 필요한 것은 그 문제의식을 정교하게 다듬어 문학장에서 실천해야 할 비평의 몫이다.

이러한 비평의 몫은 비평의 주체에 대한 지속적이고 치열한 비판적 성찰과 함께 비평 주체들 사이에 공적 소통의 장을 마련하여 비평의 역할을 활성화시킬 것이다. 하여, 공적 소통의 장에서 텍스트에 대한 해석학적 충돌이 일어나고, 그 충돌의 과정 속에서 미적 갱신의 길은 뜨겁게 모색될 터이다. 여기에는 비평의 주체성을 지워버리는 게 아니라 서로 다른 비평의 주체성을 자신있게 내세워 논쟁의 형식을 통해 '차이들'을 확인하고, 그 '차이들'의 틈새 혹은 너머에 존재하는 미적 갱신의 새로운 가능성을 다 함께 모색할 수도 있을 것이다.

나는 방금 "'지금, 이곳'의 비평은 새로운 움직임을 보이고 있다."고 언급한 적이 있는데, 그것은 다름 아니라 비평의 새로운 공동체가 출현하고 있다는 사실이다. 여기서 무엇보다 예의주시해야 할 것은 비평의 주체성

---

22) 조정환, 「카이로스의 시간과 삶문학」, 『카이로스의 문학』, 갈무리, 2006, 41쪽.
23) 권성우, 「대안적 비평문화의 정착을 위해」, 『논쟁과 상처』, 숙명여대 출판부, 2006, 73쪽.

에 대한 성찰의 단계를 벗어나, 구체적 실천의 모습을 보이고 있다는 점이다. 게다가 중요한 것은 탈주체적 비평을 넘어 비평의 주체성을 새롭게 모색함으로써 비평의 온전한 기능과 그 가치를 추구하려 한다는 점이다. 하여, 개별 비평가들 혹은 비평적 에콜의 경계를 넘어 새로운 비평의 장을 실험하고 있다는 점에서 그 향방이 주목된다. 이후 이러한 비평의 장이 우리 문학의 흐름에 당장 어떤 변화를 가져오지는 않겠지만, 지속적인 모색과 움직임 속에서 탈주체적 문학(혹은 비평)을 지양하여 우리 문학의 어떤 흐름에 주요한 변수로 작용할 수 있다는 점은 주목할 필요가 있다.

좀더 구체적으로 살펴보면, 비평의 공적 소통의 장은 '세교연구소', '민족문학연구소', '포럼X', '크리티카' 등의 움직임을 그 예로 들 수 있다. 우선, '세교연구소'는 계간 『창작과비평』이 창간 40주년(2006년)을 계기로 출범한 민간연구소(이사장 문학평론가 최원식)로서 『창작과비평』의 편집위원들의 공부 모임을 새롭게 확대 개편하여, 진보 담론의 새로움을 모색하고자 한다. 하여, "학자·문인·시민운동가 등 다양한 지식계층의 실천적 토론 마당을 제공함과 동시에 창비에 다양한 담론의 묘목을 제공할 것으로 기대된다."24) 아직 '세교연구소'가 공식적으로 출범한 지도 얼마 안되었으니, 그 활동에 대해 이렇다할 갑론을박할 계제는 아니지만, '세교연구소'가 기존 『창작과비평』의 비평적 에콜에만 범주를 국한시키는 게 아니라 다른 진보적 비평들과 소통의 장을 적극적으로 마련함으로써 연구소 출범의 초심을 잃지 말았으면 하는 바람 간절하다. 무엇보다 '세교연구소'가 혹시 『창작과비평』의 아류 내지 이중대로서 그 본래의 몫을 못하지 않을까, 하는 기우杞憂를 말끔히 씻겨내었으면 한다. 그럴 때 진보

---

24) 「불혹의 '창비' 젊어진다 … 운동성 회복 선언」, 『경향신문』, 2006년 2월 14일.

적 비평의 주체들은 '세교연구소'의 움직임에 냉소보다 열의와 관심을 보일 것이라고 나는 생각한다. 다음으로 주목을 요하는 비평의 주체는 '민족문학연구소'(소장 문학평론가 김재용)다. '민족문학연구소'는 (사)민족문학작가회의에 소속된 젊은 비평가들—고명철, 고영직, 고인환, 박수연, 서영인, 오창은, 이명원, 하상일, 홍기돈 등으로 구성된 모임으로, 각 비평가들의 비평적 관심은 서로 다르지만, 민족문학의 갱신에 대한 공통분모를 갖고, 우리의 근대문학사와 동시대의 비평적 쟁점에 대한 공부를 하는 모임이다. 무엇보다 '민족문학연구소'는 문학에 대한 학적 탐구와 비평적 실천을 괴리시키지 않고, 서로 밀접한 관계 아래 진보적 비평을 기획·실천하고 있다는 점에서 그 가치를 둘 수 있다.[25] 그런가 하면, '포럼X'는 좀더 광범위한 진보적 비평가들로 구성되어 있다. '포럼X'에 특히 주목해야 할 것은 그 구성원들이 『실천문학』, 『문학수첩』, 『비평과전망』, 『작가와비평』, 『문학과경계』, 『리토피아』 등에 직간접으로 참여하고 있는 젊은 비평가들이라는 사실이다.[26] '포럼X'를 통해 젊은 비평가들은 동시대의 문학적 현안들에 대해 허심탄회하게 의견을 나눠갖는 소통의 장을 가짐

---

25) '민족문학연구소'의 이러한 비평적 활동은 최근 간행된 『탈식민주의를 넘어서』(소명출판, 2005)를 통해 알 수 있다. 몇 년 동안 우리 사회의 핵심적 화두 중 하나가 친일파를 비롯한 과거사 청산 문제라는 사실은 두루 알려진 사실이다. 친일문학에 대한 연구가 진행되고 있는 가운데 탈식민주의를 극복하는 일환으로 '민족문학연구소'는 '비민족주의적 반식민주의'란 문제의식 아래 연구원들이 성과를 제출하였다. "비민족주의적 반식민주의는 민족주의가 범한 자종족중심주의를 피해가면서도 탈식민주의 주체 해체를 극복하는 방안이다. (…중략…) 민족문학연구소는 우리 문학의 제반 문제를 현재의 실천적 문제의식 하에서 해석하고 평가하는 모임이다, 이번 『탈식민주의를 넘어서』는 그 첫 성과로 향후 이루어질 연구들과 마찬가지로 우리 사회와 문학의 현재에 이론적으로 개입하려고 하는 노력의 결과이다."(민족문학연구소 편, 『탈식민주의를 넘어서』, 소명출판, 2005, 4쪽)

26) '포럼X'에 공식적으로 참여하고 있는 비평가들로는 『실천문학』의 고명철, 오창은, 『문학수첩』의 권성우, 『비평과전망』의 이명원, 홍기돈, 『작가와비평』의 최강민, 고봉준, 이경수, 정은경, 『문학과경계』의 고인환, 『리토피아』의 엄경희 등이다,

으로써 비평의 활력을 우리 문학장에 불어넣고 있다. 갈수록 젊은 비평가들이 개별화된 양상에 머물고 심지어 비평의 주체성을 망실하고 있음을 직시할 때, '포럼X'의 움직임은 비평 주체들 사이에 긴장 관계를 형성시키고, 무엇보다 비평의 공적 소통의 장을 구축시키고 있다는 점에서 고무적이라 할 만하다. 마지막으로 '크리티카'를 주목할 수 있는데, '크리티카'에는 국문학을 비롯한 외국문학과 문학교육학 및 미학을 전공한 학자들이 모인 비평의 주체다. 비평전문지 『크리티카』 창간호(2005년 11월)를 발간하면서, "비평적 관심과 학문적 관심을 결합해 비평의 수준을 한 단계 끌어올리고자 한다"27)는 당찬 선언에서 알 수 있듯, '크리티카'는 '비평＋학문'을 겨냥하고 있다. 비평과 학문의 영역이 구분되는 기이한 우리 지식사회에서 '크리티카'의 비평을 향한, 성숙한 문제의식이 지속적으로 관철될 수 있는 움직임을 보였으면 한다.28)

이렇게 우리의 비평은 개별 비평가들만의 자족적 비평에서 과감히 벗어나, 비평의 공적 소통의 장을 마련함으로써 기존의 비평적 에콜과는 그 양상이 현저히 다른 비평 공동체를 구축시키고 있다. 모두 그 결성 목적

---

27) 「새로운 비평 커뮤니티를 향하여」, 『크리티카』 창간호, 2005년 11월, 7쪽.
28) '크리티카'의 출범과 관련하여 발간된 비평전문지 『크리티카』에 대해서는 이미 문학평론가 권성우가 그의 「대안적 비평문화의 정착을 위해」에서 그 의의와 문제점을 예각적으로 짚은 바 있다. 여기에 내 의견을 덧붙이자면, '크리티카'의 동인들이 혹시 기존의 비평의 주체들에 대한 섬세한 판단 없이 기존 비평가들을 매체에 유야무야로 종속된 것으로만 대단히 단순화시켜 파악하고 있는 것은 아닌지 의구심이 든다. 비평의 독자성과 자율성은 매체와 무관히 존재하는 게 결코 아니다. 매체는 창작의 성과를 발표하는 마당이다. 비평은 이 마당을 떠나 독자적으로 존재할 수는 있되, 창작과 무관한 비평의 성채에 갇힐 따름이다. 비평이 존재하는 이유는 비평만을 위해서가 아님은 삼척동자도 다 아는 사실이다. '크리티카'가 진실로 '지금, 이곳'의 비평에 생산적으로 개입하기 위해서는 우리 시대의 매체에 대해 세밀한 검토를 해야할 뿐만 아니라, 무엇보다 비평의 주체로서 자의식을 다듬어야 할 것이다. '학문과 비평'을 조우한다면서도, 혹시 '크리티카'는 비평에 대해 안이한 태도를 갖고 있어서는 곤란하다. 특히 살아있는 문학 현장에 대한 애정없는 비평은 '크리티카'가 그토록 경계하는 비평 본연의 역할을 훼손하는 것이나 다를 바 없기 때문이다.

이야 구체적으로 다르겠지만, 비평의 주체들이 서로의 비평적 관심사를 이러한 공적 소통의 장에서 나눔으로써 동시대의 문학에 대한 미적 판단의 문제틀을 서로 공유하는 가운데 비평의 독자성과 자율성, 그리고 윤리성을 내실 있게 다질 수 있을 수 터이다.

4. 이제, 탈주체적 비평을 넘어설 때다!

새로운 문학이 급부상하고 있으니, 이를 이해하고 설명해내어야 하는 비평의 새로운 언어와 논리가 요구되는 것은 당연하다. 창작도 그렇지만 비평 역시 새로움을 추구해야 한다. 비평이 미적 갱신에 복무해야 하는 것은 두말할 필요도 없다. 하지만 여기서 중요한 것은 비평의 주체성을 휘발시키거나 은폐함으로써 문학의 새로움에 호들갑을 떨거나, 그 새로움이 마치 미적 갱신을 보증해주는 것인 양 떠들썩해서는 곤란하다. 비평은 '심미적 이성'을 소유하고 있는 만큼 새롭게 부상하고 있는 문학에 대한 가치를 평가해야 한다. 즉 '비평적 판단'을 위한 권리와 의무를 성실히 수행해야 한다. 그러기에 비평의 주체성에 대한 지속적이고 치열한 성찰은 아무리 강조해도 지나치지 않다.

이 글의 앞머리에서 나는 탈주체적 비평이 거둔 성과를 전적으로 부정하지 않는다는 것을 분명히 하였다. 돌이켜보면, 탈주체적 비평이 비평계에 활력을 불어넣은 것은, 거듭 말하지만, 사실이다. 하지만, 비평의 주체성을 지워버린 탈주체적 비평이 주목한 것은, 탈주체성을 두드러지게 표방한 젊은 문학에 대해 과도할 정도로 친절한 비평이었던 점 역시 사실이다. 우리 문학을 풍요롭게 하는 데 비평이 해야 할 일은 여러 가지다. 새로운 문학의 출현에 대해 촉각을 곤두세우고, 비평의 섬세한 감식안을 통해 그 문학의 새로운 가치에 대해 정당한 평가를 해주는 것은 결코 쉬운 일이 아니다. 그렇다. 우리의 비평이 필요한 것은 어느 때부터인지 망실했거나 실종된 '비평의 평가'다. 이 '비평의 평가'를 위해 냉철히 성찰해야 할 '비평의 주체성'이다. 그렇다고 오해하지 말자. 이 '비평의 주체성'은 '비평적 판단'의 자의성을 방치하기 위해, 특정 비평 주체의 동일성으로 환원되는 성격의 그것이 아니다. 텍스트를 향해 일방통행하는 비평의 행태를 취하지 않는다. 특정 비평 주체의 미적 취향을 강변하지 않는다. 그보다 텍스트와 섬세한 교감을 통해 텍스트의 미적 특질을 규명해내고, 그 미적 특질의 공과를 찬찬히 살펴, 텍스트와 비평이 공명共鳴하는 어떤 지경에 함께 다가간다. 그러기 위해 비평은 주체성을 벼리면서, 비평 담론의 현란한 춤사위가 아니라, 땀내음이 물씬 풍기는 비평의 노동을 몸소 보여야 한다. 말하자면 비평의 육체성을 확보해야 하는 것이다.

'지금, 이곳'의 비평은 현상적으로 보건대, 비평의 풍요를 보인다. 매체가 다수 출현함으로써 매체의 수요를 충당시켜주기 위한 비평의 공급 역시 수월하여, 그 어느 때보다 비평가들이 활발하게 활동하고 있는 시기임에 틀림없다. 문제는 이럴수록 비평의 자기소외와 비평의 고립화가 가속화될 수 있다는 점을 경계해야 할 것이다. 비평가들끼리도 소통하지 않는 비평, 더 나아가 독자와 창작으로부터 외면당하는 비평이야말로 비평의 자기소외와 고립화를 촉진시킬 것은 불을 보듯 뻔한 일이다. 그렇기 때문에 그 어느 때보다 비평의 주체성에 대한 면밀한 성찰을 시도해야 하며, 비평의 공적 소통의 장을 활발히 마련해야 한다. 하여, 탈주체적 비평이 우리 문학의 젊음과 새로움을 자기식으로 전유하는 것을 지켜만 볼 게 아니라 비평 공동체 혹은 비평의 공적 소통의 장에서 생산적 대화를 통해 우리 문학의 갱신에 대한 길을 다 함께 모색해야 할 것이다.

이제, 탈주체적 비평을 넘어설 때가 되지 않았는가. 비평의 역할을 제대로 수행하기 위해 진정으로 궁리되어야 할 것은, 비평의 주체를 새롭게 정립함으로써 독자와 창작으로부터 외면당하고 있는 우리 비평에 제 자리를 되찾아주어야 하지 않겠는가.

(『실천문학』, 2006년 여름호)

'비평의 매혹'을 넘어 '비평의 진보성'을 쟁취하길

복도훈, 허윤진, 신형철의 비평에 대한 비판적 성찰

1. 비평의 매혹과 매체의 선정적 기획

K씨,

오랜만이군요. 그동안 당신과의 관계가 소원한 것도 모른 채 이러저러한 세상사에 치이며 하루하루를 보냈습니다. 제게 당신의 존재는 각별할 수밖에 없는 게 세상의 그토록 다양한 공부거리 중 하필 문학, 그것도 비평에 입문하도록 하는 중요한 계기를 제게 부여했습니다. 지금도 기억이 생생합니다. 지방에서 유학온 대학 신입생으로서 아직 대학 생활이 두렵고 낯설기만 할 때 서점에서 무심결에 손이 간 한 권의 책이 바로 당신의 글이었습니다. 대학가 골목 깊숙이 자리한 제 하숙방에서 책의 낱장을 넘기며, 저는 당신의 글 속에 말 그대로 푹 파묻혀버리고 말았습니다. 고등학교까지 받은 제도권 국어교육에서 익숙한 글쓰기 유형을 떠올린바, 자유로운 생각과 느낌을 적은 수필 같기도 하고, 특정한 대상을 향한 주체적 입장을 논리적으로 드러낸다는 점에서 논설문 같기도 하고, 또 제가 전혀 모르는 정보를 친절히 해설해준다는 점에서 설명문 같기도 한, 아니 이 모든 것들이 아주 자연스레 버무려져있었습니다. 무엇보다 그 글이 문학 작품을 대상으로 쓰여진 글, 즉 '문학 비평'이라는 점이 제게는 대단히 신선한 충격으로 다가왔습니다. 아직 이렇다할 문학에 대한 전문적 식견도 갖고 있지 않으며, 인문사회과학적 교양의 기반도 미처 다져지지 않은, 평범하기 이를 데 없는 제가 당신의 비평을 접하면서 문학의 매혹을 느끼고, 그 매혹을 통해 어렴풋하게나마 제 자신의 삶과 현실을 인식하기 위한 욕망을 품게 되었으니까요. 바로 당신의 글쓰기, 즉 '문학 비평'을 통해서 말입니다.

제가 새삼스레 당신과의 첫 인연을 말하는 것은, 그 인연 때문에 저 역시 문학 비평가로서 글을 쓰기 시작한바, 간혹 비평에 대한 곤혹스러운 문제에 직면할 때마다 당신과의 첫 인연을 돌아보게 됩니다. 도대체, 비평이란 무엇인가? 비평의 글쓰기는 어떤 가치를 지니는가? 비평의 운명은 어떠한가?

최근 부쩍, 이렇게 거친 물음을 던지는 횟수가 잦아졌습니다. 항간에서는 말합니다. "비평의 역할은 다 했다. 비평은 출판시장에서 광고카피 문구로 전락한지 오래다. 창작자는 더는 비평에 신뢰를 두지 않는다. 동료 비평가들마저 비평에 신뢰하지 않고 비평을 읽으려고 하지 않는다. 뿐만 아니라 독자 역시 비평으로부터 신뢰를 거둔지 오래다. 비평을 통해 사회적 여론을 환기하고, 비판적 지성의 건강성이 더는 통용되지 않는다. 비평은 대학 강단에 서기 위한 한갓 자격증에 불과하다. 아니, 도리어 대학 강단에 서는 데 골칫거리일 뿐이다 등등." K씨, '지금, 이곳'의 비평을 에워싸고 있는 온갖 풍문과 추문이 문학판을 어지럽게 배회하고 있습니다.

저는 이럴수록 당신의 비평을 떠올려보곤 하는데요. 당신의 비평은 인간과 문학, 그리고 세상에 관해 무지렁이인 누군가에게 어떤 난삽한 이론과 개념에 의지하지 않은 채 범상한 언어로써 문학과 삶의 비의성秘義性의 베일을 벗겨내고, 작가와 작품의 미적 가치를 이해하기 쉽도록 전달하는 것은 물론, 그 미적 가치가 우리들 삶의 반성적 성찰을 통해 아름다움의 진정한 맛을 오롯이 느끼게 하는 비평의 매혹을 안겨줍니다. 저는 나중에야 알았습니다. 당신의 비평이 문학적 이념을 달리하는 창작자들과 비평가들 사이에서도 널리 회자되고, 특히 일반 독자에게도 신뢰를 얻고, 비평의 존재 가치를 자연스레 드높였다는 것을요.

K씨,

제가 이렇게 비평의 초보적인 얘기를 꺼내게 된 것은, 『문예중앙』(2007년 여름호)의 좌담을 접하면서 다시 한 번 비평에 대한 생각을 가다듬게 되어서입니다. 이 좌담에서는 최근 왕성한 글쓰기를 보이고 있는 다섯 명의 비평가들(사회 : 김형중, 좌담 : 복도훈, 신형철, 조강석, 허윤진)이 출현하고 있습니다. 문예지의 좌담이 갖는 성격이 그렇듯, 『문예중앙』은 자신의 지면에 이들 젊은 비평가들을 한 자리에 모으는 것 자체를 통해 '지금, 이곳'의 문학판에 어떤 개입을 하려고 합니다. 좌담의 기획에서도 분명히 적시하고 있듯, "그간 『문예중앙』의 '이너—뷰' 코너는 매 계절 중요한 작품집을 출간한 시인이

나 소설가들을 모서 좌담을 통해 그들의 문학 세계를 일별해보려는 자리로 마련되었"[1]는데, "이번 호 좌담은 이례적으로 아직 평론집을 출간한 적조차 없는 네 사람의 젊은 평론가들"(236쪽)을 대상으로 하고 있습니다.[2] 가뜩이나 비평이 풍문과 추문 속에 있는 터에 비평을 위한『문예중앙』의 이러한 특별한 배려(?)는 응당 주목할 만하다고 생각합니다. 그런데 제가 이 좌담을 살펴보면서 든 생각은, 또 다른 비평의 풍문과 추문을 얹어놓았다는 판단을 쉽게 떨쳐낼 수가 없습니다. 여기에는 이 좌담을 기획한『문예중앙』의 정치성(혹은 윤리성)과 아울러 좌담에서 자신의 입장을 개진하고 있는 젊은 비평가들의 정치성(혹은 윤리성)이 공서共棲하는 관계를 맺는 것처럼 보이기 때문입니다. 단적으로,『문예중앙』은 이 젊은 비평가들을 한 자리에 모은 이유가 "이들의 글이 보여주는 수준이 이미 우리 시대 문학비평의 정점에서 그리 멀지 않았기 때문이고, 이들의 글이 읽어내는 당대 한국문학의, 지형도가 충분히 정밀하고 사려 깊었기 때문이"(236쪽)라고 하는데, 이것은『문예중앙』이 좌담에 참석한 젊은 비평가들을 전략적으로 활용함으로써 '지금, 이곳'의 문학을 '젊음'이란 트랜드로 일반화하려는 매체의 정치성을 노골적으로 드러내는 것으로 판단됩니다. 말하자면,『문예중앙』은 하필 이번 '이너-뷰' 코너를, 작품집을 출간하지 않은 등단 3년차에 불과한 신인 비평가(모두 2005년에 등단)를 동원하여, 그들의 비평이 당대의 한국문학 비평에서 최고의 정점에 다가갔다는 아낌없는 극찬을 하고, 그들의 비평이 당대의 문

---

1) 「좌담 : 젊은 비평, 젊은 고뇌」,『문예중앙』, 2007년 여름호, 236쪽. 이후 이 좌담의 부분을 인용할 때는 별도의 각주 없이 본문에서 괄호 안에 해당 쪽수만을 표기합니다.
2) 이 좌담이 있을 때까지만 해도 좌담에 초대받은 네 명의 비평가들(복도훈, 신형철, 조강석, 허윤진)은 자신의 첫 평론집을 갖고 있지 않았습니다. 이후 허윤진만의『5시 57분』(문학과지성사, 2007)과 신형철의『몰락의 에티카』(문학동네, 2008)를 출간한 상태입니다.

학을 가장 정밀하게 읽어내고 있다는 찬사를 함으로써, 아직 자신의 비평 세계가 정립되지 않은 신인 비평가들의 비평을 특정 매체의 정략에 마음껏 활용하여, 당대의 문학적 흐름을 주도하려는 욕망을 드러내고 있습니다. 이러한 매체의 정략에 젊은 비평가들이 동원되고 있는데, 이것이야말로 '젊음'을 간판삼아 한국문학의 흐름을 편향되게 인식하고 호도하고자 하는 매체의 계산된 정치성이 아니면 무엇일까요.

그런데 K씨, 제가 정말 안타깝게 생각하는 것은, 『문예중앙』의 이러한 선정적 기획도 그렇지만, 이 기획에 기꺼이 참석한 젊은 비평가들의 비평적 판단입니다. 먼저 간략히 말씀드리고 싶은 것은 그들이 좌담이란 특성에 대해 정치한 이해를 하고 있지 못하다는 점, 좌담은 한갓 정담(혹은 덕담)을 나누는 사적 담론이 아니라, 문학(특히 비평)에 관한 자리인 만큼 그것에 관한 쟁점을 중심으로 그 쟁점이 부딪는 순간과 그 여백을 통한 생산적 대담을 나누는 공적 담론이라는 점을 너무 쉽게 간주하고 있는 듯합니다. 이를 간과한 채 젊은 비평가들은 마치 어느 경지에 이미 오른 비평의 대가를 대하는 듯한 태도를 서로에게 취하고 있습니다. 저의 지나친 편견일까요.

저는 좌담에 참석한 젊은 비평가들의 비평을 향한 자의식과 문제의식의 치열성을 존중합니다. 평소 그들의 비평을 읽으며 비평의 쇄신에 대한 모종의 배움을 얻기도 합니다. 그래서인지, 이번 기회에 저는 그들의 비평을 숙고해보았습니다. K씨도 잘 알듯이, 저는 생산적 대화에 기반한 논쟁의 아름다운 풍토가 비평의 활기를 되찾아준다고 생각하니까요. 글쎄, 그들은 어떻게 받아들일지. 존이구동存異具同과 화이부동和而不同의 비평, 그 진정성의 맥락으로 젊은 비평과의 논쟁적 대화를 시작해봅니다.

2. 육화된 비평의 결핍 – 복도훈 비평의 분열증적 이상 증후

K씨,

비평의 글쓰기가 내재하는 비평적 사유란 어떤 것일까요? 여기에는 복잡한 층위의 물음들이 내포되어 있습니다만, 저는 우선 '비평과 현실'의 문제에 초점을 맞추어봅니다. 비평은 복잡다단한 현실의 문제를 비평 특유의 '심미적 성찰'로써 분석하고 판단하는 문학적 실천이라는 생각을 갖고 있습니다. 혹시, 기억나시는지요. 얼마전 저는 당신에게 '공부'에 대한 제 어줍잖은 생각을 들려드린 적이 있습니다. 제가 하고 있는 '비평의 공부'에 대해서 말이죠. 그 한 대목을 옮겨보겠습니다.

문학을 대상으로 한 비평 행위는 문학 작품을 정밀하게 읽어내는 것만으로 만족해서는 안 되며, 문학 작품의 안팎을 가로지르면서 그 문학 작품이 우리의 삶과 현실의 맥락 속에서 어떠한 가치를 갖고 있는지에 대한 '심미적 성찰'을 해야 한다는 점입니다. 그렇습니다. '심미적 성찰'이 중요하다는 생각이 듭니다. 문학도 예술의 하나이듯, 문학적 감동은 곧 예술적 감동이므로, 비평은 예술적 감동의 과정을 밝혀내는 일을 게을리해서 안 됩니다. 종종 비평가들이 대수롭지 않게 여기는 게 있는데, 비평이란 대중과 예술이 소통하는 길을 내고, 그 길을 통해 대중이 예술적 감동을 만끽함으로써 아름다움의 가치를 새롭게 발견하도록 하는, 도우미 역할을 해야 합니다. 여기서 쉽게 간과해서 안 되는 점은 아름다움의 가치를 새롭게 발견한다는 것인데, 저는 이것을 인간의 삶과 현실의 문제를 넓고 깊게 성찰함으로써 '죽음의 삶'의 아니라 '신생의 삶'을 더욱 북돋울 수 있어야 한다고 생각합니다. 저는 바로 이러한 것이 문학비평가로서 끊임없이 정진해야 할 '공부'의 길이며, 이 '공부'는 삶과 현실로부터 동떨어진 게 결코 아니라 우리의 비루한 일상의 복판에서, 그리고 악다구니치는 현실의 저 낮은 바닥에 납작 엎드린 그 곳에서 치열히 행해져야 할 것이라고 생각합니다.[3]

'비평의 공부'에 대해 제가 갖는 소박한 생각을 집약시켜 말씀드렸다 해도 과언이 아닙니다. K씨, 낯 부끄럽게도 저의 이와 같은 생각을 드러내는 데에는, 젊은 비평가들의 글을 접하면서 어떤 문제의식을 갖게 되었기 때문입니다. 제가 평소 생각하는 '비평의 공부'와 상충되고 있다는 생각을 지울 수 없습니다. 물론, 각자 공부하는 길이 서로 다르다는 점을 인정하면서도 저와 같은 분야의 공부를 한다는 점에서 그냥 심드렁하게 지나칠 수 없는가 봅니다.

젊은 비평가들 중 이 점과 연관시켜 제가 비판적 대화를 나누고 싶은 비평가로는 복도훈을 들 수 있습니다. 복도훈의 비평의 특장特長을 두고, 신형철은 "선배 세대의 비평가들과 가장 가까운 스타일의 글을 쓰고 있지 않나 하는 생각을 해요. 이를테면 7, 80년대에 비평을 하셨던 선생님들의 글 말입니다. 한국문학과 세계문학을 같은 층위에서 논하고, 문학과 철학과 사회학과 경제학을 무리없이 오가는 글들이 많았죠. 도훈이 형의 글이 대개는 그렇습니다"(237~238쪽)라고 언급하는가 하면, 허윤진은 "비평이라는 것이 결국에는 다양하게 존재하는 담론의 층위들을 문학 텍스트를 중심으로 어떤 식으로 직조할 것인가의 문제라고 봤을 때 그 문제에

---

3) 고명철, 「삶의 아름다운 가치를 추구하는 비평」, 『광운대신문』(611호), 2007.9.17, 4쪽.

대해 가장 모범적인 대답을 하고 계신 분이 복도훈 선생님이 아닐까 싶네요"(239쪽)라고 언급하는데, 바로 여기서 복도훈이란 개별 비평가에 대해서뿐만 아니라 그와 동년배의 비평에 대한 견해와 저의 그것이 상충된다는 점을 발견하였습니다.

신형철과 허윤진의 복도훈에 대한 언급에서 제가 문제삼고자 하는 것은, 비평이 문학을 매개로 하여 인문사회과학의 온갖 담론이 어우러지는 글쓰기로(만) 파악하고 있다는 점입니다. 하여, 복도훈의 비평이 문학을 중심으로 인문사회과학의 담론들을 자유자재로 활용하고 있다는 점을 그들은 높이 평가하고 있습니다. 저 역시 이러한 그들의 평가 자체에 딴지를 걸지는 않습니다. 하지만 이 점만은 분명히 적시해두고자 합니다. 혹, 그들은 비평을 여러 형태의 글쓰기 유형 중 세련된 담론의 글쓰기 유형으로만 파악하고 있는 것은 아닌지, 신형철은 복도훈의 비평을 7, 80년대의 비평과 유사하다고 하는데, 그것은 어디까지나 7, 80년대 비평의 표면적 글쓰기 행태(비평이란 글이 구성되는 방식)에만 주목한 것일 뿐 그 시대의 비평이 추구한 비평적 실천의 진정성을 진지하게 숙고하지 못한 것은 아닌지,4) 또한 허윤진은 비평을 여러 형태의 담론이 문학을 매개로 하여 잘 구성되는 가의 여부에만 관심을 두고 있는 것은 아닌지. 제게 복도훈의 비평에 대한 그들의 언급은 비평적 글쓰기의 '스타일'만을 중시한 것처럼

---

4) 우리는 너무나 잘 알고 있습니다. 7, 80년대 한국문학 비평은『창작과비평』/『문학과지성』(이후 『문학과사회』)이 양대 비평적 에콜에 직간접적인 젖줄을 대고 있습니다. 이 양대 비평적 에콜은 그 폐단도 없지 않지만, 서구의 문예이론을 활용하되, 무엇보다 7,80년대의 한국의 구체적 현실 속에서 비평적 사유를 펼쳤고, 비평이 사회적 공명을 일으키면서 비평의 사회적 가치를 드높였습니다. 따라서 이 시기의 비평을 생각할 때 그 구체적인 비평의 실천 행태는 달랐지만, 비평의 글쓰기에 자족하는 게 아니라 사회적 맥락 속에서 비평의 실천을 궁리했다는 점을 과소평가해서는 안 됩니다.

읽힙니다. 도리어 저는 바로 복도훈의 이 같은 점이 문제라고 생각해온 터입니다. 동년배의 비평가들은 복도훈의 이 점을 높이 평가하고 있으나, 저는 오히려 정 반대의 생각을 갖고 있습니다.

복도훈의 비평에는 '복도훈'이란 개별 비평가의 비평적 판단이 있는 게 아니라 서구 이론가들의 크고 작은 게시와 잠언들이 울려대는 불협화음으로 가득 채워져 있습니다. 어느 글이라 할 것 없이 복도훈의 비평을 무작위적으로 대할 때마다 드는 곤혹스러움입니다. 좀 심하게 말한다면, 복도훈의 비평은 서구 이론의 컴플렉스에 푹 빠져있어 어떠한 주제의 글이든지, 서구 이론의 도움 없이는 글이 전개되지 않는 것처럼 보입니다. 비유컨대, 서구 이론의 수렴첨정垂簾聽政을 받고 있다고 할까요. 가령, 「목소리가 사라지는 곳으로 문학이 가야한다」(『문예중앙』, 2007년 가을호)에서는 아감벤, 미셸 시옹, 데리다, 지젝 등의 이론을 동원하여 한국문학사에서 '소리'와 관련된 고찰을 하고 있는데, 이러한 비평 작업이 '지금, 이곳'의 한국문학에 어떠한 비평적 의미를 산출해내고 있는지, 저는 잘 파악이 안 됩니다. 의미를 찾아본다면, 복도훈이 공부한 서구 이론들을 한국문학사에서 이렇게 저렇게 절취하여 적용시켜봄으로써 그 이론들의 매력을 한국문학을 대상으로 하여 마음껏 발산했다는 정도가 아닐까요. 이러한 면은 그의 「유머와 기적, 환대와 사랑」(『실천문학』, 2006년 여름호)에서도 살펴볼 수 있습니다. 그는 신경숙에게는 데리다의 '환대'를, 강영숙에게는 지젝의 '기적'을, 박민규에게는 프로이트의 '유머'를 적용하고 있는데, 이렇게 서구 이론가들의 담론에 전적으로 의지를 해야만 자신의 비평적 입장을 개진할 수 있는 것인지, 좀처럼 이해가 되지 않습니다.

K씨, 그렇다고 저는 서구 이론 자체를 타매하는 것은 결코 아닙니다.

서구 이론에 경도되는 것과 그것을 비평가의 구체적 현실 속에서 '섭취'하는 것은 별개의 문제라고 볼 때, 비평은 딱히 서구 이론뿐만 아니라 이 세상에 존재하는 온갖 담론들을 자신의 능력 범위 안에서 충분히 '섭취'하여 그것을 생경하게 드러낼 게 아니라 자신의 언어로 육화시켜야 한다고 생각합니다. 하여, 비평가의 주체적인 비평적 판단이 자신이 뿌리를 두고 있는 문학대지를 향해야 합니다. 그럴 때 비평과 창작은 팽팽한 긴장 관계를 맺으며 한국문학의 대지를 풍요롭게 할 수 있는 것이지, 서구 이론의 적극적 해명을 받는 창작이 한국문학의 토양을 기름지게 할 수 있지는 않습니다. 무엇보다 창작자들과 독자들이 함께 비평가의 문제의식을 공유하고 한국문학의 문제성을 새롭게 이해할 수 있어야 하는데, 특정한 비평가(들)만이 이해할 수 있는 서구 이론의 남용은 비평이 창작과 독자들로부터 이반되는 현상을 부추긴다는 점에서 안타까운 일이 아닐 수 없습니다. 저는 복도훈과 그 비평을 상찬하는 동년배 비평가들이 이 점을 숙고했으면 합니다.

그런데 K씨, 제가 복도훈의 비평으로부터 더욱 안타깝게 생각하는 점은 타자를 향한 그의 비평적 입장입니다. 그의 「연대의 환상, 적대의 현실」(『문학동네』, 2006년 겨울호)은 문제적인 글로 읽혔습니다. 제가 그 글을 읽으면서 좀처럼 납득할 수 없었던 것은, 그의 글 제목에서 단적으로 드러났듯, 최근 몇 년 동안 한국문학이 열정을 기울이고 있는 아시아와의 문학 연대를 "나르시시즘으로 귀결되고" "자문화중심주의로 판명될 여지가 있"으며, 여타의 노력들을 "주체의 심리적 외상과 부채의식을 극복하기 위해 상상되고 또 필요했던 것"[5]이라 하여, 연대의 진정성과 그 노력

---

5) 복도훈, 「연대의 환상, 적대의 현실」, 『문학동네』, 2006년 겨울호, 490쪽.

들의 가치를 애써 폄하하려고 한다는 점입니다. 저는 복도훈의 이 입장에는 매우 큰 오해가 자리하고 있는 것으로 보입니다.[6] 그는 『문예중앙』(2007년 여름호) 좌담에서도 이 문제를 언급하는데요. 가령, "최근 소설에서 외부로 나가 외국인 타자를 발견해내고 그를 사유하거나 느끼는 일을 굉장한 것인 양 제시하지만 상대적으로 눈앞에 있는 타자나 대상들에 대해 지극히 무관심하도록 이끄는 건 아닌가 싶습니다"(277쪽)라는 데서, 그가 무언가 큰 오해를 하고 있는 게 확실합니다. 적어도 한국문학이라는 개별 국민문학의 맹목성에 붙들려 있지 않고, 참다운 세계문학을 꿈꾸고 있는 한국문학이라면, 지금까지 소홀히 간주했던 아시아의 삶과 현실에 적극적 관심을 갖고, 아시아의 문학과 소통·연대하는 길을 적극적으로 모색함으로써 현재 한국문학이 직면하고 있는 크고 작은 문제들을 발본적으로 성찰할 수 있는 생산적 계기를 만날 수 있을 터입니다. 그 과정에서 한국문학은 복도훈이 지적하는 대로 때로는 나르시시즘적 모습을 취할 수도 있으며, 때로는 자문화중심주의의 오류를 저지를 수도 있을 것입니다. 하지만 이 모든 잘못과 오류들이 두려워 한국문학의 타자들과 귀중한 연대의 틀을 무화시킬 수는 없는 것입니다. 복도훈이 염려하는 것처럼 "한국의 지식인들이나 작가들이 그 여느 때보다 국가나 국경 외부를 힘

---

6) 이미 복도훈의 이러한 비평적 입장에 대해 문학평론가 오창은은 다음과 같이 정곡을 찌르는 비판을 한 바 있습니다. "나는 복도훈이 주장하는 '연대의 곤란함과 연민의 부정성'에는 반대한다. 모든 연민이 부당한 것은 아니다. 타자(혹은 약소자들)가 자신의 권리를 인식하고, 그것을 당당히 요구하는 것을 방해하는 연민이 부당하다. 특정한 경계를 설정해놓고 타자에게 절대 침범이 불가하다고 말하는 것은 방어적일 뿐이다. 하지만 경계를 넘어설 각오가 되어 있는 연민은 분열적일지언정 윤리적으로 온당하다. 연민은, 위안이 아니라 스스로의 틀을 깨는 실천으로 연결될 때라야 '연민 이상의 윤리'가 될 수 있다고 나는 생각한다. 거기에 바로 연민을 넘어선 연대의 가능성이 있는 것이다. 그것은 단지 희망일 뿐이라고 반박할지도 모른다. 나는 '윤리는 희망에 의지한다'고 믿는다." 오창은, 「한국문학과 국제적 연대」, 『실천문학』, 2007년 여름호, 262쪽.

안 들이고 발견하는 현실적 조건에서 비롯되는 것"(277쪽)처럼 보이는 부분도 없지 않으나, '지금, 이곳'에서 한국문학의 타자들과 연대를 맺는 노력들은 "힘 안 들이고 발견하는" 그런 무책임과 거리가 멀고,[7] 진정한 '내면의 교류'를 하기 위해 각고면려의 성찰과 문학적 실천들을 벌이고 있습니다.

K씨, 저는 복도훈의 비평의 갖는 문제점 중 하나로 서구 이론의 강박증에 빠져있다는 점을 지적하였습니다. 복도훈 스스로 비평의 논리 세계를 구축하기 위해 한국의 인문사회과학의 바깥에 있는 타자들과 적극적으로 소통·연대하고자 하는데, 정작 그가 비평의 대상으로 하고 있는 한국문학이 한국문학 바깥에 있는 타자들과 적극적 연대의 길을 모색하고 있는데 대해 신뢰를 갖지 않는다는 것을 어떻게 보아야 할까요. 이 둘은 전혀 다른 층위의 토론이 필요한 얘기일까요? 아니, 저는 전혀 다르지 않다고 생각합니다. 복도훈의 비평에서 이 둘이 부딪치고 있는 점은 흥미로운 부분이 아닐 수 없습니다. 복도훈 비평의 논리는 타자—서구 이론을 지향하고 그것과의 적극적 연대를 모색하는데, 정작 자신의 비평의 대상이 되는 한국문학이 타자와 적극적으로 연대하는 노력에 신뢰를 보내지 않는다? 혹, 복도훈 비평이 맞닦드리는 자기 모순이며, 분열증적 증후가 아닐까

---

7) K씨도 간혹 문단의 동정 소식을 들어 알고 있으리라 생각됩니다만, 최근 몇 년 사이 한국문학이 아시아와 연대하려는 움직임들이 활발해지고 있습니다. '베트남을 이해하려는 젊은 작가들의 모임', '팔레스타인을 잇는 다리', '인도를 생각하는 예술인 모임', '아시아 문화 네트워크' 등이 대표적 움직임들입니다. 이들 모임들은 일국중심의 문학 경계를 넘어, 아시아의 가치를 새롭게 발견하려는 문화적 연대를 통해 문학의 새로운 지평을 심화·확장시키고 있습니다. 그동안 한국문학의 영토의 경계를 넘어 아시아의 문화와 소통함으로써 아시아의 문제들을 함께 고민하는 문학의 운동성을 새로운 차원에서 적극적으로 벌이고 있습니다. 말하자면 이들 자발적 모임을 통해 한국문학은 아시아의 문제들을 배타적으로 사유하는 게 아니라 상호 존중하는 문학적 연대를 통해 한국문학의 새로운 지평을 모색하고 있는 셈입니다. 이들 모임의 최근 활동에 대해서는 『실천문학』(2006년 겨울호)에 수록된 '작가에세이'를 참고할 수 있습니다.

요. 자신의 비평 세계의 근간을 구축하는 방식과 비평의 대상에 대한 비평의 태도 사이에서 발생하는 이 모순과 분열에 대해 복도훈은 냉철히 성찰해야 한다고 저는 생각합니다. 이것은 그의 비평의 정치성 혹은 윤리성의 문제와 무관하지 않기 때문입니다.

3. 쇄신에 붙들린 비평 — 허윤진과 신형철 비평의 과유불급過猶不及

K씨,

분명한 사실은 '지금, 이곳'의 비평이 창작자들과 독자들로부터 매우 심각하게 이반되어 있다는 점입니다. 심지어 문학에 종사하는 문학인들로부터도 외면받는 일이 다반사인 듯합니다. '비평의 무용론'이 심심찮게 고개를 불쑥불쑥 치켜들곤 합니다. 도대체, 왜, 이런 반응이 일어나고 있을까요. 여기에는 아주 소박하지만, 결코 소박하게만 치부해버릴 수 없는 문제가 가로놓여 있습니다. 단도직입적으로 얘기하자면, 비평이 잘 읽히지 않기 때문입니다. 비평이 창작자와 소통하지 못하고, 독자와도 소통하지 못하는 게 문제입니다. 그런가 하면 동료 비평가들 사이에서도 소통되지 못하고 있습니다. 말하자면, '비평의 대중성'을 확보하고 있지 못한 채 '비평의 전문성'만을 쟁취함으로써 '비평의 나르시시즘'에 자족하고 있는 비평의 이상 증후가 젊은 비평가들 사이에 확산되고 있습니다. 저는 허윤진과 신형철의 비평을 대하면서 걱정과 기대가 뒤섞이는 가운데 이와 관런된 면을 생각해보곤 합니다.

허윤진의 비평에 대해서는 동료 비평가들이 언급하는바, 비평을 독자적인 예술의 차원으로 격상시키기 위한 고투를 벌이고 있다는 점에서 저역시 이견異見이 없습니다. 제가 당신의 글을 접하면서 비평에 입문하게된 가장 큰 동기도 비평이 문학예술의 한 영역으로 당당히 그 몫을 다 할수 있다는 점에 대한 어떤 확신감을 얻었으니까요. 이 점을 놓고서는 K와저, 그리고 허윤진 모두 동일한 입장을 취하고 있습니다. 다만, 허윤진의입장과 제가 다른 점은 허윤진이 그토록 집요하게 탐구하는 언어의 물질성과 결부된 비평의 자의식에 대한 것입니다. 그는 "인간적인 모든 것에오염되지 않은 상태로 언어 자체를 극단적으로 건조하게 보여줄 수 있는입장"(267쪽)에 있는 문학을 옹호하는 차원에서 이른바 '음악학적 상상력'을 주목하고 언어학 혹은 기호학의 토대를 둔 이론을 자유자재로 구사하고 있습니다. 그 과정에서 그는 비평을 하나의 창작물의 형태로 말 그대로 '창작'하고 있는데요. 기존의 비평적 글쓰기의 통념을 보란 듯이 위반하고 있습니다. 그래서 기존의 비평적 글쓰기에 익숙한 이들에게 허윤진의 비평 자체는 '낯설다'는 인식을 갖도록 합니다. 과연, 이러한 글쓰기를비평으로 보아야 하는지, 망설여지는 게 사실입니다. 그러다보니 조강석이 지적하고 있듯이 "글의 가독성을 떨어뜨리는 경우"(264쪽)가 있거든요.

K씨, 제가 허윤진의 비평에 대해 문제삼고 싶은 부분은 비평적 글쓰기의 새로운 형식을 모색하고 있는 것 자체가 비판받아야 한다는 게 결코아닙니다. 얼마든지 새로운 형식의 글쓰기를 모색해야죠. 하지만 비평의가독성을 크게 손상 받으면서 비평가만의 독특한 사유를 발산하는 것은비판의 여지가 있어 보입니다. 저는 이렇게 생각합니다. 비평의 가독성

이 손상받는다는 것은, 비평이 문학의 대지로부터 이반되었을 가능성이 농후한 것은 아닌지요. 사실, 허윤진의 첫 평론집 『5시 57분』(문학과지성사, 2007)에서 각별히 주목하고 있는 작가와 시인에 대한 비평을 보면, 비루한 일상의 중력의 지배를 받고 있는 세계의 언어보다 무중력 상태에서 떠다니는 언어의 물질성에 과도하다 싶을 정도의 비평적 관심을 쏟고 있는데, 그의 비평적 언술이 뜻하는 바가 무엇인지 이해하는 일이 곤혹스럽다는 점입니다. 미적 실험을 보이고 있는 창작에 대한 이해를 도와주어야 할 비평이 도리어 낯선 비평의 형식으로 새로운 창작 동향을 읽어내고 있으니, 어찌 곤혹스러운 일이 아니라 할 수 있겠습니까. 창작이 지닌 예술적 감동의 메커니즘을 해명해야 할 비평마저 또 다른 예술적 감동의 비의성을 지니고 있는 형국이니, 그 비평을 대하는 이들이 마주쳐야 할 곤혹스러움은 이만저만한 게 아닙니다. 저는 이 곤혹스러움이야말로 문학의 대지를 일탈한 '비평적 자의식'의 과잉이 야기한 것으로 생각합니다. 혹시, 이 '비평적 자의식'의 과잉을 비평의 쇄신으로 잘못 인식하고 있는 것은 아닌지 모르겠습니다. 허윤진은 비평의 쇄신에 대해 다음과 같이 유려하게 언급하고 있습니다.

비평은 무엇인가? 비평이 비평가를 타자적 요소들(작품, 작가)에 완전히 노출하고 그/녀를 극단적인 수동성에 빠뜨리지 못할 때, 그/녀의 자기 파괴 욕구를 생산하지 못할 때, 비평은 존재론적인 사건의 차원으로 격상될 수 없다. 비평가 자신조차 쇄신하지 못하는 비평이 다른 독자에게 미적인 충격을 줄 것이라고 생각한다면 그것은 오산이다. 비평 텍스트는 매 순간 비평가의 자살이 되어야 한다. 타자적인 요소들이 내합된 채로 발설의 욕망을 주체하지 못해 말을 더듬다가 결국 자기 파괴의 현장으로 가서 자기의 주검까지도 확인하고 돌아오는 과정이 비평이어야 한다. 나의 존재가 너로 인해 흔들리고 있다는 비참한 수동성이 낳는 고통을 토로하고, 존재를 걸고 세계의 은밀한 억압을 발설함으로써, 타인에게 또 다른 불안을 낳는 존재가 비평가다. 비평가들이여, 죽음이 두려운가? 이미 죽은 자들의 시체를 먹어치운 자, 무엇이 두렵겠는가?[8]

문맥 그대로를 보자면, 비평은 작품과 작가와의 대화 속에서 비평 스스로의 주검을 확인하고 돌아오는 과정, 즉 비평(가)의 상징적 죽음을 통해 새로운 신생의 통과제의를 거쳐야만 비평이 쇄신할 수 있다는 점을 강조하고 있습니다. 저는 비평의 쇄신에 대한 허윤진의 욕망을 결코 탓하지 않습니다. 하여, "앞으로 문학에 관한 풍성한 담론을 생산하기 위해서는 더 전위적인 비평 양식과 비평집이 필요하다고 생각한다"[9]는 견해를 존중합니다. 다만, 비평의 쇄신을 위해 전위적 비평 양식의 창출에 몰두함으로써 '비평적 자의식'의 과잉을 냉철히 성찰하지 못한 채 비평적 타자(작가, 작품)의 존재를 과도하게 숭배한다든지, 비평적 타자와 맺은 관계를 자신만의 특수한 관계로 국한시켜버리지 않을까 하는 점이 걱정이 됩니다. 그러다보면, 허윤진도 모르는 새 그의 비평의 언어는 비평의 전위성을 확보하고 비평의 전문성을 쟁취했을지는 모르지만, 그의 비평 세계 안쪽에서만 울려대는 비평의 고립성과 자폐성에 매몰될 수 있을 듯합니다. 이 같은 저의 비판이 한갓 기우杞憂였으면 하는 바람 간절합니다.

---

8) 허윤진, 「춤추는 우울증」, 『5시 57분』, 문학과지성사, 2007, 147~148쪽.
9) 허윤진, 「에필로그」, 앞의 책, 336쪽.

K씨, 허윤진의 비평에 대해 저는 '비평적 자의식'의 과잉이 갖는 문제점을 짚어보고자 했습니다. 이것은 달리 말해 비평적 타자(작가, 작품)를 향한 비평가의 과도한 사랑에 연유하기 때문이 아닌가 합니다. 어떤 비평가가 자신이 신뢰하는 작가와 작품에 대한 비평적 관심을 쏟는 것은 너무나 자연스러운 일입니다. 그런데 말입니다. '과유불급過猶不及'이라는 말이 있죠. 너무 지나치다 보면 부족한 것만 못하다, 라는 귀에 익숙한 전언입니다. 허윤진의 비평과 구체적인 양태는 다르지만 신형철의 비평에서도 이 점은 비껴갈 수 없을 듯합니다.

먼저, 고백을 해야할 듯합니다. 저는 신형철의 비평을 읽을 때마다 그와 비슷한 연배의 비평가들의 글에서 느껴볼 수 없는, 비평을 읽는 쏠쏠한 재미를 체감합니다. 말 그대로 신형철의 비평은 무리 없이 잘 읽힙니다. 복도훈도 인정하고 있듯, "형철 씨 글은 문학비평은 먼저 보통 독자들에게 다가서고 읽혀야 한다는 귀중한 사명에 충실합니다."(249쪽) 그래서 신형철의 비평이 포착해내고 있는 대상은 그만의 독특한 비의성을 마음껏 발산해냅니다. 비평적 타자를 무례하게 압도하지 않으면서 아주 자연스레 그 타자들의 근처에 다가서고, 타자를 추궁하지도 않으면서 타자 스스로 자신의 비의성을 드러내게 하는 것이야말로 신형철 비평의 미덕이 아닐 수 없습니다. K씨, 한국비평사에서 김현의 비평을 두고 흔히들 '공감의 비평'이라는 에피셋으로 그의 비평을 언급하곤 하는데, 신형철의 비평은 어쩐지 김현의 '공감의 비평'을 연상케 합니다.

그런데 바로 이 점 때문에 신형철의 비평에 대한 저의 비판적 견해를 들려주고 싶습니다. 아마 모르긴 모르되, 평단에 '신형철'이란 비평적 존재를 각인하게 된 데에는 이른바 '미래파 논쟁'이 한 몫을 하였다고 생각합니다. 또 다시 이 논쟁에 대해 왈가왈부하지는 않겠습니다만, 저는 이 논쟁의 추이를 지켜보면서 신형철의 비평이 어떠한 입장을 갖고 논쟁에 임하는지를 흥미롭게 지켜보았습니다. 신형철은 시종일관 '미래파'라고 지칭되는 부류의 시인들을 적극 옹호하고 있더군요. 다만, 그 자신이 '미래파'로 호명하고 있지 않고, '뉴웨이브'라는 또 다른 명명법을 통해 그 또래 젊은 시인들의 미의식에 대한 비평을 꾸준히 개진하였습니다. 저는 신형철의 일련의 비평을 읽으면서, '비평의 전위성'에 대한 생각을 가다듬어 보았습니다. 그는 '뉴웨이브'의 젊은 미학을 적극 옹호하는데, 그것은 기존의 서정성과 시의 미학으로는 급변하는 현실의 실감과 미감을 보증해내지 못한다는 점입니다. 그래서 기존의 서정성과 미학으로는 도저히 이해할 수 없는 전위적 시들이 쓰여지고, 그러한 시들에 대한 그 나름대로의 비평적 진술을 하고 있습니다.

제가 신형철의 비평에서 문제삼고 싶은 부분은 '뉴웨이브'의 시들 주변에서 배치되고 있는 모종의 제도적 권력 양상에 대해 그의 비평은 침묵하고 있다는 점입니다.[10] 신형철의 비평 곳곳에서 '뉴웨이브'의 시들에 대한 텍스트의 미학에 대한 세밀한 점검은 이루어지고 있되, 그 시들의 제도적 권력 양상에 대해서는 이렇다할 고찰을 하지 못하고 있습니다. 이제 비평은 제도와 무관하게 존재하지 않습니다. 항간에 '뉴웨이브' 시들에 대한 소란스러움은 그러한 시들을 집중적으로 출판한 곳에서 발행되는 문예지의 매체 권력으로부터 집중적 관심을 받아오지 않았습니까. 무

---

10) 신형철의 이런 면에 대해 문학평론가 이성혁도 비판적 문제를 제기한 적이 있습니다. 다만, 이성혁은 신형철 비평의 전반적인 점을 고려하여 비평도 제도적 면을 성찰해야 한다는 일반론적인 면을 지적하고 있을 뿐입니다. 이성혁, 「전복적인 비평이란 무엇인가」, 『실천문학』, 2006년 겨울호, 142쪽 참조.

언가 새로운 '물건'을 만들었고, 그 '물건'의 부가가치를 드높여야 한다는 제도적 발상이 '뉴웨이브' 시들에 대한 기대 이상의 평가와 관심을 쏠리게 하였다고 저는 생각합니다. 심지어 그러한 부류의 시에 속하지 않는데도 불구하고 엇비슷한 미적 취향을 보이면 다짜고짜 그러한 부류의 시의 계열로 마구잡이로 호명을 하였으니까요. 그러는 가운데 이 땅의 젊은 시들은 그 부류의 시에 속하지 않으면 시의 전위성을 갖고 있지 못한 낡고 구태의연한 시로 취급받는가 하면, 예비 문인들마저 그러한 시쓰기를 선망하는 기이한 현상이 일어나기도 하였습니다.[11] K씨, 저는 신형철의 비평만이 이러한 잘못을 저질렀다고는 보지 않습니다. 다만, 신형철과 같은 좋은 재목의 비평가들이 비평을 텍스트의 미학을 해명하는 것만으로 비평의 범위를 스스로 좁힐 게 아니라 텍스트가 놓인 자리, 즉 텍스트와 제도의 관계를 다층적으로 조망하는 겹시선을 가졌으면 하는 점입니다. 신형철의 비평은 충분히 그럴 수 있을 것이라 믿기 때문입니다. 그럴 때 그의 '비평의 전위성'은 파급력을 갖는 비평 행위로 거듭나지 않을까요.

---

11) 문학평론가 하상일은 '미래파 논쟁'의 과정에서 미래파로 호명되는 젊은 시들과 이들을 옹호하는 비평에 대해 지속적인 문제제기를 하였는데, 저는 여러모로 경청할 입장이라고 생각합니다. 이와 관련된 그의 비평 목록을 제시해보면 다음과 같습니다. 「'미래파'들과 '다른 서정'」, 『애지』, 2006년 가을호; 「'다른 서정'과 '다른 미래'」, 『신생』, 2006년 가을호; 「황병승 현상과 미래파의 미래」, 『오늘의 문예비평』, 2007년 봄호; 「비평의 소통과 미래」, 『애지』, 2007년 여름호.

4. 함께 쟁취되어야 할 '비평의 진보성'

K씨,

이제 글을 맺어야 할까 봅니다. 저는 최근 왕성한 글쓰기를 보이고 있는 세 명의 젊은 비평가들(복도훈, 허윤진, 신형철)의 글을 읽어보면서 곤혹스러웠으나 행복했습니다. 무엇보다 그들은 지칠 줄 모르는 글쓰기를 보이고 있습니다. 비평이란 글쓰기를 통해 세계를 사유하고 있습니다. 동료 비평가로서 그들의 이러한 글쓰기에 매료를 느낍니다. 그렇기에 오랜만에 당신과 나누는 대화 속에서 그들의 글쓰기에 대해 저의 비판적 입장을 드러내었습니다.

저는 그들의 글쓰기로부터 비평을 다시 한 번 성찰해보았습니다. 타자와의 비판적 대화는 결국 자신과의 비판적 대화이며 그것은 곧 냉엄한 자기 성찰의 과정이라는 점을 당신은 제게 말한 바 있습니다. 저는 이 세 젊은 비평가들과의 대화 속에서 문학을 매개로 하되, 문학을 관통하는, 혹은 문학을 넘어서는 비평을 꿈꿔봅니다. 비평의 매혹에 흠뻑 빠지되, 오만하지 않고, 창작자와 독자로부터 외면을 받지 않으면서 비평의 존재 가치를 인정받는 비평의 글쓰기를 욕망해봅니다. 비평적 현학에 도취되어 비평에 붙들리는 게 아니라 그 현학의 굴레로부터 자유롭게 해방되어 세계와 소통하고 연대하는 '비평의 진경眞境'에 접근함으로써 '비평의 진경珍景'이 뿜어내는 아뜩한 그 무엇을 만끽하고 싶습니다. 그것은 곧 제가 정진하는 비평의 공붓길에서 성취해내고 싶은 비평의 아름다운 가치이며, 제가 살고 있는 삶과 현실의 온갖 구조악構造惡과 행태악行態惡에 굴복하지 않는 비평의 진보성을 쟁취하는 것이기도 합니다.

K씨, 저는 비평의 공붓길에서 만난 세 명의 젊은 비평가들과 함께 가고 싶습니다. 비평의 진보성은 함께 쟁취되어야 할 것이지, 그 누군가만이 홀로 쟁취해야 할 것이 결코 아니기 때문입니다. 이후 또 다른 자리에서 이들뿐만 아니라 다른 젊은 비평가들과 대화의 기회를 가질 것을 약속하며 이만 글을 맺습니다.

(『오늘의 문예비평』, 2007년 겨울호)

기초예술 '현장', 중장기적 예술정책, 그리고 문학*

'2006문화예술인 실태조사'에 대한 몇 가지 해석

1. 다시, 기초예술 '현장'의 위기와 몰락을 말한다!

우리는 문화예술인들이 문화예술현장의 위기에 대한 절박감을 갖고 2004년 4월 2일 '기초예술살리기범문화예술인연대'(이하 '기초예술연대'로 약칭)를 출범시킨 것을 또렷이 기억하고 있다. '기초예술연대'가 이 땅의 문화예술현장에 대해 심각히 인식하고 있는 것은 다음과 같은 출범 선언문에 집약돼 있다.

한국의 기초예술은 현재 이루말할 수 없이 열악한 상황에 처해 있습니

---

* 이 글은 2007년 3월 19일 기초예술연대가 주최한 '국가 문화예술재정 운영실태 및 확충방안'이란 주제로 열린 심포지움에서 발표한 글임을 밝혀둔다.

다. 변화된 환경에 적응하면서 새로운 창조의 길을 모색해야 할 시간에 한국의 예술가들은 'IMF 상황'을 맞았으며 세계를 향한 도약의 발판은커녕 기존에 가지고 있던 낡은 기반마저도 상실해 버리고 말았습니다. **지금은 의미 있는 작품이 출현했을 때 응당 있어야 할 반향과 사회적 공명의 틀마저도 존재하지 않습니다.** 예술에 대한 우리 시대의 감식안 자체가 사라지고 없는 것입니다.

이 같은 현상이 빚어낼 결과란 비단 문화적 재앙에 그치지 않습니다. **한 사회의 문화체계 안에서 가장 원초적인 생명활동인 예술이 위축되면 문화 생태계는 파괴되고 문화적 자원도 고갈됩니다.** 예술의 성장 없이는 인문학의 발전도, 문화산업의 성장도, 지식정보산업은 물론 일반 제품업계의 발전도 기대할 수 없습니다.

그에 대한 문제제기가 지속적으로 있어왔고 관계 기관들도 노력하고는 있지만 행정적 노력만으로는 전망이 열릴 턱이 없습니다. 사실 외세의 지배 속에서 근대를 맞고 개발독재와 함께 부강해진 나라가 특별한 계기 없이 기초예술의 부흥을 구가하기란 어려운 일입니다. 거기에 시장이 발달하면 문화적 황폐화는 더욱 가속화됩니다. **뿌리와 줄기가 취약한데 열매는 많이 수확하려들면 나무가 고사되는 이치와 같습니다.** (강조는 인용자)

기초예술의 위기와 몰락은 곧 기초예술'현장'의 위기와 몰락을 말한다. 흔히들 문화산업 육성에 박차를 가하는 가운데 경제적으로 높은 부가가치를 창출하는 것만이 문화예술의 새로운 가치라고 생각하는 경향이 지배적이다. 문화예술 역시 신자유주의 시장 질서에 포획되어 있다. 시쳇말로 대중에게 잘 먹히고 잘 나가는 예술, 그리하여 제조업에서 얻는 이윤보다 비교할 수 없을 정도로 많은 이윤을 확보하는 예술만이 문화예술의 시민권을 획득하는 것으로 비쳐진다. 그러는 사이 기초예술'현장'이 붕괴되어가는 '문화적 재앙'을 맞이하고 있다. 과연, 머지 않아 우리 사회에서 가시적으로 현현될 ─ 아니, 조금만 우리의 문화예술에 대한 관심만 있다면 '지금, 이곳'에서 이미 '문화적 재앙'의 징후는 곳곳에서 목도되고 있다. ─ 이 끔찍한 '문화적 재앙'에 우리는 속수무책일 수밖에 없는가.

물론, '기초예술연대'가 결성되고, 이후 여러 방면에서 기초예술의 위기를 진단하고 그에 따른 해결책을 지속적으로 모색해왔다. 게다가 참여정부는 21세기 문화비전을 제시한 '창의 한국'과 '새로운 한국의 예술정책'을 2004년 6월 8일 발표한바, 중장기적 측면에서 문화예술정책을 펼치겠다는 의지를 밝혔다. 다행스러운 것은 지금까지 역대 정부가 문화예술에 대한 정책적 고민의 깊이가 얕았던 반면, 참여정부는 미흡하지만 문화예술정책에 대한 충분한 숙고를 통해 기초예술을 예술인 개별적 몫으로 떠넘기지 않고, 기초예술의 중요성과 '사회적 공공성'의 가치를 뒤늦게나마 인식하게 됨으로써 그것을 국가의 예술정책의 틀 안에서 제도화하고자 하는 노력을 하고 있다는 점이다.[1] 하지만 정부의 이와 같은 노력이 얼마나 정책적 실효성을 확보하고 있는지, 무엇보다 기초예술'현장'에 있는 예술인들의 피부에 와 닿는지를 생각할 때마다 예술인들은 고개

---

[1] 참여정부 출범 이후 문화관광부와 한국문화관광연구원은 기초예술의 중요성을 새롭게 인식하고, 기초예술의 현장에 활력을 불어넣기 위한 예술정책을 강구해오고 있다. 문화관광부와 한국문화관광연구원이 의욕적으로 펴내는 일련의 보고서는 그 단적인 사례다. 대표적인 보고서 목록을 제시해보면 다음과 같다. 『새로운 한국의 예술정책─예술의 힘』(2004), 『창의한국─21세기 새로운 문화의 비전』(2005), 『예술현장을 위한 역점 추진과제 발표를 위한 문화예술대토론회』(2006), 『지역문화진흥법 제정 설명 자료』(2006), 『예술현장을 위한 역점 추진과제(안)』(2006), 『전통예술화 활성화 방안─비전 2010』(2006), 『예술진흥법 개정을 위한 기본연구』(2006) 등.

를 가로젖곤 한다. '기초예술연대'를 비롯한 기초예술'현장'에 종사하는 문화예술인들이 틈날 때마다 '창의 한국'과 '새로운 한국의 예술정책'에 기초한 문화예술정책의 실제적 집행을 요구하건만, 아직도 기초예술의 가치에 대한 정부와 정치가들의 몰이해, 행정관료들의 예술적 교양의 결여 등이 팽배한 가운데 기초예술'현장'의 위기와 몰락, 그리고 그에 따른 '문화적 재앙'이 우리들 곁으로 오는 데 대해 대단히 둔감하다.

우리는 이 글에서 기초예술'현장'의 적나라한 모습을 각종 통계와 관련하여 살펴본다. 또 다시 우리들의 부끄럽고도 자괴적인 기초예술의 현주소를 명확히 응시하고 그 문제점을 성찰하는 과정을 통해 혹시 그동안 안이하게 생각하고 있던 문화예술정책의 방향성을 냉철히 점검하면서 예술현장의 현실에 걸맞는 정책 실천을 간절히 기대해본다.

2. '2006문화예술인 실태조사'를 통해 본 기초예술의 현주소

문화관광부와 한국문화관광연구원은 2007년 3월 13일 '2006문화예술인 실태조사' 결과를 발표하였다. 이러한 조사는 1988년부터 3년 주기로 실시되고 있는데, 이번 조사는 2006년 9월 25일부터 11월 17일까지 10개 분야별(문학, 미술, 건축, 사진, 음악, 국악, 무용, 연극, 영화, 대중예술) 2,000명의 예술인들을 대상으로 이루어졌다. 이번 조사 결과를 두고 거의 대부분의 언론에서 특별히 주목한 것은 문화예술인들의 소득 수준을 보여주는 통계다. 문화관광부의 홈페이지(http://www.mct.go.kr)에 공개된 보도자료에 따르면, "이번 조사 결과 참여정부 초기인 2003년에 비해 예술인들의 소득 수준이 세 가지 항목(① 문화예술 활동 관련 수입, ② 문화예술 활동 이외의 부문을 포함한 총 수입, ③ 예술인 가구의 총 수입―인용자)에서 모두 소폭 상승한 것으로 나타났다"고 한다.

그런데, 예술인들의 소득 수준을 조사한 항목 중 예술활동만으로 벌어들이는 월평균 수입을 보면 "소폭 상승한 것"이라는 말이, 예술인의 소득 수준을 가늠하는 데 얼마나 비현실적인 말이라는 것인지 쉽게 알 수 있다.

〈표 l〉 문화예술활동 관련 월평균 수입 (단위 : %)

응답자 \ 응답내용	사례수	없다	10만원 이하	11~ 20만원	21~ 50만원	51~ 100만원	101~ 200만원	201만원 이상	무응답	계
전 체	(2000)	26.6	5.7	3.6	9.3	9.7	19.6	23.4	2.3	100.0
분 야 별										
문 학	(200)	37.0	27.0	12.5	17.5	3.5	1.0	.5	1.0	100.0
미 술	(200)	39.0	10.0	2.5	11.5	12.5	12.5	10.0	2.0	100.0
사 진	(200)	73.5	3.0	4.5	6.5	3.5	2.5	6.0	.5	100.0
건 축	(200)	11.0	1.5	1.5	2.0	6.5	13.0	61.0	3.5	100.0
국 악	(200)	8.5	2.0	1.5	4.5	7.5	45.5	29.5	1.0	100.0
음 악	(200)	23.0	2.5	2.5	8.5	7.5	30.0	23.5	2.5	100.0
연 극	(200)	17.5	6.0	5.5	18.5	20.0	18.0	13.5	1.0	100.0
무 용	(200)	28.0	1.5	2.0	6.0	6.0	34.5	20.0	2.0	100.0
영 화	(200)	24.0	2.5	1.5	8.5	10.0	17.5	33.5	2.5	100.0
대중예술	(200)	4.0	1.0	1.5	9.5	19.5	21.5	36.0	7.0	100.0

자료 : 문화관광부, 2007.3.13

〈표 1〉에서 명확히 알 수 있듯이, 예술활동과 관련한 월평균 수입이 없는 경우가 26.6%이며, 2007년 현재 4인 가구 기준 한 달 최저생계비가 1,205,535원임을 감안할 때 100만원 이하의 수입을 벌어들이는 경우가 54.9%라는 통계가 말해주듯, 한국에서 전업예술가로서 예술창작을 하며

살아간다는 것은 지난한 일이 아닐 수 없다. 그런데 〈표 1〉에서 특기할 만한 사실은 문학과 미술과 같은 기초예술에서의 월평균 수입은 다른 예술에 비해 현저히 낮다는 것을 알 수 있다. 문학의 경우 월평균 수입이 없는 경우가 37%이고, 미술인 경우 39%이며, 100만원 이하의 경우에서 문학은 무려 97.5%이고, 미술은 75.5%이다(믿기지 않는 통계 수치다. 하지만 이것이 기초예술이 직면한 무서운 현실이다). 말하자면 문학과 미술과 같은 기초예술에 종사하는 예술인들의 대부분은 최저생계비에 현격히 미달되는 월수입으로써 생계를 유지하며 예술창작활동을 하고 있다는 말이다. 바로 이것이 '지금, 이곳' 우리들의 기초예술현장의 적나라한 모습 중 하나다.

그러면 좀더 구체적으로 기초예술에 종사하는 예술인들의 소득 수준의 성향을 살펴보자. 여러 기초예술 장르 중 앞서 문학의 경우에서 단적으로 알 수 있듯, 거의 빈사상태에 있는 문학인들의 소득 수준을 예로 들어본다.

문학인들의 수입은 여러 경로이지만, 그 대표적인 게 문예지에 게재하고 받는 원고료를 들 수 있다. 문학인들에게 원고료는 글쓰기의 노동에 대한 대가이면서, 자신의 작품에 대해 문학담당자가 지불해야 할 정당한 가치라는 점에서 중요한 소득원이다. 그저 200자 원고지 한 장 당 얼마의 가격으로 환산되는 교환가치 그 이상의 의미를 지닌다. 다시 말해 원고료는 문학인들의 미적 성취에 걸맞는, 하여 문학인들의 예술적 노고와 그 예술적 가치를 존중히 여기는 사용가치로서 중요하다. 이렇게 문학인들에게 소중한 원고료가 지급되는 현실을 살펴보면, 앞의 통계들이 왜 그럴 수밖에 없는지를 실감할 수 있다.

우선, 문학인들이 문예지에 한 번 게재할 때 받는 평균 원고료를 조사한 결과 시인은 9만원(2편 게재시), 소설가는 40만원(1편), 평론가는 29만원(1편)을 받는 것으로 조사돼 있다. 그나마 이렇게 원고료를 정상적으로 지급할 수 있는 문예지가 손에 꼽을 수 있는 정도의 숫자라는 사실을 감안하면, 이와 같은 평균 원고료가 대다수 문학인들의 창작 활동에 걸맞지 않다는 사실을 쉽게 짐작할 수 있다. 더욱이 중앙의 유수한 문예지들과 지역에서 지명도를 확보하고 있는 문예지들을 제외하고는 원고료가 터무니없이 책정되어 있거나 아예 지급되지 않는 사례도 비일비재하다. 여기서는 이러한 사례들을 일일이 언급하지는 않는다. 그 대신 원고료를 지급하는 중앙의 문예지들을 대상으로 한 원고료 지급의 경우를 살펴본다. 시, 소설, 평론에 한정시키는데, 문예지에 한 번 게재할 때 받는 평균 원고료를 기준으로 한 원고료 수입의 현황에 초점을 맞추어본다.

우선, 시의 경우 원고료 수입이 10만원 이하는 76%, 소설의 경우 40만원 이하는 48%, 평론의 경우 30만원 이하는 24%를 차지한다. 평균 원고료 수입도 제대로 받지 못하는 문학인들의 수가 상당수라는 것을 알 수 있다. 시인과 소설인 경우 시와 소설만을 쓰면서 생계를 유지하고, 창작 활동에 매진한다는 것은 극히 어려운 일이 아닐 수 없다.[2] 두루 알 듯이 중앙의 문예지들 대부분은 계간지인데, 각 계절마다 발행되는 문예지의 정기적 주기에 맞춰 자신의 예술적 성취에 만족하는 작품을 쓰고 발표하는 기회를 갖는다는 것은 그렇게 간단한 일이 아니다. 가령, 2007년 기준 한 달 최저생계비(약 120만원)를 확보하기 위해서는, 평균 원고료 9만원(2편/1회)을

---

2) 여기서 평론에 대해서는 논의하지 않기로 한다. 물론 평론만을 써서 생계를 유지하기란 곤란한 일이 아닐 수 없다. 평론의 경우 아직 우리 사회에서는 전업 평론을 하는 경우는 극히 예외적인 경우에 해당된다. 평론가들 대부분 대학제도의 수혜를 입고 있다. 필자의 과문寡聞으로 평론가의 직업 분포도를 자세히 조사한 자료를 접해보지는 못했으나, 필자를 포함한 평론가들 대부분은 대학의 교수, 시간강사의 신분을 유지하고 있다.

기준으로 시의 경우 매달 13회(2편/1회)×2편 = 26편을 게재해야 한다는 산술적 수치가 나온다. 소설의 경우 평균 원고료 40만원(1편/1회)을 기준으로 매달 3회×1편=3편을 써야 한다. 시와 소설에 해당하는 이러한 산술적 수치는 현재의 우리 문단을 고려하면 매우 비현실적이다. 앞서 지적했듯이 계간지가 대부분이라는 사실을 고려하고, 월간지의 경우 매달 꼬박꼬박 원고료를 제때에 정산하는 경우가 없다는 사실을 고려해서 그렇다. 설령, 초인적 예술 재능을 갖고 매달 이러한 편수를 생산한다 하더라도 한 사람의 작품을 이렇게 특정 문예지에서 집중적으로 혹은 여러 문예지에 동시 다발적으로 게재하기란 불가능한 일이다. 그렇다면 분명한 사실을 도출할 수 있다. 현재의 중앙 문예지에서 지급되는 평균 원고료 수입만을 갖고는 시인과 소설가들이 전업으로 창작 활동에 전념할 수 없다는 것이다.

이렇게 문학 한 분야만을 살펴보더라도 알 수 있듯, 기초예술에 종사하는 예술인들이 자신의 예술창작 활동만으로 최소한의 생계를 유지하면서, 예술적 반향과 사회적 공명을 일으키는 좋은 작품을 생산하기란 요원한 일이 아닐 수 없다.

분명, 우리의 예술환경은 예술인들의 소득 수준에서 쉽게 파악할 수 있는 것처럼 척박하기 그지없다. 그럼에도 불구하고 우리의 예술인들은 자신의 문화예술 활동에 대해 대체적으로 만족하고 있다.

〈표 2〉 문화예술활동 만족도

창작활동여건	2006년 조사			2003년 조사		
	만족	불만	평균	만족	불만	평균
문화예술활동 만족도	54.7%	20.6%	3.46	62.1%	16.7%	3.67

자료 : 문화관광부, 2007.3.13

자신의 예술활동의 가치에 대한 정당한 경제적 평가를 제대로 받고 있지 못함에도 불구하고 이 땅의 예술인들은 각자의 예술활동에 대한 비교적 높은 만족도를 보인다.

여기서 우리는 이번 문화예술인 실태조사에서 눈여겨보아야 할 통계자료가 있는데, 그것은 '문화예술 정책의 만족도'와 '문화예술 발전을 위해 정부에서 가장 역점을 두어야 할 정책'을 조사한 통계다. 이 두 가지 조사 결과를 매우 긴밀한 맥락으로 파악해야 할 것이다.

〈표 3〉 문화예술 정책 만족도

문화예술 정책 만족도	2006년 조사			2003년 조사		
	만족	불만	보통	만족	불만	보통
문화예술정책 만족도	9.5%	56.4%	34.2%	5.5%	67.7%	26.8%
문화예술정책과 문화예술인 의사반영 정도	9.3%	47.6%	43.2%	6.9%	61.1%	32.0%

자료 : 문화관광부, 2007.3.13

2003년의 조사 결과보다 2006년의 조사 결과에서 문화예술정책에 대한 불만이 67.7% → 56.4%(▽11.3%)로 줄어 들었는데, 여기에는 문화예술정책에 대한 예술현장의 목소리의 반영 정도에 대한 불만이 61.1% → 47.6%(▽13.5%)로 줄어든 것과 무관하지 않다. '기초예술연대'가 출범하고 한국문화예술위원회(이하 '문화예술위'로 약칭)가 출범한3) 이후 문화예술

---

3) 한국문화예술위원회의 출범은 순탄하지 않았다. 2003년 7월 문화행정혁신위에서 문예진흥법 개정안 초안이 마련됐고, 2004년 3월 국회 문화관광위 법안소위를 통과했으나 16대 국회가 폐회함으로써 법안이 자동폐기되기도 하였다. 그러다가 2004년 12월 문예진흥법 개정안이 17대 국회 본회의를 통과하고, 2005년 1월 법안이 공포됐다. 이렇게 1972년 8월 14일 문화예술진흥법제정을 거쳐 1973년 3월 문화관광부 산하 특수법인으로 설립된 문예진흥원은 33년만에 우여곡절 끝에 역사의 뒤안길로 사라졌다. 그리하여 2005년 8월 29일 문학평론가 김병익을 위원장으로 11명의 현장예술인을 위원으로 한 한국문화예술위원회가 공식적으로 출범한바, "11명의 위원들의 합의를 통해 문화예술정책을 이끌어내며, 민간이 공공영역의 의사결정에 참여하고 공공영역이 민

정책을 세우고 집행하는 과정에서 예전보다 문화예술 현장의 목소리가 반영되고 있다는 것을 예술인들이 체감하고 있는 셈이다. 하지만 〈표 3〉에서 확인할 수 있듯, 아직도 여전히 정부의 문화예술정책에 대한 예술인들의 불만이 만족도에 비해 월등히 높다. 그 이유는 여러 가지로 분석될 수 있는데, 아래의 〈표 4〉는 여러 이유들을 객관적으로 점검해볼 수 있는 지표를 제공하고 있다.

〈표 4〉 문화예술 발전을 위해 정부에서 가장 역점을 두어야 할 정책

순위	2006년 조사 (1순위 기준)		2003년 조사 (1순위 기준)	
1	예술가(예술단체)에 대한 경제적 지원	32.1%	예술가(예술단체)에 대한 경제적 지원	31.1%
2	예술가(예술단체) 지원을 위한 법률과 제도정비	25.0%	예술가(예술단체) 지원을 위한 법률과 제도 정비	20.5%
3	문화예술행정 전문성 확보	11.6%	문화예술행정 전문성 확보	12.0%
4	예술진흥관련 정부기관 기능확대	7.4%	예술진흥관련 정부기관 기능확대	6.5%
5	국민예술교육 확대·교육제도 개선	6.8%	국민예술교육 확대·교육제도 개선	7.3%
6	전문예술교육·프로그램 강화	5.9%	전문예술교육·프로그램 강화	7.8%
7	창작활동에 대한 전면적 자유부여	3.5%	창작활동에 대한 전면적 자유부여	3.9%
8	작품활동 공간·시설 확충	3.3%	작품활동 공간·시설 확충	5.0%
9	전통문화·지방문화 발전	2.8%	전통문화·지방문화 발전	2.5%
10	다른 국가와의 교류·홍보 확대	1.1%	다른 국가와의 교류·홍보 확대	2.3%
11	무응답	0.9%	무응답	1.0%
	계	100.0%	계	100.0%

자료 : 문화관광부, 2007.3.13

2003년도 조사와 2006년도 조사 결과 모두 예술가(예술단체)에 대한 경

간에 참여하는 동시적 구조를 가지고 있"다. 특히 "문학, 시각예술, 공연예술, 전통예술, 다원예술 등 문화예술계 안팎에서 합의하고 있는 기초예술 분야와 문화산업의 비영리적 실험영역을 대상으로 그 창조와 매개, 향유가 선순환 구조로 발전할 수 있도록 하는 한편, 그것을 위한 인프라를 구축하는 일에 역점을 둘 것"임을 밝히고 있다. http://www.arco.or.kr

제적 지원을, 문화예술발전을 위해 정부에서 가장 역점을 두어야 할 정책의 우선 순위로 꼽았다. 그리고 뒤를 이어 예술가(예술단체) 지원을 위한 법률과 제도정비를 꼽았다. 어쩌면, 이러한 조사 결과는 너무나 당연한 일인지도 모른다. 우리는 앞서 〈표 1〉을 통해 예술인들이 현재 직면한 창작여건 중 예술인의 소득과 관련한 사안을 살펴보았다. 예술적 성취를 위해 고투하며 얻어낸 그 어떤 무엇과도 바꿀 수 없는 자신의 예술적 성취도에 부합하는 경제적 보상이 전혀 이루어지고 있지 않은 데 대해 예술인들은 분노와 허탈감, 그리고 자괴감을 떨쳐버리지 못하고 있다. 때문에 예술인들은 정부의 문화예술정책에서 예술인들을·친친 옭아매고 있는, 예술적 성취도에 대한 모멸적 대우를 받는 그들의 경제적 위상을 해결하는 지원과 이를 위한 각종 법률과 제도를 정비해줄 것을 강력히 요구하고 있는 것이다. 비록, 2006년도의 통계 수치가 2003년도에 비해 소폭으로 커졌으나(56.1% → 57.1%, △1.0%), 다른 조사 항목과 비교해서 월등히 높은 것을 고려해볼 때 문화예술정책에 대한 예술현장의 목소리가 어떻게 구체적으로 반영되어야 할 지를 판단할 수 있다.

3. 중장기적 기초예술정책의 부재 —문화예술위원회, 문학 분야의 예산 대폭 삭감에 대해

이렇게 '2006 문화예술인 실태조사'에서도 확연히 알 수 있듯, 우리 예술인들은 예술활동만을 갖고서는 도저히 최저 생계비 수준도 확보할 수 없는 처지에 내몰려 있다. 그럼에도 불구하고 예술인들은 자신의 예술활동에 만족하고 온갖 희생을 감내하면서 예술적 성취를 위한 힘든 싸움을 벌인다. 그리고 우리는 그러한 예술인들의 예술적 고통과 신열身熱의 산물이 지닌 미적 가치를 향유한다. 예술인들의 바람은 소박하다. 현재 예술에 대한 우리 사회의 인식 수준을 감안해볼 때, 예술정책의 방향과 그 집행력의 현실성을 고려해볼 때, 현재까지 (미흡한 대로) 정비한 예술 제도의 순기능이 적극화되었으면. 게다가 건실한 제도를 정비했으면, 그 제도를 퇴행시키는 게 아니라 제도의 적실성에 걸맞으면서 제도의 효과를 최대한 발휘할 수 있는 정책을 지속적으로 펼쳤으면 하는 기대를 갖고 있다. 지금까지 제대로 입안도 되지 않고, 제대로 실행되지 않았던 예술정책이 하루 아침에 놀라운 성과를 낼 수 없다는 사실을 예술인들은 너무나 잘 알고 있기에 그렇다.

그런데, 과연 우리의 예술정책은 예술인들의 이와 같은 소박한 바람을 충족시켜주고 있는가. 이것과 관련하여 최근 언론이 주목한 사건이 있다. 다음의 〈표 5〉를 살펴보자.

〈표 5〉 문화예술위 책정 예산 (단위 : 백만원)

	2007	2006
문학	8,423	10,942
시각예술	5,175	5,940
연극	5,880	7,497
무용	2,935	3,736
음악	2,628	3,469
전통	6,417	8,436
다원	1,358	1,297
문화일반	1,697	3,321
종합	69,110	74,972
계	103,622	119,609

자료 : 한국문화예술위원회

'문화예술위원회'가 2007년에 집행할 각종 문화예술 예산을 살펴보면, 2006년도에 비해 무려 24억원이 삭감되었다(2006년도 110억 → 2007년도 84억, ▽24억). 2006년도의 예산이 2005년도의 예산보다 12억원이 늘어났는데 반해(2005년도 98억원 → 2006년도 110억, △12억), 2007년도의 예산은 2006년도의 예산보다 늘어나기는커녕 2005년도보다 줄어든 것이다. 문제는 이렇게 예산이 줄어들다보니, 기존에 집행되었던 '문화예술위'의 단위사업의 예산도 크게 줄어들 수밖에 없는데, 가장 큰 폭으로 예산이 삭감된 분야가 바로 문학이다. 앞 장에서 우리는 '문화예술인 실태조사'에서 기초예술인 문학이 다른 장르보다 경제적 박탈감이 큰 현황을 여실히 살펴보았다. '문화예술위'의 활동에 조금만 관심을 가진 자들이라면, 이렇게 척박한 창작여건에 있는 문학을 회생시키기 위해 지난 해 지속적이면서 내실 있게 추진해온 '문학나눔사업'이 거둔 성과를 결코 과소평가할 수 없다. '문학나눔사업'을 통해 문학의 현장은 다소 활기를 되찾게 되었으며, 문학의 대사회적 가치 또한 새롭게 인식하게 되는 실질적 계기를 다져나갈 수 있었다. 실제로 '문학나눔사업'의 경우 공공혁신전국대회 윤리경영부문 최우수상을 수상하였고, '문화예술위의' 단위 사업 중 의욕적으로 추진한 '사이버문학광장'의 경우 '문화예술위' 혁신사례 최우수상을 수상하는 등 '문화예술위' 내부 자체에서도 우수한 평가를 받은 사업이다. 이렇게 기초예술 현장에 활력을 불어넣고 '문화예술위'의 혁신을 위해서도 공헌을 하며, 무엇보다 기초예술로서의 '사회적 공공성'을 확보하기 위해 노력하고 그 성과 또한 우수한 사업을 좀더 내실 있게 다져나가기 위한 집중적 지원을 못할망정 '문화예술위' 전체 예산이 삭감되어 어쩔 수 없다는 명분 아래 다른 사업보다 가장 큰 폭으로 예산을 삭감한 점은 상식밖의 처사가 아닐 수 없다. '문학나눔사업'이 수입원인 복권기금이 지난해 52억 2,000만원에서 올해 40억원으로 24% 삭감되었으므로 어쩔 수 없는 일이라고 하는바, "예술위의 정책방향에 따른 목적사업 우선으로 예산을 배분하기 때문에 특정 장르의 예산이 감소하는 것도 불가피하다"(「예술위 문학 홀대' 문단 화났다」, 『경향신문』 2007년 3월 8일)는 '문화예술위' 관계자의 해명은 문학 분야의 예산이 대폭 삭감된 데 대한 설득력 있는 이유가 될 수 없다.

　도대체 "예술위의 정책방향에 따른 목적사업"이 무엇이란 말인가. 기초예술 현장을 되살려내고, 기초예술의 대사회적 가치를 확산함으로써 문화예술적 토양을 튼실히 다지는 사업을 집중적으로 지원하는 게 '문화예술위'의 기본 정책방향이 아니고 무엇인가. 우리가 '문화예술위'에 거는 기대가 큰 것은 문화예술정책을 단기적인 아닌 중장기적 전망을 갖고 뚝심있게 실천해나가는, 다시 말해 '지속적 지원'을 아끼지 말아야 하는 이유 때문이다. 이렇게 '문화예술위'의 책무와 권리가 너무나 자명한 것인데도 불구하고 '문화예술위'는 그 정책의 기조를 망실하고 있는 것처럼 보인다. 기실, 가장 큰 문제가 되고 있는 '문학나눔사업'의 예산이 대폭 축소된 것을 우려하는 데에는, '문학나눔사업'의 주요 사업인 ① 우수도서 선정 배포, ② 우수문예지 선정 배포, ③ 문학 향수층 확대(작가와의 만남, 문학나눔 콘서트, 한강문학 콘서트, 점자책과 오디오북 나눔사업 등)가 현저히 축소될 수밖에 없기 때문이다. 매분기 우수문학도서 70종을 선정해 전국 1,860군데 문화 소외지역에 보내던 사업은 올해 48종만 선정해서 보낼 뿐이고, 우수문예지를 선정하는 것도 지난 해 37종을 선정하여 지원하였다면 올해 20종 내외로 줄어들 수밖에 없고, 문학 향수층 확대 사업은 전면 폐지

된다고 한다. 우수도서 선정 배포 사업이 본격문학을 출판하는 출판사의 의욕을 미흡하나마 고취하고, 문학 출판의 활기를 불어넣어주었다는 긍정적 평가를 받고 있으며, 우수문예지 선정 배포 사업이 그 실행 과정에서 몇 가지 문제점을 노정했지만, 한국문학의 현장을 풍요롭게 하기 위한 정책의 일환으로 이후 제도적 보완을 통해 좀더 실질적인 사업 효과를 기대하며, 그동안 다른 예술 장르와의 창조적 교섭을 통해 문학의 새로운 가치를 발견하지 못한 문학이, 다양한 문학콘서트를 통해 문학의 향수 방식과 향수층을 폭넓게 확산시킬 수 있다는 가능성을 충분히 고려했다면, 아무리 '문화예술위' 전체의 예산이 삭감되었다 하더라도, 지난 해 사업 성과가 뛰어난 사업에 대한 예산을 대폭 줄임으로써 사업을 축소시키거나 아예 사업을 폐지할 수는 없다.

　여기서 문학 분야의 예산 삭감과 관련하여 짚고 넘어가야 할 예산 항목이 있다. 예술가들에 대한 창작지원금만을 보면, 문학이 26억 3천 3백만원이고, 전통예술은 31억 6천 5백만원이고, 연극은 30억 6천 4백만원이고, 시각예술은 29억 1천 3백만원으로, 문학이 다른 예술장르와 비교했을 때 지원받을 예산이 가장 작다는 사실을 알 수 있다. 이에 대해 '문화예술위원회'의 문학소위원회 위원장인 이시영 시인은 이와 같은 예산 책정은 "혼자 작업하는 문학 장르의 특성을 무시하는 것"(「'예술위 문학 홀대' 문단 화났다」, 『경향신문』 2007년 3월 8일)이라고 묘파한다. 즉, 문화예술 장르의 특수성을 가장 명민하게 알아야 할 '문화예술위원회'가 그렇지 못한 채 행정편위주의 발상에 따라 예산을 책정한 것이나 다름이 없다는 혐의에서 자유로울 수 없다(그렇지 않으면 '문화예술위' 안팎에서 심심찮게 들려오는 소리로, 김병익 '문화예술위' 위원장이 지난 해 문학 소위원회 위원장직을 겸하고 있어 장르이기주의 혐의를 받지 않기 위해서 문학의 중요성을 힘주어 얘기하지 못하는 상황인데, 그에 따라 문학 지원 정책의 난맥상 야기되는 것은 아닌지, 하여 문학지원 정책에 대한 수세적 입장에 놓이게 되어, 다른 장르를 우선적으로 배려하는 가운데 기초예술 분야에서 빈사상태에 있는 문학을 위한 정책적 실천에 다소 관심을 갖지 못한 것이라는 의구심을 떨치기 어렵다). 우리가 염려하는 것은 이렇게 대폭 삭감된 예산은 좀처럼 예전의 예산 규모를 보증받을 수 없다는 점이다. 일반적으로 '문화예술위'의 문예진흥기금은 차년도 사업을 전년 3월에 예산을 편성하여 문화관광부의 조정을 거쳐서 기획예산처의 심의를 통과한 후 국회의 승인을 받아서 집행되는 과정을 고려해볼 때, 올해 전년도보다 24억원이나 삭감된 예산을 다음 해에 충당하기란 지난한 일이 아닐 수 없다.

요컨대 문학의 경우를 보더라도 확연히 알 수 있는 것처럼 좀더 집중적으로 지원해도 시원치 않은데, 도리어 '문화예술위'에서 예산을 큰 폭으로 삭감한 이유를 이해할 수 없다. 이것은 기초예술에 대한 중장기적 예술정책의 부재를 말하는 것이나 다름이 없다. 따라서 문학만에 한정되는 게 아니라 다른 기초예술도 예외가 아니라는 점에서 문제적이다.

4. '사회적 공공성'을 지닌 기초예술정책

이상으로 우리는 최근 발표된 '2006 문화예술인 실태조사'를 중심으로 문화예술 현장이 직면하고 있는 문제점들을 실증적으로 검토해보았다. 이번 조사 결과를 보면서 또 다시 예술인들의 원망怨望이 배어 있는 푸념을 만난다. 언제쯤 이러한 조사 결과에서 예술인들이 자신들의 창작 활동에 걸맞는 대사회적 가치를 확보하고, 획기적으로 개선된 창작 여건에서 예술적 성취에 전념하고 있다는 높은 지표를 만날 수 있을까. 언제쯤 우리의 예술정책이 예술정책다운 꼴을 갖추고, 중장기적 전망을 실현하기 위해 지속적인 지원을 아끼지 않을 수 없을까. 언제쯤 우리의 예술행정 관료들을 비롯한 정부 각 부처의 행정관료와 정치가들이 건강한 예술적 토양을 갖춘 채 예술의 진흥을 위한 창의적 혜안을 가질 수 있을까. 언제쯤 예술법안이 다급한 민생법안과 대척점에 놓여 있지 않고, 민생법안과 함께 중요하게 다루어져야 할 법안으로 인식될까.

'문화의 시대'라고 너나 할 것 없이 그 중요성을 인식하고 있으나, 우리는 정작 '문화'의 고부가가치를 끌어내는 데 혈안이 되고 있을 뿐이지, 문화의 제반 영역을 기름지게 할 수 있는 기초예술의 토양을 튼실히 다지는 데는 별다른 관심을 갖지 않는다. 그렇기 때문에 기초예술에 대한 지원과 기초예술이 아닌 예술에 대한 지원에서 그 성격이 모호하다. 균등한 정책적 지원을 하면 그만이라는, 비예술적인 정책 지원을 펼칠 뿐이다. 우리가 이 글에서 중점적으로 검토해본 예술 통계는 바로 기초예술에 대한 것이라는 점을 다시 한 번 상기해두고자 한다. 여기서 아무리 강조해도 지나치지 않는 것은 기초예술에 대한 정책과 그 지원의 성격인데, 그것은 기초예술의 생리를 시장 질서에 전적으로 내맡겨서는 곤란하며, 기초예술을 '사회적 공공성'의 영역의 차원에서 심도 있게 인식해야 한다는 점이다. 하여, 기초예술에 대한 정책과 그 집행에서 고려되어야 할 것은 '회수성' 차원의 정책 지원이 아니라, '투자성' 차원의 정책 지원이다. 쉽게 애기하자면, 당장에 어떤 달콤한 열매를 수확하려는 욕심을 버리고, 좀더 알맹이가 꽉 여문 열매를 수확하기 위해서는 과실수의 뿌리가 토양의 자양분을 충분히 섭취할 수 있도록 그 토양을 기름지게 해야 하며, 그러한 토양에 뿌리가 튼튼히 뻗어내려갈 수 있도록 자생적 힘을 기를 수 있게 인내를 갖고 보살펴야 하며, 그렇게 뻗은 뿌리에 지탱한 채 과실수가 건강히 자랄 수 있도록 온갖 정성을 다 바칠 때 비로소 과실수는 농부의 기대에 어긋나지 않는 탐스러운 열매를 맺는다. 이 열매를 수확할 때까지 농부는 땀을 흠뻑 흘려야 한다. 아낌없이 농부의 노력을 다 바쳐야 한다. 말 그대로 농부는 최선을 다 하여 그가 지닌 온갖 유무형의 자본을 '투자' 해야 한다. 기초예술에 대한 정책적 지원은 바로 이와 같다고 볼 수 있다. 그러니 정책 담당자는 물론, 예술인과 예술을 향유하는 모든 이들이 인내를 갖고, 기초예술의 가치에 대한 대사회적 인식을 새롭게 가다듬어야 하는 이유는 여기에 있다. 기초예술은 '사회적 공공성'을 지닌 중요한 사회적 자산이기 때문이다. 기초예술의 '사회적 공공성'에 대한 인식이 제대로 정립될 때, 기초예술을 위한 정책은 기초예술에 종사하는 예술인들만을 위한 게 아니라 사회의 문화예술적 토양을 기름지게 함으로써 궁극적으로 우리의 삶을 윤택하게 할 것이다.

(『내일을 여는 작가』, 2007년 여름호)

문학의 제도적 갱신

1. 문학을 제도적 시각에서 성찰해야 하는 이유

근간에 들어와 문학을 제도적 시각에서 성찰하고자 하는 시각이 점차 설득력을 얻고 있다. 작가와 작품 위주로 문학을 대하는 종래의 시각만으로는 현재 당면하고 있는 우리 문학의 온갖 문제점들에 대한 검토가 불충분하며, 그 문제점들을 해결하기 위한 문학적 방안 역시 모호하기 그지없다. 문학이 개별 작가의 미적 취향의 산물이고, 개별 문학을 분석·평가하는 비평 역시 개별 비평가 고유의 몫이라는 통념이 지배적이다보니, 문학에 제기된 제반 문제점들에 대해서는 너무나 상투적이고 안이한 진단과 처방만을 내놓을 뿐이다. 가령, 대중통속문학뿐만 아니라 본격문학까지 상업주의의 마력으로부터 자유롭지 않은 현실을 고려해보건대, 본격문학은 최소한의 작품성만 갖추어진다면, 하나의 문화상품으로서 상업적 이윤을 최대한 확보하기 위해 아예 노골적인 마케팅을 구사한다. 하여, 언제부터인지 작가들의 작품성은 출판시장에서 수익을 얼마나 많이 올렸는지 여부에 따라 그 문학적 가치마저 저울질되는 형국에 놓이고 있다. 본격문학의 작품성에 대한 엄밀한 비평적 판단은 실종되고 있으며, 개별 작가의 미적 취향에 복무하는 비평이 양산되고 있다. 더욱 우려되는 바는, 이미 문학권력 논쟁을 통해 거듭 신랄히 비판한 적도 있듯, 비평이 이러한 문학상업주의의 충실한 시녀로 전락하고 있는, 그래서 비평의 윤리성 부재와 비평의 제도적 타락의 구조 및 행태가 습합된 비평적 아비튀스에 속수무책으로 노출되어 있다는 사실이다.[1] 따라서 문학상업주의와 연관된 본격문학의 제반 문제들은 문학성뿐만 아니라 그 문학성이 어떻게 구체적으로 문학장에서 상업적 가치를 획득하게 되었는가에 관한 문제까지 인식할 수 있는 시각이 요구된다. 바로 여기서 문학을 제도적 관점으로 인식해야 하는 이유가 존재한다. 말하자면, 우리 문학의 문제는 종래의 문학 내적인 접근 시각(작가와 작품에 대한 시각)만으로는 충분히 검토할 수 없다는 데 대해 광범위한 설득력을 얻고 있다. 이것은 문학상업주의가 초래한 문제 이외에도 좀더 본질적인 문제를 이해하는 인식틀을 새롭게 제공해준다는 점에서도 주목할 만하다.

---

1) 문학평론가 조정환은 이 문제에 대해 다음과 같은 견해를 드러낸다. "지금은 상업주의라는 표현보다 문학의 산업화 혹은 문학의 자본에의 포섭이라는 표현이 문학의 사회경제적 위치를 더 정확하게 설명할 수 있다. 문학산업을 구성하는 출판사-편집자 및 작가-독자가 각각 자본-노동자-소비자로 위치지워져 가면서 (문학운동의 시대에 지도자의 기능을 떠맡았던) 비평가는 점차 마케터로서의 위치를 차지하게 된다." 조정환, 「카이로스의 시간과 삶문학」, 『카이로스의 문학』, 갈무리, 2006, 42쪽.

그동안 우리는 우리 문학에서 야기되는 크고작은 문제들을 문학인 개인의 몫으로 귀결시킨 채 그러한 문제들이 어떠한 문학장에서 발생했는지, 게다가 문학장은 어떻게 구조화되고 있는지, 그러한 문학장에서 우리 문학인들이 부딪치는 어려움은 무엇인지 등에 대한 제도적 성찰에 소홀하였다.[2] 소박하게 생각하여, 문학이 개인의 창작이라는 데에는 그 누구도 이견이 없다. 하지만 문학은 창작을 하는 문학인 개인의 성과로만 국한되는 게 아니라 개별 문학의 경계를 훌쩍 넘어 한 사회의 어떤 가치를 생성시키는 데 없어서는 안 될 소중한 역할을 맡고 있다는 점을 망각할 수 없다.

문학이라는 제도를 튼실히 다지는 것, 하여 그러한 제도를 통해 한 국가의 문화적 토양을 살찌울 뿐만 아니라 인류의 문화를 질적으로 고양시킬 수 있다는 국가적·인류적 기초예술의 가치를 제고시키는 데 지혜를 모았으면 하는 바람이다. 지금 그 어느 때보다 절실히 요구되는 것은 장르의 이기주의에 기반한 문학의 독점적 위상을 특권화시키는 게 아니다. 문학에 대한 제도적 성찰을 통해 문학이라는 제도가 사회의 근간을 구성하는 '사회적 인프라'로서 가치를 지니고 있다는 데 대한 우리 모두의 전폭적 관심이야말로 붕괴되어가는 문학의 예술현장을 되살려낼 수 있을 것이다.[3]

---

2) 여기서 '문학장'에 대한 인식은 프랑스의 사회학자 피에르 부르디외의 그것을 빌린 것으로, 개별 문학 작품의 물질적 생산과 그 작품의 문학적 혹은 사회적 가치 생산에 참여하는 행위자들 및 제도를 포괄적으로 내포한다. 현택수, 「문학 생산의 장」, 『문학의 새로운 이해』(김인환 외 편), 문학과지성사, 1996 참조.
3) 고명철, 「'사회적 인프라'로서 '기초예술—문학'의 가치」, 『칼날 위에 서다』, 실천문학사, 2005, 107쪽.

우리가 문학에 대한 제도적 성찰을 해야 하는 이유는 문학이 '사회적 인프라'로서 중요한 가치를 지니고 있기 때문이다. 그저 문학이라는 특정 예술장르로서의 가치만이 아니라 우리 사회의 또다른 '사회적 인프라'를 구축시키고 있다는 점에서 결코 과소평가할 수 없는 것이다.

따라서 나는 이 글에서 우리 문학을 향해 그동안 제기되었던 크고작은 문제점들에 대한 제도적 성찰의 필요성을 제기하고, 문학의 사회적 가치를 고양시키기 위한 논의에 동참해보기로 한다. 논의는 크게 두 가지 방향에서 전개될 것이다. 하나는 문학 안쪽의 제도에 대한 성찰로서, 주로 문예매체의 제도에 대한 논의에 초점을 맞출 것이다. 다른 하나는 문학 바깥의 제도에 대한 성찰로서, 문학예술정책에 초점을 맞출 것이다.

2. '미적 불온성'의 동력을 내장한 잡지의 편집

우리 문학의 생태는 문예매체와 분리해서는 도저히 생각할 수 없다. 문예매체를 통해 문학인들은 자신의 존립 기반을 제공받으며, 문학적 소통의 길에 동참한다. 여러 문예매체 중 문학잡지는 그 대표성을 갖는다. 월간지 및 계간지 혹은 반년간지의 형태로 간행되는 문학잡지를 통해 창작과 비평은 문학인들을 비롯하여 독자대중과 만난다. 문학잡지는 문학의 주요한 소통의 장이다. 물론, 문학잡지를 통하지 않고 곧바로 문학단행본을 통해 문학적 소통을 이루기도 한다. 하지만 아직까지 문학단행본을 통한 소통을 선호하는 것보다 문학잡지를 통해 문학적 검증을 받은 후 단행본을 출간하는 게 일반적인 수순이다. 그만큼 문학잡지는 문학장에서 매우 중요한 역할을 맡고 있다.

그런데 이렇게 중요한 문학잡지에 대해 우리는 너무나 안이하게 생각하고 있는 것은 아닌지 반성적 물음을 던져보아야 한다. 무엇보다 문학잡지를 문학장에서 어떻게 인식하고 있는지에 대한 근본적 물음을 던져보아야 한다. 문학잡지는 문학인들의 창작 성과물을 소개하는 역할에 충실하면 그만인가? 발간 시기를 지키는 한도 안에서 제때에 별다른 사고없이 발간하면 그만인가? 잡지의 일정 수준을 지키기 위해서 어느 정도 검증받은 작가의 작품을 정례적으로 발표하면 그만인가? 신인을 모험적으로 발굴하기는커녕 혹시 잡지의 편집과 관련된 인사의 정실 관계에 따라 신인의 작품을 소개하면 그만인가? 잡지의 일관된 편집 방향 아래 특집과 기획을 강구하는 게 아니라, 적당한 이슈거리로써 특집과 기획을 채워놓으면 그만인가? 필자의 글쓰기 노동의 대가인 원고료를 지불하지도 않은 채 버젓이 잡지를 간행하면 그만인가? 잡지의 읽을 대상을 면밀히 파악하지도 않은 채 기존의 관성화된 습속에 붙들린 편집을 하면 그만인가?

우리의 문학잡지들은 이러한 일련의 물음에 대해 숙고해보아야 할 것이다. 우리는 익히 알고 있다. 우리의 근대문학사는 문학잡지의 역사와 동궤에 놓여있다 해도 과언이 아니다. 특히『창작과비평』(1966년 창간)과『문학과지성』(1970년 창간, 이후 1988년에『문학과사회』로 복간)의 양대 계간지가 발간되면서 이후 본격적으로 잡지시대를 열었고, 다양한 형태의 잡지가 발간되고 있는데, 그 숱한 잡지들이 제 각기 차이를 갖는 창간 이유를 밝혔음에도 불구하고, 잡지의 전반적인 편집 형태는 대동소이한 틀을 유지하고 있다. 말하자면 '특집―창작―비평'의 꼴이 바로 그것이다. 사정이 이렇다보니, 구태의연한 편집이 되기 십상이다.

특집만 하더라도, 서로 다른 특집을 기획하기 위해 고심하고 있으나, 그렇게 고안된 특집이 이렇다할 문학적 혹은 사회적 공명共鳴 없이 매호 잡지를 발간하기 위한 구색맞추기의 일환으로 자리잡고 있는 잡지가 꽤 많다. 문학적 혹은 사회적 소통의 길을 모색하지 않는 특집은 차라리 없는 편이 나을지 모른다. 어떻게 보면, 특집을 반드시 기획할 필요도 없는데도 불구하고, 만일 특집이 누락되면, 잡지의 모양새를 갖추지 않는 것으로 인식되는, 잡지 편집에 관련한 오래된 관행 때문이 아닌지 생각해볼 일이다.

다음으로 창작과 비평의 편집 형태를 검토해볼 수 있다. 어떤 잡지이든지 시와 소설을 위주로 하는 창작 성과물을 싣고 있는데, 한결같이 원로에서부터 신진에 이르기까지 광범위한 범주에 걸친 창작 성과물을 싣고 있다. 물론 잡지란 일종의 박물지와 같은 성격을 띠고 있어, 우리 문학의 주요한 성과물을 문학적 연배를 고려하여 게재하는 것은 아주 자연스러운 일일 터이다. 하지만, 이러한 편집을 오랜 관행으로 간주해오는 가운데, 우리 문학의 미적 갱신의 길은 자꾸만 답보상태에 있는 것은 아닌지 성찰해보아야 하지 않을까. 문학적 연배에 따라 적절히 선택하여 배치하는 편집이, 과연, 우리 문학의 미적 갱신을 위해 잡지가 행해야 할 일인지, 이제는 아주 통념화된 이런 문제들에 대해 심각히 고려해볼 일이다. 잡지는 현재진행형의 문학에 충실해야 한다. 무엇보다 동시대의 문학에 새로운 물꼬를 터주어야 한다. '미적 안정'이 아니라 '미적 동요(혹은 불안)'의 불온성을 늘 내장하고 있어야 한다. 하여, 그 미적 불온성이 문학장을 내파內破함으로써 미적 갱신의 길을 내야한다. 그러기 위해서는 지금까지 관행화되어온 문학적 연배를 고려한 창작 성과물의 배치가 아니라, 미적 불온성의 에너지로 충만된 창작 성과물을 배치함으로써 그 창작 성과물 사이에 격렬한 미적 충돌을 불러일으켜 미적 갱신의 가능성을 타진할 수 있어야 한다.

이와 같은 편집은 비평에서도 예외가 아니다. 비평이야말로 동시대의 문학에 미적 불온성의 기운을 불어넣어줄 동력을 생성해냄과 동시에 그 것을 발견해야 한다. 비평이 창작과 독자들로부터 외면을 받게 된 데에 는, 비평이 모험을 하지 않고, 이미 충분히 검증된 텍스트의 미학에 무임 승차를 하거나, 논쟁을 기피하는 가운데 서로 좋은 게 좋은 것 아니냐는 식의 비평적 자의식을 망실하거나, 자신의 비평적 감식안에 매몰된 채 비 평의 공적 소통의 장을 외면하기 때문이다.[4] 동시대의 문학적 쟁점과 부 대끼며, 그 쟁점 속에서 문학적 상처를 견디며, 미적 불온성의 동력을 간 직한 비평의 모험에 인색하지 않는 편집이야말로 '지금, 이곳'의 잡지에 서 긴요히 요구되는 일이 아닐 수 없다.

어쩌면 지금까지 논의한 잡지 편집과 관련된 사항들은 그렇게 새로운 논의거리들이 아닌지 모른다. 하지만 냉정히 돌이켜보자. 우리의 문학이 당면한 문제점들이 잡지 편집과 관련한 이러한 크고작은 문제점들과 무 관한가. 그동안 잡지 편집은 잡지 편집위원들의 고유 몫이라고 생각해온

---

4) 최근 우리 비평계에서는 의미심장한 움직임의 징후가 포착되고 있다. 아니, 이미 그 움직임은 구 체적 실천의 양상을 띠고 있는 것이다. 비평의 공적 소통의 장이 활발히 구축되고 있다. 이 소통 의 장은 기존의 매체 중심이 아니라 뜻을 함께 하는 개별 비평가들끼리의 '느슨한 연대' 속에서 이루어지고 있는 새로운 소통의 장이기에 각별한 주목을 요한다. 이에 대해서는 이 책의 1부에 실린 고명철의 「탈주체적 비평을 넘어서야 하는 이유들」 참조.

게 사실이다. 그러다보니, 편집위원들이 갖는 유무형의 편집권, 이른바 문학권력에 대해 정당한 행사를 요구해오지 않았는가. 이러한 잡지의 편집권이 문학 제도와 무관하지 않듯, 특집과 창작 및 비평과 관련한 잡지의 편집에 대해 각 잡지의 편집위원들은 제도적 관행에 대한 비판적 성찰을 시도해야 할 터이다. 거듭 말하지만, 이것은 우리 문학의 미적 갱신의 길을 위한 것이지, 편집위원의 편집권을 강화하는 데 그 목적이 있는 것은 결코 아니다.

기왕 말이 나왔으니 몇 마디만 보태자면, 우리처럼 잡지가 활성화된 문학장도 전세계에서 찾아보기 드물다고 한다. 이미 가까운 일본은 물론이고 서구에서는 잡지가 없는 것은 아니되, 단행본을 통해 문학장이 구조화되고 있는데 반해, 우리는 앞서 얘기했듯이, 잡지가 문학장의 미적 질서에 '엄연히' 간섭하고 있다. 이것은 잡지가 많이 팔리는 것과 무관하게, 잡지의 제도를 통해 창작과 비평은 미적 질서에 자신의 위치를 자리매김하는 것이다. 비록 일본의 사상가 가라타니 고진은 '근대문학의 종언'을 통해 잡지의 이와 같은 역할에 대해 부정적 시선을 보이지만,[5] 우리는 근대문학적 잡지의 이와 같은 제도로부터 완전히 자유롭지 못한 게 현실이다. 우리 사회는 '근대추구'와 '근대극복'이라는 이중의 과제에 맞서싸우고 있다. 어쩌면, 우리 문학장에서 잡지의 역할과 소명이 아직도 중요하게 생각되는 데는, 근대문학적 제도의 산물인 잡지가 우리 문학장에서 떠

---

[5] 가라타니 고진에게 근대문학은 이미 종언을 고한 것으로 인식되고 있다. 잡지에 대한 인식 역시 예외가 아니다. 그는 일본의 경우를 예로 들어 잡지가 갖는 문학장에서의 역할을 부정적으로 인식한다. "일본에는 아직 문예잡지가 있고, 매일 신문에 커다란 광고가 실립니다. 그러나 실제로는 전혀 팔리고 있지 않습니다. 참담할 정도의 부수입니다." 가라타니 고진, 「근대문학의 종언」, 『근대문학의 종언』(조영일 옮김), 도서출판b, 2006, 65쪽.

맡고 있는 근대의 저 이중의 과제를 '이론적 실천' 내지 '실천적 이론'으로 육화시켜야 하기 때문인지도 모른다. 하여, 근대의 이중의 과제를 해결하는 도정에서 미적 갱신을 통해 '참다운 세계문학'의 지평을 열어젖힐 수 있는 가능성을 탐침해야 할 과제가 놓여 있는 셈이다. 아직, 우리 문학이 근대문학의 종언을 고하기에는 섣부르다. 그래서 잡지에 대한 제도적 성찰은 중요한 사안이다라고 나는 생각한다.

3. 문학예술정책, 문학의 '사회적 가치'에 대한 새로운 인식

근래, 우리 사회가 문학의 제도에 대해 관심을 쏟기 시작한 것은 주목할 만한 현상이다. 특히 그동안 문학인들이 별다른 관심을 갖지 않았던 문학예술정책에 대해 적극적인 의견을 표현하고, 문학 현장의 목소리가 부족하나마 문학예술정책에 반영되기 위한 가시적 움직임을 보이고 있다는 점은 고무적인 일이다. 이것은 문학을 제도적 관점에서 인식하고, 그 제도적 문제점들을 보완 혹은 혁신하기 위한 구체적 실천을 강구하고 있기에 그렇다. 물론 이러한 시도는 숱한 시행착오를 거칠 것이다. 정부 주도의 한국문화예술진흥원에서 민간주도 차원의 의사결정 기구를 갖는 한국문화예술위원회로의 전환에 따른 과정이 순탄하지 않았듯이,[6] 이제 갓

---

6) '기초예술살리기범문화예술인연대'(이하 '기초예술연대'로 약칭함)가 2004년 4월 2일 출범한 이후 기초예술연대는 기초예술의 현장을 살리는 일환으로 종래 한국문화예술진흥원에서 한국문화

출범한 한국문화예술위원회(2005년 9월 29일 공식적으로 출범식을 가짐)가 지금까지 제대로 시행되지 못한 문학예술정책을 빠른 시일 안에 집행·수립하기에는 여러 난관을 거쳐야 할 것이다. 하지만 이 난관은 우리 문학인들에게 위기이자 동시에 문학의 질적 도약을 위한 또다른 기회를 제공해준다. 다른 지면에서 나는 이에 대해 다음과 같이 의견을 밝힌 바 있다.

　　이제 문학인들은 새로운 문학장에 놓여 있다 해도 과언이 아니다. 이 새로운 문학장에서는 창작자, 정책자가 분리되지 않는다. 창작자가 정책자이면서, 정책자가 창작자인 문학장에서 문학인들은 절호의 기회를 맞이하고 있다. 산업예술의 호황 국면 속에서 문학은 나날이 그 사회적 가치가 훼손되고, 기초예술로서의 존재를 위협받고 있지만, 문학은 그 고유의 진정한 사회적·예술적 가치를 복원시킬 수 있다. 이 절호의 기회를 거저 얻지 않았듯이, 문학인들 스스로 문학예술정책을 수립·집행하는 주체라는 인식을 가져야 한다. 문학인들이 예전처럼 문학예술정책에 대한 냉소와 무관심을 보인다면, 어렵게 얻은 이 소중한 기회를 제대로 활용하지 못할 것은 불을 보듯 뻔한 일이다. 따라서 문화예술위원회를 예술정책과 관련한 소수의 관심사로 치부해서는 안 된다. 문학인들 모두가 정책수립과 집행의 주체이면서 객체라는 인식이 그 어느 때보다 절실히 요구되는 것은 바로 이 같은 이유 때문이다.7)

예술위원회로 전환하는 법안을 국회에 통과시키기 위해 다양한 노력을 다 하였다. 그 과정에 대해서는 『기초예술백서』(기초예술연대, 2004년 12월 9일 발행)를 참조. 이후 기초예술연대는 한국문화예술위원회의 위상과 역할에 대해서는 모두 여섯 차례의 장르별 및 종합 연속토론회를 가졌다. 이에 대해서는 『문화예술위원회, 무엇을 할 것인가』(기초예술연대, 2005년 7월 20일 발행)를 참조.

7) 고명철, 「기초예술, 문학 그리고 문학예술정책」, 『문화예술』, 2005년 2월호, 23쪽.

문학인들 스스로가 새롭게 구조화되는 문학장에서 창작자이자 정책자라는, 다시 말해 "문학인들 스스로 문학예술정책을 수립·집행하는 주체라는 인식을 가져야 한다." 이것은 문학인들이 문학장에서 문학예술정책의 수혜자의 입장으로만 국한시킬 게 아니라 문학장의 능동적 주체로서 문학예술정책의 실질적 수행자라는 사실에 대한 인식의 대전환을 요구한다. 이러한 인식의 대전환은 현재 문학이 당면하고 있는 온갖 문제점들을 제도적으로 성찰하고, 제도적인 측면에서 구체적 해결 대안을 모색해볼 수 있기에 그 중요성을 아무리 강조해도 지나치치 않을 터이다. 여기서 간과할 수 없는 것은, 문학예술정책에 대한 문학인들의 제도적 성찰과 그 실천이 '지금, 이곳'의 신자유주의의 시장원리에 나포되어 있는 우리 문학에 항체를 형성시켜줄 수 있다는 점이다. 문학평론가 고인환도 "지금까지 문인들은 인간의 삶을 왜곡하는 무한경쟁의 이데올로기(신자유주의의 논리―인용자)를 비판하기에 급급했다. 하지만 이 논리를 어떻게 극복할 것인가에 대해서는 침묵하기 일쑤였다. 이제 이 자본의 논리에 구체적으로 대응해야 할 시기에 이르렀다"[8])고 적시하고 있듯이, 문학인들은 문학예술정책에 대한 제도적 관점을 통해 문학의 창조적 역량을 모아야 하는 중요한 시점에 있는 셈이다.

　　그렇다면 문학예술정책에서 비중을 두어야 하는 것은 어떤 사안일까? 사실, 이 문제에 대해서는 별도의 지면을 통해 좀더 세밀한 검토가 필요하다. 다만, 여기서는 거시적 방향성에 대한 내 생각의 단초를 제시해보는 것으로 그 논의 범위를 좁힐 수밖에 없다.[9])

---

8) 고인환, 「문학의 위기를 제도적 차원에서 성찰해야 한다」, 『문화예술위원회, 무엇을 할 것인가』(기초예술연대 편), 2005년 7월 20일 발행, 210쪽.

문학인들이 문학을 제도적 관점에서 성찰할 때 간과해서 안 될 것은, 문학이 우리 사회의 주요한 인프라를 구축하고 있다는 데 대한 사회적 공감대를 '공세적攻勢的'으로 형성시켜야 한다는 점이다. 돌이켜보면, 문학인들은 문학이 사회적 공감대를 갖고 있다는 것 자체를 부정하고 있지는 않되, 1990년대 이후 문학의 사회적 역할이 급격히 위축되면서 문학인들은 문학과 사회적 공감대를 마지 못해 '수세적守勢的'으로 인정하고 있다. 물론, 여기에는 문학이 문학인만의 미적 취향을 만족시키는 데 불과하다는 것이라든지, 1990년대 이후의 문학은 더는 사회적 진실 탐구와 무관한 채 개별적 진실의 발견에만 초점을 두는 것이라든지, 산업예술의 총아인 영화보다 그 대중적 영향력이 열세에 있기 때문에 문학은 점차 왜소해질 수밖에 없다든지, 문학의 존재 양태는 디지털 문화의 급속한 파급에 따라 디지털 문화에 걸맞는 형식을 취하지 않고는 존재하기 어렵다든지, 그나마 남아 있는 문학은 상급학교 진학을 위해 정답을 풀어야 하는 진학 시험용으로 전락한다든지, 등의 이유들이 있다. 하지만 도리어 이러한 이유들 때문이라도 문학과 사회적 공감대는 '공세적'으로 형성되어야 하고, 바로 이러한 문제들을 해결하기 위해 문학예술정책을 제도적으로 고민해야 하는 것이다. 이것은 문학이 문학만의 문제로 해결되는 게 아니라 이러한 이유들을 낳는 우리 사회의 제반 문제들과 밀접한 관계를 맺고 있다는 점을 여실히 보여준다. 말하자면 이제 우리 문학이 1990년대 이후 짊어져야 할 문학 안팎의 문제는 문학을 에워싼 이러한 온갖 문제들을 낳게 한 사회 제도에 대한 면밀한 검토와 함께 맞물린 문학 제도에 대한 성찰

---

9) 한국문화예술위원회가 출범한 이후 문학예술정책의 구체적 실현화에 대해서는 한국문화예술위원회의 홈페이지(http://www.arco.or.kr)를 참조할 수 있다.

을 병행해야 한다.

거듭 힘주어 강조하건대, 여기서 문학은 사회적 공감대를 '공세적'으로 형성할 필요가 있다. 우리 사회는 근대의 이중 과제(근대성취와 근대극복)를 해결하기 위해 몸살을 앓고 있다. 사회의 곳곳에서는 근대의 프로젝트가 수립·진행되고 있는가 하면, 파행적 근대에 대한 전복적 성찰을 통해 근대를 넘어서고자 한 움직임을 보이고 있다. 즉 사회적 근대성을 쟁취함과 동시에 사회적 근대성을 극복하고자 부단히 애를 쓰고 있다. 우리 문학은 이러한 사회적 근대성의 이중 과제와 적극적으로 교섭함으로써 문학의 사회적 가치를 새롭게 확보할 수 있다. 예컨대, 참여정부가 역점을 두고 있는 문화예술정책에서 지역의 문화예술을 획기적으로 육성하는 프로젝트가 있다. 지역의 특성에 맞춰 이른바 '문화중심도시'를 육성하겠다는 것이 그 대표적인 사례다. 참여정부가 일관성 있게 추진하고 있는 지역의 분권화에 기반한 이 프로젝트는 서울 중심으로 편재된 문화예술의 인프라를 지역으로 분산시킴으로써 그동안 추구된 서울 중심의 근대화 프로젝트를 지양하여, 지역의 특성에 맞는 근대화 프로젝트를 새롭게 추구하려는 일환이다. 이 근대화 프로젝트 속에서 문학이 떠맡아야 할 제도적 과제를 적극적으로 고려해보아야 할 일이다. 여기에는 '문화중심도시'로서의 문화적 역할을 수렴하고, 그 문화의 가치를 보존하고 확산시켜야 할 문학적 인프라를 제대로 구축시켜야 한다. 지역의 문학예술정책을 창조적으로 수립·집행하기 위한 문학예술교육기관이 정비되어야 하고,10)

---

10) 이에 대해 문학평론가 하상일은 다음과 같은 의견을 내놓고 있다. "각 지역마다 문인단체나 언론사 등이 주관하는 문예창작교실이나 독서토론회, 문학강연회가 수시로 개최된다. 이러한 문화 프로그램에 참여하는 사람들의 숫자는 아직까지는 얼마되지 않지만, 이들 대부분이 지역문화의 발전에 중요한 역할을 하는 일꾼으로 성장하고 있다는 결과만큼은 결코 간과해서는 안 된다. 참

해당 지역의 문학적 가치를 고양시켜줄 수 있는 지역 문학관의 시설 및 프로그램에 내실을 다져야 하며, 무엇보다 지역 나름대로의 특성을 최대한 살린 도서관이 대폭 확충되어야 한다. 이러한 문학의 제도적 문제들은 한결같이 '문화중심도시'를 건설하는 사회적 근대화의 프로젝트와 무관하지 않고, 밀접히 연동되어 있다는 사실을 쉽게 지나쳐서 안 된다.

이제 문학의 사회적 가치를 문학의 고유한 문학 내적 문제—창작과 비평을 통한 문학과 사회의 관계 속에서 문학의 사회적 가치를 인식하는 문제—로만 파악할 게 아니라, 이렇게 문학예술정책의 수립 · 집행과 관련한 제도적 성찰을 통해 그 구체적 실천 속에서 문학의 사회적 가치를 새롭게 인식할 필요가 대두되고 있다. 때문에 문학예술 현장의 복판에 있는 문학인의 능동적 역할이 그 어느 때보다 요구되는 것이다. 문학인의 창조적 자율성이야말로 사회적 근대성에 붙들려 있지 않으면서, 사회적 근대성을 쟁취하고 그것을 극복할 수 있는 문화적 동력을 갖고 있기에 그렇다.

여정부 들어서 가장 의욕적으로 추진한 사업이 문화예술교육진흥정책이었다. 이러한 실천이 사회교육 혹은 평생교육의 차원을 넘어서 공교육 현장에도 직접 연결되어야 한다. 이제 문화예술교육은 창의성과 다양성을 함양하는 필수적인 교육내용으로 적극 도입됨으로써 공교육의 내실화를 이루는 제도적 장치가 되어야 하는 것이다." 하상일, 「문화정책의 변화와 실천의 객관성」, 『전망과 성찰』, 작가마을, 2005, 66~67쪽.

문학을 제도적 관점에서 성찰한다는 것은 "사회와 역사를 초월한 미적 경험을 상정하고 천재 개인의 창조적 작품으로서 문학을 바라보는 낭만적 · 신비적 문학 개념에 대하여 집단적 · 제도적 · 사회적 생산물로서의 문학 개념"[11]으로, 문학에 대한 고전적 인식의 틀을 전환하는 일이다. 최근 문학에 대한 제도적 측면에서의 관심이 비평과 학적 연구의 두 영역에서 활발해지고 있다는 사실은 이를 단적으로 뒷받침한다. 가히 문학의 제도사적 접근이 활황을 띠고 있다 해도 지나친 말이 아니다. 이 같은 현상은 분명 고무적인 일이다. 비평은 말할 필요도 없듯이, 학적 연구에서도 작가와 작품에 대한 전통적 연구로부터 작가와 작품을 둘러싼 제도적 접근 시각으로 그 연구의 방향이 전화된 이후 그동안 우리 문학사 연구에서 사각으로 존재해왔던 분야에 대한 새로운 연구를 진척시키고, 그 연구의 획기적 성과 또한 주목할 만하다.

어떻게 보면, 최근 몇 년 사이에 급부상한 이러한 제도적 성찰은 그동안 별다른 관심을 갖지 못했던 우리 문학장에 대한 면밀한 파악을 통해 문학의 제도화된 조건들을 새롭게 인식하고, 급변하는 문학예술환경 속에서 문학의 위상을 새롭게 가다듬어야 할 과제가 제기되고 있기 때문일지 모른다. 모르긴 모르되, 문학에 대한 제도적 성찰은 지속될 것이며, 우리 문학사에 대한 새로운 해석과 정리는 물론, 동시대의 문학이 당면한 온갖 문제점들에 대한 새로운 진단과 돌파구가 모색될 것이다.

---

11) 현택수, 「문학 생산의 장」, 『문학의 새로운 이해』(김인환 외 편), 문학과지성사, 1996, 44쪽.

그런데 여기에는 경계해야 될 점 또한 없지 않다. 문학에 대한 제도적 접근이 자칫 문학의 자율성과 독특한 미적 체험을 섬세히 고려하지 않은 채 사회적 조건의 산물로 단순화시킬 수 있다. 하여, 문학의 특수성을 자연스레 배제한 가운데 여타의 사회적 제도의 산물과 다를 바 없는 것으로 쉽게 간주할 수 있다. 말하자면 문학을 비문학적 차원으로 접근할 소지가 다분하다. 그래서 문학에 대한 제도적 접근이 오히려 문학을 사회 구조적으로 억압하는 의도하지 않은 결과를 초래할 수 있다. 여기서 분명히 해둘 게 있다. 문학을 제도적으로 성찰한다는 것은 문학의 자율성과 독특한 미적 체험을 사회적 조건들 속에서 좀더 과학적으로 해명하자는 것인바, 이것은 문학을 사회 구조적으로 억압하는 게 아니라 문학과 사회 구조와의 길항 관계를 통해 문학적 가치를 새롭게 궁리하는 데 그 목적을 둔다. 이것은 문학과 사회의 쌍방향적 관계를 통해 문학의 사회적 가치를 새로운 관점에서 성찰하는 일이기도 하다. 그렇기 때문에 문학에 대한 올바른 제도적 접근은 문학을 비문학적 차원으로 전락시키는 게 아니라 문학을 좀더 정교하게 문'학'적 차원으로 파악하는 것이다. 그러면서 동시에 문학이 당면한 문제점을 구체적 실천으로 해결하기 위한 길을 모색하는 일이다.

이제 문학에 대한 제도적 접근은 본격화되는 단계에 들어섰다고 보인다. 나는 이 글에서 문예매체 중 문학잡지의 제도에 대해 특히 잡지 편집의 측면에서 몇 가지 문제를 제기해보았고, 문학예술환경을 개선 내지 혁신 시키기 위한 문학예술정책의 거시적 방향성에 대한 생각의 단초를 내놓았다. 이 두 가지 차원에서 논의를 펼치는 내내 나는 우리 사회가 근대의 이중 과제를 해결하는 도정에서, 우리 문학은 아직 근대문학으로서의 생명을 소진하지 않고 있다는 점이 뇌리를 떠나지 않았다. 항간에서는 우리 문학이 근대문학으로부터 탈근대문학으로 이미 자리바꿈을 했다고 진단하지만, 우리의 문학장을 촘촘히 들여다보았다면, 이러한 진단이 얼마나 섣부른 것이라는 사실을 구태어 강조할 필요도 없을 터이다. '지금, 이곳'에서 우리 문학은 다양한 층위에서 문학적 근대가 짊어지고 있는 근대의 이중의 과제를 성실히 해결하기 위해 미적 갱신의 가능성을 타진하고 있다는 것을 묵과할 수 없기 때문이다.

끝으로 환기하고 싶은 게 있다. 제도는 언제든지 타락한 형태로 변질될 수 있다. 제도는 제도의 행위자를 얼마든지 제도의 구조로 구조화할 수 있다. 급기야 제도는 물신화되어, 제도의 타락은 재생산될 수 있다. 우리가 문학을 제도적 관점으로 성찰하면서 망각하거나 쉽게 간주하지 말아야 할 것은 제도의 바로 이러한 속성이다. 어쩌면 우리 문학의 제도는 이미 제도의 이러한 물신화와 타락의 구조가 구조화되고 있을지도 모른다. 늦었다고 생각할 때가 가장 적절한 때라고 하지 않던가. 우리 문학의 안팎을 에워싼 제도에 대한 좀더 체계적이면서 면밀한 검토를 통해 문학의 가치를 온전히 수행할 수 있는 지혜와 실천 방안을 모색해야 할 터이다. 왜냐하면 문학 제도를 전혀 고려하지 않은, 문학적 소통을 전혀 염두에 두지 않는 지극히 사적인 문학 행위라면 모를까, 문학적 소통을 염두에 둔 문학 행위라면, 그 문학은 문학 제도의 바깥에 존재할 수 없기 때문이다.

(『문학과경계』, 2006년 여름호)

문예창작과의 쇄신

미적 모험과 인문학적 지성

"대학이 상업주의로 치닫고 있는 이상, 창조하는 데 그보다 더한 치명적인 것이 무엇이겠는가."

— 박경리, 「특집 : 새로운 천 년과 문학의 미래」, 『현대문학』(2000년 1월호) 중에서

1. 문예창작과의 양적 팽창에 가리워진 한국문학의 빈곤

작가가 되기 위한 길은 많지만, 무엇보다 문예창작과에서 작가가 되기 위한 과정을 밟는 게 가장 추천할 만한 길이다라고 흔히들 얘기한다. 그만큼 문예창작과는 문학에 문외한인 사람들에게 작가를 배출해내는, 이른바

문인양성소로 인식된지 오래다. 다시 말해 문예창작과는 시인, 소설가, 극작가 등을 길러내는 문학교육 기관이란 인식이 지배적이다. 물론 문예창작과의 설립 목적과 운영을 고려해보건대, 작가를 배출해내는 데 문예창작과의 모든 역량이 집중되고 있는 것은 결코 아니다.[1] 하지만 문예창작과에 대한 사회의 통념과 기대치는, 문예창작과가 한국문학의 산실로서 그 고유의 몫을 다 하고 있다는 데 대해 큰 이견異見이 없다. 가령, 김주영, 조세희, 박상륭, 이문구, 한승원, 송수권, 김원일, 이동하, 오정희, 이경자, 송기원, 이시영, 임영조, 이승하, 방현석, 전성태, 김종광, 박민규 등은 중앙대 문예창작과(1953년에 설립된 서라벌예대는 1973년 중앙대로 편입) 출신들이며, 채호기, 심상대, 황인숙, 함민복, 신경숙, 장석남, 박형준, 강영숙, 하성란, 조경란, 백민석, 천운영, 윤성희, 정이경 등은 서울예대 문예창작과 출신들인 바, 이들의 문학적 성과를 일별해보는 것만으로도 문예창작과의 양대 산맥이라 할 수 있는 두 곳에서 배출한 작가들이 한국문학 지평에서 어떠한 위치를 점유하고 있는지 새삼 강조할 필요도 없을 터이다.

여기서 단적으로 알 수 있듯이 문예창작과는 한국문학의 토양을 풍요롭게 하는 데 매우 주요한 역할을 맡고 있다. 하여, 문예창작과의 존재와 그 가치는 새삼 강조할 필요도 없는 것이다. 비단 앞서 언급한 두 학교의 문예창작과 이외에도 1990년대 이후 전국 곳곳에서 폭발적으로 신설된 문예창작과에서 매해 배출된 작가들을 아울러 생각해보면, 한국문학의

---

1) 문예창작과가 문인만을 배출하는 곳이 아니라는 점은 삼척동자도 다 아는 사실이다. 문예창작과의 커리큘럼 과정을 통해 단적으로 알 수 있듯, 대다수의 문예창작과에서는 영상미디어와 관련한 직종에 종사할 인적 자원을 비롯하여, 출판업에 종사할 인력 및 논술과 독서 지도에 필요한 전문 인력 등을 배출하고 있다. 문예창작과 교수들의 말을 빌리자면, 문예창작과 출신들의 상당수가 이처럼 문인으로서의 길보다 다른 분야의 길을 걷고 있다고 한다.

양적 풍요로움은 이루 말할 수 없을 정도다.[2]

그런데, 대단히 아이러니하게도 문제는 바로 여기에 있다. 에둘러 말할 필요 없이 단도직입적으로 얘기한다면, 한국문학의 양적 풍요로움이 곧 질적 풍요로움을 보증해주고 있는가, 하는 문제다. 매해 각종 문예지의 신인문학상과 신춘문예 등을 통해 배출된 신인작가들의 상당수가 문예창작과 출신이라는 사실은 익히 다 아는 사실이다. 문예창작과 출신들은 한국문단에 자신의 문학적 흔적을 남기기 위해 지금도 자신만의 글쓰기 공간에서 창작의 신열身熱을 앓고 있다. 하지만 그들의 신열이 한국문학의 새로운 지평을 모색하기 위한 과정에서 낡고 고루한 것을 태워 없애고, 새로움에 값하는 미적 전율과 충격을 안겨주고 있는가, 하는 데 대해 나는 선뜻 동의할 수 없다. 무언가 선배 세대들과 달라야 하고 새로워야 한다는 미적 인정투쟁 욕망은 확연하다. 하지만, 그들의 그 욕망이 말 그대로 구별짓고자 하는, 그래서 차이를 두드러지게 보이기 위해 치른 값비싼 기회비용을 상쇄하고도 남는 어떤 가치를 확보하고 있는가 하는 점에 대해 나는 회의적이다.

그 이유는 어디에 있을까? 어쩌면, 이 물음에 대해 내가 여기서 미주알고주알 논의한다는 것 자체가 뒷북을 치는 경우에 해당될지 모른다.[3] 이

---

2) 작금의 한국문학의 양적 팽창을 가져다준 데에는 문예창작과가 대폭 신설된 것을 가볍게 지나칠 수 없다. 전국 대학 문예창작과 및 문예창작 전공 교수 모임인 한국문예창작학회에 따르면, 문예창작과가 개설되어 있는 대학은 4년제 35개(사이버대학 포함), 2년제 16개 등 전국적으로 51개에 이르며, 대학원에 문예창작 과정이 생긴 것만도 일반대학원 14개, 특수대학원 8개가 있다. 이렇듯이 1990년대 이후 문예창작과의 폭발적 증가는 한국문학의 양적 팽창과 결코 무관하지 않다.

3) 솔직히 고백하건대, 나는 문예창작과 출신이 아닐뿐만 아니라 지금까지 문예창작과에서 단 한 번도 문학 교육을 경험해본 적이 없다. 어쩌면 이 글에 적합한 필자가 아닐지 모른다. 하지만 문예창작과의 제도 교육과 거리를 두고 있기 때문에 문예창작과에 대한 비판적 성찰이 가능한지도 모른다. 비록 나의 비판의 문제의식이 성글고 다소 번짓수가 맞지 않는 게 있을지라도 문예창작과의 바깥에서 문예창작과에 애정을 갖고 '비판적 성찰'의 형식으로써 말걸기를 시도했다는 점을

문제에 관심을 갖고 있는 자들이라면, 문예창작과 출신의 작가들뿐만 아니라 한국문학의 새로운 지평을 앙망仰望하고 있는 자들이라면, 나름대로의 진단과 그 해결의 묘법마저 갖고 있을 터이다. 그럼에도 불구하고 나는 여기서 또 다시 이 문제를 비판적으로 검토해보고자 한다. 그 검토의 초점은 문예창작과가 대폭 신설됨에 따라 문예창작과 출신들이 대거 등장하고 있는 현실에서, 그 양적 팽창에 가리워진 채 한국문학의 빈곤이란 이상 증후가 발견되고 있는바, 문예창작과의 제도 교육이 지닌 문제점과 그 쇄신에 대한 길을 성찰하는 데 있다. 물론, 이러한 나의 비판적 시각은 문예창작과를 향해 제기되는 그 숱한 문제점들에 대해, 어쩌면 어떤 선입견을 갖고 진단하는 과정에서 지레 침소봉대針小棒大하고 있는지도 모를 일이다. 이 점은 분명히 경계하되, 널리 우려되는 점에 대해서는 다시 한 번 정확히 문제를 짚어내고, 미처 인식하지 못했던 점에 대해서는 새로운 문제의식을 가다듬으로써 문예창작과가 한국문학의 산실로 손색이 없는 주요한 문학 교육의 역할을 보증해내었으면 하는 간절한 마음에서 이 글은 씌어진다.

2. '등단 실적주의'를 넘어 '미적 모험'을 향한 쇄신

한국문학의 산실 역할을 톡톡히 해내어야 할 문예창작과에 대해 제기

변명하고 싶다.

되는 문제점 중 가장 큰 것은, 작가를 양적으로 많이 배출해내어야 그 문예창작과의 위상이 높아진다는, 이른바 '등단 실적주의'에 함몰되는 경향이다. 이것은 신설 문예창작과일수록 염려되는 사안이다. 급작스럽게 생겨난 문예창작과들은 아직 이렇다할 전통이 축적되지 않은 이유로 인해 비슷한 시기에 출범한 문예창작과들보다 우월한 경쟁력을 갖춤으로써 신설 학과의 자기활로를 개척하고자 안간힘을 쓴다. 그래서 한국문학의 양적 풍요로움과 질적 풍요로움을 동시에 확보해내기 위한 경쟁이 뜨거워진다면, 그 경쟁의 과열은 미덥기만 하다.

하지만 우리가 '등단 실적주의'에 매몰되어가는 현상을 크게 우려하는 것은 신인 작가들의 대거 출현이 한국문학의 토양을 객토하고, 한국문학의 타성화된 현실을 발본적으로 쇄신해주는 역할을 맡지 못한 채 도리어 한국문학의 답보상태를 유지하는 데 기여(?)하고 있다는 판단이 들기 때문이다. 여기에는 '지금, 이곳'의 문예창작과의 안팎을 둘러싸고 있는 제도 교육의 문제점에 대한 비판적 성찰이 요구된다.

우선, 문예창작과에서 교육되는 커리큘럼 과정과 그에 따른 교육 내용 전반에 대한 전면적 검토가 필요하다. 문예창작과의 특성상 각 대학마다 약간의 차이는 있으나, 대부분의 대학에서 문예창작과의 수업은 실기 위주의 커리큘럼 과정으로 구성되어 있음을 확인할 수 있다. 말하자면 실제 작품을 어떻게 하면 잘 쓸 수 있을까, 하는 교육 내용이 주가 된다. 여기에다가 기존의 작품을 통시적(문학사) 혹은 공시적(작가론/작품론)으로 검토해보는 교육 과정이 있고, 각종 문예미학과 철학을 비롯한 인문사회학적 교양의 교육 과정이 보태진다. 이러한 교육 과정은 적어도 외형상으로 볼 때 큰 문제점이 없는 것처럼 보인다. 하지만 현재 문예창작과를 다니고 있는 예비작가들과 이미 문예창작과를 졸업한 후 기성 작가군의 대열에 들어선 작가들과의 대화 속에서 그들 스스로 명확히 인식하고 있는 문제는, 창작 실기 위주의 수업을 제외한 다른 교육 과정에 대해서는 만족하지 못하고 있다는 점이다. 아무리 작가의 등용문을 통과하는 게 문예창작과 학생들의 목적이라 하지만, 단순히 기성 작가군의 대열에 합류하는 것보다 자신만의 독특한 작가적 역량을 갖고 한국문학에 새로운 기운을 불어넣고자 하는 욕망이 있음을 고려해보건대, 그들의 불만의 원인이 어디에 있는지 숙고해보아야 한다. 이것은 작금의 문예창작과의 교육 과정만의 문제로 협소화시킬 성질이 아니라 장차 한국문학의 미래를 내다보는 측면에서도 대단히 민감하면서도 중요한 사안이 아닐 수 없다.

그렇다면, '지금, 이곳'의 문예창작과에서는 어떠한 교육이 이루어지고 있을까. 물론, 각 대학의 문예창작과의 개별적 특성에 따라 교육 내용에는 차이가 존재한다. 그렇지만, 문예창작과의 교육 내용의 골격은 대동소이하다고 한다. 계명대 문예창작과 교수인 소설가 김원우의 중편소설 「벙어리의 말」에는 이와 같은 교육의 풍경이 드러나 있는데, 그 한 대목을 읽어보자.

실기과목이므로 A4 용지로 15장쯤 되는 각자의 작품의 복사물을 1주일 전쯤 30명 남짓의 수강생들 앞앞에 돌려 미리 읽어오도록 하고, 일종의 공개재판식 품평회를 갖는 게 강의의 대강이다. (…중략…) 공개재판이라고 하지만 방청객의 변호나 매도 따위는 일체 허락지 않고 재판장 임의로 잘잘못을 적시하며, 원고의 진술도 듣지 않고 판결을 내리는 것도 내 식이라면 내 식인데, 시간 절약을 위해서도 그럴 수밖에 없고, 방청객들의 분별안이 대체로 PC모니터를 통해 돼먹잖은 문장으로 각자의 의견을 피로하는 이른바 댓글 같은 잡소리들이기 때문이다. 아무튼 오문·비문 따위를 가려내고, 문맥 짜기의 미흡도 일러주며, 이야기 형상력의 구체성 적부를 감정하는 데는 한 작품당 두 시간쯤이 걸린다. 물론 낙서 수준의 작품들도 없지 않아서 그런 것에는 〈논외〉라는 단호한 판결문에 뒤이어 덧붙이기를, 안되겠다라든지, 더 이상 내가 가르칠 게 없을 것 같다라든지, 일찌감치 글을 써보겠다는 허영을 버리는 게 좋을 듯싶고, 그래도 심심하면 아무 책이라도 손에서 놓지 말라고 낮은 목소리로 읊조리는데, 그런 훈시에 소요되는 시간은 2분 정도면 충분하다. 그 반면에 방청객들의 말대로 〈직사하게 깨졌다〉는 작품은 그나마 상당한 수준에 이르러 있는 것이라서 다음 학기에는 더 이상 무참하게 얻어터지지 않을 계기로 삼기도 하는 모양이다.[4]

'공개재판식 품평회'가 바로 문예창작과의 대표적 교육 내용이라는 사실은 소설 속 이야기로 한정되지 않는다. 실제 대다수의 문예창작과가 이러한 수업 방식을 채택하고 있으며, 학생들은 이 수업 방식에 자연스레 적응해왔다. 실기 위주의 수업을 하다보니, 이러한 '공개재판식 품평회'가 적합한 교육 내용을 담보해주고 있는 것이다. 이러한 교육은 창작의 실질적 부분을 대상으로 삼기 때문에 예비작가들에게는 신선한 자극이 될 수는 있다. 하지만 쉽게 지나칠 수 없는 것은 '공개재판식 품평회'를 통해 거의 난도질에 가까운 교육 속에서 자칫 문예창작과의 교육을 맡고 있는 교강사가 선호하는 문학을 학생들에게 내밀화시킬 수 있다는 점이다. 문예창작과의 경우 현직 작가들이 교육을 전담하고 있는데, 그러다보

---

4) 김원우, 「벙어리의 말」, 『작가세계』, 2005년 여름호, 149쪽.

니 그 작가의 문학적 취향 위주로 '공개재판식 품평회'가 이루어질 수 있는 가능성이 농후하다. 가령, 한 젊은 시인의 말을 빌리자면, 현재 시단에서 도발적 상상력이라고 주목받는 또래의 젊은 시인의 경우 학창 시절 내내 이와 같은 수업을 받으며, 자신의 시적 상상력이 감금되고 심지어 관리되어져 왔다는 것을 토로했다고 한다. 자신의 시는 전통 서정시의 미학을 내파內破하는 새로운 시적 실험을 집요할 만큼 모색해왔으나, '공개재판식 품평회' 수업에서는 그러한 자신의 시적 실험에 의한 새로운 미적 체험이 들어설 여지가 없었다는 점이다. 비단 이것은 이 젊은 시인에게만 국한되는 사례는 아닐 터이다. '공개재판식 품평회'를 갖되, 어디까지나 그 품평회는 예비작가들의 잠재적 역량을 새롭게 발견하고, 아직 미숙하지만, 그 미숙성 속에 꿈틀거리고 있는 미적 실험을 향한 젊음의 열정을 북돋워줄 수 있어야 한다. 하여, 그들은 지금껏 선배들이 가보지 않았던 한국문학의 그 어떤 새로운 영토를 개척할 수 있어야 한다. 그럴 때 한국문학의 양적 팽창은 곧 질적 풍요로움을 보란 듯이 보증해낼 수 있을 터이다.

이상의 문제점과 함께 문예창작과의 제도 교육과 관련하여 반드시 짚고 넘어갈 점이 있다. 전국 곳곳에 문예창작과가 신설되어 나름대로 비교우위를 확보하려고 노력하고 있는 모습은 역력하다. 그래서 '등단 실적주의'에 경도되는 것도 이해 못 할 바 아니다. 하지만 기왕 작가들을 배출하고자 한다면, 미적 파장이 없는 군소작가들을 배출시킬 게 아니라 말 그대로 그 대학의 문예창작과를 대표할 수 있는 걸출한 작가를 배출했으면 한다. 물론 그 작가는 장차 한국문학에 미적 충격을 던져줌으로써 한국문학의 새로운 영토를 개척하는 데 중요한 몫을 맡을 수 있는 잠재적 역량을 확보하고 있어야 한다. 이러한 작가를 배출하기 위해 문예창작과의 제도 교육은 당대의 첨예한 미적 쟁점과 문학적 쟁점을 에돌아가지 않고, 정면으로 부딪치는 미적 모험을 감행해야 한다. 이와 관련하여 나의 짧은 생각일지 모르지만, 지금까지 어느 정도의 전통과 위상을 확보한 문예창작과에서는 이 같은 미적 모험을 기대하기 힘들다. 전통의 하중이 가해져 몸집이 비대해진 문예창작과보다 몸을 가볍게 놀릴 수 있는 신생 문예창작과야말로 미적 모험을 과감히 감행할 수 있을 터이다. 무엇보다 지역에 둥지를 틀고 있는 문예창작과의 경우 지역의 창조적 역량을 섭취함으로써 주류의 미학을 모반·위반·전복시킬 수 있는 새로움에 값하는 미적 성취를 일궈낼 수 있기 때문이다.

하지만 현실은 어떠한가. 지역의 신생 문예창작과들은 기존 문예창작과들에 대한 충분한 반성적 성찰 없이 우후죽순으로 설립되었고, 전국 대학가에 광풍이 불어닥치듯이 신자유주의에 입각한 대학 구조조정에 속수무책으로 떠밀려 가, 현재는 처치하기 어려운 각 대학의 애물단지로 전락하고 있다. 무엇보다 지역의 문예창작과는 지역의 각 대학들이 당면한 문제가 그렇듯, 점차 학생들 수가 현격히 줄어들고 있어, 심지어 어떤 대학의 문예창작과는 기존의 다른 학과로 흡수되거나 아예 폐과의 어려움에 처해있기도 하다. 지역 문예창작과가 당면한 문제는 복잡한 층위가 얽혀 있어 단순히 논의될 성질의 문제는 결코 아니지만, 지역 문예창작과의 자기활로를 되찾는 길은 지역에 있기 때문에 불리한 게 아니라, 오히려 지역에 있기 때문에, 주류의 미학과 거리를 두고 있기 때문에, 전통의 과부하가 걸려 있지 않기 때문에, 바로 지역 문예창작과 나름대로의 독특성을 최대한 살려낼 수 있는 어떤 묘법을 궁구窮究해낼 수 있는 것이다.

정리해보자면, '지금, 이곳'의 문예창작과의 제도 교육은 전면적 자기 쇄신이 요구된다. 어느 대학의 문예창작과가 많은 작가들을 배출했느냐가 중요한 게 아니라, 어느 대학의 문예창작과가 한국문학의 새로운 영토를 개척하기 위해, 미적 고투를 치열히 하고 있는, 그래서 미적 파장을 일으킬 수 있는 역량의 작가들을 배출할 수 있도록 제도 교육의 전반적 과정에 대한 냉철한 자기 점검이 필요하다. 왜냐하면 문예창작과의 제도 교육은 한국문학의 산실다운 산실을 위한 교육적 인프라를 구축시키는 것과 밀접히 연관되어 있기 때문이다.

3. 인문학적 지성을 갖춘 문인(혹은 문사)를 위한 제도 교육

여기서 우리는 문예창작과의 제도 교육의 문제점들을 해결하기 위해 창작 실기 위주의 교육을 중시하되, 지금까지 문예창작과의 제도 교육에서 부차적으로 치부되었던 교육 내용(작품 및 작가에 대한 통시적·공시적 교육, 문예미학과 철학을 비롯한 인문사회과학적 교양에 대한 교육)을 어떻게 생산적으로 접맥시킬 수 있을 것인가에 대한 지혜를 모아야 한다. 이 문제에 대해 오해를 해서 안 되는 것은, 그렇다면 문예창작과가 국어국문학과의 문학 교육과 혼재됨으로써 도리어 문예창작과의 특장特長을 희석시키고 있는 것은 아닌가, 라는 문제제기다. 게다가 문예창작과와 국어국문학과의 문학 교육이 서로 뒤섞임으로써 국어국문학과마저 그 독자적 성격이 희석될 수 있을지 않을까, 하는 또 다른 문제를 제기한다. 그래서 문학평론가 홍정선은 다음과 같은 해결 방안을 분명히 제시해놓고 있다.

> 이와 함께 국어국문학과와 문예창작과는 각자의 위상과 성격을 명확하게 하는 작업이 필요하다. 국어국문학과는 인문학의 분야를 연구하고 교육하는 학과로서, 그리고 대학에서 교양과 기초 학문을 담당한 학과로서 자기 역할을 분명히할 필요가 있다. 반면에 문예창작과는 창작의 기술적 측면과 창작 과정에서 부딪치는 문제들의 구체적인 해결법을 가르치고 배우는 학과로서 그 독자성을 분명히해야 한다. 그렇지 않고 가령 일부 대학들처럼 국어국문학과가 현재 수요가 많다고 해서 창작을 포함한 현대 문학 중심으로 교수진과 교수 과정을 구성하는 경우라든가, 문예창작과가 문학사·문학이론·개별 장르론 등 국어국문학과와 거의 구별되지 않는 강좌를 구성해놓고 있는 경우는 결코 바람직한 모습이 아니다.[5]

홍정선의 해결방안은 분명하다. 문예창작과와 국어국문학과의 제도교육은 명확히 구별되어야 한다는 것이다. 홍정선이 우려하고 비판하는 게 무엇인지 우리는 알 수 있다. 문예창작과와 국어국문학과는 각기 독자적 노선을 분명히 할 때 자기 활로를 위한 현실적 방법을 모색할 수 있다는 데 대해 나 역시 대체적으로 의견을 같이 한다. 그런데, 여기서 심각히 생각해보아야 할 점은, 과연 서로의 영역을 독자적으로 확보하는 것만이 자기 활로를 개척하는 가장 적합한 길인가 하는 점이다. 이에 대해 나는 홍정선의 입장과 달리한다. 어떻게 보면, 홍정선의 위 주장의 밑자리에는

---

5) 홍정선, 「문예창작과의 증가와 국어국문학의 위기」, 『문학과사회』, 2000년 봄호, 271~272쪽.

국어국문학과의 위상이 흔들리고 있는 데 대한 모종의 위기의식이 스며 있는 것으로 읽힌다. 따라서 국어국문학과의 흔들리는 위상을 바로 잡기 위해서는, 그 위상을 동요시키는 문예창작과란 또 다른 문학 교육의 제도가 국어국문학과의 영역 안으로 틈입되는 것을 막아야 하는 안스러운 조바심이 역력하다.

그런데 홍정선이 제시한 이와 같은 방안으로는 문예창작과와 국어국문학과의 자기 활로의 내용물을 더 이상 튼실히 채워넣을 수 없다. 여기서 문제를 분명히 해둘 필요가 있다. 양자의 문학 교육 제도를 잡탕으로 뒤섞는 것과 상생하기 위해 양자의 문학 교육 제도에서 서로에게 절실히 요구되는 타자의 특장特長을 섭취해내는 것은 전혀 다른 성질의 문제다.6) 나는 앞서 문예창작과의 제도 교육의 문제점들을 비판적으로 검토해본바, 그 문제점들을 해결하기 위해 문예창작과는 국어국문학과를 비롯한 어문 계열의 학과가 축적해놓은 문학 교육의 내실을 과감히 섭취하려는 노력이 필요하다. 한국 근대문학사에 대한 통시적·공시적 공부를 바탕으로 한, 문학사에 대한 실감을 갖고 있는 예비작가들이 그렇지 못한 예비작가들보다 장기적으로 넓은 시야를 확보하고, 자신만의 문학 세계를 일궈나갈 수 있을 것이다. 또한 한국문학의 고질적 병폐이기도 한 서구의 미학

---

6) 국어국문학과의 존재 자체에 대한 비판적 성찰이 잇따르고 있으며, 국어국문학과의 갱신에 대한 논의 또한 지속되고 있다. 국어국문학과의 갱신을 위해 여기서 피력하고 싶은 것 중 하나는 문학 현장의 생동감을 뒤로 한 채 문학 박물지에 대한 연구로 맹신하는 것은 경계해야 할 일이다. 이것은 문학 연구의 중요성을 몰각하자는 게 결코 아니다. 문학 연구의 치열성은 문학적 유산에 대한 연구에 더욱 박차를 가하기 위해서라도, 살아 있는 문학 현장에 대한 관심을 가져야 한다. 과거와 현재의 문학적 소통의 길을 내는 과정 속에서 문학 연구는 그 가치를 보증받을 것이며, 이 과정에서 인문학의 기초는 경직되지 않고, 늘 깨어있는 상태에서 기초로서의 제 몫을 다 할 수 있다고 나는 생각한다. 이 글에서는 이 점에 대한 본격적 논의가 아니므로, 다른 지면을 통해 국어국문학과의 갱신에 대한 제도적 성찰의 기회를 갖기로 한다.

전통에 붙들린, 미적 식민화로부터 벗어날 수 있는 길이 그들에게 보일 수 있다. 문예창작과의 예비작가들이 헤어나오지 못하는 함정은 자신들이 습작하는 글쓰기를 현대문학의 영역 안으로만 좁게 생각하고 있다는 점이다. 그것도 영미 문학권 중심의 현대문학의 영역 안으로 그 시야를 스스로 매우 좁히고 있다는 점이다. 그러다보니 한국문학의 미적 고투가 없는 것은 아니되, 서구의 미적 범주 안에서 뱅뱅 도는 신세일 따름이다. 흔히들 이제 한국문학은 세계문학과 어깨를 견줄 때가 되었다고 자수성찬하고 있지만, 서구의 미적 식민화에서 주체적으로 벗어나지 않는 한, 우리가 추구하는 세계문학은 '참다운 세계문학'과는 거리가 멀다고 아니할 수 없다. 그래서 문예창작과의 제도 교육은 서구식 현대문학에 매몰될 게 아니라, 그 시야를 돌려 우리의 풍부한 고전문학적 자산과 더 나아가 아시아의 미적 성취를 섭취해낼 수 있는 제도 교육이 뒷받침되어야 한다.

흔히들 1990년대 이후의 우리 문학을 논의할 때마다 환상성을 주요 화두로 삼는다. 그도 그럴 것이 1990년대 이후 주목할 만한 작품들의 대부분은 환상성을 여러 측면에서 포착하여 전지구적 자본주의 세계체제에서 부유하며 살고 있는 우리들의 일상성을 절묘하게 형상화내고 있기 때문이다. 하여, 이러한 작품들에 대한 비평은 한결같이 서구의 온갖 탈근대적 담론들을 총동원하여 해당 작품의 복잡한 코드들을 다채롭게 해석해내고 있다. 그 어느 때보다 우리의 문학은 해석의 풍요로움을 만끽하고 있다. 그런데, 이러한 창작과 비평이 한국문학의 토양을 객토하고, '참다운 세계문학'의 길을 내고 있는가. 마치 약속이나 한 것인 양 환상성에 주목을 하고 있되, 그 창작과 비평의 양상들은 예외 없이 서구의 미적 식민화로부터 자유롭지 않다. 지금도 많은 문예창작과 예비작가들과 문예창작과 출신의 젊은 작가들에 의해 자기식으로 포착한 환상성으로써 우리 시대의 삶과 현실을 응시해내고 있으되, 이제는 너무나 상투화된, 그렇기 때문에 좀더 자극적이어야 하는, 하드보일드류의 서구의 환상성이 기승을 부린다. 만약 그들이 문예창작과의 제도 교육 속에서 우리의 고전문학적 자산과 아시아의 미적 성취를 다채롭게 접촉하여, 그들의 문학을 살찌울 수 있는 영양분으로 섭취하였다면, 서구식 환상성과는 전혀 다른 환상의 미학을 통해 한국문학은 새로운 경지를 펼쳐보일 수 있을 터이다. 하지만 안타깝게도 우리 시대의 젊은 문학에는 바로 그러한 문학을 찾아볼 수 없다. 오직 문예창작과에서는 어떻게 하면 글을 잘 쓸 수 있는, 문예적 기능을 제대로 갖춘 직업적 문인을 양성하는 데 치중하다보니, 자연스레 이와 같은 문학은 요원하기만 하다.

이 문제와 결부시켜 반드시 짚고 넘어갈 점은, 문예적 '기능'에 탁월한 인력만을 배출하다보니, 예비작가들과 기성작가들의 관심사 중 큰 것은 자신의 작품이 예술성을 확보하면서 상업성을 확보하는 일이다. 물론 예술성과 상업성을 확보하는 것 자체를 탓할 수는 없다. 내가 문제 삼고자 하는 것은 상업성을 확보하기 위해 자신만의 예술성을 상업성과 적절한 수준에서 타협하는 저간의 현실이다. 여기에 언론과 비평이 동원되다보니, 작가들은 작가적 양심과 윤리를 접어버린 채 상업성과 타협한 그렇고 그런 예술적 성취에 자족한다. 작가들은 누구보다도 자신의 예술적 성취에 대해 솔직하다. 예술적 성취가 떨어진 작품에 대해 언론과 비평이 적당한 수준에서 눈감아주니 작가로서는 이만저만 고마운 게 아니다. 여기서 문예창작과의 제도 교육은 문예적 기능에 능한 글쓰기 업자를 배출해낼 게 아니라 문文과 도道가 어우러진 문인文人 혹은 문사文士를 길러낼 수 없을까. 아직까지 우리 사회는 글을 쓰는 문인을 존중하며, 문인의 글은 그 문인의 사적인 글로 국한시키지 않고, 사회의 신뢰할 만한 공적 여론의 가치를 획득하고 있다. 아무리 문인의 위상이 예전보다 상대적으로 떨어졌다고 하지만, 문인의 글이 지닌 가치는 당대 사회의 인문학적 지성의 한 푯대로서 인식되고 있기에 그렇다. 문예창작과 스스로 글쓰기 업자를 길러내는 직업 양성소가 아니라 인문학적 지성을 지닌 문인(혹은 문사)를 가르치고 길러낸다는 자존自尊을 가질 수는 없을까.

4. '훌륭한 시민'을 위한 제도 교육의 미적 실천

나는 문예창작과의 폭발적 증가, 그 자체가 한국문학의 질적 풍요로움에 큰 걸림돌이 된다고는 보지 않는다. 문예창작과가 전국 곳곳에 대폭 신설되었다는 것은, 문예창작과 본연의 내용과 무관한 비본래적 성격도 없는 것은 아니되, 그만큼 우리 사회가 표현의 욕망이 다기하게 분출되고 있어, 그 욕망을 대학의 문예창작과란 제도 교육을 통해 수렴하고 있는 것이다. 문예창작과의 전통적 역할이 작가들을 길러내는 것이기에 그에 따른 제도 교육은 더욱 심화 · 확충되어야 할 것이다. 중요한 것은 거듭 강조하듯, 문예창작과의 제도 교육은 한국문학의 새로운 진경을 향한 미적 모험을 두려워해서 안 되며, 이 모험이 '참다운 세계문학'의 경지를 모색하기 위한 미적 고투의 과정이어야 한다는 점이다. 그러기 위해서는 기왕 문예창작과란 제도를 두었으므로, 제도의 안정성과 경직성에 안주할 게 아니라, 예술의 창조적 능력을 교육하는 제도의 특장特長을 십분 발휘하여, 문예창작과의 문학 교육이 다른 제도적 장치를 둔 문학 교육 기관에 창조적으로 삼투되었으면 한다.

끝으로, 문예창작과의 제도 교육을 비판적으로 성찰해보면서 가다듬어야 할 게 있다. 문예창작과의 모든 구성원들을 작가로 성장시킬 수 없기에, 다른 일에 종사할 문예창작과 학생들을 아우르는 문예창작과의 독특한 문학 교육이, '훌륭한 시민을 만드는 것'[7]이라는 점을 가볍게 인식해서는 안 된다는 점이다.

그러나 가장 기본이 되는 것은 스스로 문학작품을 많이 읽고 직접 글을 많이 써보는 것이고, 그런 과정을 거치면서 일부는 문인이 된다. 그런데 '문인'이 직업이 되는 경우는 거의 없으므로 졸업생이 많이 갖는 직업은 학원 논술강사, 광고회사 카피라이터, 만화와 게임의 스토리 작가, 잡지사 기자, 기업체 홍보실 직원, 출판편집 회사 직원, 방송국 스크립터 등이다. 글을 잘 쓰면 어디에서 무슨 일이든 할 수 있지만 아예 다른 일을 하는 경우도 있고, 그 방면에서 일가를 이루기도 한다. 젊은 날의 문학공부가 올바른 사람을 만들기 때문일 것이다.[8]

---

7) 문단의 아웃사이더인 시인이자 소설가이며 극작가인 장정일은 2006년 1학기부터 동덕여대 문예창작과에서 희곡을 가르치는 문학 교수로서 새로운 인생을 살기 시작했다. 문학 교수로서의 새로운 삶을 출발하면서 2006년 3월 11일 『문화일보』와 가진 인터뷰에서 그는 다음과 같이 언급하였다. "문창과가 작가 만드는 교육을 한다는데, 나는 문창과든 철학과든 모든 인문학을 가르치는 곳은 최종 목표가 '훌륭한 시민을 만드는 것'이어야 한다고 본다. 내 수업목표는 훌륭한 시민을 만드는 것이다. 가령 극렬 '황빠'가 돼서 한 서울대 여교수의 머리채를 휘어잡는 아줌마 속에 동덕여대 문창과 학생은 없었으면 하는 것이 나의 소망이고 이런 것들이 제대로 된 인문학 교육이라고 본다."

'젊은 날의 문학공부가 올바른 사람을 만든다는 것'이야말로 문예창작과의 문학 교육이 토대를 두고 있는 교육 철학이자 미적 교육의 실천이기도 한 셈이다. 조선대 문예창작과 교수인 소설가 이승우는 최근 창작 기법을 나름대로 기술한 『당신은 이미 소설을 쓰기 시작했다』(마음산책, 2006)를 발간하였는데, 문예창작과를 비롯한 창작 실기를 위주로 하는 제도 교육이 한결같이 '기교'만을 중시하는 교육에 대해 비판을 가한다. '기교'와 '기예'보다 '작가적 태도나 정신'이 그 어느 때보다 절실히 요구되고 있음을 힘주어 강조하고 있는 것이다. 사실, 문예창작과가 '기교'만 승한 작가가 아니라 '작가적 태도나 정신'이 깃들인 훌륭한 작가를 배출하는 데에는 문학 교육을 통해 '훌륭한 시민'을 배출해내는 것과 맥락을 함께 하는 셈이다.

　지금까지 문예창작과가 경주마처럼 앞만 보고 질주해왔다면, 잠시 심호흡을 가다듬어, 한국문학의 미적 갱신과 더불어 '훌륭한 시민'을 양성해내기 위한 문학 교육의 내실을 튼실히 다지는 내부 성찰의 계기를 가졌으면 한다. 문예창작과의 제도 교육은 경직되어서 안 되며, 늘 싱그러운 문학의 기운이 감도는 제도 교육의 장이 되기를 우리 모두는 기대하기 때문이다.

(『문학수첩』, 2006년 여름호)

---

8) 이승하, 「글쟁이를 만들기 위한 실기 수업」, 『교수신문』, 2006.2.22.

청소년 문예지를 어떻게 만들어갈 것인가?

청소년 문예지 창간호에 대한 단상

1. 독점적 해석에 붙들린 청소년의 문학적 감수성

대학교 강의실의 한 풍경을 잠시 소개해보자. 여기, 윤동주 시인의 「또 다른 고향」에 대한 작품 해석을 하고 있는 문학 수업이 있다. 이 수업에 참여하고 있는 학생들의 대부분은 대학 신입생들이다. 강의자는 학생들이 고등학교 문학 수업의 정규 과정을 이수했다면, 윤동주의 이 시에 대해 별 다른 어려움 없이 수업을 할 수 있을 것이라고 판단한다. 사실 거의 모든 학생들이 「또 다른 고향」을 고등학교 문학 수업을 통해 접해보았다고 한다. 그래서 어떤 학생들은 대학의 문학 강의 시간에서까지 이 시를 다룬다는 게 못 마땅하다. 이미 다 배운 시를, 대학에서 또 다시 배운다는 게 대학생으로서 자존심이 상하는 측면도 없지 않기에 그렇다.

그런데, 놀라운 사실은 신입생들이 어쩌면 그렇게 한결같이 이 시에 대해 비슷한 견해를 갖고 있는지, 윤동주의 「또 다른 고향」은 단일한 해석으로 굳건히 자리매김되고 있었다. 좀 심하게 얘기한다면, 어떤 특정한 해석의 독점적 권력에 예속되어 있다고 할까. 특히 「또 다른 고향」의 다음과 같은 부분에 대해 학생들은 천편일률적 입장을 보인다.

志操 높은 개는
밤을 새워 어둠을 짖는다.

어둠을 짖는 개는
나를 쫓는 것일 게다.

－「또 다른 고향」 부분

강의자가 학생들로부터 듣고 싶었던 것은 이 '지조 높은 개'와 '밤'의 관계를 학생들이 어떻게 생각하고 있는가, 하는 점이다. 이 둘의 관계를 파악하고 있어야, 개에게 쫓기우는 '나'의 내면세계를 좀더 구체적으로 이해할 수 있기 때문이다. 학생들은 마치 약속이나 한 것인 양 '개'와 '밤'을 적대적 대립 관계로 설정하고 있었다. '밤'은 일제를 의미하는 것으로, '개'가 짖어대는 것은, 이 '밤'을 몰아내기 위한 "지조 높은" 행동이라는 점이다. 물론, 이런 해석이 잘못 되었다는 것은 결코 아니다. 다만, '개'와 '밤'의 관계를 꼭 이처럼 적대적 대립 관계로만 인식해야 하는가. 대부분의 학생들이 적대적 대립 관계로 설정하게 된 데에는, 이 시가 쓰여진 시대상황을 기계적으로 작품에 반영했기 때문이다. 이제는 너무 상투적인 문제제기로 인식되지만, 중고등학교 문학 수업에서 일제 시대에 발표된 대부분의 작품들은 일제에 대한 부정과 저항의 입장을 보였다는 해석을 받아들이기 십상이다. 그러다보니, 청소년들은 아주 당연하다는 듯이 그 시기에 발표된 작품들에 대한 천편일률적 입장을 갖게 된다. 상급학교 진학 시험에 대비하기 위한 차원에서 문학 작품을 접하다보니, 이러한 입장을 갖게 되는 것은 불을 보듯 뻔한 일이다. 따라서 청소년들만 나무랄 일도 아니다. 청소년들의 예민한 문학적 감수성과 문학적 상상력을 마음껏 펼치지도 못한 채 특정한 해석을 강요받도록 하는 제도권 문학 교육의 총체적 문제점을 간과할 수 없는 것은 바로 이러한 이유 때문이다.

'지금, 이곳'의 청소년 문학 현실이 이렇다보니, 대학에서 「또 다른 고향」에 대한 다양한 문학적 입장을 만나보기란 좀처럼 쉬운 일이 아니다. 기왕 말이 나왔으니 말인데, 「또 다른 고향」에서 '개'와 '밤'을 적대적 대립 관계로만 볼 게 아니라, 매우 친밀한 관계로 역전시켜 생각해볼 수도 있지 않을까. 이와 관련하여 대학에서 문학 수업을 듣는 학생들에게 강의자는 다음과 같은 의견을 내놓는다.

「또 다른 고향」에서 개는 밤을 배척해야 할 대상, 즉 몰아내야 할 부정적 대상으로만 인식하고 있지 않습니다. 왜냐하면 밤의 시간을 거친 후에야 광명의 아침을 맞을 수 있는데, 그렇다면 밤의 존재를 전면 부정해서는 안 되기 때문이죠. 밤이 존재해야 아침을 맞이할 수 있지 않습니까? 바로 여기서 개의 존재성이 드러납니다. 개는 분명히 밤의 부정적 세계를 경계하지만, 다른 한편으로는 이러한 밤의 부정적 세계와 공존해야 합니다. 개는 이러한 이율배반적 양가성을 갖는 존재라는 게 중요합니다. 광명의 아침을 맞이하기 위해서는 밤을 보내야 합니다. 밤을 보내지 않고서 아침은 존재할 수 없으니까요. 바로 이 같은 우주의 자연스러운 과정을 개가 주도하고 있는 것으로 볼 수 없을까요. 말하자면 이 시에서 개는 내일의 아침을 맞이할 생성의 이미지를 지니고 있되, 어둠의 스러짐, 즉 소멸의 이미지를 동시에 지닌 카오스적 존재입니다. 이 카오스적 존재인 개가 자신의 이러한 우주적 존재로서의 임무를 충실히 하기에, 혹 윤동주 시인은 "지조 높은 개"라고 의인화하는 게 아닐까요.

그렇다면, 여기서 개가 "밤을 새워 어둠을 짖는다"는 행위에 대한 시적 의미는 이렇게 생각해볼 수도 있을 듯합니다. 가령, '짖는다'란 기표를, 무엇을 '만든다―생성시킨다'란 의미의 '짓는다[作]'로 환치시키는 게 가능할 경우, '어둠을 짖는다'란 시적 의미는 '어둠을 몰아낸다'와 함께 '어둠을 만들어낸다'로 해석할 수도 있습니다. 따라서 개가 "밤을 새워 어둠을 짖는" 이유는, 시에서 어둔 방에서 힘겹게 자기갱신의 통과의례의 과정에 있는 '나'를 도와주는 것으로 이해할 수 있습니다. 다시 말해 '나'가 새로운 존재로 갱신되기 위해서는 불가피하게 '밤―어둠'을 통과해야 하는데, 그러자면 개가 이 '어둠―밤'을 적극적으로 만들어주어야 하는 조력자의 역할을 훌륭히 소화해낼 수 있어야 합니다.[1]

학생들에게 이러한 의견을 내놓자, 기다렸다는 듯이, 다양한 입장이 봇물 터지듯이 속속 제출되었다. 학생들의 문학적 감수성과 문학적 상상력

---

1) 이 부분은 고명철의 「또 다른 우주로 떠나는 혹은 자기갱신의 욕망」(『순간, 시마에 들리다』, 작가, 2006, 395~397쪽)을 대화체로 바꿨음을 밝힌다.

을 조금만 자극하면, 강의실은 이내 풍성한 문학 토의(혹은 토론)의 활기로 뜨거워진다.

내가 청소년 문예지를 점검하는 자리에서 대학 문학 수업의 풍경으로부터 말 머리를 열게 된 것은, 작금의 청소년들이 중고등학교 시절에 그들의 끼 넘치는 문학적 상상력을 발산시켜줄 수 있는 어떤 계기가 부여된다면, 대학 문학 수업의 풍경이 황량해지지는 않을 것이다라는 생각이 들기 때문이다. 이것은 대학 문학 수업의 질적 향상을 위해 청소년에게 제대로 된 문학 수업이 필요하다는 데 초점을 맞추는 게 결코 아니다. 내가 강조하고 싶은 것은, 청소년 시절의 그 창의적인 문학적 감수성과 문학적 상상력이 발현되지 못하고 있다는 점이다. 상급학교 진학을 위한 방편으로 전락한 청소년의 문학, 온갖 시청각 문예지 속에서 관심 밖으로 내몰리고 있는 청소년의 문학, 문학상업주의에 의해 대량 생산되고 있는 환타지물로 대체되고 있는 청소년의 문학 등이 득세하고 있는 현실 속에서 우리의 청소년 문학은 곤경에 처해 있다. 그렇기 때문에 청소년 문예지의 중요성은 환기되어야 한다. 청소년 문예지는 청소년 문학은 물론, 청소년의 문화 전반에 이르기까지 청소년 문화를 구축시켜주는 문화적 인프라라는 점에서 그 중요성이 새롭게 인식되어야 할 것이다. 지금껏 청소년을 대상으로 한 이렇다할 문예지가 없다가, 최근 전국에서 청소년 문예지가 속속 창간되었으며, 그동안 등한시했던 청소년 문학에 대해 사회적 관심을 갖게 되었다는 것은 고무적인 일임에 틀림없다.

나는 이 글에서 잇따라 발간되고 있는 청소년 문예지의 현황을 점검해 보는데, 논의의 초점은 청소년 문예지의 편집과 기획의 문제점에 맞추기로 한다.

2. 청소년 문예지의 편집 방향

현재 전국에서 발행되고 있는 청소년 문예지는 모두 9종이다. 제주와 강원을 제외한 전국에서 청소년 문예지를 발행하고 있는데, 그 목록을 제시해보면 다음과 같다.

* 『이다』(충북국어교사모임) : 충북

* 『미루』(대전충남작가회의/도서출판 심지) : 충남

* 『전북청소년문학』(전북청소년교육연구소) : 전북

* 『다도해 푸른작가』(목포작가회의) : 전남

* 『상띠르』(심미안) : 광주

* 『푸른 나무들』(문예미학사) : 대구·경북

* 『통통』(도서출판 불휘) : 경남

* 『문학아(我)』(문경주니어) : 경기

* 『푸른 작가』(민족문학작가회의/문학동네) : 경기

전국 지방 행정 단위별로 청소년 문예지가 발행되고 있음을 알 수 있다. 이 9종 중 『푸른작가』[2]를 제외한 8종은 지난 해 한국문화예술진흥원

---

2) (사)민족문학작가회의는 청소년 문학에 적극적 관심을 갖고 2003년 6월 30일에 청소년 문예지 『푸른작가』의 창간호를 발행하였다. 반년간지로 발행되면서, 청소년 문학에 대한 사회적 관심을 불러 일으켰다. 사실 『푸른작가』의 청소년 문학에 대한 관심이 확산되고, 교육 현장에 있는 문학 담당 교사들의 적극적 관심과 기성 문인의 청소년 문학에 대한 지속적 관심으로 인해 정부는 청소년 문학에 대한 정책적 관심을 쏟았다. 그 성과물 중 하나가 청소년 문예지 발간에 대한 지원 사업이다.

이 문화관광부로부터 문학창작활성화를 위한 국고보조금을 지원받아 청소년 문예지 발간 지원 사업을 시행한 결과 2004년 12월에 발행되었다. 이후 반년간지로 발행될 예정이라고 한다.

청소년 문예지의 잇따른 발행은, 점차 불모화되고 있는 청소년 문학의 현실을 염두에 둘 때 이만저만 다행한 일이 아닐 수 없다. 이제 청소년 문학에 대한 여러 어려움을 강 건너 불구경 하듯이 우두망찰 방관자의 자세로서 지켜볼 게 아니라, 장단기적 현안을 중심으로 내실 있는 실천을 다할 수 있는 발판이 마련된 것이다. 말하자면 청소년 문예지는 청소년 문학의 대지에 물꼬를 터주는 역할을 맡은 셈이다. 동시에 청소년 문화의 흐름을 새롭게 형성시켜주고 그 동향을 섬세히 감지해내는 바로미터 역할을 맡는다. 또한 청소년 문예지는 청소년들이 직면하고 있는 다양한 문제들과 쟁점들을 포괄하는 청소년의 언로言路 역할까지 맡는다.3) 이 점에서 청소년 문예지는 기성인들을 대상으로 한 문예지와 비교했을 때 손색이 없는 특징을 지닌다. 다만, 그 주된 대상이 청소년이기에, 청소년 문학과 청소년 문화를 중심으로 한 내용으로 이루어지고 있다는 게 다른 점이다.

그렇다면, 현재 발행된 청소년 문예지들은 어떠한 방향성을 담아내고 있을까. 청소년 문예지들의 창간호를 중심으로 살펴보았을 때 주목되는 것은 『상띠르』와 『이다』에서 특집으로 다루고 있는 청소년 문학의 현실에 대한 점검이다. 두 문예지 모두 설문지 조사를 하였고, 조사 결과를 분

---

3) 이러한 청소년 문예지의 역할은 청소년 문예지의 발간 목적이기도 하다. 『상띠르』의 창간호 책머리에는 이와 같은 의도를 다음과 같이 집약시켜 놓고 있다. "이제 청소년들의 정서를 함양하고 감성을 고양시킴은 물론 청소년들이 우리 현실에 대한 폭넓은 이해를 통하여 세계와 사회를 이해할 수 있는 지성을 갖출 수 있게 도와야한다."(「책머리에」, 『상띠르』 창간호, 2004년 12월, 6쪽)

석해내며, 문학에 대한 청소년의 의식과 실태를 상세히 검토하고 있다. 비록 두 지역에 국한된 설문지 조사이지만, 현재 청소년 문학의 실상을 가감없이 드러내주고 있다는 점에서 다른 지역의 청소년 문학을 이해하는 데도 시사하는 바 크다. 그런데 흥미로운 사실은, 두 문예지의 분석에서도 언급했듯이, 문학에 대한 청소년들의 관심이 의외로 높다는 결과를 알 수 있다. 가령, 『이다』의 경우 〈영상 세대, 문학을 말한다〉라는 주제 아래 설문지 조사를 하였는데, 그 중 '문학과 영상 중 청소년 시기에 더욱 많이 접해야 한다고 생각되는 것은?'이라는 항목에 대해 문학이라고 응답한 학생이 전체의 62.4%로, 영상이라고 응답한 학생의 20.5%보다 훨씬 높은 비율을 보인다. 그리고 『상띠르』의 경우 〈청소년 문학교육의 허와 실〉이란 주제 아래 설문지 조사를 하였는데, 그 중 '청소년 문학에 관한 좋은 매체가 있다면 읽어볼 의사가 있느냐'는 물음에 66%의 학생이 그렇다는 응답을 하고 있다. 서로 다른 지역에서 설문지 조사를 하였으되, 청소년들이 문학에 대한 관심이 적지 않다는 것을 단적으로 말해준다.

흔히들 청소년들을 영상세대라고 치부하여, 문학을 멀리할 것이다라는 생각이 대단히 잘못된 편견에 불과하다는 게 이번 조사에서 여실히 입증되었다. 특히 이러한 조사를 직접 하였고, 그 내용을 분석·정리한 한 청소년이, "아무리 우리가 영상세대라 하더라도 결국은, 우리의 영혼을 살찌우고 세계를 바르게 인식시키는 것은 문학이다. 무조건 '책은 싫어'라는 고정관념을 버리고 책에 있는 매력을 찾아야 한다"[4]라는 발언은 문학에 대한 청소년의 진정성을 엿볼 수 있는 대목이다. 이제, 청소년 문예지가 역점을 두어야 할 과제는 문학에 대한 청소년의 욕망을 어떻게 충족시

---

4) 「특집 : 영상세대, 문학을 말한다」, 『이다』 창간호, 2004년 12월, 21쪽.

켜줄 수 있느냐, 하는 문제에 대해 지혜를 모아야 할 것이다.

그런데, 청소년 문예지를 내실 있게 발행하기 위해 문학에 대한 청소년의 생각을 검토해보는 것도 중요하지만, 청소년 문예지에 대한 편집 방향이 명확히 설정되어야 한다. 기성 문인들 중심의 문예지가 아니라 청소년들을 대상으로 한 '청소년 문예지'라는 점을 가볍게 인식해서는 안 된다. 여기서 특히 우려되는 것은, 혹시 청소년을 성인의 시각으로 계몽하려고 해서는 곤란하다는 점이다. 현재 각 청소년 문예지의 편집위원 체제는 대동소이한데, 선생님 편집위원과 학생 편집위원으로 이루어져 있다. 그런데 행여나 이들 편집위원 체제에 위계 관계가 성립됨으로써, 선생님이 학생 위에 군림한 채 학생을 선생님의 시각에 의해 계몽하려고 하는 것은, 청소년 문예지를 편집하는 데 대단히 경계해야 할 점이다. 말하자면 청소년 문학을 성인의 시각에 의해 계몽하려고 해서는 안 된다. 또한 청소년 문학을 훈육시키는 차원으로 인식해서도 안 된다. 선생님은 어디까지나 청소년 문예지의 편집을 담당하는 한 역할에 불과할 뿐이지, 문예지 전체의 편집권을 결정짓는 문예지 권력자가 아니다. 이와 관련하여 『이다』의 창간사에서 말하고 있는 한 선생님의 의견은 경청할 만하다.

문예지 〈이다〉의 주인은 우리들 청소년입니다.

할머니가 구수하게 풀어놓는 얘기보따리처럼 우리들의 이야기를 알콩달콩 풀어놓았습니다.

학교이야기, 친구이야기, 사랑이야기, 사는이야기, 그리고 꿈⋯⋯

그러고 보니 버릴 게 하나도 없습니다. 우리 반에 목소리 큰 아이, 아무데나 나서는 아이, 늘 졸기만 하는 아이, 허풍쟁이, 뜬구름 잡는 아이들이 여기에 다 모였습니다. 모두가 눈물나도록 소중한 우리들입니다.

　사람들이 잘 알아주지 않아서 그저 공허한 울림으로 사라지고 말지 모르는, 서툴지만 꿈이 묻어나는 이야기들을 별을 주워 담는 심정으로 하나씩 담아서 이제 첫 이야기를 펼치려 합니다.[5]

청소년의 다양한 사연들을 소중히 담아내고자 하는 의지를 읽을 수 있다. 다음 장에서 문예지의 편집에 대한 문제제기를 하겠지만, 여기서 짧게 언급하자면, 청소년 문예지는 어디까지나 기성 문학인들의 문예지가 아니라 청소년을 대상으로 한 문예지라는 사실을, 거듭 강조하고자 한다. 청소년들의 일상과 욕망에 귀를 기울이고, 자연스레 그들의 감성과 인식을 끌어낼 수 있어야 한다. '~해야 한다'라는 목적성을 띤 훈육은 청소년 문예지를 편집하는 데 정말 경계해야 할 요건이다. 또한 기성 문예지를 흉내내는 것도 썩 바람직하지는 않다. 청소년들의 문학적 감수성과 문학적 상상력을 기성 문예지의 틀로 재단해서는 안 되기 때문이다. 혹, 청소년 문예지를 장차 예비 문학인을 양성하기 위한 예비 문인 양성소로 협소하게 파악하고 있다면, 이것은 매우 위험스러운 생각이라 하지 않을 수 없다. 청소년 문예지는 예비 문인 양성소뿐만 아니라 청소년의 문화적 토양을 기름지게 할 수 있는 자양분을 제공해주는 문화터전으로 생각해야 한다. 그렇기 때문에 청소년 문예지에 거는 기대가 큰 것이다.

---

5) 「창간사 : 별을 주워 담는 심정으로」, 『이다』 창간호, 2004년 12월, 2~3쪽.

3. 청소년 문예지의 독특성을 살리는 기획

청소년 문예지도 문예지이듯, 그 문예지의 독특성을 최대한 발휘할 수 있는 기획이 절실히 요구된다. 매호 참신한 기획을 통해 청소년들의 문학적 관심을 집중시킬 수 있어야 한다. 특히 청소년 문학의 지평을 확산하고, 청소년들의 문학에 대한 문제의식을 갈고 다듬을 수 있는 기획이 필요하다.

창간호를 대상으로 살펴보았을 때, 기획의 참신성이 돋보이는 문예지들을 만날 수 있다. 가령, 『미루』의 경우 창간 과정이 일기처럼 기록된 꼭지가 있는데, 몇몇 사람들이 모여서 잡지를 발행한 게 아니라 여러 구성원들이 함께 동참한 결과물이라는 점을 자연스레 알 수 있다는 점에서, 창간 이후 『미루』에 적극적 관심을 갖게 한다. 다른 문예지 창간호와 비교했을 때 참신한 기획으로 돋보인다. 또한 「우리들의 이슈 : 성적 소수자에 대하여」란 꼭지를 두어, 청소년 문예지가 문학 위주로만 국한되는 게 아니라 사회의 첨예한 문제점들을 청소년의 시각에 의해 비판적으로 검토하게 한다는 점에서도 주목할 만한 기획이라고 생각한다.

물론, 기획의 참신성은 『미루』에서만 발견되는 것은 아니다. 『이다』인 경우 〈재미있는 국어시간〉이란 꼭지 아래 '부모님 전기문', '자서전 쓰기', '시 패러디' 등으로 나뉘어 학생들의 다양한 글쓰기를 소개하고 있다. 청소년 문예지는 문학적 능력이 탁월한 청소년들만을 대상으로 한 잡지가 아니라는 점에서, 그리고 문학에 관심을 갖고 있는 평범한 학생들이면 누구나가 주인의식을 갖고 참여할 수 있다는 점에서, 『이다』의 이와

같은 기획은 청소년 문예지의 편집 방향을 성찰하게 한다.[6]

그런데, 각 청소년 문예지마다 정성을 들여 기획을 하고는 있지만, 문제가 전혀 없는 것은 아니다. 무엇보다 약간의 차이를 가질 뿐이지, 비슷한 기획으로 이루어져 있다. 약속이나 한 것처럼 거의 모든 문예지에서 고등학교 문예동아리를 탐방하여, 그 동아리의 활동을 소개하는 취재성 글로 채워져 있다. 게다가 해당 지역 문인을 탐방하여, 그 문인과의 좌담 혹은 대담 형식의 글이 반드시 한 꼭지를 이루고 있다. 이런 기획을 이해 못하는 바 아니다. 문학에 대한 분위기를 돋구기 위해서도, 고등학교 문예동아리의 활동을 적극 소개하는 것은 필요하다. 또한 해당 지역에서 문학적 성과가 탁월한 문인을 찾아가, 문학에 대한 소중한 얘기를 듣는 것 역시 중요하다. 하지만 이러한 상투적 기획에 머무르지 말고, 다른 형태의 기획은 없을까. 특정한 대상을 정하여 취재하는 기획이 아니라, 청소년 나름대로의 도발성과 참신성이 뒷받침된 것 말이다.

이렇게 기획에 중요성을 두는 이유는, 문예지의 기획은 곧 문예지의 결과물이며, 문예지를 만들어가는 문화적 과정, 그 자체이기 때문이다. 여기서 『푸른 나무들』은 비판의 여지가 있다. 우선, 〈특집 Ⅰ, Ⅱ〉가 모두 기성문인들의 글로 이루어져 있다. 청소년 문예지의 특집이 모두 기성 문인의 글로 채워져 있다는 것은 여간 큰 문제가 아닐 수 없다. 청소년 문예지의 특징을 크게 훼손시킨 것이나 다름이 없다. 그렇다고 청소년들의 작품이 없는 것은 아니다. 〈푸른 나무들 학생글 마당〉이란 꼭지에 학생의

---

6) 또한 이러한 기획은 오늘날 여러 가지 문제로 지적되고 있는 청소년의 문학교육을 해결할 수 있는 기회를 제공하고 있다는 점에서도 의미가 있다. 특히 글쓰기 교육과 연계된 기획이며, 문예지를 교육적 차원에서 활용할 수 있다는 점에서도 여타의 청소년 문예지에서도 벤치마킹을 할 필요가 있어 보인다.

글이 실려 있는데, 어딘지 기성 문인들의 글에 들러리를 선 듯한 느낌으로부터 자유롭지 않다. 더욱이 청소년의 시인 경우, 모두 백일장에 입상한 작품들로만 채워져 있다. 이것은 너무나 안일한 기획이다. 다시 강조하건대, 청소년 문예지는 문학적 재능이 탁월한 문재文才들만의 활동 공간이 아니다. 이렇게 문재들의 공간으로만 채워질 경우 문학에 관심을 갖는 불특정 다수의 청소년들은 청소년 문학과 청소년 문예지를 외면할 수밖에 없다.

『푸른 나무들』의 창간호는 이렇게 심각한 문제를 안고 있다. 무엇보다 청소년 문예지의 정체성에 대한 고민이 결여되어 있다는 것을 알 수 있다. 다른 청소년 문예지들은 『푸른 나무들』을 타산지석으로 삼아야 한다.

그렇다고 다른 문예지들이 문제가 없는 것은 아니다. 무엇보다 청소년 문예지는 청소년 문화의 전반에 대한 어떤 밑거름이 되어야 하는데, 이에 대한 문제의식이 결여되어 있다. 청소년의 문학적 역량 혹은 글쓰기 역량에만 초점을 두다보니, 정작 숲 전체를 보지 못하는 게 아닌가, 하는 의구심이 생긴다. 청소년 문예지는 청소년의 글솜씨만을 자랑하는 공간이 아니라는 점을 다시 한번 상기할 필요가 있다. 청소년 문예지가 각 지역에서 발행된다는 것은, 지역의 청소년 문화를 새롭게 일구어낼 수 있다는 점에서도 그 문화적 의의를 과소 평가할 수 없다. 학교 제도권 교육의 울타리 안에서만 청소년을 옭아맬 게 아니라 학교 바깥의 지역적 현안들과 밀접히 연동시키는 문제의식을 길러냄으로써 지역 사회와 소통하는 청소년 문예지로서의 위상도 확보할 수 있다. 기성인을 대상으로 한 잡지와 구분되는, 청소년의 독특한 관점에 의한 지역 사회의 현안을 점검해보면서, 청소년의 도전적인 언로言路를 확보해내는 것 또한 청소년 문예지의 역할로서 기대되는 것 중 하나가 아닐까. 우리는 너무나 청소년을 보호의 대상으로 파악하거나, 미성숙한 개체로서 파악하는 것은 아닌지, 반성적 물음을 던져보아야 한다. 왜냐하면, 이러한 문제의식을 보여주고 있는 청소년 문예지는 그 어느 창간호에서도 찾아볼 수 없기 때문이다. 이와 함께 청소년 문학의 예민한 지점을 좀더 논쟁적으로 접근할 필요도 있다. 청소년을 위한 문학 교육, 청소년을 위한 문학적 인프라, 청소년 문학의 사각 지대 등 청소년 문학의 새로운 지평을 과감하게 열어젖힐 수 있는 도발적 기획이 절실히 요구된다. 지금처럼 시, 소설, 희곡, 시나리오, 수필, 서평 등 몇 가지 영역으로 인위적으로 나뉘어진 글쓰기에 국한될 경우 청소년 문학은 정태화될 따름이다.

여기서 우리는 지금까지 낯익은 형태가 아닌, 또 다른 청소년 문예지를 접하게 된다. 청소년을 대상으로 한 사이버 문학광장 『글틴』(http : // teen.munjang.or.kr/)이 그것이다. 국내 유일의 청소년 전용 문학관인 『글틴』은 기존의 활자 매체로 담아낼 수 없는 것들을 소화해내고 있다. '글틴'이란 '글쓰며(혹은 글읽으며) 노는 청소년'의 준말로서, 청소년들이 이곳 싸이트에 접속하여 다양한 꼭지에 들어가 직접 글쓰기와 글읽기에 참여하는 공간을 제공해준다. 인터넷의 속성을 최대한 활용하고 있는 『글틴』은 무엇보다 쌍방향적 의사소통 구조를 구축하여, 네티즌의 자발적 참여 속에서 청소년의 문학적 감수성과 문학적 상상력을 효과적으로 끌어냄은 물론, 청소년 문화의 새로운 지평을 모색하게 한다는 점에서 주목할 만하다. 〈쓰면서 뒹굴뒹굴〉, 〈읽으면서 뒹굴뒹굴〉이란 꼭지 아래 다양한 개별 꼭지가 구성되어 있어, 청소년들의 문학에 대한 다양한 욕망을 충족시켜준다. 특정 주제에 대한 자발적 글쓰기에 대해 해당 전문가 선생님들의 성실한 댓글과 우수작에 대한 월별 평가와 심사는 청소년의 관심을 모으고, 동영상을 통해 소설과 시를 감상할 수 있게 한 것은, 인터넷 잡지인 웹진의 특성에 부합되는 기획이다. 시청각 기능을 모두 활용한 게 웹진이듯, 청소년의 급변하는 문화적 감각에 뒤쳐지지 않기 위해서는 웹진의 기획 또한 부단히 참신해야 할 것이다. 이때 중요한 것은 초심이다. 『글틴』은 어디까지나 온라인에서 이루어지는 청소년 문예지다. 즉 청소년 문예지라는 본질적 속성을 망각해서는 안 될 것이다. 이 점은 오프라인과 다를 바 없다. 우려되는 것은 문학은 온데간데 없이 사라지고, 인터넷의 현란한 정보 기술만 존재해서는 곤란하다. 『글틴』이 올 5월에 창간을 했으니, 앞으로의 행보를 지켜볼 일이다.

이렇게 '지금, 이곳'의 청소년 문예지는 오프라인과 온라인에서 잇따라 창간되며, 최절정기를 맞이하고 있다해도 과언이 아니다.[7] 그 만큼 청소년 문학에 대한 사회적 관심이 높아가고 있다는 것을 말해준다. 안일한 기획에서 벗어나 도전적이고 참신한, 청소년의 주체가 되는 문예지의 기획력을 각 문예지의 편집진으로부터 기대해본다.

---

[7] 여기에는 무엇보다 청소년 문학에 대한 문학예술정책을 심의 · 집행하는 데 실무역할을 다 하는 한국문화예술위원회 산하 청소년 문학예술 실무팀의 노력을 쉽게 간과할 수 없다. 오프라인과 온라인에서 청소년 문예지의 발행에 견인차 역할을 다 한 것은 주목할 만한 일이기 때문이다.

4. 청소년 문예지에 오롯이 자리한 '좋은 글'

『문학아』의 권두언에는 이런 글이 적혀 있다.

　좋은 글이란, 우리가 하루하루 살아가는 삶의 이야기이며, 그것을 서로 나누며, 틀어진 것은 바로잡고, 반듯한 것은 함께 나누어, 우리의 삶을 돌아보고, 내다볼 수 있는 글이어야 한다고 생각합니다.[8]

두고두고 새겨볼 내용이다. 각 청소년 문예지의 창간호 속에 오롯이 자리하고 있는 청소년들의 글을 읽으면서 다시 한번 '좋은 글'이란 어떤 것일까, 하는 상념에 젖어보았다. 비록 서로 다른 지역에서 발행되고 있지만, 각자의 삶의 대지에 뿌리내린 청소년의 진솔한 글들은 하나같이 '좋은 글'이라는 생각이 든다. 기성 문인을 대상으로 한 문예지를 접하다가, 청소년 문예지를 접하면서 반성의 물음에 맞닥뜨린다. 다양한 문학적 분식粉飾에 미혹되어 있는 내게 청소년의 때묻지 않는 문학적 감수성과 문학적 상상력은 '좋은 글'로부터 어느새 멀어져 있는 내 자신을 부끄럽게 만든다. 청소년들의 글에는 아직 세계와 타협을 하지 않는, 그들만의 싱그러운 기운이 넘쳐 흐른다. 그들만의 내밀한 사연을 친구와 선생님, 가족과 나누어 가지려고 한다. 그러면서 그들은 그들의 삶을 돌아보며, 우리의 삶을 내다본다.

　끝으로 한 가지를 제기하자면, 간행된 청소년 문예지에 실린 글인 경우

8) 「펼치는 글 : 한 그루 희망을 심으며」, 『문학아』 창간호, 2004년 12월, 7쪽.

모두 제도권 교육을 받고 있는 학생들로 국한되어 있는데, (그것도 중학생보다 고등학생에 편중되어 있는데) 제도권 교육을 받지 못하는 청소년을 위한 공간도 확보했으면 하는 아쉬움이 남는다. 소외된 청소년까지 그 범위를 확대하여, 청소년 문예지가 그들의 고민과 아픔도 외면하지 않는, 그리하여 서로의 상처를 위무해줄 수 있는 문예지의 사회적 역할도 다 해주었으면 하는 바람이다. 청소년 문예지는 그 무한한 잠재력을 갖고 있다. 거듭 강조하건대, 기성 문인의 문예지의 틀을 답습해서는 안 된다. 청소년 나름대로의 자율성과 독특성을 최대한 발휘할 수 있어야 한다. 그렇기에 제도권 안팎을 넘나드는 청소년 문예지에 대한 기획을 요구하는 것이다. 전국적으로 청소년 문예지가 발행되었고, 이제 이들 청소년 문예지를 통해 청소년의 문화가 우리 사회에 싱그러움을 안겨다주길 기대한다. 청소년 문예지의 미래에 대한 밝은 내일을 다 함께 모색하면서 이 글을 맺는다.

(『리토피아』, 2005년 겨울호)

21세기의 민족문학운동과 민족문학의 갱신

1. 민족문학 갱신에 대한 논의의 틀을 전환하자

올해는 광복 60주년을 맞이한 해로서 이를 기념하기 위한 크고 작은 행사가 잇따라 개최되었다. 그 중 (사)민족문학작가회의와 (재)만해사상실천선양회가 지난 8월 19일에 공동으로 주최한 광복 60주년 기념 학술세미나는 '다시 민족문학을 생각한다'라는 주제 아래 민족문학의 현황을 점검하고, 그 갱신의 길을 모색하려 했다는 점에서 의의를 찾을 수 있다. 그런데 이번 세미나가 애초 세미나의 기획 의도에 잘 부합되었으며, 중요한 성과를 도출했느냐, 하는 점에 대해서는, 적잖이 실망감을 안겨다주었다고 나는 판단한다. 왜냐하면 염무웅의 기조 발제에서 언급한 다음과 같은 기대가 세미나의 각론을 통해 충족되었다고 볼 수 없기 때문이다.

1990년대 이후 변화된 현실조건들 및 변화된 대중정서에 정면승부의 자세로 부딪쳐 생동하는 민족문학론을 재구성하는 일이 어떻게 가능할 것인가, 이를 위한 발파장소로 어느 지점이 적당할 것인가를 탐색하는 일이다. 이 어려운 과제에 대응하려는 우리의 이론적 노력이 한국문단의 실천운동 속에 뿌리를 내리고 대중으로부터 동력을 얻을 수 있다면 그것은 감히 말하건대 세계사의 물줄기를 바꾸는 큰 기적의 단초가 될 수도 있을 것이다.[1]

기대가 너무 컸던지, '생동하는 민족문학론의 재구성'이란 힘든 과제에 대응할 수 있는 어떤 혜안을 접할 수는 없었다. 가뜩이나 민족문학에 대한 각종 비판을 접할 때마다 시원스레 풀리지 않았던 문제점들, 가령 저간의 창작 동향과 자연스레 맞물리지 못하는 민족문학의 담론적 자족성을 발전적으로 해체·재구성해냄으로써 민족문학의 갱신에 값하는 새로운 지혜와 실천 방안에 대한 길의 단초를 만나기 어려웠다.

신승엽은 「20세기 민족문학론의 패러다임에 대한 몇 가지 반성」에서, ① 민족문학론의 운명이 20세기에 시작하여 20세기로 마감하였다는 점, ② '민족'의 매개 없이 세계시민으로서 사유함으로써 세계문학의 가능성이 주어진다는 점, ③ 분단체제극복운동이 윤리적이기는 하되 실현가능성은 그다지 높아 보이지 않는다는 점 등의 논지를 통해, 사실상 그동안 지속적으로 논의되어온 민족문학론을 근본적으로 생각해보아야 한다는

---

1) 염무웅, 「만해의 시대인식과 오늘의 민족현실」, 광복60주년 기념 학술세미나 자료집 『다시 민족문학을 생각한다』(2005년 8월 19일), 10쪽.

급진적(?) 견해를 제출한다. 신승엽의 논의는 해석하기에 따라서는 민족문학론의 소멸에 주안점을 둔 것으로 비쳐질 수 있다. 신승엽의 이 같은 주장은 민족문학의 갱신에 초점을 두기보다 민족문학의 운명이 20세기에 다 했으므로, 21세기에는 민족문학과 관련된 담론이 더 이상 현실적 유효성을 확보할 수 없다는 것이다. 과연, 민족문학론의 운명이 20세기에 다 한 것인지, 그리고 '민족'의 매개 없이 세계시민으로서 사유하는 게 가능한 일이며, 설령 가능한다 하더라도 그러한 문학이 종래 세계문학을 넘어선 세계문학의 새로운 선진성을 보증해낼 수 있는지 하는 문제는 그렇게 간단한 사안이 아니다. 더욱이 분단체제극복운동에 대한 신승엽의 냉소와 부정적 견해가, 자칫 분단을 고착화시키고자 하는, 더 나아가 분단체제를 이용함으로써 자신의 기득권을 유지하고자 하는 극우보수세력의 입장을 정교화하는 데 보탬이 될 수 있다는 면에서 더더욱 쉽게 납득할 수 없다.

그런가 하면, 이병훈은 그의 「갈림길에 선 민족문학론」에서 1990년대 문학의 동향과 괴리된 민족문학론을 비판적으로 검토한다. 하여, 그는 "우리시대의 진정한 내면성을 탐구"하는 쪽으로 "민족문학의 내재적 방향전환"이 되지 못한 것을 강도 높게 비판한다. 말하자면 그가 주장하고 있는 민족문학론의 갱신은 인간의 상처받은 영혼을 위무할 수 있는 문학 고유의 역할에 충실해야 한다는 견해로 정리해볼 수 있다. 이병훈이 도출한 결론은 지극히 상식적이고 맥 빠진 것이 아닐 수 없다. 세계의 악무한적 현실 속에서 상처받은 인간의 내면을 치유하는 것은 문학의 본원적 속성이 아닌가. 최량의 민족문학은 그 시대의 격랑 속에서 살아간 인간들의 내면을 깊이 있게 탐구하면서 시대의 문제적 현실을 예각적으로 갈파해

오지 않았던가. 그런데 새삼스레 이러한 문학의 본원적 속성을 민족문학론의 갱신이라는 틀 속에서 강조하는 것은 번짓수를 잘못 짚어도 여간 잘못 짚은 게 아니다. 따라서 이병훈의 논의는 그동안 민족문학론의 갱신을 위해 제출된 견해를 고려해볼 때 이렇다할 생산적 논점을 제공해주지 못하고 있다.

이렇게 최근에 개최된 민족문학에 대한 세미나의 각론을 통해서는 민족문학론을 새롭게 재구성해낼 수 있는 지혜를 만나기 어려웠다. 여기에는 가장 중요한 이유를 들 수 있다. 무엇보다 민족문학의 갱신을 위한 논의들이 담론 차원에서만 이루어져서는 곤란하다는 것이다. 민족문학의 갱신에 대한 논의의 틀 자체를 전환시킬 필요가 있다. 초심으로 돌아가야 한다는 말이 있다. 민족문학과 관련된 논의를 할 때 문학운동적 관점에서[2] 이 문제를 인식해야 하는데, 우리는 이 점을 대수롭지 않게 생각하고 있다. 1990년대 이후 민족문학진영이 급격히 동요·해체되면서 문학운동의 시각 역시 급격히 퇴색된바, 민족문학과 관련된 논의들은 추상적 담론의 층위에서만 진행될 뿐, 민족문학에 생명을 불어넣고 있는 문학운동에 대한 논의들은 전무한 실정이다. 민족문학은 어떤 이론의 힘에 기댄게 아니라 역사의 객관현실과 능동적으로 부딪쳐가면서 생성된 실체다. 이러한 역사의 부딪침 속에서 민족문학은 특유의 생명력을 유지해왔다. 그리고 이 역사의 과정 속에서 자연스레 이론적 틀을 형성해나간 게 바로

---

2) 문학평론가 김명인은 "문학운동은 개념적 인식과 형상적 인식을 올바로 통일하여 현실의 허상과 그 방향을 드러내 보여주는 문학 특유의 기능에 입각하여 현실의 여러 모순을 드러내고 그 지양의 올바른 방향을 예시하는 이데올로기운동이다"(김명인, 「90년대 문학운동의 과제와 방법에 대하여」, 『자명한 것들과의 결별』, 창비, 2004, 397쪽)라고 파악하는데, 나는 이 글에서 21세기 민족문학의 갱신을 이러한 문학운동의 시각에서 검토하고자 한다. 이러한 시도가 현재 공전하고 있는 민족문학(론)의 갱신에 대한 논의 시각에 다소 생산적 계기가 되었으면 하는 바람이다.

민족문학론이다. 말하자면 이론과 현실의 변증법적 운동의 산물이 민족문학론이다. 그렇다면 민족문학(혹은 민족문학론)의 갱신은 민족문학이 당면한 역사의 객관현실과 길항하며 움직여가는 문학운동의 관점에서 어떤 새로운 지평을 모색할 수 있지 않을까. '지금, 이곳'의 문학운동을 면밀히 고려하지 않은 채 민족문학의 갱신을 논의한다는 것은, 민족문학의 실질적 갱신과 무관한 탁상공론에 불과하기 십상이다. 여기서 우리가 경계해야 할 것은, 민족문학의 갱신에 대한 논의들이 문학현장의 동태를 섬세히 파악하지 못한 채 이론의 층위에서만 논의되는, 이른바 강단비평에 나포되어서는 곤란하다는 점이다.

다시 강조하건대, 민족문학의 생명력과 그 실질적 유효성은 역사의 객관현실과 끊임없이 부딪쳐가는 가운데 문학운동의 실천성을 보증해내는데 있다. 그동안 민족문학의 갱신에 대한 논의들은 바로 이러한 민족문학의 운동적 관점을 등한시했기에, 갱신에 값하는 논의의 생산적 지점을 확보할 수 없었던 것은 아닌지 반성적 물음을 던져보아야 한다.

하여, 나는 이 글에서 민족문학의 갱신을 문학운동의 관점에서 검토해보고자 한다. 21세기의 민족문학은, 가깝게는 1990년대의 민족문학과 차이를 지니면서, 변화된 현실 속에서 새롭게 제기되는 과제들에 능동적으로 대응하기 위한 문학운동을 벌여나가고 있다. 21세기 민족문학의 갱신은 '지금, 이곳'의 진보적 문학의 맥락 안에서 새로운 지평을 모색해가고 있다. 그러면서 자연스레 21세기의 민족문학론은 새롭게 재구성되고 있다.

이제 추상적 담론의 층위에 대한 논의에서 그 시선을 이동시켜 민족문학운동의 구체성으로부터 민족문학의 갱신에 대한 지점들을 점검해볼 때다.

2. 최근 민족문학운동의 세 가지 밑그림

　민족문학의 갱신을 문학운동의 측면에서 검토해볼 때 중요하게 고려
해야 할 사항 중 하나는 문학운동의 주체를 살펴보는 일이다. 문학운동의
주체는 개별 문인일 수도 있고, 어떤 조직 단체일 수도 있다. 여기서 지금
까지 민족문학운동의 구심체 역할을 맡고 있는 (사)민족문학작가회의(이
하 '작가회의'로 약칭)를 중심으로 21세기 민족문학의 갱신을 모색해볼 필요
성이 제기된다.3)

　두루 알 듯이 작가회의는 1974년에 결성된 '자유실천문인협의회'를 모
태로 한 이 땅의 진보적 문인 단체로서의 역사성을 지니고 있다. 작가회
의는 1970~1980년대의 엄혹한 현실에 대해 저항적 문학운동을 전개해나
가면서 민족문학의 이념을 정립하였고, 그 이념의 문학적 실천을 게을리
하지 않았다. 작가회의의 부단한 문학운동은 민족문학의 실체와 괴리되
지 않은 채 민족문학의 생명력을 유지해왔다 해도 과언이 아니다. 민족문
학과 관련한 담론이 별도로 존재하고 민족문학운동이 별도로 존재하는
게 아니라, 담론과 문학운동이 서로 맞물리면서 민족문학의 실체를 구성
해왔다. 그러기에 1970~1980년대의 민족문학론은 민족문학에 대한 담론
이되, 담론의 자족성에 머무는 게 아니라, 문학운동의 현장성 및 실천성
이 용해된 생동하는 민족문학의 실체가 되었던 셈이다. 작가회의는 이러

---

3) 개별 문인들이 나름대로 민족문학의 갱신을 위해 부단히 노력한 것을 과소평가할 수 없다. 하지
만 민족문학운동의 측면에서 개별 민족문학인들의 이러한 노력을 조직화하여 좀더 폭발적 효력
있는 문학운동을 지속적으로 펼쳐왔다는 점에서 (사)민족문학작가회의의 민족문학운동에 주목
할 필요가 있다.

한 민족문학의 실체를 담지해내는 구심체로서 역할을 다하였다.

나는 앞서 민족문학의 갱신을 논의하되, 이제부터는 그 논의의 틀 자체를 전환시킬 필요가 있다고 언급하였다. 거듭 강조하건대, 추상적 담론의 차원에서만 이 문제를 논의하는 것은 소모적인데다, 애초 민족문학을 지탱하고 있는 문학운동의 관점에서 보더라도 현실적 유효성을 더는 찾아볼 수 없다. '지금, 이곳'에서 절실히 요구되는 민족문학의 갱신은 민족문학 특유의 문학운동을 '변화된 현실'에 착근하도록 민족문학의 역량을 모으는 일이다.

이러한 당면 과제를 해결하기 위해 흩어진 민족문학의 역량을 모으는 일의 구심체로서 작가회의의 책임과 의무는 결코 과소평가할 수 없는 것이다. 비록 1990년대 이후 나라안팎의 정황에 따른 진보적 진영의 전반적 침체 속에서 작가회의 역시 예전과 같은 문학운동을 활발히 전개할 수는 없었지만, 변화된 현실의 제반 여건 속에서 문학운동을 지속적으로 펼쳤다는 것을 전적으로 외면할 수는 없다. 여기서 민족문학의 갱신과 관련하여, 작가회의가 최근 역점을 두고 있는 사안을 살펴보는 것은, 민족문학운동의 현실태를 점검해보는 일이며, 동시에 민족문학의 갱신의 길을 모색해볼 수 있다는 점에서 그 의의를 둘 수 있지 않을까.

최근 작가회의의 민족문학운동에서 우선 주목해야 할 것은 기초예술로서 문학의 현장이 붕괴되어 가고 있다는 데 대한 문제의식을 갖고, 그에 대한 현실적 대응 방안을 강구하고 있다는 점이다. 이렇다할 문학예술 정책이 없는 상황에서 문학은 점점 더 신자유주의 시장경제 안으로 포섭되어가고, 이렇듯 시장성만을 좇아가는 문학의 가치가 확산되고 있는 데 대한 대응으로서의 문학운동이다. 우리는 익히 체감하고 있지 않은가.

"문학상업주의의 전면화는 다양성의 미학이란 미명 아래 문학적 가치가 보증되지 않는 문학을 시장에 내놓으며, 그러한 문학에 문학성을 덧씌우는 비평가와 언론의 호도에 의해 독자의 심미안은 혼탁해지기 시작하였다. 이 과정 속에서 문학의 대사회적 가치는 부정되기 시작하였으며, 문학을 통해 현실을 인식하고, 자신의 삶을 성찰할 수 있는, 문학 본래의 역할은 온데간데 없이 휘발되고 있다."[4]

따라서 작가회의는 기초예술로서 문학의 현장을 되살려낼 수 있는 각종 문학예술정책을 강구해내는바, 지금까지 큰 관심을 쏟지 않았던 문학예술환경의 제도적 문제에 대한 전반적 사항을 고려한 문학운동을 다각도로 펼치고 있다.[5]

다음으로 주목해야 할 것은, 분단체제를 극복하기 위한 민족문학운동에 작가회의가 정진하고 있다는 점이다. 2000년 남북의 정상이 평양에서 만나 6·15시대를 연 이후, 작가회의는 6·15시대에 부합되는 통일운동에 관심을 기울여왔다. 그 가시적 성과물이 바로 이번 여름에 개최되었던 '6·15공동선언 실천을 위한 민족작가대회'(2005년 7월 20일~25일)인바, 민족작가대회를 통해 남과 북의 문학인들은 몸소 문학을 매개로 한 통일운동을 실천하였던 셈이다. 이처럼 민족의 분단을 극복하고, 민족의 화해와 통합을 도모하는 데 작가회의의 민족문학운동은 그 현실적 유효성을 아무리 강조해도 지나치지 않을 터이다.[6] 비록 최근 젊은 문학인들에게서

---

4) 고명철, 「생동하는 문학적 화두, 민족문학의 갱신」, 『칼날 위에 서다』, 실천문학사, 2005, 307쪽.
5) 이러한 문제와 관련해서는 기초예술살리기범문화예술인연대에서 발행한 『기초예술백서』(2004년 12월 9일 발행) 및 『문화예술위원회, 무엇을 할 것인가』(2005년 7월 20일 발행) 참조.
6) 민족작가대회 이후 민족문학운동의 맥락에서 개별 문인들의 다양한 집필은 물론, 여러 매체들이 민족작가대회 행사의 역사적 의의와 관련한 지면을 기획하였다. 「다가오는 통일시대와 북한문학(특집)」, 『실천문학』, 2005년 가을호; 「6·15공동선언 실천을 위한 민족작가대회(특집)」, 『내

분단체제를 극복하기 위한 문학적 성과가 가시적으로 드러나지 않지만, 작가회의의 이러한 민족문학운동의 거시적 맥락 안에서 서서히 그 문학적 성과가 축적될 수 있을 것이라고 나는 감히 생각한다. 우리가 작가회의의 민족문학운동에 주목하는 것은 바로 이러한 움직임에 거는 기대가 자못 크기 때문이다.

그런가 하면, 작가회의의 민족문학운동에서 과소평가할 수 없는 것은 아시아의 가치를 새롭게 발견하고자 하는 움직임이다. 민족문학의 갱신이 궁극적으로 일궈내려는 원대한 목표는 제대로 된 세계문학의 지평을 개척하는 데 있다. 이를 위해 작가회의는 그동안 영미문학에서 타자로 홀대받았던, 바꿔 말해 오리엔탈리즘으로 그 가치가 폄하되었던 아시아 문학에 대한 관심을 쏟으며, 이웃 아시아 문학과 연대의 지점을 형성하려는 노력을 다하고 있다. 작가회의는 이미 베트남, 몽골, 팔레스타인 등과 긴밀한 관계를 맺고 있으며, 이제 다른아시아 문학과의 연대를 확대하여, 아시아의 가치를 새롭게 발견하는 민족문학으로 거듭 나고자 한다. 하여, 그동안 서구중심의 세계문학의 문제점을 극복함으로써 참다운 세계문학의 토양을 객토하는 데 중요한 몫을 다하고자 한다.[7] 이 과정에서 우리는 아제국주의亞帝國主義를 경계하고, 아시아의 탈식민주의적 시각을 공유

일을 여는 작가」, 2005년 가을호;「권두 평화대담 : '6 · 15공동선언 실천을 위한 민족작가대회'의 의의와 성과」, 『한국평화문학』 2집, 2005 등 참조.

7) 아시아 문학에 대한 작가회의의 이러한 적극적 관심에서 눈여겨볼 것은, 한 · 중 · 일 삼국으로만 범위를 국한시키고 있지 않다는 점이다. 한 · 중 · 일 삼국의 문제가 전 세계에서뿐만 아니라 아시아에도 중요한 사안임에는 틀림없다. 그런데 우려되는 것은 아시아의 당면한 문제를 한 · 중 · 일 삼국의 관계로만 국한시키는 가운데 아시아를 동북아 패권의 대상으로 인식할 수 있다는 점이다. 작가회의의 아시아 문학에 대한 연대는 이러한 한 · 중 · 일 삼국 중심의 아시아적 패권을 경계하고, 아시아의 평화를 진정으로 도모한다는 점에서 민족문학운동의 선진성으로 높이 평가해도 손색이 없을 터이다.

하면서 민족문학운동의 새로운 방향성을 모색할 수 있을 것이다.[8] 즉, 작가회의는 자민족중심주의와 배타적 민족주의를 철저히 경계하되, 식민을 경험한 아시아의 탈식민주의적 시각과 함께 하는 민족 인식을 통해 아시아의 평화와 인류의 평화를 도모할 수 있는 세계문학의 새로운 지평을 모색해야 할 것이다.

요컨대, 민족문학의 갱신을 이처럼 민족문학운동의 구심체 역할을 맡고 있는 작가회의를 통해 살펴본다면, 민족문학의 갱신에 대한 논의는 기존의 논의들과 다른 각도에서 현실적으로 궁리될 수 있을 터이다. ① 기초예술의 측면에서 문학예술정책을 강구하고, ② 6·15시대 이후 분단체제를 극복하기 위한 남북문학교류의 활성화에 정진하고, ③ 아시아의 새로운 가치를 발견함으로써 진정한 세계문학의 지평을 모색하는 것 등은 21세기의 민족문학운동에서 주요한 담론적·실천적 과제일 것이다.

3. 분단체제의 극복을 위한 모국어 공동체 회복 운동

민족문학운동에서 최대의 현안이 분단체제를 극복하는 것이라는 데에

---

8) 이러한 시각과 관련하여 나는 하정일이 제기하는 '비민족주의적 민족 인식'이란 입장에 공감한다. "우리는 이제 비민족주의적 민족 인식, 곧 저항적·민중적 민족주의 성과는 적극 계승하면서도 민족주의 특유의 자민족중심주의와 자본주의 극복 전망의 부족을 지양한 새로운 민족 인식을 모색해야 할 시점에 서있다."(하정일, 「탈식민주의 시대의 민족문제와 20세기 한국문학」, 『20세기 한국문학과 근대성의 변증법』, 소명출판, 2000, 54쪽)

는 이견의 여지가 없다. 전지구적 자본주의 세계체제의 하위체제인 분단체제를 극복하는 문제야말로 한반도를 둘러싸고 있는 자본주의의 구조악構造惡과 행태악行態惡에 맞서 싸우는 것이면서, 지구상 유일하게 남아 있는 냉전의 깊은 상처를 말끔히 치유함으로써 민족의 화해와 통합을 통해 온전한 국민국가를 이루어내고, 배타적 민족주의와 자민족중심주의에서 벗어난 평화와 상생의 민족 인식을 뿌리내리는 일이다.9) 그런데 1990년대 이후 분단체제를 극복하기 위한 민족문학운동은 다소 심하게 얘기한다면 구두선□頭禪에 머무른 감이 없지 않다. 분단체제를 극복하기 위한 이론적 논의가 진행될수록 '분단체제론'으로 불리우는 고도의 추상화된 이론이 정립되어간 반면, 정작 분단체제를 극복하기 위한 민족문학운동의 구체성은 모호하다는 비판이 제기되고 있다. 말하자면 분단체제론이 문학운동으로서의 실천성을 내실 있게 보증해내지 못하였다고 할까.

그러던 민족문학운동은 민족작가대회를 계기로 획기적 전환점에 들어선다. 민족작가대회는 남과 북을 비롯한 해외 작가들이 만났다는 게 중요한 게 아니라 모국어를 통해 민족문학에 정진해온 작가들 사이의 내면의 교류를 나눔으로써 모국어의 공동체를 회복하기 위한 물꼬를 텄다는 점에서 각별한 의의를 찾을 수 있다. 남과 북은 휴전선이라는 경계를 기준으

---

9) 이러한 맥락 아래 민족주의 자체의 폐기처분이 아니라 팽창적 · 배타적 민족주의와 구분되는 민족주의를 제기하는 흥미로운 입장이 있다. 이른바 '평화민족주의'를 견지하는 입장인데, 이 입장에 대해서는 좀더 충분한 토의가 있어야 하나, 다음과 같은 의견은 21세기의 민족문학운동을 모색하는 데 시사점을 제공해줄 수 있을 것으로 생각한다. "'진정한 평화'를 실현하기 위해 '평화민족'을 정치적 주체로 한 범민족적 · 범국가적 완성형 민족주의로서 '평화민족주의'를 추구하자는 뜻이다. 경쟁이 강화될수록 민족의식은 더욱 강화된다는 논리를 주목한다면, '평화민족주의'로 다른 나라나 민족의 자기중심적 민족주의적 분쟁과 갈등을 종식시키기 위해 평화적 통합과 공존, 공영을 지향하자는 것이다."(정상모, 「평화민족주의로 민족 위기 극복하자」, 『기억과 전망』, 2005년 가을호, 163쪽)

로 정치적·생활적으로 나뉘어 있지만, 그 경계를 단숨에 훌쩍 뛰어넘을 수 있는 것은 바로 모국어를 함께 사용한다는 대전제가 그 밑바탕에 깔려 있기 때문이다. 모국어의 토양 위에서 세계를 인식하며, 민족의 정서를 형상화화내는 문학이야말로 민족의 화해와 통합을 평화적으로 모색할 수 있는 민족문학운동의 근간이라고 해도 과언이 아니다. 하여, 모국어 공동체의 온전한 회복을 위한 문학운동이야말로 민족문학의 갱신을 위해 매우 긴요한 실천적 과제일 터이다.

민족작가대회를 통해 합의한 것 중 '6·15민족문학인협회'를 설립하고 협회의 기관지인 『통일문학』을 발간하기로 한 것은 모국어 공동체의 회복을 위한 실질적 성과물이다. 이 기관지를 통해 남과 북 그리고 해외의 민족문학적 성과물이 자리를 함께 하는 가운데 민족지성의 내면의 교류와 소통은 더욱 활발해질 것이다. 우리가 기대하는 것은 민족작가대회 이후 이러한 후속조치의 내실화를 통해 남과 북으로 나뉘고, 해외까지 흩어져 있던 모국어 공동체를 회복하는 역사役事가, 분단체제에 균열을 내고, 마침내 분단체제를 허물어뜨릴 수 있는 어떤 동력을 제공해주었으면 하는 바람이다. 말하자면 모국어 공동체의 회복은 분단으로 인한 남과 북의 언어의 이질화를 극복하는데만 의미를 두지 않는다. 한반도를 에워싸고 있는 모순과 갈등의 해결을 위한 평화의 새로운 지평을 모색할 수 있다는 점을 쉽게 지나칠 수 없다. 이 점과 관련하여 나는 다음과 같은 전언에 귀를 기울여본다.

언어적 의사소통의 문제는 원론적으로 사회 구성원들의 공동의 이익이라는 과제가 가장 일차적이다. 그러므로 공통의 형태와 공통의 의미를 갖춘 기본적인 의사소통의 수단을 다듬어야 할 과제가 어느 시대, 어느 사회에서나 필요하게 마련이다. 남과 북에서 보이는 약간의 언어 형태의 차이와 일부 의미의 차이는 한국인들의 정서의 문제만이 아닌 동북아시아적인 (혹은 동아시아적인) 문제다. 반경 2천~3천km 안에 10억 이상의 인구가 밀집해 있는 이 엄청난 지역은 거대한 규모와 밀도에 비해 서로의 의사소통은 무척 희소한 편이다. 반면에 모두가 북미와 서유럽을 중심으로 한 북대서양권과 의사소통은 무척 활발하다. 희소한 의사소통은 이 지역에서 안정보다 갈등을 일으킬 위험을 마치 지진대 지역의 숙명처럼 상존하게 할 것이며, 이런 숙명의식은 이 지역 구성원들을 주체적인 각성보다는 차라리 북대서양 지역에 의존하면서 안정감을 얻으려 하게 마련이다. 이에 따라 동북 혹은 동아시아는 자신들의 문제를 늘 스스로 해결하지 못하는 진정한 의미의 '아시아적 정체성停滯性'의 포로가 될 것이다. **이 땅의 남과 북의 원활한 의사소통은 바로 이 점에서 동북아시아의 의사소통 능력 회복의 첫 단추다.**[10](강조는 인용자)

모국어 공동체를 회복하는 것은 '동북아시아의 의사소통 능력을 회복하는 것'이며, 이는 결국 한반도를 포함한 동아시아의 문제를 서구에 의존함을 통해서가 아니라 우리민족의 주체적 역량을 통해 해결할 수 있다는 문제의식을 내포한다. 민족문학의 갱신 차원에서 모국어 공동체를 회복하는 데 민족문학의 역량을 모아야 하는 것은 바로 이와 같은 이유 때문이다. 한반도를 포괄한 동아시아의 의사소통 능력을 온전히 회복하는

---

10) 김하수, 「제국주의와 한국어 문제」, 『언어제국주의란 무엇인가』, 미우라 노부타카 · 가스야 게시스케 편, 이연숙 외 공역, 돌베개, 2005, 506쪽.

일은, 민족문학운동이 염원하듯, 아시아를 비롯한 전세계 민족의 화해·상생·평화의 길을 다지는 것과 무관하지 않다. 무엇보다 최근 중국의 비약적 성장으로 인해 동아시아의 질서가 재편되고 있음을 고려해보건대, 동아시아에 흩어져 사는 우리 민족의 언어에 관심을 갖고 한반도의 언어 공동체와 원활한 소통의 길을 내는 것은, 중화민족주의의 팽창을 막아내면서, 동아시아의 평화를 도모하는 데 중요한 역할을 할 수 있다.

여기서 세계화 혹은 글로벌화에 대해 경계해야 될 점이 있다. "언어의 지구화가 단 한 개 언어의 사용을 가져와 결국에는 나머지 언어들 전부나 대부분의 사멸을 가져올 수 있다는 문제"[11]를 대수롭게 간주해서는 안 된다는 점이다. 가령, 어떤 특정한 개별 언어가 정치경제학적 헤게모니를 장악하게 되면서 소수 민족 나름의 모국어가 소멸의 위기에 처할 경우 언어의 식민화는 가속화되어, 그에 따른 각종 대립과 갈등 속에서 인류의 평화는 요원하기만 할 것이다. 언어의 차이를 존중하는 것, 이는 지구상에 존재하는 다양한 개별 민족의 모국어의 가치를 존중하는 것이며, 아울러 그 개별 민족국가와 평화적으로 공존하는 것이기도 하다. 내가 이 점을 중요하게 생각하는 것은, 한반도를 둘러싼 남과 북 그리고 해외의 모국어 공동체를 회복하자는 움직임을 '언어민족주의'로 규정내림으로써 민족주의의 양면성이기도 한 '팽창적 민족주의'의 혐의가 덧씌어져서는 안 되기 때문이다. 물론 모국어 공동체를 회복하자고 한 그 밑바탕에 '언어민족주의'의 음영이 드리워져 있는 것은 사실이다. 하지만 우리가 회복하려고 하는 모국어 공동체의 본래적 의도가 '언어민족주의'에 기반한 '팽창적 민족주의'를 통해 아제국주의亞帝國主義의 외양을 갖추는 것은 결

---

11) 루이-장 칼베, 「모어, 국민어, 국가어」, 앞의 책, 41쪽.

코 아니다. 정 반대로 이러한 '팽창적 민족주의'를 부정·경계하기 위해 모국어 공동체를 온전히 회복하려는 민족문학운동을 펼치는 것이다.

우리는 이러한 민족문학운동의 구체적 움직임으로 『겨레말 큰사전』을 남북이 공동으로 작업하는 데 주목할 필요가 있다. 들리는 말에 의하면, 『겨레말 큰사전』 작업을 위해 남북은 공동으로 한반도를 포함한 해외에 까지 우리 민족이 분포되어 있는 곳을 두루 답사하면서, 모국어의 존재와 가치를 새롭게 인식하는 장구한 역사歷史/役事를 기획하고 있다고 한다. 기획이 차질 없이 순조롭게 진행된다면, 이 과정을 통해 모국어 공동체는 온전히 회복될 수 있을 것으로 본다. 그러면서 회복되어 가는 모국어 공동체는 자연스레 분단체제를 동요시킬 것이고, 급기야 분단체제가 해체되는 민족의 경이적 순간을 우리는 맞닥뜨릴 수 있을 것이다.

민족문학 갱신의 차원에서 모국어 공동체를 회복하자는 데에는 바로 이와 같은 민족의 현실적 이유들이 존재한다. '6·15민족문학인협회'의 기관지를 통한 남과 북, 그리고 해외 민족문학인들의 실질적 문학교류의 활성화, 『겨레말 큰사전』의 남북공동 편찬 작업 등은 지금까지와 다른 민족문학운동의 새로운 전기를 마련해준다. 무엇보다 분단체제를 극복하는 움직임이 추상적 이론의 층위에서만 맴도는 게 아니라, 그 구체적인 문학운동의 실천성을 확보한다는 점에서 21세기 민족문학의 갱신을 새롭게 궁리해야 한다. 왜냐하면 지금까지 최량의 민족문학적 성과가 남북 모두 반쪽 자리 국민문학의 성과로서 자족했다면, 이러한 모국어 공동체 회복 운동을 통해 남과 북, 그리고 해외를 포괄하여, 지금보다 한단계 고양된 명실공히 최량의 민족문학적 성과를 통해 '참다운 세계문학'의 또 다른 경지를 모색할 수 있기 때문이다.

4. 젊은 문학인의 창조적 만남을 통한 민족문학운동

그런데, 민족문학의 갱신을 논의할 때마다 반복적으로 제기되곤 했던 문제가 있다. 당대의 문학적 성과에 기반을 두지 않는 민족문학의 갱신에 대한 논의가 어떠한 설득력을 지닐 수 있는가 하는 문제다. 너무나 상식적이고 당연한 문제제기가 아닐 수 없다. 민족문학 작품으로서 '물건'이 존재하지 않는데 민족문학의 갱신을 막무가내로 논의하는 것은 애처로운 일이다. 한편, 그 '물건'이 민족문학의 최량의 성과에 다소 미치지 못한다고 하더라도, 그 성과마저 배제한 채 민족문학의 갱신을 논의하는 것 또한 민족문학의 갱신을 위해 온당한 일이 아니다. 이에 대해 문학평론가 김명인의 다음과 같은 지적은 경청해볼 만하다.

새로운 세기의 민족문학을 말하려면 비평가들이 그동안 자의반타의반으로 저질러온 직무유기를 청산하고 이러한 당대 문학의 변동을 파악하는 통시적 감각과 그 다양한 스펙트럼과 각각의 질적 차별성을 면밀히 읽어내는 공시적 감각을 견지하는 것이 필요하다. 각각의 작가, 작품들이 지니는 고유한 계급 · 계급 · 성 · 세대 · 지역별 정체성의 성격과 차이, 그로 인한 그들의 세계관의 차이와 미의식과 방법의 차이를 두루 명료하게 규명하는 작업을 통해 민족문학의 지형도를 다시 그려야 하는 것이다. 지금 단계에서 무엇보다 피해야 할 것은 섣부른 위계와 그에 수반되게 마련인 선택과 배제의 논리이다. 대신 선행되어야 할 것은 온갖 '차이들'과 '변화들'의 확인작업이며, **민족문학론은 이러한 새로운 문학적 실체들에 대한 광범한 확인과 해석을 통**

해 민족문학의 상을 재구성해야 하는 과제에 직면해 있다. 물론 이 과제는 우리 비평이 현재의 지리멸렬하게 파편화된 무기력한 상태를 벗어나 당대의 문학은 물론 세계 전반에 대한 통찰력을 회복하지 못하면 이루어질 수 없는 과제이다.12)(강조는 인용자)

동시대의 작품들을 접하며, 그 문학적 변화의 흐름을 예민하게 포착하는 통시적 감각과 다양한 문학적 성향을 섬세히 감지해내는 공시적 감각을 지닌 비평의 몫을 다하지 않는 한, 민족문학의 갱신은 구두선에 그칠 공산이 크다. 나 역시 김명인의 이와 같은 의견에 전적으로 공감한다. 다만, 나는 위의 인용문에서 밑줄친 부분에 주목하게 되는바, 21세기의 새로운 문학적 실체들에 대한 광범한 확인과 해석의 과제를 어떻게 실천할 수 있느냐, 하는 점을 고민해야 한다고 본다. 지금까지 그래왔듯이, 새로운 작품들을 성실히 읽어내는 것으로 이 문학적 임무를 수행해나가야 하는 것인지, 그렇지 않으면, 뭔가 다른 방법을 통해 이러한 과제를 해결할 수 있는 길을 모색할 수 있는 것인지, 그 방법론에 대해 고민해야 할 듯하다.

여기서 나는 이 과제를 지금까지 낯익은 방식처럼 '작품 대 비평'의 관계로만 보아서는 안 된다고 생각한다. 물론 이 방식이 전혀 무의미하다는 것은 결코 아니다. 다만, 종래의 이 낯익은 방식에 의해서는 민족문학의 갱신에 값하는 민족문학의 역동성을 민족문학운동의 관점에서 재구성해내기가 힘들다는 점이다. 말하자면 작가에 의해서 발표된 작품과 그 작품

---

12) 김명인, 「민족문학과 민족문학사 인식의 전환을 위하여」, 『자명한 것들과의 결별』, 창비, 2004, 324쪽.

을 읽어내는 비평의 관계로서만 민족문학의 갱신을 효과적으로 수행할
수는 없다.

　민족문학운동의 관점으로 시선을 이동시켜본다. 창작과 비평이 각각
독자적 울타리 안에 갇힌 채 작업을 하는 게 아니라, 서로의 창조적 만남
속에서 그 고유의 작업이 문학운동의 문제의식을 느슨하게 공유하는 가
운데 개별 창작의 자양분이 되는 계기를 갖도록 할 수는 없을까, 하는 문
제다. 물론, 여기에는 민족문학운동의 문제의식을 느슨하게 공유한다는
서로의 입장에 대한 조율이 필요하다. 서로의 입장에 대한 섬세한 조율의
과정을 거치면서 창작과 비평은 자연스레 창조적 만남을 갖게 되고, 민족
문학운동은 새로운 세기에 걸맞는 실천적 활동 공간을 확보할 수 있는 것
이다. 이와 관련하여 분명한 사실은, 21세기의 민족문학운동은 20세기의
민족문학운동(가깝게는 1970~1980년대의 민족문학운동)과 다른 방식을 선택할
수밖에 없다. 더는 어떤 문학적 이념의 기치 아래 단일한 대오를 이루는
문학운동을 효과적으로 수행할 수 없다. 게다가 여타의 사회변혁운동들
처럼 동일한 수준의 운동의 강도와 목적 성취를 위한 문학운동을 요구할
수도 없다. 이제는 거의 상투화되다시피한 논의들이듯, 21세기의 젊은 문
학인들은 더는 정치경제학적 거대담론과 관계를 갖고 싶어하지 않는다.
그들에게 유의미한 문학적 관심은 일상속으로 미시적으로 파고드는 온갖
문화논리와 욕망의 감각들이며, 개별적 존재의 가치를 새롭게 발견하는
일이다.

　21세기의 민족문학운동은 이러한 젊은 문학인들의 문학적 관심을 선
택과 배제의 논리 속에서 구별해내는 게 아니라 적극적으로 섭취해내어
야 한다. 그들의 문학이 서로 미학적 충돌을 할 수 있는 마당을 마련해주

어야 한다. 창작과 비평이 길항하며, 서로의 창조적 만남을 통해 동시대의 문학적 물음을 함께 고민하는 장이 될 수 있어야 한다. 말하자면 이러한 관계 속에서 동시대의 창작과 비평은 '존이구동存異求同과 화이부동和而不同'의 길을 모색할 수 있을 터이다.

이와 관련하여 '지금, 이곳'에서 진행되고 있는 젊은 문학인들의 민족문학운동의 한 사례를 소개해보는 것으로 이 글을 맺을까 한다. 이른바 '항구의 밤'이란 행사가 봄부터 여섯 차례에 걸쳐 전국에서 진행되었다. 이 행사는 지역의 항포구를 찾아다니며, 해당 지역의 역사성과 풍토성을 고려하여, 특정한 주제를 설정하고, 그 주제에 적합한 작품들을 문학공연화함으로써 지역민과 젊은 문학인들의 만남의 계기를 통해 좋은 성과를 축적하였다.[13] 무엇보다 주목할 만한 것은 시, 소설, 비평 등 개별 영역에 갇혀 있었던 젊은 문학인들이, 이 행사를 통해 서로의 창조적 만남을 활성화시킬 기회를 가졌다는 점이다. 그러면서 그들은 자연스레 동시대의 문학적 '차이들'을 소통하고, 해당 지역의 역사성은 물론, 동시대의 현실적 사안들에 대한 문제의식을 공유하면서 어떤 공통의 문제의식에 대한 문학적 관심을 가지면서, 자신들의 창작 토양으로 그러한 것들을 삼투시키고자 하였다. 비록 거창하지는 않지만, 나름대로의 역량을 모아, 몸으로 직접 체험하는 민족문학운동을 젊은 문학인들이 벌이고 있다는 것은 21세기 민족문학의 갱신 차원에서 고무적인 일이다. 이 자그마한 행사를 통한 민족문학운동의 성과물이 지금 당장 가시적으로 드러나지는 않았으나, 이러한 사례를 통해 지나칠 수 없는 것은, 변화된 현실 조건 속에서

---

13) 그동안 진행된 '항구의 밤' 행사와 관련된 구체적 내용은 동영상 기록으로 남겨 있다. 이에 대한 것은 (사)민족문학작가회의 산하 젊은작가포럼 홈페이지를 참조, http://www.minjak.or.kr/

젊은 문학인들의 창조적 만남이 새로운 세기의 민족문학운동의 초석이 된다는 사실이다. 또한 이러한 움직임을 통해 민족문학의 갱신은 서서히 가시화될 것이며, 그 과정 속에서 민족문학론이 새롭게 재구성될 수 있는 가능성의 길이 열릴 수 있을 터이다.

이제 민족문학의 갱신 혹은 민족문학론의 재구성을 21세기 민족문학운동의 측면에서 좀더 세밀하게 검토해보아야 하지 않을까. 내 스스로 이러한 과제를 부여해보며, 추후 보다 진전된 논의를 기약해보기로 한다.

(『실천문학』, 2005년 겨울호)

분단체제 혹은 국가보안법을 넘어서는 한국문학[*]

1. '문학의 불온성'에 의한 국가보안법의 죽음

우리는 오늘 작가의 명예를 걸고 증언하고자 한다.

국가보안법이 문제 삼는 것은 국헌문란 목적의 내란, 폭발물에 의한 테러, 국가기관의 기능마비를 가져오는 여러 가지 형태의 폭력행사가 아니다. 그것은 보다 먼 거리에 있는 무형의 것을 심판한다. 그런 행동을 유발할 수 있는 표현이고 주장이요, '위험성을 유발할 위험성'이다. 그리하여 국가보안법이 남긴 업적이 있다면 비열한 색깔공세와 불법연행, 장기구금,

---

[*] 이 글은 2007년 10월 16일에 개최된 '국가보안법 폐지를 위한 토론회 및 지식인 행동의 날'에서 "남북정상회담의 역사적 의의와 국가보안법 폐지"라는 주제로 열린 심포지움에서 발제한 글이다.

고문과 조작이었으며, 그것이 국민에게 경험시킨 것이 있다면 우리의 의식을 심층에까지 내려가 억압하고 자기검열을 강요하는 통제장치의 기능이었다. 그것은 정말 얼마나 무서운 인간성에 대한 침탈이며 민족성에 대한 학대인가!

— 「민족문학작가회의 성명서 : '국가보안법'을 전면 폐지하라!」(2004.10.9) 중에서

이 땅의 양심적이며 진보적 민족지성인 작가들은 단호하면서도 엄숙하게 말한다. "'국가보안법'을 전면 폐지하라!" 우리들은 너무나 또렷이 알고 있다. 한반도뿐만 아니라 동아시아, 그리고 인류의 평화를 꿈꾸는 작가들의 그 순정한 언어가, 반공주의 이념에 기반한 국가보안법의 폭압 속에서 무참히 짓밟히고 찢겨졌다는 것을.

한반도에서 국가보안법은 초헌법적 위상을 가지며, 헌법에서 보장한 표현의 자유를 국가권력의 자의적 판단에 따라 억압해왔다. 국내외의 양심적 시민들은 기회가 있을 때마다 한국의 국가보안법은 급변하는 시대와 현실에 매우 부적합한 악법 중의 악법이라는 점을 힘주어 강조해오지 않았던가. 무엇보다 한반도의 평화를 갈구하는 작가들은 분단체제를 극복하기 위해 한반도의 곳곳에 자리하고 있는 분단과 관련된 일체의 구조악構造惡과 행태악行態惡을 일소하기 위해 혼신의 힘을 쏟아왔다. 그들의 언어는 분단체제 아래 뿌리뽑힌 자들의 삶과 현실을 회피하지 않았으며, 분단을 고착하고자 하는 그 어떠한 부정한 것들과의 싸움을 두려워하지 않았다. 비록 그들의 언어는 한없이 연약하고 가녀리지만, 그들의 언어는 서슬퍼런 국가보안법에 의해 결코 스러지지 않았다. 왜냐하면 그들의 언어는 절망과 환멸의 현실을 딛고 일어서게 하는 희망의 꿈을 결코 저버리

지 않기 때문이다. 그것은 세계 자본주의체제의 하위체제로 작동하는 분단체제의 질곡에서 벗어나 한반도와 동아시아를 비롯한 인류의 평화를, 바로 이 곳에서 실현할 수 있다는 의지를 갖고 문학적 실천을 지속하고 있기에 그렇다.

다시 한 번, 아니 국가보안법이 완전히 폐지될 때까지 작가들은 '지금, 이곳'에서 거듭 천명한다. 분단체제로부터 배태된 크고작은 부정적인 것들을 조금도 용납하지 않는 문학의 불온성이야말로 국가보안법의 죽음을 현실화시킬 것이다. 하여, 분단체제를 지탱하는 모든 것들을 갈아엎기 위해 문학의 불온성은 전복적 힘을 통해 분단체제와 연루된 일체의 비루한 일상을 용인하지 않고, 그 일상의 뿌리를 근절하는 데 모든 문학적 역량을 투사할 것이다.

한반도의 분단이란 역사적 현실에 대해 작가들은 청맹과니가 결코 아니다. 그들이 두 발을 딛고 있는 이 땅이, 분단의 참담한 고통을 겪고 있는 데 대해 분노하고 슬퍼한다. 때문에 그들은 혀끝에 고인 언어를 내뱉는다. 한반도의 남과 북에 살고 있는 모든 이들이 분단의 고통에서 벗어나 평화의 기쁨을 만끽할 수 있어야 한다고. 하루빨리 냉전적 적대 시각을 일소하고, 더불어 함께 아름다움의 가치를 공유하는 평화로운 삶을 살기를. 급변하는 국내외의 정세에도 불구하고 현실의 구체성이 탈각된 극우보수주의의 경화된 역사 감각이 아니라, 남과 북으로 나뉜 민족 구성원이 공존하며 상생하는 신생의 역사 감각을 지닐 수 있기를. 작가들의 이러한 순정의 언어가 더 이상 수구 냉전주의자의 비현실적 이성을 합리화시키는 국가보안법에 의해 짓이겨지지 않기를.

2. 국가보안법의 탄압과 한국문학의 응전

한국문학에 대한 국가보안법의 탄압은 정권안보 차원에서 문학이 갖는 고유의 반성적 성찰의 기능을 철저히 압살한 반지성적 · 반예술적 · 반인문적 폭거에 불과하다. 그동안 한국문학에 가해온 국가보안법의 폐해는 이를 여실히 입증한다. 여기서 일일이 그 폐해 사례의 구체적 내용을 증언할 수는 없되, 주요한 탄압의 몇 사례(주요 필화 사건과 출판 및 문인 탄압)를 상기해보기로 한다.

1) 정권안보에 의한 필화사건

남정현의 단편 「분지」는 월간 『현대문학』 1965년 3월호에 발표된 작품인데, 이 작품이 북한 노동당 기관지인 『조국통일』 1965년 7월 8일자에 전재되어, 작가는 중앙정보부에 연행되었다. 그 후 남정현은 반공법위반 혐의자로 입건되어, 1967년 6월 28일 서울고등법원에서 유죄선고를 받았다. 당시 검찰의 공소장의 요지는 대략 다음과 같은 세 가지로 정리해볼 수 있다.[1]

① 계급의식과 반정부의식을 고취
② 반미감정을 조성
③ 북괴의 대남전략에 동조

---

1) 김태현, 「북괴의 적화전략에 동조말라」, 『분지 : 흔겨레 소설문학』, 흔겨레, 1987, 395~399쪽 참조.

검찰의 공소장 대로라면, 「분지」는 박정희 정권을 위협할 언제 터질지 모르는 뇌관의 역할을 맡고 있는 작품이다. 그런데 우리는 여기서 중요한 사실을 간과할 수 없다. 작가가 국가권력에 의해 정치적 탄압을 받게 된 직접적 계기는 다름 아니라 북한의 노동당 기관지에 실렸다는 점이다. 「분지」가 발표될 무렵에는 작가에 대한 어떠한 정치적 간섭이 없다가 이 작품이 북한의 노동당 기관지에 실린 후 전격적으로 작가에 대한 국가권력의 억압을 가해온 것이다. 즉 「분지」의 필화 사건은 이처럼 작품 내적인 이유가 직접적 계기로 작용한 게 아니라 박정권의 체제 유지에 조금이라도 부정적 요인으로 작용하는 작품에 대한 철저한 정치적 탄압에 연유한다. 특히 박정권의 근대화 프로젝트를 추동하는 것들 중 하나가 북한과의 체제경쟁을 통한 국가권력의 행사에 있다는 점은 「분지」의 필화 사건을 통해서도 여실히 입증되고 있다. 말하자면 「분지」의 필화 사건은 5·16군사쿠데타로 정권을 장악한, 민주적 정통성이 부재한 박정권의 통치권력을 견고히 유지하기 위한 정치적 노림수에 의해 기획되었던 것이다.

이 필화 사건을 통해 한국 문단은 그 당시 치열히 진행되고 있던 순수/참여문학 논쟁과 맞물리면서[2] 문학과 정치적 역학관계에 대한 인식 지평을 넓히기 시작했다 해도 과언이 아니다. 무엇보다 필화 사건을 통해 이 작품이 담지하고 있는 현실 문제의식이 전면화되면서, 한국문학은 박정희 시대의 암울한 역사에 대한 저항의 싹을 틔워, 이후 민족문학의 값

---

2) "1960년대 초반의 참여문학론의 비평적 입장이 1950년대의 문학에 대한 부정과 극복 의식의 일환으로 4·19의 시대정신을 실천하는 문학적 당위성 문제에 전념함으로써 문학과 현실의 관계에 대한 지극히 초보적인 수준의 논의에 머무른 반면, 이제 문학의 사회참여를 위한 정당성 확보의 기류에 따라 1960년대 중반 이후 참여문학론의 비평적 입장을 견고히 구축하려는 비평담론이 다각도로 생산된다." 고명철, 『1970년대의 유신체제를 넘는 민족문학론』, 보고사, 2002, 39~40쪽.

진 성과를 낳게 된다.

여기서 1970년대의 주요한 필화사건을 상기해볼 필요가 있다.[3] 김지하의 「오적」 필화사건은 그 대표적인 사례다. 「오적」의 경우 1970년 5월 『사상계』에 발표되었는데, 김지하는 이 시에서 기층민중 장르인 판소리 사설의 특장特長을 절묘하게 창조적으로 섭취하여 반민족적 작태를 일삼는 다섯 부류의 타락한 인물(재벌, 국회의원, 고급공무원, 장성, 장차관)의 전형을 매섭게 풍자한다.

그런데 김지하의 「오적」 필화사건에서 간과할 수 없는 부분은, 이 시의 비판적 풍자의 대상이 필화사건의 직접적 원인으로 작용했다기보다 그 당시 야당인 신민당 기관지 『민주전선』 6월 1일자에 이 시를 다시 발췌하여 실리면서 필화사건에 휘말리게 되었다는 점이다.[4] 이것은 이 필화사건이 단순히 문학적 차원의 문제로만 협소하게 국한되지 않았다는 사실을 시사한다. 기실 잡지에 발표되었을 당시에는 시인이 중앙정보부에 불려가 조사를 받은 다음 풀려나왔으며, 그 잡지를 판매하지 않는다는 조건으로 무마되어 필화사건과는 관계가 없었다. 문제는 「오적」이 야당의 기관지에 수록되었다는 것, 이는 곧 야당의 정치적 투쟁에 활기를 불어넣을 소지가 있었으며, 그리하여 1969년 9월 10일 통과한 '3선개헌안'

---

3) 70년대 주요 필화사건의 구체적 내용은 서로 다르지만, 공통점으로 지적할 수 있는 것은 모두 70년대의 폭압적이고 타락한 현실에 대해 문학적으로 대응하였다는 점이다. 70년대 초반 김지하의 담시(譚詩) 「오적(五賊)」과, 70년대 중·후반 양성우의 「노예수첩」 및 「우리는 열번이고 책을 던졌다」란 시와 박양호의 단편 「미친 새」는 필화사건과 연루된 대표적 사례다. 양성우와 박양호의 필화사건의 개요에 대해서는 한국기독교교회협의회 인권위원회 편, 『1970년대 민주화운동』 2권, 1986, 1634~1648쪽 참조.

4) 이것은 김지하의 「오적」이 발표되기 전 이미 1970년 1월 5일 대통령이 고급공무원, 기업체 경영자, 여당 간부 등에게 호화주택을 처분하라고 명령하였고, 사정 당국은 사회지도층 인사 300명의 호화생활에 관한 조사에 들어갔다는데서 알 수 있듯이, 「오적」의 내용 자체가 직접적인 필화사건의 원인으로 작용한 것은 아니다.

에 토대를 둔 장기집권의 행보에 장애물이 될 수 있다는 점 등이 복합적으로 개입되면서 김지하의 「오적」은 필화사건을 맞은 것이다.[5] 즉 「오적」은 당시의 정치적 사건으로 변질되면서 유신체제의 민족문학운동의 맨 앞자리에 놓이게 된다.

이처럼 남정현과 김지하로 대표되는 국가보안법과 연루된 필화사건에서 단적으로 알 수 있듯이, 한국문학에 대한 국가보안법의 철저한 탄압은 반공주의를 전가의 보도처럼 휘두르는 가운데 국가의 지배권력에 대한 철옹성을 구축시키는 데 혈안이 되어 있었다.[6]

2) 분단체제 극복의 문학활동에 대한 국가보안법의 탄압

한국문학사에서 필화사건은 한국문학에 대한 국가보안법의 탄압을 극

---

5) 김지하의 「오적」이 신민당 기관지 『민주전선』 6월 1일자에 실린 후 6월 2일 새벽 중앙정보부와 종로경찰서 요원들에 의해 기관지 10만부가 압수되고, 김지하를 비롯하여 『사상계』의 대표 부완혁, 편집장 김승균, 『민주전선』 출판국장 김용성이 구속된다. 그리고 『사상계』는 판매금지를 당한다. 이후 『사상계』는 야당의원의 자금지원이 밝혀지면서 잡지등록이 말소된다. 「오적」과 관련된 필화사건의 개요에 대해서는 홍정선, 「어둠의 산맥을 넘어 횃불을 들고」, 『작가세계』, 1989년 겨울호; 미야다, 「김지하 약전」, 『김지하—그의 문학과 사상』, 세계, 1985; 「〈오적〉〈비어〉 필화사건에 대하여」, 『한국문학필화작품집』, 황토, 1989 등을 참조.

6) 물론 한국문학에 대한 국가보안법의 탄압 과정에서 일어난 필화사건은 전두환, 노태우 정권 하에서도 예외가 아니다. '국가보안법의 시대'라고 불리우던 전두환 정권 아래 일어난 필화사건으로는 이산하의 서사시 「한라산」을 말할 수 있다. 「한라산」은 제주 4·3항쟁의 역사적 성격을 민중항쟁이라는 시각에서 쓴 서사시로 무크지 『녹두서평』 창간호(1986.3)에 수록되었다. 검찰은 이 시를 "폭동을 진압한 정부의 조치를 '무차별적 주민학살'으로 묘사·비방하는가 한편 인공기(조선민주주의인민공화국의 깃발)를 찬양"하였다는 혐의로 구속했다. 그런가 하면, 노태우 정권 시절의 대표적 필화사건으로는 오봉옥의 시집 『붉은 산 검은 피』(실천문학사, 1989)를 들 수 있다. 공안당국은 이 시집이 "김일성에 대한 존경심과 그리움을 강도 높게 표현하는 한편 미국을 점령군으로, 소련군을 해방군으로 묘사하며 미국에 대한 적개심을 고취시키는 내용이다."라고 하여 오봉옥과 실천문학사 주간인 송기원을 구속하였다. 공안당국은 이들 작품이 갖고 있는 문학적 진실의 맥락과 그 예술적 형상화의 진정성에 대한 이해 없이 국가보안법의 독소 조항을 무차별적·맹목적으로 적용하면서 레드콤플렉스를 극도로 자극하여 국가의 통치권력을 공고히 다질 따름이다.

명하게 보여주는 대표적 사례다. 그런데 이와 함께 쉽게 간과할 수 없는
게 있다. 국가보안법의 독소 조항으로 인해 한국문학과 관련한 출판에 대
한 대대적인 탄압은 물론, 분단체제를 극복하고자 한 문학인의 활동들을
철저히 억압해왔다는 사실이다. 우선, 1967년부터 1995년까지 국가보안
법을 위반했다고 하여 판례상 인정된 이적표현물(도서, 유인물) 목록 중 주
요 문학 도서 목록을 정리해보면 다음과 같다.

서 명	저자 또는 편자, 발행사	연도	비고
갑오농민전쟁	박태원	90	확정
노동의 새벽	박노해	94	확정
노동해방문학(창간호~91년 1월호)	노동해방문학사	91~92(3심)	확정
노동해방문학의 논리	노동문학사	90(2심)	확정
노둣돌(창간호)	황석영	93(3심)	확정
녹두서평(1,2,3)		93	확정
녹슬은 해방구(2~6)	권운상	94~95	확정
머리띠를 묶으며	박노해	93	확정
문학사회사	김현	93	확정
민들레처럼	박노해	94(2심)	확정
빨치산의 딸	정지아	91	확정
백두산	실천문학사	90(2심)	확정
사람이 살고 있었네	황석영	91	확정
삶의 문학(6, 7)	대전	92	확정
아리랑		85	확정
압록강	최하수	95	미확정
오적	김지하	71/74(2심)	확정
우리들의 사랑 우리들의 분노	박기평	93(2심)	확정
울지않으련다		79/80(3심)	확정
일류사회		79/80(2심)	확정
죽음을 넘어, 시대의 아픔을 넘어	황석영	93	확정
지리산		88~89(2심)	확정
참된 시작		95	확정
태백산맥	김달수	89(2심)	확정
합정		78(2심)	확정

(법원 · 검찰, 「판례상 인정된 이적표현물(도서, 유인물) 목록」, 1997 중에서)

위의 목록은 국가의 공안통치 기관에 의해 압수된 도서 목록 중 법원에 의해 국가보안법에 위배된다고 확정 판결을 받은 문학 도서 목록이다. 위의 목록을 보면서, 한국문학이 무지몽매한 국가의 공안통치 기관에 의해 얼토당토아니한, 얼마나 터무니없는 반문학적 탄압을 받아왔는지를 알 수 있다. 확정 판결을 받은 도서들은 민족민주운동의 일환으로 민족구성원의 참다운 행복과 평화를 갈구하며, 한반도에 짙게 드리워진 분단의 어둠을 걷어내고, 민주화를 염원하는 문학인의 피와 땀이 배어 있는 언어들로 이루어져 있다. 이 언어들을 국가의 공안통치 기관은 초법적 위상을 갖는 무소불위의 국가보안법으로써 옭아매었다.

하지만 양심적이며 진보적 민족지성인 작가들은 결코 국가보안법의 폭력과 위협에 무릎을 꿇지 않았다. 비록 국가권력은 지속적으로 작가들의 언어를 국가보안법으로 해체시키고자 하였지만, 전방위적으로 진행된 작가들의 민족민주운동의 역사적 정당성과 문학적 실천의 의지를 꺾을 수는 없었다. 다음에서 살펴볼 수 있는 작가들의 국가보안법 입건 사례가 이를 말해준다.

성명	직업	일자	연행, 구속사유
고규태	시인	1991.2.17	북한원전 출판 (국가보안법 위반)
강태형	시인	1991.3.27	북한원전 출판 (국가보안법 위반)
신경림	시인	1991.3.27	남북작가회담 예비회담 관련 (국가보안법 위반)
현기영	소설가	1989.3.27	남북작가회담 예비회담 관련 (국가보안법 위반)
김진경	시인	1989.3.27	남북작가회담 예비회담 관련 (국가보안법 위반)
고 은	시인	1989.3.27 / 1989.4.1	남북작가회담 예비회담 관련 (국가보안법 위반)
백낙청	평론가	1989.3.27 / 1989.4.12	남북작가회담 관련 / 남북작가회담 관련
김규동	시인	1989.3.1	범민족대회
황석영	소설가	1989.4	북한방문 (국가보안법 위반)
문익환	시인	1989.4.13	북한방문 (국가보안법 위반)

김사인	시인	1989.5.26 / 1990.1.15	『노동해방문학』관련 / 『노동해방문학』관련
임규찬	평론가	1989.5.26 / 1990.1.15	『노동해방문학』관련 / 『노동해방문학』관련
도종환	시인	1989.6.26	전교조와 관련
윤재걸	시인	1989.7.3	서의원 사건 (국가보안법 위반)
이승철	시인	1989.7.6	북한원전 출판 (국가보안법 위반)
김이구	소설가	1990.12.4	황석영 북한방문기 계간 『창작과비평』 게재 관련
김명식	시인	1990.7.11	시집 『제국의 굴레』 출판 관계 (국가보안법 위반)
손지태	평론가		『노동해방문학』관련
박노해	시인	1991.3.10	사노맹 관련

(박원순, 『국가보안법 연구』 2, 역사비평사, 1992, 194쪽)

국가보안법 위반으로 입건된 사례 하나하나에서 알 수 있듯이, 국가보안법은 작가들의 민족민주운동의 지속적 실천을 탄압해왔다. 여기서 작가들의 문학적 실천에서 결코 간과할 수 없는 것은 온갖 반민족적·반민주적·반인류적 폭압에 대해 작가들은 침묵할 수 없다는 점이며, 말을 할 수 없다고 해서 우두망찰 방관할 수 없다는 점이다. 가령, 남과 북의 대립 갈등을 넘어 한반도의 아름다운 평화 공동체를 꿈꾸는 작가들의 염원이 구체적 행동으로 가시화된 남북작가회담 예비회담을 위한 결단은, 작가들의 작품 창작만이 아니라 문학 활동을 통해 분단체제를 극복하고자 하는 열망의 표출이다. 이것은 황석영과 문익환의 북한 방문을 이해하는 데도 결코 소홀히 간주할 수 없는 맥락이다.

황석영은 1989년 3월 20일 평양을 방문하기 앞서 발표한 '북을 방문하는 나의 입장'이란 글을 통해 그의 순정한 결단을 드러낸다.

저는 정치가도 아니고 무슨 뚜렷한 이념을 따르고 있는 사람도 아닌, 분단된 우리 한반도의 작가입니다. 따라서 저는 분단시대 남한의 작가로서 통일을 절실하게 바라며 또한 실천할 의무가 있습니다. 저는 한반도에서 같은 땅에 살면서도 서로 만나지 못하는 우리 대중의 편이며 미국에 반대하는 아시아 대중의 편이며 무엇보다도 반세기 동안이나 헤어져서 피눈물의 세월을 보내고 있는 이산가족들의 편입니다. 지금부터 우리네 조국 강산은 봄입니다. 봄꽃은 우리 나라 남쪽 끝의 한라산에서부터 피어나기 시작하여 아무런 장애도 없이 휴전선 철조망을 넘어서 북의 백두산 기슭에 피어납니다. 저와 저의 동료들과 민중들은 우리 나라의 산야에 흐드러지게 피어나는 여린 풀꽃들을 눈물이 나도록 사랑합니다. 바로 저들의 재생력이야말로 이 무렵이면 우리 국토를 뒤덮는 외국군의 탱크와 미사일을 이겨낼 위대한 힘이라고 확신하기 때문입니다. 그래서 저는 오늘 북으로 향합니다.[7]

한반도와 아시아의 평화를 염원하는 황석영의 순정은 정치적 이념의 공간을 훌쩍 넘어 북녘의 동포들과 산야를 만나도록 하였던 것이다. 비록 황석영이 국가보안법을 위반했지만, 황석영의 이 순정한 결단은 모든 부정한 것들을 외면하지 않고, 갈등과 대립의 경계를 없애고자 하는 작가의 정치적 행동이며 분단체제를 극복하고자 하는 작가의 윤리 그 자체다. 하여, 국가보안법의 위협과 두려움을 넘어서서 문학의 위대한 불온성을 드러낸, 분단체제를 전복하는 문학의 힘을 드러내었다 해도 과언이 아니다.

이렇게 한국문학은 국가보안법의 지속적인 탄압을 받고 있되, 문학의 저 아름다운 순정의 결단을 실천하는 도정道程 속에서 국가보안법을 내파內破하고 있다.

---

7) 백진기, 「"나의 통일운동은 북의 지령과 무관하다"」, 월간 『말』, 1993. 7. 101쪽 재인용.

3. 분단체제를 넘어선 혹은 국가보안법을 내파(內破)하는 문학운동[8]

그렇다. 한국문학은 그 특유의 역사적 응전을 통해 국가보안법을 균열시키고 해체한지 오래다. 국가보안법이 한국문학을 탄압하면 탄압할수록 그 탄압의 빈도와 강도보다 더 하면 더 했지 결코 낮거나 약하지 않은 응전의 힘을 보여왔다. 그것이 바로 한국문학이 살아있다는 증좌다.

최근 한국문학은 분단체제를 극복하기 위한 괄목할 만한 성과를 보여주고 있다. 이미 낡고 구태의연한 국가보안법을 갖고는 급변하는 한반도와 동아시아의 정세를 섬세히 읽고, 그 미래를 읽어내는 한국문학의 행보를 더디게 할 수 없다. 물론, 1990년대 이후 분단체제를 극복하기 위한 한국문학의 행보가 순탄한 것만은 아니었다. 다소 심하게 얘기한다면, 분단체제를 극복하는 문학운동의 노력이 구두선(口頭禪)에 머무른 감이 없지 않았다. 분단체제를 극복하기 위한 이론적 논의가 진행될수록 '분단체제론'으로 불리우는 고도의 추상화된 이론이 정립되어간 반면, 정작 분단체제를 극복하기 위한 문학운동의 구체성은 모호하다는 비판이 제기되고 있다. 말하자면 분단체제론이 문학운동으로서의 실천성을 내실 있게 보증해내지 못하였다고 할까.

그러던 문학운동은 '6・15공동선언실천을 위한 민족작가대회'(2005. 7.20~25. 이하 '민족작가대회'로 약칭)를 계기로 획기적 전환점에 들어선다. 민족

---

8) 이 부분은 필자의 「21세기의 민족문학운동과 민족문학의 갱신」(『실천문학』, 2005년 겨울호)와 「'6・15민족문학인협회결성', 분단체제를 넘어서는 문화적 과정」(『실천문학』, 2006년 겨울호)에서 이번 발제의 성격과 부합되는 부분을 발췌하여 요약・정리한 것이다.

작가대회는 남과 북을 비롯한 해외 작가들이 만났다는 게 중요한 게 아니라 모국어를 통해 민족문학에 정진해온 작가들 사이의 내면의 교류를 나눔으로써 모국어의 공동체를 회복하기 위한 물꼬를 텄다는 점에서 각별한 의의를 찾을 수 있다. 남과 북은 휴전선이라는 경계를 기준으로 정치적·생활적으로 나뉘어 있지만, 그 경계를 단숨에 훌쩍 뛰어넘을 수 있는 것은 바로 모국어를 함께 사용한다는 대전제가 그 밑바탕에 깔려 있기 때문이다. 모국어의 토양 위에서 세계를 인식하며, 민족의 정서를 형상화화내는 문학이야말로 민족의 화해와 통합을 평화적으로 모색할 수 있는 문학운동의 근간이라고 해도 과언이 아니다.

민족작가대회를 통해 합의한 것 중 '6·15민족문학인협회'를 설립하고 협회의 기관지인 『통일문학』을 발간하기로 한 것은 모국어 공동체의 회복을 위한 실질적 성과물이다. 이 기관지를 통해 남과 북 그리고 해외의 문학적 성과물이 자리를 함께 하는 가운데 민족지성의 내면의 교류와 소통은 더욱 활발해질 것이다. 우리가 기대하는 것은 민족작가대회 이후 이러한 후속조치의 내실화를 통해 남과 북으로 나뉘고, 해외까지 흩어져 있던 모국어 공동체를 회복하는 역사役事가, 분단체제에 균열을 내고, 마침내 분단체제를 허물어뜨릴 수 있는 어떤 동력을 제공해주었으면 하는 바람이다. 말하자면 모국어 공동체의 회복은 분단으로 인한 남과 북의 언어의 이질화를 극복하는데만 의미를 두지 않는다. 한반도를 에워싸고 있는 모순과 갈등의 해결을 위한 평화의 새로운 지평을 모색할 수 있다는 점을 쉽게 지나칠 수 없다.

여기서 모국어 공동체를 회복하는 것은 '동북아시아의 의사소통 능력을 회복하는 것'이며, 이는 결국 한반도를 포함한 동아시아의 문제를 서구에 의존함을 통해서가 아니라 우리민족의 주체적 역량을 통해 해결할 수 있다는 문제의식을 내포한다. 게다가 한반도를 포괄한 동아시아의 의사소통 능력을 온전히 회복하는 일은, 아시아를 비롯한 전세계 민족의 화해·상생·평화의 길을 다지는 것과 무관하지 않다. 무엇보다 최근 중국의 비약적 성장으로 인해 동아시아의 질서가 재편되고 있음을 고려해보건대, 동아시아에 흩어져 사는 우리 민족의 언어에 관심을 갖고 한반도의 언어 공동체와 원활한 소통의 길을 내는 것은, 중화민족주의의 팽창을 막아내면서, 동아시아의 평화를 도모하는 데 중요한 역할을 할 수 있다.

여기서 문학운동의 또 다른 일환으로 『겨레말 큰사전』을 남북이 공동으로 작업하는 데 주목할 필요가 있다. 들리는 말에 의하면, 『겨레말 큰사전』 작업을 위해 남북은 공동으로 한반도를 포함한 해외에까지 우리 민족이 분포되어 있는 곳을 두루 답사하면서, 모국어의 존재와 가치를 새롭게 인식하는 장구한 역사歷史/役事를 기획하고 있다고 한다. 기획이 차질 없이 순조롭게 진행된다면, 이 과정을 통해 모국어 공동체는 온전히 회복될 수 있을 것으로 본다. 그러면서 회복되어 가는 모국어 공동체는 자연스레 분단체제를 동요시킬 것이고, 급기야 분단체제가 해체되는 민족의 경이적 순간을 우리는 맞닥뜨릴 수 있을 것이다.

이처럼 모국어 공동체를 회복하자는 데에는 바로 이와 같은 민족의 현실적 이유들이 존재한다. '6·15민족문학인협회'의 기관지를 통한 남과 북, 그리고 해외 민족문학인들의 실질적 문학교류의 활성화, 『겨레말 큰사전』의 남북공동 편찬 작업 등은 지금까지와 다른 문학운동의 새로운 전기를 마련해준다. 무엇보다 분단체제를 극복하는 움직임이 추상적 이론의 층위에서만 맴도는 게 아니라, 그 구체적인 문학운동의 실천성을 확보한다는 점에서 21세기 민족문학의 갱신을 새롭게 궁리해야 한다. 왜냐하면 지금까지 최량의 민족문학적 성과가 남북 모두 반쪽 자리 국민문학의 성과로서 자족했다면, 이러한 모국어 공동체 회복 운동을 통해 남과 북, 그리고 해외를 포괄하여, 지금보다 한단계 고양된 명실공히 최량의 민족문학적 성과를 통해 '참다운 세계문학'의 또 다른 경지를 모색할 수 있기 때문이다. 사정이 이쯤 되면, 다시 한 번 강조하건대, 분단 60여 년 동안 레드콤플렉스와 반공주의에 기반한 국가보안법은 최근 몇 년 동안 꾸준히 걸어온 문학운동의 행보 속에서 그 실체가 휘발되고 있는지 모를 일이다.

기왕 말이 나온 김에 문학에 의해 분단체제가 동요되고 극복되어가는 또 다른 움직임을 소개해보면, 민족작가대회 이후 후속 조치를 실행하기 위한 것 중 '6·15민족문학인협회' 결성을 준비하는 게 그것이다. 이 과정 속에서 오랜 세월 동안 한국문학을 옥죄었던 국가보안법과 연루된 모든 분단의 억압들은 조금씩 해방되어졌다 해도 과언이 아니다.

'6·15민족문학인협회'가 결성되기까지의 과정은 결코 순탄하지 않았다. 나는 실무회담을 하면서 분단체제가 관념이나 이론이 아닌, 남과 북의 현실 속에서 뚜렷이 목도하였다. 무엇보다 서로 겨레말을 함께 공유하면서도 문학적 이념과 그 표현에서 명확히 다를 수밖에 없는 데 대한 이해의 과정은 말처럼 쉬운 일이 아니었다. 그렇다고 쉽게 체념을 하거나 포기하지도 않았다. 협회를 결성하는 것도 중요하지만, 결성 과정에서 남과 북이 서로의 입장을 충분히 이해하는 시간에 익숙해지는 게 바로 남과 북의 통일을 실천하는 문화적 과정이라는, 소중한 진실을 체득할 수 있었다. 우리는 욕심을 크게 내지 않았다. 작은 것부터 확인하고, 차이가 있으면, 그 차이들을 충분한 대화를 통해 이해시키려고 하였다. 때로는 허탈해하기도 하였고, 때로는 분노하기도 하였고, 때로는 기뻐하기도 하였다. 가령, 협회의 규약을 검토하는 과정에는 서로의 문학적 입장이 첨예히 부딪치기도 하였다. 남측 문인들의 입장에서 볼 때 협회의 규약은 남측 문학의 정서와 동향에 부합되지 않은 측면이 있다. 북측의 정치적 구호가 완전히 걸러지지 않았다고 비판하는 것은 어쩌면 당연한 일이다. 하지만 북측 역시 협회의 규약은 그들의 관점에서 볼 때 유약하다고 볼 수 있다. 오랫동안 조직의 틀 속에서 강화된 규약을 생활화해온 북측의 문인들에게 협회의 규약은 그 강화 정도에서 남측보다 상대적으로 약화된 것으로 비쳐질 수 있다는 점을 남측 문인들은 대승적 입장에서 이해해야 하지 않을까. 실제로 규약의 문안을 남북 양측이 검토하는 과정 속에서 쌍방은 서로를 이해할 수 없다고 얼굴을 불키기도 하였으며, 간혹 고함을 지르기도 하였고, 서로의 입장을 완강히 고수하기도 하였다. 하지만 남북의 문학인들은 이 모든 갈등의 과정이 번거롭다며 회피하지 않았다. 이 과정을 인내하고 슬기롭게 극복하는 게 바로 남북 문학 지성들이 할 수 있는 일이며, 협회 결성 후 문학인들이 문학적 실천을 통해 분단체제를 넘어 평화체제를 추구하는 일과 무관하지 않다고 생각하였기 때문이다.

협회 결성 이후 많은 사람들이 기대와 걱정을 하고 있다. 앞으로 협회는 『통일문학』이라는 기관지를 발간하고, 〈6·15통일문학상〉을 제정하기로 하였다. 어느 것 하나 쉬운 일이 아니다. 협회를 결성하기까지의 과정에서 짐작해볼 수 있듯, 어쩌면 더 힘든 과정을 거쳐야 할지 모른다. 더 많이 부딪치고, 더 많이 갈등하고, 더 많이 이해해야 하고, 더 많이 시간을 투자해야 할 것이다. 언어를 질료로 하는 문학인 만큼 남과 북의 언어에 깃든 문학적 실재와 표상은 이제야말로 한데 뒤섞이는 고통을 겪어야 할 것이다. 아름다운 고통을 견뎌야 할 것이다. 결성식을 치른 후 가진 '문학의 밤'에서 남측의 이재무 시인은 "북에서 흘러온 물과 / 남에서 흘러온 물이 / 연대와 결속의 한 몸으로 스끄럼을 짜 / 어기영차 한 바다 향해 / 힘차게 행진하는 것을 보아라 / 조국의 바다, 조국의 미래가 멀지 않다 / 조금만 더 힘을 내어라, 조금만 더 수고하여라, / 흐르는 물은 쉴 수가 없다"(「흐르는 물은 쉬지 않는다」)고 노래했다. 이제부터 조금만 더 힘을 내어야 할 것이다. 그러다보면, 어느 순간, 그토록 꿈에 그리던 남과 북의 통일은 자연스레 우리들 곁에 와 있을 것이며, 호들갑을 떨지 않고, 너무도 자연스레 남과 북은 평화로운 사회를 살 수 있을 터이다. 또한 그러다보면, 남과 북의 뒤섞인 문학은 그동안 우리에게 낯익은 서구 미학의 전횡적 질서를 넘어서서 참다운 세계문학의 또 다른 지평을 열어보일 수도 있을 터이다. 협회 결성 과정에서 어려운 순간도 있었으나, 남과 북이 모두 그 특유의 낙관적 희망의 저력으로써 난관을 헤쳐왔듯이, '6 · 15민족문학인협회'가 조급하지 않게 넉넉한 품새로써 이와 같은 민족적 · 미학적 문제들을 좀더 높은 차원에서 해결할 수 있도록 우리 모두 관심을 갖고 애정을 쏟았으면 하는 마음 간절하다.

요컨대, 한국문학은 이렇게 더지지만, 결코 더디지 않은 문학운동의 행보 속에서 분단체제를 넘어서고 있으며, 외형적으로 존재하는 국가보안법을 슬기롭게 넘어서고 있다. 국가보안법은 더 이상 한반도와 아시아, 그리고 인류의 평화를 꿈꾸는 문학의 저 활달한 행보를 멈추게 하지 못할 것이다.

4. 단호하게 말한다 : "국가보안법을 전면 폐지하라!"

최근 한반도의 남북 관계는 6자회담의 순항과 2차 남북정상회담의 실시로 인해 화해의 급물살을 타고 있다. 물론, 수구 냉전적 시각을 완강히 고집하고 있는 극우보수주의자들은 예전에도 그렇듯이 여전히 변하지 않는 대북 인식을 갖고 있다. 하지만 한반도의 대다수 양심적 주민들은 어떻게 하는 것이 한반도의 항구적인 평화를 정착시킬 수 있는 것인지를 너무나 잘 알고 있다. 대립과 반목으로 인한 적대적 공존을 유지하는 게 아니라 서로의 존재 가치를 인정하며, 평화와 상생의 길을 슬기롭게 모색하는 것만이 한반도에서 전쟁의 위험을 불식시키고, 민족구성원의 행복한 삶을 누리도록 할 수 있다.

이번 남북정상회담에서 발표한 '남북관계 발전과 평화번영을 위한 선언'의 8개 항목 중 두 번째 항목에서 남북의 정상들은 "남과 북은 남북관계를 통일 지향적으로 발전시켜 나가기 위하여 각기 법률적 · 제도적 장치들을 정비해 나가기로 하였다."는 것을 천명하였다. 정상회담 이후 국정원장은 국회 정보위 비공개 전체회의에서 출석하여, "북한도 노동당 강령이나 규약 그리고 형법 조항을 개정해야 하지만 동시에 남한도 이에 상응해 국가보안법을 개정하는 작업을 해야 한다."[9]고 말한바, (낙관적인 입장에서) 어떻게 해서든지 국가보안법은 예전의 틀을 지닐 수는 없을 터이다.

---

9) 「김 국정원장 "북 노동당강령 개정에는 남보안법 상응조치 필요"」『국민일보』, 2007. 10.8. 참여정부의 김만복 국정위원장의 이 같은 발언은 유수 일간지를 비롯한 각종 인터넷 미디어를 통해 국민들에게 널리 알려졌다.

국가보안법이 한반도의 남측 주민들의 인권을 유린하고 정권안보의 차원에서 활용되었다는 것은 삼척동자도 다 아는 사실이다. 하여, 참여정부는 '4대 개혁입법(국가보안법 폐지, 과거사 정리, 사학개혁, 언론개혁)'을 추진한다고 하여, 국가보안법을 폐지한다고 하였지만, 다 알다시피 국정의 미숙한 운영으로 인해 국가보안법의 폐지는 고사하고 이렇다할 개정도 못한 채 국가보안법을 존속시켰던 셈이다. 참여정부 이후 이명박 정부에서도 국가보안법의 개폐정 작업이 수월하지 않은 것은 엄연한 현실이다. 앞서 살펴보았듯이, 이미 문학은 국가보안법의 개폐정 작업을 무색케 할 정도로 남과 북의 문학교류 속에서 모국어에 드리워진 휴전선을 걷어내고, 내면의 대화를 나누고 소통의 길을 모색하고 있다. 한반도의 남과 북의 관계는 이제 더 이상 국가보안법의 개폐정 작업을 뒤로 미루고 있을 만큼 한가롭지 않다. 다시 말하지만, 남과 북의 관계 진전에 가장 큰 걸림돌이 되고 있는 법률적 제도적 장치들을 과감히 정비해나갈 때 통일은 구호 차원이 아니라 한반도의 남과 북 주민들의 일상 속에서 자연스레 뿌리내릴 것이다. 이제 더는 멈칫해서도 안 되고, 지레 포기해서도 안 된다. 너무나 명약관화하지 않은가. 문학을 포함한 문화예술인들은 문화예술의 창조적 가치로서의 위엄을 갖고, 단호하게 말한다.

국가보안법을 즉각 폐지하라. 국가보안법은 더 이상 법률로 존속되어서는 안 된다. 국가보안법은 청산해야 할 구시대의 유물이며, 이제 한국 사회는 이 늙고 추한 악법의 굴레를 걷어내고 화해와 평화를 향해 한 발자국씩 나아가야 한다. 우리 문화예술인들은 다시 한 번 시급하고 강력하게 반문화 · 반인권 · 반민주 악법 국가보안법의 폐지를 요구한다. 그리고 국가보

안법의 완전한 폐지가 이루어질 때까지, 우리 문화예술인들은 모든 노력을
다할 것임을 밝히는 바이다.

　　ー「국가보안법 폐지 문화예술인 선언문 : 국민의 문화적 권리를 억압하는 반문화 ·

　　반민주 · 반인권 악법 국가보안법은 폐지되어야 한다」(2004.9.22) 중에서

（『리토피아』, 2008년 봄호）

2부

세계의 고통「들」과 현실의 진전

주체와 '현실'의 진전을 기획하며

1. '현실수리적現實受理的 태도'를 부정하는

누구든지 자기가 '현실'을 살고 있다는 것 자체를 부정하지 않는다. 문제는 그 '현실'의 성격이다. '현실'을 구성하고 있는 물질성을 구체적으로 어떻게 인지하고 있느냐에 따라 '현실'을 살고 있는 자는 '현실'과의 관계를 조율할 수 있다. 물론, '현실'은 어떤 정태적인 그 무엇이 결코 아니라 무한한 어떤 동력으로써 변화와 변동의 가능성을 지니고 있어, '현실'과의 관계를 조율하는 일이 좀처럼 쉬운 것은 아니다. 그런데 우려되는 것은 '현실'의 압도적 위세에 지배당하는 가운데 '현실'과의 관계를 조율하는 것을 포기하는, 달리 말해 '현실'과 길항拮抗하는 주체적 입장이 소멸함으로써 '현실'에 속수무책으로 휘둘릴 수밖에 없는 삶이 '지금, 이곳'에 아주 자연스레 팽배해지고 있다는 점이다.

여기서 '현실'과의 관계를 조율한다는 것은 곧 '현실'과 길항하는 주체적 입장을 정교하게 가다듬어야 한다는 것과 무관하지 않다. 그렇다. 내가 각별히 관심을 기울이는 것은 '현실'에 부유(浮遊)하며 존재하는 주체가 아니라, '현실'과 밀착하여 길항하는 주체다. 이렇게 '현실'과 힘겹게 길항하는 주체야말로 '현실'을 구성하고 있는 복잡다변한 물질성을 구체적 삶의 실재로 인지한다. 아무리 더는 세상에서 자명한 것은 존재하지 않는다고 하지만, 다양한 주체들은 지금도 어디에선가 자신의 '현실(의 물질성)'과 끊임없이 부대끼며 '현실'과의 관계를 주체적으로 조율하고자 안간힘을 쓰고 있다. 이 조율의 과정 속에서 그들은 자신뿐만 아니라 '현실'의 진전을 기획하고 꿈꾼다.

그런데, 혹자는 의구심을 품는다. 과연, 2000년대를 살고 있는 우리들에게 주체와 '현실'은 길항의 관계에 놓여 있는가. 주체와 '현실'을 진전시키는 기획과 꿈은 가능한가. 날이 갈수록 전지구적 자본주의 세계체제의 위력이 맹위를 떨치고 있는 저간의 정황을 염두에 둘 때, 주체가 조율할 수 있는 '현실'이 과연 존재하기라도 한 것인가.

사실 이 같은 일련의 의구심은 우리가 놓인 현실의 국면을 조금만 성찰해보면 간단히 치부해버릴 성질의 문제가 아니다. 세계자본주의 체제의 하위체제인 분단체제로 빚어진 온갖 삶의 문제들은, 북한의 핵실험과 6자회담의 형식으로 그 가시적 모습을 보이고 있으며, 한미 FTA는 그동안 지식사회의 담론에서 곧잘 논의되던 신자유주의 경제질서를 우리의 일상의 생활감각으로 구체화시키는 계기가 되었으며, 2007년 대통령선거를 향한 정치권의 복잡한 이해관계 아래 현실 정치에 대한 국민의 혐오와 부정적 인식은 더욱 팽배해지고 있으며, 경제적 양극화 현상의 가속도는 꺾일 줄 모르고, 사회적 기득권을 갖고 있는 자들은 더욱 자신들의 물질적 혹은 상징적 권력을 공고히 하는 제도적 장치를 마련하는 데 여념이 없으며, 성찰적 문화 감각이 결핍된 키치적 문화 감각이 대중문화의 융단폭격 아래 우리 문화의 빈곤함을 더욱 부채질하는 등 우리는 '현실의 과잉'을 살고 있다. 말하자면 '현실의 과잉'이 주체를 압도하고 있는 형국이랄까. 그러다보니, 주체는 슬그머니 그 자취를 감춰버린 채 '현실의 과잉'만이 난무하는 '현실답지 않은 현실'이 마치 삶의 실재인 것인 양 우리의 삶의 지평을 뒤흔든다. 하여, '현실의 과잉'을 사는 것만이 우리에게 남겨진 아주 자연스러운(?) 삶이며, 그 '현실의 과잉' 속에서 주체는 휘발되고, 주체의 흔적만이 남겨진 가운데, 그렇게 '현실답지 않은 현실'을 취급하는 (반주체 혹은 탈주체의) 미학이야말로 지극히 현실적인 미학이라는 요설을 낳는다. 물론, 나는 이러한 미학 자체를 전적으로 부정하지는 않는다. 하지만 '현실의 과잉'을 전복시킴으로써 '현실'의 복잡다변한 속성을 응시하고, '현실'과 길항하면서 조율하는 관계를 통해 '현실'을 더욱 섬세히 성찰하고 주체와 '현실'의 진전을 기획하는 미학이 아니라, '현실의 과잉'을 어쩔 수 없는 것으로 간주하는, 즉 '현실수리적現實受理的 태도'에 알리바이를 제공하는 미학이야말로 당대가 요구하는 미적 대응이라는 데 대해 동의할 수 없다. '미적 대응'이기는커녕 '미적 포즈'에 불과하기 때문이다.

나는 이 글에서 저간의 급변한 '현실'에 대응하는 우리 소설을 통해 주체가 '현실'에 구체적으로 어떻게 길항하고 있으며, 주체는 '현실'과 어떠한 조율 관계에 있는지를 살펴보기로 한다. 이 과정 속에서 혹시 최근에 우리 소설에서 망실되고 있는 주체와 '현실'의 진전을 향한 기획과 꿈을 모색했으면 한다.

2. '현실의 과잉'에 휩쓸리지 않는 주체

흔히들 읽을 만한 소설이 없다고들 얘기한다. 소설 시장에 다양한 작품들이 선보이지만, 독자에게 새로운 인식적 충격을 던져줌으로써 인간의 삶을 반성적으로 성찰케하는 계기를 부여하는 좋은 작품을 만나기 힘들다고 한다. 이제 더는 독자들은 '출판사—비평가—언론'에 의한 작품 평가를 전폭적으로 신뢰하지 않는다. 그들은 출판상업주의의 이해관계에 따라 미적 완성도가 취약한 작품이 기대 이상으로 평가절상되는 데 대해 실망한다. 공통의 미적 윤리 감각이 부재하고 작품에 대한 비평적 판단이 실종된 가운데 독자들은 좋은 작품을 읽는 욕망을 스스로 거세시켜 버린다. 현재 소설이 직면한 위기를 다각도로 진단해볼 수 있는데, 무엇보다 단순 명쾌한 진단은 소설의 가치를 보증할 만한 작품이 쓰여지고 있지 않다는 점과 출판상업주의에 의해 지나치게 평가절상된 작품이 마치 당대의 미적 완성도를 보여주는 것인 양 모든 문학적 권위를 독식하려는 폐단이다. 이 과정에서 우려되는 것은 정작 주목되어야 할 좋은 작품이 사회적 공명共鳴을 일으켜, 그 미적 파장이 동시대 독자에게 새로운 인식적 충격을 주어야 함에도 불구하고 그 어떠한 사회적 공명도 울리지 못한 채 소설 시장에서 잘 팔리지 않는 천덕꾸러기 신세로 전락하고 있다는 점이다. 악화가 양화를 구축하는 측면에서 소설도 예외일 수 없다.

하지만 이러한 소설의 위기 속에서도 좋은 작품을 발견하는 비평적 노력을 포기할 수 없다. 김원일의 장편소설 『전갈』(실천문학사, 2007)과 안재성의 장편소설 『경성트로이카』(사회평론, 2004)는 소설이 '현실'과 어떻게 힘겹게 고투하고 있는지를 보여주는 리트머스지 역할을 맡는다. 김원일과 안재성에게 소설은 현실과 대결하는 도구이면서 주체가 현실을 새롭게 발견하고 재구성하는 역할을 하도록 한다. 그들은 그동안 우리가 망실하고 있던 역사의 시공속에 숨죽여온 현실을 만난다. 그토록 망각하고 싶은 현실을 집요하게 마주한다.

김원일의 『전갈』을 통해 우리는 역사의 아픈 상처들을 환기해낸다. 삼대三代의 파란만장한 삶의 궤적 속에서 특정한 세대의 역사적 현실은 그 세대만의 몫이 아니라 다른 세대가 짊어져야 할 역사의 현실과 분리할 성질의 문제가 아니라는 것을 알 수 있다. 특히 작가가 작중 인물의 시선을 빌려 각별한 관심을 기울이고 있는 중국 동북 지역의 항일독립운동에 대한 정밀한 서사적 탐구는 우리 소설의 영토를 확장시킨다는 차원에서 매우 중요한 의미를 갖는다. 그동안 항일독립운동을 다룬 소설이 없는 것은 아니되, 김원일의 『전갈』은 항일독립운동사에서 본격적으로 조명되지 못한 중국의 동북 지역을 중심으로 활동한 무장독립투쟁사에 주목한다. 김원일은 한반도의 시각에 갇혀 소홀히 여긴 중국 동북 지역의 광활한 대지의 기록에 깊은 관심을 갖는바, 국민국가의 경계(=국경)에 의해 우리 스스로의 역사적 현실 속에서 망각되기를 강요받아온 그곳의 역사와 연루된 과거의 현실들을 복원하고자 한다. 그 복원을 통해 묻혀온 한 개인의 역사적 현실을 새롭게 발견하여 재구성하고자 한다. 하여, 일제의 식민지 근대의 야만과 폭력의 습성을 전유한 우리 내부의 치명적 독성을 발견한다. 이 무서운 독성은 다음 세대에게 전해져 개발독재시대를 지탱시켜준 반공주의와 공업화의 기치를 내세운 국가발전주의의 맹독으로 변질된다. 따라서 이 맹독에 치명상을 입지 않기 위해서는 숨을 죽이고 국가발전주의 지상명령에 복종할 따름이다. 근대화와 천박한 자본주의의 흐름에 온몸을 내맡길 따름이다.

그동안 분단문제에 천착한 김원일의 서사가 『전갈』을 통해 소설적 공간이 확장되면서 우리 사회에 잠재되어 있는 치명적 맹독이 식민지 근대의 야만과 폭력으로부터 그 문제점을 새롭게 발견하고 있다는 점은, 좋은 소설이 왜 읽을 만한 가치가 있는가 하는 문제를 곰곰이 생각하게 한다. 망각의 강요와 싸우는 역사적 현실, 그 역사적 현실의 틈새에 자리한 주체의 진실을 탐구하는 서사적 의지야말로 김원일의 『전갈』에 눈길을 좀처럼 뗄 수 없는 이유일 터이다.

이것은 안재성의 『경성트로이카』에도 고스란히 해당된다. 안재성은 이 소설을 통해 일제의 식민지 근대를 전복시키고자 한 지하혁명조직인 '경성트로이카'의 활동을 서사적으로 복원한다. '경성트로이카'란 지하혁명조직은 허구적 실체가 아니라 1930년대에 항일독립운동을 했던 숱한 지하혁명조직 중 그 실체가 뚜렷한 조직이다. 안재성에 의해 '경성트로이카'는 역사 속에서 존재하는 혁명조직 중 하나가 아니라 일제의 식민지 근대를 발본적으로 전복시키고자 한 혁명가의 열정이 숨쉬는 실체로 그 위상이 재조명된다. 하여, 안재성은 "이상이라는 이름의 창을 움켜쥐고 패배라는 운명을 뒤집어쓴 채 목숨을 던져 싸우려는 것 같은 주인공들의 모습"에서 부정한 현실을 혁명적으로 넘어서고자 하는 자들의 아름다운 모습을 만난다.

여기서 눈여겨보아야 할 것은 일제의 식민지 근대를 전복시키려는 '경성트로이카'의 활동은 어디까지나 이른바 '조선식 공산주의'를 통해 항일 독립운동을 벌여나갔다는 사실이다. 식민통치를 벗어나기 위한 많은 노력들 중에서 '경성트로이카'의 이 같은 움직임이 분단의 엄혹한 현실을 살고 있는 우리들에게 오랫동안 망각되기를 강요당해온 것은 안타까운 일이 아닐 수 없다. 이것은 '경성트로이카'가 꿈꿔온 현실을 망각하는 것이며, 식민지 근대를 극복하고자 한 여러 가능성의 길들을 봉쇄한 것이나 다름이 없는 셈이다. 안재성의 소설은 바로 이 같은 점을 경계하고 부정한다. '경성트로이카'를 통해 식민지의 현실은 또 다른 각도에서 새롭게 해석되어야 하는바, 이것은 현재진행중인 식민지 근대의 담론에 대한 '현실수리적現實受理的 태도'를 부정할 수 있는 또 다른 실천적 이론의 지반을 제공해줄 수 있다.

요컨대 김원일의 『전갈』과 안재성의 『경성트로이카』가 다루고 있는 소설적 진실에서 간과할 수 없는 것은, 역사적 현실과의 힘겨운 싸움을 결코 포기하지 않는 인물의 열정이다. 아무리 현실이 주체가 감당할 수 없는 버거움 그 자체라 할지라도 그들의 인물은 '현실의 과잉'에 무릎을 꿇지 않는다. 두 장편소설에서 다루고 있는 식민지 근대의 야만과 폭력은 '현실의 과잉' 자체인데, 주체가 '현실의 과잉'에 휩쓸리는 게 아니라 그러한 역사적 현실을 해체하고 재구성하려는 욕망을 간직하고 있다. 비록 두 소설 속 인물들이 파란만장한 역사의 흐름 속에서 희생당할 수밖에 없는 처지였지만, 역사의 광폭한 현실을 견디며 살아간 자의 삶의 엄숙성이야말로 '현실의 과잉'을 넘어설 수 있는 윤리적 결단의 아름다운 힘을 발견토록 한다.

3. '과정으로서의 통일'을 향한 '통일문학'의 행보

'현실'처럼 막연한 말도 없다. 그래서 나는 이 글의 서두에서 '현실'을 구성하고 있는 물질성에 초점을 두어야 한다는 다소 상식적인 입장을 개진하였다. 이 물질성을 구체적으로 파악할 경우 '현실'은 모호한 관념태가 아니라 삶의 실감으로 포착된다. 여기서 우리가 살고 있는 '현실'을 한반도라는 지정학적 관점으로 파악하고, 한반도가 직면하고 있는 온갖 정황을 가만히 응시해본다면, 우리의 '현실'은 좀더 분명한 꼴로 다가온다. 한반도는 분단의 시대적 질곡을 감내하고 있으며, 전지구적 자본주의 세계체제의 하위체제인 분단체제에 놓여 있다. 때때로 우리는 이러한 한반도의 '현실'을 망각하고 살고 있는 게 사실이지만, 한반도를 중심으로 하여 전개되고 있는 역사의 국면들은 우리의 '현실'이 분단체제와 무관한 상태에 있지 않음을 여러 실증적 사례를 통해 목도하도록 한다.

그런데 다행스러운 것은 분단체제가 흔들리고 있는 징후들이 곳곳에서 발견되고 있다는 점이다. 새삼 강조할 필요도 없이 이른바 6·15시대가 펼쳐진 이후 그토록 견고했던 분단체제는 흔들리는 조짐을 보이며, 한반도의 평화를 구축하기 위한 남북 쌍방의 지혜와 노력이 요구된다는 점을 공유하기에 이르렀다. 하여, 남과 북은 민간차원에서 활발한 교류를 통해 서로의 차이를 조율하는 '과정으로서의 통일'을 향한 행보를 내딛기 시작하였다. 그 모범적 사례는 바로 문학이라 해도 과언이 아니다.

남과 북은 각종 문학 교류를 통해 중요한 가시적 성과를 이미 내놓은 바 있다. 2005년에 평양에서 열린 '6·15공동선언실천을 위한 민족작가대회'에서 남과 북의 작가들은 모국어에 드리워진 휴전선을 걷어내 '분단문학'을 넘어서서 '통일문학'의 지평을 열어갈 뜻 깊은 만남을 가졌다. 그리고 분단 60년만에 민간단체로서는 최초로 남북한 단일 문인조직인 '6·15민족문학인협회'가 2006년 10월 30일 금강산에서 결성되어, 이후 남과 북의 '통일문학'의 물꼬를 실질적으로 트기 시작하는 장도長途에 오르게 되었다.

그런데 정작 중요한 문제는 여기서부터다. 지금까지 힘들게 교류를 해온 문학적 성과들은 어디까지나 '과정으로서의 통일'을 향한 행보의 일환인바, 남과 북의 문학적 실체(작가와 작품)를 한반도의 주민들이 직접 접촉함으로써 서로의 일상을 때로는 정감적 차원에서 때로는 인식적 차원에서 이해하는 소통의 길을 내어야 한다. 말하자면 그동안 소수의 연구자들을 제외하고는 한반도의 주민들 대다수가 자유롭게 남과 북의 문학을 접촉할 수 있는 기회가 봉쇄당해왔는데, 지금부터는 한반도의 주민이 남과 북의 문학을 직접 접촉하는 기회를 가짐으로써 자신도 모르는 새 분단체제가 허물어지는 '과정으로서의 통일'에 동참할 수 있는 길이 열린 셈이다. '6·15민족문학인협회'가 설립된 마당에 이러한 문학교류를 구체적으로 실천하기 위한 지혜가 요구되는 것은 바로 이러한 이유 때문이다.

여기서 우리는 6·15시대에 걸맞는 두 작가의 소설을 눈여겨볼 필요가 있다. 정도상의 두 단편 「소소, 눈사람이 되다」(『창작과비평』 2006년 봄호)와 「함흥 · 2001 · 안개」(『문학수첩』 2006년 여름호)를 비롯하여, 전성태의 단편 「목란식당」(『창작과비평』 2006년 겨울호)이 그것이다. 그들의 소설을 통해 우리는 아직까지 익숙하지 않은, 한반도의 북녘 사람들의 삶의 편린을 살펴볼 수 있다. 특히 정도상에 의해 쓰여지고 있는 소설은 중국과 접해 있는 국경 마을에서 이루어지고 있는 북녘 사람들의 고통스러운 현실을 정직하게 응시하고 있다는 점에서 주목할 만하다. 그동안 언론에서 탈북자의 문제를 다룬 적은 있되, 그 대부분의 접근 시각은 우리보다 경제적으로 열악한 처지에 놓인 데 초점을 맞추거나, 서구의 관점에서 본 인권의 측면에 초점을 맞춘 것인 반면, 정도상의 소설에서는 탈북자가 직면하고 있는 삶의 구체적 실상 — 작중 인물 충심은 자진해서 탈북한 게 아니라 경제적 궁핍 상태에서 조선족 인신매매단에게 강제로 납치당해 국경을 넘게 되어 중국에서 힘든 삶을 살아간다. — 에 초점을 맞추고 있다. 무엇보다 그동안 탈북자에 대해 일반적으로 갖고 있는, 북측에 대한 남측 우월주의의 관점에 의한 게 아니라 탈북자의 삶의 진실을 통해 그 삶을 온전히 이해하려는 작가의 관점이 주목된다. 즉 정도상은 지금까지 우리 언론에 의해 일방적으로 비쳐진 탈북자의 모습(북한 체제에 대한 극심한 혐오와 경제적 궁핍에서 벗어나려는 욕망)에서 벗어나, 탈북자의 또 다른 삶의 구체성을 보여줌으로써 탈북자에 대한 우리의 편견과 선입견에 반성의 계기를 부여한다. 여기서 북녘 사람들의 현실을 우리의 작가들이 어떻게 섬세히 접근해야 하는지를, 정도상의 두 단편은 여실히 보여주고 있다.

이런 맥락에서 전성태의 단편 「목란식당」은 북녘 사람들에 대해 우리가 얼마나 왜곡된 견해를 갖고 있으며, 천박한 자본주의 논리로써 북녘 사람들의 삶과 현실을 단정적으로 규정짓고 있는지를 반성토록 한다. 몽골로 관광을 간 남측 교인들은 호기심으로 평양에서 공훈요리사가 요리를 만든다는 '목란식당'을 찾았는데, 공훈 요리사의 요리가 아니라는 사실을 알게 된 후 '목란식당'에 대한 불쾌감을 노골적으로 드러낸다. 거짓말을 한 '목란식당'은 곧 사탄과 다를 바 없는 절대악으로 취급되고, 그것은 이내 교인들의 해묵은 레드콤플렉스를 자극한다. 남측 교인들에게 '목란식당'은 음식을 먹는 식당이 아니라 조국과 민족의 생존을 위협하는 "사악한 사탄의 마음"을 간직한 정치 이데올로기적 대립 공간으로서 그 성격이 바뀐다. 즉, '목란식당'은 남측 교인들에 의해 어처구니 없는 정치적 갈등의 이념적 공간으로 탈바꿈한다. '목란식당'은 불순한 곳이며, 조국의 안보를 위협하는 정치적 공간이라는 해석이 순식간에 남측 교인들의 인식을 지배한다. 전성태가 주목하는 것은 북측 혹은 북녘 사람들의 현실에 대한 남측의 견강부회식 정치적 판단이 초래하는 '현실의 과잉' 그 문제점이다. 전성태의 문제의식은 명료하다. 남과 북의 현실을 과잉 상태가 아닌 '정상 상태'로 인식하는 게 중요하다. "목란은 그냥 식당인데……"라는 작중 인물의 발언이 예사롭지 않게 들리는 것은, 남과 북의 현실을 축소하거나 과장되지 않게 객관적 태도로 인식하는 데서부터 분단을 넘어 '과정으로서의 통일'을 살아가는 일상이 자연스러워질 것이기 때문이다.

우리는 정도상과 전성태의 소설을 통해 6·15시대의 '통일문학'이 선언의 차원에서 그칠 게 아니라 남과 북이 서로의 현실을 온전히 이해하는 객관 타당한 시선으로써 한반도 주민의 행복한 삶을 꿈꾸는 계기를 모색해야 한다는 귀중한 성찰에 이른다. 바로 이것이 '과정으로서의 통일'을 향해 남과 북의 문학이 함께 걸어가야 할 아름다운 행보가 아니겠는가.

4. 복잡다변한 '현실'에 대한 젊은 작가들의 미적 대응

올해는 1987년 6월 항쟁 20주년을 맞이하는 뜻 깊은 해이다. 그동안 우리 사회는 다양한 분야에서 민주주의 역량을 길러왔으며, 피와 땀으로 쟁취한 민주주의의 성과에 만족하지 않고 민주화 이후의 진보 사회 풍토를 정착하기 위해 많은 노력을 쏟아왔다. 물론 그동안 진행되어온 민주화를 향한 노력이 기대 이상의 성과를 이룬 것도 있지만, 기대에 터무니없이 미치지 못한 것 또한 엄연한 사실이다. 민주화 이후의 민주주의를 우리 사회에 뿌리내리도록 하는 일은 그렇게 간단한 문제가 아니다. 기회가 있을 때마다 민주화에 역행하는 퇴행적 움직임들이 여전히 우리 사회의 진보를 향한 행보를 더디게 한다.

최근 젊은 작가들에 의해 쓰여지는 소설은 이 같은 우리 사회의 '현실'의 풍경을 다채롭게 보여준다. 심윤경, 박금산, 이재웅, 김재영, 김이은, 김서령 등의 소설은 어떤 유형의 틀로 범주화할 수는 없다. 하지만 그들의 소설은 복잡다변한 '현실'과 부대끼는 것 자체를 외면하지 않는다는 점에서 각별하다. 무엇보다 그들에게 '현실'은 단수가 아니라 복수의 형태로 존재한다. 따라서 '현실'과 대응하는 방식 또한 천차만별일 수밖에 없다. 전근대적 문체를 자유자재로 활용하면서 근대로 불거진 문제적 현실을 예각적으로 꿰뚫어보는 방식을 취하는가 하면(심윤경의 장편소설 『달의 제단』), 근대의 '제도화된 일상'을 내파內破하는 메타적 소설쓰기의 방식을 보이고(박금산의 「바디페인팅」 연작), 속물근성으로 전락한 한 좌파 실천가의 진보 상업주의에 대한 신랄한 비판과 풍자적 태도를 보인다(이재웅의 「인터뷰」). 게다가 우리 사회에 팽배해진 국민국가의 배타적 차별의식이 아시아의 이주 노동자들을 향한 구조악과 행태악을 저지르고 있는 데 대한 비판적 성찰을 보이고(김재영의 소설집 『코끼리』), 천민자본주의의 참을 수 없는 비현실적인 현실에 대한 부조리를 존재의 소멸적 감각과 환의 세계를 통해 매우 적절히 문제삼는가 하면(김이은의 소설집 『마다가스카르 자살 예방센터』), 절절한 외로움과 절망 속에서 심한 상처를 앓고 있는 자들의 내면을 서로 다독거려주는 사랑의 형식에 주목한다(김서령의 소설집 『작은 토끼야 들어와 편히 쉬어라』). 모두 제 나름대로 복수의 '현실'에 치열히 대응하는 소설쓰기에 전념하고 있다. 비록 그들의 소설이 아직 본격적인 비평적 조명을 받고 있지는 못하지만, 그들은 '현실'과 맞장뜨는 산문정신의 소유자들이다.

내가 그들의 소설을 관심 깊게 지켜보는 데에는, 그들은 출판상업주의의 미혹을 견디며 복잡다변한 '현실'과 힘겹게 맞서 싸우는 서사적 투지를 지니고 있기 때문이다. 그들은 '현실'에 대한 안이한 태도를 취하지 않는다. 그들은 제법 잘 만들어진 소설을 쓰기보다 '현실'에 기민하게 대응하는 미적 모험을 단행한다. 그들은 '현실'에 주눅들지 않으나, 그렇다고 '현실'의 중력과 무관한 진공 상태에서의 소설쓰기를 승인하지 않는다. 민주화 이후의 민주주의가 다각도로 전개되는 '현실'을 회피하지 않되, 그 '현실'의 다양한 층위들을 섬세히 매만지는 소설이 그들에 의해 쓰여짐으로써 사소하고 하찮은 '현실'의 물질성은 예전보다 진전된 '현실'의 물질성으로 변모할 것이다. 아무리 우리 소설이 급박한 위기 국면에 처해 있다고 호들갑을 떨지만, 그것은 출판상업주의의 후광을 입은 소설마저 시장에서 퇴출 위기에 처해 있다는 것이지, 좋은 소설쓰기에 정진하는 예의 젊은 작가들의 존재가 위태롭다는 것을 말하는 것은 아니다. 왜냐하면 그들의 소설쓰기는 '현실'의 진전과 무관하지 않고, 우리 사회의 진보를 향한 미적 행보의 가치를 보증하는 리트머스지 역할을 맡고 있기 때문이다. 하여, 그들은 복잡다변한 '현실'에 대한 '미적 포즈'가 아닌 참된 '미적 대응'을 위해 '지금, 이곳'에서 여전히 분투하고 있다. 주체와 '현실'의 진전을 기획하며.

(『실천문학』, 2007년 여름호)

촛불의 '미적 정치성', 사회적 자산으로 섭취하는[*]

1. 도시 속 다중多衆의 완보, 신명나는 촛불의 길 내기

어떤 사안에 대해 사색을 하며 도시의 숲을 거닐어 본 적이 있던가. 도시를 이루는 크고 작은 풍경들을 이토록 가깝게 대해본 적이 있던가. 도시를 구성하고 통어하는 근대적 기율 체계를 이토록 철저히 무화시키면서, 도시의 또 다른 매력을 만끽해본 적이 있던가. 도시 속 타자가 아니라 도시의 당당한 주체로서 자긍심을 가져본 적이 있던가.

---

[*] 이 글은 2008년 5월부터 타오르기 시작한, 미국 쇠고기 전면 개방에 따른 광우병쇠고기 사태에 대한 전 국민적 촛불집회와 관련한 시론(時論)적 성격의 글이다. 비록 문학비평은 아니지만, 앞서 논의한 「주체와 '현실'의 진전을 기획하며」의 전체 맥락과 긴밀한 연관을 맺고 있는 것으로 판단돼, 〈보론〉의 형식으로 덧보탠다.

생각해보면, 도시에 살면서, 우리는 도시의 삶을 구성하는 온갖 근대적 기율을 일상으로 성실히(?) 내면화하는 가운데 행복을 꿈꿔 오지 않았던가. 그런데 그 행복은 도시가 주는 혜택이며, 도시가 베푸는 아량으로, 도시의 질서를 잘 지키는 자들에게 배당되는 몫일 뿐, 조금이라도 도시의 질서를 위반하거나 내파內破한다면, 그 이유를 불문하고, 불법이라는 명목으로 제도적 억압을 가해온다.

사정이 이럴진대, 도시의 행복을 거부하고 위반하는 행보가 이어지고 있다. 가냘프게 타오르는 촛불을 손에 들고 도심의 복판을 느리게 걷는 사람들이 하나둘 모이고 있다. 그들 중 대부분은 생판 모르는 얼굴들로, 처음에는 겸연쩍어하다가도 곧이어 언제 그토록 소원했냐는 듯 누가 먼저랄 것도 없이 구호를 선창하면, 그 구호를 받아 즉석에서 절묘하게 대구가 되는 구호로써 후창을 한다. 누가 그 순서를 정해준 것도 아닌데, 자연스레 구호를 매기고 받는 순서가 정해진다. 위트와 유머가 넘치는 구호들로 도시의 거리는 활기를 찾는다. 위정자들과 조중동 거대 언론을 포함한 권력은 예의 도시적 활기를 감당할 수 없어서인지, 도시의 질서와 도시의 근대적 기율을 회복한다는 미명 아래 날마다 촛불에 의해 활활 타오르는 도시의 저 도도한 활력과 활기를 매도한다. 도시를 느리게 걷는 다중多衆의 행복을 앗아가려한다.

여기서 내가 우선적으로 촛불집회에서 주목하고 싶은 것은 다중의 느린 행보 속에서 꿈꾸는 행복을 그 어떠한 얼토당토 않은 정치사회적 명분으로 압살할 수 없다는 점이다. 대한민국의 최고 권력자인 대통령은 자신이 서울시장 재임시절 공들여 만든 청계광장과 서울시청 앞 광장이 집회의 광장으로 바뀐 것을 성토하고, 이에 질세라 조중동 거대 언론권력은 촛불집회가 도심의 질서를 어지럽게 하는 불순한 세력에 의해 주도되고 있다는 어처구니없는 언어폭력을 통해 모처럼 만끽하는 다중의 느린 행보에 동반되는 행복을 곡해하고 있다. 그들은 한결같이 말한다. 국가가 잘 정비해놓은 도시의 근대적 기율에서 벗어나는 행위는 국가의 근간을 뒤흔드는 범법행위라고.

하지만, 촛불을 들고 도시의 거리를 완보하고 있는 다중은 너무나 잘 알고 있다. 누가 시키지 않았는데도 그들 스스로 빌딩 숲 사이의 거리를 완보하면서, 그들은 다람쥐 쳇바퀴와 같은 도시 속 정해진 그들의 삶으로부터 거리를 확보하게 되고, 바로 확보된 그 거리의 틈새로 그동안 몰각하고 있었던 심미적 인식이 고개를 불쑥 치켜든다. 지금까지 낯익은 도시의 풍경들—일사분란하게 잘 정비된 것처럼 보였던 교통체계, 도심지 길가에 늘어선 상가의 시설물, 도시인의 소비욕망을 자극시켰던 화려한 쇼윈도의 디스플레이물, 이러한 도시를 스쳐지나가는 저 숱한 익명의 얼굴 표정들과 몸짓들—이 낯설게 다가온다. 비록, 촛불집회에는 참석을 못하지만, 집회에 동참한다는 메시지를 전한다며 쇼윈도의 곳곳에 나붙어 있는 구호들, 정체된 교통 속에서 버스 운전사의 한 손에 들려 있는 촛불, 화려한 고층 상가의 투명한 유리창에 바투 앉아 집회에 동참한다는 뜻을 전하는 갖가지 위트가 넘치는 문구들, 간혹 도심의 전광판에 비친 집회 참석자들의 촛불이 넘실대는 군무群舞 등을 바라보며, 다중은 그동안 도시의 타자로서 살아온 스스로의 삶에 대한 모종의 반성적 성찰의 계기를 얻는다 해도 무리는 아닐 것이다. 촛불을 든 다중의 도시 속 완보는 속도 중심주의, 개발지상주의로 치달아온 우리의 삶에 의미 있는 제동을 걸고 있다. 집회에 참석한 다중은 검역주권을 상실한 채 우리의 식탁을 위협하는 데 대한 정부의 잘못뿐만 아니라 대다수 사람들의 행복을 짓밟는 여러 설익은 정책들에 대한 준엄한 비판을 통해 연대감을 형성하고, 그러한 행복이 압살당하는 우리들 삶에 대한 애도감과, 이러한 소중한 우리들의 꿈을 지켜나갈 수 있다는 미래의 전망을 향한 환대감을 공유한다. 하여, 다중은 '집'으로 대별되는 사생활이 지켜지는 오이코스Oikos에서 벗어나 사적이고 공적인 장소인 아고라Agora, 그리고 집회가 열리는 길거리와 같은 공공의 장소인 에클레시아Ecclesia에서 예의 '연대－애도－환대'가 버무려진 21세기형 민주주의의 축제를 만끽한다. 말하자면, 다중은 촛불집회를 통해 속도지상주의와 개발지상주의의 욕망의 산물인 도시의 또 다른 모습을 밝히고, 그 풍경들의 맥락을 심미적으로 자연스레 인식하며, 살아 있는 민주주의를 육화한다. 그렇게 2008년의 우리의 도시는 촛불바다에서 새로운 자양분을 얻으며, 다중의 완보는 촛불집회를 통해 획득한 작지만 결코 작지 않은 미적 체험의 길을 내고 있다. 잘 정비된 도시의 아스팔트 거리 위에 민주주의를 향한 도정의 아름다운 촛불의 길을, 다중이 신명나게 내고 있다.

2. 낡고 고루한 관변언어를 태우는 '촛불의 언어'

이번 촛불집회에서는 뭐니뭐니 해도 다중의 재기발랄한 언어가 집회의 현장에서 활명수活命水 역할을 하고 있다는 점이다. 지난 1970,80년대의 집회에서 마주칠 수 있는 언어들이 이른바 '화염병의 언어'로, 폭압적 반민주화에 대한 완강한 저항의 언어적 가치를 갖고 있다면, 저간의 촛불집회에서 곧잘 마주치는 언어들은 '촛불의 언어'인바, 지난 날 '화염병의 언어'가 궁극적으로 추구하던 민주주의적 가치를 향한 염원을 공유하되, 그것을 실현하고자 하는 수행의 차원에서는 상반되는 성격을 지닌다. 다소 도식적인 해석일지 모르지만, '화염병의 언어'가 '부성父性의 언어'적 속성을 띤 것이라면, '촛불의 언어'는 '모성母性의 언어'이며 '우애友愛의 언어'적 속성을 띤 것으로 볼 수 있다.

우리는 너무나 잘 알고 있다. 1970,80년대는 군사독재 아래 민주주의의 소중한 가치들이 위정자들의 입맛에 따라 조변석개처럼 취급당해왔다. 따라서 이 반민주화에 맞서는 언어들은 반민주주의적 관변언어들을 전복시키고자 하는 날센 공격의 언어적 속성을 띤 것으로, 투쟁의 의지를 솟구치도록 하는, 부정한 권력을 타파하고자 하는 '부성의 언어'가 지배적이었다. 부정한 폭압에 맞서 굽히지 않는 강철 같은 언어적 속성이 요구될 수밖에 없었다.

그런데 저간의 '촛불의 언어'는 촛불집회의 단초를 제공해주었고, 지금도 여전히 촛불집회의 튼실한 보루가 되고 있는 주체인 청소년들과 뭇 여성을 주목해볼 때, 그들의 언어는 생명을 존중하는 정신에 기반한 생명평화의 언어다. 타자를 향한 맹목적 적의敵意를 품는 언어가 아니라 모두 다 함께 공생공존할 수 있는 길을 모색하자는 언어다. 그들의 언어는 비판의 속성을 띠고 있되, 칼끝을 타자의 목울대와 심장에 견주는 살육殺戮의 언어가 아니라 그 잘못을 풍자와 해학으로 깨닫게 하는 정치적으로 매우 높은 차원의 비판성을 확보한 신생新生을 추구한다. 그러면서 그들은 누가 누구에게 명령을 하달하는, 즉 상명하복上命下服의 언어가 아니라 모두 다 함께 눈 높이에서 집회에서 말하는 언어들을 주고받으며 아주 쉽게 이해할 수 있는 일상의 언어들로 이루어져 있다. 마치 가까운 친구와 소통하는 언어처럼 말이다. 그 중 몇 가지 대표적 사례를 들어보자.

"이 한몸 다 '받'쳐 한 대 '쥐박'고 싶'읍'니다"

"불법주차 차 빼라"

"유가급등 시동꺼라"

"시위대 앞 쪽에 있으면 주동세력, 가운데 있으면 핵심세력, 뒤에 있으면 배후세력"

"나는 주식회사 대한민국의 종업원이 아니다"

명박산성 : 다국어판 인터넷 백과사전인 〈위키백과〉에도 게재되었는데, 〈위키백과〉에 따르면, 명박산성明博山城은 "광종狂宗(연호 : 조지) 부시 8년(戊子年)에 조선국 서공鼠公 이명박이 쌓은 성으로 한양성의 내성內城"이다.(『시사IN』 40호, 2008.6.21, 10쪽)

닭장차 투어 : 전경의 강제 연행에 대항하여 자진하여 전경차에 오르는 행위

위의 예들은 이번 촛불집회 현장에서 직접 소통되었던 언어들이다. 이 외에도 많은 언어들이 있는데, 그들 언어의 공통분모는 앞서 언급했던 '모성의 언어', '우애의 언어'적 속성에서 크게 벗어나지 않는다. 촛불집회의 이 언어의 향연이야말로 촛불집회의 알맹이를 꽉 채우고 있는 과육이라 해도 지나치지 않을 것이다. 촛불집회에 참석한 다중이라면 누구나 한 번 쯤 이 과육의 맛에 흠뻑 취하지 않고 못 견딜 정도로 그 맛은 현묘함 그 자체랄까.

이 맛의 현묘함은 위정자와 조중동 언론권력이 쏟아내는 정치적으로 낮은 차원의 언어들과 비교해보면 그 비교우위를 논할 수 없을 만큼 한층 더 매혹적인 언어로 부각된다. 그들이 구사하는 언어들은 낡고 고루한 관변언어들 투성이다. 배후론, 음모론, 색깔론, 괴담론, 불법시위론, 촛불변질론, 폭력집회론 등 그들이 촛불집회에 대해 쏟아내고 있는 각종 담론들은 실로 유치찬란하지 않을 수 없다.(내가 보기에 그 졸렬함의 정점은 "조갑제가 촛불집회에 참석한 청소년과 그 학부모를 향해 포르노 영화관이나 호스티스가 있는 술집으로 데려간 격이라고 하는, 차마 입에 담을 수도 없는 언어의 쓰레기들이 쏟아져나온 순간이다." 「보수는 '공황 상태…촛불집회는 포르노 영화관?」, http : //www.pressian.com, 2008.6.16) 21세기 촛불집회에 참가하고 있는 다중의 언어들은 1970,80년대의 '부성의 언어'가 갖는 성취와 한계를 훌쩍 넘어 21세기 문화적 패러다임에 부합하는 '모성의 언어'와 '우애의 언어'를 집회의 현장 속으로 절묘히 배합하여 버무리고 있는데, 위정자와 거대언론 권력은 여전히 상명하복의 수직적 위계질서의 언어로 다중의 언어들을 관리 · 감독 · 통어하고자 하니, 이 괴리감을 어떻게 극복할 수 있을지 난감한 일이 아닐 수 없다.

늦었다고 생각할 때가 가장 적기適期라는 말이 있지 않은가. 위정자와 조중동 언론권력은 '촛불의 언어'를 진정어린 하심下心으로 귀 기울이고 그 언어의 맥락에 담겨 있는 뜻을 섬길 때 '촛불의 언어'가 발산하는 21세기형 민주주의적 가치의 언어와 삶의 패러다임을 뿌리내릴 수 있을 것이다.

3. 웹 2.0세대의 래디컬한 사회적 아젠다

사실, 이번 촛불집회의 촛불이 쉽게 사그라들지 않는 것은 다중의 창의성을 마음껏 발휘할 수 있도록 해준 인터넷의 역할을 주목하지 않을 수 없다. 웹 2.0을 기반으로 하는 1인 미디어(블로그)는 가히 그 위력을 유감없이 발휘하고 있다. 촛불집회에 매일같이 촛불이 모이는 이유들 중 하나는 바로 첨단의 IT 기술로 무장한 누리꾼들이 집회의 현장을 실시간으로 생중계하는 신속함과 현장감에 있다. 그들에 의해 송출되는 실시간 동영상과 그것에 동시다발적으로 접속하는 누리꾼들은 집회 현장에 직접 참여하지 못했지만, 집회의 온갖 풍경들과 정보들을 접하며 나름대로의 정치적 판단과 입장을 취한다. 그들이야말로 '동시성의 비동시성'이란 탈근대의 화두를 생활 속에서 구성해내고 있는 것이다. 하여, 이제 더는 오프라인의 언론과 공중파 방송에 전적으로 정보를 의지해야 하는 시대는 사라졌다 해도 과언이 아니다. 비록 거친 화면과 세련되지 못한 편집이지만, 누리꾼들은 도리어 그 속에서 웹 2.0세대들만이 갖는 독특한 문화정보감각으로써 무엇이 진실truth이고 정의justice인지, 혹 사실fact이 왜곡되는 가운데 진실과 정의마저 뒤바뀌는 것은 아닌지, 언론의 중요성을 새롭게 인식하기 시작한다.

　이러한 그들의 움직임은 최근 '조중동 폐간 국민캠페인'(cafe.daum.net/stopcjd) 인터넷 카페를 중심으로 펼쳐지는 광고주 압박운동으로 이어진바, LG전자, 아시아나항공, 현대카드, 진로, 르까프, 보령제약, 신일제약 등 국내 유수 기업이 조중동을 통한 광고를 중단하든지 중단을 검토하는 경우에까지 파급력을 미치고 있다. 뿐만 아니라 일반 독자들 사이에는 조중동 신문을 절독하는 운동이 공감대를 얻으면서 확산되고 있는 추세다.

　이러한 저간의 동향을 살펴보건대, 이번 촛불집회의 산파 역할을 한 웹 2.0세대의 문화정보감각을, 개인만의 밀실에 갇힌 채 각종 인터넷 콘텐츠를 향유하는 매니아로서 자족시키는 표피적 문화감각으로 성급히 인식해서는 곤란하다. 그들이 이번 촛불집회의 산파 역할을 한 것처럼 언제 또다시 어떠한 사회적 아젠다를 래디컬하게 구성해낼 것인지 모를 일이다. 그들은 국민이되 시민이며, 또한 다중이기에, 그들 스스로 자신의 가치를 창출하고 자신의 욕망을 꿈꾸고 그것을 실현하고자 하는 온갖 상상력의 기획들로 인터넷 공간을 배회하는 주체들이라는 점을 가볍게 보아서는 안 되기 때문이다. 그들의 이 흘러넘치는 에너지들을 어떻게 사회적 자산으로 소중히 섭취할 것인가는 이번 촛불집회가 우리들 모두에게 던진 과제라고 나는 생각한다. 그래서 촛불집회를 인터넷 생중계로 하여 화제가 된 아프리카TV 서비스 제공업체 나우콤의 대표를 구속한 것은 매우 우려스러울 만한 일이 아닐 수 없다. 하루 방문객 100만 명 이상, 최고 동시 시청자 25만 명 이상을 기록하는 인터넷 개인방송 아프리카TV는, '다음 아고라'와는 또 다른 역할을 다 하는 아고라Agora의 위상을 지닌 것으로, 민주주의를 갈망하는 공공의 장소인 에클레시아Ecclesia를 새롭게 구성해내고 있기 때문이다. 항간에서는 "인터넷은 이미 공안정국"이다라는 말이 나올 정도로, 이번 아프리카TV의 서비스 제공업체 나우콤의 대표 구속은 향후 IT강국이라는 말이 무색할 정도로 인터넷 문화에 대한 몰인식을 세계 누리꾼과 다중에게 노출하는 것과 다를 바 없는, 참으로 수치스러운 일이다.

도리어 우리는 자랑스러워 해야 한다. 전 세계의 그 어느 누리꾼과 다중이 이처럼 능동적으로 사회적 아젠다를 래디컬하게 구성해낼 수 있는 능력을 갖고 있는지 묻지 않을 수 없다. 그들은 '촛불의 언어'를 확산시키고, 특출한 정치사회 논객에 의해 주도되지 않고, 다중 스스로 인터넷을 통해 정보를 공유하면서, 그것에 대한 신속한 쌍방향 소통의 의견 개진을 통해 우리 사회의 비평의식이 살아 있음을 증명해준다. 이른바 댓글과 펌글의 향연 속에서 21세기 한국민주주의의 역사는 새롭게 지금 이 순간도 씌어지고 있다.

4. 촛불집회를 사회적 자산으로 섭취하길

이번 촛불집회가 향후 어떠한 방향으로 전개될지 그 누구도 앞을 내다볼 수 없다. 특정한 지휘부도 없고, 말 그대로 다중 스스로 모였다가 흩어지기를 반복하되, 그 반복 속에서 조금씩 의미 있는 차이를 생성해내는게 이번 집회의 가장 큰 특성이다. 마치 이것을 증명하기라도 한 것인 양 정부의 공권력이 촛불집회를 불법 폭력 시위로 몰아가자, 양심적 종교계에서는 다중의 촛불을 이어받아 종교행사를 통해 촛불의 불씨를 계속 지피고 있다. 지휘부가 있어 전술적으로 종교행사를 해달라고 부탁한 게 아니라 종교계 스스로 촛불을 들고 거리로 나온 것이다.

물론, 지금까지 진행된 촛불집회에 대해 혹자는, "우리는 이미 2002년 촛불이 어떻게 잦아들었으며, 당시 촛불을 든 아이들이 88만원 세대가 되어 고용불안 속에서 '경제를 살려준다'는 보수 정당에 투표하는 장면을 목도했다. 또한 겨우 한 달 전 뉴타운 건설에 열광했던 집단이 갑자기 촛불 속에 자신을 불태울 수 있을까?"(「그들은 촛불에 '나'를 태울 수 있을까」, 『시사IN』 40호, 2008.6.21, 17쪽)와 같은 의구심을 품는다. 이해 못할 바도 아니다. 바로 그렇기 때문에 이와 같은 기우奇遇가 현실화되지 않기 위해서 서로의 지혜를 모으는 게 절실하다.

이번 촛불집회는 한국사회에 여러 가지 과제를 던져주고 있다. 나는 이 과제를 대단히 범박하게 정치적 미학, 혹은 미적 정치성의 맥락 아래 숙고한다. 그래서, 다소 생뚱맞은 얘기일지 모르지만, 향후 촛불이 어디로 번져갈지 모르는 상황 속에서, 도시 속 완보가 갖는 성찰, '촛불의 언어'가 지닌 '모성의 언어'와 '우애의 언어'적 속성, 웹 2.0세대의 문화정보 감각을 통해 래디컬하게 구성되는 사회적 아젠다와 그에 대한 비평의식의 표출 등에 대해 인문학적 시각으로 소략적인 견해를 제시해보았다.

이제라도 늦지 않았다. 다중의 촛불집회를 범법 행위로 취급하지 말고, 한국의 미래를 따뜻하게 품어주고 밝게 비쳐줄 사회적 자산으로 섭취하는 성숙한 태도를 지닐 수는 없을까.

(『제주작가』, 2008년 가을호)

21세기의 한국문학과 리얼리즘, 저항과 변혁의 상상력으로

민족, 노동, 농민의 문제를 중심으로

1. '경화硬化된 진보'에서 벗어나야 한다

언제부터인지, '저항(혹은 변혁)의 상상력'을 논의하는 것 자체가 힘들어지고 있다. 아니, 문제를 분명히 해두자. 이 과제에 대한 크고 작은 논의는 지속적으로 이루어지고 있되, 논의의 파급력은 미미하기만 하다. 1990년대 이후 한국사회에서는 더 이상 '저항과 변혁'의 논의들이 현실적 파급력을 갖지 못한 채 지난 연대의 철지난 구호를 되풀이하는 것으로 인식되기 십상이다. 간혹 1990년대 이후 한국문학 지평에서 '저항과 변혁'의 깃발은 나부꼈으나, 이제 그 깃발은 도리어 낯설고 이물스러운 것으로 간주될 뿐이다.

그런데, 좀더 냉철해야 한다. 이 깃발을 손쉽게 내릴 때가 아니며, 아직도 한국사회 도처에는 투쟁하고 극복해야 할 부정적 현실이 산적해 있다고, 아무리 그 당위성을 힘주어 웅변한다고 하지만, 문학적 상상력과 그 당위성의 관계는 단순하지 않다. '저항과 변혁'의 상상력은 낡고 진부한 부정적 현실에 맞서 그것을 타파하기 위한 부단한 미적 갱신 속에서 자연스레 펼쳐지는 것이지, 부정적 현실에 대한 '저항과 변혁'의 목소리를 막무가내로 낸다고 미적 정당성이 확보되는 것은 결코 아니다. 바로 여기에 '저항과 변혁의 상상력'이 직면한 어려움이 있다. 말하자면, 종래의 관성화 · 타성화 · 통념화된 진보를 과감히 벗어나야 한다. 진보 자체의 혁신과 쇄신의 진정성이 동반되지 않는 한, '저항과 변혁의 상상력'은 경화硬化된 진보에 갇힌 채 퇴행적 리얼리즘으로 전락할 것은 불을 보듯 뻔한 일이다. 물론, 그렇다고 낯익은 진보가 혁신된다고 해서 지금 당장 또 다른 진보의 아름다운 길이 쉽게 열릴 리는 없다. 김남일의 단편 「사북장여관」의 결미에서 단적으로 보여주듯, 관성화되고 통념화된 진보를 벗어나고자 안간힘을 쓰지만 눈앞에 딱 버티고 있는 터널은 캄캄하지 않는가 (「사북장 여관」). 하지만, 1980년대를 관통한, 진보를 향한 어떤 자명한 이념에 붙들리고서는, 새로운 삶을 향한 진보의 가치가 새롭게 발견될 수 없다는 문제의식을 가볍게 넘겨볼 수 없다.

그렇다. 1990년대 이후 한국문학에서 날로 쇠약해지는 '저항과 변혁의 상상력'을 갱신시키기 위해서는, 낯익은 진보에 안주해서 안 된다. 새로운 현실에 적극적으로 대응함으로써 진보의 새로운 가치를 발견할 수 있는 미적 갱신을 두려워해서 안 된다. 하여, 한국문학이 힘겹게 일궈낸, 저 도저한 '저항의 상상력'이 지닌 문학적 위의威儀를 한국문학사를 구성하는 것으로 자족해서 안 된다.

　이 글은 이러한 거친 문제의식 속에서 종래의 '저항과 변혁의 리얼리즘'을 창조적으로 갱신하고 있는 2000년대 한국문학의 주요 성과들을 토대로 하여, 우리에게 낯익은 리얼리즘의 문제의식들—민족, 노동, 농민이 새로운 문학적 아젠다로 어떻게 재편되어야 할지를 논의해보기로 한다.

2. 21세기 한국문학의 민족 문제, 아시아적 신생의 가치 발견

　한국문학은 민족 문제를 소홀히 여긴 적이 없다. 지난 1970·80년대 민족민주운동의 일환으로 전개된 민족문학이 일궈낸 성과들이 웅변해주듯, 분단극복과 민주화를 향한 저항의 상상력은 문학의 경계를 훌쩍 넘어 한국사회의 아름다운 가치를 추구하는 다양한 실천으로 심화·확산되었다. 그 논의의 중심에 '민족'이 놓여 있었다 해도 과언이 아니다.

　그런데, 이러한 '민족'을 중심으로 한 한국문학의 저항적 상상력이 1990년대 이후 급격히 위축되기 시작한다. 물론, 여기에는 여러 이유가 있다. 현실사회주의 붕괴로 인한 진보적 이념의 급격한 쇠락, 문민정부 출범에 따른 형식적 민주주의의 도래와 확산, 대문자 역사로부터 소문자 역사로의 경사 등. 하지만, '민족'에 관한 저항적 상상력이 급속도로 위축된 데에는, 전 지구적 자본주의 세계체제 속에서 일국적 차원으로 민족을 사유하는 대단히 협소한 문학적 인식과 그로 인한 저항적 상상력이 지닌 진취성이 크게 훼손된 것을 묵과해서 곤란하다. 따라서 한국문학은 민족 문제를 사유하되, 종래 우리에게 낯익은 '민족문학'의 주체로 호명된 차원에서 궁리할 게 아니라 21세기의 변화된 현실의 지형에 창조적으로 대응하는 차원에서 이 문제를 좀더 넓고 깊게 성찰해야 할 것이다. 여기서 우리는 민족 문제를 아시아적 가치의 새로운 발견으로 탐구해야 한다는 새로운 공부거리를 지녀볼 수 있지 않을까.

가령, 황석영의 장편소설 『바리데기』(2007)와 정도상의 연작 소설 『찔레꽃』(2008)은 모두 탈북자를 다루고 있되, 그들이 서사적으로 총력을 기울이고 있는 것은 분단의 문제를 한반도의 남과 북의 이념적 대립과 갈등의 차원으로 인식하는 게 아니라, 좀더 거시적 지평에서 분단의 문제를 바라보고 있다는 점이다. 기존의 이른바 분단서사에 낯익은 독자들에게 그들의 소설은 새롭다. 무엇보다 새로운 것은 그들의 소설에서 탈북자가 (대한민국과 조선민주주의인민공화국의) 국민국가의 상상력에 갇혀 있는 민족 문제로서가 아니라, 전 지구적 자본주의 세계체제와 긴밀히 연동되어 있는 현실 속에서의 민족 문제로 인식되고 있다는 점이다. 이것은 우리가 주목해야 할 탈북자에 대한, 그리고 분단체제를 넘어 평화체제를 추구하려는 문학적 인식과 실천의 소중한 자산이다.

지금까지 우리에게 익히 알려진 탈북자에 대한 이모저모는 북한의 정치경제적 억압을 못견뎌 대한민국의 자유민주주의를 자발적으로 선택한 것이라는, 다분히 반공주의적 관점 일변도의 이념형 탈북으로 규정내린 감이 없지 않다. 하지만, 황석영과 정도상의 소설에서는 이 같은 이념형 탈북이 아닌, 북한에 대한 국제사회의 경제적 고립 속에서 북한의 경제적 빈곤이 가속화되었고, 이러한 국제 정세 속에서 북한의 기득권 세력은 인민의 삶을 온전히 돌보지 못하고 있다는 비판적 성찰이 놓여 있다. 북한에 대한 황석영과 정도상의 이러한 서사는 반공주의적 관점에서 북한 사회를 배제적 시선으로 보는 것을 넘어 서서, 북한을 둘러싼 국제사회의 정세 속에서 약소자로 있는 북한의 인민을 향한 인류애적 시선으로 인식하는 민족 문제에 대한 새로운 인식을 보여주고 있다. 특히, 황석영에 의해 그려지고 있는 '바리데기'는 중국을 거쳐 영국으로 이주하는 동안 아랍인을 만나 결혼을 하여 행복을 꿈꾸게 되는데, 이러한 구도는 황석영에 의해 일국적 차원의 민족 문제(즉, 민족국가 하나되기—통일국가)로만 분단체제를 허무는 것도 아니고, 남한 혹은 미국 중심의 서구에 의해서만 허물어지는 게 아닌, 현재 지구상에서 정치경제적으로 가장 차별적 대우를 감내하고 있는 북한과 아랍 민족의 연대를 모색함으로써 분단체제가 허물어질 수 있는 어떤 가능성을 전망하고 있다는 점에서 주목할 만하다. 또한 정도상에 의해 그려지고 있는 '충심'은 탈북자에 대한 편협한 반공주의적 인식을 바로 잡게 하고, 탈북자들이 겪는 온갖 고충에 대한 연민의 시선을 통해 분단체제를 허물기 위해서는 정녕 무엇을 어떻게 숙고해야 하는지에 대한 발본적 문제의식을 던져준다. 혹 우리는 남과 북의 민족 문제를 북한에 대한 남한의 체제경쟁에서 승리했다는 속류적 차원에서 인식하고 있는 것은 아닌지, 이에 대한 근본적 문제를 정도상은 제기하고 있다.

어떻게 보면, 황석영과 정도상에 의해 21세기의 한국문학은 민족 문제를 보다 넓고 깊게 성찰할 수 있는 새로운 지평을 열었다 해도 과언이 아니다. 황석영에 의해 한반도의 민족 문제는 지구적 차원과 연동되어 있으며, 정도상에 의해 그것은 남과 북의 섣부른 통일統一을 지양한 서로 다른 존재들이 공생공존하는 화이부동和而不同과 통이統二/通二의 상상력을 제공받고 있는 것이다.

여기서 민족 문제에 대한 또 다른 문학적 통찰을 보이고 있는 성과들이 있다. 방현석의 소설집 『랍스터를 먹는 시간』(2003)과 오수연의 소설집 『황금지붕』(2007)이 그것이다. 방현석과 오수연에 의해 한국문학은 아시아의 가치를 새롭게 발견하는 아시아적 연대의 가능성을 희망적으로 보여준다. 방현석에 의해 발견된 베트남 민족과 오수연에 의해 발견된 아랍 민족은, 아시아에 가해온 서구 제국주의의 폭력에 굴하지 않고 각 민족 특유의 저항에 의해 인류애의 가치를 힘겹게 획득한다는 점에서 눈여겨보아 마땅하다.

우리는 방현석이 「존재의 형식」에서 빼어나게 형상화한 '레지투이'란 인물을 잊을 수 없다. 베트남전쟁에 참전한 '레지투이'를 통해 방현석은 전쟁의 참화를 견뎌낸 베트남 민족의 인간적 위엄이란 면에서 그를 주목한다. 여기서 베트남에 대한 그의 관심은 1990년대 이후 리얼리즘의 갱신을 모색하는 일환의 진정성으로 해석해야 할 것이다. 이것은 종래 베트남전쟁 소설에서 보이는 베트남에 대한 문제의식을 반복적으로 환기하는 게 아니다. 사실 방현석의 베트남에 대한 관심은 '베트남을 이해하려는 젊은 작가들의 모임'의 자발성을 통해 1980년대의 상처를 치유하고, 새로운 전망을 모색하고자 하는 젊은 작가들의 서사에 대한 갱신의 의지와 밀접한 관련을 맺고 있다. 즉 베트남에 대한 재발견을 통해 서로 다른 체제를 살아가고 있는 한국과 베트남이 '화이부동和而不同'이라는 아시아적 가치와 상생의 상상력을 소중히 키워냄으로써 답보상태에 머물러 있는 리얼리즘의 갱신을 모색하는 데 궁극의 초점이 맞추어져 있다. 때문에 1980년대 소설에서 낯익은 리얼리즘의 전통을 완고히 고수하기 위해 방현석이 베트남이란 타자에 주목하고 있는 것은 결코 아니다. 방현석이 베트남에 주목하고 있는 것은, 오히려 낯익은 자신의 서사로부터 거리를 둠으로써, 1990년대 이후 이렇다할 만한 리얼리즘의 갱신을 이룩하지 못한 데 대한 반성적 사유의 도정으로 보아야 한다. 즉, 1990년대 이후 리얼리즘의 갱신을 위한 세계관적 · 미학적 고투의 일환으로 베트남에 대한 방현석의 서사적 열정을 인식해야 한다.

이러한 관점에서 오수연의 아랍에 대한 열정을 헤아려볼 수 있다. 특히 오수연은 팔레스타인에 대한 새로운 인식으로 우리를 안내한다. 그동안 미국 중심의 아랍에 대한 편향된 시각으로 인해 우리는 '이스라엘=선善' 대 '팔레스타인=악惡'으로 인식해오지 않았던가. 오랫동안 상투적으로 굳어 있던 이러한 아랍에 대한 편견은 오수연의 서사적 노력에 의해 해체되고 있다 해도 과언이 아니다. 오수연의 서사에 의해 한국문학은 비로소 서구 중심의 렌즈로 굴절된, 팔레스타인에 대한 오리엔탈리즘적 시선으로부터 벗어날 수 있는 계기를 갖게 된다. 그러면서 동시에 팔레스타인과의 아시아적 연대를 통해 한반도의 분단의 문제를 아시아적 시야 혹은 지구적 시야 속에서 새롭게 인식할 수 있는 통로를 확보한다.

이제 지구상에 장벽이 실물로 서 있는 곳은 단 두 군데, 당신이 사는 거기(한반도-인용자)**와 내가 사는 여기**(팔레스타인-인용자)**뿐입니다.** 그런데 우리는 단두대의 칼날처럼 우리 목에 걸려 있는 바로 그 벽 때문에 도리어 당신들을 벽으로 가두고 공중 부양시켜 버린 점령국과 미국의 강경파를 거들어야 한다고 말합니다. 그 논리와 시책은 요술가의 주문이나 마술사의 술수처럼 복잡하고 현란합니다. 그 강경파들이 강하면 강해서, 약해지면 약해졌으므로 더욱, 요구하면 물론이요 요구 안 해도 알아서, 설사 거절해도 약삭빠르게 기회를 틈타서 곁다리 붙어야 한다고 합니다. 만약에 당신들이 같은 복잡하고 현란한 논리로 우리의 목에 걸린 칼날에 걸터앉는다면, 우리가 역지사지로 이해할 수 있을까요?

나처럼 단순하고 평범한 사람에게도 분명히 보입니다. 우리의 장벽은 여기서만 해결될 수가 없습니다. **우리 장벽 문제 강대국이 주도적으로 개입하고 다른 나라들도 간접적으로 관여합니다. 거기 당신의 장벽도 마찬가지죠. 거의 모든 나라가 직간접적으로 참견합니다.** 장벽은 외양과는 달리 차갑게 고정된 것이 아닙니다. 물러설 수 없을뿐더러 있는 자리에 가만히 있어서도 안 되고, 끝없이 밖으로 나가야 한다는 **세계적인 팽창 강박이 서로 지속적으로 부딪치고 있습니다. 장벽은 제자리에 있을지언정 그것은 한시도 쉬지 않고 전진하고 있습니다. 그러므로 분쟁이며, 세계적인 분쟁이지요. 당신들이나 우리나 봉착한 벽은 같습니다. 그것은 이 시대 세계의 한계, 또는 인류 역사상 누적된 불의입니다.** 장벽 둘 중 어느 하나가 서 있어야 다른 하나가 없어지는 게 아니라, 반대로 어느 하나가 서 있어야만 하는 상황인 한 다른 하나도 역시 없어지기 힘들 겁니다.

—「재칼과 바다의 장」, 『황금지붕』, 300~301쪽, 강조는 인용자

이스라엘에 의해 둘러쳐진 팔레스타인 장벽의 문제는 팔레스타인만의 문제가 아니다. 지구상에서 '분단'을 획책하는 장벽이 한반도와 팔레스타인에 모두 서 있다. 아랍 민족의 내분과 분열을 획책하는 것, 그리고 한반도의 분단을 고착화하는 것 사이에는 "세계적인 팽창 강박"이란 문제가 놓여 있다. 오수연에 의해 한반도의 분단은, 아시아적 시야 혹은 지구적

시야 속에서 새롭게 탐구해내어야 할 문학의 영역으로 부각된다.

이렇게 21세기 한국문학에서 민족의 문제는 아시아의 민족 문제와 밀접히 연동되는 가운데, 일국적 차원의 국민국가적 상상력에 갇혀 있지 않고, 아시아 제 민족과 함께 연대적 상상력의 길을 냄으로써 아시아적 신생의 가치를 새롭게 발견하는 역사役事/歷史에 동참하고 있다.

3. 21세기 한국문학의 노동자와 농민, 그 사회적 약소자들

20세기 한국문학의 '저항과 변혁의 상상력'은 노동자와 농민의 현실을 전위적으로 부각한 민족민중문학에 많은 것을 빚지고 있다. 서구의 근대를 따라잡으려는 압축성장으로 인해 노동자와 농민의 문제가 사회 전면에 부각된바, 20세기 한국문학의 주요 문제작은 이러한 현실을 모태로 하고 있다.

그런데, 20세기의 한국문학에서 노동자와 농민의 현실이 일국적 차원에서 탐구된 것이라면, 21세기의 한국문학에서 노동자와 농민의 현실은 지구적 자본주의 세계체제를 적극적으로 고려하는 과정에서 새롭게 주목되고 있다. 외국인 노동자의 국내 노동시장으로의 급격한 유입에 따라 새롭게 불거지는 노동의 현실, 신자유주의 논리에 의해 노동의 유연성이 강조됨에 따라 급증하는 비정규직 노동자의 온갖 문제적 현실, 그리고 FTA 체결에 따라 수입농수산물이 개방되면서 위기로 치닫는 농촌의 제반 문제점 등이 복잡하게 얽히면서 21세기 한국문학의 노동자·농민의 삶을 다룬 리얼리즘 문학은 한층 더 심층적인 세계인식을 필요로 한다. 김재영의 소설집 『코끼리』(2005)에 실린 일련의 단편들, 이명랑의 장편소설 『나의 이복형제들』(2004), 손홍규의 단편 「이무기 사냥꾼」(2005), 이시백의 연작 소설 『누가 말을 죽였을까』(2008), 박병례의 장편소설 『쑥캐는 불장이 딸』(2000), 공선옥의 연작 소설 『유랑가족』(2005) 등은 그 문제작들이다.

여기서, 외국인 노동자들이 한국사회에서 어떠한 현실에 놓여 있는지 그 단적인 사례를 살펴보자.

머리카락이 빠져 정수리가 훤한 필용이 아저씨는 손사래 치며 취한 목소리로 말한다. "염병, 그만들 해라. 니들 쏼라대는 소리 땜에 내가 꼭 넘의 나라에 와 있는 거 같잖여. 니들, 이 나라가 워떻게 오늘날 여기꺼정 왔는 줄 아냐? 옛날에 내가 공장에서 일할 땐 손가락은 유도 아녔어. 팔뚝이 날아가고 모가지가 뎅겅뎅겅 했으니까." 아저씨는 곧게 편 손을 목에 갖대 대고는 세게 내려치는 시늉을 한다. "첨엔 시골에서 올라온 촌뜨기들이라 멋모르고 일했지. 하긴, 먹고살기 힘들 때였으니까. 인제 한국 놈들은 이런 데서 일 안 혀. 막말로 씨발, 험한 일이니까 니들 시키지 존 일 시킬려고 데려왔간?" 옛날이 떠올라서인지 아니면 술기운이 돌아서인지 아저씨 얼굴이 벌겋게 달아올랐다. "아무리 그래도 안전장치는 해줘야죠." 세르게니가 오징어를 물어뜯으며 말한다. "늬들도 자르면 피 나오고 누르면 똥 나오는 사람이다, 이거냐? 웃기는 소리들 마. 한국 놈들한테도 안 해준 걸 늬들한테도 해주겠냐? 아니꼬우면 돌아가. 젠장, 어차피 늬들도 고국으로 돌아가서 공장 차리고 사장되려고 여기 왔잖냐. 노동자들을 어떻게 다뤄야 되는지

눈 똑바로 뜨고 배워 가. 다 산 교육이여." 비아냥대는 필용이 아저씨 말에 쿤이 시무룩한 표정을 짓자 이번에는 세르게니가 볼멘소리로 대꾸한다. "아무튼 돈도 좋지만 우린, 사람 대우, 그거 받고 싶어요. 돈 벌어 고향 간다 고 해도 삼 년 겪은 일 삼십 년 동안 악몽으로 남아 우릴 괴롭힐 거예요." "맞아. 난 지금도 가끔 어릴 때 앞니 갈던 때 꿈을 꿔." 손가락으로 앞니를 가리키며 샨을 멋쩍게 웃는다. (김재영, 「코끼리」, 『코끼리』, 25~26쪽)

한국인 노동자 '필용'과 외국인 노동자들 사이에 나누는 대화에서 단 적으로 읽을 수 있듯, 외국인 노동자가 한국사회에서 겪는 차별적 대우 는, 그들이 단지 '외국인' 노동자라는 이유만이 아니라 1960년대의 개발 독재 이후 성장제일주의란 맹목적 신화에 갇힌 채 '노동자'의 인권을 유 린한 한국사회의 고질적 문제점이 겹쳐 있다는 게 적시되고 있다. 노동자 의 이 같은 문제는 1970·80년대의 민족민중문학 계열의 작품에서 흔히 목도되었으나, 1990년대 이후 우리 소설 지평에서는 그 명맥이 거의 사그 라들고 있다. 하지만 여전히 노동 현실의 구조악構造惡과 행태악行態惡은 새로운 양상으로 존재하며, 그러한 모순과 부정은 한국인 노동자들이 그 러했던 것처럼 외국인 노동자에게 고스란히 가해지고 있음을 김재영은 주목한다. 그러면서 여전히 중요한 문제는 한국의 노동시장에서 외국인 노동자에 대한 차별적 관계, 즉 상하의 위계 관계가 조성되고 있다는 점 을 뚜렷이 드러낸다. '필용'의 말처럼 외국인 노동자는 한국인 노동자가 하지 않으려는 이른바 3D 업종의 노동시장에서 일하고 있는, 그리하여 외국인 노동자가 은연중 한국인 노동자와 같은 노동자 계급이 아니라는 점을 부각하고 있다. 말하자면, 외국인 노동자는 한국인 노동자와 동일한 계급이면서도 민족과 인종의 차별에 따른 최하층 노동자 계급으로 전락해 있는 것이다.

게다가 불법체류자의 신세라면, 외국인 노동자는 더 열악한 노동 환경에 놓일 수밖에 없다. 손홍규의 「이무기 사냥꾼」에서 나오는 방글라데시아인 '알리'가 바로 여기에 해당한다. 한국에 밀입국한 '알리'는 법의 사각지대에서 한국인 범법자와 교통사고를 위장하여 손쉽게 돈을 벌지만, 한국인에게 철저히 이용당하는 신세가 되고 만다. 불법체류자인 외국인 노동자는 한국인 범법자에게 사회적 약점을 저당잡힌 채 한국사회의 바깥으로 추방당할 운명에 처해 있다.

그런데, 한국사회의 불법체류자 신세인 외국인 노동자들이 모두 '알리'와 같은 씁쓸한 운명에 내몰린 것만은 아니다. 이명랑의 『나의 이복형제들』에서 등장하는 외국인 노동자들은 한국사회에서 어떻게 해서든지 살아남으려는 강인한 생의 욕망을 품는다. 이명랑은 시장의 주변부에서 그들이 어떻게 생존을 연명해나가는지 그 삶의 세목을 추적한다. 이명랑에 의해 외국인 노동자들은 한국사회의 약소인 신체불구자, 가출 청소년과 공존함으로써 '이복 형제들'이란 독특한 가족 위상이 부여된다. 제 각기 한국사회로부터 직면하고 있는 문제들은 다르지만, 그들은 서로의 아픔을 공유하며, 그 아픔을 서로 치유하기 위해 노력한다. 그런데, 그 노력은 인간적 모멸감과 수치심을 역으로 이용한 위악적僞惡的 행위를 통해서 가능하다. 사회적 약소자들이 그들 스스로 한국사회에 살아 남을 수 있는 길은 그들만의 생존 논리를 통해 가능한데, 그들이 시장에서 겪은 사회적 약소자들의 인권을 유린한 근대의 폭력을 역으로 이용하여, 시장의 중심부에 있는 상인들에게 그 폭력성을 되갚아준다. 상품이 교환되는 시장의 본래적 속성에 충실히(?) 사회적 약소자들은 자신들이 받은 근대의 폭력을 폭력의 주체에게 되돌려주고 그 악무한의 시장을 떠난다. 물론, 이러한 방식을 통해 한국사회의 문제가 해결되는 것은 결코 아니다. 외국인 노동자를 비롯한 사회적 약소자들이 시장을 떠났으되, 그들은 한국사회의 어느 곳에서도 정착하지 못한 채 또 다른 시장의 근대적 폭력에 방치될 수 있기 때문이다.

여기서, 이러한 시장의 근대적 폭력이 외국인 노동자에게만 국한되는 일은 아니다. 우리의 농촌 역시 예외가 아니다. 농촌은 이미 도시의 생존을 위해 식량 자원뿐만 아니라 관광 자원을 제공해주는 도시의 또 다른 소비지로 전락한 지 이미 오래다. 생명공동체인 농촌은 도시의 삶에 예속된 채 파국으로 치닫고 있다. 그렇다면, '지금, 이곳'의 농촌의 현실은 어떠한지, 소설 속 인물의 구체적 진술을 통해 그 실상의 낱낱을 들어보자.

농사를 말여 개망나가 지었다고 해도 똥값으로 매기지는 말으야 하는 게 사람 도리구 정부가 하는 짓이지. 그려, 시상이 개떡판이라서 그런겨. 정치를 하는 놈덜이 어펌디펌 놀믄서 지녜덜 잇속만 챙기닝께 이 모냥 이 꼬라지지.

—박병례, 『쑥 캐는 불장이 딸』, 110쪽

걸어다닐 힘만 있으면 남들이 단무지 공장이다, 골프장이다, 아파트 경비다, 가윗일을 주업으로 삼아 집을 비우고 밖으로 나돌 대도 남이 걷어치운 농사까지 꿰차고, 곁눈 한 번 안 돌리고 농사를 지어왔다.

한 가마에 오만 원짜리 미국 쌀 들어온다는 소리에 기겁을 해서 유기농

도 해보고, 비육우 길러 논밭에 거름 내는 복합농애, 반딧불이 잡아다 비닐
봉지에 담아 놓고 구경시키는 생태마을, 더덕이며 산채씨 뿌리고, 날도 풀
리기 전에 산비탈 기어올라가 고로쇠물 뽑아내리는 산촌마을까지 해 볼
건 다 해 보고, 그것도 모자라 한글도 모르는 노인네들 불러 모아 컴퓨터
가르치는 정보화마을이란 것까지 다 해 보았지만 이태를 넘기지 못했다.
나라에서 하라는 일들마다 용두사미가 되고보니, 앞서서 설쳐댄 이만 멀쑥
해지고 꼴만 우수워지고 말았다.

—이시백, 「조우」, 『누가 말을 죽였을까』, 35쪽

　아버지는 술을 너무 많이 마셔요. 그래서 간이 탈나버린 거예요. 어머니
요? 아버지 땜에 농약 마셔버렸어요. 제초제요. 아버지와 어머니는 희망이
없었던 거예요. 삶에 대한 희망이요. 저요? 안 죽으려면 서울로 가야죠. 아저
씨, 그거 알아요? 여긴요. 죽음의 땅이에요. 왜냐면, 나라에서 돌봐주지 않잖
아요. 킬링필드라고 아시죠. 바로 그거라구요. 죽지 못해 사니까 죽은 거나
마찬가지잖아요. 여긴 맨날 그런 사람들만 산다구요.

—공선옥, 「가리봉 연가」, 『유랑가족』, 67쪽

　아무리 농사에 전심전력을 다 하더라도 농민에게 돌아오는 것이라곤
늘어만 나는 빚이요, 심지어 삶에 대한 일체의 희망이 스러진 죽음의 음산
한 기운만이 감돌고 있다. 오죽하면, 농촌을 '킬링필드'라고 자학적으로
호명하겠는가. 이쯤되면, 한국의 농촌은 생명공동체라기보다 죽음 그 자
체인 셈이다. 어떻게 해서든지 농촌의 위기를 극복하기 위해 온갖 노력을
기울여보았으나 뾰족한 길이 없다. 게다가 농촌과 농민을 위한다는 위정

자들의 그럴듯한 농정農政은 빛 좋은 개살구에 불과할 뿐, 위정자들에게 정작 중요한 것은 자신들의 정치적 이해 관계를 벗어나지 않는 범위 안에서 선심성 농정農政을 펴는 일이다. 아니, 좀더 솔직하게 말하자면, "워떡 하든 농사지어 먹구사는 이덜 굶어 죽지 않게 지켜 보겠다구 다짐을 혀두 될까 말까 헌 판에, 대통령두 끝장났다는 농살 혼재서 붙들구 앉아 있을 이유가 읎잖이유"(이시백, 「땅두더지」, 『누가 말을 죽였을까』, 16쪽)라는 농민의 푸념이 현실적으로 다가온다.

최근 '녹색성장'이라는 말이 심심찮게 들려온다. 말이 좋아 '녹색성장'이지, 농촌의 파탄 속에서 농민의 삶은 죽은 것이나 마찬가지라는 비관적 인식이 지배적인데, 위정자들은 또 다른 성장위주의 정책을 '녹색'이란 미명 아래 자행하려고 한다. 누구를 위한, 그리고 무엇을 위한 '녹색성장' 인지 묻지 않을 수 없다. 여기서 21세기의 한국문학은 준열히 되물어야 한다. 아무리 한국소설이 (탈)근대적 자본주의의 현실 속에서 도시로 집약되어 있는 복잡 다기한 개인의 욕망을 다루는 데 치중되어 있다고 하지만, 농촌과 농민의 예의 죽음과 같은 현실에 속수무책일 수밖에 없는가. 21세기 한국문학의 리얼리즘은 농촌과 농민의 아픔을 이러저러한 자기 변명으로 외면하고 있지 않는지 냉철히 숙고해보아야 할 것이다.

1990년대 이후 한국문학의 '저항과 변혁의 상상력'은 그 힘을 상실하고 있지 않다는 것을 알 수 있다. 항간에서는 '저항과 변혁의 상상력'이 이제 시대의 뒤안길로 스러졌다고 하지만, 지금까지 살펴보았듯이, 21세기의 한국문학과 리얼리즘은 민족, 노동, 농민의 심급에서 부단한 서사적 행보를 보이고 있다. 물론, 예의 '저항과 변혁의 상상력'이 예전처럼 한국문학의 주요한 쟁점을 형성하고 있지는 못하다. 그렇다고 한국문학의 저 도저한 리얼리즘적 성취 자체가 폐기처분된 것은 결코 아니다. 그동안 거둔 리얼리즘적 성취에 자족해서는 금물이되, 리얼리즘의 풍요로운 자산을 창조적으로 섭취하는 것 자체를 회피해서는 곤란하다. 21세기 한국문학의 리얼리즘은 미적 갱신을 두려워하지 않으면서, 의연히 자신의 길을 걸어가야 할 것이다.

끝으로, 미처 앞서 언급하지 않은 것을 강조하며 글을 맺는다. 현재 한국사회가 직면한 노동의 문제는 신자유주의 경제질서의 전횡으로 인해 비정규직 노동자의 문제가 심각한 문제로 대두되고 있는 실정이다. 올해 3월 기준으로 비정규직 노동자수는 전체 임금 노동자의 절반을 넘어선 858만 명이며, OECD 가입국 비정규직 비율은 30%인 반면, 우리의 경우 53~54%이고, 88만 원 세대라고 불리는 20대 임금 노동자의 49%가 비정규직이라고 한다. 이렇게 노동 시장의 유연성이란 미명 아래 비정규직이 급증할수록 민주주의 사회적 기반이 붕괴될 우려는 매우 높다. 21세기의 한국문학과 리얼리즘은 비정규직 노동자가 급팽창하는 한국사회의 현실을 더는 외면해서 곤란하다. 나의 과문일지 모르나, 2003년 근로복지공단에서 비정규직으로 근무하다가 '전국 비정규직 노동자대회'에서 비정규직 철폐를 외치며 분신한 실존 인물인 이용석 씨의 일대기를 다룬 이인휘의 평전 소설 『날개달린 물고기』(2005)를 제외하고는 비정규직 노동을 정면으로 다룬 소설은 보이지 않는다. 시에서는 비정규직 노동 문제를 다룬 수작秀作이 출현하고 있는데 반해, 소설에서는 이 문제를 다룬 문제작이 좀처럼 보이지 않는 게 안타까울 따름이다. 21세기의 한국문학과 리얼리즘은 다음과 같은 피맺힌 절규에 귀를 기울여야 하지 않을까.

"기계가 빽빽하면 기름도 치고 닦아서 쓴다. 결국 우리 비정규직은 기계만도 못한, 한 번 쓰고 버리는 휴지 같은 존재였던 거다."

─前 기륭전자 비정규직 노동자의 발언 중에서:

언제부터인지, 리얼리즘이 관념 속에서 이루어지고 있다. 구체적 현실에 밀착하지 않은 리얼리즘의 미적 갱신은 한갓 미의 관념적 유희에 불과하다는 점을 간과해서 안 된다. 한국사회의 뜨거운 쟁점인 비정규직 노동자의 현실에 대한 '저항과 변혁의 상상력'을 기대해본다. 이 또한 21세기의 한국문학과 리얼리즘이 당당히 응전해야 할 문학의 실천적 몫이 아닌가.

(제11회 요산문화제 세미나 자료집, 2008.10.24)

'복수復讐'하는 '복수複數'의 서사

2008년 소설 조감

1. 한국소설에 무엇이 빈곤한가?

미국발 금융위기로 인해 전 세계의 경제가 휘청하고 있다. 정확히 얘기한다면, 미국식 신자유주의 경제질서의 위기가 눈 앞의 현실로 다가오고 있다. 언제까지나 무소불위의 정치경제적 권력을 행사할 수 있을 것으로 믿었던, 이 자명성이 심각한 타격을 받고 있다. 이것은 무엇을 말하는 것일까. 혹시, 미국 주도의 세계화가 부정되는 것은 아닐까. 미국 중심 일방통행의 세계화를 관철시키고자 하는, 비유컨대 '단수單數의 세계화'를 이루고자 하는 오만에 대한 경종을 울리는 게 아닐까. 아니, 경종보다 예의 '단수의 세계화'에 조종弔鐘을 타전하는 게 아닐까. 하여, '복수複數의

세계화'를 새롭게 기획해야 한다는 어떤 문명적 전환점에 서 있다는 청신
호를 보내오는 게 아닐까.

사실, 이 같은 현실을 접하면서, 한국소설의 현재와 미래가 겹쳐진다.
작금의 한국소설에서 가장 절실한 게 바로 '단수의 서사'가 아니라 '복수
複數/復讐의 서사'를 적극적으로 모색해야 한다는 점이다. 물론, 외형적으
로는 다종다양한 작품들이 쓰여지고 있다. 하지만 그 다양성마저 어떤 패
턴을 지닌 다양성에 치우친, 말하자면 서사의 다채로움은 충분히 인정할
만 하되, 서사의 힘이 확보되지 않은, 그래서 현실과의 길항 관계를 형성
하지 못해 서사의 주요한 역할 중 하나인 '반성적 성찰'을 효과적으로 수
행하고 있지 못하다. 일상의 반복과 권태에 대한 미적 충격을 통해 우리의
삶을 위반 · 모반 · 전복함으로써 신생의 계기를 던져주는, 복수復讐로서
의 '복수複數의 서사'가 빈곤하다. 자동화 · 관성화 · 타성화된 삶을 대단
히 불편하게 만드는, 이러한 삶들을 향해 가차없는 분노를 표출하는 복수
적復讐的 서사의 태도가 위축돼 있다. '지금, 이곳'에서 요구되는 백화제방
百花齊放은 바로 이러한 복수적復讐的 서사의 태도를 보이는 '복수複數의 서
사'라 해도 과언이 아니다.

이 같은 문제의식을 지닌 채 2008년 한 해 동안 발표된 작품들 중 10편
을 주목하고자 한다.(10편 중 구효서, 정도상, 윤고은의 작품은 각론의 형식을 빈『실
천문학』(2008년 겨울호)의 '집중서평'으로 다루어지고 있기에 여기서는 이들 세 작가를 제
외한 작가의 작품들에 대한 대략적 견해를 밝혀둔다.)

2. 소문자 '역사'들의 현실 대응—김연수의 『밤은 노래한다』, 손홍규의 『봉섭이 가라사대』

김연수의 장편소설 『밤은 노래한다』를 읽으면서 오랜만에 서사적 전율을 느껴본다. 그는 1930년대 역사의 변방에서 망각된 만주의 항일유격지에 일어난 이른바 민생단 사건을 서사화하고 있다. 나는 다른 지면을 통해 이 소설에 대해 간략히 다음과 같이 언급한 적이 있다.

역사가 이렇게 가혹할 수 있을까. 역사의 합법칙적 발전을 신뢰하는 자들에게 엄습해온 역사의 폭력을 어떻게 상식적으로 이해할 수 있을까. 역사가 또 다른 역사에게 가한 이 폭력은 정당성이 확보될 수 있을까. 대문자 역사를 위해 소문자 역사들은 희생당할 수밖에 없는 처지일까. (…중략…) 민생단의 혐의를 받고 죽어간 수많은 조선인 공산주의자들은 항일혁명을 하기 위해 그들 스스로 희생양이 되었던 셈이다. 그들의 실존은 경계에서 언제 죽을지 모르는 운명을 감내해야만 하였다. "그들에게 객관주의란 없었다. 있는 것이라고는 오직 주관으로 결정되는 가혹한 세계뿐이었다."(213쪽) 이 얼마나 아이러니한 일인가. 역사의 합법칙적 발전을 신뢰하고, 유물변증법에 의해 세계를 과학적으로 인식하고, 진보적 이성에 대한 무한한 신뢰를 가진 공산주의자들에게 객관주의란 없었고, 오직 주관으로 결정되는 가혹한 세계만이 있을 뿐이라니. 바로 이것이 조선인 공산주의자들이 만주 지역에서 감당해내어야 할 실존적 조건이었다. 일국 일당 원칙에 의해 중국 공산주의자가 될 수밖에 없는 국제정세 국면에 적응을 하되, 그들은 조선의 독립을 쟁취하는 것을 늘 염두에 두고 있는 민족주의적 성격을 동시에 지니고 있던, '조선인 공산주의자들'이었다. 따라서 중국 혁명이 우선인가, 아니면 조선의 독립을 쟁취하는 게 우선인가 하는 문제의 틈새에서 조선인 공산주의자들은 역사의 가혹한 폭력에 속수무책이었다. 여기서 작가와 우리는 역사와 시대의 곤혹스러운 풍경과 맞닥뜨린다. 역사의 변방과 뒤안길로 외면하거나 망각할 수 있는 '그때, 그곳'의 삶이, '지금, 이곳'의 삶과 무관할 수 있을까. 1930년대 초반 만주지역에서 조선인 공산주의자들이 목도했던 폭력의 세계를 넘어 그들이 꿈꾼 혁명의 세계가, 행복한 인간의 세계와 맞닿아 있다면, 그 도정에서 그들을 엄습한 폭력과 죽음의 가치는 마땅히 새롭게 조명되어야 할 것이다. 그것이 바로 대문자 역사로부터 희생해온 소문자 역사들이 갖는 역사적 위의威儀다.

—「산문정신의 매력들」, 『문학수첩』, 2008년 겨울호, 381~383쪽

대문자 역사의 변방, 아니 틈새에 자리한 소문자 역사들이 갖는 역사적 위엄에 대한 서사적 탐구야말로 21세기의 한국소설이 진력을 기울여야 할 새로운 서사적 과제가 아닐까.

여기서, 손홍규의 소설집 『봉섭이 가라사대』를 각별히 주목할 필요가 있다. "동시대의 소설가들이 소설을 여고생 취향으로 만들어버렸다는" (「매혹적인 결말」, 『봉섭이 가라사대』, 45쪽) 준열한 진단에서 단적으로 알 수 있듯, 손홍규의 서사는 '지금, 이곳'의 문제적 현실을 진득하게 물고 늘어진다. 그의 소설 전반에는 웃음이 배어 있되, 그 웃음은 현실의 문제들과 동떨어진 조소와 냉소가 뒤섞인 '싸늘한 웃음'이 아니라, 현실의 문제들과 밀착한 가운데 부박한 세태를 예리한 풍자의식으로 비판하면서, 그러한 현실을 내팽개칠 수 없는 '뜨거운 웃음'을 자아낸다. 외국인노동자 '알리'

의 죽은 시늉을 하는 생존의 형식(「이무기 사냥꾼」), 평생 소를 기르며 살아간 '웅삼이'가 소의 모양을 닮아가는 것(「봉섭이 가라사대」), 남한과 북한의 서로 다른 존재들이 마치 도플갱어와 같은 삶을 살아가는 것(「도플갱어」) 등의 양태는 우습되, 그 웃음의 이면에는 작중 인물들이 그러한 삶의 형식을 통해 견딜 수밖에 없는 현실의 부박함이 가로놓여 있다. 손홍규는 이 현실의 부박함을 그 특유의 웃음의 서사적 상상력으로 유쾌하게 부정하고 있는 것이다.

3. 상상력의 힘과 산문정신의 핍진성 —김중혁의 『악기들의 도서관』, 허혜란의 『체로키 부족』

'웃음의 서사적 상상력'하면, 김중혁을 손꼽지 않을 수 없다. 김중혁의 소설집 『악기들의 도서관』은 손홍규와 또 다른 서사적 매력을 발산한다. 김중혁의 톡톡 튀는 상상력은 이번 소설집에서도 예외가 아니다. 김중혁에게 소설 혹은 소설쓰기를 비롯한 다양한 문자 행위는 일종의 퍼포먼스인바, 인간의 유희성을 극대화시키는 데 있다. 하여, 그가 도저히 용납할수 없는 세상은 "상상력이 부족한 사회"(「유리방패」, 『악기들의 도서관』, 175쪽)로, 상상력이 궁핍한 사회를 향해, 그는 상상력의 유희를 발견하도록 한다. 그래서 그는 음치들의 목소리를 믹싱하여 새로운 음악을 창조해내는가 하면(「엇박자D」), 온갖 제품들의 사용설명서를 모아 잡지화함으로써 제품의 기능을 단순히 설명해주는 매뉴얼의 역할로 자족하는 게 아니라 잡지의 형식을 빈 예술의 모양새로 탈바꿈시킨다(「매뉴얼 제너레이션」). 김중혁에게 일상의 존재들은 어떤 (예술적) 형식의 꼴을 갖춰주면 모두 예외 없이 훌륭한 상상력의 소산으로 거듭난다. 그런 의미에서 김중혁의 소설적 전언, "우리는 모두 보이지 않는 여러 개의 끈으로 연결돼 있다. 그러므로 우리들은 모두 어느 정도는 디제이인 것이다"(「비닐광 시대」, 같은 책, 104쪽)가, 내포하는 의미를 곱씹어야 한다. 상상력이 결핍한 사회를 향해 그는 우리 모두가 상상력으로 충만한 디제이의 존재 형식을 구비하고 있다는 것을 은연중 들려주고 싶은지 모를 일이다. 하여, 우리는 너무 소모적인 일만 하고 있다는 문제의식을 던진다. 자, 디제이가 돼, 인간의 유희성을 극대화함으로써 상투적 일상을 훌쩍 넘어설 수는 없을까. 상상력의 힘으로 말이다.

김중혁이 상상력의 힘을 통해 무기력한 일상을 넘어서고 있다면, 허혜란은 그의 첫 소설집 『체로키 부족』을 통해 남루하고 비루한 일상을 회피하지 않고, 정면으로 그것을 맞대면하는 산문정신의 핍진성逼眞性을 통해 일상을 견디는 삶의 도저한 저력을 보여준다. 그 단적인 한 사례를 살펴보자.

고액의 투자에 빚 투성이가 된 채 택시운전사의 삶으로 전락한 남편은 심적 충격으로 인해 남성으로서의 성기능을 제대로 발휘할 수 없는데, "들짐승이 사는 어두컴컴한 동굴 같"(「독」, 『체로키 부족』, 245쪽)은 곳에서 남루한 삶들에 치여 살고 있는 아내와 함께 그들의 궁색한 삶의 조건으로부터 도망치지 않는다. 도리어 아내는 매콤하고 쫄깃한 아귀찜을 아침 식사로 준비할 각오를 다지며, 아귀의 입술과 내장에 묻어 있는 독을 제거한다. 그들이 지금 당장 할 수 있는 일은, 그들을 에워싼 이 지긋지긋한 현실의 삶을 무작정 외면하는 게 아니라, 지독히 예의 삶을 껴안음으로써 그 삶의 독이 자연스레 스며들어 중화되는 과정 속에서 또 다른 신생의 삶을 향한 꿈을 꾸는 일이다. 첫 소설집을 관류하는 허혜란의 문제의식은 바로 여기에 젖줄을 대고 있다고 나는 생각한다. 그의 소설 속 인물들이 미더운 것은 모질고 힘든 삶에 대해 과장스런 태도를 보이지 않고 그러한 삶에 정직하다는 점이다. 말하자면 그의 인물들은 위선 혹은 위악과 거리가 멀다. 삶이 고단할수록 그 고단한 삶을 있는 그대로 받아들이며, 그것을 넘어서는 인간 존재의 위엄에 대한 신뢰를 포기하지 않는다. 가령, 중앙아시아의 소수민족의 삶을 살고 있는 고려인들이 온갖 애환을 겪으며 살아가되, 작가는 그 소외와 고통의 삶을 견디는 고려인의 비장한 슬픔을 소년과 소년의 할아버지의 얼굴 없는 그림을 통해 보여준다(「내 아버지는 서울에 계십니다」). 그것이 중앙아시아의 소수민족으로서의 삶을 살아가는 삶의 형식이기 때문이다.

4. 삶의 난경을 극복하는 여성들 — 공선옥의 『명랑한 밤길』, 김윤영의 『그린 핑거』

공선옥의 소설은 항상성을 지닌다. 삶의 신산스러운 풍경 속에서 억척 어멈으로 생을 살아가는 그의 소설 자체가 바로 그러한 삶과 등가물이라 해도 지나치지 않다. 1991년에 등단한 이후 그의 소설세계의 큰 축은 흔들리지 않은 채 더욱 농익은 서사를 통해 삶의 신산스러움을 파고든다.

그런데 그의 이러한 서사에는 따뜻한 기운이 감돈다. 분명, 그가 다루는 삶은 표면적으로 볼 때 따뜻함과 거리가 먼 비정한 삶이되, 그 삶의 갈피마다에 스며든 온후한 기운이 매력적이 아닐 수 없다. 이번 소설집『명랑한 밤길』도 예외가 아니다. 가령,「꽃 진 자리」에서 이혼을 한 여인은 낯선 남자를 우연히 만나면서 새로운 삶의 전기를 스스로 개척하게 되는데, 그를 향한 호기심과 연정은 마치 춘삼월에 새로 돋는 싹처럼 싱그럽기 그지 없다. 그의 어머니 말대로 "꽃 진 자리에는 지가 절로 푸른잎도 돋아나오"(「꽃 진 자리」,『명랑한 밤길』, 28쪽)기 마련이다. 공선옥의 서사의 매력이 바로 이런 점이다. 공선옥에게 삶은 누추하고 신산스러워 심지어 삶에 대한 어떤 희망과 낙관을 가져볼 수 없을지라도 삶의 건강성을 향한 자기긍정의 욕망과 의지를 폐기한 적은 없다. 이 같은 면은 표제작「명랑한 밤길」에서도 여실히 읽을 수 있다. 간호사인 '나'는 우연히 남자를 치료하게 되면서 사랑을 하게 된다. 그리고 그 남자로부터 버림을 받는다. 언제 그토록 달콤한 사랑을 했냐는 듯, 그 남자는 사랑을 헌신짝처럼 내팽개쳐버린다. 바로 그 때 '나'는 '나'의 삶 못지 않은 슬픔과 배반의 고통을 앓고 있는 외국인노동자의 얘기를 엿듣는데, 외국인노동자들은 삶을 향한 애정과 희망의 밧줄을 놓고 있지 않다. 그들은 그 어떠한 삶의 고통 속에서도 억척스럽게 그리고 명랑하게 삶의 위기의 순간을 건디고 있는 것이다(「명랑한 밤길」).

  김윤영의 소설집『그린 핑거』에는 공선옥과 같은 부류의 억척여성들이 주요 인물로 등장하지는 않는다. 그렇다고 삶의 위기와 신산스러움을 애써 외면하는 것은 결코 아니다. 김윤영 식의 서사적 대응으로 삶의 난경難境을 극복해낸다. 이것은 소설집의 표제작인「그린 핑거」에 압축돼 있다. 이 소설의 주요 인물인 '나'는 언청이로 태어나, 얼굴 외모에 대한 심한 콤플렉스를 갖고 있다가, 몇 차례의 성형 수술을 받으며 정상인의 얼굴과 같은 외모를 지니게 된다. 그런데, '나'는 여기에 만족하지 못하고 마치 성형 수술에 중독이 된 것인 양 얼굴 성형에 집착하게 되고, 심지어 의부증을 보이기까지 한다. 어떻게 꾸린 가정인데, '나'는 남편을 잃을 수 없고, 가정의 행복을 추구하기 위한 온갖 노력을 마다하지 않는다. 하여, 어느 집 못지 않은 아름다운 정원을 가꾸는 데 집착하는 것도 바로 예의 '나'의 외모 콤플렉스를 극복하고 가정의 행복을 쟁취하기 위한 것이다. '나'는 '나' 스스로의 방식으로 '나'를 에워싼 세계의 고통을 극복하고자 안간힘을 쓴다. 정원을 아름답게 가꾸는 것을 통해서 말이다. 하지만, '나'는 자신이 정성들여 가꾼 정원에 꼭 필요한 것이 무엇인지 자각하는데, 그것은 온갖 화초가 아닌, '나'가 진심으로 사랑하는 남편과 "나의 자궁에서 싹이 터 자라난 나의 아이들"(「그린 핑거」, 37쪽)이다. 그래서 '나'는 '나'를 떠난 남편이 돌아오기를 애타게 기다린다. 삶의 난경을 극복하는 것은, '나' 혼자만의 독자적 방식으로 정원을 아름답게 가꾸는 것, 즉 인공의 정원 속에서 '나'만의 아름다움을 추구해서 되는 게 아니라, '나'의 고통을 함께 나누어 갖는 타자와의 부딪침 속에서 생의 진정한 아름다운 가치들이 발견되는 것이기에 그렇다.

그래서인지, '내게 아주 특별한 연인'이란 부제를 달고 있는 김윤영의 잇따른 연애의 서사에서 나오는 여성들은 자본주의의 상품가치로 치환되는 물신 숭배의 세상을 비정한 시선으로 해부한다. 투자대상의 손익대차 대조표에 의해 적절한 시점에 매도해야 하는 증권의 시장 원리로부터 자유롭지 못한 사랑은 예측가능성과 계산가능성의 지표 그 이상도 이하도 아니다. 김윤영의 여성들에게 사랑을 소통할 타자는 더 이상 존재하지 않는다. 김윤은 이 끔찍스러운 물신 숭배의 세상을 예각적으로 해부하고 있는 셈이다.

5. 근대소설을 전복시키는 '복수復讐/複數의 서사' —박상륭의 『잡설품』

이렇게 2008년 올해의 문제작들을 검토해보는 가운데 또 다른 작품이 턱, 하고 서 있는데, 그것은 박상륭의 장편소설 『잡설품』이다. 솔직히 고백하건데, 이 소설뿐만 아니라 박상륭의 다른 소설을 그동안 우리에게 낯익은 서구의 근대소설의 문법으로 읽는 게 가능한 일일까, 하고 의문을 품어본 게 한 두 번이 아니다. 이번 작품도 예외가 아니다. 아무리 소설이 잡식성의 예술 양식이라고 하지만, 『잡설품』에서 보이고 있는 동서양의 넓고 깊은 사유의 궤적, 그리고 그것을 한국어의 문장에 담아내는 박상륭의 소설쓰기를 온전히 이해하는 게 가능한 일일까. 어쩌면, 그는 그만의 글쓰기를 통해 서구의 근대소설을 전복시키는, 그리하여 우리에게 낯익은 세계문학의 정전을 해체시킴으로써 정전을 비워낸 그 곳을 인간의 언어적 형식을 통해서는 그 어떠한 것도 채워넣을 수 없다는, 그것이 도로徒勞임을, 어느 순간 깨우치게 하는, 지구상의 새로운 경전(소설의 형식을 빌되, 소설의 형식으로 담아낼 수 없는)을 창안해내고 있는 것은 아닌지. 서구의 합리적 이성에 의해서는 온전히 읽을 수 없는, 그것이 아닌 전혀 다른 방식으로 감지되어야 하는, 의미를 캐들어가는 게 아닌, 의미를 끝없이 분산시키고 지연시키며 해체시키는, 우주로 산견되는 그 어떤 의미 너머의 불가해적 진眞을 궁리하는 길에 우리를 동참시키는 게 『잡설품』의 존재 이유가 아닌지. 아차! 그렇다면, 혹시 박상륭은 근대소설에 대한 '복수復讐의 서사'를 '복수複數의 서사'로 몸소 수행하고 있는 것은 아닐까. 예藝와 도道가 회통會通하는 글쓰기의 난경難境을 형상화하고 있는지도 모를 일이다.

(『실천문학』, 2008년 겨울호)

제주, 평양 그리고 오사카

'4·3'문학'의 갱신을 위한 세 시각

1. 4·3문학 새롭게 읽기

대한민국 건국 60주년을 맞이하여 사회 각 분야에서는 다양한 기념 행사를 준비하고 있다. 일제의 암울한 식민 통치에서 벗어나 '대한민국'이라는 주권 국가로서 출범한 역사적 의의를 아무리 강조해도 지나치지 않을 것이다. 하지만 간과하지 말아야 할 것은, 대한민국 건국 60주년과 함께 분단 60주년이란, 한반도의 엄연한 역사적 비극을 망각할 수 없다는 점이다. 북위 38도를 경계로 한반도의 남과 북은 서로 다른 정치체政治體가 들어서고, 이후 미국과 소련의 세계전략의 첨예한 대립에 따른 냉전적 질서가 유지되더니, 소련의 몰락 이후 더욱 팽창해진 지구적 세계자본주의

체제와 연동되어 있는 분단체제 아래의 남과 북은 여전히 대립과 갈등의 국면 속에 놓여 있다. 이러한 한반도의 현실을 냉철히 인식하면서 분단체제를 극복하여 한반도와 동아시아의 평화, 더 나아가 인류의 평화를 모색하는 데 지혜를 모으고 실천하려는 차원이 아닌, 분단체제를 더욱 공고히 하고 역사의 퇴행을 의도하는 차원의 움직임은 단호히 부정되어야 한다.

그런데 최근 이와 관련하여 우려할 만한 움직임이 잇따르고 있다. '국가정체성회복국민협의회(이하 '국정협'으로 약칭)'는 지난 3월 27일 제6차 중앙위원회의를 열고 4·3사건에 대한 입장을 밝힌 바, 4·3사건은 "대한민국의 건국을 불법적인 방법으로 저지할 목적으로 공산주의자 및 그 동조자들이 일으킨 '무장폭동'이었"고, "이 같은 불법적인 폭동에 대해 당국이 '질서회복'의 차원에서 '진압작전'으로 대응한 것은 너무나도 당연한 선택이었을 것"이라 하여,[1] 4·3사건의 역사적 진실을 밝혀온 그동안의 숱한 노력들 속에서 획득한 진보적 가치를 크게 훼손하려 한다. 뿐만 아니라 '국정협'에 속한 뉴라이트 계열인 교과서 포럼이 최근 펴낸『대안교과서 한국근·현대사』에서는 4·3사건을, '대한민국 성립에 저항한 좌파세력의 반란'[2]으로 규정함으로써 또 다시 레드콤플렉스의 망령에 사로잡힌 가운데 4·3사건을 에워싼 역사적 진실을 휘발시키려 한다. 그동안 4·3사건을 짓눌러온 이념적 억압 아래 4·3의 역사적 진실을 밝히고 그 역사적 상처를 치유하기 위해 얼마나 많은 피와 땀을 흘렸는가. 새삼 강조할 필요 없이 우리는 잘 알고 있다. 국가권력의 폭압 속에서 '4·3=

---

1) 「제주 4·3사건 기념관, 폭도를 봉기자로 미화」, 인터넷 신문『데일리안』, 2008년 3월 28일, http://www.dailian.co.kr.
2) 교과서 포럼,『대안교과서 한국근현대사』, 기파랑, 2008, 144쪽.

공산폭동'이란 전횡적 도식을 바로잡기 위해 국내외의 양심적 주체들은 지속적으로 온갖 노력을 다 해왔다. 그리하여, 1999년 12월 16일 이른바 '제주 4·3특별법'이 국회본회의에서 의결되었고, 2003년 10월 15일 정부는 『제주 4·3사건 진상조사 보고서』를 국가차원에서 공식적으로 최종 확정하였으며,[3] 마침내 2003년 10월 31에는 노무현 대통령이 국가권력의 최고 수반으로서는 처음으로 4·3사건에 대해 국가권력의 과오를 공식적으로 사과하였다. 비록 4·3사건을 둘러싼 문제들에 대해서는 아직도 여러모로 불충분한 게 사실이지만, 그동안의 노력을 감안해보건대 분명 역사적 진전을 이루는 과정이며 4·3의 역사적 가치를 복원하고 새롭게 발견하는 차원의 이 모든 과정이야말로 무엇과도 바꿀 수 없는 진보의 아름다움 그 자체다.

여기서 우리는 4·3문학이 담당한 역할을 소중히 생각하지 않을 수 없다. 제주의 4·3문학은 지역문학'운동'의 성격을 지니는바, 자칫 한국현대사의 미증유의 사건으로 묻히거나, 국가권력의 합법적 행사라는 미명 아래 그 역사적 진실이 왜곡될 수 있었던 4·3의 역사적 실체를 밝히는

---

3) 이 보고서는 2003년 12월 15일 비매품 자료집의 형태로 공식적으로 발간되었다. 자료집의 다음과 같은 서문을 통해 자료집의 성격을 단적으로 알 수 있다. "많은 분들의 헌신적인 노력과 여야 합의로 마침내 지난 2000년 1월에 '제주4·3사건진상규명및희생자회복에관한특별법'이 제정·공포됨으로써 정부차원의 진상규명이 이루어지게 되었습니다. 그동안 정부는 국무총리를 위원장으로 한 '제주4·3사건진상규명및희생자명예회복위원회'를 두어 진상규명 및 희생자 명예회복을 위한 활동을 해왔습니다. 그리고 위원회 산하에 '진상조사보고서작성기획단'을 설치하여 진상규명을 위한 관련자료를 국내·외에서 수집해 분석하였습니다. // 이런 작업의 결과, 위원회는 2003년 3월 29일에 『제주4·3사건진상조사보고서』를 조건부로 채택했습니다. 위원회는 새로운 자료나 증언이 나타나면 추가 심의를 거쳐 수정할 수 있도록 6개월의 시한을 두어 객관성과 공정성을 최대한 확보하기 위한 노력을 기울였습니다. 그 후 접수된 의견들을 검토, 일부 내용을 반영하여 지난 10월 15일 진상조사보고서를 최종 확정하기에 이르렀습니다."(제주4·3사건진상조사보고서작성기획단, 『제주4·3사건진상조사보고서』, 제주4·3사건진상규명및희생자명예회복위원회, 선인, 2003)

전위前衛에 있다.4) 말하자면 4·3문학은 4·3의 역사와 대화를 나누는 문학'운동'의 급진성을 보증해내면서 오랫동안 금기시되었던 4·3을 역사의 현장으로 자연스레 소환하였다. 4·3문학은 역사의 숱한 죽음들을 외면하지 않고, 구천에 떠도는 중음신中陰神들의 혼을 달래며, 살아 있는 자들의 영육에 각인된 역사의 상처들을 위무하고 치유해왔다.

그런데 이와 같은 4·3문학이 거둔 성과에 안주해서는 곤란하다. 앞서 잠시 살펴보았듯이, '국정협'과 뉴라이트 계열의 교과서포럼의 퇴행적 역사 시각에서 단적으로 알 수 있는 것처럼 힘겹게 획득한 진전된 역사의 행보를 저지하고자 하는 움직임이 고개를 들고 있다. '지금, 이곳'의 4·3문학은 이 같은 수구 냉전적 역사 시각을 넘어서는 또 다른 문학적 실천을 궁리해야 할 것이다. 그러기 위해서는 그동안 축적한 4·3문학의 성과에 대한 냉철한 점검을 통해 4·3문학의 새로운 지평을 과감히 모색하고, 4·3과 연동된 문제들에 대한 시각의 넓이와 깊이를 새롭게 다듬어야 한다.5)

이러한 일환으로 필자는 2000년대 이후에 발표된 세 편의 소설에 주목하고자 한다. 고은주의 장편소설 『신들의 황혼』(서울 : 문이당, 2005), 양의선의 장편소설 『한나의 메아리』(평양 : 문학예술종합출판사, 2000), 김길호의 중편소설 「이쿠노 아리랑」(제주 : 제주문화, 2005 별쇄본)이 그것이다.6) 고은주의

---

4) 현기영의 문제작 단편 「순이삼촌」(1978)이 발표된 이후 문학의 모든 장르에 걸쳐 4·3에 대한 역사적 진실 탐구는 지속적으로 진행되고 있다. 그 숱한 성과들을 일일이 언급할 수는 없지만, 4·3의 직접 당사자인 제주문학인들이 일궈낸 4·3문학의 성과와 그 중요성을 아무리 강조해도 지나치지 않을 것이다. 특히 (사)제주작가회의가 꾸준히 펴낸 시선집 『바람처럼 까마귀처럼』(실천문학, 1998), 소설선집 『깊은 적막의 꿈』(각, 2001), 희곡선집 『당신의 눈물을 보여주세요』(각, 2002), 평론선집 『역사적 진실과 문학적 진실』(각, 2004), 산문선집 『어두운 하늘 아래 펼쳐진 꽃밭』(각, 2006)은 4·3문학이 4·3의 역사적 진실을 밝히는 전위로서의 역할을 보증한다.
5) 4·3문학의 갱신을 위해 필자는 기존의 4·3문학 성과(특히 소설 연구와 연구사)를 비판적으로 논의한 바 있다. 고명철, 「이념의 장벽을 넘어선 4·3소설의 새로운 지평」 및 「'4·3문학비평'에 대한 비판적 성찰」이 그것이다. 고명철·고재환, 『제주인의 혼불』, 각, 2006 참조.

소설을 통해 4·3과 한국전쟁의 접촉, 그리고 이들 역사와 무관한 인물이 겪는, 하지만 결코 무관할 수 없는 삶의 양상에 주목해보고, 양의선의 소설을 통해 우리가 좀처럼 접근할 수 없는 북한소설의 4·3에 대한 형상화에 주목해보고, 김길호의 소설을 통해 4·3에 대한 재일동포 시각의 면모에 주목해본다. 말하자면, 2000년대 이후 남한(4·3의 미체험 세대), 북한, 재일동포 작가의 시각에 의한 4·3문학 읽기를 통해 자칫 답보상태에 머물러 있는 작금의 4·3문학에 활기를 불어넣고, 4·3문학의 갱신을 위한 어떤 계기를 탐색해보고자 한다.

2. 대문자 역사와 소문자 역사의 긴장—고은주의 『신들의 황혼』

'지금, 이곳'의 작단에서 4·3을 다룬 젊은 작가의 작품을 만나는 일은 힘들다. 그래서인지, 고은주의 『신들의 황혼』의 출현은 반갑기 그지 없다. 비록 『신들의 황혼』이 4·3을 정면으로 대한 것은 아니지만, 최근 젊은 작가의 주류적 서사가 대문자 역사, 즉 사회공동체의 운명과 밀접한 연관을 맺는 서사를 애써 외면하고 자본주의 일상을 살고 있는 비루한 존재들의 소문자 역사(개인사)에 매몰되어 있는 것을 환기해볼 때, 『신들의 황혼』은 대문자 역사와 소문자 역사 중 어느 하나에 편중되지 않고 양자의

---

6) 이하 위 작품의 부분을 인용할 때는 별도의 각주 없이 해당 작품의 쪽수만을 본문에서 표기하기로 한다.

긴장 관계를 유지하고 있다. 이 긴장 관계를 지탱시켜주고 있는 게 4·3
인바, 고은주의 『신들의 황혼』을 4·3문학의 맥락으로 배치하여 읽어낼
때 각별히 유의해야 할 점이 바로 이것이다.

종래 4·3소설의 대부분이 4·3문학'운동'의 자장磁場으로부터 자유롭
지 못한 채 4·3이란 대문자 역사를 충실히 탐구하는 데 모든 문학적 역량
을 발휘했다면,[7] 대문자 역사와 팽팽한 긴장 관계를 맺고 있던 소문자 역사
에 대해서는 상대적으로 문학적 탐구를 소홀히 한 측면이 있다. 고은주의
『신들의 황혼』은 대문자 역사와 소문자 역사의 맞섬·회통·융합의 관계
에 천착한다. 이 과정에서 4·3은 제주와 과거의 경계를 훌쩍 넘어 현재진
행형의 삶의 첨예한 문제들로써 새로운 서사적 지위를 자연스레 확보한다.

이 소설에서 눈여겨보아야 할 인물은 아버지와 딸인데, 우선 딸은 4·3
을 체험하지 않은, 4·3과 같은 무거운 역사와는 가급적 관계를 맺고 싶지
않은 미혼 직장 여성이다. 능력 있는 미혼 직장 여성들의 공통적 속성이
그렇듯, 그녀는 분주한 도시의 일상 속에서 뒤처지지 않는 개인의 삶을 충
실히 살아간다. 혼자 살기에 부족할 게 없는 경제적 능력, 적절한 삶의 긴
장을 갖기 위한 문화적 취향, 결혼이란 사회적 제도에 얽매이지 않으려는
자유 분방한 삶 등 그녀는 한국사회에서 시쳇말로 골드미스족의 전형적
일상을 만끽하고 있다. 바꿔 말해 골드미스족으로서의 개인사, 즉 소문자
역사를 누리고 있는 셈이다. 그런데, 그녀의 소문자 역사는 그녀의 가족사
(특히 아버지의 역사)가 틈입해들어오면서 균열의 징후를 보인다. 그녀는 자
신의 "삶과 두렵도록 질긴 인연을 맺고 있는 이야기들"(54쪽)로부터 전혀

---

7) 여기에는 (사)제주작가회의가 펴낸 4·3 소설선집, 『깊은 적막의 꿈』(각, 2001) 및 임철우의 장
  편소설 『백년여관』(한겨레출판사, 2005)을 대표적인 작품으로 들 수 있다.

무관할 수 없다. 바로 그녀의 아버지와 연루된 이야기들인데, 그것은 그녀의 아버지와 같은 시대를 살았던 사람들의 운명을 송두리째 결정짓게 했던 대문자 역사이며, 대문자 역사 사이에 숨죽이며 자리했던 소문자 역사 '들'이 갖는 진실이다.

4 · 3의 역사적 상흔이 미처 치유되지 않은 채 한국전쟁은 일어나고, "섬사람들 전체에 덧씌워진 빨갱이라는 누명을 벗겨야 한다는 생각뿐"(21쪽), "정당하거나 정의로운 것과는 상관없는 생존의 문제"(17쪽)로 해병대와 육군에 제주의 청년들은 자원 입대하는데, 그녀의 아버지도 예외가 아니다. 이렇게 자원 입대한 제주의 청년들은 한국전쟁에서 대한민국이란 개별 국민국가의 영토와 주권을 수호하기 위한 전쟁에 참전한 게 분명하되, 같은 국군의 군인으로서 차별적 시선을 감내하게 된다.

제주. 한숨 속에 그 이름을 뇌까렸던 밤이 떠오른다. 퇴각하는 적을 쫓아 추격전을 벌이다가 서울 외곽의 공동묘지 근처에서 맞이했던 그 밤, 방어와 휴식을 위한 참호를 파다가 그는 중대장이 선임 장교에게 하는 말을 들었다. 중대원 모두가 제주 출신이라 처음엔 마음이 놓이지 않았지만 그동안 적과 싸우는 모습을 지켜본 결과 이제야 안심이 된다는……. 그토록 지독한 불신에 맞서느라 비참하고 허망하게 스러진 목숨들이 떠올라 그는 잠을 이룰 수 없었다.

그날 밤처럼 한숨 속에 불러 보는 이름, 제주. **저 섬을 생각하면서 이 병사들은 앞으로도 적이 아닌 불신과 싸워야 할 것이다.** 죄 없는 제주 사람을 학살한 바로 그들을 위해 거듭 목숨을 내놓고 싸워야만 할 것이다.(110~111쪽. 강조는 인용자)

적과 대치한 일촉즉발의 전선에서 제주의 청년들은 또 다른 적과의 싸움도 병행해야 한다. 아군의 불신을 불식시켜야 한다. 4·3의 여파는 쉽게 사그라든 게 아니었다. 4·3에 대한 '공산폭동'이란 이념적 억압과 국가권력의 폭압은 제주 자체를 불온한 공간으로 인식하게 하고, 대한민국 국가권력의 정상성正常性을 전복시키려는 지극히 반국가적 반란세력이란 혐의로 제주의 청년들을 옭아맨다. 그리하여, 제주의 청년들은 국군이란 동일성을 갖지만, 국군 내부에 존재하는 타자적 시선 속에서 "전쟁의 속살"(108쪽)을 응시한다. 제주의 청년들은 대한민국의 영토와 주권을 수호하는 국군의 일원으로서 4·3으로부터 각인된 역사의 상처를 대속代贖받는, 즉 역사의 희생양임을 자처했는데도 불구하고, 국가권력은 여전히 4·3과 연루된 모든 존재들을 반국가적 반란의 혐의를 덧씌우며 경계·고립·배제되어야 할 '위험한 타자'로 간주한다.

이렇게 한국전쟁에 참전한 제주의 청년들은 이중의 전선에서 목숨을 건 싸움을 하였다. 적군과의 전선, 그리고 아군 내부의 타자적 시선과의 전선, 이중의 전선에서 작중인물 그녀의 아버지는 "세상에 대한 맹렬한 욕구"(243쪽)로 4·3과 한국전쟁의 대문자 역사를 견뎌온 것이다. 여기서 그의 소박한 삶의 진실이 드러난다. "이념을 선택하기는커녕 무조건 운명처럼 주어진 이념에 순응해야만 하는 일을 겪어본 적이 있"(191쪽)는, 그렇게 살아남은 자들은 "새로운 세계를 위해 기꺼이 자신의 종말을 받아들이는"(199쪽) 운명을 두려워하지 않는다. 그것은 대문자 역사를 회피하지 않는 것이면서, 그 대문자 역사를 이루는 숱한 소문자 역사의 존재와 가치를 존중한다는 것이다. 때문에 그녀의 아버지는 4·3과 한국전쟁 와중에 휩쓸린 자신의 존재와 가치를 업신여기지 않고 고통스러운 과거를 애써 기억해내는 것이다. "'기억'이란 때때로 나에게는 통제 불가능한 것으로, 나의 의사와는 관계없이 나의 신체에 습격해오는 것"[8]임에도 불구하고, 그녀의 아버지는 기억에 의해 대문자 역사와 상관성을 맺는 소문자 역사의 가치를 착목한 셈이다.

이러한 아버지의 삶은 딸의 삶과 포개지는데, 바로 이 점은『신들의 황혼』이 갖는 또 다른 서사적 매력이다. 그녀는 미혼모로서 임신을 하게 되어 여러 생각 끝에 마침내 애를 낳을 결심을 한다. 그런데 이러한 그녀의 결심은 어떤 치기와 객기가 아니라 그녀의 가족사, 특히 아버지의 이야기와 접촉하게 되면서 서서히 구체화된다는 데 주목해야 한다. 임신한 상태에서 그녀는 오사카를 방문하여 4·3사건의 참상과 비극을 만나는 계기를 갖게 되고, 이후 그녀의 아버지의 삶과 대면하는 과정 속에서 지금까지 자신의 존재만을 위한 삶, 즉 오로지 소문자 역사—개인사의 삶에만 충실하려는 삶을 전복적으로 성찰하게 된다.

네가 왜 나에게 왔는지 나는 잘 몰라. 하지만 네 덕분에 나는 내 주변의 사람들에게 새삼 관심을 갖게 되었어. 그동안 별 생각 없이 들어왔던 이야기들이 어떤 의미를 지니면서 통합되는 놀라운 경험도 하게 되었지. 하지만 나는 여전히 타인을 이해하기엔 부족해. 가장 가까운 타인에 대해서는 더욱 그렇지. 그래서 너를 낳아 길러 보고 싶어. 그러면 세상의 많은 것들을 이해하게 될 것 같거든. 너는 그렇게 나를 변화시키기 위해 나타난 존재일까? 아니면 단지 나의 유전자가 본능적으로 움직인 결과일까? 알고 싶어. 부디 나에게서 태어나 나에게 말을 배워 나에게 그걸 가르쳐 줘.(271쪽)

---

8) 오카 마리,『기억 서사』(김병구 역), 소명출판, 2004, 49쪽.

타자에 대한 이해. 특히 아버지의 역사인 4 · 3에 대한 이해는 그녀의 임신과 함께 중요한 삶의 문제로 부각된다. 그녀가 아버지의 "증언을 듣는다는 것은 이야기되는 언어의 의미가 아니라 그러한 침묵, 신음 그리고 몸부림이 이야기하는 전체를 받아들이는 것"[9]이기에, 그녀가 아버지와 접촉하는 과정을 통해 아버지가 발견한 삶의 진실을 외면할 수 없는 일이다. 비록 그녀가 4 · 3이란 대문자 역사로부터 거리를 둔 것은 틀림없지만, 그녀의 뱃속에 있는 새 생명이 생존의 신호를 보내듯, 그녀의 존재의 뿌리인 아버지의 삶과 깊이 연루된 대문자 역사는 침묵, 신음 그리고 몸부림의 형식으로 그녀의 소문자 역사와 맞섬 · 회통 · 융합의 관계를 맺고 있기 때문이다.

3. 북한의 4 · 3인식과 4 · 3문학 — 양의선의 『한나의 메아리』

4 · 3 60주년을 맞이하여 4 · 3문학의 지평이 넓고 깊게 모색되어야 한다는 데 이견異見을 갖지는 않을 것이다. 그동안 4 · 3문학에 대한 대부분의 논의는 한국문학, 즉 남한에서 출간된 작품을 대상으로 하였다. 간혹 북한문학을 연구하는 소수의 논자들에 의해 4 · 3을 다룬 북한문학이 언급된 것은 사실이지만,[10] 4 · 3에 대한 이념적 억압이 여전히 작동하고 있는 남

---

9) 오카 마리, 앞의 책, 86쪽.
10) 이명재, 『북한문학사전』, 국학자료원, 1995; 신형기 · 오성호, 『북한문학사』, 평민사, 2000; 김

한의 현실 속에서 북한문학을 본격적으로 언급하는 것은 쉬운 일이 아니었다. 하지만 이른바 6·15시대를 맞이하여 남북의 문화적 교류가 활발해지고, 6자회담의 진전과 더불어 한반도의 정치적 환경이 호전되는 국면 속에서 분단체제의 극복을 위한 노력의 일환으로써 북한문학에 대한 적극적 관심을 가질 필요가 있다.[11] 4·3문학 역시 예외가 아니다. 북한은 4·3을 어떠한 시각으로 다루고 있는지, 공개적 논의를 통해 그러한 시각에 대한 명확한 인식을 바탕으로, 4·3에 대한 남과 북의 또 다른 왜곡과 편견 여부를 가려낼 필요가 있다. 그럴 때 4·3문학은 그 어떠한 이념적 속박과 경계로부터 놓여난 채 4·3의 역사적 진실이 훼손되지 않을 것이다.

양의선의『한나의 메아리』가 북한에서 12부작 TV드라마로 제작된 데서 짐작할 수 있듯, 이 소설은 4·3을 북한에 널리 알린 작품 중 하나다. 이 소설에서 두루 관철되고 있는 "4·3에 대한 북한의 시각은 민주기지

<hr />

재용, 「4·3과 분단극복―북한문학에 재현된 4·3」, 『제주작가』 6호, 실천문학사, 2001; 김동윤, 「북한소설의 4·3 인식 양상―양의선의『한나의 메아리』론」, 『4·3의 진실과 문학』, 각, 2003; 김동윤, 「단선반대에서 인민공화국으로 가는 도정―강승한 서사시『한나산』론」, 『기억의 현장과 재현의 언어』, 각, 2006.

11) 6·15시대를 맞이하여 남북문화교류가 활발히 모색되었는데, 그중 문학 교류가 가장 활발하였으며 가시적 성과의 가치를 폄훼할 수 없다. 가령, '6·15공동선언실천을 위한 민족작가대회'와 그 후속 조치의 일환으로 결성된 '6·15민족문학인협회' 설립과『통일문학』지의 창간은 지난 국민의 정부와 참여정부에서 일관성 있게 지속적으로 실천한 햇볕정책의 주요한 산물이다(이에 대해서는 고명철의 「'6·15민족문학인협회' 결성, 분단체제를 넘어서는 문화적 과정」, 『실천문학』 2006년 겨울호; 「생동하는 문학적 화두, 민족문학의 갱신」, 『칼날 위에 서다』, 실천문학사, 2005를 참조). 그러던 남북문학교류는 최근 이명박정부의 출범에 즈음하여 통일부의 존폐에 대한 시각 차이와 대북관계의 전문성이 결여된 인사와 행정으로 인해 자칫 그동안 축적한 남북간의 신뢰가 허물어질 위기에 처해 있다. 최근 정부는『통일문학』지의 국내 반입을 애초에는 전면 불허하다가 조건부로 반입을 허가한다고 하여 6·15시대 민간 차원의 남북화해교류의 움직임에 찬물을 끼얹고 있다. 그동안 남북문화교류의 가장 모범적 사례가 된 남북문학교류의 성과를, 이명박 정부는 말 그대로 실용적 정책에 입각하여, 『통일문학』지의 국내 반입을 조속히 이루도록 행정적 조치를 취해야 할 것이다. 남북의 문학적 지성들이 분단60년 만에 처음으로 한반도의 평화를 모색하는 언어의 향연을 또 다시 레드콤플렉스와 매카시즘의 광풍으로 헌신짝처럼 취급해서야 되겠는가.

론을 바탕으로 한 통일투쟁이라는 관점임이 확인된다."12) 여기에는 "긴 북한의 역사의 과정에서 기본적으로 주류를 형성하였던 것은 분명 민주기지론에 입각하여 평양중심주의를 내세우고 이 속에서 '조국통일주제의 문학'을 창작하였"13)다는 점을 간과해서 안 된다. 그런데 『한나의 메아리』를 통해 북한문학의 주류적 관점을 재확인하는 것으로 자족해서는 곤란하다. 북한문학뿐만 아니라 북한의 문화예술 전반에 걸쳐 최종 심급으로 작동하고 있는 이른바 주체문예이론에 나포되어 있는 북한의 문화예술에서 남한 문화예술의 창작과 비평에 해당하는 관점과 해석을 찾는 것은 번짓수를 잘못 짚어도 여간 잘못 짚은 게 아니다. 뿐만 아니라 평가와 해석의 가늠자가 다른 잣대를 북한의 문화예술에 들이댐으로써 북한의 문화예술 수준이 남한보다 열등하다고 쉽게 재단짓는 것처럼 어리석은 일도 없다. 북한의 문화예술을 이해할 때는 좀더 다층적이면서 성숙된 접근이 요구된다. 진부한 얘기일지 모르나, '좋은(혹은 성숙한) 문화예술'은 속류적 정치경제학의 경계를 넘어서며, 인간의 진실을 꿰뚫어보는 심미적 이성을 공유하고 있기 때문이다.

양의선의 『한나의 메아리』는 바로 이와 같은 심미적 이성을 통해 새롭게 읽어야 한다. 사실, 내가 이 소설에서 각별히 주목하고 싶은 것은 4·3의 봉홧불을 지핀 무장대의 투쟁을 둘러싸고 벌이는 내부 논쟁이다. 이 논쟁은 강규찬과 리승진(혹은 김달삼) 사이에 벌어진 것이며, 강규찬과 고진히 부부 사이의 갈등과도 무관하지 않다. 강규찬은 무장대의 강고한 투쟁을 위해서는 일체의 사적 감정에 휘말려서는 안 되며, 투철한 계급투쟁

---

12) 김동윤, 「북한소설의 4·3 인식 양상」, 『4·3의 진실과 문학』, 185쪽.
13) 김재용, 「민주기지론과 북한문학의 시원」, 『분단구조와 북한문학』, 소명출판, 2000, 45쪽.

의 사상성과 전위적 무장투쟁에 임하는 것이야말로 4·3 투쟁의 목적을 성취하는 것이라는 자기확신에 이른다. 하지만 리승진과 고진히는 그렇게 생각하지 않는다.

그러나 리승진은 그렇게 생각하지 않았다. 문제는 강규찬이 아내한테 마음을 주지 않는데 있다. 고진히 여성은 얼마나 마음씨 착하고 순결한 여자인가. 그런 여성을 사랑하지 않는 강규찬을 이해할 수 없었다. 과연 우리의 투쟁이 가정적인 단란이나 사랑, 순결, 인간성과 같은 감정들을 배제한 것인가. 오늘의 가혹한 정황에 인간의 본성이 굴종당하는 그런 투쟁을 리승진은 인정할 수 없었다. 우리가 바라는 미래도 그저 소유형태나 바꿔놓고 무산자가 주인이 되어 사회적 부를 향유하는 사회를 만들어 놓는 것만일까. 계급투쟁의 가혹성에 빙자해서 보편적인 인간의 양심과 의리, 사랑과 믿음의 감정들이 도외시된다면 우리 투쟁의 신성함과 낭만은 어디에서 찾겠는가. 인간의 본성적인 감정들이 우리의 활동과 투쟁과정을 추동하고 움직여 나가는 속성으로 될 때 그리고 그 투쟁과정에 완성되어 갈 때 오늘의 삶도 투쟁도 참다운 것으로 된다고 믿고 싶었다. 자기의 신념만을 절대적인 진리로 인정하고 보편적인 인간성을 도외시하는 강규찬의 견해에 그는 찬동할 수 없었다.(96쪽)

리승진은 "이념과 인간성을 통일시켜 줄 힘"(96쪽)이 결여된 강규찬을 비판적으로 성찰한다. 물론, 작가는 리승진이 지적한 면이 강규찬에게 결여된 게 아니라 4·3 투쟁을 이끌기 위해 어쩔 수 없이 취했던 불가피한 전술적 일환이라는 점을 작품의 형상화를 통해 보완하고는 있다. 한때

"전 이 세상에서 사랑과 인정을 떠난 그 어떤 큰 일도 인정하지 않아요."(173쪽)라고 강규찬을 향해 단호히 말했던 고진히마저 강규찬의 무장투쟁에 대해 감화되고 강규찬의 혁명적 사랑을 진심으로 이해하게 되는 쪽으로 형상화하고 있다. 말하자면 강규찬은 작가에 의해 혁명적 투사의 전형으로서 그려지고 있는 셈이다.

여기서 주목해야 할 것은 강규찬의 인물 형상화가 북한의 문예이론에 의해 어떻게 형상화되고 있느냐의 여부가 아니다. 그보다 무장대의 내부 논쟁 속에서 부각되고 있는 투쟁의 진정성 문제에 초점을 맞추어야 하지 않을까. 남한의 4·3문학에서도 무장대를 다루고 있는 소설이 존재한다. 무장대의 구체적 활동을 다룬 소설이 없는 것은 아니되, 당시 무장대 내부 사이의 투쟁을 둘러싼 갈등에 대한 천착이 제대로 이루어지고 있지 않다. 무장대와 토벌대의 대립, 무장대와 토벌대에 의한 무고한 양민의 학살, 무장대와 토벌대에 참여한 사람들의 육체적 정신적 상처에 대부분의 초점이 맞추어진 채 무장대에 어떠한 갈등들이 놓여 있는지에 대한 문학적 탐구가 결핍돼 있다. 남한에서 4·3에 대한 이념적 억압 속에 오랜 시간 동안 금기시되고 왜곡되어온 무장대에 대한 공식적 발언이 제한되었다는 사실을 고려해볼 때, 상대적으로 무장대에 대한 접근이 자유로운 북한의 4·3문학에서 이러한 면을 섬세히 살펴볼 수 있다면, 역사의 사각지대에 놓인 4·3 무장대에 관한 문학적 탐구를 좀더 심층적으로 전개할 수 있지 않을까. 말하자면, 남과 북에 의해 반쪽짜리 4·3문학의 경계에 고착되지 않고, 무장대나 토벌대에 관한 문학적 탐구를 지금보다 한층 심화시킬 수 있을 것이다.

이와 함께 『한나의 메아리』에서 눈여겨보아야 할 대목은 4·3에 대한 역사적 진실을 밝혀내는 과정 속에서 미국의 4 · 3 개입을 문제 삼는 대목이다. 이미 사학계와 정치학계에서는 4 · 3과 미국의 관계에 대해 실증적자료14)를 중심으로 진전된 연구 성과를 내보이고 있는데, 나의 과문일지모르지만, 남한의 4 · 3문학, 특히 소설 쪽에서는 4 · 3과 미국의 문제를 다각도로 접근하고 있는 작품이 거의 없다 해도 과언이 아니다.15) 이런 점에서『한나의 메아리』는 남한의 4 · 3문학이 결핍하고 있는 부분에 대한 모종의 시사점을 던져준다. 4 · 3에 대한 미군정의 개입은 미국의 대아시아전략 구상의 일환으로써 강규찬의 다음과 같은 언급은 귀기울일 대목이다.

놈들(미군정—인용자)은 지금 이 땅에 〈5.10단선〉을 강행하여 영구식민지로 만들고 우리 민족을 둘로 갈라놓을 꿍꿍이를 하고 있습니다. 광복이 되었다고 기뻐들 하며 인민이 주인된 나라를 세워 보자던 우리가 아닙니까. 그 꿈과 희망을 짓뭉개 버리자고 눈뜨고 볼 수 없는 살인만행을 벌려 놓았습니다.(267쪽)

물론, 이와 같은 강규찬의 발언은 북한의 반미 통일전선전술의 맥락 속

---

14) 미국이 4 · 3과 깊숙이 연루된 자료들이 실증적으로 조사 정리되고 있다. 대표적인 자료들을 소개하면 다음과 같다. 제주4 · 3사건진상규명및희생자명예회복위원회,『제주4 · 3사건 자료집(미국자료편②)』, 2003; 제주도의회,『제주4 · 3자료집—미군정보고서』, 2000; 중앙일보현대사연구소 편,『미군CIC정보보고서』전 4권, 1996.

15) 소설에 비해 상대적으로 시에서는 미국이 4 · 3에 개입한 면에 대한 문학적 탐구를 1980년대부터 보여왔다. 이산하의 장편서사시「한라산」은 그 선구에 놓여 있다. 이 서사시는 무크지『녹두서평』1987년 3월호에 전재되었다가 국가보안법 위반 혐의로 필화사건에 휘말렸다. 이후 16년만인 2006년에 공식적으로 시학사란 출판사에서『한라산』이란 시집 형태로 출간되었다. 이외에도 김명식의 장편서사시『한락산』(신학문사, 1992)은 제3세계적 시각으로 4 · 3에 대한 미국의개입을 정면으로 다루었다. 이처럼 시 분야에서는 이산하와 김명식의 문제적 시집이 출간되기도 하였지만, 남한의 4 · 3소설 쪽에는 미국의 개입을 정면으로 다룬 작품을 만나기 힘들다.

에서 발화되는 것인바, 경직된 반미주의를 통해 북한 사회 내부의 결속을 더욱 강화하고, 국제사회의 현실적 제관계들을 면밀히 성찰하지 못한 채 북한의 국제적 고립을 가속화시키는 가운데 문제점을 낳고 있다. 하지만 북한의 4·3문학에서 우리가 세밀히 들여다보아야 할 것은 4·3을 미국 의 대아시아 전략의 구도와 긴밀히 연계시켜 파악하고 있는 사회과학적 시각이다. 4·3과 미국의 관계에 대한 탐구는 속속 밝혀지고 있는 실증 적 사료에 힘입어 보다 구체화될 것이다. 남한의 4·3소설은 지금까지 이 부분에 대한 치밀한 문학적 탐구를 수행하고 있지 못하다. 문학적 진 실이 사회과학적 진실과 등가는 아니되, 서로 외면할 수 없는 관계에 있 듯, 『한나의 메아리』에서 보이는 이 같은 문학적 탐구가 4·3문학의 반 쪽짜리로서 자족하지 않도록 남한의 4·3문학에서도 더욱 심도 있는 문 학적 탐구를 시도해야 할 것이다.

4. 근대 국민국가의 폭력을 치유하는 4·3문학[16)]—김길호의 「이쿠노 아리랑」

4·3에 대한 역사인식의 투철성, 4·3의 역사적 상흔을 입은 자들의 증언, 4·3의 역사적 왜곡에 대한 고발과 저항 등을 재일동포 작가들의

---

16) 이 부분에 대한 논의는 고명철의 「'제주문학—재일 제주문학'과 민족문학의 연동에 대한 탐색」 (『영주어문』 13집, 2007)에서 김길호의 「이쿠노 아리랑」에 대한 분석을, 전체 주제의 특성에 맞 추어 주요한 부분을 발췌하여 재구성한 것이다.

4·3문학에서 상투적으로 읽어낸다는 것은, 4·3문학에 대한 진전된 인식과 담론의 실천이 아닌, 4·3문학을 박물지화博物誌化하는 데 불과하다. 이것은 오히려 4·3문학을 진부한 것으로 간주하게 될 수 있으며, 4·3문학을 '4·3문학의 제도' 속으로 고착시킬 수도 있다. 4·3문학이 4·3의 역사적 실체를 규명하고 그 역사적 속박으로부터 벗어나고자 했는데, 4·3문학에 대한 통념적이고 상투화된 접근으로 인해 도리어 4·3문학을 '4·3문학의 제도'로써 구속시키는 잘못을 초래할 수 있는 것이다. 여기서 재일동포의 구체적 현실 속에서 씌어진 4·3문학을 새로운 시각에서 읽어야 하는 과제가 제기된다.

재일동포 작가 김길호의 「이쿠노 아리랑」에서 눈여겨 보아야 할 것은, 4·3사건 무렵 양민학살의 위협을 벗어나 제주를 떠나 일본 오사카의 이쿠노쿠生野區, 곧 재일동포의 발상지에서 뿌리내린 고을생이란 제주 출신의 여성의 삶에서 4·3의 역사적 광기를 확인하는 데 있지 않다. 역사적 광기를 재현하는 4·3의 서사들은 현기영의 단편 「순이삼촌」(1978) 이후 지속적으로 씌어진 4·3문학의 영토 안에 자리하고 있다. 그 역사적 광기를 망각하지 말자는 차원에서 기억하고 또 기억하는 재현 그 자체가 전적으로 잘못되었다는 것은 아니다. 하지만 '반복 속의 차이'라는 말이 있듯, 재현 그 자체에 매몰되어서는 4·3문학이 현재진행형으로서 우리에게 타전하는 생산적 언어들을 듣지 못할 수 있다. 정작 중요한 것은 바로 이 생산적 언어들에 귀를 기울이는 일이다. 그럴 때 「이쿠노 아리랑」은 고을생의 기억을 재현하는 서사로 자족해서는 안 되고, 그 언어절言語絶의 기억 너머에서 들려주려는 4·3의 또 다른 언어를 새롭게 포착한다.

여기서 주목할 것은 고을생의 일본인 남편이 지금까지 미처 듣지 못했던 부인의 사연들을 듣는데, 고을생의 기억이 "신들린 무당처럼 계속 이어나갔"(27)기 때문이다. 말하자면, 고을생의 4·3에 대한 재현은 '신들린 무당'의 언어의 속성을 띠는 것으로, 한국과 일본의 국경을 넘은 어떤 경계에서 자유롭게 풀려지는 말하기의 속성을 지닌다. 오랜 시간 동안 침묵의 형식을 견디고 들려주는 이 풀림의 언어는 4·3의 억압으로부터 풀려나는 언어이자, 4·3을 현재화하는 언어인 셈이다. 그런데 특히 가볍게 간과할 수 없는 것은 고을생의 이 풀림의 언어가 한국 국적을 지닌 고을생의 삶의 상처를 치유하는 데 그치지 않고, 고을생의 일본 남편의 삶의 상처도 동시에 치유하고 있다는 점이다. 일본인 남편은 일본제국주의 아시아 침략의 일환으로 일본군의 만주 주둔시에 조선인과 함께 보초 근무를 하는 도중 조선인 동포들을 대상으로 한 전쟁에서 벗어나기 위해 조선인 동료가 탈영을 한 것에 대해 묵인을 했고, 그 혹독한 처벌과 책임으로 인해 남자의 생식력에 큰 결함이 생겼고, 일본 사회에서 심한 박탈감을 감내해야 했다. 그러한 일본인은 4·3의 역사적 참상을 피해 일본으로 건너온 조선인 고을생과 만나 서로의 기구한 사연들을 교감하면서 사랑을 나누고, 기적적으로 둘 사이에 아들을 낳는다. 한국인 고을생과 일본인 남자는 각기 자국의 국민국가의 폭압으로부터 피해받은 약소자弱小者들인바, 여기서 주목해야 할 것은 4·3의 역사적 상처를 견디고 치유하는 고을생의 삶이, 아시아 식민지 경영을 위한 제국의 근대적 폭력 속에서 버림받은 일본인의 삶을 구원하고 있다는 점이다. 고을생과 일본인 남편 모두 아시아의 국민국가가 저지른 근대의 야만의 직접적 피해자라는 사실을 상기해보건대, 이 둘이 국경을 넘어 평화의 가치를 염원하고 연대하는 구체적 삶을 보이고 있다는 점은, 4·3문학이 어떠한 방향으로 쇄신되어야 하는 가를 시사해준다. 말하자면, 이제 4·3문학은 제주의 문제만으로 국지적으로 인식되어서는 안 되며, 4·3처럼 국민국가의 근대적 폭력과 야만의 행태악行態惡·구조악構造惡을 지닌 아시아의 지역 문제들 및 그곳의 약소자들의 문제와 공유하는 문제틀이 요구된다고 볼 수 있다.

다음으로 「이쿠노 아리랑」에서 주목해야 할 것은 고을생의 가족사다. 고을생은 일본인 남자와 결혼하기 전에 이미 조선인 남자와 두 차례 결혼을 하였다. 첫 번째 남편이 4·3에 죽임을 당하였고 고을생은 갓난 애를 제주에 남겨둔 채 일본으로 건너왔으며, 그녀의 두 번째 남편은 재일 동포로서 일본에서의 삶의 간난신고艱難辛苦 끝에 고을생 사이에 아들 하나를 남겨놓고 사고로 죽는다. 그녀는 일본에서의 이 비루하고 척박한 삶의 환경 속에서 지금의 일본인 남자를 만나 아들을 낳고 말년의 삶을 살고 있는 것이다. 그런데 고을생의 이 파란만장한 삶에서 세 아들의 존재에 주목하게 된다. 제주에 있는 아들은 4·3의 상처를 고스란히 짊어지고 있는 존재로서 4·3에 유명을 달리한 아버지의 자리를 지키고 있어, 고을생은 제주에 있는 아들을 그리워하며 재일동포로서의 삶을 포기하지 않는다. 제주의 아들은 고을생에게 4·3의 참상에도 불구하고 강인한 생명의 불꽃을 틔우는 존재다. 그러던 아들이 베트남전쟁에서 목숨을 잃는다. 그 아버지가 이승만 정권의 국민국가의 건국 과정에서 목숨을 잃었다면, 그 아들은 박정희 정권의 국민국가의 국가발전주의 전략의 일환으로 참전한 베트남전쟁[17]에서 목숨을 잃은 셈이다. 즉 고을생의 제주도 남편과

---

17) 최대 5만, 연인원 32만 명을 베트남에 파병하여 5000여명의 사상자, 1만여명의 부상자를 낳은 한국군의 베트남 파병에 대해 1970년대의 유신체제 아래서는 이렇다할 역사적 인식을 갖기가 힘들었다. 무엇보다 5·16군사쿠데타로 정권을 장악한 박정희 정권은 대미관계 개선과, 베트남전쟁에 따른 베트남의 경제적 특수, 더욱이 국내외의 정치적·경제적 불안으로부터 미봉적 안정을

아들은 모두 대한민국이란 국민국가의 국민으로 포섭되기를 강요하는 (4·3의 참상), 그리고 대한민국이란 국민국가의 국가발전을 위해 상무정신을 발휘해야만 하는(베트남전쟁) 역사 속에서 소멸해갔다. 그런가 하면, 일본에서 결혼한 조선인 남편은 재일동포로서 일본에서 겪는 온갖 민족적 차별과 박해 속에서 생존을 유지하려는 가운데 죽는다. 일본 사회에 팽배해 있는 (비록 일본은 아시아 침략 전쟁에서 패전국이지만) 아시아의 약소 민족국가에 대한 식민지 경영을 했다는 식민의식은 재일동포의 삶을 식민의 맥락으로 배치시켰다. 그러한 일본 사회에서 재일동포의 삶은 일본국의 국민으로서 보호받는 삶도 아니고, 패전국으로서 역사적 과오를 국제사회에 철저히 반성하는 성숙된 국가의 수혜도 받지 못하는 삶을 살게 한바, 일본에서 결혼하여 죽은 고을생의 조선인 남편의 죽음은 바로 이러한 역사적 맥락을 수반하고 있다.

그렇다면, 일본에서 태어난 고을생의 두 아들은 어떤가. 「이쿠노 아리랑」이 '4·3문학의 제도'에 속하지 않고 새롭게 읽어보아야 할 점은 바로 이 두 아들의 행보가 주목되기 때문이다. 그 중 문제적 인물은 조선인 남편 사이에 태어난 명석인데, 명석은 북조선을 선택하여 그곳에서 농학도로서의 학문적 실천을 하려고 한다.[18] 명석의 결단은 분단체제의 현재적

실현하기 위한 정책적 판단으로 베트남에 군을 파병했음을 상기할 때, 베트남전쟁에 대한 이 같은 정부의 이해관계를 벗어난 시각은 용납될 수 없는 엄혹한 시기가 바로 1970년대의 유신체제다. 박정희 정권이 베트남전쟁에 전투병력을 자발적으로 파견함으로써 미국과의 관계 개선 및 경제적 목표를 달성하는 데 대해서는 다음의 글을 참조. 한홍구, 「박정희는 왜 베트남에 군대를 보냈을까」, 강만길 외, 『우리 역사 속 왜』, 서해문집, 2002; 최동주, 「한국의 베트남전쟁 참전 동기에 관한 재고찰」, 『한국정치학회회보』 30집, 1996년 여름호.

18) 북조선을 선택하게 되는 명석의 입장은 다음과 같은 진술 속에 압축돼 있다. "어머니, 어머니 말씀은 잘 알겠습니다. 그러나 그건 모두 어머니의 오해입니다. 전 우리 가족을 가장 사랑하고 있으며 큰형님은 지금도 그 어느 구보다도 존경하고 있습니다. 그리고 어머니가 일본에 밀항 오시게 된 것은 들으면 들을수록 가슴아픈 일입니다. 그러니까 저는 북조선에 가기로 마음먹었습니

문제의식을 예각화하려는 작가의 문제의식이 투영된 것으로 보인다. 여기서 중요한 것은 명석의 결단 자체에 대한 좋고 나쁨의 이분법적 판단이 아니라, 명석의 결단을 통해 분단체제가 한반도를 포함한 일본에서 존재하는 어떤 관념태가 결코 아니라 엄연히 현실의 구체적 삶의 국면 속에서 작동하는 현실태라는 사실이다. 때문에 고을생의 가족사를 듣고 있는 한국인 언어학자 "송교수에게는 제주에서 평양까지 아들 찾아 남북 삼천리를 순례하는 순례자"(64쪽) 고을생의 삶 자체가 분단체제를 온몸으로 살고 있는 "살아있는 역사"(64쪽)로 인식되는 게 자연스러운 일이다. 더욱이 이러한 고을생의 가족사를 일본인 남편 사이에 태어난 요시오는 역사선생으로서 한국(혹은 제주)가 아닌 일본에서 가르치겠다는 다짐을 보인다. 요시오의 다짐이야말로 '묘목인생'(40쪽)과 같은 삶을 살아온 고을생과 같은 재일동포들이 "강한 생명력으로 어디에서고 뿌리를 내리고 자라는"(65쪽) 생태를 상투화된 기억의 재현이 아니라, 현재적 의미로서 새롭게 성찰할 수 있는 길을 실천한다는 점에서 가볍게 지나칠 수 없다.

이렇게 재일동포 작가 김길호의 「이쿠노 아리랑」은 고을생의 4·3을, 기억이란 형식을 통해 재현하되, 지금까지 낯익은 4·3의 문제틀로 포착하는 게 아니라, 아시아의 평화적 가치와 연대, 그리고 분단체제의 새로운 문제의식을 중층적으로 포개어 읽게 함으로써 4·3문학의 갱신의 가

다. 제가 한국에 간다면 4·3사건 때 돌아가신 할아버지와 아버지 때문에 아무리 큰형님이 반공전선에서 전사했다해도 잘못하면 사상에 휘말리게 됩니다. 제가 북조선에 간다는 건 사상이 문제가 아닙니다. 어머니 말씀처럼 어떤 곳이라는 걸 잘 알고 있습니다. 너무 가난한 나라이기 때문에 제가 간다는 겁니다. 저는 다행히 농학부를 나왔습니다. 북조선 인민을 위해서라면 건방진 소리입니다만 그들을 위해서 제가 배운 학문이 도움이 되기 때문에 가는 것입니다. 한국은 저를 필요로 하지 않습니다. 저 같은 인재는 넘쳐흐르고 있기 때문입니다. 어머니. 어머니도 고국을 사랑한다고 말씀하십니다. 고국을 사랑한다는 건 그 민족을 사랑한다는 말과 같습니다. 저도 그 민족을 사랑하기 때문에 가는 것입니다."(62쪽)

능선을 탐색해볼 수 있는 독서지평으로 자리한다.

5. 4 · 3중심주의를 넘어서는

나는 이 글의 서두에서 대한민국 건국 60주년의 이면에는 한반도의 분단 60주년이란 역사의 비극을 망각해서 안 된다는 것을 상기하였다. 때문에 4 · 3사건이 갖는 역사적 의미는 각별하다. 4 · 3사건은 한반도의 분단을 획책하려는, 그리하여 남한만의 반쪽 짜리 개별 국민국가를 세우는 데 대한 정당한 문제제기이며, 이것은 결단코 북한의 민주기지론에 입각한 북한의 역사인식을 추종한 게 아니다. 오히려 북한의 민주기지론은 평양중심주의를 더욱 공고히 하여 한반도의 분단을 고착시키는 심각한 역사의 문제점을 낳았다는 사실이 입증되고 있다. 제주의 4 · 3은 양의선의 『한나의 메아리』에서도 서술되고 있듯, 4 · 3과 관계된 "이 모든 투쟁이 서울의 지령(남로당—인용자)에 의해서 진행된 것은 아니었다."(92쪽) 4 · 3은 남과 북으로 나뉜 채 남쪽(대한민국) 혹은 북쪽(조선민주주의인민공화국)의 국민국가를 세우는 데 대한 제주 민중의 역사에 대한 합법칙적 문제인식의 산물이며, 한반도의 분단을 넘어선 자주적통일국가 세우기를 향한 염원으로 마땅히 인식되어야 한다.

이제 우리는 4 · 3 60주년을 떳떳이 기념하되, 4 · 3을 박물지화해서는 곤란하다. 4 · 3의 역사적 상처를 치유하는 것은 과거를 기억하는 데 머무르지 않고, 현재와 도래할 미래를 향한 소중한 삶의 가치를 새롭게 발견하는 데 있다. 여기서 나는 제주가 자칫 4·3중심주의에 갇히지 말 것을 바란다. 4·3은 제주의 경계 안에 고착되는 게 아니라 그 경계를 훌쩍 넘어 4·3의 숭고한 가치를 확산하고 인류의 평화를 모색하는 씨올이 되어야지, 4·3의 새로운 가치를 발견하는데 등한히 한 채 4·3을 박물지화하여 4·3을 화석화시켜서는 안 된다. 기회가 있을 때마다 거듭 확인하고 실천해야 할 게 있다. 4·3을 전지구적으로 사유하고, 국지적으로 실천해야 한다. 그것은 4·3중심주의를 넘어 4·3과 지구적 상호침투의 시각 속에서 4·3을 통한 인류적 평화를 쉼없이 모색하고 구체적으로 실천할 때 가능하다. 그리하여 제주, 평양 그리고 오사카의 틈새에서 또는 각 경계의 접속 면에서 4·3문학의 새로운 지평은 구두선口頭禪이 아니라 문학적 실천으로 구체화될 수 있다.

(『제주작가』, 2008년 봄호)

역사소설의 새로움을 위한 진통

김훈, 김별아, 전경린의 작품을 검토하며

1. 변하는 역사소설의 패러다임

문학의 위축에도 아랑곳하지 않고 역사소설은 그 왕성한 생명력을 발산하고 있다. 우리 소설 시장의 상당 부분을 잠식해들어간 외국의 번역 작품을 제외하면, 우리의 역사소설이 소설 시장을 장악하고 있다 해도 지나친 말이 아니다. 통속문학에서부터 본격문학에 이르기까지 역사소설이 광범위한 독자층을 가지고 있기에 그렇다. 어쩌면 역사소설인 경우 '통속문학/본격문학'이란 경계는 이미 붕괴되었는지 모를 일이다.[1] 최근 독자

---

1) 물론, 그렇다고 본격문학 / 통속문학의 경계가 무화된 것은 아니다. 역사소설에 국한시킬 경우 역사적 진실 탐구란 미명 아래 역사적 인물과 사건에 대한 과도한 집착을 보이는, 민족주의의 맹

의 폭넓은 사랑을 받고 있는 역사소설들은 통속문학/본격문학의 구분 없이, 적절한 깊이의 역사적 교양을 토대로 서사의 기본 골격을 유지한 채 흥미 있는 역사적 관점을 제공해주기 때문이다.

그런데 최근 역사소설의 창작 동향을 살펴보면 흥미로운 점이 발견된다. 우리에게 익숙한 역사소설은 특정한 과거의 시공간 속에서 살고 있는 인물을 통해 과거를 새롭게 인식함으로써 현재를 살고 있는 우리의 현실과 삶을 위한 성찰의 기회를 제공해주는, 이른바 '역사적 발견의 서사'의 역할을 맡는다. 작가의 역사적 상상력은 과거의 사실을 기반으로 하되, 그 사실의 안팎을 넘나드는 작가 특유의 통찰력과 미적 태도를 통해 과거를 새롭게 해석해낸다.[2] 하여, 과거의 대지 속에 묻혀 있는 역사적 진실의 광맥을 탐사해 들어간다. 그리고 이 힘겨운 광맥의 탐사 작업을 통해 우리는 사실fact의 장막에 가려져 있는 진실truth과 마주치며, 그 순간 역사의 비의성秘義性에 전율한다. 여기서 간과할 수 없는 것은, 이러한 일련의 역사소설의 특질은 다름 아니라 '역사적 사실의 재현'을 바탕으로 하고 있다는 점이다. 물론 '역사적 사실의 재현'이란, 과거의 시공간을 있는 그대로 복원해내는 게 아니라, 작가의 역사적 상상력을 통한 '역사적 사실의 재배치'를 가리킨다.

목성을 보이는 작품들인 경우 자민족중심주의에 사로잡힌 나머지 역사적 진실의 본래적 탐구와 무관한 역사소설을 보인다. 무엇보다 이 같은 역사소설에서 우려되는 점은 역사적 진실에 대한 성찰 없이, 대중을 역사적 우중愚衆으로 인식하는바, 역사적 인물의 영웅화를 적극화함으로써 대중으로 하여금 역사에 대한 성찰을 무력화시킨다. 즉 역사에 대한 반성적 사유가 거세된 대중의 통속성에 기대는 역사소설로 전락한다.

2) 문학평론가 오창은 역시 이 같은 입장을 보인다. "작가는 그 시대에 대한 재현을 통해 등장인물의 개인사에 숨결을 불어넣고 사거들 사이의 간극을 촘촘히 메워놓을 수 있어야 한다. 이러한 작업은 바로 역사적 시간의 재배치를 통한 상상력의 확대를 통해서만 핍진성을 획득할 수 있다." (오창은, 「역사소설과 역사적 시간의 재구성」, 『비평의 모험』, 실천문학사, 2005, 71쪽) 하지만 이러한 역사소설에 대한 정공법식 비평은 최근 역사소설의 창작 동향과 부딪친다.

그런데 최근 잇따라 쓰여지고 있는 역사소설은 이와 같은 역사소설과 그 성격을 달리한다. '역사적 사실의 재현'에 토대를 둔 역사적 진실의 발견에 서사의 초점을 맞추고 있지 않다. 최근의 역사소설에서 초점을 두고 있는 것은 어떤 인물의 '개별적 진실'이다. 이 개별적 진실은 역사소설에 등장하는 주요 인물의 복잡다단한 내면 풍경을 밀도 있게 천착하는 가운데 형상화된다. 하여, 자연스레 독자가 역사소설을 통해 목도하게 되는 것은, 어떤 역사적 사실의 재배치를 통한 역사의 거대심급에서 발견되는 역사적 진실이 아니라, 개별자로서 인간의 진실을 새롭게 인식한다. 특히 우리에게 공식(혹은 비공식) 역사에서 잘 알려진 인물의 내면 풍경이 진술하게 보여짐으로써 개별적 진실을 발견하는 일은, 역사소설을 읽는 또 다른 재미를 자아낸다. 이때 중요한 것은 역사가 작가에 의해 호명되고 있으나, 역사소설의 주요 인물의 개별적 진실을 탐구하기 위해 역사는 후경後景 그 이상도 이하도 아니라는 점이다. 말하자면 역사는 소설 속 인물을 효과적으로 부각시키기 위한 미장센mise en scéne에 불과하다. 이것은 최근 역사소설을 검토하면서 유의미한 논의거리를 제공한다고 나는 생각한다.

이제, 역사소설의 창작 동향은 예전과 달라진 패러다임을 보인다. 이것을 두고 역사소설의 새로운 지평을 모색하는 것으로 판단해야 할지, 아니면, 역사소설의 쇠퇴적 징후로 보아야 할지에 대해 활발한 토론이 진행되어야 할 것이다. 나는 이러한 토론의 논의거리를 제공하는 차원에서 독자의 사랑을 받고 있는 네 편의 역사소설을 읽어보기로 한다.3)

---

3) 내가 앞으로 검토해볼 네 편의 역사소설은 다음과 같다. 김훈의 『칼의 노래』 1, 2권(생각의 나무, 2001), 김훈의 『현의 노래』(생각의 나무, 2004), 전경린의 『황진이』 1, 2권(이룸, 2004), 김별아의 『미실』(문이당, 2005) 이 글에서 이들 작품의 부분을 인용할 때 별도의 각주 없이 본문에서 (책명, 면수)로 표기하기로 한다.

여기, 고대국가를 대상으로 하고 있는 역사소설 두 편이 있다. 신라를 다룬 김별아의 『미실』과 가야를 다룬 김훈의 『현의 노래』가 그것이다. 그런데 앞서도 언급했듯, 최근 역사소설은 특정한 '역사적 사실의 재현'에 초점을 맞추기보다 해당 역사 속에 자리하고 있는 인물의 개별적 진실을 탐구하는 쪽으로 무게중심이 옮아가고 있다. 『미실』이 〈화랑세기〉에 전하는 '미실'이란 신라 여성의 곡절많은 삶과 욕망을 중심으로 서사가 진행된다면, 『현의 노래』는 가야의 소멸기에서 쇠를 다루는 대장장이와 음악의 도道를 추구하는 우륵의 삶을 중심으로 서사가 진행된다.

먼저, 김별아의 『미실』을 살펴보자. 세계일보가 국내 문학상으로서는 파격적인 상금을 내놓아 세간의 화제가 된 제1회 세계문학상 수상작인 『미실』은, 미실이란 신라의 여성을 작가의 거침없는 역사적 상상력에 의해 되살려내고 있는 작품이다. 『미실』을 읽고 있노라면, 과연, 미실이 신라의 여성인지, 아니면 현재의 여성인지 그 구분이 모호해진다. 그만큼 작가의 상상력이 미실을 과거 속에 붙들어 놓는 게 아니라 현재의 살아 있는 인물로 조명하고 있다는 반증일 터이다. 여기에는 미실이 도달한 '미美의 지경'과 권력의 관계를 탐구하는 작가의 문제의식을 소홀히 할 수 없다. 말하자면 미실에게 아름다움과 권력은 분리해서 존재하는 게 아니라 마치 동전의 앞뒷면처럼 한 몸이 되어 현존한다. 이것은 미실이 살고 있는 고대국가 신라의 풍속이 내포한 진실임을 작가는 그의 역사적 상상력에 의해 드러내보인다. 가령, 미실이 화랑 사다함을 만나 그에 대한

사랑의 욕망을 품는 대목에서

아름다움은 용서받는다. 아름다움은 구원한다. 아름다움은 죄를 씻고 신의 감응에 화답한다. 지상 위에 신국을 축조하곡자 꿈꾸었던 신라 사람들에게 아름다움은 최상의 가치이며 신명이 자리한 증거였다. 몸과 마음의 아름다움을 따로 떼어 생각할 수 없었다. 몸은 마음의 현현이요, 마음이야말로 몸을 통해 명백히 증명되는 것이었다. 그러하기에 아름다움을 우러르며 좇아 존경함은 너무도 자연스러운 일이었다. 아름다운 용모와 미색을 지닌 이야말로 추악한 인간의 사사로운 욕심과 고뇌에서 벗어나 가장 가까이 신명에 근접할 수 있는 자격을 가지고 있다고 믿었기 때문이다. 신명은 아름다움을 사랑하시니, 그들의 삶은 축복 속에 만개하여야 마땅했다.

─『미실』, 80쪽

라고 하는데, 신라인에게 아름다움은 신국神國을 건설하기 위한 최상의 가치로서 숭상시된다. 하여, 아름다운 용모와 미색을 갖춘 미실은 자연스레 신라의 신국 건설을 위한 '미의 화신'으로서 뭇 신라인들의 숭앙을 받는다.[4] 물론 간과할 수 없는 것은 신라의 신국 건설을 위해 미실이 맡고 있는 역할이다. 미실은 신라의 왕이나 왕족의 세대 계승을 위해 색色으로 그들을 섬겨야 하는 신하, 즉 색공지신色供之臣의 운명을 지닌 여성이다.

---

4) 미실의 출중함은 다음과 같이 집약된다. "왕경과 왕토를, 아니 삼한을 통틀어 최고의 미색, 당대의 영웅과 호걸을 단숨에 사랑으로 장악하여 전주에까지 오른 여인, 기개와 야망이 남아를 넘어서고 그 문장의 솜씨며 예술의 기량까지도 뭇 사내의 뺨을 치는 여량……. 사람들이 그녀에 대해 말할 때에는 폐월수화(閉月羞花)니 침어낙안(沈魚落雁)이니 하는 미인을 묘사하는 세상의 온갖 비유가 동원되곤 하였다."(『미실』, 199쪽)

미실의 타고난 운명은 이렇듯 결정지어져 있다. 바꿔 말해, 미실이 소유한 아름다움은 한 여성으로서의 자기 존재에 대한 가치를 발견하는 데 있기보다 신라의 왕실 유지를 위해 아름다움을 헌신적으로 바쳐야 하는, 신하된 자의 마땅한 복무로서 자족해야 한다. 이와 같은 미실의 운명은 고대국가 신라의 역사적 맥락에서 파악한 아름다움의 존재이며 가치다.

그런데 작가는 이 미실의 운명에 위험한 도박을 시도한다. 색공지신으로서 미실의 운명을 수락할 수밖에 없되, 미실을 신라 왕실의 온전을 위해서만 철저히 타자로서 관리되는 게 아니라, 오히려 신라 왕실의 운명을 좌우할 수 있는 정치권력의 주체로서 미실의 존재론적 위상을 과감히 전도시킨다. 여기에는 미실이 자기 존재에 대한 자의식이 늘 뒤따라 다니고 있다는 것을 놓쳐서 안 된다.

> 넌 누구와도 같지 않아. 미실! 넌 세상에 단 하나뿐인 너야.
>
> —『미실』, 17쪽

> 남의 눈치를 살피고 이익에 따라 시시비비를 가리기보다는 철저히 자기를 중심으로 판단하고 행동하는 거침없는 생명력!
>
> —『미실』, 147쪽

> 난 누구와도 같지 않아. 나는 나야. 나는 세상에 단 하나뿐인 미실이야!
>
> —『미실』, 167쪽

말하자면, 미실이 뿜어내고 있는 마력의 정염은 자기 존재뿐만 아니라 그 존재의 안팎으로 드러나고 있는 아름다움의 가치에 대한 자의식에 뿌리를 두고 있다는 점이다. 하여, 미실에게서 보이는 팜므 파탈femme fatale 의 모습은 미실을 에워싸고 있는 세계(신라의 신국 건설)로부터 미실이란 개별적 인간의 진실을 지켜내기 위한 것으로 판단해도 무방하다. 어떻게 보면, 『미실』은 색공지신의 운명을 타고난 한 여성으로 하여금 그 운명의 타자로서 선택되고 배제되는 게 아니라, 그 운명의 주체로서 자신의 삶을 정직하게 대면하도록 한 욕망의 서사로 읽힐 수 있다. 자신이 소유한 아름다움을 통해 신라의 절대권력을 장악하기도 하였으며, 사랑의 진정성에 아파하기도 하였으며, 무엇보다 개별 여성으로서의 자의식을 획득한 미실의 파란만장한 삶을 통해 우리는 미실의 육체적 관능미에 붙잡히는 게 아니라 세계를 주체적으로 대응하고자 하는 여성의 진실을 목도하게 된다. 이것은 작가가 〈화랑세기〉에 전하는 미실이란 여성을 역사적 상상력에 의해 새롭게 해석해낸 산물이다.

김별아의 『미실』이 신라의 융성시대를 배경으로 하고 있다면, 김훈의 『현의 노래』는 가야의 몰락시기를 배경으로 취하고 있다. 그런데 김훈이 이 소설을 통해 주목하고 있는 것은 가야국 몰락사가 아니다.5) 가야의 몰락에 직면한 우륵과 대장장이의 내면에 초점을 맞추고 있다. 비록 우륵과 대장장이는 각각 종사하는 일이 전혀 다르지만, 자신의 분야에서 이미 그 누구도 넘볼 수 없는 달인의 경지에 올라있는 터에, 그들의 조국인 가야의 몰락을 그들 각자의 입장에서 해석하고 주체적인 삶을 선택한다. 음

---

5) 김별아의 『미실』은 신라의 융성 시기라 할 수 있는 진흥왕대를 다루고 있으나, 진흥왕대의 역사적 디테일엔 관심이 없다. 본문에서도 언급했듯이, 김훈과 김별아가 주목하는 것은 역사적 디테일이 아니라 인물에 관한 새로운 해석에 비중을 두는 일이다.

악의 도를 추구하는 우륵, 쇠를 자유자재로 부리는 대장장이 야로, 그들은 고대국가에서 성聖과 속俗을 관장하는 역할을 맡는 자들로, 그들은 자신의 음악과 쇠가 장차 어떤 흐름으로 흘러가고 있는지를 너무나 잘 알고 있다. 하여, 야로는 가야의 쇠를 이용해 가야의 병장기를 만드는 게 아니라 가야를 소멸시킬 신라의 병장기를 만들어 신라에 귀부歸附하고, 우륵도 신라에 귀부하여 가야금 연주와 춤 및 노래를 신라인들에게 가르친다. 우륵과 야로에게 조국의 쇠락은 기정사실화된 것으로 간주되며, 새로운 지배자의 보호 아래 자신의 예능과 기술을 보전하고자 한다.

이러한 우륵과 야로의 선택은 피상적으로 볼 때 조국을 배반한 기회주의자로 비판받을 여지가 다분하다. 그런데 작가는 그들의 선택을 조국을 배신했다는 역사적 맥락에서 해석하지 않는다. 아니, 아예 작가 김훈은 자신의 역사소설에서 그러한 거대담론이 자리하는 것 자체에 관심이 없다. 그가 관심을 갖는 것은 우륵과 야로의 개별적 진실일 따름이다. 그것은 우륵의 음악과 야로의 쇠가 지닌 어떤 진실에 귀를 기울이는 일이다. 기실 그들에게 음악과 쇠는 차이를 갖되, 동일성을 간직하고 있다 해도 지나친 말이 아니다.

　―쇠붙이는 본래 왕의 것이 아닙니까?

　야로는 아들의 외짝 눈을 쏘아보았다. 저 녀석은 돌을 녹여서 쇠를 만들고 쇠를 끓여서 병장기를 만들되, 쇠의 큰 흐름을 모르는구나…… 날과 자루와 몸 사이의 일을 모르는구나…… 외짝 눈으로 불구덩이만 들여다보는 녀석이로구나……

　야로는 대답했다.

—쇠붙이는 주인이 따로 없다. 쇠붙이는 지닌 자의 것이다.

—말씀이 어지럽사옵니다.

—주인이 따로 없어. 쇠의 나라는 번창하는 것이다. 이것을 이루 다 설명하기가 어렵다. 술을 들여라.

—『현의 노래』, 113~114쪽

—소리에는 무겁고 가벼운 것이 없다. 마르지도 않고 젖지도 않는다. 소리는 덧없다. 흔들리다가 사라지는 것이다. 그것이 소리의 본래 그러함이다. 다시 한 줄 뜯어보아라. (…중략…)

—소리가 곱지도 추하지도 않다면 금이란 대체 무엇입니까?

—그 덧없는 떨림을 엮어내는 틀이다. 그래서 금은 사람의 몸과 같고 소리는 마음과 같은데, 소리를 빚어낼 때 몸과 마음은 같다. 몸이 아니면 소리를 끌어낼 수 없고 마음이 아니면 소리와 함께 떨릴 수가 없는데, 몸과 마음은 함께 떨리는 것이다.

—그 떨림의 끝은 어디옵니까?

—그 대답은 인간세人間世 안에 있지 않을 것이다. 떨림의 끝은 알 수 없되, 떨림은 시간과 목숨이 어우러지는 흔들림이다. 그래서 목숨은 늘 새롭고 새로워서 부대끼는 것이며 시간도 그러하다. 소리는 물러설 자리가 없고 머뭇거릴 자리가 없다.

—『현의 노래』, 139~140쪽

쇠에게는 특정한 주인이 없다. 쇠는 큰 흐름(정치권력의 흐름)**에 의탁할 뿐이다. 그 큰 흐름에 흘러가 머무는 곳에서 쇠의 힘은 무소불위의 권능**

을 발산한다. 그리고 고여 있을 만하면, 또 다른 큰 흐름에 흘러간다. 그것이 쇠의 운명이다. 소리 역시 비슷하다. 쇠는 유형의 실체라도 있지만, 음악-소리는 유형의 실체가 없다. 소리는 공기 중에서 흔들리다가 이내 소멸된다. 소리는 일회적 현존성을 띤다. 때문에 소리를 애써 붙잡을 수는 없다. 소리는 가청 주파수 범주 안에 들리다가 그 바깥으로 빠져나간다. 언제 그랬냐는 듯, 고요 속으로 자신의 실체를 숨기고, "시간과 목숨이 어우러지는 흔들림"인 이명耳鳴으로 그 흔적을 남긴다.

이처럼 음악(소리)와 쇠는 다르지만 결코 다르지 않는 동일성을 보인다. 작가는 우륵과 야로를 통해 명확히 존재하되, 결코 한 곳에 붙박힐 수 없는, 음악(소리)와 쇠의 속성이 내포한 진실에 서사적 관심을 둔다. 하여, 가야의 쇠락과 몰락에 직면한 우륵과 야로의 개별적 진실은, 특정한 정치권력 혹은 정치체政治體의 소멸이라든지, 새로운 정치권력 혹은 정치체의 출현에 대해 어떤 사회적 의미를 갖기보다 그러한 인간의 역사로부터 초월적 위상을 갖는 것들의 개별화된 진실이다.6)

---

6) 김훈 소설의 이와 같은 면은 우려스러운 점이다. 김별아와 달리 김훈의 역사소설에서 탈정치성의 관점 아래 탐구되는 개별적 진실은 개별자를 에워싸고 있는 세계의 부정을 어쩔 수 없이 수락한다는 점에서 개별자의 공허한 넋두리로 전락한다. 김훈 소설의 이와 같은 점에 대한 비판적 성찰은 고명철, 「개별화의 마성은 공허하다―김훈 소설에 대한 비판적 성찰」, 『칼날 위에 서다』, 실천문학사, 2005를 참고.

　『미실』과 『현의 노래』가 고대국가를 배경으로 하고 있다면, 전경린의 『황진이』와 김훈의 『칼의 노래』는 조선을 배경으로 하고 있는 역사소설이다. 이 두 작품은 황진이와 이순신에 대한 작가의 새로운 해석이 돋보이는 작품이다. 특히 우리에게 널리 알려져, 이제는 거의 굳어져버린 황진이와 이순신의 전형적 삶을 위반하는 서사를 통해 역사적 인물을 새롭게 발견하고 있다는 점은, 이 작품들에 대한 긍정적 평가를 끌어낸다.

　전경린은 『황진이』를 통해 "불륜의 로맨스로 트렌드화된 자신의 소설의 틀을 깨고 새로운 서사를 모색하고 있다"[7]는 점에서, 이후 전경린 소설의 갱신을 징후적으로 보여준다. 여기서 눈여겨 보아야 할 것은, 황진이가 첩실 소생으로서 기생의 삶을 주체적으로 선택하는 가운데 조선의 견고한 유가적儒家的 질서로부터 벗어나고자 하는 욕망이다. 황진이는 기생으로서의 자신의 삶을 저주하지 않는다. 황진이는 당당하게 기생으로서 그가 지닌 정념을 마음껏 발산하며 여성으로서의 미적 자의식을 드러낸다. 하여, 황진이와 관계를 맺는 유가들은 황진이를 통해 그들의 존재의 기반인 유가적 질서의 모순을 인식한다. 유가들은 기생의 신분에 매여 있는 황진이의 거칠 것 없는 자유분방한 욕망의 현현과 마주치면서, 그들이 속한 유가적 제도의 삶에 대한 자가 반성을 하게 된다. 황진이와 이사종이란 선비가 만나 나누는 대화를 잠시 들어보자.

---

　7) 고명철, 「정념에 나포된 마성과 귀기—전경린론」, 『실천문학』, 2004년 겨울호, 64쪽.

"명월(황진이—인용자)을 가두고 있는 감옥은 무엇이오"

"어미와 아비가 만든 감옥이 첫 번째 감옥이겠지요. 나라에서 만든 온갖 법과 규제의 감옥이 두 번째 감옥이겠고, 한 마을에 사는 사람들끼리의 관습과 인정과 통념이 세 번째 감옥이겠고, 늘 멀리서나 곁에서나 쳐다보는 타인들의 시선이 네 번째 감옥이겠고, 무엇보다 자기 속에서 자기를 감시하고 통제하는 괴물같이 커다란 눈이 다섯 번째 감옥이겠지요."

(…중략…)

"싱거운 말씀입니다. 어쨌거나, 선비님(이사종—인용자)의 감옥은 무엇입니까?"

"나 역시 무엇이 다르겠소? 나라에서는 나라대로 집안은 집안대로 지배 체제를 공고히 하기 위해 유교의 권위를 강화시키느라 온갖 규제와 법리를 더욱 잘게 쪼개어 사람을 운신도 못 하게 묶어대고 숨조차 도리에 맞추어 쉬어야 하니, 참으로 갑갑하지요. 그러나 그 같은 시대의 감옥은 벗어버린지 벌써 오래요. 나에게 문제 되는 감옥은 언어요. 이 나라를 지배하고 있는 낡고 굳은 언어의 감옥 말이오."

"언어의 감옥……."

진은 곰곰이 따라해보았으나 그에 대해서는 생각조차 해 본 적이 없어 생경스러웠다.

"이 나라 벼슬아치들이 과거를 보아 등용이 되는데, 누대로 보아온 과거의 교재가 무엇이오? 중국의 고전인 사서오경이 아니오. 그것을 외워서, 사상을 재료로 삼고 형식을 뼈대로 삼아 적당히 윤색하고 여기저기 잘 끼워 넣고 뒤섞는 기술로 한시 한 편을 구성하면 되는 일이지요. 이 나라 사대부가 하늘처럼 떠받드는 공자는 술이부작述而不作이라고 천명을 합니다. 성현의 글을 조탁하여 그 뜻을 잇기는 하지만, 자신의 독창적인 견해를 내세워 무엇인가를 지어내지는 않는다는 말이지요. 그러니, 언어라는 것이 새로운 표현의 글을 짓거나 사상을 만들어서는 안 되고, 선인의 말씀을 열심히 읽고 익혀서 더욱 안정된 사회를 만들고, 굳은 틀 안에서 이전부터 행사해온 기득권을 유지하는 도구일 뿐인 것입니다. 이 얼마나 무서운 감옥이오?"

—『황진이』, 21~23쪽

　황진이와 이사종이 나누는 대화는 조선의 유가적 질서의 근간을 부정하고 전복시키는, 유가의 편에서 보면, 근절시켜야 할 매우 위험스러운 내용을 담고 있다. 공맹孔孟의 가르침을 받고, 사대부로서 정도正道를 걷는 것이야말로 유가의 봉건적 질서를 위반하지 않는, 함부로 져버릴 수 없는 제도적 삶의 실체다. 그런데 황진이와 이사종은 조선 사회를 지탱시켜주는 이 엄연한 유가적 제도 자체에 대한 근본적 문제를 제기하고 있다. 이른바 '감옥'이란 메타포를 통해 알 수 있듯, 유가의 질서가 인간의 본원적 삶을 억압하고 있다는 비판을 가하고 있는 셈이다. 그들에게 유가적 질서는 중세의 인간을 감시·통제하며, 유가적 질서에 순응하도록 규율하는 것으로 파악된다. 여기서 간과할 수 없는 것은, 이러한 조선의 봉건 질서에 대한 매서운 비판, 비록 황진이가 기생 신분이지만, 기생이기 전에 자연인으로서 개별자의 자유가 속박당해서는 안 된다는 작가의 소중한 문제의식이다. 물론 여기에는 동시에 쉽게 간과할 수 없는 문제점 또한 내포하고 있다. 전경린의 『황진이』가 그의 이전 소설보다 한 단계 진전된 것은 확연하지만, 이와 같은 서사적 문제를 웅숭깊게 다루고 있지는 않다. 이 문제에 대해 나는 다음과 같이 언급한 바 있다.

이 작품에서 작가는 조선조의 통치 기반인 유가의 세계관과 제도적 속성에 대해 작가 나름대로의 사유를 깊이 있게 전개시키고 있지는 않다. 황지이를 찾거나 황진이가 찾아간 유가들과의 만남 속에서 나누는 고담준론高談峻論은 이 작품을 읽는 독자의 고전적 교양의 욕구를 충족시켜준다. 그런데 정작 중요한 것은 이러한 고담준론을 작품의 적절한 곳에 흩뿌려 배치해놓는 데 만족해서는 안 된다는 것이다. 중세적 봉건 질서로부터 훌훌 벗어나 자유인으로서의 삶을 주체적으로 선택한 황진이와 봉건 질서의 안쪽에 있는 유가들의 만남을 통해, 작가는 서로 다른 세계관과 가치관의 대결 국면에서 피어나는 소설적 진실의 장관을 연출해내어야 할 것이다. 이 부딪침 속에서 작가는 황진이가 속한 봉건적 질서를 발본적으로 재해석해야 함에도 불구하고, 고전의 주옥같은 문구를 차용하여 소설 속에 슬쩍 위치 짓고 있을 따름이다.[8]

이와 같은 내 비평적 판단은 전경린의 『황진이』를 재독한 후에도 여전히 유효하다. 분명, 이 작품을 통해 조선의 유가적 질서가 황진이를 비롯한 개별자를 구속하고 있다는 문제의식은 명료하다. 하지만 이것은 어디까지나 황진이란 여성의 개별적 진실과의 접촉에서만 강렬히 환기될 뿐이지, 『황진이』 작품 전체를 가로지르는 가운데 황진이와 세계의 치열한 대결 국면에서 그러한 문제의식이 자연스레 포착되지 않는다. 말하자면 작가 전경린의 근대적 여성으로서의 도도한 자의식이 앞선 나머지 황진이에게 이러한 자의식을 덧씌운다. 그럴 때 돋을새김되는 것은 역사를 다루되, 역사가 공백화되는, 황진이의 내면에 수반되는 인간의 삶에 대한 무상감이다.

---

8) 고명철, 앞의 글, 65~66쪽.

이렇듯 역사소설에서 역사가 공백화됨에 따라, 역사의 무중력 상태에서, 소설의 주요 인물은 역사를 초월하게 되고, 자연스레 그 인물의 내면으로 침잠해들어간다. 그리고 인간 개별자의 삶과 현실에 대한 무상감에 젖어든다. 김훈의 『칼의 노래』는 이러한 면을 여실히 보여준다.[9)]

우리는 『칼의 노래』를 읽으면서, 김훈에 의해 새롭게 발견된, 아니 김훈에 의해 새롭게 태어난 이순신의 면모를 만난다. 김훈에 의해 이순신은 더 이상 임진란을 승리로 이끌어 풍전등화의 위기에서 조선을 구원한 민족의 영웅이 아니다. 이순신은 왜군을 통쾌히 무찌른 불세출의 무장武將이 아니다. 말하자면 이순신은 더 이상 우리에게 위인전을 통해 익히 알려진 그러한 민족의 성웅이 아니다. 그러기에 우리는 김훈의 『칼의 노래』를 읽으며, 그동안 낯익은 이순신에 따라 다니던 예의 클리셰cliche가 심하게 부정되며, 오히려 이순신의 인간됨에 대해 감동한다. 무엇보다 이순신이 싸운 대상이 왜군으로 한정되지 않는데서 이 작품은 독자의 흥미를 사로잡는다. 이순신이 싸운 대상은 왜군 이외에도 조선의 임금이며, 조선의 종묘사직을 지켜내고 있는 조정 대신들이며, 특히 이러한 타자들에 둘러싸여 있는 고독한 자기 자신이다. 즉 이순신의 적들은 외부에 있되, 동시에 내부에 있다.

이처럼 몇 겹의 적들로 에워싸여 있는 이순신의 내면 풍경을, 작가 김훈은 마성적 문체의 힘을 통해 서사화한다. 그래서 자연스레 비중을 두는 것은, 이순신의 내면 풍경이다. 세계로부터 고립된 개별자로서 이순신은 자

---

9) 내가 이 글에서 논의하고 있는 김훈의 『칼의 노래』에 대한 기본적 입장은 고명철의 「개별화의 마성은 공허하다」에 기댄 것이다. 나는 그 글에서 김훈 소설 전반에 걸친 비판적 접근의 일환으로 『칼의 노래』를 분석하였다. 따라서 이 글에서의 논의 역시 큰 시각은 대동소이함을 밝혀둔다.

기 존재의 확실성에 기반을 두면서, 뭇 타자들로부터 자기를 소외시킨다. 『칼의 노래』의 이순신에게 세계란 있지도 않은 길삼봉과 같은 허깨비들이 난무하는 세계 그 이상도 이하도 아니다. 허깨비의 존재를 만들어내고, 그것의 있음을 믿으려드는, 아니 믿으라고 강요하는, 이 부정한 세계로부터 자신을 소외시키는 것이야말로 이순신 스스로 존재 가치를 보증하는 확실한 방식이다. 따라서 이순신이 싸우는 적들이란, 어쩌면 이 허깨비와 같은 존재들일지 모를 일이다. 그러기에 이순신의 싸움은 허무로 귀결된다. 이것이 바로 작가 김훈에 의해 우리 앞에 나타난 이순신의 새로운 면모다. 적들은 분명 존재하되, 이순신에게 이 적들은 존재하지 않은 허깨비에 불과할 따름이니, 이순신의 싸움이 허무로 귀결될 수밖에 없는 것은 당연한 일일 터이다.

그런데 이순신에게 가장 두려운 것은 싸워야 할 적들이 없어지면서 밀려드는 무상감이다.

> 하루하루가 무서웠다. 오는 적보다 가는 적이 더 무서웠다. 적은 철수함으로써 세상의 무의미를 내 눈앞에서 완성해 보이려는 듯 했다. 적들이 철수의 대열을 정돈하는 밤마다, 적들이 부수고 불 태운 빈 마을에 봄꽃들이 흐드러지게 피어 있는 꿈을 꾸었다.
>
> —『칼의 노래』 1권, 171쪽

7년간의 전란이 종언을 고한다는 것은, 이순신에게 두려움을 안겨온다. 피비린내나는 전란이 종식되면서 기쁨이 찾아오는 게 아니라 어떤 감당하지 못할 무의미의 두려움이 엄습해들어온다. 싸워야 할 적들이 존재하지 않는다는 것은, 지금껏 그 적들과 싸웠던 이순신 자신의 존재마저 소멸되어야 한다는 두려움이 엄습해서일까. 아니면, 애초에 적들은 존재하지도 않던 허깨비인데, 그 존재하지도 않았던 적들과 그토록 힘겹게 싸웠던 자신에 대한 환멸감에 붙잡혀서일까.

　김훈의『칼의 노래』는 이렇듯 7년 동안 그 숱한 적들과의 싸움을 치러내야 했던 이순신의 고독한 내면 풍경을 밀도감 있게 보여준다. 다시 강조하건대, 김훈에게 중요한 것은, 이 허깨비와 같은 존재들과 고독히 싸우는 인간으로서의 이순신이지, 이순신을 역사 속에 위치 짓는 게 결코 아니다. 역사는 세계로부터 자기소외를 적극화하고 있는 이순신의 내면을 위해 존재하는 역할로서 자족할 따름이다. 좀 심하게 말한다면, 이순신에게 조선이란 역사는 중요하지 않다. 이순신에게 중요한 것은 무장으로서 적들과 싸우는 과정 속에서 마주치는 자신의 개별적 진실이다. 그리고 허깨비들과 같은 존재들이 살고 있는 역사의 무상감과 무의미함에 대한 공허한 자각이다. 김훈과 이순신에게 역사는 개별적 진실을 탐구하기 위해 차용되는 소도구에 불과할 따름이기 때문이다.

4. 문학과 역사의 회통會通, 그 진경眞境/珍景

　나는 최근 역사소설의 동향을 네 작품을 통해 검토해보았다. 이 글의 앞머리에서도 언급했듯이, 그동안 우리에게 낯익은 역사소설을 떠올릴 때마다 드는 통념이 네 작품에서는 좀처럼 찾아볼 수 없다. 고대국가를 배경으로 취하고 있는 『미실』(신라의 융성기)과 『현의 노래』(가야의 몰락기), 조선을 배경으로 취하고 있는 『황진이』와 『칼의 노래』에서 역사적 배경은 이들 작품을 이해하는 데 주요한 요인으로 작용하지 않는다. 말하자면 '역사적 사실의 재현'에 비중을 두고 있지 않다.

이들 작품에서 중요한 것은 미실, 우륵, 야로, 황진이, 이순신 등 개별자의 진실이다. 서로 다른 역사적 배경 속에 있는 인물이지만, 이들에게서 공통적으로 찾아볼 수 있는 것은, 저마다 지닌 개별적 진실이다. 역사적 배경이 다를 뿐이지, 이들을 한 곳에 모아두면, 어쩌면 서로의 문제의식을 공유할 수도 있다는 생각이 든다. 이것은 이들이 고민하고 있는 문제의식이 서로 포개지고 있다는 것을 말한다. 정치권력의 야망을 지닌 미실은 신라의 아름다움에 대한 숭배의 가치를 정치적 맥락 속에서 적극화시킨다. 신라의 신국 건설이란 이상 실현을 위해 그의 미적 자의식을 십분 발휘한다. 하여, 미실은 그의 정염과 관능을 이른바 '환희불의 극락'(『미실』, 346쪽)의 지경에 이르는 것으로 자각한다. 미실의 이러한 문제의식은 시대를 달리한 황진이와도 겹쳐진다. 황진이 역시 "미의 정치를 알고 있었고 그것을 극대화시킬 줄도 알았다."(『황진이』 2권, 112쪽) 미실의 정염과 관능 못지않게 황진이 역시 조선의 뭇 사대부들과 관계를 맺으면서, 그가 소유한 아름다움의 힘을 발산한다. 미실도 그렇지만 황진이 역시 여성으로서 미적 자의식을 자각하고 있기에 이 모든 일은 주체적으로 이루어진다. 비록 미실과 황진이는 신라의 고대국가적 제도와 조선의 중세 유가적 질서 바깥으로부터 탈주할 수는 없으나, 그 안쪽에서 작가의 역사적 상상력에 의해 그들 스스로 미적 자의식을 지닌 여성으로서 돋보인다.

그런가 하면, 고대국가 가야의 쇠퇴와 몰락을 목도하며, 음악(소리)과 쇠의 본질적 속성에 대한 진실을 탐구하는 우륵과 야로의 내면은, 숱한 적들과 고립된 채 싸워야 하는 이순신의 내면과도 포개진다. 음악(소리)과 쇠가 누구의 소유도 아닌 채 역사의 부침과 관계 없이 흘러가는 게 진실이듯, 애초부터 존재하지도 않던 적들과 싸워야 했기에, 그 싸움의 종언에 별다른 역사적 의미를 부여할 수 없는 무상감의 진실은 상통한다. 제아무리 역사의 바깥으로부터 탈주할 수 없지만, 바로 그렇기 때문에 밀려드는 개별적 존재로서 무상감과 허무에서 배태된 진실 자체를 방치할 수 없다. 우륵, 야로, 이순신의 내면은 그래서 포개진다.

이렇게 네 작품 속의 주요 인물은 마치 약속이라도 한 것인 양 서로의 문제의식이 포개지며 상통한다. 분명, 이러한 점은 최근 역사소설에서 발견할 수 있는 두드러진 동향이다. 이것은 '역사적 사실의 재현'으로부터 비껴나 있기에, 작가들이 그동안 부담스럽게 여긴 역사소설의 서사문법으로부터 자유로와졌다는 점에서 고무적인 일임에 틀림없다. 우리의 역사소설도 이제부터는 거침없는 역사적 상상력과 도발적 문제의식, 역사 속 인물에 대한 창발적 해석에 힘 입어, 역사소설의 새 지평을 모색할 수 있다. 역사란 거대담론에 짓눌리지 않고, 역사의 결 속에 자리한 것들에 애정을 보임으로써 역사소설의 풍성한 성과를 기대할 수 있기에 그렇다.

하지만 염려스러운 점은, 역사소설의 다채로움과 풍요로움은 역사를 무중력화시키고, 공백화시키는 가운데 획득되지 않는다. 역사의 거대담론에 짓눌려서는 안 되겠지만, 역사를 철저히 외면하는 가운데 한갓 후경後景으로 가볍게 처리하여, 역사의 맥락을 공허하게 해서 안 된다. 이를 위해서는 힘들겠지만, 역사와 부딪쳐야 하는 모험을 기꺼이 감내해야 한다. 역사와 정면으로 충돌하지 않고, 역사를 비껴가는 가운데 다양한 서사장치와 분식粉飾을 통해서는 역사소설의 새로운 진경眞境이 열리지 않는다. 내가 이들 네 작품을 검토하면서 기대와 걱정이 교차되는 것은 이러한 점 때문이다. 네 작품이 역사소설의 새로운 영토를 확장시켜주고 있는 것은 이들 소설이 지닌 미덕이다. 여기서 영토의 확장에 자족할 게 아니라, 문학을 통해 역사를 넘어서거나 역사를 통해 문학을 넘어서는, 말하자면 문학과 역사의 회통會通이란 진경을 보여주면 어떨까.

흔히들 얘기한다. '지금, 이곳'에 대한 쓸거리가 없을 때, 그렇고 그런 뻔한 서사들로 넘쳐날 때, 우리가 잘 알지 못하는 과거의 시공간 속으로 잠행해들어간 역사소설로 쏠쏠한 재미를 볼 수 있다고, 말이다. 역사소설을 궁리할 때 경계해야 할 천박한 시장 논리다. 역사는 그러한 시장 논리 속에서 역사의 비의성을 결코 드러내보이지 않는다. 지금 이 순간도 새롭게 씌어지고 있는 역사소설이, 이러한 천박한 시장 논리를 비웃으며, 역사소설의 새로운 진경眞境에 이르러 구태의연한 역사소설을 환골탈태시킨 새로움에 값하는 진경珍景을 보여주기를 나는 기대한다.

(『비평과 전망』 9집, 2005년 하반기호)

'황진이 서사'를 다룬 남과 북의 역사소설, 그 허구적 진실[*]

홍석중과 김탁환의 '황진이 서사'를 중심으로

1. 역사소설 혹은 과거와 현재의 상호침투적 시각

역사소설의 열기는 좀처럼 식을 기미를 보이지 않는다. 통속문학과 본
격문학의 경계 구분 없이 역사소설은 한국문학 시장에 활기를 불어넣는
주요한 역할을 맡고 있다. 가뜩이나 서사의 부재 속에서 일반 독자들이 한
국문학으로부터 이반되는 현실에 즈음하여, 역사소설이 지닌 서사의 풍요
는 한국문학을 향한 반성적 성찰의 지점을 제공해준다. 물론, 그렇다고 작
금의 역사소설이 한국문학을 위한 순기능만으로 자리하고 있지는 않다.

* 이 글은 2008년 12월 12일 '진실을 여는 두 개의 문: 사실과 허구'란 주제로 개최된 2008년도 경기
대학교 인문과학연구소 추계학술대회에서 발표한 글이다.

"역사소설은 언제나 지금의 현실에서 출발하여 다시 지금의 현실로 회귀하는 의미론적 구도 속에 윤리성을 내재"[1]하는, "작가가 역사적 시간을 재구성해 창조해낸 허구적 세계로서, 현재의 세계에 영향을 미치고자 하는 이데올로기적 서사양식"[2]인바, '과거'와 '현재'의 상호침투적 시각 속에서 '역사적 진실'을 새롭게 발견하지 않고, '과거'의 시공속에 갇혀 허구적 서사의 유회에만 자족하는 역기능 또한 외면할 수 없다. 그런가 하면, 도리어 현재와 긴밀한 관계를 맺되, '역사적 진실'을 새롭게 발견한다는 미명 아래 역사에 대한 냉소와 허무주의를 팽배시키든지, 역사에 대한 맹목적 열정의 파토스로 충일케 하든지, 이것 또한 역사소설이 경계해야 할 역기능이 아닐 수 없다. 말하자면, 역사소설은 근대소설을 이루는 여러 서사양식과 유달리 서사의 정치성(혹은 윤리성)에 민감한 만큼 독자들 역시 역사소설의 이러한 측면에 즉각적으로 반응하는[3] 면에서, 역사소설은 시대의 아킬레스건인 셈이다.

여기서 '황진이'를 다룬 역사소설도 예외가 아니다. 16세기 조선조 중기의 실존 인물인 황진이와 연루된 이른바 '황진이 서사'는 세월의 흐름에 따라 구비전승 혹은 기록되면서 근대소설의 서사양식들 중 하나인 역사소설로 씌어지는 가운데 독자들의 지속적 사랑을 받고 있다.[4] 그런데

---

1) 황광수, 「역사소설의 미래」, 『실천문학』, 2008년 가을호, 250~251쪽.
2) 오창은, 「역사소설의 확장, 역사철학의 빈곤」, 위의 책, 254쪽.
3) 출판 평론가 표정훈은 최근 역사소설의 붐에 대해 출판환경과 관련하여 논의하면서 "역사소설은 진작부터, 그러니까 출판 콘텐츠라는 유령이 배회하기 훨씬 전부터 이미 출판 콘텐츠 친화적이었다"(표정훈, 「최근 출판환경과 역사소설의 생산」, 위의 책, 271쪽)라고 지적한바, 여기에는 이른바 원소스멀티유즈로써 역사소설이 다양한 문화의 부가가치를 높일 수 있는 문화콘텐츠라는 시각이 뒷받침되고 있다. 나는 여기에 덧붙여, 역사소설이 다른 서사양식보다 서사의 정치성과 윤리성에 대한 반응 정도가 민감하므로, 독자들이 나름대로 지니고 있는 (무)의식적 정치성 혹은 윤리성을 자극하는 정도가 강하다고 생각한다. 바로 이점이 역사소설이 당대의 독자들에게 다른 서사양식보다 폭넓은 관심을 받도록 함으로써 독서시장의 큰 규모를 이루도록 한다.

황진이에 대한 역사소설에 주목해야 할 것은, 남과 북으로 나뉜 분단의 현실 속에서 예의 역사소설이 한반도의 주민들 모두에게 폭넓은 사랑을 받고 있다는 점이다. 북쪽의 대표적 역사소설 작가인 홍석중의 『황진이』(평양: 문학예술출판사, 2002)가 바로 그것이다. 그동안 북쪽 문학의 특성—사회주의적 리얼리즘과 주체문예이론에 철두철미한 문학—에 익숙한 남쪽의 연구자들과 이러한 문학에 매우 낯설거나 극도의 반감을 갖고 있던 일반 독자들에게 홍석중의 『황진이』는 참신함 그 자체였으며, 북쪽 문학에 대한 무관심 또는 오해에 대한 반성적 성찰의 계기를 갖도록 하였다.5) 그것은 분단의 오랜 현실 속에서 남과 북으로 나뉜 문학, 즉 남과 북 각각의 국민국가의 상상력 안에서 북의 문학에 대한 배타적 시선으로부터 우리가 자유롭지 못했음을 이번 계기를 통해 돌아보게 되었으며, 북쪽 역시 남쪽을 비롯한 국제사회에서 홍석중의 『황진이』에 쏟는 폭발적 관심을 통해 북쪽이 그토록 염원하고 있는 '우리민족끼리'가 함의하는 한반

---

4) 황진이는 6편의 시조와 7편의 한시를 지었으며, 다음과 같은 야담기록들에 의해 인물의 편린이 전해지고 있다. 유몽인(1559~1623)의 「어우야담(於于野談)」, 이덕형(1566~1645)의 「송도기이(松都記異)」, 허균(1569~1618)의 「성옹지소록(惺翁識小錄)」, 임방(1640~1724)의 「수촌만록(水村慢錄)」, 서유영(1801~1874)의 「금계필담(錦溪筆談)」, 김택영(1850~1927)의 「송도인물지(松都人物志)」 등. 황진이를 다룬 역사소설의 목록은 다음과 같다. 이태준, 『황진이』, 동광당서점, 1946; 정한숙, 『황진이』, 정음사, 1955; 박종화, 「황진이의 역천」, 『새벽』, 1955.11; 안수길, 『황진이』, 홍문각, 1977; 유주현, 『황진이』, 범서출판사, 1978; 정비석, 『옛날옛적에 한 여자―옷을 벗은 황진이』, 남향문화사, 1982; 최인호, 『황진이』, 동화출판공사, 1986; 김남환, 『황진이와 달』, 복지문화사, 1986; 최정주, 『황진이』, 산신각, 1993; 김탁환, 『나, 황진이』, 푸른역사, 2002; 전경린, 『황진이』, 이룸, 2004 등.

5) 홍석중의 『황진이』는 2002년 평양에서 출간되었고, 남북문학교류 사업의 일환으로 남측 정부의 첫 공식 허가를 받아 남측의 대훈출판사에서 2004년 8월 출간하였다. 이후 남측의 방송과 신문에 집중 소개되었으며, 심지어 미국 시사주간지 『TIME』 2004년 6월 28일에 소개되기도 하였다. 그리고 남측의 창작과비평사에서 제정한 '19회 만해문학상(2004)'을 수상하면서 남측 독자들에게 폭넓은 사랑을 받았다. 특히 남측 연구자들과 비평가들은 홍석중의 『황진이』에 대한 논의를 통해 북측 문학에 대한 억견과 오해를 불식하는 계기를 갖기도 하였다. 이에 대한 남측의 성과물은 김재용 편, 『살아있는 신화, 황진이』, 대훈, 2006으로 정리된 바 있다.

도의 진정한 평화구축을 향한 문학적 의미를 숙고하게 되었다.[6)]

우리는 남과 북의 역사소설 중 '황진이 서사'를 다룬 북쪽의 홍석중의 『황진이』와 남쪽의 김탁환의 『나, 황진이』를 중심으로 남과 북의 역사소설, 그 허구적 진실에 주목하고자 한다. 좀더 부연하자면, 역사소설이 지닌 정치성 혹은 윤리성이 동일한 대상을 다룬 남과 북의 허구적 서사에서 어떠한 미적 체험을 현상해내는지, 그 미의식을 탐구해보기로 한다. 이를 통해 남과 북의 역사소설의 뚜렷한 서사적 특질에 대한 올바른 인식은 물론, 남북 문학의 회통會通적 지평—존이구동存異具同, 화이부동和而不同의 '통큰 문학' 지평—을 모색했으면 한다.

2. 홍석중의 『황진이』의 허구적 진실

1) 중세의 틈새에서 선취先取한 근대적 주체의 내면

홍석중의 『황진이』에서 특별히 주목해야 할 것은 실존 인물인 황진이

---

6) "홍석중의 『황진이』는 남북 문학의 교류사에서 이전과는 다른 새로운 가능성을 남겼다. 이북 문학이 가진 이러한 작품성과 대중성은 남과 북의 문학을 같은 지평 위에서 고찰하는 것을 가능케 함으로써 이후 남북의 문학적 통합에 중요한 기여를 할 것임에 틀림없다. 이러한 점은 이남의 문학계에 국한되지 않고 이북의 문학계에도 적지 않은 파장을 남겼을 것으로 짐작된다. 이북의 작가들이 이번 일을 통하여 이남의 독자들에게 감동을 줄 수 있는 문학적 경향이 어떤 것일 수 있는가를 짐작할 수 있게 되었을 것이다. 특히 역사소설이란 갈래가 남북의 문학적 통합에서 중요한 통로와 가교 역할을 할 수 있다는 인식은 향후 북의 작가들의 창작에 일정한 영향을 미칠 수도 있을 것이다." 김재용, 「'고난의 행군' 이후 북의 소설과 『황진이』」, 『살아있는 신화, 황진이』, 211~212쪽.

가 작가에 의해 창안된 허구적 인물 '놈이'와의 관계 속에서 극심한 내면적 고통을 앓는 도정을 통해 주체적 성찰에 이르게 된다는 점이다. 이 점은 '놈이' 또한 마찬가지다. 즉 황진이와 '놈이'는 상호주관적 관계를 통해 각자 내적 고통의 신열身熱을 견디면서 나름대로의 주체적 성찰을 하게 된다. 흔히들 이것을 두고, "'민중적 계급성'과 '자유로운 에로티시즘의 결합'이라는 차원에서 새로운 북한소설의 전형"7)으로 평가하는데, 여기서 정작 중요한 것은 황진이와 '놈이' 모두 조선 중기의 시공속에서 구체성을 확보하는 인물이되, 그들은 조선 중기의 시대의 틈새에서 근대적 주체로서의 성찰적 면모를 새롭게 발견하려는 서사적 고투를 벌이고 있다는 점이다. 전근대의 시대적 제약 속에서 근대의 개별적 주체들이 겪는 내적 고통을 보여줌으로써 작가는 역사소설의 근대성을 실현하고 있다.8) 따라서 황진이와 '놈이'의 주체적 성찰을 올바르게 이해하기 위해서는, 조선 중기라는 전근대적 현실에 놓여 있는 그러면서 그 현실의 틈새에서 솟구치는 근대적 개별 주체의 내면을 동시에 고려하는 독서가 요구된다. 그러지 않은 채 황진이와 '놈이'의 낭만적 사랑에 과도한 비중을 둔 나머지 근대적 주체의 내면을 발견하는 데 만족하거나,9) 그들의 낭만적 사랑을, 역사를 초월한 휴머니즘으로 파악하는 것10)은 역사소설로서

---

7) 오태호, 「홍석중의 『황진이』에 나타난 '낭만성' 고찰」, 위의 책, 49쪽.
8) 홍석중은 역사소설의 근대성에 대한 다음과 같이 자신의 의견을 피력한다. "문학자체가 예능보다는 과학이나 정치에 더 가깝고 또 역사소설이라면 순수 역사적 사실만이 아니라 거기에 현대성을 결합해야 하는 것이라고 생각합니다. 독자들로 하여금 역사적 사실을 통해 오늘을 보게 하고 인간자체의 운명을 놓고 돌이켜보게 하는 것이 역사소설의 임무가 아니겠습니까."(「양심으로 살고 양심으로 죽는 게 작가—홍석중과의 대담」, 위의 책, 254쪽)
9) 오태호, 「홍석중의 『황진이』에 나타난 '낭만성' 고찰」, 위의 책.
10) 홍석중의 『황진이』가 갖는 역사소설의 의의에 초점을 두되, "자신의 운명을 스스로 개척한 한 여인의 인간적인 욕망과 고통, 사랑이 너무도 생생히 형상화되어 있음은 물론이고 놈이와 진이의 관계 변화 과정을 통해 이루어진 두 인물의 탁월한 인격화는 이 소설이 초역사적인 인간에 대

의『황진이』의 근대성을 표피적으로 파악한 데 불과하다.

여기서, 홍석중의『황진이』가 역사소설의 근대성을 매우 효과적으로 쟁취하고 있는 것은, '놈이'라는 허구적 인물의 적극적 개입에 있다. 만약 '놈이'의 적극적 개입이 없다면, 황진이는 중세의 굴레에 갇힌 채 사대부들과의 숱한 관계 속에서 허용되는 중세의 내적 성찰로 만족해야 할 것이다. 하지만, 홍석중의『황진이』는 허구적 인물 '놈이'의 전면적 개입을 통해 자칫 중세의 시대적 제약에 갇힐 수 있는 황진이를 중세의 틈새에 놓음으로써 황진이의 내적 성찰이 근대의 개별 주체가 지닌 어떤 것을 선취先取하도록 한다. 그러면서 '놈이' 또한 황진이란 타자성과의 교섭을 통해 근대적 주체의 내면을 취하도록 한다.

'놈이'에 의한 황진이의 출생 비밀이 드러나자 황진이는 양반가문과 파혼하고, 스스로 기생의 삶을 선택한다. "그러니 이제부터 나는 누구란 말인가?"[11]란, 존재론적 물음에서 알 수 있듯, 황진이는 그동안 낯익은 그의 존재론적 지반을 송두리째 회의하고 부정한다. 그를 분식粉飾하고 있던 온갖 허위에서 벗어나는 결단을 한다. 비록 '놈이'에 의해 그 결단의 계기가 주어졌으되, 황진이는 좀처럼 내리기 힘든 기생으로서의 삶을 주체적으로 선택한다. 여기에는 황진이의 생모가 "청교방 색주가의 삼패, 이를테면 뭇사내들에게 몸을 파는 색주가의 녀인들중에서도 제일 비천한 논다니였"(146쪽)고, '놈이'에 의해 죽을 때까지 보살핌을 받았으며, 청교방 기생

한 탐구라는 소설의 본령에 충실하다는 것을 입증한다."(이상숙, 「역사소설 작가로서 홍석중」, 위의 책, 105쪽)라고 보는 견해는, 결국 역사소설의 특수성을 몰각한 소설의 일반화로 역사소설을 파악하는 대표적 오류이다.

11) 홍석중,『황진이』, 문학예술출판사, 2002, 139쪽. 이후 이 작품의 부분을 인용할 때는 별도의 각주 없이 본문에서 (쪽수)만을 표기한다.

들에 의해 마지막 장례를 치렀다는 사실을 대수롭게 간주할 수 없다. 말하자면 황진이의 기생으로서의 삶을 주체적으로 선택하게 된 데에는, 중세의 제도적 질서의 억압 속에서 개별 인간으로서의 존재적 가치가 부정당하는 데 대한 부정의 내적 고통을 외면하지 않는 점, 그리고 그 내적 고통을 통해 새로운 존재로 갱신되고자 하는 주체 해방을 향한 정념을 고양시키고 있는 점 등이 있는데, 이것은 황진이 스스로의 결단에 의한 게 아니라 '놈이'라는 타자와의 관계를 통해 형성되고 있다는 점이 중요하다.

따라서 홍석중의 『황진이』에서 특별히 주목해야 할 것은 황진이와 함께 '놈이'라는 인물이 갖는 서사적 지위다. '놈이'는 민중적 세계관을 지니고 있는 인물이되, 그렇다고 '놈이'를 '민중'이란 계급적 주체로 환원시켜 인식하는 것은 매우 단조로운 해석이 아닐 수 없다. '놈이'가 작품 속에서 화적의 우두머리로 부각되고 있지만, 작품에서 '놈이'의 역할은 중세의 봉건적 억압과 맞서 저항하는 변혁적 주체로서의 민중성을 띤 영웅으로 부각되기보다 중세의 질서 속에서 개별 인간의 진실이 훼손되는 데 대한 부정의 내적 고통을 정직하게 응시하는 인물로 보는 게 온당하다.[12] 이 같은 면은 작중 인물 괴똥이가 지방 관아의 중상모략으로 붙잡혀 있는 데 대해 화적의 무리를 끌고 관아를 공격하지 않고, '놈이' 자신이 희생양이 됨으로써 황진이와 괴똥의 어려운 점을 해결하고자 하는 대목에서 여실히 알 수 있다. 비록 '놈이'는 화적의 우두머리로서 참수를

---

12) '놈이'의 이러한 면을 간과할 경우 최원식의 지적에서 읽을 수 있듯, 진이와의 사랑에 대한 상처로 화적패에 들어가고 화적패의 우두머리로서 괴똥이를 살리고자 자수하여 죽음을 당하는 것은 "아주 퇴행적 모습"(최원식, 「남과 북의 새로운 역사감각들」, 위의 책, 128쪽)에 불과하지만, 작가 홍석중은 『황진이』에서 '놈이'를 중세의 봉건적 억압에 맞서는 역사변혁의 주체로서 민중성을 지닌 인물에 비중을 두지 않았다는 점을 각별히 눈여겨보아야 할 것이다. 어떻게 보면, 바로 이 점이 『황진이』가 북측의 다른 역사소설과 차이를 갖는 면이기도 하다.

당해 역사의 현실 세계 속에서 패배를 당하지만, 작가는 중세의 제도적 질서 안에서 훼손되는 개별 인간의 진실을 지켜나가는 '놈이'에게 역사소설의 승리감을 안겨준다. '놈이'는 황진이와 더불어 중세의 제도적 질서의 틈새에서 솟구치는 개별 인간의 내면적 아름다움을 발견하는 숭고성을 띤 인물이기 때문이다.

이러한 인물의 관계는 홍석중의 『황진이』가 지닌 역사소설의 근대성이 지닌 어떤 원리를 자연스레 드러낸다. 홍석중은 역사 속 실존 인물인 황진이와 연루된 것을 충실히 재현하는 과정에서 황진이가 지닌 비범함, 그것은 중세의 시대적 제약을 넘어서는 근대적 개별 주체의 내면인바, 이것을 형상화하는 데 서사적 신뢰를 확보하기 위해서는 황진이의 이러한 특이성과 교응할 수 있는 허구적 인물을 창안해내어야 하는 것이다. 이 허구적 인물은 황진이의 중세적 한계를 극복할 수 있는 서사적 계기를 풍요롭게 해줄 수 있어야 한다. 이를 위해서는 황진이뿐만 아니라 허구적 인물 또한 중세적 한계를 정확히 응시할 수 있어야 하고, 이 중세적 한계를 서로에게 비쳐주어야 한다. 다시 말해 상호침투적 과정 속에서 근대적 주체의 성찰에 이른다. 중요한 것은 이 과정 속에서 그들이 놓인 중세적 질서가 전복되는 것은 결코 아니다. 도리어 그들을 에워싸고 있는 중세적 질서는 더욱 완고한 것으로 부각될 따름이다. 하지만 바로 그렇기 때문에 그들의 관계와 그들의 주체적 성찰은 더욱 값진 진실성을 확보한다. 이것이야말로 역사소설이 힘겹게 쟁취한 허구적 진실이며, 역사소설의 근대적 미의식이 일궈낸 소중한 성과이다.

이렇게 근대적 개별자의 주체적 성찰의 문제의식을 선취先取한 황진이는 중세의 제도적 질서를 횡단하면서 신랄한 비판적 성찰의 태도를 보인다. 그런데 황진이의 이러한 비판적 성찰에서 간과해서 안 될 것은 그의 비판은 어디까지나 조선 중기라는 역사의 현실 세계 안에서 유의미성을 갖는 것이지, 무턱대고 중세적 질서의 바깥으로 나가고자 하는, 과도한 역사적 전망으로 파악해서는 곤란하다는 점이다. 말하자면, "역사소설은 구체적인 역사현실의 객관적 성격(필연성)을 이해한 바탕 위에서 그것을 바람직한 쪽으로 추동하려는 실천성(자유)을 내재해야 한다는 요청과 관련된 것"13)으로, 역사의 객관현실을 몰각한 그 어떠한 진보적 정치성 혹은 윤리성도 서사적 진실을 보증할 수 없다. 따라서 황진이가 놓인 역사의 객관현실, 즉 조선 중기의 중세적 질서의 맥락을 간과하고서는 황진이의 비판적 성찰을 크게 곡해할 수 있다.

분명, 황진이는 기생으로서 조선 중기의 타락한 정치 질서를 가차 없이 매섭게 꼬집는다. 그가 그토록 존경해마지 않던 그의 부친 황진사의 위선과 거짓을 직시하고 그 파행적 윤리에 대한 강한 비판과 부정은, 이후 그가 기생으로서 관계를 맺는 뭇 사대부들의 허위와 부패를 향한 신랄한 비판으로 이어진다. 그런데, 황진이의 이러한 비판에 대해 숙고해보아야 할 게 있다. 자칫하면, 황진이의 비판을 성급히 해석한 나머지 조선의 봉건질서를 근원적으로 부정하고 전복시키려는 근대적 변혁의 관점에서 파악할 수 있는데, 이것은 앞서 언급했듯이 역사소설을 온전히 이해하지 못하

---

13) 황광수, 위의 글, 234쪽.

는 속류적 해석에 불과하다. 다시 강조하건대, 황진이는 조선 중기의 중세적 질서 안에서 그 구체성을 보증하는 인물이며, 따라서 그가 조선조의 임금을 비롯한 사대부 위정자들에 대한 정치적·윤리적 비판은 중세의 질서 자체를 전복하고 새로운 정치경제적 질서를 구축하고자 하는 혁명적 성격을 담지한 비판적 성찰이 아니다. 만약 그의 비판이 중세의 유가儒家 질서 자체를 근본적으로 거부하는 것이라면, 서화담에 대한 외경畏敬은 물론, 이사종과의 금강산 회유에서 보이듯, 중세의 본받을 만한 유가들과 그 어떠한 관계도 맺지 않을 터이다. 하지만 황진이는 서화담, 이사종과 학문적·인간적 관계를 돈독히 유지하면서 타락한 중세의 제반 문제를 혹독히 비판한다. 뿐만 아니라 조선의 주류 질서는 아니지만 변경에서 여전히 그 현실적 힘을 잃지 않고 있는 불가佛家의 폐단도 함께 비판한다.

홍석중의 『황진이』가 역사소설로서 근대성의 진면목을 발휘하는 것은 바로 이러한 황진이의 비판적 성찰에 깃든 '지금, 이곳'의 현실과의 은유적 관계에 대한 서사적 진실의 힘을 주목해야 한다. 그것은 황진이의 비판이 중세의 주류 질서인 유가적 현실과 그 변경의 질서를 이루고 있는 불가의 허위와 거짓, 그리고 각종 폐단을 고발하고 증언함으로써 황진이가 구체적으로 놓인 역사의 객관현실에 대한 모종의 경종을 울림으로써 중세의 참된 유가적 질서를 회복하고자 하는 것과 깊은 관련이 있다.[14]

---

14) 그런데 최원식은 "양반에서 기생으로 다시 방외인으로 이동한 황진이는 체제와 반체제의 텍스트 바깥으로 이탈함으로써 도가적 소요유(逍遙遊)의 경계를 거닌다. 화담마저 부정되는 이 절대 자유의 경지! (…중략…) 그것은 자본주의는 물론이고 현존 사회주의 너머로 우리의 사유를 확장시키는 것이기도 하다."(「남과 북의 새로운 역사감각들」, 위의 책, 129~130쪽)고 하여, 황진이의 행태와 사유를 중세의 질서를 넘어선 것으로 확대 해석한다. 하지만 정작 여기서 간과할 수 없는 것은, 현존하는 각종 '황진이 서사'는 모두 사대부에 의해 기록된 것으로, 사대부들은 어디까지나 자신들의 유가적 세계관에 의해 황진이를 배회하고 있는 서사를 재구성하고 있지, 유가적 세계관을 벗어난 지점에서 '황진이 서사'를 기록하고 있지 않다는 점이다. 또한 홍석중의 『황진이』 결

어떻게 보면, 이와 같은 『황진이』의 소설적 전언은 『황진이』가 소통되는 북측의 현실과 긴밀한 교응을 하고 있는지 모른다.[15] 역사소설의 근대성이 과거와 현재의 상호침투적 시각 속에서 현재의 세계와 은유적 관계를 맺는데, 과거를 얘기하면서 그것은 현재에 대한 우회적 접근의 일환이라는 사실을 전면 부정하지 않는 한, 홍석중의 『황진이』에서 보이는 황진이에 대한 이와 같은 비판은 북측의 객관현실에 대한 작가의 진정어린 비판이며, 이것은 북이 현재 직면하고 있는 관료주의의 경직성과 폐단으로 인해 북측 인민의 삶이 피폐해지고 있다는 것을 은연중 암시한다. 말하자면, 홍석중의 『황진이』는 조선조 중기의 중세적 질서 자체를 전면 부정하지 않고, 중세 질서의 이상인 이른바 왕도정치王道政治가 제대로 구현되지 않은 객관현실에 대한 신랄한 비판을 통해 북측의 정치체제를 전면 부정하는 게 아닌, 도리어 북측의 강성대국 건설을 향한 근대적 과제를 수행하는 차원에서 관료주의가 갖는 심각한 문제점을 우회적으로 비판하고 있다. 여기에 바로 홍석중의 역사소설 『황진이』가 지닌 숨은 서사적 진실의 힘이 있다. 홍석중의 『황진이』가 북측에서도 그토록 많은 독자들의 사랑을 받고 있는 것은, 단순히 역사소설이 갖는 대중적 흥미를 확보했다

말에서 단적으로 알 수 있듯, 황진이를 그리워하는 임제 또한 평안도사로 부임하는 길에 황진이의 무덤가에 술잔을 건네는데, 그것은 유가적 이상의 질서를 존중하던 황진이에 대한 그리움이지, 유가적 질서의 바깥에 존재하는 도가적 존재로서의 황진이를 그리워한 것은 아니다. 즉 작가 홍석중은 황진이를 중세의 질서 안에서 구체성을 띠는 것으로 보며, 이는 북측의 현존 사회주의 질서의 안쪽에서 황진이로 환기되는 문제를 사유하는 것이다.

15) 김재용은 홍석중의 『황진이』를 북의 이른바 '고난의 행군' 이후의 정세적 맥락 속에서 파악할 것을 강조한다. "조선 시대의 황진이를 통하여 인간의 본능과 이를 인위적으로 억압하는 온갖 금욕주의적 허위의식에 대해 날카롭게 비판하고 있는 것이다. 이 때의 허위의식이란 단순히 사회적 현상에 대한 허위의식만이 아니라 인간의 내면에 도사리고 있는 허위의식까지 미친다. 내부와 내면에 대해 이북의 문학이 이렇게 진지하게 질문하고 있다는 것은 '고난의 행군'이 작가들에게 그냥 비켜 지나간 것만은 아님을 잘 말해주고 있다."(김재용, 「'고난의 행군' 이후 북의 소설과 『황진이』」, 위의 책, 225~226쪽)

기보다 현재 북측의 객관현실 속에서 노정되는 문제점을 과거를 통해 만나고, 그것을 해결하고자 하는 인민의 욕망과 의지가 '황진이'를 통해 실천되고 있다는 점이다. 이것을 좀더 비약해서 말하면, 『황진이』는 현재 북이 당면한 강성대국 건설이라는 근대적 과제를 해결하는 데 장애가 되고 있는 북의 현실적 문제들을 역사소설이라는 서사양식을 통해 우회적으로 비판하고 있는 수작秀作이다.16) 이 또한 근대적 역사소설의 본래적 속성 중 하나인바, 근대적 역사소설이 국민국가의 상상력으로부터 자유로울 수 없듯, 홍석중의 『황진이』 또한 조선민주주의인민공화국의 근대성을 추구하는 광범위한 실천으로부터 예외일 수 없는 것이다.

3. 김탁환의 『나, 황진이』의 허구적 진실

1) 중세적 삶의 난경難境과 자기구원의 문제

김탁환의 『나, 황진이』는 그 제명題名에서 유추할 수 있듯, '황진이'란

---

16) 혹자는 북측의 체제적 문제점을 내부 비판하는 소설이 가능한 것인가 하는 의구심을 가질 수 있다. 혼동해서 안 될 것은 북측의 체제를 전복하는 것과 내부적으로 비판하는 것은 전혀 별개의 차원이란 점이다. 물론 전자의 경우는 현재로서 불가능하다. 하지만 후자의 경우는 '고난의 행군' 이후 북측 문학에서 곧잘 목도된다. 특히 역사소설인 경우 '고난의 행군' 이전인 1987년 8월 13일 김정일 국방위원장이 직접 역사소설 창작에 관한 기본 방침을 제시한바, 그 중 "우리 나라 왕권 내부의 알력과 당파싸움을 비롯한 봉건 지배층 내부의 권력 쟁탈전을 현대성의 견지에서 취급할 것에 대한 문제"(박태상, 「홍석중의 『황진이』가 보여준 사랑의 묘약」, 위의 책, 229쪽)는 홍석중의 『황진이』에서 보이는 황진이의 봉건 지배층을 향한 비판이 어떠한 맥락에서 이루어지고 있는지를 짐작하도록 한다.

역사의 실존 인물을 다루되, 1인칭의 관점을 적극적으로 섭취하고 있다. 홍석중의 『황진이』가 '황진이'란 실존 인물과 더불어 '놈이'란 허구적 인물의 적극적 개입을 통해 역사소설의 근대성을 쟁취하고 있다면, 김탁환의 『나, 황진이』는 역사 속 인물 '황진이'를 1인칭 자기고백의 문체를 매우 효과적으로 소화함으로써 과거와 현재의 상호침투적 시각을 견지한다. 그리하여 김탁환은 황진이로 하여금 조선 중기의 시대적 제약 속에서 스러진 자기를 구원하도록 한다. 말하자면, 『나, 황진이』를 관류하고 있는 화두는 바로 역사 속 인물인 황진이의 자기구원의 도정 속에서 발견되는 서사적 진실에 있다. 이것은 황진이의 삶을 재현하는 과정 속에서 그를 옥죄고 있는 유무형의 속박으로부터 벗어나는 길에 독자를 동참시킴으로써 황진이의 자기구원이 곧 독자의 자기구원과 연계된 것이라는 점을 보여준다. 김탁환은 중세의 시대적 고통 속에서 스러진 인물의 자기구원의 문제에 대한 서사적 탐구를 통해 현재에 살고 있는 우리들의 자기구원의 문제 영역을 숙고하고 있는 것이다.

그렇다면, 황진이는 중세의 엄혹한 질서 안에서 어떻게 자신을 구원하고 있는가. 우선, 황진이는 기생으로서 춤사위와 거문고 연주 및 글을 익히는 과정을 통해 기생의 기예를 완벽히 갖춘다. 가령, 춤사위를 배우는 다음과 같은 대목에서 황진이는 다음과 같이 고백한다.

마음보다도 먼저 몸을 들여다보게 되었지요. 몸은 썩어 없어질 하찮은 살덩이가 아니라 나를 나이게 만드는 근본이니까요. 새끼 할머니로부터 배운 숨고르기를 건너뛰고 사위에 들어가면 꼭 어디 한 곳이 불편해졌어요. 급하게 새로운 것을 시도하다가 다친 적도 많았답니다. 믿을 거라곤 몸뚱아리하나뿐이란 말이 한낱 비유이거나 탄식이 아님을 그때서야 깨달았지요. 사내들도 힘겹다는 금강과 두류를 제 집 앞마당 지나듯 오르내린 것도 이때부터 몸을 다듬었기 때문이 아닌가 싶네요. 사와 대부들이야 팔자로 걸으며 헛기침이나 내뱉는 것이 전부지만, 나는 춤을 통해 이 몸의 장점과 약점을 미리 살피고 부족한 부분을 고쳐 넉넉하게 만들었으니까요.[17](강조는 인용자)

몸에 대한 황진이의 인식을 뚜렷이 읽을 수 있는 대목이다. 여기서 흥미로운 것은 황진이의 몸과 사대부의 몸을 비교하고 있는 것으로, 둘 모두 중세의 제도적 질서 안에 갇혀 있되, 황진이의 몸은 '춤'이란 기예, 즉 완급을 조율할 수 있는 예술의 형식을 통해 몸의 장단점을 두루 살피고 있다. 그런데, 이것을 기생의 기예를 완숙한 경지로 끌어올리기 위한 것으로 오해해서는 안 된다. 황진이가 춤사위의 보다 완숙한 경지를 획득함으로써 도달하고자 하는 것은 해어화解語花로서의 기생의 숙명에 자족하는 게 아니라 그 숙명적 한계를 자유롭게 풀어내는 몸의 해방을 이루고자 한 것이다.

황진이의 자기구원은 이처럼, 기생의 기예를 완숙한 경지로 끌어올림으로써 그 어떤 순간에 중세의 시대적 제약으로부터 해방되는 미적 충동을 만끽함으로써 추구된다. 그러나 "배움이 조금씩 깊어갈수록 이 배움을 함께 나눌 지음"(118쪽)이 없다. 중세의 시대적 제약을 넘어 자기구원의 길에 이르는 것은 결코 쉽지 않다. 그러던 차에 황진이는 사대부 이사종을 만나 사랑을 나누면서 "나는 그였고 그는 나"(156쪽)라는 자타불이自他不二의 관계의 깨우침을 얻기도 한다. 물론, 황진이의 지극한 자기구원

---

17) 김탁환, 『나, 황진이』, 푸른역사, 2002, 82~83쪽. 이후 본문에서 이 책의 부분을 인용할 때는 각주 없이 본문에서 쪽수만을 표기한다.

은 서화담의 제자로서 그 깨우침을 자기화하는 데 있다.

> 스승은 서책을 미리 정하거나 배우고 익힐 자리를 살펴주는 법이 없으셨답니다. 독서란 산을 유람하는 것과 같아서 깊고 얕은 곳 모두를 스스로 얻어야 한다셨지요. 온 힘을 다해 홀로 고민하여 깨달음을 얻기를 바라셨지만, 아무나 지혜의 꽃을 꺾고 화평하면서도 밝은 못에 빠질 수 있는 것은 아니지요. 궁극적인 앎이란 가르치거나 배울 수 없다고도 하셨습니다. 배우거나 가르칠 수 있다면 사고 팔 수도 있을 테니, 셈이 밝은 송도의 장사치들이 제일 먼저 도를 얻을 것이 아니겠어요. 삼 년 정도 윤정월 초닷새, 허태휘를 비롯한 제자들의 간청에 못 이겨 몇 말씀 남기시긴 했지만, 봄의 뜻이 만물에 숨어 있듯이, 스승의 깨달음은 거기에 머무르지 않아요. (263~264쪽)

"시를 아는 기생은 세상에 대한 그리움으로 평생 열병을 앓기 마련"(92쪽)이라는 기생으로서의 금기를 깬 황진이는, 스승 서화담으로부터 "궁극적 앎이란 가르치거나 배울 수 없"기에 "온 힘을 다해 홀로 고민하여 깨달음을 얻"을 때, 바로 자기구원을 이룰 수 있다는 점을 깨우친다. 결국 황진이는 그 파란만장한 인생 역정을 통해 세계-내적-존재로서 중세의 질곡을 회피하는 게 아니라 중세의 숱한 삶의 난경難境과 부딪치는 도정에서 '홀로' 깨우침을 얻을 때야말로 진정한 자기구원의 길에 도달한다는 것을 알게 된다.

김탁환의 『나, 황진이』가 갖는 역사소설의 근대성은 이와 같은 황진이의 고독과 단독자로서 세계와 부딪치는 중세적 삶의 고통이 중세에만 국한되는 게 아니라, 현재의 복잡다단한 삶의 전장 속에서 고립화와 단독자의 삶을 살 수밖에 없는 우리들의 자기구원이란 문제로 확산되고 있다는 점에서 주목할 만하다. 타자(성)의 가치가 급부상되는 현재의 세계에서 '나'가 동요되는 현실에 대한 발본적 문제제기를 한다는 점에서 김탁환의 『나, 황진이』가 갖는 자기구원의 문제는 급진적 전언으로 다가온다 해도 손색이 없다.

2) 남측의 서구 근대지상주의에 대한 지식사회의 반성적 성찰

그런데 이와 같은 김탁환의 급진적 전언에서 간과할 수 없는 것은 중세적 지성에 대한 그의 집요한 관심이다. 사실, 어떻게 보면『나, 황진이』는 황진이를 대상으로 한 본격적 역사소설이기보다 황진이를 중심으로 한 중세적 지성의 풍경을 촘촘히 소묘하는 듯하다.[18] 그러다보니 김탁환의 『나, 황진이』는 조선 중기의 중세적 질서의 제도 안에 갇혀 있다는 비판을 받기 십상이다.[19] 그런가 하면, 중세적 지성에 대한 김탁환의 과도한 집착은 견고한 중세적 질서를 지탱하는 권력의지에 대한 작가의 욕망이 근대를 맹목화하는 것으로 전도됨으로써 근대주의적 욕망을 낳는 심각한 문제점이 노정된 것으로 보기도 한다.[20]

그러나 이러한 비판들은 김탁환의 『나, 황진이』가 역사소설로서 어떠

---

18) "황진이의 입을 빌어 그(김탁환―인용자)는 황진 개인의 전설적인 삶뿐만 아니라 그 불기不羈의 삶을 살았던 화담 그리고 송도松都를 위요圍繞한 조선 중기의 문화지형을 그리고 있는 것이다."(정재서, 「발문: 중세에 살기의 욕망과 소설의 갱신」, 『나, 황진이』, 274쪽)
19) 우미영은 김탁환의『나, 황진이』가 지닌 치명적 결함으로, 황진이가 사대부의 타락성을 비판하고 있는 것은 주목할 만하되, 그 비판의 언어가 중세의 제도적 질서 안에 갇혀 있음으로써 그가 그토록 부정한 그의 아버지의 언어로 귀환하는 문제점을 낳고 있는 것으로 본다. 우미영, 「복수의 상상력과 역사적 여성」, 『살아있는 신화, 황진이』, 190~191쪽.
20) 김경연, 「황진이의 재발견, 그 탈마법화의 시도들」, 위의 책, 166~170쪽 참조.

한 서사적 진실을 발견하는 데 궁리하고 있는지를 면밀히 보지 못한 채 중세적 지성의 풍경에 대한 표피적 형상화의 문제점을 지적한 데 불과하다. 김탁환의 서술전략을 온전히 이해하기 위해서는 그가 무엇 때문에 이처럼 조선 중기의 중세적 문화지형에 천착하고 있는지를 숙고해보아야 할 것이다. 이에 대한 적절한 해결의 단초는 다음과 같은 언급에서 살펴볼 수 있다.

> 김탁환의 조선 중기에 대한 각별한 관심은, 최근 서구에서 일어나고 있는 근대에 대한 과도한 강조를 반성하고, 평가절하된 중세 속에서 오히려 인간 본연의 모습을 찾아내려는 움직임과 동궤同軌에 속하는 인식이다. (274쪽)

말하자면, 서구의 근대지상주의에 대한 반성적 성찰을 위해 작가는 조선 중기의 중세적 질서에 유다른 관심을 갖는다. 여기서 오해해서 안 될 것은, 작가의 중세적 질서에 대한 관심은 봉건적 억압의 제 질서를 옹호하고 그것을 그리워하는 퇴행적 역사인식에 추동되는 게 결코 아니라는 점이다. 봉건적 전통을 현재의 세계로 소환하여 이데올로기적으로 재구성함으로써 현재의 부정을 제의적祭儀的 혹은 심미적審美的 이성으로 절취·은폐·봉합하는 데 있지 않다. 그보다 서구적 근대지상주의로 심각히 훼손당하고 있는 지식사회의 공통 윤리감을 회복하고, 근대적 지식사회에 팽배해져 있는 합리적 지성이 은연중 망실하고 있는 세계에 대한 통합적 지성의 태도를 반성적으로 성찰하는 데 초점이 맞추어져 있다. 『나, 황진이』에는 이와 같은 면이 곳곳에 자유분방히 펼쳐져 있다. 가령, 다음과 같은 대목을 보자.

신을 벗어 양손에 하나씩 쥐어봅니다. 맨발의 자유로운 지혜를 얻기 위함이 지요. 발바닥에 닿는 흙과 돌의 감촉이 도끼로 뒤통수를 맞은 듯 쩌릿쩌릿 합니다. 스승은 공부가 막히거나 잡념이 부풀어오를 때면 남쪽 창을 활짝 열고 맑은 기운을 받아들이라고 하셨지요. 밤을 새워 책을 읽는 것보다 겨울이라도 맨발로 꽃못을 거닐며 홀로 오관산을 살피는 편이 도에 한 걸음 더 다가설 수 있는 길이라고도 하셨답니다. 보고 듣는 것으로 사물을 전부 알 수는 없지만 그마저 못한다면 목석과 다른 바가 무엇이냐며, 만물을 품도록 마음을 크게 키우라셨어요. 지금 못난 제자가 앓는 병도 만물을 받아들이지 못한 결과일까요. 하늘 바깥에 아무것도 없듯 태허太虛 역시 그 바깥이 없다는 진리를, 얼마나 더 기의 연못을 헤매 다녀야 깨칠 수 있을지 모르겠네요.(174~175쪽. 강조는 인용자)

스승의 위기지학爲己之學(자기 자신의 수양을 위한 학문)에 대한 또 하나의 오해는 당신이 늘 움직임보다 멈춤[止]을 강조하고 마음의 정靜을 주로 가르쳤다는 것이지요. 물론 스승은 멈춰야 할 때를 세심히 살펴야 한다는 말씀도 하셨고 정으로 동을 조절해야 한다고도 하셨답니다. 이것이 곧 세상과의 인연을 끊고 면벽으로 생을 보내라는 가르침은 결코 아니지요. 스승은 다만 기회가 왔을 때 제대로 움직이기 위해서는 흔들림 없는 마음을 먼저 지녀야 한다고 강조하셨던 것입니다. (…중략…) 정은 결코 아무것도 하지 않는 것이 아니라 모든 것이 가능하도록 스스로를 살피는 과정에 다름아니에요. 그 많은 학인들을 따뜻하게 맞이하고 또 하나하나 빠짐없이 성심을 다하여 가르침을 배푸는 스승의 뒷모습에서, 세상으로 직접 나아가 천하의 도를 바로잡고 싶어한, 그 누구보다도 배우고 익히기를 좋아한 거인(공자)

의 기운을 느꼈답니다.(248쪽. 강조는 인용자)

마치 유교의 어느 경전을 읽고 어떤 깨우침을 얻는 듯하다. 소설이 잡
식성의 서사양식이므로, 이와 같은 경전의 주해와 같은 것을 서사적으로
구성하는 것은 크게 이상한 일은 아니다. 물론 계몽기 소설에서 보이는
교술적教述的 성격이 지배적이어서는 곤란하다. 하지만 중세의 황진이가
만나는 중세적 지성의 목소리들을 통해 현재의 서구적 근대지상주의의
지식사회에 만연해 있는 분절적 지식과 실용 위주의 학문 풍토, 그리고
무엇보다 학인學人으로서 겸비해야 할 세계 보편의 윤리감각의 결핍과 부
재에 대한 반성적 성찰의 계기를 갖도록 한 것은 김탁환의『나, 황진
이』가 지닌 역사소설로서의 매혹이 아닐 수 없다. 이렇게 볼 때, 황진이
의 조선조 유가적 질서에 대한 강한 비판은 중세적 지성 자체에 대한 전
면적 부정과 폐기가 아니라, 제대로운 학인學人의 소양을 겸비하지 못한
군자가 아닌 소인으로서 왕도정치 구현과는 관계 없이 사리사욕을 챙겨
드는 유가적 허위를 겨냥한 것이다. 이는 현재의 서구적 근대지상주의로
치우친 작금의 지식사회에 대한 비판의 성격을 띤 역사소설이란 점에서
그 서사적 의의를 아무리 강조해도 지나치지 않다.

　남과 북에서 마치 약속이나 한 것인 양 동시기에 동시대의 역사적 실존인물을 대상으로 한 역사소설이 씌어졌다. 정치적 분단의 현실만큼 남과 북의 문학은 대한민국과 조선민주주의인민공화국이란 각기 다른 정치경제적 체제의 국민국가의 상상력 범주 안에서 독자성을 지니고 있다 해도 과언이 아니다.

　그러나 이러한 서로의 문학은 '황진이 서사'를 다룬 역사소설에 이르러 함께 그 문학적 성과를 논의할 수 있게 되었다. 물론 남과 북의 역사소설에서도 차이가 없는 것은 아니되, 동일한 대상을 다뤘기에 그 대상에 삼투된 허구적 진실을 중심으로 한 생산적 논의를 펼칠 수 있는 것이다. 여기서 홍석중의『황진이』와 김탁환의『나, 황진이』가 각기 주안점을 두고 있는 문제의식은 서로 다르되, 공통적으로 발견할 수 있는 것은 모두 중세적 질서의 시대적 제약의 범위 안에서 황진이가 부딪치는 역사의 객관현실에 대한 이해를 바탕으로 현재의 세계와 맺는 상호침투적 시각을 통해 역사소설의 근대성을 빼어나게 형상화하고 있다는 점이다. 그리하여 홍석중의『황진이』가 북의 강성대국 건설이라는 근대적 국민국가의 과제를 해결하기 위한 소설적 전언을 드러내는 데 비중을 두고 있다면, 김탁환의『나, 황진이』는 서구의 근대지상주의에 젖어든 남측 지식사회에 대한 반성적 성찰의 계기를 던져주고 있다. 여기서, 각 역사소설이 지닌 허구적 진실에는 차이가 있지만, 과거와 현재의 상호침투적 시각 속에서 과거로 퇴행하는 역사적 인식이 아닌, 현재의 세계에 대한 반성적 성찰과 미래적 전망을 기획한다는 점에서 역사소설이 갖는 근대성의 매혹을 주목하지 않을 수 없다.

이제 '황진이 서사' 이외에도 남과 북은 또 다른 역사소설의 교류를 통해 서로 다른 문화의 지평을 넓고 깊게 이해함으로써 궁극적으로는 한반도의 평화체제를 구축하는 데 역사소설의 문학적 몫을 톡톡히 다해야 할 것이다. 그리하여 역사소설의 허구적 진실의 힘을 통해 분단이란 사실 너머에 있는 통합의 새로운 가치를 적극적으로 서로 모색했으면 하는 마음 간절하다.

환골탈태하는 리얼리즘의 '물건들'

황석영의 20세기 3부작 읽기

1. 황석영의 문학적 스펙트럼

　작가 황석영이 새로운 작품을 세상에 내놓을 때마다 황석영과 그 작품
은 마치 약속이라도 한 것인 양 뜨거운 감자가 돼버린다. 한 문예지의 설
문조사 결과 황석영이 20세기의 최고 작가로 손꼽혔음을 환기해볼 때 황
석영의 문학에 대한 이러한 뜨거운 반응은 어쩌면 당연한 일인지 모른다.
황석영의 곡절많은 삶 자체가 소설이라해도 무방할 만큼 지금까지 그가
발표한 작품들은 한국 현대사의 주요 국면과 함께 그 운명의 길을 걸어온
것이다.[1] 사실, 황석영 자신도 기회가 있을 때마다 언급했듯이 자신의 파
란만장한 삶이야말로 황석영 문학의 골격과 살을 구성하고 있는 실체인

셈이다. 그것은 그 자신이 의도하지 않았는데도 불구하고 (마치 주술에도 걸린 것처럼) 한국사의 첨예한 문제적 현실의 복판에 서 있었을 뿐만 아니라 세계사적 격변의 현장을 몸소 체험한, 하여 그로서는 다른 작가들보다 체험의 폭이 상대적으로 넓음으로써 황석영 문학의 영토를 자연스레 확보할 수 있었다. 한 자연인으로서는 감당하기 힘든 현실 속에서 영혼과 육신이 곤곤한 삶을 살았지만, 한 작가로서는 그와 같은 체험이야말로 그만의 치열한 서사를 생성해내는 데 가장 귀중한 보고寶庫인 것이다. 특히 황석영의 문학은 1970·80년대 민족민주운동의 맥락 속에서 저항적 서사의 전위 역할을 맡은바, 반민족적·반민주적·반인류적 현실을 묵과하지 않고 그러한 모순된 현실을 서사적으로 위반·전복시키고자 한, 리얼리즘 소설의 한 전범을 보여주었다. 「객지」, 「삼포가는 길」, 「한씨 연대기」 등의 중단편과 대하소설 『장길산』, 장편 『무기의 그늘』 등이 한국 소설사에 던진 서사적 충격은 황석영의 문학을 통해 리얼리즘 소설의 당대적 성과를 판단하는 가늠자로서 삼기에 충분하다.

이렇게 황석영의 문학은 한국 소설사에서 살아 있는 고전의 상징적 지위를 확보해나갔다. 황석영의 문학에 대한 종래의 평가는 물론, 작금 그의 문학에 대한 평가 역시 대동소이하다. 황석영은 여전히 당대 최고의 작가이며, 근래 그의 서사에서 보이고 있는 리얼리즘의 갱신은 1990년대 이후 답보상태에 머무르고 있는 민족문학의 갱신과 연동하여 비평계의 뜨거운 관심으로 주목되고 있다. 그도 그럴 것이 황석영의 문학은

---

1) 그동안 황석영의 문학 활동은 『작가세계』(2004년 봄호)에서 확석영 특집을 다루며 중간 결산되고 있다. 또한 지난 해 황석영의 환갑을 기념하기 위해 간행된 『황석영 문학의 세계』(최원식·임홍배 편, 창작과비평사, 2003)를 통해서도 점검된 바 있다.

1970 · 80년대 민족문학의 최량적 성과를 판별하는 리트머스지였던바, 1990년대 이후 이렇다할 민족문학의 '물건'이 존재하지 않는 현실 속에서 황석영이 잇달아 야심차게 발표한 장편들은 민족문학과 리얼리즘의 갱신의 산물로 간주되고 있기 때문이다.

그런데 황석영 문학에 대해 근래 심각한 비평의 오류가 발견되고 있다. 황석영의 최근작 장편 『심청』에 대한 비평이 그것이다. 『심청』에 대한 대부분의 비평은 황석영식 리얼리즘의 또 다른 획기적 갱신으로서 높이 평가되고 있다. 『심청』에 대한 최초의 비평으로서 문학평론가 류보선의 『심청』 해설이 첫 단추부터 잘못 꿰어지는 바람에 이후 『심청』의 비평은 류보선의 주례사 비평의 그늘로부터 자유롭지 못하다.2) 가령, 류보선의 다음과 같은 언급을 보자.

　　『심청』은 황석영이 오랫동안 준비해온 그래서 그야말로 황석영의 모든 적공이 고스란히 투사된 소설이다.3)

　　그러니까 『심청』은 초기작부터 하나하나 축적되었던 의미 있는 지표들이 드디어 하나로 모아져 이전의 황석영 소설은 물론 우리 문학사 전체에서도 볼 수 없었던 풍부하고도 무시무시한 현존들을 포착해낸 소설인 것이다.4)

---

2) 『작가세계』(2004년 봄호)에서 『심청』을 조금이라도 언급하고 있는 비평들 대부분이 거의 유사한 비평을 보인다. 『심청』을 발간한 출판사에서 간행되고 있는 계간지 『문학동네』(2004년 봄호)에 발표된 문학평론가 서영채의 「창녀 심청과 세 개의 진혼제 : 황석영의 『심청』 읽기」 역시 그렇다. 마치 모두 입을 맞추기로 한 것인 양 『심청』은 썩 괜찮은(?) 동아시아 서사의 가능성을 보이는 긍정적 지표로 해석하고 있다.
3) 류보선, 「해설 : 모성의 시간, 혹은 모더니티의 거울」, 『심청』 하권, 2003, 313쪽.

류보선의 비평적 견해에 따르자면, 『심청』은 황석영 문학의 최정점을 현현하는 것임과 동시에 한국문학사에서 존재하지 않았던 서사의 진경珍景을 펼쳐보이는 것으로 상찬되고 있다. 이 같은 비평적 수사를 목도하는 나는, 다시 한번 유수한 상징자본을 소유한 메이저 문예매체의 편집위원 비평가의 주례사 비평이 얼마나 작가와 일반 독자, 그리고 비평계의 눈을 미혹시키고 있는지 씁쓸하기만 하다. 과연, 이러한 극상찬의 주례사 비평이 작가 황석영의 문학을 제대로 평가하는 것이며, 황석영식 리얼리즘의 갱신을 위해 비평가가 가져야 할 사심없는 정당한 비평이며, 무엇보다 『심청』이란 한 작품이 "우리문학사 전체에서도 볼 수 없었던 풍부하고도 무시무시한 현존들을 포착해낸 소설"로서 최대의 문학사적 '대접'(?)을 받아야 할 작품인지 등에 대해 나로서는 도저히 수긍할 수 없다. 해도해도 너무했다는 생각을 쉽게 떨쳐낼 수 없는 것이다.5)

이 글의 초점은 『심청』에 대한 이 같은 주례사 비평의 폐단을 논의하는 데 있지 않다. 나는 『심청』 이전에 발표되었던 문제적 장편들을 다시 한번 검토해봄으로써 황석영식 리얼리즘의 갱신을 통해 민족문학의 갱신, 그 지평이 어떻게 모색될 수 있을지에 대한 성찰의 기회를 가져본다. 여기에는 류보선의 주례사 비평에서 과도하게 의미부여된, 즉 『심청』 이전의 작품들이 마치 『심청』의 성과를 낳기 위한 것으로 존재하는 게 아니라, 『심청』의 작품성과는 별도로 황석영 문학의 현재와 미래를 위한 비평적 판단을 하기 위해서다. 황석영 자신이 "20세기 3부작을 끝난 셈"6)이라고

---

4) 류보선, 앞의 글, 313~314쪽.
5) 『심청』에 대한 신랄한 비판으로는 정문순, 「포주의 시선에 포획된 여성의 몸」(『비평과 전망』 8호, 2004년 상반기호)을 참조할 수 있을 터이다.
6) 황석영, 「한국 현대사와 나의 최근작」, 『대산문화』, 2004년 봄호, 51쪽.

언급한 장편들(『무기의 그늘』, 『오래된 정원』, 『손님』)에 내가 주목하는 것은 이러한 이유 때문이다. 3부작7)에 대한 검토가 황석영 서사의 윤리학과 미학을 『심청』으로 수렴시키는 게 아니라 『심청』과 다른 서사적 맥락에서 황석영 문학의 현재를 점검해보고, 미래를 내다볼 수 있었으면 한다. 지금 중요한 것은 그동안 구축해놓은 황석영 문학의 성과에 대한 맹목화도 아니고, 황석영 문학의 갱신에 대한 '들뜬 기대'의 비평적 파토스도 아니라, 그의 문학적 스펙트럼에 대한 차분하고 냉철한 비평적 판단이다.

2. 민족문학의 선진성, 제3세계적 인식 ─ 『무기의 그늘』

황석영에게 『무기의 그늘』은 작가의 세계인식을 확장시켜준 기념비적 작품이다. 『무기의 그늘』을 통해 황석영의 서사는 민족문학의 일국적 경계에 갇혀 있지 않고, 전지구적 시야를 확보하게 될 징후를 선명히 보이기 시작한다. 그것은 베트남전쟁에 대한 제3세계적 인식의 명료함에 있다. 그보다 앞서 베트남전쟁을 소재로 다룬 소설들이 발표되었으나, 그 대부분의 작품들이 베트남전쟁에 대한 인식을 제대로 하지 않은 채 전쟁에 대한 비극성과 전쟁의 참상 속에서 훼손당하는 인간의 실존에 주목하

---

7) 분석 대상으로 삼는 3부작은 『무기의 그늘(상)(하)』(창작과비평사, 1992), 『오래된 정원』(창작과비평사, 2000), 『손님』(창작과비평사, 2001) 등이다. 작품의 부분을 인용할 때 별도의 각주 없이 본문에서 쪽수만을 나타내기로 한다.

는, 베트남전쟁에 대한 몰역사적 휴머니즘에 사로잡혀 있었다.[8] 하지만 황석영의 『무기의 그늘』은 민족문학의 선진성인 제3세계적 인식으로써 베트남전쟁을 예각적으로 형상화하고 있는 작품이다.[9]

그런데 『무기의 그늘』의 이 같은 문제의식은 갑작스럽게 생겨난 것은 결코 아니다. 1970년대에 발표된 「탑」, 「낙타누깔」, 「몰개월의 새」 등의 단편은 베트남전을 황석영 나름대로 총체적으로 형상화하기 위해 제출한 중간 보고서적 성격을 띤다 해도 과언이 아니다.[10] 단편을 통해 갈무리된 문제의식이 장편 『무기의 그늘』에서 비로소 총체적인 형상화로 드러난 셈이다.

무엇보다 이 소설이 그동안 쓰여진 다른 베트남전쟁 소설보다 두드러지게 다른 면이 있다면, 제목이 상징하듯이 총부리를 겨눈 전장의 이면을 통해 베트남전쟁을 둘러싼 문제를 생생하게 형상화하고 있는 점이다. 베트남전쟁 소설의 대부분이 전장의 최전선을 주요한 사건의 공간으로 설정하고 있는데 반해 이 소설은 전장의 최후방이랄 수 있는 공간을 중심으

---

8) 『무기의 그늘』에 대해 황석영 자신이 다음과 같이 술회한 것은 『무기의 그늘』이 베트남전쟁을 다룬 다른 소설들과 변별적 특징을 갖는다 : "『무기의 그늘』은 베트남 전쟁을 다룬 어느 소설이나 할리우드 영화에서 보는 전장에서의 병사들의 극한적인 삶과 죽음이라거나, 잘못된 전쟁에 대한 항변이라거나, 이런 저런 휴머니즘적 갈등 따위는 등장하지 않는다. 그렇다고 '지옥의 묵시록' 같은 식민주의와 오리엔탈리즘이 뒤섞인 감상적 염전(厭戰)주의를 내세운 것도 아니다. 『무기의 그늘』은 자본주의적인 전쟁의 사업적 측면을 다룬 냉혹한 전쟁 소설이다."(황석영, 「한국현대사와 나의 최근작」, 앞의 책, 47쪽)

9) 본문에서 기술되고 있는 황석영의 『무기의 그늘』에 대한 비평적 입장은 학회지 『현대소설연구』(19호, 2003)에 발표한 고명철의 「베트남전쟁 소설의 형상화에 대한 문제」에서 『무기의 그늘』에 대해 이미 논의한 부분을 참조한 것이다.

10) 황석영의 이 세 작품 중 〈탑〉이 갖는 베트남전쟁에 대한 선진적 문제의식은 높이 평가할 만하다. 왜냐하면 "이 작품이, 베트남전쟁에 대한 우리들의 시각을 바루는 데 결정적으로 기여한 리영희(李泳禧)의 평론 「베트남전쟁(1)」(1972)과 「베트남전쟁(2)」(1973) 이전에 발표되었다는 점은 더욱 놀람"(최원식, 「한국소설에 나타난 베트남전쟁」, 『생산적 대화를 위하여』, 창작과비평사, 1997, 380쪽)기 때문이다.

로 사건이 전개된다. 최전선에 온갖 군수물자를 보급하는 최후방을 주요한 공간으로 설정하여 베트남전의 실상을 예각적으로 탐구한다.

　작가의 이러한 시각은 베트남전을 다루는 기존의 시각과 뚜렷하게 변별된다. 이것은 황석영이 베트남전을 어떻게 구체적으로 인식하고 있는가 하는 문제와 직결된다. 황석영이 전장의 최전선이 아니라 최후방, 그것도 군수물자가 암거래되는 암시장을 주요한 공간으로 설정한 것 자체가 문제적이다. 최전선에 정상적으로 보급되어야 할 군수물자가 암시장에서 미군과 한국군, 베트남 정부군, 베트남 민족해방전선 등이 뒤엉킨 관계 속에서 암거래되는 현실을 사실적으로 그려냄으로써 베트남전은, 기실 정치적 이데올로기의 대립·갈등보다 자본주의의 냉혹한 이해관계로 전도된 것이다라는 작가의 독특한 문제의식이 투영되어 있다. 다음과 같은 작가의 진술은 베트남전에 대한 이러한 문제의식을 단적으로 읽을 수 있는 부분이다.

　저 피의 밭에 던진 달러, 가이사의 것, 그리고 무기의 그늘 아래서 번성한 핏빛 곰팡이꽃, 달러는 세계의 돈이며 지배의 도구이다. 달러, 그것은 제국주의 질서의 선도자이며 조직가로서의 아메리카의 신분증이다. 전세계에 광범하게 펼쳐진 군대와 정치적 힘 보태기, 다국적 기업망의 그물로 거두어진 미국 자본의 기름진 영양 보태기, 지불과 신용과 예금의 중요한 국제적 매개체로 정착된 달러 보태기, 다국적 은행의 번창 등의 결합 위에 핏빛 꽃은 피어난다. (하권 271쪽)

작가의 문제적 시각에 의하면, 베트남전쟁은 미국으로 표상되는 자본주의의 팽창을 위한 전쟁으로 해석된다. 이것은 『무기의 그늘』에 등장하는 주요한 인물들이 모두 베트남전을 통해 제 각기 자본을 축적하기 위해 혈안이 돼있다는 데서 쉽게 알 수 있다. 그들에게 베트남은 더 이상 소생 가능성이 없는 피비린내나는 열대림에 지나지 않은바, 베트남은 단지 미국을 비롯한 서방의 다국적 기업(물론 여기에는 한국과 일본도 포함되어 있다)의 원조물자가 제공되면서, 다국적 기업은 이를 통해 자신들의 경제적 이득을 확보하는 데 혈안이 된 자본주의 착취의 현장 그 이상도 그 이하도 아닌 곳으로 전락돼 있다는 게 작가의 판단이다. "전쟁은 가장 냉혹한 형태의 장사"(하권 96쪽)에 불과하다고, 소설 속에서 베트남의 한 의사가 내뱉는 말은 베트남전의 실상을 냉정하게 증언하는 것이나 다름이 없다.

그런데 우리는 작가의 이 같은 인식으로부터 중요한 소설적 성찰을 발견할 수 있다. 그것은 베트남전은 민족 내부의 갈등과 분단을 해결하는 것, 달리 말하자면 베트남의 통일을 달성하기 위한 베트남 민족해방전쟁으로만 이해할 수 없다는 점이다. 『무기의 그늘』에서 작가가 집요하게 천착하고 있는 바는, 베트남전이 미국으로 표상되는 서방 제국주의의 자본주의 식민화로부터 제3세계가 벗어나기 위한 저항의 일환이라는 점을 보여주는 데 있다.

하지만 이러한 작가의 문제의식은 다른 작가들보다 진전된 역사인식을 갖고 있음에도 불구하고 이것은 작가의 인식이 '선언'적 차원에서 강조되고 있지, 작품의 소설적 형상화를 통해서는 보여주고 있지 못하다. 작중의 문제적 인물인 한국군 안영규가 앞서 논의했듯이 자본주의의 타락성이 베트남전의 실상임을 인식하는 과정 속에서 베트남 민족과 강한 연대감을 피력하거나, 민족해방전선의 정치적 투쟁의 목적을 격정적으로 진술하는 것 등은 작가의 제3세계적 인식을 성급히 드러내는 데 불과하다.[11] 여기서 간과할 수 없는 것은 이러한 제3세계적 인식이 안영규의 직접적 진술 혹은 안영규의 생각을 거쳐 명확히 표출되고 있다는 점이다. 안영규는 베트남의 최전선의 소총수로도 근무한 적이 있고, 최후방의 군수물자 암거래의 실태를 조사하는 역할도 맡으면서 미군, 베트남 정부군, 베트남 민족해방전선, 암시장의 상인 등과 두루 접촉하는 인물로서 베트남전의 현실을 총체적으로 인식할 수 있는 조건을 갖춘 최적격의 인물이다. 그렇다면 안영규와 다른 인물과의 관계를 통해 작가의 제3세계적 인식에 대한 풍부한 형상적 사유를 펼칠 수 있었음에도 불구하고 『무기의 그늘』에서는 이러한 형상화가 미진하다. 이것은 『무기의 그늘』이 기존의 베트남전쟁 소설보다 탁월한 성과를 보이고 있음에도 불구하고 가장 아쉬운 부분이다.[12]

---

11) 안영규의 다음과 같은 격정적 진술은 이러한 면모를 단적으로 보여준다 : "내가 여덟살 때에 전쟁(6·25전쟁—인용자)이 터졌다. 아니 내가 태어나고 얼마 후에 식민지로부터 풀려났지. 내 부모 세대들은 다른 강국을 위하여 식민지의 용병으로 아시아와 태평양의 도처에서 지금처럼 죽어갔다. 너희들은 그때부터 왔다. 너희 정부는 우리의 국토를 반으로 갈라서 점령했다. 내가 아메리카인과 근무하면서 제일 듣기 싫은 소리는 우리는 똑같다, 너는 아메리카인과 차이가 없다, 하는 따위의 수작들이다. 그러면서도 베트남의 국들은 더럽다고 속삭인다. 국이란 말은 우리 나라에서 있었던 전쟁 때에 너희 군대가 한구욱이라고 우리를 비웃던 말이다. 나는 오히려 내가 베트남인과 같다고 말해버린다. 우리가 겪은 이러한 삶의 조건은 지난 한 세기 동안 아시아 사람이면 누구나 똑같이 당해온 조건이다. (…중략…) 너희 병사들은 허접쓰레기 같은 더러운 빈민가의 뒷골목에서, 어두운 바에서, 할인표를 오려갖고 달려가던 슈퍼마켓에서, 기름투성이의 차 밑바닥에서 이리로 끌려왔다. 왜냐구? 도련님은 여기에 안 오니까. 너희들 기업가들과 그들의 세일즈맨인 정치하는 자들에게 물어보렴. 너희가 베트남의 수렁에 빠져 개처럼 죽어가는 것은 그들을 위해서야."(『무기의 그늘(하)』, 122~123쪽)

12) 백낙청은 『무기의 그늘』이 지닌 이 같은 형상화의 문제를 확장시켜 다음과 같이 논의한다. 그의 논의의 핵심은 『무기의 그늘』을 통해 베트남민족의 현실 못지않게 우리의 구체적 현실에 대한 문제의식을 다루어야 한다는 점이다. "이 소설(『무기의 그늘』—인용자)의 반제·반미의식은 주로 베트남 민중의 시각에 의존하면서 한국에도 적용될 수 있는 그 일반적 유효성을 암시할 뿐, 좀더 구체적으로 한국의 현실에 어떻게 적용될 유효성인지에 대해 작품은 입을 다물고 있다. (…중략…) 외세의 개입으로 분단체제가 성립되고 그 일환으로 예속적이지만 일정한 자율성을 지닌 국가기구가 자리잡은 한국과는 달리, 베트남전쟁은 그 주역이 프랑스에서 아메리카로 바뀐 뒤에도

『무기의 그늘』을 발표한 이후 황석영은 작가이기보다 문화운동가 및 통일운동가로서의 역량을 발휘하기 시작하였다. 그 일환으로 그는 1989년 북한을 방문하여 김일성을 만났다. 1989년 베를린 장벽이 붕괴되는 현장에 서 있었던 황석영에게 동서독의 통일은 참으로 부러운 세계사적 사건이었던 만큼 한반도의 통일운동에 기여하기 위한 그의 북한 방문은 이러한 세계사적 정황 속에서 이루어진 것이었다. 그는 방북 이후 국외의 망명 생활을 하던 도중 1993년 민족문학작가회의의 정식 귀국 요청을 받아들여 귀환한 후 국가보안법 위반으로 구속되어 5년 동안 옥중살이를 하여 1998년에 출소하였다. 장편 『오래된 정원』은 1990년대 후반 문단에 복귀한 후 황석영이 내놓은 첫 작품이라는 점에서 각별한 의미를 지닌다.

『오래된 정원』을 통해 황석영은 5 · 18광주민주화 항쟁 이후 가열차게 전개됐던 1980년대의 민족민주운동과 관련된 기억을 되새기면서, 1980년대의 화마火魔로 상처 입은 존재들을 어루만진다. 물론 여기에는 1980년대를 관통했던 황석영 자신에 대한 자기성찰의 서사 욕망을 간과할 수 없다. 하여, 황석영에게 『오래된 정원』은 1980년대 민족민주운동의 풍경을 재구해내는 것임과 동시에 1980년대의 시대적 풍경과 확연히 달라진

여전히 구식민지 해방전쟁의 연속이었다 하겠으며, 한반도에서와 같은 분단체제를 창출해보려는 외세의 안간힘이었던 셈이다. 베트남과 한국 사이에 이러한 차별성이 실제로 존재한다면, 『무기의 그늘』은 오늘의 분단극복운동에서 중요한 반제 · 반미의 문제를 제기하기는 했으나 운동이 요구하는 만큼의 구체화된 현실인식에는 못 미친 바 있다고 할 것이다."(백낙청, 「통일운동과 문학」, 『민족문학의 새 단계』, 창작과비평사, 1990, 108~109쪽)

1990년대의 풍경 속에서 자리한 진보 진영의 내부를 향해 성찰적 시선을 보인 문제작이다.

이러한 서사에서 주목할 것은 황석영이 종래 그에게 낯익은 리얼리즘의 전통과 과감히 결별하고 있다는 사실이다. 『무기의 그늘』 2부를 완간한 (1988) 이후 13년간의 절필 끝에 내놓은 『오래된 정원』에서 그는 "과거의 리얼리즘 형식을 버렸다."[13] 『무기의 그늘』에서 확연히 읽을 수 있듯이, 황석영 소설을 지탱시키고 있는 것은 객관현실에 관한 명징한 세계인식이며, 그것을 형상화하기 위한 전형성을 확보해내는 것이다. 따라서 그의 소설에는 좀처럼 1인칭 혹은 2인칭의 인물을 만날 수 없었다. 『오래된 정원』 이전의 소설들 대부분에서 3인칭이 주류였던 것은, 3인칭의 시각으로 객관현실을 투명하게 드러내보이면서, 그 객관현실이 사회의 온갖 구조악과 행태악으로 점철되어 있음을 명징하게 인식하고, 이러한 객관현실을 변혁시키고자 하는 서사의 꿈을 키워내고자 한 데 있었기 때문이다. 불구화된 근대를 가감없이 드러내는 것, 뒤틀리고 왜곡된 근대의 풍경을 냉정한 시각으로 조명하는 것, 이를 위해 황석영은 세계를 온전히 응시해낼 수 있는 객관화된 주체의 시선이 필요했던 것이다.

그런데 『오래된 정원』에서는 이러한 객관화된 주체의 시선이 3인칭에 편향돼 있지 않고, 1인칭과 2인칭을 적절히 교직하면서 서사를 구성해내고 있다. 이것은 황석영의 문학에서 실로 획기적 변화다. 어떤 작품이 특정한 시점에 구애받지 않는 형식적 특징을 지녔기 때문이 아니라 이러한 형식을 적극적으로 선택하게 된 황석영의 세계관적 · 미학적 갱신의 징후를 간과할 수 없기 때문에 그렇다. 말하자면 2000년에 발표된 『오래된 정

---

13) 황석영, 「한국 현대사와 나의 최근작」, 위의 책, 49쪽.

원』은 1990년대 이후 이렇다할 만한 민족문학의 갱신이 보이고 있지 못한 현실에서, 민족문학의 최량적 성과를 가늠할 수 있었던 황석영 자신의 리얼리즘에 대한 갱신을 통해 민족문학의 새로운 지평을 모색해볼 수 있는 시금석이란 점에서 주목해야 할 작품인 것이다.

『오래된 정원』은 연애소설의 형태를 취하고 있다. 정치범으로 18년의 형기를 마치고 석방된 현우와 그의 옛 연인 윤희와의 애틋한 사랑이 표면적 서사를 이룬다. 그들의 애틋한 사랑은 현우가 수감 생활을 하는 도중 암으로 죽은 윤희의 삶은 물론, 현우 없이 태어나 성장한 자식과 행복한 삶을 영위하지 못하는 관계에서 더욱 애틋하다. 적어도 표면적으로 볼 때, 이 소설이 인물들간의 애틋하고 절절한 아름다운 사랑을 그리고 있다는 데에는 의심의 여지가 없다. 현우가 수배자로서 윤희와 함께 도피 생활을 보내던 갈뫼의 짧은 생활은 이 세상에서 존재하는 그 누구의 삶과도 비교할 수 없을 정도로 행복한 삶이다. 갈뫼에서의 삶이야말로 유토피아적 삶이라해도 손색이 없을 만큼 황석영은 자연과 혼융된 삶을 살고 있는 그들의 존재를 낭만적으로 형상화시킨다. 현우와 윤희의 이러한 아름다운 사랑은 윤희가 현우에게 편지 형식으로 기록한 일상을 현우가 읽고, 그 기억을 더듬는 것으로 보여진다. 하여, 현우의 삶은 윤희의 편지에 쓰여진, 윤희에게 지극히 사소한 개인적 관점에서 해석된다. 게다가 윤희의 삶은 윤희의 편지를 읽는 현우의 개인적 관점에서 파악된다. 이처럼 현우와 윤희는 어느 특정한 개별자의 단일한 3인칭의 관점에서 파악되는 게 아니라 서로의 개별자적 시선, 즉 각자의 주관적 1인칭의 관점에서 파악되고, 그것이 서로의 거울에 비추어지는 서사를 보이고 있다. 이러한 서사 방식은 주관과 객관이 서로 분리되지 않고 변증법적 통합의 과정을 거치면서, 세계를 어떤 단일한 동일자의 시선에 의해서가 아니라 주체와 타자가 서로 교호하면서 세계를 다면적으로 인식하는 이른바 '복안(複眼)의 서사'를 보여준다. 종래 황석영의 리얼리즘이 주체 중심의 동일자적 시선에 의해 객관현실을 형상화하였다면, 『오래된 정원』의 경우 시점의 경계를 넘나듦을 통해 주체와 타자의 의사소통적 장을 마련해준다는 점에서 황석영의 리얼리즘은 갱신의 고투를 벌이고 있는 것이다.

이러한 황석영의 고투는 더 이상 1980년대식 진보의 이념에 토대를 둔 미학으로서는 1990년대 이후 급변해가는 현실에 설득력 있는 서사적 대응을 펼칠 수 없다는 문제의식과 밀접한 연관을 맺는다. 그것은 "지상에서 비롯된 새벽의 삶을 회복하기 위해서 지상에 세워진 한낮의 모든 허접쓰레기 같은 제도를 부숴버리는 일"(하권 190쪽)이, 예술로서의 혁명 혹은 혁명으로서의 예술이 쉽게 포기해서는 안 될 실천의 과제이지만, 이것은 어디까지나 객관현실에 연동되는 것이어야지, 객관현실과 무관한 채 절대화된 도그마가 되어서는 안 되는 것을 말한다. 바로 여기에 『오래된 정원』에 녹아들어 있는 황석영의 세계관적·미학적 갱신에 대한 진정성을 발견할 수 있다. "근대는 수컷들의 삭막하고 쓸쓸한 갈등과 번민의 시대였어요."(하권 304쪽)라는 윤희의 에피고넨을 접한 현우의 성찰이야말로 작가 황석영의 그것이라 해도 과언이 아니다. 비록 갈뫼에서 현우가 "도대체 한줌도 안되는 젊은것들인 우리는 이 아리따운 순정으로 어떻게 세상을 바꿀 수 있다는 것인지"(상권 186쪽)라는 넋두리로써 근대의 광폭성에 속수무책일 수밖에 없음을 한탄한 적은 있으나, 현우는 윤희의 기록을 통해 18년의 형기 동안 자칫 맹목화되었거나 망각되었던 1980년대의 현실을 타자로서 정직하게 만나, 근대의 파행뿐만 아니라 이 근대적 파행을

극복하고자 한 근대의 또 다른 노력 모두가, 혹 근대의 폭력과 광기에 동
참하고 있는 것은 아닌지, 근대 자체를 성찰하게 된다. 바꿔 말해 황석영
은『오래된 정원』에서 근대에 대한 발본적 성찰의 문제의식을 갖는다.
이러한 문제의식은 윤희가 현우에게 쓴 마지막 편지에서 읽을 수 있는바,
"우리가 지켜내려고 안간힘을 쓰고 버티어왔던 가치들은 산산이 부서졌
지만 아직도 속세의 먼지 가운데서 빛나고 있"(하권, 308쪽)는, '오래된 정
원'으로 상징되는 유토피아를 향한 욕망을 저버리지 않는 데서 뒷받침된
다. 하여, 현우는 다음과 같은 갱신의 의지를 보인다.

> 나(현우—인용자)는 한 시대가 종언을 고하고 나서 그것이 무엇이었던가를
> 독방에서 아프게 이해하는 데 몇년이 걸렸다. 국가권력을 장악하려는 여
> 러 가지 시도는 낡아버렸거나 불필요한 일이 되어버렸다. 지난 세기에 자
> 본과 물질의 체제 속에서 반체제의 눈으로 세계를 바라보았던 생각은 그
> 것을 현실화하는 과정에서 왜곡되었다. 오히려 이제는 무너진 건물 사이
> 로 솟아나온 철골처럼 남아버린 몇 가지 명제가 소중해졌는지도 모른다.
> 어느 집단에서나 민주적 원칙의 관철과 대중에 의한 주권의 회복은 수백
> 년 이래로 가장 생명력있는 유산으로 확인되었다. 이는 불탄 자리에서 골
> 라낸 살림도구 같은 것이리라. 국가권력에 대하여 변화와 개혁을 들이대
> 고 이름없는 사람들의 집단이 서로 연대하며, 아이들의 땅뺏기놀이처럼 그
> 침없이 한뼘 두뼘 자본이 남겨먹은 것들을 되찾아 실질적인 평등의 단계
> 로 영역을 넓혀나가야만 한다. (하권, 309쪽)

1980년대식 진보를 답습해서는 실질적인 진보의 길이 요원하기만 하

다. 민중이 국가권력을 장악하려는 시도 속에서, 혹시, 반체제 저항적 민중해방은 민중주의에 경화되어 진정한 민중해방·인간해방에 걸림돌이었던 것은 아닐까. 그렇다면 국가권력으로부터 자유롭되 억압적 국가권력을 해체시켜 생산적인 국가권력으로 거듭나게 하는 데 지혜를 모으는 것이야말로 악무한의 근대적 자본주의 세계체제를 극복하여 새로운 대안체제를 꿈꾸는 일이 아닐까.

4. '해방의 언어'를 되살려낸 '작가-영매靈媒' — 『손님』

『오래된 정원』을 통해 과거의 리얼리즘과 결별한 황석영은 『손님』에서 환골탈태된 서사를 보인다. "현실주의적 내용을 동아시아적 형식에 담겠다"[14]는 황석영의 서사전략을 실천한 게 바로 『손님』이다. 황해도 진지노귀굿 열두 마당을 기본 얼개로 하여 씌어진 『손님』은 우리에게 낯

---

14) 황석영, 「작가인터뷰 : 황석영이 황석영을 말하다」, 『작가세계』, 2004년 봄호, 33쪽. 황석영의 이러한 소설 양식에 대한 갱신의 욕망은 『손님』을 구상하는 과정에서 더욱 구체화된다 : "과거의 리얼리즘 형식은 보다 과감하게 보다 풍부하게 해체하여 재구성해야 된다. 삶은 놓친 시간과 그 흔적들의 축적이며 그것이 역사에 끼여들기도 하고 꿈처럼 일상 속에 흘러가버리기도 하는 것 같다. 역사와 개인의 꿈같은 일상이 함께 현실 속에서 연결되어야 한다고 생각한다. 주관과 객관이 분리되어서도 안되고, 화자는 어느 누군가의 관점이나 일인칭 삼인칭으로 고정된 것이 아니라 등장인물 각자의 시점에 따라 서로를 교차하여 그래서 완성시켜줄 수 있을 것이다. 한 인물과 사건을 두고도 모든 등장인물들이 보여주는 생각과 시각의 다양성으로 자수를 놓듯이 그릴 수는 없을까. 객관적인 서술방법도 삶을 그럴싸하게 그린다고 할 뿐이지 삶을 현실이 상태로 재현하는 것은 불가능한 노릇이다. 삶이 산문에 의하여 그대로 재현되는 것이 아니라면, 삶의 흐름에 가깝게 산문을 회복할 수는 없을까 하는 것이 나의 형식에 관한 고민이다."(「작가의 말」, 『손님』, 260쪽)

익은 서구의 근대적 소설 양식과 크게 다른 면모를 지닌다. 『오래된 정원』에서 리얼리즘의 갱신이 서구의 근대적 소설 양식의 큰 테두리 안에서 모색되고 있는 것이라면, 『손님』의 경우 아예 그러한 테두리 안에서 안주하는 게 아니라, 황석영 나름대로의 독자적인 소설 양식을 개척하려고 한다. 하여, 지금껏 전근대적이라며 타매되었던 동아시아의 전통적 서사 양식 중 하나인 굿의 서사적 가치를 새롭게 발견해낸다. 서구의 맹목화된 근대적 관점에서 미신으로 치부되었던 동아시아의 굿이 근대의 광기로 저질러진 존재의 상처를 치유해낼 수 있는 데 황석영은 주목하는 것이다. 혹자는 이러한 환골탈태된 황석영의 서사가 그다지 새로운 게 될 수 없지 않느냐고 문제를 제기할 수 있다. 왜냐하면 『손님』처럼 소설 전체가 굿의 형식을 취한 것은 아니지만, 한국소설사(특히 분단문학사)에서 굿과 관련된 서사적 모티프를 적극적으로 취한 소설이 전무한 것은 아니기 때문이다.

하지만 『손님』의 경우 굿의 서사를 부분적으로 도입한 다른 소설들과 확연히 구분된다. 현실의 첨예한 문제들을 서사적으로 해결하는 과정에서 굿의 마술적 효능에 기댄 채 현실의 문제들에 대한 발본적 사유 없이, 시대와 불화의 관계를 맺는 인물들의 갈등을 신비주의적으로 봉합하거나, 그러한 시대와 성급한 화해를 모색하는 소설들과 명백히 구별된다. 말하자면 이러한 굿의 마술적 효능은 현실주의적 내용을 탈각시킴으로써 겹겹이 포개져 있는 현실의 문제들을 불가해한 삶의 운명론으로 환원시켜, 결국 삶과 현실에 대한 허무주의적·초월적 태도를 취하게 할 뿐이다. 하지만 『손님』은 그렇지 않다. 『손님』에서 굿의 서사는 철저히 '현실주의적 내용'을 담보하고 있다. 해방공간과 한국전쟁의 소용돌이 속에서

황해도 신천이란 곳에서 벌어진 피비린내나는 죽음과 죽임의 지옥도地獄
圖를 생생히 보여주며, 무엇 때문에 그러한 지옥도가 그려졌는지에 관한
문제의식을 명료히 하고 있다.

　물론 이러한 작가의 문제의식은, 다시 강조하건대, 굿의 서사적 모티프
를 부분적으로 도입해서도 아니고, 굿의 마술적 효능에 전적으로 기대고
있어서도 아니다. 『손님』의 전체가 굿의 서사 형식을 취함으로써 『손님』
자체가 바로 굿이나 다를 바 없다는 점에서 문제적이다. 말하자면 황석영
의 『손님』은 근대적 소설 양식을 지니고 있되, 동아시아의 전통적 서사
양식인 굿과 창조적으로 접맥됨으로써 황석영식 리얼리즘의 영토를 객토
하고 있다. 여기서 각별히 주목해야 할 것은 작품 곳곳에 출몰하고 있는
유령의 존재다. 한국전쟁 도중 월남하여 그 후 미국에서 목회자로서 이민
생활을 하고 있던 요섭이란 인물은 북한을 방문하게 되는데, 자신의 고향
황해도 신천에서 한국전쟁 전후 무참히 죽었던 사람들의 혼령과 만난다.
기독교와 마르크시즘의 이데올로기가 대립·갈등하면서 빚어진 사람들
간의 증오는 고향의 삶을 절멸시켰던 것이다. 요섭의 형 요한으로 대별되
는 기독교가 반공주의와 결탁하면서 그 이념적 적대 상태에 있는 마르크
시즘 신봉자들을 무차별로 학살한다. 또한 그 학살에 대한 보복으로서 마
르크시즘 신봉자들은 기독교도들을 무참히 죽인다. 같은 마을 사람들끼
리 오손도손 지냈던 그들은 서로 언제 그랬냐는 듯이 서로를 죽임으로써
마을을 아수라지옥으로 만들어버린다. 이렇게 이념적 대립·갈등은 공
동체를 순식간에 분열·해체·증발시킨다.

　이러한 미증유의 참극을 황석영은 죽은 자들의 입을 빌어 그 세부적 실
상을 낱낱이 증언하게 하는데, 여기서 굿의 서사는 '현실주의적 내용'을

효과적으로 담보해낸다. 가해자인 동시에 피해자인 죽은 자들은 서로에게 맺힌 원한을 풀어낸다. 왜, 어떻게, 죽이게 되었는지, 그 끔찍한 실상을 가감없이 담담히 말한다. 살아 있을 때는 그토록 서로의 말을 들으려고 하지 않았던 그들이, 망자가 되어서는 (이승의 복잡한 현실적 이해관계로부터 자유롭기에) 서로에게 말을 건네며, 서로의 죽음과 연관된 상세한 사연을 귀담아 듣는다. 또한 망자들은 그들의 말을 살아 있는 요섭에게 들려주며 요섭 역시 그들의 말에 경청한다. 망자들뿐만 아니라 망자들과 살아 있는 자끼리 모두 말을 주고받는다.

> 그때 우리는 양쪽이 모두 어렸다고 생각한다. 더 자라서 사람 사는 일은 좀 더 복잡하고 서로 이해할 일이 많다는 걸 깨닫게 되어야만 했다. 지상의 일은 역시 물질에 근거하여 땀 흘려 근로하고 그것을 베풀고 남과 나누어 누리는 일이며, 그것이 정의로워야 하늘에 떳떳한 신앙을 돌릴 수 있는 법이다. 야소교나 사회주의를 신학문이라고 받아배운 지 한 세대도 못 되어 서로가 열심당만 되어 있었지 예전부터 살아오던 사람살이의 일은 잊어버리고 만 것이다.(176쪽)

황석영은 의사소통의 장을 마련하고 있다. 이 의사소통의 장에서 그들은 기독교와 마르크시즘에 의해 전횡된 서구의 근대적 광기로 맺힌 원한을 풀어낸다. '손님'으로 은유된, 타율적 근대의 광풍에 휘둘리고 스러진 존재들의 관계를 복원해낸다. 타자를 전혀 고려하지 않은 채 주체의 입장이 일방통행식으로 강제되는 '구속의 언어'로부터 타자와 주체가 상호주관적 관계를 모색하는 '해방의 언어'를 되살려낸다. 따라서 이 '해방의 언어'는 뒤틀린 근대로 생성된 '죽음의 언어'를 소멸시키는 '죽임의 언어'이며, 그러한 근대로부터 훼손되지 않는 존재를 되살리는 '살림의 언어'인 셈이다. 이제 황석영은 '작가—영매靈媒'로서 이러한 의사소통의 장이 마련된 굿판을 주재한다. 하여, 그는 망자들끼리 서로 허심탄회하게 주고받는 영계靈界의 방언放言을 듣고, 그 방언을 우리들에게 해석하여 들려줌으로써 살아 있는 자들과 죽은 자들 사이에 가로 놓여 있었던 불화의 벽을 허문다. 여기에 바로 작가 황석영이 "망자를 저승으로 천도하는 전국적 형식의 '넋굿'"(262쪽)을 『손님』 전체의 서사로 선택한 이유를 이해할 수 있을 터이다.

그동안 분단문학사에서 쓰여진 소설들이 『손님』처럼 분단의 상처를 치유하기 위해 제몫을 다 하였으나, 그것은 어디까지나 살아 있는 자의 영육에 깊게 패인 상처를 치유하는 데 집중하였을 뿐, 『손님』처럼 죽은 자들 사이 혹은 죽은 자와 살아 있는 자 사이의 진정한 화해를 통한 상처를 치유하는 데까지는 도달하지 못했다. 만약 『손님』이 분단문학의 새로운 지평을 모색하고 있다면, 그것은 바로 이러한 화해 방식이 갖는 서사의 진정성에 있지 않을까. 또한 이것은 황석영이 미숙한 선무당이 아니라 굿을 제대로 주재하고 있는 '작가—영매'이기에 가능한 게 아닐까. 하여, 『손님』이란 해원굿을 잘 치렀기에 망자들은 편안히 그들의 영계靈界로 귀환할 수 있는 게 아닐까.

　자자, 이젠 돼서. 그만들 가자우.
　순남이 아저씨의 헛것이 말했고 일랑이도 그 옆을 따른다.
　그래, 가자우.

다른 남녀 헛것들도 벽에서 스르르 일어나 바람에 너울대는 헝겊처럼 어
둠속으로 사라지기 시작했다. 아득하게 먼곳에서 누군가의 목소리가 들려
왔다.

서로 죽이구 죽언 것덜 세상 떠나문 다 모이게 돼 이서.

요한이 아우에게 말했다.

이제야 고향땅에 와서 원 풀고 한 풀고 동무들두 만나고 낯설고 어두운
체 떠돌지 않게 되었다. 간다, 잘들 있으라. (250쪽)

요컨대 황석영의 『손님』은 과거 냉전적 대립 구도에 의해 빚어진 분단
시대의 파행적 근대의 삶으로 훼손된 현실을 복원해낸다. 여기에는 이 파
행적 근대를 온전한 근대의 현실주의적 시각으로 응시하되, 서구의 서사
가 아닌 동아시아 전통의 서사 양식을 통해 궁리되고 있다는 것은 황석영
식 리얼리즘의 환골탈태가 갖는 획기적 성과임에 분명하다.

5. '동아시적 서사'에 대한 비평의 조급성

작가 황석영의 뒤늦은 소설계의 복귀는 1990년대 이후 민족문학의 위
기와 리얼리즘의 쇠락을 극복해낼 수 있는 기대감을 갖게 하였다. 기실
황석영이 5년간의 수감 생활을 끝내고, 13년 간의 절필 끝에 잇달아 발표
해낸 두 장편 『오랜된 정원』과 『손님』은 이러한 기대감을 한껏 충족시켜

주었다. 무엇보다 민족문학·리얼리즘을 향해 던져진 비평계의 섣부른 파산 선언과 조급한 갱신의 욕망에도 불구하고 이렇다할 뚜렷한 '물건'이 없던 차에, 황석영의『오래된 정원』과『손님』은 보란 듯이 민족문학·리얼리즘의 갱신을 우리로 하여금 목도하게 하였다.[15) 급변한 세계의 정황 속에서 능동적으로 기민하게 대응할 수 있는, 환골탈태된 황석영식 리얼리즘을 통해 종래의 민족문학은 새로운 피를 수혈받게 된 셈이다. 하여,『손님』에 이르러 비로소 '현실주의적 내용을 담은 동아시아적 형식'의 한 서사가 선을 보인 것은 대단히 값진 일이다.

그런데 문제는『손님』에서 보인 황석영 문학의 가치에 대한 논의가,『손님』이후에 쓰여졌거나 쓰여질 황석영의 소설에 대한 비평적 판단을 흐리게 할 수 있다는 사실이다. 이러한 기우杞憂는 그의 장편『심청』을 둘러싸고 경쟁적으로 제출되고 있는 작금 비평에서 쉽게 발견된다. '동아시아적 근대'라는 서사적 징표가 조금만이라도 보이면,『손님』에서 거둔 '동아시적 형식'의 성과로부터 도출해낸 비평담론을 지체 없이 호명해낸다. 그래서인지 황석영의 이른바 '서도동기西道東器'는,『심청』이『손님』보다 진일보한 것인 양 인식되는 비평적 오류를 낳고 있다. 나는 이 글의 서두에서 "지금 중요한 것은 그동안 구축해놓은 황석영 문학의 성과에 대한 맹목화도 아니고, 황석영 문학의 갱신에 대한 '들뜬 기대'의 비평적 파토스 역시 아니라, 그의 문학적 스펙트럼에 대한 차분하고 냉철한

---

15) 민족문학·리얼리즘의 갱신에 주목할 때『무기의 그늘』또한 소외시킬 수 없다. 이미 본문에서도 상세하게 논의했듯이,『무기의 그늘』에는 일국적 경계를 벗어나 미국으로 대별되는 전지구적 자본주의 세계체제가 작동되는 음험함을 예리하게 인식해내고 있는 작가의 제3세계적 인식을 과소평가할 수 없다. 황석영에게 이 제3세계적 인식은『무기의 그늘』이후 자신의 소설 세계의 밑자리에 자리하고 있는, 서구의 근대적 파행을 황석영식 나름대로의 리얼리즘으로 극복하도록 자신을 추동해내고 있다.

비평적 판단"이 요구됨을 강조하였다. 이것은 『심청』 또한 황석영의 다른 소설들과 마찬가지로 사심없는 비평의 가늠자를 통해 『심청』이 지닌 문학성에 대한 엄밀한 비평적 판단이 요구됨을 말하는 것이다. 과연, 『심청』이 『손님』과 동일한 동아시아적 담론의 맥락에서 높이 평가되는 작품이며, 『손님』에서 보인 황석영식 리얼리즘의 갱신에 견줄만한 문학성을 보증하고 있는 작품인지, 엄밀한 비평적 판단이 요구된다.

이것은 비단 『심청』에게만 국한될 성질의 문제가 아닐 터이다. 정작 내가 우려하는 점은 목하 『심청』에게 헌납되고 있는 비평으로 인해 앞으로 지속하여 황석영식 리얼리즘의 대지를 객토하고자 하는 작가 본인은 물론, 이러한 황석영의 부단한 갱신에 원기를 북돋아주려는 생산적 비평의 눈과 귀를 멀게 할 수 있다. 하여, 황석영이 야심차게 기획·실천하고 있는 '현실주의적 내용을 동아시아적 형식에 담겠다'는, 즉 '서도동기'의 서사가 빛좋은 개살구로 전락할 수도 있다.

황석영이 리얼리즘을 서구의 관점에 의해서가 아니라 우리의 주체적 시각으로 갱신시키고자 하는 모험의 도정은, 우리 시대의 걸출한 작가 황석영 개인의 몫으로 떠넘길 수만은 없다. 어쩌면 정작 이제부터 황석영의 문학적 스펙트럼에 대한 정당한 비평적 판단의 과정을 통해 황석영의 문학과 우리의 소설사는 새롭게 씌어져야 할 일인지 모른다. 황석영과 함께 말이다.

(『비평과전망』 8호, 2004년 상반기호)

거대서사의 매혹 : 역사적 풍경과 역사적 존재

김용성의 장편소설 『기억의 가면』과 이인휘의 장편소설 『내 생의 적들』

1. 기억의 심연에 자리하고 있는 거대서사

모처럼 굵직한 서사와 한바탕 힘겨운 싸움을 하고 있는 작품들을 만났다. 기억의 심연 속으로 자맥질해들어가, 망각의 매혹을 견디고, 무의식의 억압을 이겨내면서, 과거와 연루된 것들을 의식의 표층으로 불러내는 작가의 아름다운 영혼을 목도하였다. 모름지기 소설은 이렇기 때문에 존재해야 한다는 사실을 새삼 상기시켜주는 작품들을 접하였다.

이제는 너무나 상투화된 진단이듯이, 1990년대 이후 우리 소설의 주류가 1980년대의 소설에서 소홀히 여겼던 삶의 일상성(혹은 미시성)을 형상화하는 데 치우치다보니, 정작 좀더 심도 있게 다루어져야 할 삶의 물음들이 자꾸만 왜소해지고 있다. 말하자면 개인의 다양한 욕망의 현상학을 다루는 소설이 지금, 이곳 문학지평의 주된 관심사이지, 공동체와 역사에 관련된 사회적 상상력의 서사는 문학지평의 주변으로 밀려난 형국이다. 항간에서는 이러한 우리 소설의 지형도의 변화가 마땅히 거쳐야 할 단계라며, 그 변화의 동향을 섬세히 짚어낸다. 나 역시 이러한 비평적 견해에 이견을 달리하지 않는다. 삶의 변화 국면에 따라 소설 역시 새로운 문제의식과 새로운 서사양식을 적극적으로 발견해야 하기 때문이다. 다만 지나쳐서 안 될 점이 있다면, 삶의 변화에 대한 표피적 접근으로 자족하는 트렌드성 소설이 아니라, 그러한 변화의 안팎을 심도 있게 파헤쳐, 독자로 하여금 삶을 웅숭깊게 성찰케 할 수 있는 소설의 가치는 여전히 유효하다는 사실이다.

이러한 면에서 김용성의 장편 『기억의 가면』(문학과지성사)과 이인휘의 장편 『내 생의 적들』(실천문학사)은 소설쓰기의 정공법으로써 작금 우리 소설에 대해 제기되는 문제들을 다시 한번 생각하게 한다. 두 소설 모두 근래 팽배해 있는 서사와 거리를 두고 있다. 『기억의 가면』의 경우는 태평양전쟁, 한국전쟁, 베트남전쟁 등을 소설의 주요한 무대로 설정하고 있으며, 『내 생의 적들』의 경우는 1980년 5월 광주의 역사적 참극으로 비롯된 1980년대의 엄혹한 역사를 주요한 시공간으로 설정하고 있다. 두 소설의 주요 공간에서 단적으로 알 수 있듯이 김용성과 이인휘는 우리의 뼈아픈 역사의 경험들에 대한 기억의 서사에 젖줄을 대고 있다. 물론 이들의 서사는 그리 새로운 게 아니다. 이미 우리는 이들 서사와 관련 있는 작품들을 읽어본 적이 있다. 하지만 내가 주목하고 싶은 것은 김용성과 이인휘의 소설에서 다루어지는 서사적 문제가 지금, 이곳에서 어떻게 읽혀져야 하는가의 문제다. 거대서사를 좀처럼 만나기 어려운 근래의 소설지평을 감안해볼 때, 이들의 작품에서 거대서사를 만나볼 수 있다는 것은 큰 수확이다. 중요한 것은 이들의 거대서사가 종래의 거대서사로부터 제기된 문제점들을 어떻게 극복하고 있으며, 그러한 극복이 쇄말주의로 치닫고 있는 우리 소설에 서사의 동력을 불어넣어 줄 수 있는가에 대한 문제다.

2. 전쟁의 광폭성과 존재의 흔적 — 김용성의 『기억의 가면』

작가 김용성은 태평양전쟁, 한국전쟁, 베트남전쟁의 한복판에서 전쟁의 광폭성을 직시한다. 작가는 "이 소설을 전쟁터에서 억울하게 희생된 영령들에게 바치는 묘비명이자. 살아남은 자의 참회록"이라고 고백하듯이, 『기억의 가면』은 이들 전쟁에서 스러져간 수많은 사람들의 영혼을 위무한다.

『기억의 가면』은 소설 속 화자인 이진성의 가족과 연루된 이야기를 서사의 골격으로 삼으면서 태평양전쟁, 한국전쟁, 베트남전쟁의 면면을 보여주고 있다. 4장으로 구성되어 있는 이 소설에서 1장부터 3장까지는 이진성의 유년시절에 겪어야 했던 전쟁의 참상을 다루고 있으며, 4장에서는 이진성의 청년시절에 참전했던 전쟁의 광기를 다루고 있다. 여기서 주목해야 할 것은 전쟁과 연루된 삶의 흔적을 추적하는 방식으로 소설이 쓰여지고 있는바, 우리는 이진성과 함께 이 삶의 흔적을 추적하면서 전쟁의 한복판으로 다가서게 된다는 점이다. 작가의 이러한 소설쓰기, 즉 전쟁의 와중에 소멸해간 삶의 흔적을 찾아나서는, 이른바 탐사의 서사는 우리로 하여금 미지의 세계에 대한 탐사의 욕망을 갖도록 자극한다. 하여, 우리가 피상적으로 알고 있는 전쟁의 실상을 근원적으로 뒤집어 생각해볼 수 있는 기회를 부여한다.

이진성이 우선 찾아나선 탐사의 대상은 그의 생모와 누이동생인데, 그는 그들을 찾아 일본의 고베를 방문한다. 진성의 아버지는 이미 한국에서 혼인을 한 부인이 있었지만, 일본 유학 시절 인연이 닿은 일본 여성과 함께 살며 그와 누이동생을 낳고 길렀던 것이다. 이와 같은 그의 부모의 삶은 아버지와 어머니의 집안 그 어느쪽에서도 인정받지 못한 채 태평양전쟁의 소용돌이 속으로 빠져든다. 미국과 전쟁을 벌인 일본은 전세가 급격히 약화되면서 일본 본토가 미국의 직접적 공격을 받는데, 작가는 미국의 일본에 대한 대공세 중에서 고베 대공습 현장을 주목한다. 고베 대공습 속에서 진성은 그의 아버지를 잃고, 그의 생모와 여동생과 이별을 한 것이다.

이러한 진성 가족의 불행에서 작가가 주목하고자 하는 것은 한국과 일본 사이에 존재하는 식민의 배타적 민족감정이며, 가부장제의 전통적 가족이데올로기다. 진성 부모의 삶이 양쪽 집안에서 모두 부정하는 데서 알 수 있는 것처럼 민족과 국경의 경계를 넘어선 젊은이들의 사랑은 식민지배와 피지배의 엄연한 현실 속에서 도저히 용납될 수 없다. 뿐만 아니라 진성의 여동생은 가부장제를 지탱시키고 있는 가족이데올로기로 인해 진성과 함께 아버지의 고향으로 돌아오지 못한 채 일본에 남겨진다. 작가는 여기서 우리에게 근원적인 문제의식을 던진다. 과연, 인간의 자연스런 삶은 가능한 것일까. 무엇을 가르고 나누는 인위적 관계에 저촉됨이 없이 인간의 행복은 진실로 보장되는 것일까. 진성의 경우 한 집안의 장손이기 때문에 고베 대공습을 피해 아버지의 고향에서 안정된 삶을 누릴 수 있었으나, 진성의 여동생은 일본에 남겨진 채 일본 사회 안에서 자신의 존재의 근원을 의도적으로 숨기며 온전한 가족이 부재한 불행한 삶을 살아왔던 셈이다.

이 소설이 문제적인 것은 바로 여기에 있다. 진성이 수소문 끝에 여동생을 찾았지만, 그의 여동생은 자신의 몸에 한국인의 피가 흐르고 있다는 사실을 부정하고 있었다. 그것이 일본에서 살아남는 존재의 형식 그 자체다. 마찬가지로 진성 역시 생모의 존재를 자신의 기억 속에서 지워내고자 하였다.

> 진성은 철저하게 일본인으로 살아왔다는 이네코에게 나는 네 오빠고 네 몸에 흐르는 피의 반은 한국인의 것이라고 말할 수 없었다. 불현듯 그에게는 두 사람이 아무런 관계가 없을지도 모른다는 생각이 들었다. 그가 철저하게 생모를 기억에서 떨쳐버리려고 애 쓴 것 이상으로 이네코는 아버지 쪽을 잊으려고 했던 것처럼 보였다. 그래서 그는 할 수만 있다면 그녀의 몸에 흐르는 한국인의 피를 돌려받고 자신의 몸에 흐르는 일본인의 피를 돌려주고 싶었다. (73쪽)

이처럼 50여 년의 세월을 훌쩍 뛰어 넘어 자신의 핏줄을 만났으나, 지금까지 훼손된 그들의 삶을 하루아침에 복원해는 것은 어려운 일이다. 다만 그들이 할 수 있는 소박하지만, 감동적인 만남의 방식은 직접적 대화가 아닌, 필담을 나누며, 서로의 몸을 따뜻하게 안아줄 따름이다. 그리고 그들은 서로의 연락처를 주고받음도 없이 또 다시 헤어진다. 현재 한국과 일본의 정치적·사회적 관계를 고려해보건대, 그들의 만남과 그들의 존재 형식은 이렇게 '차이'를 가질 수밖에 없는 것이다.

진성의 가족에 대한 탐사는 생모와 누이동생에 국한되지 않는다. 진성에게 잊을 수 없는 존재는 그의 삼촌인데, 삼촌은 고베 대공습을 피해 진성을 고향으로 데리고 왔을 뿐만 아니라 한국전쟁 당시 인민군에 자원 입대함으로써 가족과 헤어진다. 진성이 그의 생모를 찾기 위해 일본을 방문하였다면, 삼촌의 삶의 흔적을 찾기 위해 그는 지구의 반대편에 위치한 브라질을 방문한다. 진성은 머나먼 브라질을 방문하여 삼촌의 삶을 추적하는 과정 속에서 우리를 한국전쟁의 한복판에 들어서도록 한다. 특히 작가는 제3장에서 진성의 소설쓰기 형식을 통해 삼촌의 삶에 대한 재구성을 보이고 있다. 브라질에서 얻은 삼촌의 한국전쟁 당시 행적을 바탕으로 하여 한국전쟁의 실상을 전경화前景化한다. 여기서 무엇보다 작가가 심혈을 기울이고 있는 부분은 삼촌이 중공군으로서 한국전쟁에 참전한 행적을, 진성의 소설쓰기를 통해 재구성하고 있다는 점이다. 어떤 "이야기란 진실로 위장된 기억의 가면을 쓰고 진행되기 때문에 허구이기는 마찬가지인 것이다"(196쪽)라는 진술에서 알 수 있듯이, 작가는 진성의 소설쓰기 형식을 빌려 삼촌의 삶에 배어 있는 한국전쟁의 풍경을 드러낸다. 그렇게 삼촌은 전쟁의 소용돌이 속에서 존재의 소멸을 겪었으며, 또한 존재의 흔적을 남긴다. 비록 그 실상이 확인되지는 않지만, 삼촌의 아들이라 추정되는 이종만이란 인물, 즉 삼촌의 흔적은 아직도 진성으로부터 쉽게 사라지지 않기 때문이다. 이게 어찌 진성의 삼촌에게만 국한되는 일일까. 한국전쟁을 겪은 세대들에게 이러한 일은 어쩌면 흔한 일인지도 모른다.

이렇게 태평양전쟁과 한국전쟁이 진성의 유년시절을 짓누르고 있다면, 진성이 직접 참전한 베트남전쟁은 진성의 현재적 삶에 악착같이 들러붙어 있는 '악몽'과 다를 바 없다. 그는 삼촌처럼 어떤 확고한 이념에 의해 전쟁에 참전한 게 아니라 "미지의 땅에 스스로를 대면시켜보고 싶은 충동"(297쪽) 때문에 베트남전쟁에 자원 입대하였다. 즉 "동남아에서 공산주의가 팽창하는 것을 저지하기 위해 그가 베트남의 전쟁터로 달려간 것은 아니라는 것이다."(293쪽) 이렇게 젊음의 일탈적 충동으로 베트남전쟁에 참전한 진성은 한국군의 민간인 학살 장면을 목도하면서 전쟁에 대한 환멸감을 갖게 된다. 전쟁은 "순수한 감정과 안정된 정서와 낙관적 세계관을 지닌 인간들을 점차로 소멸시켜 인간 사이에 갈등과 증오만을 증폭시"(40쪽)키는바, 인간을 수성獸性이 지배하는 하등 동물로 전락시킬 따름이다. 진성은 이 수성獸性에 대한 자기혐오의 '악몽'으로부터 자유롭지 못하다. 베트남에서 민간인 학살 당시 진성이 생명을 구해주었던 베트남의 신생아가 성장하여 한국을 찾아와 진성에게 그녀의 부모와 고향에 대한 근원 찾기를 할 때, 진성은 그토록 잊고 싶었던 베트남을 또 다시 방문한다. 무고한 베트남의 양민을 죽였던 수성獸性으로부터 인간성을 회복하기 위해, 베트남 사람들에게 그때, 그곳에 저질렀던 만행의 잘못을 사죄드리기 위해. 말하자면 진성의 베트남 방문은 베트남전쟁에서 베트남 사람들에 대한 가해자의 입장에서 베트남 사람들에게 진실로 용서를 빌기 위한 '역사적 참회'의 성격을 띤 방문인 것이다.

누군가는 이렇게 절규한 적이 있다. "광주의 참상을 겪고, 과연, 한국에서 서정시는 쓰여질 수 있는가"라고. 그만큼 1980년 광주의 역사적 참극은 몰역사적 인식으로 세계의 아름다움을 발견하려는 미학에 대해 준열한 비판을 가하였고, 언어절言語絶의 비참함과 암울함을 한국 사회에 짙게 드리웠다. 이인휘의 『내 생의 적들』은 광주의 고통스런 그 기억을 다시 들추어낸다. 물론 이러한 문제의식을 다룬 소설이 없었던 것은 결코 아니다. 광주의 문제를 정면으로 다룬 홍희담의 중편 「깃발」(1988) 이후 잇따른 단편의 출현과 임철우의 장편『봄날』(1998)을 통해 우리는 광주의 역사를 만났으며, 민주화를 향한 염원의 불길을 더욱 거세게 피워올렸다. 하여, 우리는 역사의 현장과 맞부딪치는 작품들을 통해 우리사회에서 전횡했던 군부독재의 폭압적 실체를 고발하였으며, 그 폭압에 맞선 문학적 저항을 실천하였다. 그 과정에서 우리 소설은 역사의 주체로서 민중의 실체를 발견하였고, 진보적 삶을 향한 전망을 갈고 다듬었다.

그런데 이렇게 힘겹게 거둔 문학적 성취는 1990년대 이후 거대서사의 섣부른 종언과 함께 급격히 그 자취를 감추고 말았다. 이제 작가들은 더 이상 거대서사에 달려들지 않는다. 작가 이인휘의 『내 생의 적들』은 이러한 저간의 소설지평을 조감해볼 때 다시 한번 거대서사를 쉽게 내팽개칠 수 없다는 점을 강렬히 환기시켜준다. 하지만 그렇다고 이전 소설들에서 익히 보였듯이 역사적 문제의식을 가져야 한다는 일종의 강박관념과 계몽성으로 우리를 압도하고 있지 않다. 그것은 이 소설의 문체를 통해 읽을 수 있다. 작가는 '습니다'란 경어체를 시종일관 구사하고 있는데, 이 것은 1980년대의 역사에 대한 겸허한 성찰적 문제의식을 동반한 작가의 자의식에 연유한 게 아닐까. 혹 1980년대를 망각하고 싶은 유혹을 이겨 내면서, 그 시대에 존재의 뿌리를 내리고 있는 자신의 삶을 정직하게 만 나고 싶은 작가의 정신에 육체성을 부여한 게 아닐까. 아니면 1980년대 를 무겁게 인식하고 있는 요즘 젊은이들에게 나즈막한 목소리로 다가감 으로써 바로 그들과 함께 그 시대의 아픔을 아파하고, 현재의 우리들 모 습을 비춰줄 수 있는 거울을 발견토록 하기 위한 작가의 친절한 배려가 아닐까. 그래서인지 작가의 이러한 문체는 자칫 철지난 후일담류로 치부 할 수 있는 속류적 판단을 완강히 부정한다. 오히려 과거를 망각하고 싶 은 우리를 부끄럽게 할 따름이다.

우리는 이 소설을 읽으면서 작중 화자인 '나'가 겪는 고통을 통해 한 자 연인이 어떻게 역사적 자각을 하게 되는지 그 과정을 목도하게 된다. '나' 는 불우한 가정에서 태어나 세상에 대한 냉소적 태도를 지닌 채 성공하여 '나'의 불행을 떨쳐내고자 한다. 그러다가 대학에 입학하여 문학동아리에 들어 문학을 접하게 되면서 시인을 꿈꾸고, 존재와 세계에 대한 온갖 관 념과 몽상에 젖는다. 우연한 기회에 동아리 친구 이상현의 삶과 연루되면 서 '나'는 국가권력의 폭압 속에서 인간으로서의 위엄과 존재의 가치를 완전히 부정당하고 만다. 학생운동가인 이상현이 의문의 죽음을 당한 가 운데 '나'는 이상현을 죽였다는 살인혐의로 안기부에 잡혀가 정신적·육 체적 온갖 수모와 모멸감을 동반한 혹독한 고문을 당한다. '나'의 존재에 대한 철저한 국가의 인권 탄압은 여기에 그치지 않은 채 강제로 입영시키 더니 심지어 '나'에게 북한을 찬양했다는 터무니없는 죄로 국가보안법의 족쇄를 채운다. '나'의 간략한 삶에서 알 수 있듯이 국가의 파쇼적 반인권적 폭압 속에서 '나'의 존재는 무참히 짓밟힌 것이다. 한 자연인의 삶을 철저히 파괴시킴으로써 국가의 부정한 체제를 유지하려는 역사의 광기야 말로 우리가 망각해서는 안 될 작가의 문제의식이다.

그런데 이렇게 철저히 유린되고 파괴된 '나'의 존재는 한 여성의 도움을 받으면서 새로운 자아로 갱신된다. 역사의 광기가 '나'를 세계로부터 철저히 소외시켰을 때 한 여성이 찾아온다. 그 여성은 '나'의 전인생에서 지워버리고 싶은 이상현을 다시 의식의 표층으로 호명한다. 그녀는 바로 이상현의 여동생 정혜다. 정혜는 이상현의 죽음을 국가폭력에 의한 의문사로 파악하면서, 오빠 이상현의 억울한 죽음의 진상을 밝히는 데 도와달라고 부탁한다. 정혜와의 만남은 그동안 겪은 '나'의 실존적 고통으로 인해 "내 안에 갇혀 그 모두를 철저하게 배척하고 살아"(232쪽)온 자신의 자폐적 삶이자 자기 환원적 삶에 대한 통렬한 자기비판의 과정을 동반한다. 그러면서 '나'는 정혜의 민주화에 대한 확고한 문제의식과 강렬한 염원으로부터 '나'의 존재에 대한 새로운 각성을 하기 시작한다. 말하자면 '나'는 그동안 외면해왔던, 아니, 전혀 자각하지 못했던 "역사의 수레바퀴"(306쪽)가 움직이고 있는 장엄한 시대의 진보적 풍경을 인식하게 된 것이다. 하여, '나'는 이상현의 의문사와 관련된 진실을 파헤치기 위해 양심선언을 단행한다.

탄식과 하나님을 찾는 사람들의 흐느낌 소리가 계속되었지만 나는 내가 걸어 들어간 그 시간 속에서 내 모습을 똑똑히 바라보며 내 몸을 일으켜 세웠습니다. 비명을 지르고, 발가벗긴 채 기어다니고, 스스로 목을 꺾어가며 모든 것을 인정했던 그 몸을 일으켜 세웠습니다. 더 이상 그런 일이 되풀이되어서는 안 된다고, 더 이상 그런 모습들 앞에 비굴해져서는 안 된다고 하면서 내 몸을 일으켜 세웠습니다. 흐르는 물에 몸을 눕히듯 스스로를 버려서도 안 된다고 다짐하고, 내가 겪었던 내 삶을 외면해서도 안 된다고 다짐했습니다. 그 모든 것은 내가 살면서 겪어온 현실이고, 그 현실이 나를 가두었지만 나는 늘 그 현실로부터 도피하려 했고, 스스로를 외면해왔다는 것을 인정하며 나를 일으켜 세웠습니다. (290쪽)

엄혹한 국가권력의 전횡 속에서 숨죽여왔던, 인간으로서의 삶을 압살해온 두꺼운 껍데기를 벗어던지고, 인간 이하의 모멸감과 죽음의 공포로 벌레 취급을 받던 고문실 바닥에서 몸을 일으켜 세운다. 이것은 역사적 존재로서 새롭게 일으켜 세우는 몸짓이다. 더 이상 역사의 광기를 체념하지 않겠다는 역사의 준엄한 심판의 의지다. 인간의 행복을 가로막는 근대의 파행적 권력을 묵인하거나 용납할 수 없다는 저항의 몸짓이다.

이제 이렇게 갱신된 '나'는 작품 속에서 정혜와 결혼을 하여 행복한 일상을 살아가는 장면으로 소설의 결미를 맺고 있다. 결미에서 보이는 아침의 풍경은 여느 가정의 그것과 크게 다르지 않다. 민주화에 대한 거대서사의 열망을 품고 있는 '나'의 일상의 풍경 역시 이처럼 소박한 풍경인 것이다. 이 풍경 속에서 우리는 '나'의 소중한 전언을 놓칠 수 없다.

내 딸아이가 내 나이가 되었을 무렵에는 나처럼 이렇게 쓸쓸한 기억을 갖지 말고, 사람들끼리 서로를 사랑하며 아름다움이 넘쳐나는 추억만 간직할 수 있기를 바라면서 담배를 뭅니다. (308쪽)

물론 아직도 우리 사회는 '나'와 정혜의 염원처럼 민주화가 뿌리를 내리기에 쉽지 않은 만큼 많은 산적한 문제들을 해결해야 할 터이다. 또한 이러한 거대서사와 함께 우리들 일상의 미시서사 역시 소중하다. 문제는 일상의 미시서사에 매몰되는 것을 경계하되, 미시서사와 거대서사가 직조되는 삶의 진경眞景에 대한 전망의 꿈을 포기할 수 없다는 점이다.

4. 거대서사의 광맥 찾기

고통스런 기억을 되살리는 작업처럼 작가에게 힘든 일은 없을 것이다. 하지만 세계와 치열한 대결을 회피할 수 없는 게 작가의 숙명이므로 작가는 기꺼이 이러한 힘든 일을 견뎌나가야 할 것이다. 바로 이와 같은 고전적 문제의식으로부터 우리 소설은 자양분을 섭취해야 할 것이다.

김용성의 『기억의 가면』과 이인휘의 『내 생의 적들』은 이러한 문제의식을 점검해보는 리트머스 실험지와 같은 역할을 하고 있다. 두 소설 모두 날이 갈수록 왜소해지는 우리 소설의 서사성을 반성적으로 성찰해볼 수 있는 기회를 제공하고 있다는 점은 아무리 높이 평가해도 지나치지 않다. 역사를 다루고 있지 않는 것은 아니되, 역사에 대한 생의 감각을 휘발시킨 채 그럴듯한 서사적 재미를 충족시켜주는 저간의 소설과 이 두 소설은 구분되어 마땅하다.

물론 그렇다고 이 두 소설에 전혀 문제가 없는 것은 아니다. 『기억의 가면』의 경우 일본, 중국, 브라질, 베트남 등 소설의 무대를 광범위한 영역으로 확장시키고 있는 반면, 그렇게 넓혀진 공간에서 살고 있는 한국인의 삶, 곧 고국을 떠나 타향에서 살고 있는 디아스포라적 측면에 대한 작가의 문제의식은 결핍되어 있다 해도 과언이 아니다. 또한 태평양전쟁, 한국전쟁, 베트남전쟁 등을 스펙터클하게 접근하고 있을 뿐, 그러한 전쟁에 대한 작가의 새로운 역사적 안목에 대한 통찰이 깊지 못하다. 이 점은 특히 베트남전쟁에 대한 접근에서 단적으로 드러난다. 이미 베트남전쟁에 대한 진전된 역사의 문제의식이 제출되어 있고, 그러한 문제의식에 토대를 둔 작품들이 출간된 적이 있다. 베트남전쟁에 참전한 우리는 가해자이자 동시에 피해자(미국의 용병으로 전쟁 수행)란 양면적 문제의식을 지닐 때 베트남전쟁의 서사화는 새로운 국면을 맞게 될 것이다.

그런가 하면『내 생의 적들』인 경우 '나'의 역사적 각성에 초점을 맞추는 과정 속에서 작가의 의식이 과도하게 개입한 측면이 없지 않다. 작가에 의해 정혜란 인물은 이미 '나'의 역사적 각성을 끌어낼 조건을 겸비한 인물로 정해져 있다. 말하자면 '나'를 역사적 존재로 갱신시켜줄 모성을 지닌 인물로 이미 결정되어 있다는 점이다. 정혜를 만나기 이전 '나'의 삶에 깊이 연루된 다른 여성들, 가령 대학생 시절 낭만적 사랑을 나누었던 연희, 국가의 폭압에 상처받은 '나'의 존재를 감싸주었던 술집여자와 비교했을 때 상대적으로 정혜의 서사적 위상은 격상돼 있는 것처럼 보인다. 비록 연희와 술집여자가 정혜처럼 '나'란 존재를 역사적 자아로서 갱신시켜주지는 않았으나, '나'의 삶을 위무해주는 타자로서 연희와 술집여자는 정혜와는 또 다른 모성성을 지니고 있는 인물이다. 사실 '나'는 이들 세 여성으로부터 많은 것을 빚지고 있다. 이 소설에서 아쉬운 점이 있다면,

이들 세 여성이 '나'의 삶과 어떤 특정한 국면에서 개별적 차원의 관계를 맺고 있는데, 이들 세 여성을 '나'의 삶이란 큰 틀 속에서 어떤 통합적 연관성을 갖는지에 대해서는 작가가 소홀히 하고 있다는 점이다. 그러다보니, 이들 세 여성 중에서 상대적으로 정혜란 여성이 다른 두 여성보다 서사적 위상이 격상되는 것처럼 읽힌다. 우리는 이것을 간과할 수 없다. 다시 말해 내가 제기하고 싶은 문제는 '나'가 온갖 세계고世界苦를 견뎌나갈 수 있기 위해 이들 세 여성의 사랑이 힘이 되었으므로, 작가가 세 여성의 관계를 통어統御할 수 있는 서사성이 요구된다.

이렇게 내가 문제들을 언급한 것은, 거대서사에 대한 탐구가 외면받고 있는 작금의 소설지평에서 김용성과 이인휘의 근작이, 우리 소설이 포기해서는 안 될 서사의 광맥을 거듭 환시켜주기 때문이다.

(『문학과 경계』, 2004년 겨울호)

역사와 일상의 내통

김소진, 최인석, 공지영, 김종광 편을 중심으로

'민족, 민중, 주체, 계급, 해방, 이념, 이성' 등이 '불의 시대'로 불리우는 1980년대를 뜨겁게 달구던 언어들이라면, '개별자, 타자, 단자, 욕망, 개성, 감각' 등은 1980년대와 구별되는 1990년대 이후의 세계를 조감하는 언어들이라는 점에 대해 크게 딴지를 걸 자는 없을 터이다. 이른바 '욕망의 현상학'은 1990년대의 문학을 지배한 뚜렷한 징표다. 1980년대식 정치경제학으로 명징하게 포괄할 수 없는 변화들이 1990년대 이후의 현실을 한층 복잡다기하게 구성한바, 더 이상 이 세계에서 자명한 것은 없고, 세계의 복잡다변한 관계 속에서 꿈틀거리는 '욕망'의 탈근대적 징후들이

산포되고 있어, 1990년대의 문학은 이 탈근대적 징후들을 나포하기 위해 부산스럽다.

그런데 시간의 터널을 통과하는 과정 속에서 우리에게 낯익은 1990년대의 문학 범주에는, 1980년대의 문학과 단절된 '새로움'만이 전면에 부각되고 있을 뿐, 1980년대의 문학과 부딪침 속에서 1990년대의 문학적 특장特長이 생산적으로 형성되고 있지 못하다. 이미 여러 차례 논쟁적으로 검토되었듯, 여기에는 1990년대 문학을 1980년대 문학과 대타적 대립 관계로 자연스레 규정내리면서 1990년대 문학의 헤게모니를 장악하기 위한 비평의 과도한 해석 작업이 대중 언론 매체를 비롯한 출판자본가와 그 이해 관계가 맞물린 채 1990년대 문학에 대한 '관성화된 입장'을 낳은 것과 무관하지 않다. 그러는 과정에서 자연스레 1990년대 문학은 1980년대 문학을 부정적 이미지로 왜곡시키는 강박 관념의 덧씌우기 작업을 통해 1990년대 문학의 정체성 내지 권위를 확보한 것이다. 여기서 분명히 짚고 넘어갈 점은 1990년대 문학에 대한 이와 같은 관성화된 입장은 1990년대 문학 자체를 대단히 협소하게 파악하도록 할 우려가 있다. 1990년대의 문학은 1980년대의 문학과 명확히 절연된 채 존재하는 게 결코 아니다. 이 글에서 읽어볼 김소진, 최인석, 공지영, 김종광에 의해 발표된 1990년대의 단편소설들만 하더라도 그동안 우리가 신물나도록 접해온 1990년대의 문학에 대한 입장이 얼마나 왜소하고 편협한 것이었는지, 예의 관성화된 입장에 대해 의구심을 갖기에 충분하다. 아니, 의구심에 자족할 게 아니라 1990년대의 문학을 에워싼 주류적 논의들에 대한 정당한 문제제기를 통해 1990년대의 문학에 대한 좀더 세밀한 문학사적 이해가 뒷받침되어야 한다.

기왕 말이 나왔으니 분명히 해둘 점은, 1990년대의 문학을 1980년대의 문학과 확연히 단절된 것으로 판단해서는 곤란하다. 비록 1990년대가 1980년대와 같은 정치경제학의 심급으로 현실을 온전히 그리고 자명하게 파악할 수는 없되, 1980년대를 관통해오던 문제의식은 1990년대의 밑자리에 앙금으로 가라앉아 있다. 그 앙금은 딱딱히 굳은 고형물固形物이 아니다. 1980년대를 통과하며 살아남은 자들에게 그 앙금은 가루가 되어 그들의 언어에 쉼없이 간섭을 한다. 그들은 너무나 잘 알고 있다. 급변한 현실 속에서 모든 게 변화를 요구하고 있으며, 그 변화들에 걸맞는(혹은 대응하는) 소설의 언어들이 요구되고 있다는 것을 말이다. 과거의 익숙한 언어로부터 과감히 벗어나 현재의 삶에 밀착해들어가는 어떤 자기 쇄신의 언어가 갈무리되어야 한다는 것을 잘 알고 있다. 물론, 무턱대고 과거와 결별하는 언어가 아니라 과거와 힘겹게 맞서 싸우는 과정 속에서 쇄신되는 언어를 소유하기를 욕망한다.

나는 이 자기 쇄신의 언어에 주목하는 것이야말로 1990년대의 문학을 특정 세대의 전유물만이 아닌, 그리하여 편협하고 왜소한 문학으로 치부되지 않고, 1990년대 문학의 온전한 가치를 정당하게 재평가할 수 있는 것이라고 생각한다. 김소진, 최인석, 공지영, 김종광의 단편소설을 다시 읽어보는 데에는 바로 이와 같은 이유 때문이다. 말하자면, 이들의 소설을 다시 읽으면서 그동안 1990년대의 문학에 대한 관성화된 입장은 재정비되어야 할 것이다.

흔히들 1990년대의 문학을 일상의 감각으로 읽어내는 데 치중한 나머지 역사의 감각을 상대적으로 소홀히 간주한다. 심지어 역사의 감각 자체를 철지난 것으로 치부하기도 한다. 하지만 1990년대의 문학 자체를 역사의 감각과 무관한 것으로 파악하는 게 사실에 부합되지 않는 것임을, 김소진과 최인석의 두 단편소설을 통해 여실히 알 수 있다. 김소진의 「쥐잡기」와 최인석의 「노래에 관하여」는 일상의 감각이 전면화된 1990년대의 현실에서도 여전히 역사의 감각이 소멸될 수 없다는 것을 보증하고 있다. 소멸되기는커녕 일상의 감각과 교섭하는 가운데 역사의 감각은 한층 그 실감의 풍요성을 확보한다. 1980년대의 문학이 그 시대적 과제의 긴박성으로 인해 일상보다 역사의 거대서사에 비중을 두었다면, 김소진과 최인석이 보여주는 1990년대의 문학은 그 이전 시기의 문학에서 상대적으로 비중이 낮았던 일상에 무게중심을 옮겨오되, 일상에만 매몰되는 게 아니라 역사와 일상이 교섭하는 성격을 지닌다.

김소진의 「쥐잡기」의 경우 한국전쟁의 상처를 감내하고 있는 인물과 학생운동에 참여했던 인물에 초점을 맞춘다. 두 사람은 부자지간으로, 아버지는 함경도 출신으로 거제도 포로수용소에서 반공포로로 석방되어 남한에서 살고 있으며, 아들은 1980년대의 격동의 시대에 민주화를 향한 학생운동에 참여했다. 아버지와 아들은 집안에서 이렇다할 역할을 하지 못한 채 "이 씨를 말릴 함경도 종자들아"라는 모멸적 소리를 들으며 살아간다. 그들이 집안에서 얼마나 천덕꾸러기 대접을 받고 있냐 하는 것은, 집

천장을 돌아다니는 쥐를 잡는데 그들이 관심을 갖고 있다는 것을 통해 짐작할 수 있다. 그들은 '쥐잡기'에 골몰한다. 특히 아버지가 그렇다. 그런데 아버지는 쥐를 잡자, 그 쥐를 불에 달궈진 연탄집게로 죽인다. 아버지의 이러한 일련의 행위는 예사롭지 않은 것으로 읽힌다.

사실, 아버지와 쥐는 특별한 관계에 있는데, 거제도 반공포로 석방 과정에서 남과 북 중 어느 한 쪽을 택할 때, 처음에는 가족들이 있는 북쪽을 택하였다가 포로수용소에서 우연히 목숨을 살려준 쥐가 하필 자신과 반대편으로 가는 것을 보고 무심결에 그 쪽을 택한 게 바로 남쪽 행을 선택한 셈이다. 아버지는 이러한 자신의 선택에 대해 "맹탕 헷것이 눈에 끼었는지두"라는 말로 자신의 선택에 대한 정당성을 부여한다. 포로수용소에 수감된 포로들 대부분이 남과 북 중 어느 한 쪽을 선택한 게 투철한 정치적 이념에 기댄 게 아니듯, 아버지 역시 그 '헷것', 즉 수용소에서 목숨을 살려준 은인이라 할 수 있는 쥐가 남쪽으로 가는 것을 따라 남쪽 행을 선택했다는 것이 의미하는 바는 작지 않다.

여기에는 한국전쟁에 대한 작가의 문제의식이 가로놓여 있고, 분단의 문제에 대한 작가 나름대로의 성찰적 시각이 스며들어 있다. 아버지가 그토록 쥐잡기에 집착한 것은, 한국전쟁과 분단의 시대적 상처를 자신이 주체가 되어 치유하고 싶은 욕망의 발현이라해도 지나치지 않다. 포로수용소에서 선택해야 할 두 갈래 길을 그는 주체적 선택에 의한 게 아니라 쥐를 따라 갔고, 그 쥐의 이동을 '헷것'으로 인식한다. '헷것'은 아버지의 주체적 선택을 가로막은 것이며, 이후 아버지의 삶을 살도록 방향지은 것이며, 이 '헷것'은 바로 한국전쟁의 엄혹한 상황 속에서 불쑥 끼어든 것이며, 심지어 한국전쟁을 낳도록 한 어떤 빌미를 제공한 것인지도 모를 일이다.

어쩌면 아버지의 삶은 이 '헷것'에 종속되어왔는지도 모른다. 그렇기에 아버지는 '헷것'과의 결별을 향한 욕망을 품었던 것이고, 아버지의 일상 속에서 '헷것=쥐'를 잡는 데 온갖 방법을 동원하여 스스로 '헷것=쥐'를 잡아 죽인 것이다. 단순히 쥐를 죽인 게 아니라 반공포로 석방 이후 그를 짓눌러왔던 '헷것'으로부터 놓여나고자 한 것이다. 이것은 분단의 시대고 時代苦를 주체적으로 치유하고 싶은 의지의 소산으로 보아야 한다.

하지만 이 분단의 시대고는 완전히 치유되지는 않는다. 비록 아버지의 '쥐잡기'는 성공했는지 모르지만, 여전히 집안에 있는 또 다른 쥐를 다 잡지는 못했기 때문이다. 아들은 쥐를 눈 앞에서 놓치는데, 아들이 1980년대의 민주화 운동의 주체라는 점을 고려해볼 때, 아들이 놓친 쥐는 분단의 아픔이 여전히 현재진행중이며, 분단의 시대적 상처(민족적 상처)와 반민주적 행태악과 구조악은 말끔히 치유되지 않고 있다는 것을 암시한다. 「쥐잡기」의 마지막 장면에서 쥐를 놓친 후 "왠지 느꺼운 감정이 밀려오면서 저만치서 채 시작되지도 않은 겨울의 출구가 보이는 듯했다"라는 문장은 작가 김소진이 1990년대 초반의 현실 속에서 인식하는 일상과 역사의 관계에 대한 소설적 통찰로 손색이 없다.

김소진이 1990년대의 현실 속에서도 분단의 시대적 상처와 무관할 수 없다면, 최인석은 「노래에 관하여」를 통해 1980년대의 저 끔찍한 시대적 광기를 기억해낸다. 삼청교육대의 지옥도地獄圖를 재현해낸다. 우리는 익히 알고 있다. 삼청교육대에서 행해진, 도저히 묵과할 수 없는 반인륜적 폭압 행위를 말이다. 「노래에 관하여」의 곳곳에서도 드러나지만, 삼청교육대에 잡혀간 사람들 대부분은 아주 사소한 경범죄에 불과한데, 그들은 그곳에서 차마 인간으로서는 도저히 감내할 수 없는 '짐승' 혹은 '벌레'와 같은 신세로 전락한다. 그들은 그곳에서 말 그대로 '하잘것없는' 미물에 불과하다. 소설에서도 형상화되고 있듯, '삼청교육대=1980년대의 신군부'라는 관계는 새삼스러운 게 결코 아니다.

최인석의 「노래에 관하여」에 주목해야 하는 것은 삼청교육대의 지옥도 그 자체가 아니다. 최인석은 삼청교육대의 반인륜적 실상을 증언하고 고발하는 데 초점이 맞추어져 있지 않다. 그의 소설에서 눈여겨 보아야 할 것은 이 지옥과 같은 폐쇄된 공간에서 수용자들이 생존하는 형식 중 하나인 '노래 부르기'가 내포한 저 도저한 삶을 향한 '포월匍越의 욕망'이다.

차츰 그들은 순식의 노래에 취해갔다. 음정도 박자도 더 이상 필요치 않았다. 한 사람의 혼이 담긴 노래에 음정과 박자가 무엇이 그리도 중요한 것인가. 아니, 그들이 부르는 노래는 이미 음정이나 박자 따위에 제한을 받을 필요가 없었다. 그들의 노래는 이미 그들 자신이었다. 음정도 박자도 그들의 것이었다. 그들이 지금 눈으로 뒤덮인 산속에서, 김 중사의 폭행의 위협 아래 부르는 노래에는 그들 자신의 삶과 소망과 꿈이, 그들 자신의 이야기가 담겨 있었다. 아무리 서투른 노래일지언정 순식의 노래 역시 마찬가지였다. 그는 자신의 모든 것을 그 노래에 담아 그들에게 이야기하고 있었다. 서투르다, 서투르지 않다, 못 부른다, 잘 부른다 따위는 더 이상 아무런 문제도 될 수 없었다.

삼청교육대의 수용자들은 노래를 부른다. 음정과 박자에 구애되지 않고 혼이 담긴 노래를 부른다. 지옥과 같은 현실을 살아내기 위한 노래를 부른다. 그 노래는 노래를 부른 자와 분리되지 않는 것이어서, 수용소의 온갖 폭압이 온몸에 각인된 노래다. 하지만 그 노래는 결코 폭압적이지 않다. 그 노래는 짐승과 벌레가 아닌 사람으로서 살기 위한 욕망의 노래다. 고통을 망각하고 초극하는 노래가 아니라 고통을 기억하고 고통을 견디면서 고통을 녹여내는 노래다. 최인석의 「노래에 관하여」에서 눈여겨보아야 할 것은 바로 이 같은 대목이다. 다시 말해 1980년대의 문학은 '삼청교육대=1980년대의 시대적 광기'에 맞서 그 광기 자체를 증언·고발·부정하는 데 초점을 맞추지만, 1990년대에 씌어진 이 소설은 시대적 광기를 응시하는 성찰의 시선을 보인다.

3. 소시민의 시민적 양심과 운동권의 일상 — 공지영과 김종광

1990년대의 문학이 1980년대의 문학과 절연된 게 아니라는 점은 이른바 후일담 문학의 존재가 그 좋은 사례일 것이다. 그런데 후일담 문학에 대해 제출된 그동안의 상투화된 견해는 후일담 문학을 철지난 1980년대 계몽주의 문학에 대한 아집 내지 현실 패배주의라는 식으로 부정의 딱지를 붙여왔다. 여기에는 1980년대 문학에 대한 1990년대 문학의 인정투쟁이라는 점을 환기할 필요가 있다. 지금도 늦지 않았다. 온당히 평가받지 못한 후일담 문학에 대한 정당한 자리매김의 노력이 요청된다. 이에 대해 나는 한 좌담에서 다음과 같이 언급한 바 있다.

지금부터라도 늦지 않았습니다. 후일담 문학에 대한 90년대 문학의 온당하면서도 정당한 평가가 있어야 한다고 생각합니다. 80년대의 강한 저항성의 논리들이 후일담 문학에서는 어떠한 주체의 성찰을 통해 갱신되고 있는지를 90년대의 비평 언어로 생산적으로 포착해야 할지 않을까요. 그래서 80년대의 사회변혁운동의 주체들이 87년 이후 90년대의 후기자본주의가 맹렬한 공세를 띠고 있는 상황에서 또 다른 주체로 어떻게 갱신되고 있는지를 고민하는 흔적으로서의 후일담을 우리가 재조명해야 하지 않을까요. 그럴 때 분명히 80년대와 90년대의 차이를 겸비한 어떤 연속적 시각 속에서 후일담 문학의 고뇌어린 사유가 좀더 확산될 수 있는 기회를 마련할 수 있지 않을까요. 아쉽게도 이러한 비평적 과제들을 그동안 우리 스스로 거둬버리지 않았나 하는 반성적 생각이 듭니다.

―「좌담 : 90년대 문학을 결산한다」, 『비평, 90년대 문학을 묻다』(작가와비평 편), 여름언덕, 2005, 21쪽

이 비평적 과제들을 마주할 때 떠오르는 작가가 공지영이다. 공지영의 단편소설 「무엇을 할 것인가」는 민주화를 향한 사회변혁운동에 매진하던 1980년대의 한 풍경을 정직하게 보여준다. 이 소설은 1980년대의 운동권을 배경으로 씌어진 소설에서 곧잘 목도되는 서사로부터 과감히 벗어나 있다. "감옥 밖에 있다는 사실이 더 괴롭던 시절"에 개인주의적 속성을 미처 버리지 못한 여대생인 '나'는 노동현장에 투입되기 위한 사상교육을 다른 운동권 학생들과 함께 받는다. 노동운동가가 되기 위한 교육을 받는다. 그런데 문제는 이 교육을 받는 과정에서 '나'는 선배 운동가를 향한 사랑의 감정을 품는다. 남녀의 사랑은 운동권에서는 지극히 개인주의적 감정에 불과한 것으로 사회변혁운동을 실천하는 데 장애물이다. 이

사실을 잘 알고 있는 선배는 '나'의 사랑을 감내할 수 없다. 무엇보다 선배는 동지애로써 같은 운동권에서 운동을 하는 다른 여인과 혼인을 약속한 터에, 사사로운 감정으로, 그것도 운동가로서 거듭나기 위한 사상교육을 받는 후배를 사랑할 수 없는 것이다. 선배 역시 '나'를 향한 연정을 품고 있되, 운동가로서 모범적으로 지녀야 할 윤리적 이성으로 인해 선배는 자신의 감정을 억제할 수밖에 없다. 이에 대해 '나'는 도발적으로 "난 목숨을 걸 수도 있어요." "형, 참 비겁한 사람이군요."라고 자신의 감정을 직설적으로 내뱉는다. 노동운동가로서 거듭나기 위해 사상교육을 받는 것도 중요하고, 그 과정에서 개인주의적 감성에 매몰되는 것을 경계하는 것도 중요하지만, 어떤 대상을 향한 순정한 사랑의 감정 그 자체를 숨겨야 하고, 그것의 표출을 금기시하는 것 자체를 '나'는 용납할 수 없다. 그래서 '나'는 선배에게 "그렇게 상투적으로 말하지 마세요. 그저 난 이름을 알고 싶었을 뿐이에요. 동지로서의 이름을 원하는 게 …… 아니었는데 ……"라고 웅얼거린다.

작가 공지영은 「무엇을 할 것인가」에서 묻는다. 1980년대를 관통해오면서 우리가 얻은 것과 잃은 것이 무엇인지, 그리고 사회를 변혁시켜야 한다는 거시적 운동 틈새에서 지극히 사소하다고 간주해오거나 금기시했던 우리의 일상이 그토록 남루한 것인지를 성찰한다. 공지영의 후일담 문학은 운동권의 경직성을 내부적으로 비판하는 데 초점이 맞추어져 있지 않다. 그보다 그는 1980년대의 운동권을 향한 항간의 편향적 시각을 부정하고 싶어한다. 운동권 안에서도 사랑은 존재하고, 그 사랑을 피워내기 위한 내면적 갈등들도 있었다. 다만, 그 내면적 갈등들은 사회변혁운동의 일상 속에서 자리하고 있기에, 그 사랑의 언어마저 냉철한 이성의 언어의 바깥으로 탈주를 못할 뿐이다. 그렇게 남들이 누리는 남녀간의 사랑도 그들은 호사스러운 것으로 여기며, 한 시대의 변혁운동의 길을 걸었던 것이다.

공지영의 소설이 독자들의 사랑을 많이 받는 이유는 이렇게 현실을 외면하지 않고 정직하게 집요하리만큼 응시하고 있는 것과 무관하지 않다. 「무엇을 할 것인가」의 '나'는 1980년대를 지나 1990년대의 현실 속에서 노동운동가가 아니라 평범한 소시민의 처지에 놓여 있다. '나'는 1980년대의 운동권 시절을 반추하면서 소시민 내면에 자리하고 있는 시민적 양심을 불러낸다. 혹 소시민의 삶을 살더라도 시민적 양심을 폐기하지 않는 삶을 살아야 하지 않는가라는 성찰적 태도를 지닌다. 소설의 말미에서 "약삭빠르게 일찍 빠져나온 우리들만 이렇게 무사하군요."라는 소리가 '나'에게 들려온 것은 바로 이와 같은 이유 때문이 아닐까.

공지영의 소설에서 마주친 운동의 일상은 김종광의 「전당포를 찾아서」에 와서 확연히 변별된다. 김종광의 「전당포를 찾아서」에는 IMF시대를 살고 있는 1990년대 후반 학생운동권의 다채로운 풍경이 펼쳐지고 있다. 그의 소설적 매력은 그의 첫 창작집 표지에 노랗게 박혀 있는 "능청과 의뭉 너머, 멋진 신세계의 우스꽝스러운 비애"라는 문구에 응축돼 있는 것처럼 인생사의 많은 우여곡절을 겪어온 한 재담꾼이 청중들 앞에서 자신의 이야기를 걸쭉하게 풀어놓는 가운데 '질펀한 웃음'과 그 이면에 배어 있는 '삶의 신산함'을 진술하게 들려주는 데 있다. 삶의 신산함을 감싸안는 웃음이랄까. 무엇보다 현실의 구체성에 밀착한 웃음이기에 우리로 하여금 그냥 한번 웃음을 자아내게끔 하는 게 아니라 웃음을 유발시키는 동인을 성찰게 하는 계기를 던져준다.

「전당포를 찾아서」에서는 대학 이사장이 학교발전기금을 사적으로 착복한 데 대한 학생들의 상경 데모 과정에서 일어난 일들을 여러 인물들의 입장에서 이야기되고 있다. 데모에 참여한 학생들은 나름대로의 이유들이 있다. 취업을 준비하는 삶이 권태로워 잠시 서울 구경을 하고 싶어 데모에 참여하기도 하고, 어쩌다보니 본의아니게 데모에 참여하기도 하고, 사정이 이렇다보니 데모에 참여한 학생들을 대상으로 한 학보사 기자의 질문에 그들은 "그냥……요"라는 맥빠진 답변만을 반복해서 들려줄 뿐이다. 이렇게 공적인 명분과는 관계 없이 다양한 개별적 이유들로 데모에 참여한 학생들은 서울에서 전경에 의해 강제로 서울 외곽으로 이송되어 뿔뿔이 흩어진다. 흩어진 학생들은 각각 다시 지방의 캠퍼스로 돌아가는데, 그 과정에서 한 학생은 돌아갈 차비가 없어 전당포를 찾아가 시계를 맡기려고 하는가 하면, 급기야 파출서를 찾아가 자신을 학교까지 데려다 달라고 보챈다. 이 일련의 이야기에서 공지영의 소설에서 만나볼 수 있던 학생운동가의 엄숙성과 숭고함은 온데간데없이 휘발되어 있다. 김종광의 「전당포를 찾아서」에서는 오히려 1990년대를 지나오면서 학생운동권의 무기력증이 전면화되어 있다. IMF시대를 배경으로 하고 있는 이 소설에서 이들 젊은이들의 희화적 행동 양태에 대해 웃음을 짓되, 마냥 즐겁지만은 않고 1990년대 후반을 살고 있는 젊은이들의 삶 깊숙이 배어 있는 신산함이 감지된다. 사회적 불의에 대한 공적 분노를 표출하고 있되, 그 분노가 공적 윤리 감각으로 승화되지 못한 채 사적 이해 관계에 의해 지극히 사소한 것으로 전락되는 운동의 일상을 김종광의 소설을 통해 여실히 만난다. 이것 또한 엄연히 외면할 수 없는 1990년대 후반의 현실인 셈이다.

4. 1990년대의 문학에 대한 온당한 가치 평가를 기대하며

김소진, 최인석, 공지영, 김종광의 단편소설을 읽어보았듯이 1990년대의 문학은 지금까지 주류화된 해석에 대한 수정을 요구한다. 김소진과 최인석의 소설을 통해 1990년대의 문학은 일상의 감각과 역사의 감각이 교섭하고 있음을 알 수 있다. 또한 공지영과 김종광의 소설을 통해 1990년대의 문학은 1980년대 운동권의 후일담 문학으로서 부정의 딱지가 붙는 게 아니라 1990년대의 현실을 통과해오면서 겪는 현실적 문제들을 정직하게 응시하고 있다는 것을 알 수 있다. 따라서 이들 네 작가의 작품은 그동안 우리에게 강박중처럼 다가온 1990년대 문학의 일반적 특징(역사와 절연된 개인의 욕망의 현상학)으로 수렴되지 않는다. 그보다는 1980년대와 달라진 1990년대의 현실에 밀착하면서 1980년대의 문제의식을 섭취하고 있다는 게 설득력 있는 해석일 것이다.

요컨대 문학사의 흐름이라는 게 낡은 것과 새로운 것이 부딪치는 것, 즉 과거의 전통에 대한 연속과 부정의 변증법적 움직임 속에서 생성되는 것이지, 새로운 시대의 문학을 과거의 문학과 단절된 것으로 규정내리는 것만이 능사가 아니다. 따라서 1990년대의 문학에 대한 온당한 가치 평가는 기존의 주류화된 해석에 균열을 냄으로써 관성화된 입장에 대한 내파적內破的 충격을 가해야 할 것이다. 여기에 김소진·최인석·공지영·김종광의 소설이 그 발파의 뇌관이라고 나는 생각한다.

(민족문학연구소 편, 『소설 구십년대』, 생각의 나무, 2007)

'맺힘과 권태'에서 '풀림과 신명'으로

이경자의 장편소설 『계화』와 은미희의 소설집 『만두 빚는 여자』

1. 상처를 근원적으로 치유해내는 '살림의 언어'

내 책상 위에는 두 권의 소설책이 놓여 있다. 이경자의 장편소설 『계화』(생각의나무, 2005)와 은미희의 소설집 『만두 빚는 여자』(이룸, 2006)가 바로 그것이다. 나는 지난 해 세밑과 새해 시작 무렵에 발간된 두 여성 작가의 소설을 읽노라면, 가는 해와 오는 해의 틈새에서 인간의 삶과 관련한 어떤 비의성秘義性을 다시 한번 숙고하게 된다. 그들에 의해 섬세히 포착된 우리들 삶은 지극히 남루하고 세속적이되, 천박하거나 하찮지 않고, 아름다우면서도 탈속적인 삶의 지경을 살포시 보여준다. 비록 온갖 고달픔과 애달픔으로 상처투성이의 박복한 삶을 살고 있을지언정 그들의 소설 속 인물들은 오히려 그 상처투성이의 박복한 삶을 사랑하며 견디는, 하여 우리로 하여금 삶의 외경심을 갖도록 한다. 그토록 비속하고 내팽개치고 싶고 저주받은 삶들로 꽉 채워져 있건만, 바로 그 삶을 향한 뜨거운 사랑의 불씨를 지핀다.

내림굿의 전과정을 소설의 언어로 되살려내고 있는 『계화』와 일상에 대한 권태로운 풍경 속에서 곤혹스러운 삶을 살고 있는 인물들로 이루어진 『만두 빚는 여자』는, 얼핏보면 서로 전혀 다른 색채의 작품들로 비쳐진다. 전자가 우리의 무속적 전통에 젖줄을 대고 있다면, 후자는 무속과 전혀 상관이 없는 영역에서의 일상적 삶에 초점을 맞추고 있기에 그렇다. 분명, 이 두 작품은 관심을 두는 영역이 판이하게 다르다는 점에서 차이를 지닌다. 하지만 앞서 잠깐 얘기한 바 작품의 세부 형상화 면에서 차이를 갖는 것은 엄연한 사실이지만, 가볍게 지나칠 수 없는 것은 이 두 작품 모두 세계로부터 훼손된 실존들의 상처를 어루만지는 데서 더 나아가 그 상처를 근원적으로 치유해내는 '살림의 언어'를 구사하고 있다는 점이다. '죽임 혹은 방기의 언어'로부터 벗어나 '삶 혹은 구제의 언어'를 치열히 모색하고 있다. 그들의 이러한 서사적 특장特長은 모든 생명을 따뜻하게 감싸안으며, 불모성의 대지를 생명의 기운으로 충만케 하는 모성의 언어, 그 특유의 힘을 지니고 있기 때문이라고 나는 생각한다. 가뜩이나 1990년대 이후 여성 작가들의 주류적 성향이 모성의 힘을 재발견하는 데 있기보다 탈근대적 여성의 자의식에 대한 맹목화로 인해 모성 자체를 혐오 내지 부정하려는 속성이 노골화되었다는 점을 고려해볼 때, 이경자와 은미희의 이번 작품들은 저간의 주류적 성향의 여성작가의 작품들과 차이를 갖고 읽힌다는 점에서 주목해야 할 터이다.

『계화』는 소설이되, 소설의 경계에 갇혀 있지 않다. 다시 말해 『계화』는 근대적 부르조아지의 서사시인 소설의 외양새를 갖추고 있되, 이 외양새로만 판단해서는 곤란하다. 비록 작가 이경자는 내림굿의 전과정을 소설이란 예술 형식을 빌어 속속 재현해내고 있지만, 재현 과정에서 '근대적 예술형식—소설'과 길항하는 '전근대적 예술형식—무가巫歌'의 관계를 통해 『계화』만이 갖는 독특한 '내용형식'을 보증한다. 『계화』를 통해 우리는 근대의 문명 세계로부터 망실되어가는 굿의 진정성을 대면한다. 이경자는 흔히들 미신이라 치부하는 굿에 대한 편견을 걷어내면서 우리들 각자의 삶에 어혈진 한을 한바탕 신명난 굿거리로 풀어낸다. 하여 그가 각별히 주목한 대상은 바로 굿의 주관자인 무당이다. 그는 작품 곳곳에서 무당의 존재를 언급한다. 가령, 다음과 같은 대목은 무당의 존재를 집약하여 이해시키기에 충분하다.

"너를 낳은 사람은 너의 어머님이다. 그러나 신의 세계로 너를 들여놓은 나는 너의 신어머니가 되는구나. 부디 큰만신이 되어라. 행복하려고, 남보다 잘 살려고, 유명해지려고, 남에게 복수하려고 해서 안 된다. 무당이 왜 고달픈 줄 아느냐? 무당은 행복한 사람들을 볼 수가 없다. 불행해서 널 찾아왔다가도 행복해지면 침을 뱉는 사람들이 있을 것이다. 그렇다고 서러워도 하지 말고 노여워도 하지 말고 원망도 하면 안 된다. 무당은 아픈 사람, 억울한 사람, 불행한 사람들을 위해 태어났다. 한시도 그런 마음이 더

렵혀지지 않도록 늘 긴장하고 신명님께 빌어라. 너를 위해 살지 않도록 도와주십사고 비는 마음을 잃어서는 안 된다. 너희들은 이 사회에서 가장 멸시받는 직업을 가진 같은 처지의 동기간이다. 모르는 것 서로 가르치고 콩반쪽이라도 나눠 먹도록 하여라. 힘들고 어려운 일, 고통도 나누고 서로 어루만져라. 우리가 어디서 왔는지 알게 될 날이 있을 거다. 신의 부리가 무엇인지, 느끼게 될 것이다. 아무쪼록 자중자애 하거라 ……."(93쪽)

이렇듯 무당이란 늘 타인의 불행을 위무하는 존재다. 자신의 행복을 갈구하지 않는다. 행복을 욕망하는 것은 무당이 아니라 무당을 찾아온 사람들이다. 무당은 그저 굽이굽이 맺혀 있는 사람들의 한을 풀어주고, 그들이 정상적인 삶을 살 수 있도록 신명을 북돋워주면 되는 것이다. "사람이면서 사람이 아니고 귀신이 아니면서 귀신이어야 하는 게 무당"(24쪽)인 바, 무당은 "평생 신과 사람 사이를 오락가락하면서 떠돌이로 살다 쭉정이가 되지 않으면 다행"(27쪽)이다. 바꿔 말해 무당은 '반신반인半神半人' 혹은 '비신비인非神非人'의 존재로서의 숙명을 견디는 삶을 살아야 한다.

이러한 무당의 숙명을 소설 속 인물 연주도 자신의 그것으로 받아들여야 한다. 혹독한 무병巫病을 앓은 후 연주는 내림굿을 통해 비로소 무당으로 갱생한다. 『계화』에는 연주의 입무식入巫式이라 해도 지나친 말이 아닐만큼 내림굿의 세밀한 과정이 풍부히 형상화되고 있다. 연주의 이러한 입무식을 보면서 우리는 다양한 굿거리에 참여하게 된다. 그 중 우리의 오감각을 바짝 곤두서도록 하는 대목은 단연 작둣날을 타며 추는 춤사위와 세상 사람들에게 내뱉는 공수의 마디마디에 배여있는 삶의 진실과 만나는 일이다. 내림굿의 절정인 작둣날 위에서 하는 연주의 공수를 들어보자.

"신어머니! 그동안 참 많이도 고생하셨습니다. 모진 수모도 잘 견디어내셨습니다. 신의 동기들. 아직 부족한 햇병아리 한 마리 생긴 거 반겨주세요. 어떤 경우에도 견디고 참아내고 본분을 잊지 않도록 때려주세요. 여러분 길지 않은 인생. 미워하지 말고 악하게 하지 말고 욕심 쓰지 말고 편안하게 함께 살아요. 우리가 누구의 자손입니까. 저 하늘, 이 땅 저 나뭇가지 위의 우짖는 새, 개미, 지렁이, 어느 하나 필요 없이 생긴 목숨 없습니다. 누가 누구보다 더 잘나고 못나지 않았습니다. 몸은 하나 나고 죽는 거 한 번뿐입니다. 우리가 누구의 자손입니까. 그걸 잊지 마세요. 여러분. 있지도 않은 거 만들어서 그 속에 꽁꽁 매여서, 콱! 갇혀서 누굴 탓하고 원망하고 그러지 마세요. 있지도 않은 허물, 죄에 스스로 떨고 경계하지 마세요. 자기 자신 속에 있는 신명님 받들고 돌보세요! 명도 복도 자기 안의 신명님에게 있습니다. 저는 이 부드럽고 따뜻한 작둣날 위에서 그걸 깨달았습니다. 여러분 부디 자기 자신 용서하시고 존중하시고 사랑하세요!"(274쪽)

세상의 뭇 사람들과 함께 더불어 사는 것, 아니, 세상의 모든 살아 있는 생명체들과 함께 더불어 사는 것, 하여 자신만의 욕망의 미궁에 갇히지 않는 것, 이것들이야말로 우리 모두가 비루한 삶을 비루하지 않게, 천박한 삶을 천박하지 않게, 그리고 증오의 삶이 아니라 사랑의 삶으로 살게 하는 신명을 북돋우는 삶의 태도라 해도 손색이 없다. 시퍼런 작둣날 위에서 연주의 공수는 이렇게 굿에 참여한 사람들에게 전해진다. 물론, 연주의 이 공수는 연주의 내림굿에 참여한 사람들에게만 국한된 것은 아닐 터이다. 비록 굿에 참여를 하지 못했지만, 신과 인간 사이의 매개 역할을 해주는 무당으로서 거듭나는 경이적 순간에 연주의 공수는 세상을 향해 들려주는 진실의 전언과 다를 바 없다. 그렇기에 굿에 참여한 모든 사람들이 흘리는 눈물과 외경심은 새로운 무당의 출현에 힘 입어 개별자의 한 맺힘이 풀리는 데서 밀려드는 한없는 감격으로부터 비롯된 것이며, 동시에 그동안 각자의 욕망의 미궁에 갇힌 채 세상 사람들의 삶에 무관심했던 자신들의 삶에 대한 반성적 성찰로부터 비롯된 생의 감각과 인식에 연유한다.

이러한 연주의 내림굿으로부터 우리는 굿과 관련한 편협함에서 벗어날 수 있다. 『계화』를 통해 읽을 수 있듯, 굿은 사람을 미혹하게 하는 말 그대로 삿된 게 결코 아니다. 소설 속 신어머니인 계화와 다른 무당들도 그런 것처럼 연주 역시 그녀의 박복하고 기구한 삶은 굿을 통해 놓여난다. 굿을 통해 그녀는 생의 고통으로부터 풀려나 그녀의 상처를 치유할 뿐만 아니라 다른 사람의 생의 상처마저 치유할 수 있다. 산 자와 죽은 자 모두에게 맺혀 있는 한을 풀어줌으로써 말이다. 고부간의 대립이 원만히 해결하지 못한 채 비운의 죽음을 맞이한 연주의 할머니와 어머니, 그리고 고부간 양측으로부터 원망을 사고 있는 연주의 아버지와의 관계는 연주의 내림굿 속에서 해원解冤된다. 즉 내림굿은 연주에게는 이와 같은 가족의 불화 속에서 피폐해진 그녀 자신의 영육을 스스로 구원해내는 것이되, 또한 불화의 가족들 사이에 맺힌 한을 풀어주는 해원의 성격을 동시에 지닌 것이다.

우리는 이러한 연주의 내림굿을 지켜보며, 연주네 가족의 해원은 물론, 우리들 각자의 가족과 사회, 더 나아가 국가, 인류와 맺는 불화의 관계를 치유해내는 어떤 보편적인 힘을 욕망하기도 한다. 이것이 바로 우리의 굿이 지닌 범민족적·범인류적·범우주적 공존 및 상생의 힘이라고 나는 생각한다. 그렇다면, 이경자의 『계화』는 '근대적 예술형식―소설'과 '전근대적 예술형식―무가'의 창조적 만남을 통해 서구식 근대가 빚은 세계의 악무한으로부터 난 상처를 치유하고, 새로운 세계로 거듭나기 위한 미적 고투의 산물이 아닐까. 『계화』를 단순히 민족적(혹은 민속적) 구비 문학(서사무가)이나 연행 예술(굿거리)만의 의미로 국한시킬 수 없는 것은 바로 이러한 이유들 때문이다.

3. 지리멸렬한 삶을 견디는 시간의 힘―은미희의 『만두 빚는 여자』

　　은미희의 『만두 빚는 여자』는 그녀의 첫 소설집이다. 이미 세 권의 장편소설을 발표한 바 있는 그녀에게 첫 소설집의 존재는 각별할 터이다. 모두 10편의 단편들로 묶인 이 소설집에는 세계를 바라보는 은미희의 웅숭깊은 시선을 만날 수 있다. 그 시선은 은미희의 단편들에 등장하는 인물들의 상처를 발견하고 그것을 치유하는 과정에 스며 있다. 상처들은 제각각이다. 하지만 상처들의 원인을 곰곰 생각해보면, 어떤 공통점을 발견하게 된다. 상처를 지닌 인물들은 하나같이 '지리멸렬한 삶'을 살고 있다는 점이다. 그들은 삶에 강한 의욕을 지니고 있지 않다. 그들의 삶은 무미건조할 따름이다. 그들은 무엇을 애타게 욕망하지 않는다. 그렇다고 그들이 어떤 결핍으로부터 자유로운 것은 결코 아니다. 그들은 제 나름대로의 기구한 사연을 지니고 있는 것은 물론, 그로부터 어떤 결핍 상태를 심하게 경험한 적이 있으며, 지금도 결핍을 경험하고 있다. 그리고 아차 하면, 이 결핍 상태는 미래까지 지속될 수도 있다. 그럼에도 불구하고 그들은 결핍을 강하게 부정하지 않는다. 오히려 이렇게 지리멸렬하고 권태로운 삶의 영역이 누군가에 의해 위협받고 있는 데 대해 두려워하는가 하면(「다시 나는 새」), "언제부턴가 아니다, 그렇다, 라고 명확히 선을 긋지 못하고 에둘러 말함으로써 자신을 감추고, 타인들의 편가르기로부터 안전하게 숨"는가 하면(「새들은 어디로 갔을까」, 84쪽), "엽렵하게 세상 속으로 편입해 들어가지 못하고 겉돌기만 하는"가 하면(「편린, 그 무늬들」, 176쪽), 형의 경제 형편이 좋지 않은데도 불구하고 어머니의 요구로 동생의 막대한 사업 빚을 갚아주기로 한다(「새벽이 온다」).

이렇듯 은미희가 애착을 갖고 있는 소설 속 주요 인물들은 하나같이 권태롭고 지리멸렬하고 엽렵하지 못한 삶을 살아간다. 은미희에게 삶의 한 축은 불가항력적인 그 무엇인지 모를 일이다. 삶의 이러한 측면을 이해하지 못한다면, 그녀의 인물들을 이해하는 것은 어려운 일일 터이다. 가령, 「만두 빚는 여자」에서 만두를 빚는 여자는 그녀와 함께 살아갈 남자를 욕망한다. 하여, 그녀는 공사판 목수를 사랑하였으나 목수는 치매 걸린 그녀의 어머니의 존재와 그녀 자신을 돌보지 않는 데 대해 강한 거부감을 갖고 그녀를 떠난다. 떠나는 목수를 그녀는 애써 붙잡을 수 없다. 목수를 붙잡을 만큼 그녀는 엽렵하지 않다. 그녀는 누구보다 잘 알고 있다. "세상 사는 일도 만두 빚는 일과 동일하다고. 세상일을 싸잡아서 무리 없이 제 안으로 끌어안는 것. 조심하지 않고 조금만 힘을 줘도 여기저기 만두피가 찢어지고 내용물이 쏟아져서 먹음직스럽게 빚어지지 않듯 세상일도 그렇다"(「만두 빚는 여자」, 66쪽)는 사실을. 그래서 그녀는 목수를 그렇게 떠나보낸다. 목수를 향한 지나친 사랑은 목수를 떠나게 했던 셈이다. 그녀가 조금만 엽렵했다면, 목수를 떠나보내지 않았겠지만, 그녀는 만두를 적당한 힘으로 빚듯 목수를 더는 붙잡지 않는다. 목수가 그녀의 삶에서 놓여남으로써 또 다른 남자를 만나는 것, 그것이 바로 그녀가 거부할 수 없는 지리멸렬한 우로보로스와 같은 원환圓環의 삶이 아닌가.

그런데 이와 같은 우로보로스의 삶에 은미희의 인물들이 얽매여 있지는 않다. 분명, 그녀의 인물들은 "꿈도 없이 점점 박제가 돼 가는 여자"(「다시 나는 새」, 16쪽)가 대부분이고, 삶의 무기력증에 걸린 남자가 다수를 차지한다. 하지만 그녀의 인물들은 이 불가항력적인 삶에 속수무책으로 놓여 있지만은 않다. 비록 개별자의 미약한 힘으로 광막한 삶에 맞서싸우는 것은 힘들지만, 그 싸움 자체를 쉽게 포기할 수만은 없다. 삶은 싸움의 피를 머금고 삶의 활기를 되찾기 때문이다.

다소 희극적 상황을 연출한 감이 없지 않으나, 종수는 그의 죽음 소식을 접하고 조문을 하러 간 친구들을 모두 한 곳에 모아놓고, 젊었을 적 사회정의감은 온데간데 없이 사라지고 사적인 욕망만을 채우기에 급급한 친구들을 향해 일갈한다. 종수의 현재적 삶은 친구들에 비해 경제적 궁핍 상태를 벗어날 수 없지만, 도저히 친구들의 그 엽렵한 삶의 타락성에 대해서는 눈감을 수 없던 것이다(「그리고 아무 말도 하지 않았다」). 또한 한국전쟁 무렵 북에 아내와 친자식을 두고 월남한 송씨는 북측의 아내를 주기 위해 금반지를 소중히 간직해왔으나, 그 반지를 현재 함께 살고 있는 아내의 손가락에 끼워주기 위해 집으로 들어간다. 현재 송씨와 함께 삶을 살고 있는 남측의 아내가 곁에 있기에, 송씨는 살아 있음의 소중함을 새삼스레 깨달았기 때문이다(「나의 살던 고향은」). 그리고 어머니를 모시는 일에 극구 반대해온 아내의 의견에 아랑곳하지 않고 어머니를 모시겠다며 아들은 다짐을 다잡는다(「갈대는 갈 데가 없다」).

여기서 우리는 은미희가 불가항력적 삶을 이처럼 견디는 데에는 그녀만의 독특한 해법이 있다는 것을 짐작할 수 있다. 그것은 곧 시간의 힘을 적극 활용하는 일이다. 은미희의 인물들이 지닌 생의 고통과 상처는 과거의 힘을 뒤로 한 채 오직 현재적 삶의 힘만으로 극복하고 치유하는 데서 생겨난 문제점에 기인한다.

지금의 나는 그 과거 위에 서 있거든. 과거를 지워 내면 현재의 내가 있을 수 있겠니. 지나치게 과거에 함몰돼 사는 것도 위험하겠지만 반대로 과거를 무시하면서 사는 것도 문제일 것 같아.

은자는 체증을 느꼈다. 과거라는 시간이 자신에게는 존재하지 않는 양 그렇게 앞만 보고 살아온 은자였다. 잠시라도 해찰을 한다면 이 빛나는 세상에서 밀려날까 봐 한눈도 팔지 못한 채 그렇게 눈 치켜뜨고 코앞에 난 길만 보고 달려온 시간들이었다. 한데, 이 아이는 일그러진 자신의 과거를 주춤주춤 뒤돌아보며 살아왔노라고 아무렇지 않게 이야기하고 있었다.

아니었다. 은자 역시 과거의 시간들을 제 삶에서 소거해 낸 것은 아니었다. 다만 의도적인 방기였을 뿐이었다. 결코 유쾌하지 않았던 시간들, 그 시간 속에 굳건히 뿌리를 내리지 못하고 그저 유령처럼, 너겁처럼, 그렇게 현재의 시간 위를 떠돌았을 뿐이다. 과거를 기억하지 않는 자에게 미래는 어떤 의미인지. 과거를 통해 자신을 들여다보지 않는 자에게 과연 더 나은 미래가 기다리고 있을까.

지금은 그때 기억마저도 아름답게 느껴진곤 해. 그때의 아픔이 내겐 큰 힘이야. 현실의 어떤 난관도 그때를 생각하면 아무것도 아닌 일처럼 느껴지니 말이야. 하긴 내가 나이를 먹기 먹은 모양이야. 옛날이 그리운 것이. 왜 그런 다지 않니? 나이가 들면 추억의 힘으로 살아간다고.

—「낡은 사진첩을 꺼내 들다」, 330쪽

우리는 현재가 과거의 반석 위에 서 있다는 것을 은연중 망각하고 있다. 오직 '지금, 이곳'의 삶을 중시한 나머지 현재의 삶을 맹목화하고 있다. 물론 현재의 삶은 중요하다. 하지만 지극히 상식적인 사실이 지닌 힘을 소홀히 해서 안 될 것이다. 과거의 퇴적층이 곧 현재를 이루며, 현재는 또 다시 과거의 퇴적층 속으로 스며들고, 또 다른 현재는 또 다른 과거의 퇴적층 속으로 스며든다. 말하자면 과거는 현재의 태반인 셈이다. 그렇다면 무미건조하고, 지리멸렬한 현재의 삶을 견디기 위해서는, 과거의 시간들 갈피에 숨쉬고 있는 '추억의 힘'을 발견해내어야 한다. 사실, 소설이란, 이 '추억의 힘'을 발견해내고 재구성해내는 데 적합한 서사 장르가 아닌가. 소설을 통해 우리는 우리의 의식 저편에 오롯이 자리하고 있는 삶의 어떤 풍경과 순간을 되살려냄으로써 현재의 불모화된 삶을 풍요롭게 해줄 수 있는 삶의 비의성을 발견할 수 있는 것이다. 현재와 길항하는 과거의 어떤 순정한 힘이야말로 현재적 삶의 상처를 치유해내는 구원의 열쇠가 될 수 있기 때문이다.

4. 인간 속으로 깊이 들어가는 소설

이경자의 장편소설 『계화』와 은미희의 소설집 『만두 빚는 여자』를 통해 우리는 다시 한번 삶의 고통에 대한 연민의 소중함을 되물었다. 이경자는 작가의 말에서 『계화』를 쓰도록 영감을 준 무당 김금화가 "소설가도 비슷하네. 인간 속으로 깊이 들어가는 게"라는 말을 빌리고 있다. '인간 속으로 깊이 들어가는 것'이야말로 우리 시대의 소설이 포기해서는 안될 금과옥조金科玉條라고 말한다면, 나의 지나친 간섭일까.

이경자와 은미희는 모두 '지금, 이곳'의 인간 속으로 깊이 들어가는 작가들이다. 『계화』의 곳곳에 삽입되어 있는 무가와 굿거리의 온갖 춤사위, 그리고 그 숱한 공수들은 소설 속 인물들에게만 국한되는 게 아니라 소설 바깥의 우리들 삶의 영역으로 번져오는 굿의 신명들이다. 굿의 신명 속에서 우리는 영육에 어혈진 한을 스스럼 없이 풀어낸다. 그리고 굿의 신명 속에서 우리는 모두 신명나는 세상을 갈구한다. 증오가 없는 세상, 사랑을 나누는 세상, 생명을 존중히 여기는 세상, 주체와 타자의 상처들을 치유하고 존재를 구원해주는 세상, 즉 세계의 고통을 말끔히 씻겨주는 것이 바로 우리 굿의 신명이다. 하여, 굿의 신명을 당당히 근대적 소설의 형식을 넘나들며 북돋워주는 이경자는 '소설가−무당'이라 해도 손색이 없을 터이다.

어떻게 보면, 은미희 역시 동궤에 놓인다고 볼 수 있다. 그녀는 과거의 시간을 떡주무르듯이 주무르는 서사의 독특한 힘을 통해 우리들 현재적 삶의 고통을 치유해주고 있다. 그 결과 예전에 "여자는 자신 안에 고인 광기를 풀어낼 길이 없다. 길이 없어 아예 방기해버린 삶. 자신이 진정 원하는 것이 무엇인지 알지 못하므로 여자는 더욱 답답하고 울울하고 그래서 삶이 더욱 지루하기만 하다."(「다시 나는 새」, 17쪽)라는 삶의 미궁으로부터 자유롭게 훌훌 벗어날 수 있으리라.

두 작가의 소설을 읽으며, 우리 모두 낡고 고루한 것을 말끔히 씻겨내면서 새로운 봄의 기운으로 충만되기를 빌어본다.

이제 산 자와 죽은 자들 사이의 풀리지 못했던 불행과 미움과 그리움의 오랏줄이 풀렸으며 회한도 녹아들었다. 굿당은 하바탕 해일海溢을 넘긴 뒤의 새로움이 봄기운처럼 감돌기 시작했다.

—『계화』, 253쪽

(『리토피아』, 2006년 봄호)

3부

미적 분투의 서사적 고뇌

한국문학의 탕자가 획득한 윤리미의 비의성*

송기원의 소설 미학에 대한 한 해명

1. 송기원 서사의 마력의 원천 혹은 '자기혐오'의 윤리

이토록 잔인할 정도로 처절한 자기혐오와 자기학대의 고행을 무릅쓰는 작가가 있을까? 잠시라도 자신을 괴롭히지 않고서는 삶을 산다는 것 자체가 무의미하며, 끝을 헤아릴 수 없는 허방의 심연 속으로 자신을 침 강시키지 않고서는 존재할 수 없는, 이 기막힌 삶의 형식을 살아야 하는

---

* 본문에서 내가 인용할 송기원의 작품으로는 아래의 소설집 및 장편소설인데, 본문에서 작품의 부분을 인용할 때는 별도의 각주 없이 책명 앞에 표기한 로마자를 사용하여, 소설집인 경우 '(「단편명」, 로마자 : 면수)'로 장편소설인 경우 '(로마자 : 면수)'로 나타낸다. I. 소설집『월행』(새벽, 1979); II. 소설집『다시 월문리에서』(창작과비평사, 1984); III. 장편소설『너에게 가마 나에게 오라』(한양출판, 1994); IV. 소설집『인도로 간 예수』(창작과비평사, 1995); V. 장편소설『여자에 관한 명상』(문학동네, 1996); VI. 소설집『사람의 향기』(창작과비평사, 2003).

작가가 또 어디 있을까? 작가 송기원의 소설과 대면하는 내내 나는 자신의 삶 전부를 송두리째 내건 채 만신창이가 돼가고 있는 그 삶을 뚜렷이 응시하고 있는, 서늘하면서도 뜨겁디 뜨거운 작가의 시선을 피하고만 싶었다. 그 시선이 닿는 순간, 작가의 예술이 지닌 주술에 나포된 채 우리들 삶이 산산이 부서지고 폐허가 된 날것 그대로의 삶을 정면으로 응시해야 하는, 그 어떤 두려움으로부터 벗어나고 싶기 때문이다. 그동안 숱한 삶의 분식粉飾으로 버텨온 삶이 송기원의 예술적 응시에 의해 가차없이 그 껍데기가 벗겨짐으로써 우리들 삶의 알몸을 마주치는 일이 두렵기 때문이다.

그렇다. 어쩌면 이 두려움이야말로 송기원의 소설에서 뿜어대는 서사의 마력인바, 우리는 삶의 알몸을 정면으로 대하는 일이 두렵되 알 수 없는 모종의 설레임과 희열에 휩싸인 채 송기원의 소설을 읽는 데 몰두하는지 모를 일이다. 그것은 바로 송기원 특유의 예술적 응시, 곧 작가 자신에 대한 집요한 서사적 탐구가 동반하는 진정성의 힘에 기인하며, 달리 말해 송기원식 '자기혐오'의 서사적 윤리의 힘이 지닌 비의성秘義性을 무시할 수 없다.

송기원의 소설을 관류하고 있는 저 도저한 '자기혐오'는 사생아이자 장돌뱅이로서의 운명을 거역할 수 없는 것과 깊은 관련을 맺는다. 사생아와 장돌뱅이는 송기원의 거의 모든 소설이 잉태하고 있는 문제의식의 근원이라 해도 과언이 아니다. 송기원은 자신의 서사의 뇌관 역할을 맡고 있는 이 두 가지 운명을 회피하지 않고 응시한다.

마치 낮과 밤처럼, 선과 악처럼 아니면 천국과 지옥처럼 너무나 극명한 대비! 저렇듯 현란한 갖가지 풍물들이며 도시 문화의 눈부신 거울 아래서 헐떡거리는 어둠! 벌레처럼 추악한 꿈틀거림!

너는 아무리 질끔 눈을 감아도 저 극명한 대비에서 단 한순간도 도망칠 수는 없었다. 그리하여 어쩔 수 없이 너는 몇 번이고 보고 또 보았다. 굶주림에 대한 동물적인 공포감, 피투성이가 되어서야 끝나는 사생 결단의 부부 싸움, 개똥처럼 버려진 채 아무렇게나 자라는 아이들, 하루도 쉬는 날이 없이 이 장 저 장을 돌아다니는 장돌뱅이 아낙네들과 거기에 빌붙어 기둥서방 노릇을 하는 건달패들, 술집 작부들의 간드러진 웃음 소리와 술 취한 사내들의 고성 방가, 노름꾼, 소매치기…… 이 모든 것들이 저 눈부신 거울 속에서 알몸으로 드러나 벌레처럼 꿈틀대는 것이었다.

요컨대 너는 새 교복을 입고 그렇게 새 모표와 배지, 명찰을 단 후, 처음으로 장돌뱅이 이외의 사회에 눈뜨고, 처음으로 장돌뱅이 이외의 문화를 만나고, 그리하여 장돌뱅이가 사회에서 얼마나 비천한 위치에 있는가를 깨달은 것이었다. 그 비천한 위치에 생각이 미치면, 너는 가슴 저 밑바닥에서부터 치밀어 오르는 고통 때문에 숨조차 제대로 쉬지 못한 채 헐떡거리고는 했다. 언제부터인지 모르게 너는 무엇보다도 어머니를 위시한 장돌뱅이 아낙네들의 너에 대한 기대를 견딜 수가 없었다. 막연하지만 너는 그들의 기대나 선망이 바로 너로 하여금 그들에게서 등을 돌려 그들을 짓밟게 하는 일이라는 것을 알아 버린 것이었다.(Ⅲ : 71-72)

작중 인물 윤호는 작가 송기원의 분신으로, 장터를 떠나 도청소재지에서 고등학교를 다니는 도중 자신이 외면할 수 없는 삶의 운명과 마주한다. 윤호는 근대적 도시문명의 온갖 혜택을 받을 수 있는 절호의 기회를 맞이하여 그를 짓누르고 있던 밑바닥 하층민의 삶으로부터 벗어날 수 있다. 하지만 윤호가 그토록 치부恥部로 간주해온 저 장돌뱅이와 사생아의 밑바닥 삶으로부터 벗어나려고 몸부림칠수록 예의 삶은 윤호를 더욱 친친이 옥죄어 들어올 뿐이다. 도리어 근대적 도시문명의 한 복판에 노출될수록 윤호에게 장터 바닥의 악다구니치는 삶의 풍경들은 그 속살을 뚜렷이 내비칠 따름이다. 하여, 윤호가 선택한 것은 장터의 진창 같은 삶을 애써 외면하거나 일부러 포장하는 게 아니라 그 삶 속으로 자신을 기투企投함으로써 자기인식의 투명성을 확보해내는 일이다. 그래서 사생아이자 장돌뱅이라는 거역할 수 없는 순정한 자기를 확고히 인식하고, 장터 밑바닥 삶을 이루고 있는 뭇사람들과 연루된 비루한 삶의 틈새에서 "바로 그 수렁이 이제부터 자신이 살아가야 할 인생"(Ⅲ : 256)이라는 점을 겸허히 받아들인다.

그런데 윤호의 인생은 그리 녹록하지 않다. 장돌뱅이의 삶에서 벗어나기를 갈구하는 그의 어머니의 욕망과 정면으로 배치되기 때문이다. 장터에서 "너무나 드센 팔자"(「다시 월문리에서」, Ⅱ : 9)를 살아온 윤호의 어머니는 의붓아비의 온갖 폭압을 견뎌온 윤호가 장터를 떠나 보란 듯이 성공하는 삶을 살기를 희구했지만, 윤호는 어머니의 기대를 저버리고 장터의 수렁 속으로 들어왔으며, 그 수렁의 삶을 자신의 삶의 형식으로 육화시키려 한다. 그것은 바로 장터바닥 장돌뱅이들이 감내할 수밖에 없는 '자기혐오'의 윤리다. 윤호의 어머니는 이 '자기혐오'의 윤리를 제 자식만큼은 말끔히 벗어버렸으면 한다. 하지만 그녀의 예의 욕망이 강해질수록 윤호 역시 '자기혐오'의 윤리는 더욱 굳어진다. '자기혐오'의 윤리에 관한 이 둘의 대척적 입장은 끝내 그녀의 살아생전 화해를 못한 채 그녀의 산소를 찾아 매만지고 폐가가 된 고향의 텅 빈 옛 집에서 잠을 청하며 꿈의 형식을 통해 화해를 한다.

고향의 장터였다. 장을 보는 사람들로 붐비는 어물전 부근이었다. 서른 언저리의 젊은 여자가 양 옆에 어린 남매를 데리고 앉아서 좌판을 벌여놓고 있었다. 좌판에는 갈치며 고등어 몇 마리가 뎅그마니 올려져 있었다. 내가 다가가자 여자는 고개를 들어 나를 올려다보았다. 여자의 얼굴을 확인한 순간에 나는 잠이 깼었다. 여자는 내가 까마득히 잊고 있던 옛 여자였다.

잠이 완연히 깨고 난 다음에 나는 그 여자가 나의 새로운 어머니라고 생각했다.

—「다시 월문리에서」, II : 28

어쩌면 윤호의 어머니는 윤호가 장터의 수렁 속으로 스스로 걸어들어온 순간, 장터바닥의 생득적 생의 감각으로 윤호를 용서하고 있었는지 모른다. 장돌뱅이와 사생아의 운명에서 배태된 '자기혐오'의 윤리를 좀처럼 쉽게 폐기처분할 수 없다는 것을 그녀는 생득적으로 알고 있었는지 모른다. 다만, 그녀는 윤호가 '자기혐오'의 윤리에 고통스러워할 것을 어미의 순정에서 결코 간단히 수락할 수 없었던 것이다. 이러한 어미의 마음과 교감한 윤호에게, 이제 장터는 '자기혐오'의 윤리가 고통스러운 치부恥部로 다가오는 게 아니라 자기인식의 투명성을 보증하는 것이기에 기꺼이 어머니의 '자기혐오'의 윤리와 새롭게 공유할 수 있는 길이 열린 것이다.

송기원에게 '자기혐오'의 윤리는 자기인식의 투명성을 보증하는 것과 다를 바 아닌데, 여기서 송기원 서사의 특유의 미적 가치가 확보된다. 장돌뱅이와 사생아라는 극단적 '자기혐오'와 '자기부정'이 동반된 존재의 현현, 즉 탕자湯子를 통해 그는 서사의 독특한 윤리미를 궁리해낸다.

그런데, 송기원에게 이러한 서사의 윤리미를 발견하는 과정에서 주요한 탐구 대상은 여자인바, 특히 장편소설 『여자에 관한 명상』은 문제작으로 읽힌다. 이 소설은 그의 장편소설 『너에게 가마 나에게 오라』의 후속작으로 읽어도 손색이 없을 만큼 그가 집중적으로 파헤치고 있는 삶의 문제를 또 다른 방식으로 정면으로 돌파하고 있다. 『여자에 관한 명상』에서 주목해야 할 것은 작중 인물 '나'가 유년기에 겪은 여자의 성기에 대한 두 가지 형상이다. "불그스름하게 빛나는 보랏빛 자운영꽃과 털투성이 밤짐승의 거대한 입"(Ⅴ : 17−18)이 그것이다. 이 두 가지 형상은 '나'와 관계를 맺는 모든 여성들의 삶과 포개지는 가운데 '나'의 생의 감각과 공명共鳴하면서 삶의 윤리미를 형성해낸다.

우선, '나'는 장돌뱅이 시절 처녀를 강간하게 되는데, 그때 여자와의 성적 접촉은 "내가 무사히 암흑세계의 밑바닥으로 잠적하기 위해서는 불가피한 희생물"(Ⅴ : 20)로 선택된 것 그 이상도 이하도 아닌 의미를 갖는다. 물론, 이 같은 행태는 사회적 기율에서 벗어난 범법행위로서 반윤리적 작태로 사회적 지탄의 대상이다. 하지만 작가에게 이 같은 반윤리적 행태는 장돌뱅이다운 장돌뱅이로서 '자기혐오'의 윤리를 강제적으로 획득하기 위해 반드시 겪어야 할 통과제의적 성격을 띤 것으로 그 맥락이 전혀 다른 차원으로 해석된다. 말하자면, 반윤리적 행태를 통해 사회 제도적 기율로 포착할 수 없는, 미적 차원에서 새롭게 발견되는 윤리미로 주목된다. 하여, 작가는 예의 윤리미를 통해 사회 제도적 기율의 경계 안에서 도저히 이해할 수 없는 인간과 삶의 진실에 대한 넓고 깊은 성찰의 경지에 도달하고자 한다. 송기원의 소설을 대하며 가볍게 치부할 수 없는 것은 바로 이와 같은 점에 유의하여 소설을 읽어야 한다는 점이다. 자칫 이 점을 간과할 경우 저급한 차원의 속류적 페미니즘의 독법에 의해 송기원의 소설은 남근중심주의에 매몰된 포르노그라피류에 불과하다는 딱지가 붙기 십상이다. 남성의 자아를 탐구하고, 남성의 자기를 구원한다는 미명 아래 여성의 성을 착취하여 남성의 알량한 존재의 결핍감을 충족시켜주는 것으로 자족하는, 지극히 남근중심주의적 소설이라는 편견에 가둬놓을 수 있다.

하지만 송기원의 소설에서 염두에 두어야 할 것은 '나'와 같은 인물들은 모두 지독한 '자기혐오'의 윤리에 처절한 고통을 앓고 있으며, 세상의 그 어떠한 삶의 권력도 지니지 못한 채 삶의 밑바닥에서 유무형의 권력과 무관한 상처투성이의 존재일 뿐이라는 사실이다. 더욱이 '나'와 성적 관계를 맺는 여성들 역시 '나'와 마찬가지로 자신의 삶 속에서 삶의 밑바닥을 살아가는 자들로, 그들 역시 '나'와 구체적 양상을 달리할 뿐이지 극도의 '자기혐오'의 윤리적 태도로 고통스러워 하고, 그들의 성을 권력화하는 것과 전혀 관련이 없다. 뿐만 아니라 송기원의 소설 어디에서도 예의 여성들이 '나'로 대별되는 남성과의 성교에서 지배와 피지배의 권력 관계, 즉 정치적 맥락으로 읽히지 않는다. 바꿔 말해, 송기원의 소설에서 남과 여는 특정한 어느 성이 다른 성을 권력 관계로 위치짓는 정치적 맥락과 무관하다. 오히려 '자기혐오'의 윤리를 공유하는 동병상련의 인물들이, 서로의 육체적 접촉을 통해 그토록 끔찍한 '자기혐오'의 윤리를 타자에게 들이댐으로써 서로가 좀처럼 쉽게 치유할 수 없는 또 다른 삶의 상처를 가하는 반윤리적 행태의 극단을 통해 자기를 뚜렷이 응시하며 자기를 구원하고, 게다가 타자의 고통마저 껴안는 미적 차원에서의 새로운 윤리미의 비의성을 체득할 따름이다.

다음은 이러한 윤리미의 비의성을 절묘히 포착하고 있는 부분으로, 시와 산문의 경계를 넘나들고 있는 아름다운 문양들이다.

조영희의 방에 들어가 침대 위에서 서로 알몸이 되었을 때, 그렇게 그녀의 속에 들어간 채, 나는 두 눈을 부릅뜨고 기다렸다. 나와 그녀의 육체 위에 덮쳐올 저 미친년의 털투성이 거대한 입과 지옥의 풍경을. 그리고 나는 마침내 나와 그녀의 뒤엉킨 육체 위로, 저 어린 시절 미친년에게서 보았던 털투성이의 거대한 입이 덮쳐오는 것을 보았다. 나는 자신도 모르게 자칫 감겨지려 하는 두 눈을 부릅뜬 채 그 털투성이의 거대한 입을 노려보았다. 그렇게 두 눈을 부릅뜬 채 나는 다음 단계를 기다렸다. 저 털투성이의 거대한 입은 이제 머지 않아 지옥의 풍경을 연출할 터이었다.

(…중략…)

어느 순간, 조영희가 온몸을 떨며 비명 소리를 냈고, 그 소리를 계기로 나 또한 걷잡을 수 없는 오르가슴 속에서 사정을 했다. 나에게는 몇 번이고 계속하여 끝없이 이어지는 듯한 사정이었다. 그리고 그런 사정 속에서 나는 둘의 육체를 덮고 있는 저 털투성이 거대한 입에 겹쳐, 난데없이 저 어린 날의 자운영꽃이, 열일곱살짜리 영순이의 생콩 비린내가 나는 성기에서 보았던 자운영꽃이 피어나는 것을 보았다.(V : 381~382)

　　그라고 봉께, 손님, 나가 여태까장 몰랐었는디라우. 긍께, 애기를 잃어뿐 담에 가심은 물론이고, 온 몸뚱어리가 텅 비어뿐 것 같아갖고 실성해서 돌아댕기다가 어느틈에 그 벵이 났었는디라우. 나는 그 벵이 우찌게 났었는 중 몰랐등만은 인자 봉께, 바로 손님들이 나 벵을 낫어준 것 같구만이라우.
　　아니, 나모냥 썩은 몸뚱어리라도 좋다고 찾어준 사람들이 이 넓은 시상에 손님들말고 또 있었겄소? 없제라우. 나는 그것도 몰르고 손님들을 모다 기냥 장삿속으로만 대했는디, 오메, 글고도 나가 여태까장 천벌을 안 받었구만이라우. 긍께 내 애기가 빠져나가뿐 바로 그 자리를 손님들이 쬐깜썩 쬐깜썩 메꽈줬는디, 나는 그걸 몰랐구만요. 그렇게 손님들이 메꽈준 것들이, 한여름밤에 논두렁질을 가다보면 망초꽃들이 무신 무데기들멘키롬 여그저그 뭉텡이로 피어나데끼, 시방 내 몸뚱어리에도 무데기로 피어나는 것 같구만이라우.

—「늙은 창녀의 노래」, IV : 181

　　조영희와의 사랑을 통해 '나'는 "털투성이의 거대한 입"을 똑바로 응시하며 "지옥의 풍경"을 관통하였고, 마침내 "자운영꽃이 피어나는 것을 보았다." '나'의 온갖 추악과 반윤리적 작태를 통한 '자기혐오'의 윤리와 공명한 조영희는 '나'를 뒤덮고 있는 지옥도地獄圖에 생명의 꽃을 피워낸다. 비로소 '나'와 조영희는 저 끝을 헤아릴 수 없는 허방의 심연에 곤두박질치지 않고 그들만의 윤리미를 정립할 수 있는 자생력을 기른 셈이다. 물론, 예의 자생력은 늙은 창녀에게도 예외가 아니다. 비록 창녀의 신세이지만, 여성으로서 생명을 잉태한 기쁨은 뭐라 비교할 수도 없는데, 그만 새 생명이 사산하여 정신적 충격과 고통을 앓는다. 그런데 늙은 창녀의 이 곡절많은 애닮은 사연은 남도어의 유장한 가락에 실려 마치 인생이란 그렇게 감당할 수 없는 슬픔과 상처 투성이지만, 상처 입어 텅 비어 있는 자궁이 생의 낯선 움직임들로 인해 조금씩 공복감이 채워지더니, 마침내 온데간데 없이 그 상처가 아물고, 또 다른 새 생명의 기운이 감돌고 있는 생의 감각을 만끽하고 있다며, 늙은 창녀로서 '자기혐오'의 윤리를 넘어 새로운 삶의 희열감에 충일돼 있다. 비록 그녀의 자궁의 공복감을 채우는 게 자신의 몸을 파는 반사회적 반윤리적 행위를 통해서지만, 이미 창녀로서 볼품 없는 자신과의 성관계가 그저 순간의 성적 욕망을 충족시켜주는 매춘을 넘어 삶의 그 어떤 온기가 그녀의 자궁 속 상처를 아물게 한 타자들의 아름다운 몫이었다는 점을, 그녀는 새롭게 인식한다. 말하자면, '나'와 조영희, 늙은 창녀는 뭇사람들로부터 반윤리적 실재로 손가락질을 받지만, 도리어 그들은 작가 송기원의 서사에 힘입어 극도의 '자기혐오'의 윤리의 경계를 훌쩍 넘어 반윤리적 실재의 맥락으로 포착할 수 없는 인간과 삶의 진실을 향한 새로운 윤리미를 미적 차원에서 확보해낸다.

3. 죽음과 파멸의 형식을 통한 신생의 미의식

그런데, 탕자로서 확보해낸 예의 윤리미는 송기원의 문학에서 추구하는 또 다른 미의식과 포개진다. 송기원이 심취한 미의식은 죽음과 파멸에 동반하는 신생의 저 싱그러운 아름다움이 개화하는 순간이다.

> 그러나 나는 정작 무슨 사상의 차이 때문이라거나 높은 분들이 이야기하는 애국심 때문에 죽인 것은 아니었다. 순전히 나의 개인적인 욕망에서였다. 낙타눈썹을 선사한 여자 이후로 살인은 나에게 마약 같은 존재가 되어 있었는지도 모른다. 내가 죽인 사람의 시체를 대할 때마다 나는 그 시체에서 죽음이 장미꽃처럼 붉게 피어오른다는 느낌을 가졌고, 그 장미꽃에서 나는 눈부시게 아름다운 인간과 오히려 새로운 의미가 되어 나를 취하게 하는 싱싱한 삶을 보았다.
>
> ─「경외성서」, Ⅱ : 276

미술학도로서 월남전에 참전한 적이 있는 '나'는 월남전에서 살인을 경험한다. '나'에게 살인은 전장에서 적군에게 적의敵意를 품고 승리를 거둘 목적으로 하는 살상 행위가 결코 아니다. '나'에게 상습적인 마약 복용과 같은 살인은, 죽음의 형식을 통해 "눈부시게 아름다운 인간과 오히려 새로운 의미가 되어 나를 취하게 하는 싱싱한 삶"을 목도하게 하는, 즉 미를 추구하는 것 이상도 이하도 아니다. 말하자면 "나에게 있어서 죽음이란 다름아닌 '아름다움으로 통하는 문'과도 같은 것"(「경외성서」, Ⅱ : 274)으로, 죽음의 형식을 통해 '나'는 미의 완성을 꿈꾼다.

이처럼 미의 완성된 경지를 추구하는 일은 '나'의 관념에 깊이 각인된 것으로, 죽음과 파멸 그리고 소멸의 일체를 통해 가능한바, 앞서 살펴보았듯, '나'의 전생애를 짓누르고 있는 '나'의 '자기혐오'의 윤리를 회피하지 않고 그것을 넘어 신생을 향한 존재로 갱신하고자 하는 것과 무관하지 않다. 때문에 '나'가 추구하며 탐닉하는 이 아름다움은 신생의 존재로서 인간다운 삶의 권리를 회복하고자 하는 정치적 차원의 그것으로 파악해도 큰 오독은 아닐 터이다. 물론, 작가 송기원은 자신의 소설 세계에 대한 냉혹한 자기성찰의 시선을 통해 "내가 그렇게 좀더 철저하게 자신과 남들을 함께 속이기 시작한 것은 어쩌면 다름아닌 저 80년대의 민중이데올로기를 받아들이면서부터였는지도 몰랐다."(「인도로 간 예수」, IV : 18)라고 하면서, "소위 민중이라고 불리는 이웃들에 대한 관심이 다만 엄청난 허위며 위선으로 느껴진 것"(「인도로 간 예수」, IV : 14)에 대한 비판적 성찰에서 확연히 알 수 있듯, 자신이 추구한 미의식을 과도한 정치적 맥락으로 읽는 데 대한 경계심을 드러낸다.

그런데 여기서 명확히 짚고 넘어갈 것은 어떤 작가의 미적 이데올로기를 정치적 맥락으로 읽어내는 것 자체가 바람직한가 그렇지 않은가의 문제는 그리 단순하지 않다는 사실이다. 아무리 작가가 특정한 정치적 입장을 작품에서 표백하지 않는다 하더라도 작가와 현실은 서로의 상호침투적 시각으로부터 결코 자유로울 수 없다. 특히 송기원처럼 고집스럽게 '자기혐오'의 윤리의 극단을 통해 새로운 윤리미를 정립하고, 그 과정에서 독특한 미의식을 추구하고자 하는 욕망이 강할수록 작가와 현실은 서로를 간섭함으로써 상호침투적 시각의 팽팽함이 자연스레 유지되기 마련이다. 하여, 송기원의 미의식을 드러내고 있는 다음과 같은 대목을, 송기원이 부딪쳤던 수렁과 같은 시대적 현실에 대한 미적 저항의 차원으로 읽는다 해도 지나친 오독은 아닐 것이다.

그렇듯 탑이 파멸되어 온 과정의 소리를 들으며 나는 어느덧 자신을 돌이켜보고 있었다. 나에게도 하나의 탑이 있었을 것이었다. 그 탑은 내가 인간답게 살고 싶은 권리, 스스로를 사랑하고 또한 스스로를 인정하고 싶은 권리라 해도 좋았다. 무엇이 나로 하여금 그 탑을 무너뜨리게 했는가를 나는 구태여 생각하지는 않았다. 탑이 무너진 후부터 나는 파멸 쪽에 자신의 모든 것을 맡겨버렸을 것이었다. 파멸은 결국 나에게 주검에 대한 관념을 갖게 했고, 그러한 관념은 나로서는 최후의 생존권 같은 것이었는지도 몰랐다. '주검의 관념'이라는 생존권으로 나는 모든 불리한 삶의 조건에 대하여 반항하였으며, 거부하였으며 또한 스스로 인간의 권리를 주장하였을 것이었다.

—「폐탑 아래서」, II : 264

나는 멈추어섰다. 그리고 가로등의 불빛이 푸르스름하게 빛나는 그의 얼굴을 아주 가까이에서 들여다보았다. 그의 두 눈에서도 가로등의 불빛이 푸르스름하게 빛나고 있었다. 나는 목소리를 낮추었다.

"뭐냐면 말야, 네 얼굴이야말로 아름다운 얼굴이라는 것!"

나는 그에게서 등을 돌려 걷기 시작했다. 그러자 그가 곧바로 뛰어와 나를 막아섰다.

"저도 선배님한테 고백할 게 있어요."

"뭔데?"

"아름다움이야 원래 선배님의 전공이라는 것!"

(…중략…)

"만약에 나한테 조금이라도 아름다운 게 있다면, 그건 내 게 아니야. 그건 내가 상처 입힌 모든 이들 것이지."

—「아름다운 얼굴」, Ⅳ : 153~154

　엄혹한 시대의 현실 속에서 작가가 취할 수 있는 미적 저항은 죽음과 파멸이라는 형식으로 "모든 불리한 삶의 조건에 대하여 반항"하는 일이다. 죽음을 통해 죽음과 같은 현실을 부정하는 것, 따라서 "스스로 인간의 권리를 주장하"는 '주검의 관념'을 쟁취하는 미의식을 확보해야 한다. 비록 저 도저한 불의 시대를 견디며 현실사회주의가 몰락한 이후 급속도로 퇴락하기 시작한 진보적 운동의 명맥을 간신히 유지하고 있지만, 진보적 운동의 파멸과 쇠락을 거부하지 않고, 도리어 그 죽음과 같은 수렁의 현실 속에서 숱한 상처들을 겪어내는 '아름다운 얼굴'들을 더는 외면해서는 안 되기 때문이다. 다시 말해 송기원이 추구하는 미의식은 시대적 현실에 대한 미적 저항의 실천으로, 개별 주체의 미의 완성을 이루는 도정 속에서 자신은 물론 삶의 상처를 입힌 타자들 모두의 미를 완성하는, 죽음과 파멸의 형식을 통해 그것을 적극적으로 넘어서는 신생의 미를 완성하기 위한 역사歷史/役事라 해도 과언이 아니다.

이러한 송기원식 서사의 미적 성취를 일궈내면서, 이제 그가 도달한 서사의 진경眞境은 그의 어린 시절의 안팎 풍경을 빼곡이 채워놓고 있는 주변 사람들에 관한 이야기다. 소설집『사람의 향기』의 〈작가의 말〉에서 밝히고 있듯, "언제 어느 장소에서나 소설 속의 주인공은 나 자신이었으며, 주변의 인물들은 애오라지 나 자신의 이야기를 전개하기 위해 필요한 조연 내지는 엑스트라에 불과했다."(VI : 270~271) 그러한 작가가『사람의 향기』에 이르러서는 '나'를 중심으로 못다 한 이야기를 펼치는 게 아니라 타자들의 비루한 삶을 경청하고 그들의 삶을 온전히 이해하고자 노력한다.

청맹과니 당달봉사로 놀림을 당하면서도 자신이 직면한 세계의 고통을 애써 외면하지 않은 채 늘 행복한 표정을 짓고 있는 끝순이 누님의 기구한 사연(「끝순이 누님」), '나'의 외사촌형으로서 울보 유생이로 불리던 그가 경제적 빈곤으로 그의 어머니와 헤어진 지 20여년이 흐른 후 해후하고 그렇게 경제적 형편이 썩 나아지지는 않았으되 그의 어머니와 헤어지지 않고 함께 살게 되었다는 행복감에 젖어 있는 모습(「울보 유생이」), 서울의 중국 음식점에서 온갖 고생을 견디고 금의환향하여 고향에서 청요릿집을 개업한 기쁨도 잠시 폐결핵으로 사망하여 자신의 꿈을 다 이루지 못한 친구에 대한 연민과 애도(「물총새 성관이」), 부침개 장사를 시작하며 장터의 간난신고艱難辛苦한 밑바닥 삶을 견뎌온 억척어멈 혜조갈래와 그의 딸을 동시에 임신시킨 패륜아로 응징받아도 마땅한 남편의 그 반윤리적 작태에 대한 그녀의 용서(「혜조갈래」), 여순사건으로 청상과부가 된 해창댁의 정신 박약아 아들 바보 막둥이는 결혼을 하여 행복한 삶을 살다가 출산한 애가 죽고, 그 여파로 아내마저 죽더니 해창댁 역시 병이 들어 사망하고 비렁뱅이 신세로 전락한 막둥이는 행려병자가 되어 어느 복지시설 수용소에서 해맑은 웃음을 짓고 있는 곡절많은 인생사(「바보 막둥이」), 정애는 자신의 어머니가 소록도로 가기 전 딸을 보고 싶어하는 문둥이 엄마의 소원을 들어준 이후 문둥이 딸로서 살아야 했던 저 숱한 삶의 상처들(「정애 이야기」), '나'의 의붓아버지로서 '나'와 누이에게 당당히 아버지로 호명되지 못한 채 사촌아부지의 애증 관계로 머물러 있던 '나'의 의붓아버지와의 소원한 관계들(「사촌아부지」), 어머니 대신 '나'를 도맡아 기르며 어머니보다 더 어머니다운 역할을 했던 양순이 누님, 그리고 그녀와 연루된 가족들과 '나' 사이에 가로놓인 숱한 애증과 그 삶의 상처들(「양순이 누님」), 이 모든 '나'의 어린 시절 사람들 고유한 삶의 모습들은 상처가 있는 그대로, 상처를 덧내지 않고, 달리 말해 위선과 위악의 형식이 아닌 삶의 순정한 모습으로 보여진다.

여기서 나는 2000년대에 송기원에 의해 새롭게 발견되고 있는 이 같은 민중의 서사에서 새롭게 주목해야 할 서사적 가치를 생각해본다. 1970·80년대에 발견하였고, 소중히 갈고 다듬은 민중적 서사의 가치는 민중이 곧 생산을 담당하는 역사변혁의 주체이며, 새로운 역사를 쓸 수 있는 변혁적 주체의 힘을 새롭게 발견하는 데 있었다. 하지만 민중적 서사의 이러한 가치는 그 역사적 당위성과는 관계 없이 1990년대 이후 급변한 현실 속에서 더는 현실정합성을 확보하지 못하는 천덕꾸러기 신세로 전락하고 만 것은 새삼스러운 게 아니다. 이제 절실히 요구되는 것은 변화하는 역사의 현실에 걸맞는 민중적 서사의 가치를 새롭게 인식하는 일이다. 나는 이러한 새로운 인식의 실마리를 송기원의 『사람의 향기』에서 형상화하고 있는 민중의 삶의 형식에서 붙잡고 싶다. 삶의 밑바닥을 살고 있는 그들은 온갖 삶의 상처를 지니고 있다. 그런데 그들은 이 상처들을 애써 보기좋게 봉합하지 않는다. 자신과 타자의 상처를 구별짓지 않고, 그 상처를 낸 대상을 향한 적의敵意를 품지 않는다. 도리어 타자들의 상처를 자신의 것으로 받아들여 버무림으로써 상처가 저절로 치유되도록 한다. 이것이야말로 지금까지 한국문학의 민중적 서사 전통에서 간과했던 민중적 존재의 위의威儀가 발산해내는 삶의 비의성이 아니고 무엇인가.

나는 순간적으로 가슴이 오그라드는 듯한 충격과 함께 누군가의 앞에서 주춤, 발걸음을 멈추었다.

"니, 니, 막둥이지야?"

그러자 막둥이가 불현듯 나를 향해 활짝 웃어 보였다. 눈은 아예 감긴 채 입꼬리가 귀밑에 달라붙도록 얼굴 전체에 가득한 웃음이었다. 그리고 바로 그 웃음 위로는 무슨 축복처럼 초겨울의 햇살이 금은의 가루가 되어 내려쌓이고 있었다. 나는 그의 가득한 웃음 속에 이제껏 그가 살아낸 삶이며, 또한 해창댁이며, 그의 신부며, 심지어는 그의 첫아이까지, 그들이 못다 살아낸 삶까지도 모두 한꺼번에 녹아 있는 것을 보았다.

—「바보 막둥이」, VI : 128

행려병자가 된 막둥이는 복지시설 보호수용소 담벼락에서 초겨울의 따뜻한 햇살을 받으며 웃음을 짓는다. '나'는 막둥이의 "얼굴 전체에 가득한 웃음" 속에서 자신의 박복한 삶을 원망하는 분노와 허탈이 뒤섞인 자조自嘲가 아니라, 그 모든 삶의 상처들이 서로 삼투해들어가 "한꺼번에 녹아 있는" 웃음의 힘을 발견한다. 이것이야말로 민중의 삶의 형식 속에서 모든 상처의 고통을 치유해내는 자정 능력인 셈이다. 싸워야 할 대상을 향한 적의를 품는 것보다 그 모든 날선 적의를 포용하며 상처의 뿌리에 닿고자 하는 민중의 넉넉한 삶의 형식이야말로 그동안 한국문학의 민중적 서사가 쟁투의 날을 벼리는 가운데 잃어버린 소중한 가치인지 모른다. 하여, 송기원은 어쩌면 망실하고 있던 민중적 서사의 가치를 이 점에 착목하여 새롭게 발견하고 있는지 모른다. 이것은 또한 문학 본연의 제자리를 곰곰이 살피고 또 살피는 일과 무엇이 다른가.

대저 문학을 한다는 것은 무엇인가. 내가 살아낸 삶의 고통과 쓰라림과 막막함을 바탕으로 하여 다른 사람의 고통과 쓰라림과 막막함으로까지 그 외연을 넓혀가는 일이 아닌가. 그리하여 결국은 나와 다른 사람이 다 함께 동류의식을 갖는 일이 아닌가.

—「울보 유생이」, VI : 49

아차, 그렇다면, 작가 송기원의 문학은 그가 그토록 염원하던 문학에 구속되는 게 아니라, 문학으로부터 자유롭게 놓여나, 남도어가 생래적으로 지닌 유장한 가락의 흐름이 그렇듯, 뭇사람들의 크고 작은 삶의 고통에 귀 기울이며, 맺혀 있되 풀려 있고, 풀려 있되 맺힌 관계 속에서 삶의 신산고초辛酸苦楚를 기꺼이 녹여내는 한국문학의 또 다른 서사적 매혹으로 우리를 흠뻑 취하게 할 터이다. 그렇다. 송기원의 문학은 현재 진행형이다!

(『작가세계』, 2008년 여름호)

'포월적匍越的 소설쓰기'의 현상학에 대한 시론試論

윤대녕의 소설에서 탐색되고 있는 소통의 맥락 읽기

1. 90년대 광원光源의 빛살을 가르며 '기어넘어가기匍越'

창틈 너머 스며들어온

한 줄기 빛의 부챗살 속에

피어올랐다가 부서지는

희뿌연 먼지의 포말들.

잠시 90년대의 문학지평을 더듬어보면서 이러한 상념에 젖어본다 : '90년대의 문학지평에서 광원光源의 에너지를 빨아들인 한 줄기 빛이며, 그 빛의 파장에 나포당한 포말들의 정체는 무엇일까?' 이같은 물음은 90년대를 지반으로 터하고 있는 우리에게 어쩌면 무의미한 것일 수 있다. 지금－여기에 편만화돼 있는 각종 담론들은, 80년대와 변별되는 90년대의 제정황을 부각시키면서, 이제 80년대의 전횡적專橫的 담론을 견인한 광원의 존재를 부정하기 때문이다. 분명, 80년대를 지배했던 광기의 거대권력이 현상적으로 스러진 지금－여기에서, 그때의 그것과 맞서 길항하기 위해 똑같은 광원이 필요한 것은 아니다. 왜냐하면 90년대의 우리는 80년대의 지평으로 쏟아진 광원의 강렬한 빛에 시신경을 손상받았다는 미혹에 빠짐으로서, 이제는 아예 빛의 근원인 광원에 대해 생래적으로 거부반응을 보이고 있을지도 모르기 때문이다. 그렇다면 90년대의 문학지평으로부터 여전히 피어올랐다가 부서지는 먼지의 포말들을 비춰줄 광원의 빛은 이제 더 이상 없는 것일까. 역설적이게도 우리는 지금－여기에서 다종다양한 광원의 빛의 세례를 받고 있다. 오색찬란한 네온사인의 십자포화를 받으며, 그 십자포화 속에서 부유浮遊하는 먼지의 포말들을 감지하고 있다. 총천연색으로 피어올랐다가 부서지는 작은 알갱이들을.

　오히려 90년대의 문학지평에서 광원은 더욱 그 무소불위의 권력을 전횡하고 있다. 그래서인지 이 광원의 권력에 맞닥뜨리면 저절로 머리끝이 쭈뼛해진다. 80년대의 억압적 권력에 길항력을 견인해준 광원의 빛에는, '인간해방'이란 변혁적 전망을 실현시킬 수 있다는 꿈과 희망에 대한 매혹이 있었다. 이제 그 매혹은 변화된 90년대의 제정황을 분석하는 데 만능기제인 후기자본주의의 권력에 힘입어 때로는 욕망으로, 때로는 탈(혹은 반)이성중심주의로, 때로는 문화권력으로 흡수되어버리고 만 것이다. 그 결과 '인간해방'이란 전망에의 꿈과 희망이, 현실의 온갖 부박한 담론에 붙잡힌 채 무화되거나 유보되거나 심지어 사이버공간에서 마음껏 조작하여 즐길 수 있는 가상현실vertual reality로 대체되고 있다.

이처럼 전망이 불투명한 90년대 광원의 빛살 속에서, 90년대식 소설쓰기의 전형을 확보하기 위해 작가들은 문학의 위기(혹은 소설의 위기)를 묵시록적으로 선언하는 비평의 기류에 조소하듯이 소설텍스트들을 대량으로 생산해내고 있다. 본격문학의 자장 안에서 의사擬似포스트모더니즘류의 창궐, 메타픽션(이른바 소설가 소설)의 팽배, 리얼리즘계열 민중·민족문학의 후일담류의 성행 등과 함께 기형적 문화산업의 팽창에 기생하며 대량으로 유통되는 각종 상업소설들의 잔치판이 벌어지고 있는 실정이다. 소문난 잔치판에 먹을 게 없다고 했던가. 90년대의 문학지평에 벌어진 온갖 소설텍스트의 성찬에는, 우리의 삶을 풍요롭게 해 줄 자양분이 녹아들어 있는 작품이 과연 몇 편이나 될까. 때문에 문학의 위기, 소설의 위기라는 통점이 폐부 깊숙이 와 닿는다.

이러한 저간의 혼탁한 기류 속에서, 1990년도 『문학사상』 신인상에 「어머니의 숲」이 당선되면서 90년대의 물살 속으로 자맥질해들어온 윤대녕은, 그만의 독특한 소설문법으로써 90년대식 소설쓰기의 한 전형을 보이고 있다. 지금까지 그에 대한 평자들의 집중적 관심에서 알 수 있듯이, 그는 이렇다 할 전망이 부재하는 90년대 소설지평에서 고투하고 있는 것이다. 따라서 그의 소설텍스트를 에워싼 대부분의 논의들이, 90년대 소설지평의 전망을 기획하는 일환으로 파악되는 것은 당연하다. 그리하여 지금까지 흔히들 윤대녕의 소설문법과 서사전략을 이른바 원형복원原形復原 혹은 모천회귀母川回歸라는 대전제 아래 각기 세부적 논거를 달리하여 '윤대녕의 소설텍스트=신화적 변용, 원형복원'이라는 등식을 자리매김하기에 이르렀다.

과연 이러한 평가가 90년대 소설지평의 맥락에서 윤대녕에 대한 적확한 자리매김일까? 오히려 윤대녕을 이러한 평가에 스스로 흡족하게 함으로써 그가 원형복원이란 소설적 과제를 해결해나감이, 그의 소설쓰기에 부여된 숙명이라며 그를 유혹하고 있는 것은 아닐까? 여기에는 90년대 소설지평에서 여타의 소설쓰기가 어떻게해서든지 현실의 삶을 발빠르게 따라 잡으려고 버둥거린 반면, 윤대녕의 소설쓰기는 여타의 그것들과 격절감을 보이면서, 도리어 과거의 시·공으로 돌아가는 데 대한 욕망을 형상화하려는 그만의 서사전략에 기인한다. 이러한 '돌아가기'의 메타포를 평자들은, 신화적 상상력에 의해 현실을 수직으로 넘어서기, 즉 초월超越로 분석하고 있는 것이다. 그리하여 그의 소설텍스트를 신화의 현대적 변용인 '초월적 기표transcendant signifiant'로 해석하는 데 머무름으로서 작가든 평자든 신화(혹은 원형)의 끈끈이에 고착되어 텍스트의 풍부하고 다채로운 의미망을 도식적으로 재단하고 있다.

이제 우리는 윤대녕의 소설텍스트에 대해, 기존의 글읽기와 다른 접근을 시도해본다. 다만 우리의 글읽기가 그의 '포월적 소설쓰기'의 현상학에 대한 시론試論임을 전제하는데, 이는 어디까지나 한 작가의 소설텍스트에 숨쉬고 있는 생산적 의미를 다양한 각도에 의해 포착해보고자 하는 열망에 추동된 것이다.

윤대녕의 첫 창작집의 표제인 「은어낚시통신」에서 드러나듯이 그의 텍스트 의미망을 자유롭게 넘나드는 이미지는 은어이다. 두루 알듯이 윤대녕은 그의 서사전략인 '영원회귀永遠回歸'를 소설적으로 형상화하기 위해 은어의 이미지를 자유로이 변주시키면서 텍스트를 직조해 내고 있다. 그리하여 우리는 앞서 이러한 그의 서사전략의 독특한 소설쓰기에 대한 지금까지의 평가에 문제를 제기하였다. 왜냐하면 이러한 평가들로 말미암아 자칫하면 그의 신화적 상상력의 현대적 변용에 절대적 신뢰를 둠으로서 그의 영원회귀의 소설적 물음을 '초월'의 담론으로만 국한시킬 수 있기 때문이다.

사실 윤대녕의 텍스트에 등장하는 인물들은, 예의 초월적 기표로 대체되며, 따라서 그러한 인물의 내외면 풍경을 들여다보노라면 질퍽질퍽하고 황량한 현실을 이탈하는 움직임이, '초월'로서 읽혀지는 것은 무리없는 독법이다. 그도 그럴 것이 윤대녕의 인물들은, 그의 신화적 상상력의 현대적 변용에 따른 서사전략─원형회귀를 꿈꾸는 자들이다. 아울러 그들은 모천회귀를 생래적 본능으로 갖는 은어의 이미지와 혼효되면서, 궁극적으로 삶의 세속성을 넘어서서 삶의 비의성을 엿보려고 욕망하는 존재로서 형상화되고 있기 때문이다.

이제 우리는 윤대녕의 텍스트를 넘나드는 인물을 부조하기 위해 텍스트에 최대한 납작 엎드려 기어가면서 그들의 또다른 흔적을 추적해본다.

서른 살이 훌쩍 넘다보면 모든 일에 지치고 흥미를 잃게 마련이다. 겉으론 좀 무디고 태연해지는 대신 안으론 불안이 가중되고 으레 사는 일과 관계된 뼈다귀 같은 일들만 남게 되는 법이다. 그러다 보면 (…중략…) 몸이 배배 틀어지며 머리가 벗어지고 얼굴은 흙빛으로 변해가게 마련이다. 말하자면 희망의 밥그릇은 비워진 지 오래고 혁명을 꿈꾸기에는 벌써 나약해져 있는 나이들인 것이다. 하나의 방법이 있다면 나이를 더 먹어버리는 것일 게다. 끔찍한 발상이긴 하지만 불혹, 그쯤 되면 두손들고 깨끗이 항복할 수도 있지 않을까.

　　　　　　　　　　　　　　—「January 9, 1993 미아리통신」, 『은어낚시통신』, 31쪽

　　윤대녕의 인물들은 안정과 변혁, 현실태와 가능태의 틈새에 끼어 있는 경계인이다. 말하자면 어느 한 영역에 붙박혀 있지 못하는 틈입자인데, 생물학적으로는 20代에서 40代 사이에 자리잡은, 아니, 유영遊泳하는 30代이다. 돌이켜보면, 우리 사회에서 30代는 지난날 국가사회주의의 붕괴와 후기자본주의체재의 급격한 자기증식, 문민정부의 출범에 따른 변화 등 나라 안팎의 대지각변동을 체험하면서 역사의 한복판에서 점차 떠밀려졌다. 대지각변동 안팎의 동인動因을 미처 찬찬히 분석해 보지도 못한 채 변화의 물살에 몸을 성급히 맡겼던 탓이다. 그러기에 이제 그들은 한편에서는 시대적 변화를 잘 따라잡았다는 안도감으로 자기위안을 삼는가 하면, 다른 한편에서는 변혁의 꿈과 희망을 너무 일찍 포기하고 일상성에 안주하려는 것은 아닌지, 그에 따른 불안으로 자기세대의 정체성에 동요되기도 한다.
　　그렇다. 90년도부터 문학제도권에 둥지를 튼 윤대녕은, 아직 30代의

세대론적 자리매김이 "이렇다"라고 지칭되지 않은 문학지평에서, 자기세대의 시선을 통해 자신의 알몸을 투시해내며, 세계와 자신의 또는 인간존재의 정체성에 대한 본원적 물음을 그만의 소설문법에 의해 형상화시키고 있는 것이다. (윤대녕은 1962년생으로 그는 어느 대담에서 "나는 1990년에 등단했다. 90년대를 여는 초입에 내가 작가로 나섰다는 사실은 나의 글쓰기를 강력하게 규정하는 원초적 요인으로 작용했다. 새롭게 전개된 90년대의 분위기에 제 나름대로 적극적으로 반응해온 것이 지금까지의 내 소설들이라고 생각한다"라고 하여, 90년대 소설의 자의식을 확고히 드러낸다.)

그렇다면 윤대녕의 인물들은 안정 / 변혁, 현실태 / 가능태 등의 틈새에서 어떻게 현존하고 있는가?

윤대녕의 인물들은, 다음과 같이 자조한다. 조금 길지만 인용해보기로 하자.

① 우리들은 이미 타협했지 않은가. 명함과 양복과, 구두와, 은행신용카드와, 운전면허증과, 최저생계비와, 예금통장과 기타 가정이라는 또 하나의 질서체계에서 가장의 권위를 부여받는 대신 일찌감치 일선에서 물러나기로 도장을 찍은 자들이 아닌가. 그런데 이제 와서 새삼스럽게 민자당이 어떻고, 국가보안법이 어떻고, 광주가 어떻고, 대학생 분신이 어떻다고 떠들다니 가증스런 일이 아닌가.

— 「그를 만나는 깊은 봄날 저녁」, 『은어낚시통신』, 248쪽

② 익명의 발신인들로부터의 사신私信들. 끔찍해라. 내가 이렇듯 누군가에 의해서 관리되고 재단되고 그들의 방식에 따라 재생산되며 살고 있다

니, 감시되고 있다니! 그리하여 각 공공기업체, 동사무소, 구청, 은행, 신문지국, 심지어는 전화번호부에까지 올라 기록되고 통제되고 분류되고 컴퓨터에 입력돼 키보드의 자판 하나만 누르면 호출돼 명령을 받아야 하다니!

　　　　　　　　　　　　　　　　　　—「눈과 화살」, 위의 책, 276쪽

　③ "그런 눈에 보이는 거 말고, 무언가 우리를 구속하고 감시하고 지배하는 힘이 우리들 사이서 꿈틀거리고 있다는 생각이 들지 않아요? 마치 그물처럼 퍼져 우리들 사이에 작용하고 있다는 생각이 들지 않아요? 또 우리가 그런 정체 모를 힘의 일부이거나 그 힘의 생산자라는 생각이 들지 않아요? ……"

　"……"

　"…… 무서운 건 우리가 그 힘을 원하고 그리하여 그 힘의 일부이기를 바란다는 걸 겁니다. 우리는 누구나 신분증을 발급받고 명함을 찍고 자본주의 사회의 언어로 사랑을 하고 슬며시 투기를 생각하고 또 나보다 기득권이 없는 것은 철저히 외면하고, 혹은 텔레비전에서 생활방식을 구하고 또한 그런 것이 주는 힘들에 의지해서 살아가고 있잖습니까. 우리는 서로를 감시하고 관리하는, 사실은 적들입니다."

　"그렇다면 무엇이 우리를 그렇게 만들었을까요?"

　"우리가 눈감고 타협한 바로 우리들의 힘!"

　"그럼 우리가 독재자요, 파시스트란 말입니까?"

　"그렇죠."

　　　　　　　　　　　　　　—「그를 만나는 깊은 봄날 저녁」, 위의 책, 252~253쪽

작가 윤대녕은 대지각변동을 거친 90년대의 지반에서 부유하는 경계인의 실상을 전경화前景化해 내고 있다. 이제 더이상 80년대의 문제적 제현실에 맞서 길항하면서 길어올렸던 것과 같은 올곧은 시대정신zeitgeist을 소유하지 못하는 우리들의 일그러진 자화상을. 그러기에 윤대녕은 ①에서처럼 탈정치화·탈역사화되는 소시민으로 하여금 이제 문제적 현실의 "일선에서 물러나기로 도장을 찍은 자들이 아닌가"라며 자괴감에 빠지도록 한다. 물론 이처럼 그들로 하여금 자괴감에 젖어들도록 한 데에는, ②와 ③에서 읽을 수 있는 것처럼 날로 팽창해가고 있는 후기자본주의의 뒤틀린 자본의 논리 때문이다. 지난 80년대에 우리를 통제하던 감시기제와 거대권력은, 이제 후기자본주의체제에 교묘히 편승되면서, 후기자본주의의 당의정糖衣錠인 비생산적 소비욕망을 부추기고 무차별적 모방욕망을 대량생산하고 있다. 그 결과 걷잡을 수 없는 예의 욕망을, 우리들 삶의 뿌리에 착근시키려고 한다. 따라서 우리들은 겉모양을 달리한 거대권력의 변형태인 미시권력에 의해 교묘히 감시받고 있는 셈이다.

그런데 윤대녕은 이 같은 우리들의 일그러진 자화상의 이모저모를 부조하면서, 중요한 전언을 던져준다. 후기자본주의체제에 속박당한 우리들은, 우리들 스스로가 서로를 감시·관리·통제하는 실체임을 ③에서 언급한다. 우리들이 "독재자요, 파시스트"라고.

파시스트의 정체는 무엇일까? 주체의 자기동일성을 위해 온갖 수단과 방법을 동원하여, 타자를 자기동일성화시키고 만일 그 작업이 순조롭게 진행되지 않으면, 타자를 가차없이 축출·배제시키며, 그것이 합법칙적 문제해결이라고 설파하는게 아니던가. 그렇다면 윤대녕은 그의 텍스트를 넘나드는 인물들로 하여금 이러한 파시스트의 자화상을 지워내게 하고 있을까?

이제 윤대녕은 주체／타자의 배제성과 축출의 논리를 벗어나 그의 소설 속 인물들의 이미지를 메타포한 은어를 대양으로 보낸다. 주체─타자 사이의 진정한 만남, 즉 소통과 화해를 향한 물살을 헤쳐나가도록 한다.

3. 은어의 유영, 그 포월의 진정성

모천母川을 떠나 물살을 가르며 대양을 향해 지느러미를 힘차게 내젓는 은어. 때로는 온몸을 가누기 힘든 조류에 떠밀려가기도 하고, 때로는 무중력 상태의 우주공간에서 떠도는 것처럼 푸른 물무늬의 점액질 속을 유영하기도 한다. 은어의 유영. 어쩌면, 은어는 모천을 떠나 대양으로, 다시 대양의 물살을 거슬러오르며 모천으로 돌아오기까지, 그가 맞부딪치는 세계의 매순간순간을 버겁게 기어넘어가고 있는 것인지도 모른다.

은어의 유영, 은어의 기어넘어가기, 이는 은어의 삶인 동시에 인간의 삶, 그 자체가 아닌가. 따라서 작가 윤대녕은 그의 소설쓰기의 화두로써, 더 나아가 세계를 읽어내는 그만의 형상어形象語로써 은어의 기어넘어가기, 즉 '포월'을 서사전략화하고 있는 것이다. 다시말해 윤대녕은 부박하고 황량하고 부조리한 세계의 현실과 불화를 이루기 때문에 이러한 현실을 축출·배제시키고, 급기야 이 현실을 수직으로 뛰어넘어서기─초월을 꿈꾸었다기보다 이러한 현실에 몸을 납작 엎드리고 수평으로 '기어넘어가기—포월'을 욕망하고 있다.

이제 우리는 현실을 기어넘어가는 윤대녕의 소설적 진정성의 길을 따라가본다.

1) 존재론적 자리topos의 떠나가기, 그 현상학

윤대녕의 기어넘어가기, 이 형상어에는 어디로인가 '떠난다'는 의미가 내포되어 있다. 기어넘는 것, 그것은 비록 더디지만 움직이는 행위를 지칭하는 만큼 그동안 정체停滯했던 시·공간을 벗어나 다른 시·공간의 존재론적 자리topos로 '옮아가는' 것이다. 따라서 우리가 윤대녕의 소설텍스트의 중심인물에게서 추출할 수 있는 공통분모는, 포월적 차원의 떠나감 또는 옮아감이다.

"투구게처럼 갑갑하게 느껴지고 이 한줌 하찮은 삶도 갑자기 자갈밭을 갈고 있는 보습처럼 못 견디게 더워져서, 마침내 삶의 화두가 뻗쳐 올라와 물집투성이인 얼굴이 되었을 때" 윤대녕의 인물은 "떠나지 않고는 배길 수가 없다는 생각"(「신라의 푸른 길」, 『남쪽 계단을 보라』, 32쪽)을 하며 떠나곤 한다. 그리하여 윤대녕은 "(사물놀이패의 삼도농부가락)소리"가 "격렬하게 혹은 유장하게 빚어내는" "하나의 뜨거운 얽힘," 곧 "맺힘의 화두 하나에 옭매인 채 그저 전율"하며 "칠번 국도의 풍광"(경주에서 포항을 거쳐 강릉까지 바다를 끼고 간다—인용자, 「신라의 푸른 길」, 이상 33쪽)에 둘러싸인 채 '풀림'을 떠올리며 신라의 푸른길로 떠난다. 윤대녕은 이 여정에서 인간 삶의 본질인 해묵은 화두로서 맺힘 / 풀림의 역학관계를 형상화하고자 한다. 그런데 윤대녕은 우리에게 이들 역학관계의 정체를 확연히 드러내보이지 않는다. 그저 우리의 삶은 (삼도농부가락) 소리에 녹아들어 있듯, 맺혔는가 하면 어느새 맺힘을 넘어서서 풀려 있고, 풀려 있는 듯 싶더니 서서히 옭죄어오는 맺힘의 사슬에 포박되어 있으면서, 이들 맺힘/풀림의 끊임없는 상호소통이자 넘나듦의 연쇄관계를 살포시 속삭일 뿐이다.

여기서 우리는 윤대녕의 소설쓰기를 관류하고 있는 또하나의 떠나가기로서 '과거로의 여정'과 만난다. 과거로의 여정, 그것의 사전적 의미는 '지금—여기'를 벗어나, '그때—거기'로 옮아가는 것이다. 그런데 윤대녕이 형상화하고 있는 '그때—거기'는, '지금—여기'와 단절된 채 견고한 시간의 지층으로 분리되어 있어 이제 그 생명 활동을 멈춘 퇴적층이 아니다. '그때—거기'는 현재의 지층으로 버겁게 틈입해들어오곤 하여, '지금—여기'의 인물들에 상처를 냄으로써 '그때—거기'의 존재론적 자리로 옮아가게 한다. 때문에 이러한 과거로의 여정은 현재의 삶과 절연되거나 현재의 고통스러운 삶을 미화하기 위한 회상eingedenken과 변별성을 보인다. 기실, 저간 문학지평에서뿐만 아니라 이른바 영상언어의 총화인 영화, TV 드라마의 영역에서까지 회상의 기법을, 단순한 표현수단의 차원을 뛰어넘어, 작품의 미학형식의 차원으로 의도적으로 확대시키고 있다. 그리하여 회상을 통해 우리로 하여금 현재의 삶을 반성적 성찰에의 모험(?)으로 매혹하게 함은 미덥다. 하지만 회상 그 자체를 아련히 무의식의 심연에서 피어오르는 몽환적 · 비의적인 부재하는 것으로 형상화하거나, 회상을 통해 현재의 삶의 고통에 부대낄 때마다 미화된 회상의 저편으로 들어서면 마치 그 고통을 순간적이나마 잊어버리고 황홀경에 빠져들게함으로써 급기야 삶의 현실성을 망각해버린 채 회상이 빚어내는 환영 · 환상에 탐닉하게 되는 것은 아닌지. 다시말해 이러한 회상은 삶의 현실을 수직으로 성급히 뛰어넘어서기 위해 의사擬似초월을 전략화한 이데올로기에 지나지 않는다. 이것은 기우杞憂가 아니다. 후기자본주의체제의 자본의 논리는, '회상'을 미끼화하여 더욱 교묘히 우리의 삶을 억압하고 있는 게 음험한 현실이다.

이와 달리 윤대녕은 반성적 성찰의 매개를 통해 자기동일성의 늪에 깊이 빠짐으로서 타자와의 소통이 단절된 현재의 실존으로 하여금 진정한 만남의 길로 떠나게 한다. 따라서 이제 그는 "지금은 뚜렷이 기억할 수 없는 과거의 어느 순간이 돌연" 현현된 "일종의 기시감旣視感"(『옛날 영화를 보러갔다』, 17쪽)을 좇아 곳곳에 흩어진 채 산산조각난 기억의 파편들을 재조립해낸다. 즉 내면에 숨어 있는 본래적 존재와 비본래적 존재의 만남을 통해 부박한 현실에서 지워져가고 잊혀져가고 있는 "모든 존재의 비의와 신성"(『옛날 영화를 보러갔다』, 240쪽)을 복원해내고 있는 것이다.

우리가 무엇을 하든 간에 시간은 끊임없이 우리를 어딘가로 데려간다. (…중략…) 그것은 우리가 가지고 있는 사랑이나 기쁨, 혹은 슬픔이나 괴로움처럼 어쩌다 끊어지고 이어지는 그런 종류의 것이 아니다. 그렇다. 완전히 동일한 시간이란 존재하지 않는다. (…중략…) 그 흐름에 자연스럽게 몸을 맡기고 순간순간을 깊이 사색하며 살아가는 거다. 시간은 모든 것에 평등하다. (…중략…) 나는 오늘 이 절대적 평등을 믿기로 한다. 이제부터는 결코 잃어버리지 않으련다. 살아가며 느끼게 마련인 견딜 수 없는 고통, 용서되지 않는 시간, 이 추운 겨울의 막막함, 혼자라는 두려움, 혹은 서툰 사랑 하나까지도. 이 모든 것을 뜨겁게 가슴에 끌어안고 살아가야지.

—『옛날 영화를 보러갔다』, 269~270쪽)

이처럼 윤대녕이 추억의 아주 먼 곳으로 존재론적 자리를 전이시킨 것은, 궁극적으로 '모든 존재의 비의와 신성'의 복원을 통해 주체와 불화를 이루던 타자(혹은 타자를 포함한 세계)와의 소통의 맥락 속에서 삶의 진정성을 복원해내는 장정長程이 아닐까.

2) 환각의 진정성, 소통의 물꼬 트기

그런데 우리는 이같은 삶의 진정성을 향한 포월을 지켜보면서, 윤대녕이 그려내고 있는 '환각' 속으로 빠져든다. 그는 기어넘어가는 반복 행위만 되풀이하고 있지는 않다. 은어로 하여금 지느러미가 상할 정도로 물 속을 유영하게 내버려두지만은 않는다. 그는 꿈을 꾸면서 기어넘어가고 있는가 하면, 그의 은어로 하여금 그가 꿈꾸고 있는 환각의 바다를 유영하게 한다. 따라서 이제 우리는 윤대녕이 꿈꾸고 있는 '환각의 바다'를 기어넘어가는, 유영하는 셈이 된다.

환각, 그것은 현실로서 인식되지 않고, 비현실적 가상의 세계로서 감각되는, 이른바 가짜현실이 아닌가. 말하자면 현실에서 부유하는 이미지로 구성된 가상의 세계이다. 더욱이 이 가상의 세계는 현실 / 비현실, 실재 / 비실재, 그리고 의식 / 무의식 등의 대립항으로 경계를 나눈 차원에서, 비현실—비실재—무의식의 패러다임으로 구축되는 세계인데, 흔히들 현실—실재—의식의 패러다임으로 형성된 세계에서 피어오른 한갓 욕망의 산물로 인식될 뿐이다. 말할 필요도 없이 이러한 일련의 환각에 대한 세계 인식에는, 그동안 교묘히 숨어 있으면서 전횡적 권력을 암암리에 행사해 온 파시스트의 음험한 억압적 담론이 자리잡고 있다. 이를 데콩브 V.Descombes의 표현을 빌리자면, "'타자'를 '동일자'의 언어로 옮기는 것," 즉 주체의 타자에 대한 강제적이면서 나르시시즘적 자기동일성화의 억압적 이데올로기가 작용하고 있는 것이다. 왜냐하면 '현실―실재―의식'의 패러다임으로 구축된 세계는, '주체'로 수렴되는 것이나 다를 것이 없고, '비현실―비실재―무의식'의 패러다임으로 구축되는 세계는 '타자'로 수렴되는 것과 다를 것이 없기 때문이다.

그러면 이제 우리는 이러한 '환각'을, 기존의 시각과 다른 접근법에 따라 조망해 보아야 할 것이다. 여기서 윤대녕은 종래의 환각에 대한 담론을 전복·해체시켜 새롭게 거듭나는 소설쓰기를 보여준다.

백합은 희미한 달빛 속에서도 염염한 빛으로 타오르고 있는 중이었다. (…중략…) 잠시 내 눈에 문득 황량한 사막의 한가운데에 놓여 있는 피아노의 환영이 비쳐들었다.

그렇다. 밤의 사막 한 가운데 낡은 피아노 한 대가 놓여 있다.

거기 누군가 앉아서 쇼팽의 녹턴 팔번에서 십번까지를 치고 있다.

아마도 죽은 내 친구겠지?

피아노소리는 사막의 구석구석으로 물주름처럼 번져나가고 있다.

그 소리를 따라 사방에서 백합들이 투둑투둑 피어나기 시작한다.

넌 밤늦게 앉아 아직도 캔버스에 백합을 그리고 있는 중이겠지?

낮게 엎드려 있는 나는 등이 가렵구나.

왜냐고?

비로소 내가 사막과 같아져 피아노와 백합을 등에 지고 있기 때문일 테지.

그래, 그런 때문일 테지.

—「피아노와 백합의 사막」, 『남쪽 계단을 보라』, 295~296쪽

윤대녕은 환영과 환청으로 짜여 있는 환각의 텍스트를 생산해 낸다. 메마르고 황량한 모래바람이 천지간天地間을 휩싸고, "그저 아무것도 존재하지 않는"(290쪽) "죽음의 땅, 죽음의 냄새"(280쪽)로 각인된 사막 한가운데 놓여 있는 낡은 피아노 한 대가, 고요한 밤 공기의 떨림판을 진동시켜 은은한 피아노소리의 선율을 자아내며, 그 선율에 미세한 떨림을 수반한 채 달빛에 조응하여 꽃봉오리를 터뜨리는 백합의 무리들이 그려져 있다. 윤대녕의 이 환각은 그의 소설지평을 감싸안는 아우라aura의 전형이다. 그는 텍스트를 생산해 내고 있는 순간까지 자신의 몸속에 끌고 다녔던 시·공간의 분위기를 갈무리해 두었다가 자신도 모르는 사이에 생래적으로 솟아오는 문체의 마력을 소설지평으로 발산하고 있는 것이다. 그의 이 같은 문체는, 그와 같은 세대 작가들과의 정담에서 이미 자신이 언급했듯이, 이른바 '이미지 구성법'에 따른 것으로, 직관적으로 바라보는 사물의 분위기를 통해 이미지를 찾아낸 다음 이미지들을 서로 연결시킨 후 다시 사건의 연속성과 결부시킴으로서 보다 시각적이고 영상적인 세계를 구축하는 것이다(「우리들 문체는 이렇습니다」, 『문예중앙』, 1995. 봄호). 이는 궁극적으로 우리들 존재의 내면에 숨어 있는 불가시적 세계를 형상화함으로써 이미 현현돼 있는 가시의 세계와 소통의 맥락, 그 물꼬를 트는

작업이다.

그렇다면 윤대녕은 앞서 형상화한 피아노와 백합의 사막, 그 환각 속에서 어떠한 생산적 의미를 욕망하고 있는가?

그것은 한마디로 현실세계를 견고히 구축하고 있는 불화, 단절, 그리고 대립의 왜곡된 관계를 무화시키는 것이다. 현실에서 사막은 "너와 나 사이에 팽팽하게 지속되고 있던 긴장의 끈이 한 순간에 끊어지고 그리하여 아득한 거리로 우리가 밀려나면서 그 사이에 황량한 모래벌판이 가로놓이게"(244쪽) 되면서 발생한다. 이렇게 발생한 사막에 맞닥뜨린 우리는 "사람이 대자유의 존재라곤 하지만 한편으론 대허무, 대절망의 존재"(「사막의 거리, 바다의 거리」, 198쪽)에 지나지 않음을 탄식하며, 영화 「파리, 텍사스」에서 보인 "가뭄 같은 흉흉한 풍경"(201쪽)의 거리를 방황한다. 하지만 윤대녕은 이러한 우리들 현실세계에서 발생하고 있는 사막에 대한 형상적 인식을 예의 환각으로써 전복시킨다. 그는 그러한 사막을 헤매고 있는 평범한 소시민으로 하여금 "지독한 자기 근친적 사랑"(「피아노와 백합의 사막」, 275쪽)의 열병에서 벗어나, 나 / 너의 대립·배제·축출의 관계가 아닌, 나―너의 진정한 관계맺기를 꿈꾸게 하고 있는 것이다.

요컨대, 윤대녕은 현실세계에 떠돌고 있는 이미지를 짜깁기하여 가상의 세계 속에서 이미지를 탐닉하는 게 아니라, 오히려 그의 생기가 물씬 넘치는 문체에 이미지를 잘 스며들게 함으로써 주체(나)―타자(너)의 소통의 맥락, 그 물꼬를 트는 포월의 몸짓을 보여주고 있다.

3) 사랑의 불씨 틔우기, '죽임'에서 '살림'으로

그런가 하면 윤대녕은 사랑을 한다. 사랑의 여신에 포로가 되어, 그도 모르는 새 에로스의 불꽃에 휩싸인다. 그는 경화된 근대성 추구의 동인인 이성중심주의로 인식되는 사랑의 담론—사랑을 결정화시켜 그것을 미화하거나 신비주의화함으로써 이성으로만 포착되는 관념적 사랑을 부정한다. 또한 저간의 속류 탈근대론자의 만병통치약인 반이성중심주의의 기치 아래 전략적으로 유포된, 후기자본주의체제의 참을 수 없을 정도로 가벼운 사랑의 담론—적당한 염세주의와 그럴 듯하게 위장된 허무주의의 가면을 쓰고 찰나적·감각적·인스턴트식 소비의 육체적 사랑을 부정한다. 이들의 사랑은 무엇보다 구체적 삶의 지평과 유리된 채 삶의 진정성을 향해 고투하는 포월의 몸짓이 뒤따르지 않기 때문이다. 그러기에 윤대녕은 더욱 몸을 납작 엎드리며 기어넘어가고 있다.

이제 윤대녕은 어떠한 사랑의 소설쓰기를 보여주는지, 사랑의 밀어에 귀기울여 본다.

> 그날 새벽 왜 여자가 내 방으로 왔는지 물어보지 않았다. 그 같은 일은 서로 묻고 대답할 수 있는 성질의 것이 아닌 성싶다. 여자도 그런 자신을 명백히 꿰뚫어 보고 있었다고는 생각하지 않는다. 그 여자와의 만남은 처음부터 그런 식이었고 헤어질 때도 역시 그랬다. (…중략…) 서로 아무런 말도 하지 않았다. 여자는 젖은 옷을 한 겹씩 한 겹씩 벗어 옷걸이에 걸어 놓고는 알몸으로 이불 속에 들어가 눈을 감고 반듯하게 누웠다. 커튼을 치고 불을 끄자 남은 어둠이 그물처럼 드리워졌다.

(…중략…) 어쩔 수 없이 떨리고 서먹한 가운데 나는 여자 옆에 비스듬히 누워 그녀의 손부터 더듬어 잡았다. 여자는 가만히 있다가 얼마 후에야 떨면서, 가까스로, 응답해 왔다. (…중략…)

범피중류(汎彼中流 : 판소리 심청가의 대목 중 심청이가 공선에 몸을 싣고 바다 한가운데로 떠나기 직전의 대목—인용자), 나는 여자의 몸 위에서 아뜩한 현기증을 느끼며 마치 물 한가운데로 떠가는 듯하다가 뇌가 하얗게 비어 버릴 찰나 용암 같은 소용돌이에 휘말리고 말았다. 그런데 그 순간 왜 느닷없이 감성돔 회 빛깔이 떠올랐던 것일까. 그 미묘한 백색말이다.

나는 여자의 배위에 손을 올려 놓고 잠꼬대라도 하듯이 뭐라뭐라 웅얼거리고 있었다. 여자는 내 손끝을 쥐고 사이사이 한숨을 내쉬며 내 말에 대꾸하기도 했다. 나는 심청이와 인당수 밑에 누워 두런거리고 있는 것만 같았다. 그러다가 나는 손금에 걸린 달을 보며 잠이 들었다. (…중략…)

여자는 자신의 전생을 지우기 위해 나와의 관계를 원했고 그리하여 아이는 살리되 아이의 아비에게서는 놓여날 수 있었다고 중얼거리며 내 팔 안에서 깊이 잠이 들었다.

—「천지간」, 56~59쪽

「천지간」에서 작중화자인 '나'는 외숙모의 부음을 듣고 문상을 가는 도중 한 낯선 여인에 이끌린다. '나'는 그녀의 "얼굴에 드리워져 있던 차디찬 죽음의 그림자," "적막한 체념의 그림자"(27쪽)를 엿보는데, 하필이면 문상을 가다, "죽음 앞에 납작 엎드리러 가다" 말 그대로 "산生 죽음과 서로 어깨가 부딪친"(28쪽) 것이다. 그리하여 '나'는 "지금껏 내가 살아오면서 겪었던 죽음의 일들"(29쪽)을 떠올리면서 그녀를 좇아 남도南道의 횟집을 겸한 여관에 투숙하게 된다. 그리고는 그녀의 동태를 예의주시하면서 그녀를 죽음으로부터 구출하는 '살림'에의 길로 들어서게 한다. 여기서 윤대녕의 사랑은 그 마력을 발휘한다. '살림'에의 길을 열어젖히기 위해 죽음을 '죽임'으로써 그 죽음을 넘어서고 있는 것이다. 다시말해 "이미 죽음을 받아들인 자"(27쪽)를 죽임으로써 '거듭난 삶再生'을 살게 한다. 그렇다면 죽음을 어떻게 죽일 수 있을까?

윤대녕은 죽음의 문턱까지 다가갔던 작중화자 '나'에게 '살림'을 향한 '죽임'의 사명을 부여한다. 이미 푸른 빛에서 보랏빛으로, 그리고 보랏빛에서 마치 감성돔 회 빛깔처럼 미묘한 백색의 흰빛으로 변하는 죽음의 황홀경에 빠져본 적 있는 '나'는, 죽음의 그림자가 드리워져 있는 그녀와 소통의 맥락을 이미 형성한 셈이다. 그러기에 '나'는 그녀를 거듭나게 하기 위해 그녀를 죽음으로 이끈 '과거의 그녀' 혹은 '그녀의 과거'를 죽이는, 사랑의 불씨를 틔운다. 심청의 과거를 죽이는 판소리 대목, 범피중류의 환각에 파묻힌 채.

4. 은어의 회귀, 타자와의 소통을 위한 틈내기

저멀리 남도 남천의 수면이 반짝거리며 조잘거린다. 푸른 수면 위로 새하얀 은가루를 서서히 흩뿌려 놓은 듯 먼 곳에서 가까운 곳으로 은빛 휘장이 덧씌워오며, 귓가에 맴돌던 속삭임은 어느 새 한겹한겹의 물살을 거슬러 올라오며 자맥질하는 조잘거림으로 들려온다. 남도남천을 떠났던 은어가 다시 돌아오고 있는 것이다. 대양의 물살을 가르며 유영했던, 그리고 세계의 매순간순간을 버겁게 기어넘어갔던 은어가 회귀하고 있는 것이다.

'은어의 회귀,' 이는 작가 윤대녕의 소설쓰기에서 중심 메타포이자 삶의 화두이다. 그리하여 윤대녕이 그동안 더디게 기어넘어간 데에는, 결국 '돌아오기(혹은 돌아가기)'의 소설적 과제를 풀기 위해서 때문이다. 그렇다. 지금까지 우리가 윤대녕과 함께 해온 간단없는 포월은, '회귀'에 수렴하기 위한 숨가쁜 몸짓, 바로 그것이다.

그렇다면 윤대녕은 어디로 돌아온 것일까? 윤대녕은 지금까지 포월의 진정성에서 보인 바 얼마나 버겁게 고투하며 기어넘어왔는가! 그래서인지 이제 윤대녕은 포월의 종착점에 이르러 잠시 숨을 돌릴 겸 옛날 영화를 보러 간다.

윤대녕은 그의 장편 『옛날 영화를 보러 갔다』에서 외국출판서적 번역자인 작중화자 '나'와, 정체불명의 E라는 존재를 둘러싼 일종의 미스테리를 보여주며, "산다는 것이 하나의 단순한 견딤,이라는 것을 깨닫고 나면 무엇에 대해서건 불만을 갖는 것이 얼마나 부질없고 어리석은 일"임을 알게 마련이어서 "인생이란 애초부터 바둑판의 돌멩이처럼 제 행로를 따라갈 수밖에 없도록 만들어져 있"음, 즉 "아무리 기를 쓰고 덤벼도 좁디좁은 제위치의 소극적인 영역, 그러니까 그 한계의 부동성"(이하 26쪽)을 깨닫게 되는 '나'로 하여금 돌아갈 곳을 진정으로 찾게 한다.

작중화자 '나'는 그 돌아갈 곳을, 어둠을 가르며 영사기에서 스크린으로 사출된 빛의 부챗살 속에서 피어오르는, 희뿌연 먼지의 포말로 가득찬 영화관에서 찾는다. 스크린을 러시아 평원의 해바라기 들판으로 수놓은, '해바라기'란 옛날 영화를 보며, '나'는 E와 옛날 영화를 매개로 하여 결국 돌아갈 곳을 깨닫는다.

"기억할 수 없는 먼 과거로부터"(95쪽) "아무 방비도 없는 상태에서 부지불식간에 내게로 뻗어오는 얼굴 없는"(94쪽) E라는 존재는, "사실은 내 마음 깊은 곳에 숨어 나를 지배하고 있던 또 하나의 나," "이를테면 내 마음의 배후"(261쪽)로서, 요컨대 지금—여기에 현존하는 '나'와 해후를 욕망하는 그때—거기에 실존했던 '나'이다. 총천연색으로 그럴 듯하게 의장意匠된 현실세계에서 부유하는 '나'는, 영사기의 필름을 투과한, 잠시나마 '나'의 영혼을 감싸안은 흑백 영상에 흠뻑 젖어든 채 자신이 잊었거나 잃어버렸던 '나'의 원초적 자아—이 또한 지금—여기의 '나'(주체)가 배제시킨 그때—거기의 나(타자)인 셈이다—와 다름아닌 소통의 맥락을 구축한 셈이다. 따라서 '나'는 이 소통을 통해 지금—여기에 '현존하는 나'를 일깨운다 : 우리들이 돌아갈 곳은 영원회귀, 적확히 말하자면 원점회귀(시원회귀). 이는 스러지고 부서진 우리들의 과거를 복원해내는 것. 하지만 무턱대고 그때—거기에 '실존했던 우리'와 해후하는 데 만족하는 것만으로는 달성할 수 없는 것. 이러한 만족에 도취되는 순간 우리는 지금—여기에 현존하면서 박제화된 과거의 유물임을 자처할 뿐. 결국 또다시 돌아가야 한다. 우리들의 원초적 자아를 회복한, 그것과 소통의 물꼬를 터놓은 현실의 지평으로. 그곳은 우리가 온몸으로 기어넘어가면서 피와 땀이 배어 있는 삶터이다.

이제 윤대녕은 현실로 돌아온다. 그가 돌아온 현실의 지평 위로 잔잔히 파장을 이루는 "연둣빛 봄 햇살 소리"(「상춘곡, 1996」, 『문학동네』 1996년 여름호, 312쪽)의 속삭임을 들으며. 그리고 이번에는 그의 작중인물 '나'를, 선운사의 벚꽃을 완상하러 보낸다.

'나'는 십년 전 선운사에서 '인옥이 형'의 고종사촌 동생인 '란영'과 "부처님 발 아래서 물과 불이 다 타고 마를 때까지 정사"(312쪽)를 치른 인연을 맺었다. 그 후 '나'와 란영은 헤어져 각자의 삶을 살아갔는데, 란영은 이혼한 후 인옥이 형의 작업실에서 칩거하고 있는가 하면, '나'는 "아예 사람 만날 약속같은 건 안 하"(302쪽)며 세상과 담을 쌓고 있다. 말하자면 '나'와 란영은 세상과 멀리 떨어진 격절감 속에서 살고 있는 것이다. 세계와 일체의 소통을 단절한 채 삶을 살고 있는 자들이다.

그런데 이처럼 세계와 란영과의 소통을 기피한 '나'는, 십년 전 란영과 소통의 맥락을 이었던 선운사로 돌아간다. 란영과 못다한 사랑의 아슴푸레한 추억을 곱씹기 위해서? 아니면, 선운사의 벚꽃을 그저 완상하기 위해서?

우리는 작중인물 '나'가 란영에게 보내는 다음의 편지를 통해 선운사에서의 상춘賞春에 대한 실마리를 붙잡을 수 있겠다(「상춘곡, 1996」은 텍스트 전체가, 작중화자인 '나'가 란영에게 보내는 편지로 씌어져 있다).

함부로 지껄일 얘기는 아니지만 나도 한겹씩 한겹씩 마음이 털어내지는 걸까요? 그러면서 비로소 사물이 스며들 틈이 조금씩 생기는 걸까요?

아, 그렇습니다. 그날 내가 당신에게서 보았던 것은 바로 그 틈이 나 있는 모습이었습니다. 나 아닌 다른 것들이 끼어들 틈 말이지요. 나는 당신의 그 벌어진 틈들 사이로 고운 빛이 소리 죽여 드나들고 있다는 것을 보고 있었던 것입니다. (…중략…) 이제서야 알 듯합니다. 사람이 혼자 오래 있을 수 있다는 것은 강해서가 아니라 독해서일 거라는 사실을 말입니다. 혼자 있으면서 자꾸 독해진다는 거, 그래서 가끔 사람들을 만나게 되면 그것 밖에는 줄 게 없다는 거, 이처럼 무섭고 슬픈 일이 또 어딨습니까. 나도 이제부터는 조금 무뎌지기도 하고 밤에도 가끔 대문을 비껴놓고 자는 버릇을 길러야겠습니다. (…중략…) 우리는 그 동안 너무 노한 채 쇠문 속에 자신들을 가두고 살아온 것 같습니다. 내가 지금 주제넘은 소리를 하고 있는 건지요.

—「상춘곡, 1996」, 325~326쪽

‘나'는 선운사에 오기 전 인옥이 형과 함께 만났던 란영에게서 '틈'을 보았기에, 선운사로 돌아온 것이다. 그 틈 사이로 란영이 아닌 수많은 타자들이 끼어들며 소통의 물꼬를 터가는 것을 보고, 이제 한 치의 틈도 내주지 않은 채 쇠문 속에 자신을 가두고 유폐된 자아의 늪에서 허덕이고 있는 '나'를 구원하기 위해 선운사를 찾은 것이다.

이렇듯이 선운사를 찾은 아흐레째 '나'는 상춘객들 중에서 '선운사 동구'라는 시를 쓴 미당 선생을 만난다. 미당은 "매년 이때쯤 고향에 성묘차 내려왔다가 어김없이"(330쪽) 선운사를 방문하여 동백을 보고 간다. 그런데 이번 상춘기에는 동백이 피지 않았기 때문에 그것을 볼 수 없음에도 불구하고 미당은 '나'에게 "나는 벌써 보고 가네"(330쪽)라고 말한다. 미당은, 과연, 동백을 보았을까? 분명한 사실은 선운사 어디에도 벚꽃은커녕 동백도 피어 있지 않다. 그런데도 미당은 피어 있는 동백을 보았다고 말을 하니……. 여기서 조금 길지만 또 한번 '나'의 편지를 들여다보자.

나는 (선운사의) 대웅전 앞에 서 있는 만세루萬歲樓에 대해 듣게 됩니다. 그때 내 마음과 귀가 비로소 환하게 열리고 있었다면 당신은 믿겠습니까?

"선운사가 백제 때 지어졌으니 만세루도 아마 같이 맨들어졌것지. 그러다 고려 땐가 불에 타버려 다시 지을라고 하는디 재목이 없더란 말씀야. 그래서 타다 남은 것들을 가지고 조각조각 이어서 어떻게 다시 맨들었는디 이게 다시 없는 걸작이 된 거지.……"

…… 매표소에서 파는 입장권 뒷면을 보면 (…중략…) 만세루에 대한 기록은 따로 없다고 보아야 합니다. (…중략…) 하지만 연표 따위가 뭐 그리 중요하겠습니까. 나는 그 말씀 하나를 듣기 위해 이때까지 여드레를 기다려 선생을 만났다는 느낌마저 들었습니다.

(…중략…) 선생을 방까지 모셔다 드리고 나는 부리나케 선운사 만세루로 달려갔습니다. (…중략…) 만세루를 못 본 게 아닙니다. 갈 때마다 보긴 했으되 미처 알아보지 못했던 거지요. (…중략…)

선생의 말씀대로 만세루는 타고남은 것들을 조각조각 잇대고 기운 모양으로 대웅전 앞에 장엄하게 버티고 서 있었습니다. 어느 기둥 하나 그야말로 온전한 것이 없었습니다. 이미 사위가 어둬진 경내에서 나는 숨소리조차 크게 내지 못하고 서 있었지요. 뭇사람들이 무심할 리 없듯이 뭇사물도 무심히 보면 그저 안 보이고 마나 봅니다. 캄캄한 어둠 속, 어쩐지 환해진 마음으로 경내를 돌아나오다 나는 기이한 느낌에 사로잡혀 흘끗 뒤를 돌아보았습니다. 그리고 나는 보게 됩니다. 만세루 안에 하얗게 흐드러져 있는 벚꽃의 무리를 말입니다.

—「상춘곡, 1996」, 331~332쪽

'나'는 미당 선생에게서 선운사 대웅전 앞에 서 있는 만세루에 관한 역사적 사실이 아니라 (만일 역사적 사실이라면 선운사를 소개한 입장권에 그 기록이 누락될 이유가 없다. 아마 추측컨대) 허구의 이야기, 다시 말해 그동안 만세루를 보았던 사람들 틈 사이로 구비전승되던 설화적 차원의 이야기를 듣는다. 그런데 그 이야기의 객관적이고 역사적 사실 진위 여부의 문제는 만세루의 숨은 세계를 드러내는 데 중요한 사항이 아니다. 오히려 그러한 사실 진위를 가려내는 일이야말로 만세루의 오묘하고 그윽한 세계를 드러내보이는 데 걸림돌로 작용할 뿐이다. 여기서 미당 선생은 자신이 피지도 않은 동백을 어떻게 보았는지, 그리고 뭇사람들이 그저 대수롭지 않게 만세루를 지나쳐간 원인을 우회하여 들려준다. 자아의 마음에 '틈'을 내어 그 틈새로 틈입해 들어온 세계의 진정성과 소통하며, 숨은 세계를 들여다보라고.

마침내 미당 선생의 숨은 뜻을 간파해낸 '나'는, 만세루의 장엄함을 보고, 선운사에서 지금까지 보지 못했던, 아니, 안 보였던 흐드러져 있는 벚꽃의 무리를 본다. '나'에게서도 란영에게 존재했던 '틈'이 생겨났기 때문이다. 세계의 진정성과 소통할 수 있는 통로가 마련된 것이다. 따라서 이제 그 통로를 통해 그동안 배제해왔고 축출해온 타자들과 만나며, 그 풍요로운 만남들을 껴안은 채 진정한 삶 혹은 삶의 진정성을 만끽하게 되는 것이다.

작가 윤대녕이 돌아온 곳, 우리들 피와 땀이 배어 있는 현실의 지평에서 그는 때로는 옛날 영화를 보기도 하였고, 때로는 상춘객으로서 선운사를 방문하기도 하였다. 우리가 그의 행적을 밟아보며 지켜보았듯이 그는 포월의 종착점, 즉 그가 돌아온 곳에서도 나와 너, 주체와 타자, 그리고 자아와 세계 사이에 소통의 맥락을 구축함으로써 삶의 진정성을 향한 은어의 유영, 그 포월의 몸짓을 끊임없이 하고 있는 것이다.

5. '온몸으로' 기어넘어가는 소설쓰기를 욕망하며

　남도 남천을 떠나 대양의 물살을 가르며, 코발트빛 점액질 속을 유영해 나간 은어. 그리고 물살을 거슬러오르며 남도 남천으로 다시 돌아온 은어. 은어의 유영은, 작가 윤대녕이 삶의 지평에 최대한 몸을 납작 엎드려 버겁게 수평으로 기어넘어가기, 즉 포월의 몸짓 그것이다. 우리는 그와 함께, 그의 은어떼들과 함께 고투하며 기어넘어간 그 길을 따라가보며 지켜보았다. 윤대녕은 더디게 기어넘어가지만 열심히 기어가다 보니, 어느새 넘어가 있음을 깨닫게 되고, 그러다보니 어느 새 어떤 중요한 경계는 가로질러 갔고 넘어가 있는 자신을 알게 된다. 결코 위로 성급히 뛰어넘어가지 않고 미련할 정도로 그저 기어넘어간 자신을.

　윤대녕은 앞으로도 계속하여 '포월적 소설쓰기'를 밀고 나갈 것이다. 하지만 우리가 윤대녕에게서 우려하는 것은, (어느 작가에게도 예외는 아니듯이) 지금까지 그가 시도하고 있는 소설쓰기에 대해 자칫 안주함으로서 자신의 소설쓰기 자체에 속박당하지 않을까 걱정이다. 말하자면 자승자박의 결과를 초래하지 않을까에 대한 기우이다. 이 얘기는, 지금까지 보였던 윤대녕의 소설쓰기를 일단락시키고, 새로운 소설쓰기에의 모험을 감행해야 한다고 지적하는 것은 아니다. 역설적일지 모르나 오히려 더 힘껏, 더 열심히 그의 포월적 소설쓰기를 지속적으로 밀고나가야 함을 강변하고 싶다. 물론 여기에는 더욱 치열하게 기어넘어가기를 해달라는 우리의 욕망이 뒤따른다. 그러기에 우리는 윤대녕에게 다음 몇 가지 주문을 던지지 않을 수 없다.

그의 소설지평에서 올곧은 삶의 진정성을 추구하기 위해 '소통의 맥락,' 그 물꼬를 트는 도정에서 형상화되는 소설 속 인물들에게 보다 살아서 꿈틀거리는 육체성을 부여해야 하지 않을까. 이는 그의 인물들이, 일정한 패턴을 형성한다고 지적해도 지나치지 않을 만큼 구체적 삶의 현실과 다소 괴리된 채 지금—여기의 존재론적 자리topos를 떠나고 있기 때문이다. 게다가 돌아오거나 돌아가는 과정에서 체험하는 환각의 세계에 우연히 빠져들며, 이러한 도정에서 그들 모두는 삶의 비의성을 꿰뚫어본, 달인達人인 양 삶과 인간에 대한 에피고넨들을 내뱉기 때문이다. 물론 이렇게 부조된 윤대녕의 소설 속 인물들은, 그의 독특한 소설쓰기로 빚어낼 수밖에 없는 부산물일지 모른다. 그래서 지금까지 우리가 살펴보았듯이 윤대녕은 자신만의 서사전략에 따라 인물을 창조해 내었다.

우리는 여기서 윤대녕을 표상하는 인물 자체에 대해 문제를 제기하는 것은 아니다. 뿐만 아니라 그의 서사전략에 충실히 기용된 인물을 전면 부정하는 것도 아니다. 다만 그가 포월적 소설쓰기를 보여주는 바에 따라 그 포월—기어넘어가기의 진정성의 차원에서 형상화해 낸 인물들을 되새겨보고자 할 따름이다. 이것은 근대문학양식의 대표라 할 '소설'이 마지막까지 붙들어야할 '산문정신'의 진정성과 같은 맥락에 있다고 할 것이다.

우리는 윤대녕의 소설지평에, 그 누구도 거부할 수 없는 '허구에 도달하는 과정의 진실성'이 녹아들어 있기를 욕망한다. 더디지만 버겁게 기어 넘어가고 있는 윤대녕에게서 현실의 지평 위로 돌출해 있는 삶의 돌부리에 살점이 찢겨나가 그 상처에서 피가 나기를 욕망한다. 그러기 위해 그는 온몸을 현실의 지평에 더욱 납작 엎드려야 할 것이다. 그럴 때 그의 소설 속 인물에게서 제기된 기우는 말 그대로 쓸데없는 군걱정으로 치부될 것이다.

그렇다면 이제 윤대녕에게 요구되는 것은 무엇일까? 그것은 그의 소설 속 인물들로 하여금 그들의 존재론적 조건을 에워싼 삶의 구체적 현실에 더욱 밀착하게 하는 것이다. 그리하여 현실의 지평으로 아무리 해명할 수 없는 삶의 비의성이 틈입해 들어온다 하더라도 그것을 우리들이 닿을 수 없는 먼 시원始原의 영역으로 제껴놓을 게 아니라, 삶의 구체적 현실과 소통을 통해 삶의 현장을 가열차게 파고드는 소설쓰기의 활로를 천착해야 한다. 이러할 때 윤대녕의 소설 속 인물들은 환각의 왕국에 영원토록 정주해있는 게 아니라, 현실과 팽팽한 긴장 속에서 현실의 지평을 보다 풍요롭게 할 삶의 활력소를 환각 속에서 길어올리며, 삶에 대한 감상적 에피고넨의 나열로부터 삶을 웅숭깊게 성찰한 진실을 향해 신열身熱을 피어올릴 것이다. 요컨대 우리는 윤대녕에게서 올곧은 삶의 진정성을 향해 끈덕지고 치열한 산문정신을 담지한 포월적 소설쓰기를 요구하는 셈이다.

윤대녕은 멈추지 않을 것이다. 그는 90년대 광원의 빛살을 가르며 올곧은 삶의 진정성을 향해 지금 이 순간도 기어넘어가고 있으리라.

온몸으로, 온몸으로!

(『문학과 창작』, 1999년 3월호)

부정의 대상을 감싸안으며 넘어서는 미적 분투

김재영의 소설세계

톨스토이는 짧은 다리 포개고 앉은 한국 사내들에게

아낌없이 희고 탱탱한 두 허벅지 벌린다

어머니 볼가강가에는 아름다운 별들이 내려와 출렁일테니

딸라 세며 가서 보드카 마시고 싶은 그녀는 중얼거린다

러시아 여자를 머리로 이해하려 해선 안 된다고

―하종오의 「코리안 드림 3」 중에서

1. 김재영식 서사의 진미를 음미하며

　김재영은 2000년에 계간『내일을 여는 작가』신인상을 수상하며 작품 활동을 시작한 이후『코끼리』(실천문학사, 2005)란 첫 소설집을 지난 해 12월에 상재한 신예 작가다. 등단한 지 햇수로 육 년 차에 첫 소설집을 세상에 선보였으니, 최근 신예 작가들의 첫 소설집이 발간되는 시기를 감안해 볼 때 늦은 감이 없지 않다. 이것은 어떻게 보면 그가 자신의 소설에 대해 엄격하다는 것을 말하는 셈이다. 스스로 엄격성을 지킨다는 것은 말처럼 쉬운 일이 결코 아니다.

　그에게 소설은 '작은 이야기小說'이되, 그의 소설적 전언의 파장은 좁지 않으며, 파장의 힘은 미약하지 않다. 그렇다고 그가 '큰 이야기(大說)'의 욕망에 터무니 없이 붙들려 있지는 않다. 그는 말 그대로 '작은 이야기'를 나지막이 들려주되, 그 '작은 이야기'를 이루는 결들에 우리의 자동화된 삶을, 순간적으로 멈추게 하는 내파內破의 힘을 소유하고 있다. 이것은 김재영의 소설이 갖는 동시대 젊은 소설가와 구분되는, 김재영식 서사의 미덕이라고 나는 생각한다. 김재영은 우리의 맹목화된 삶에 예각적인 문제를 제기하고, 부정적 삶의 온갖 양태에 대해 경계한다. 그런데 눈여겨 볼 것은 이 부정한 것들을 그만의 섬세한 눈길로 포착하며 따뜻하게 어루만지려고 한다는 점이다. 말하자면, 부정의 대상을 매몰차게 배제하는 방식으로 부정하는 게 아니라, 그 부정의 대상을 넓게 아우르면서 부정한 것들이 저 스스로 부정성을 정화시키는 도우미 역할을 그는 맡고 있다. 부정의 대상을 감싸안으면서, 부정의 대상을 넘어서고, 부정의 대상을 정화시키고자 하는 것, 바로 여기서 김재영식 서사의 진미를 맛볼 수 있을 터이다. 잠시, 김재영의 다음과 같은 말 사이에 스며 있는 그의 소설에 대한 진미의 약간을 음미해보자.

　검회색 겨울 숲은 제일 먼저 핏빛으로 변한다. 핏빛은 다시 우유를 섞은 듯한 붉은빛으로, 갈색으로, 다시 연노랑 기운을 품은 밝은 회색으로, 그리고 나서야 비로소 연녹색으로 바뀐다. 닷새마다 변화하는 숲을 이렇게 섬세하게 포착하며 계절을 보내고 맞이하다 보니 일 년이 참으로 풍요롭고 행복했다.

　봄날의 벚꽃과 초여름의 철쭉, 한여름 계곡과 가을날의 단풍은 말할 것 없이 화려하고 아름다워 바라보는 것만으로도 유쾌하고 즐거웠다. 한편 계절과 계절 사이에 조심조심 생장하고 가만가만 갈무리하는, 외롭고 고독한 시간을 견디는 풀과 나무들을 지켜보는 것은 그 나름대로 슬프고도 가슴 설레는 일이었다. 비로소 숲의 내밀한 세계를 만난 것 같았다.

　순간 내 소설도 그럴 수 있다면 좋겠다고 생각했다. 유쾌하고 농염하진 않지만, 달빛 속에서 도란도란 속내를 드러내는 살가움이라면, 아린 상처를 어루만져주는 따뜻함이라면.(357~358쪽)

김재영은 숲의 미시적 변화에 민감하다. 계절마다 서로 다른 색채로 탈바꿈하는 그 변이의 순간들을 놓치지 않는다. 그러면서 그는 계절들 사이에 오롯이 자리하고 있는 풀과 나무들을 그 특유의 내밀한 눈길로 매만지고 있다. 숲 전체의 거시적 변화뿐만 아니라 숲의 아주 작은 변화를 심드렁하게 결코 흘려버리지 않는다. 그러면서 그는 계절들 사이에 존재하는 여린 풀들과, 외롭고 고독한 시간을 뚝심으로 견디는 나무들이 갖고 있는 내밀한 상처를 어루만져준다. 김재영 소설의 미학은 바로 여기서 출발한다고 해도 과언이 아니다.

그의 첫 소설집 『코끼리』에 실린 10편의 단편들 각각은 김재영 소설의 거대한 숲을 이루는 풀과 나무인바, 우리는 이들 풀과 나무가 외롭고 고독한 시간을 어떻게 견디고 있는지, 그 견딤의 길을 함께 걸어보기로 한다. 이 길의 과정이 21세기 우리의 소설이 모색해야 할 참조점이 되었으면 하는 바람이다.

2. 타락한 근대에 갇힌 외국인 노동자, 그 주체적 시선

우리 사회의 크고작은 현안 중에서 외국인 이주 노동자에 대한 문제는 가볍게 넘겨볼 성질의 문제가 아니다. 외국인 불법체류자를 대상으로 한 단속 및 감시와 강제 추방이 단적으로 웅변해주듯, 외국인 이주 노동자와 관련한 사회적 문제는 우리 사회의 뜨거운 감자가 되고 있는 실정이다. 하지만 어찌된 일인지, 나의 게으름인지 모르나, 우리 소설에서는 이러한 문제와 관련한 작품이 쉽게 발견되지 않는다.[1] 머지 않아 우리 사회구성

---

1) 외국인 이주 노동자가 한국의 노동시장에 들어온 지 20년 남짓의 세월 동안 우리 소설에서는 이들 문제를 다룬 작품이 몇 편 안 된다. 외국인 노동자를 다룬 소설에 대한 본격적 비평으로는 문학평론가 서영인의 「외국인 노동자 : 우리 안의 타자들, 타자 안의 우리들」, 『문학들』(2005년 겨울호)을 참조할 수 있다. 서영인이 다룬 작품들 역시 몇 개에 불과한 것으로 볼 때, 외국인 노동

체에 어떤 가시적 변화의 징후를 보여줌으로써 우리의 삶과 현실에 적잖은 또 다른 문제를 야기할 것임에도 불구하고, 아직까지 우리의 작가들은 이 문제를 본격적으로 다루고 있지 못하다. 외국인 이주 노동자와 관련한 문제는 복합적 층위에 걸친 서사적 탐구가 밀도 있게 뒷받침되어야 하는 어려움이 있기 때문이다. 무엇보다 자본주의 사회의 해묵은 문제인 '노동자 대 사용자' 관계로부터 생기는 문제로 단순화시킬 수 없는 게 바로 외국인 이주 노동자 관련 문제라는 점은 두루 아는 사실이다. 외국인 이주 노동자 문제는 일국의 경계를 벗어난 자본주의 세계체제의 문제틀을 동시에 요구한다. 그러면서 여기에는 민족, 인종, 성性 등의 문제가 포개진다. 즉 외국인 이주 노동자 문제는 '지금, 이곳'에서 난마처럼 얽혀 있는 온갖 사회적 문제들의 집산이라 해도 과언이 아니다.[2]

김재영은 이 어려운 문제를 외면하지 않고, 그만의 독특한 시각으로 탐구한다. 외국인 이주 노동자를 다룬 다른 소설들과 달리 김재영의 소설에서 주목해야 할 것은 외국인 이주 노동자의 주체적 시각에서 예의 문제들이 탐구되고 있다는 점이다. 비록 그들은 외국에서 이주해온 타자로서 존재하지만, 그들도 엄연히 한국의 생산관계 속에서 그 몫을 다하고 있기

자를 본격적으로 다룬 소설들은 양적 면에서 빈곤하기 짝이 없다. 빈약한 대로 의미 있는 소설의 목록을 제시해보면 다음과 같다. 이명랑의 장편소설 『나의 이복형제들』(실천문학사, 2004), 박범신의 장편소설 『나마스테』(한겨레출판사, 2005), 김소진의 「달개비꽃」, 공선옥의 「명랑한 밤길」, 손홍규의 「이무기 사냥꾼」, 강영숙의 「갈색 눈물방울」, 김재영의 「코끼리」, 「아홉 개의 푸른 쏘냐」 등.

2) 비록 소설은 아니지만, 우리는 박노자의 「서울의 이방인 : 교수에서 '불법 노동자'가 된 한 몽골 지성인 이야기」(『당신들의 대한민국』, 한겨레출판사, 2001)란 에세이를 통해 외국인 이주 노동자의 문제가 한국사회의 복잡다변한 층위에서 뒤엉켜 있다는 점을 여실히 알 수 있다. 그 글의 부제가 말해주듯, 몽골 태생인 한 지식인은 몽골의 대학 교수였다가, 한국에서 불법체류 외국인 노동자의 신세로 전락하였다. 이 몽골 지식인이 한국사회에서 불법체류 노동자로서 자신의 신분을 숨기며, 노동시장에서 겪은 각종 구체적 사례들은 한국사회의 천민자본주의로서의 부패상과 겹겹이 포개져 있다.

에, 한국사회를 구성하고 있는 주체라는 점에 김재영은 주목하고 있다. 하여, 그들은 김재영의 소설에서 주체의 지위를 당당히 확보한다. 이것은 외국인 이주 노동자의 문제를 다루는 데 중요한 참조점을 제공한다. 지금까지 외국인 이주 노동자의 문제에 초점을 맞춘 대부분의 소설들이 (다소 거칠게 말해) 한국사회의 소수적 타자로서 겪는 문제들에 대한 나름대로의 해결을 모색하려고 했으나, 그것은 어디까지나 그들을 타자의 경계 안에 가둬놓은 상태에서 한국사회의 보살핌을 받아야 할 사회적 약자라는 점에 초점을 맞추었다. 물론 이러한 시각 역시 소중하다. 사회적 약자에 대한 연민의 태도를 갖는 것 자체가 잘못되었다고 치부할 수는 없는 일이다. 하지만 냉정히 말해, 이러한 서사적 실천의 밑자리에는 최소한의 윤리적 감각을 안전판 삼은 채 식민의 시각이 은폐되어 있는 것을 간과할 수 없다. 외국인 이주 노동자는 여전히 한국사회의 소수자로서, 그리고 타자로서 한국사회의 안녕을 헤치지 않는 범위 내에서 '조용히' 존재해야 할 사회적 약자이기를 바란다. 한국사회의 구호와 구휼을 받는 대상으로 자족하는 사회적 약자 말이다.

하지만 김재영은 외국인 이주 노동자에 대한 이러한 식민의 시각을 취하지 않는다. 외국인 이주 노동자가 '지금, 이곳'에서 겪고 있는 온갖 사회적 차별을, 한국사회의 소수적 타자라는 관점으로만 국한시키지 않고, 그들도 한국사회의 노동자란 주체적 지위에서 한국 노동의 부정적 현실을 직시하도록 한다.

머리카락이 빠져 정수리가 훤한 필용이 아저씨는 손사래 치며 취한 목소리로 말한다. "염병, 그만들 해라. 니들 쏠라대는 소리 땜에 내가 꼭 넘의

나라에 와 있는 거 같잖어. 니들, 이 나라가 워떻게 오늘날 여기꺼정 왔는
줄 아냐? 옛날에 내가 공장에서 일할 땐 손가락은 유도 아녔어. 팔뚝이 날
아가고 모가지가 뎅겅뎅겅 했으니까." 아저씨는 곧게 편 손을 목에 갖대
대고는 세게 내려치는 시늉을 한다. "첨엔 시골에서 올라온 촌뜨기들이라
멋모르고 일했지. 하긴, 먹고살기 힘들 때였으니까. 인제 한국 놈들은 이런
데서 일 안 혀. 막말로 씨발, 험한 일이니까 니들 시키지 존 일 시킬려고 데
려왔간?" 옛날이 떠올라서인지 아니면 술기운이 돌아서인지 아저씨 얼굴
이 벌겋게 달아올랐다. "아무리 그래도 안전장치는 해줘야죠." 세르게니가
오징어를 물어뜯으며 말한다. "늬들도 자르면 피 나오고 누르면 똥 나오는
사람이다, 이거냐? 웃기는 소리들 마. 한국 놈들한테도 안 해준 걸 늬들한
테라도 해주겠냐? 아니꼬우면 돌아가. 젠장, 어차피 늬들도 고국으로 돌아
가서 공장 차리고 사장되려고 여기 왔잖냐. 노동자들을 어떻게 다뤄야 되
는지 눈 똑바로 뜨고 배워 가. 다 산 교육이여." 비아냥대는 필용이 아저씨
말에 쿤이 시무룩한 표정을 짓자 이번에는 세르게니가 볼멘소리로 대꾸한
다. "아무튼 돈도 좋지만 우린, 사람 대우, 그거 받고 싶어요. 돈 벌어 고향
간다고 해도 삼 년 겪은 일 삼십 년 동안 악몽으로 남아 우릴 괴롭힐 거에
요." "맞아. 난 지금도 가끔 어릴 때 앞니 갈던 때 꿈을 꿔." 손가락으로 앞
니를 가리키며 샨을 멋쩍게 웃는다.

—「코끼리」, 25~26쪽

한국인 노동자 필용과 외국인 이주 노동자들 사이에 나누는 대화에서
단적으로 읽을 수 있듯이, 외국인 이주 노동자가 한국사회에서 겪는 차별
적 대우는, 그들이 단지 '외국인' 노동자라는 이유만이 아니라 1960년대

의 개발독재 이후 성장제일주의란 맹목적 신화에 갇힌 채 '노동자'의 인권을 유린한 한국사회의 고질적 문제점이 겹쳐 있다는 게 적시되고 있다. 노동자의 이 같은 문제는 1970~1980년대의 민중민족문학 계열의 작품에서 흔히 목도되었으나, 1990년대 이후 우리 소설 지평에서는 그 명맥이 거의 사그라들고 있다. 하지만 여전히 노동 현실의 구조악構造惡과 행태악行態惡은 새로운 양상으로 존재하며, 그러한 모순과 부정은 한국인 노동자들이 그러했던 것처럼 외국인 이주 노동자에게 고스란히 가해지고 있음을 작가는 들려준다. 그러면서 여전히 중요한 문제는 한국의 노동시장에서 외국인 노동자에 대한 차별적 관계, 즉 상하의 위계 관계가 조성되고 있다는 점이다. 필용의 말처럼 외국인 노동자는 한국인 노동자가 하지 않으려는 이른바 3D 업종의 노동시장에서 일하고 있을 뿐이다. '한국인 노동자 / 외국인 노동자'는 이미 같은 노동자 계급이 아닌 셈이다. 외국인 노동자는 노동자 계급이면서도 민족과 인종의 차별에 따른 최하층 노동자 계급으로 전락해 있다.

여기에 성적 차별에 따른 문제가 보태진다면, 외국인 노동자의 문제는 복잡한 양상을 띤다. 김재영은 「아홉 개의 푸른 쏘냐」에서 한국의 이태원을 삶의 무대로 하여 비극적 현실을 살고 있는 러시아 무희 쏘냐를 통해 이 같은 문제를 숙고하게 한다. 외국인 노동자이면서 여성인 쏘냐가 겪는 한국사회에서의 삶의 고통은, 그녀의 "스빠씨제, 빠잘쓰마!(살려줘요, 제발)"라는 공포의 절규에 압축되어 있다. 무엇이 쏘냐를 한국과 같은 천민자본주의 사회의 타락한 근대의 한복판에 내몰았을까. 왜, 그녀는 자신의 신성한 육체를 혹사하면서 자본의 올무에 옴쭉달싹 못하게 붙들려 있는 것일까. 이렇게 한국인 브로커에 육신을 저당잡힌 채 한국 자본주의의 노리개로 전락한 쏘냐는 여성 외국인 이주 노동자의 음울한 자화상을 가감없이 보여준다.

외국인 이주 노동자는 이처럼 김재영의 소설에서 주체의 지위를 확보하면서 한국사회가 직면한 매우 예민한 문제를 건드린다. 그런데 김재영의 이 같은 작품들에서 주의 깊게 살펴보아야 할 점이 있다. 한국사회에서 외국인 노동자들의 주체적 시각에 의해 예의 문제들이 조명되는 것 못지 않게 그들은 한국사회의 타락한 근대의 병리적 증후에 속수무책으로 노출되어 있다는 점이다. 또한 그들이 찾은 이 타락한 근대의 바깥을 넘어서는 게 그렇게 쉽지 않다는 점이다. 그들은 저마다 코리안 드림을 안은 채 한국에 발을 들여놓았으나, 아시아의 신흥강국인 한국은 그들의 코리안 드림을 실현시켜주는 꿈의 낙원이 아니라 그들의 삶을 황폐화시키는 불모의 지옥 그 이상도 그 이하도 아닌 것으로 간주된다.

가령, 외국인 노동자 비재가 열악한 노동 환경 속에서 억척스럽게 번 돈을 동료 외국인 노동자 알리가 훔쳐 달아났고, 금의환향할 꿈에 부풀어 있던 또 다른 외국인 노동자의 돈을 강탈한 비재의 행동에서 짐작할 수 있듯, 한국사회에서 외국인 노동자들은 각자의 명분을 떠나서 타인이 힘겹게 번 돈을 훔치고 강탈했다라는 점에서 배금주의拜金主義의 노예가 된 씁쓸한 풍경을 우리는 마주친다(「코끼리」). 그런가 하면, 쏘냐는 더는 매춘의 늪에 빠지지 않으려고 안간힘을 쓰지만 외국인 여성 노동자 혼자의 힘으로써 도저히 감당할 수 없음에 대한 무력감으로 고통스러워한다. 비록 그녀에 대한 브로커의 부당한 행위에 대한 정당 방위 차원으로 브로커의 등에 칼을 찔렀으나, 그녀는 한국인 남성을 살해하려는 범죄 혐의를 받은 채 밤거리 속으로 도피할 뿐이다. 그녀는 그렇게 또 다시 피폐해진 영육

을 끌고 한국의 타락한 근대의 어느 곳에서 비루한 삶을 살아갈 터이다
(「아홉 개의 푸른 쏘냐」).

　이렇듯 김재영은 외국인 이주 노동자의 삶에 대한 서사적 탐구를 통해
그들이 한국사회에서 겪는 몇 겹의 고통은 물론, 그들의 시선에 비쳐진
'지금, 이곳'의 타락한 근대의 음울한 자화상을 그리고 있다. 그러면서 김
재영은 이 악무한의 현실을 견딜 수 있는 힘을 그들에게서 발견하고자 한
다. 비록 신들의 왕을 태우는 구름이면서 우주를 떠받치는 기둥인 코끼리
가 '외'(미얀마 말로 '소용돌이'라는 뜻)에 빨려들어가는 암담함을 느끼고(「코끼
리」), 쏘냐의 "기억 속에 푸르게 살아 있는, 어린 날의 행복한 자작나무 숲
으로 되돌아가"지 못한다 하더라도(「아홉 개의 푸른 쏘냐」), 김재영은 코끼리
와 자작나무 숲에 깃든 삶의 희망과 아름다움을 향한 꿈을 접을 수 없다.
소외받고 상처받는 그들을 향한 김재영의 사랑, 그 간절함이 있는 한 말
이다.

3. 부정한 세계를 견디는 열패자, 그 삶의 숭고성

　나는 이 글의 앞머리에서 "부정의 대상을 감싸안으면서, 부정의 대상
을 넘어서고, 부정의 대상을 정화시키고자 하는 것"이, 김재영 소설의 진
미라고 언급한 적이 있다. 이것을 좀더 보충한다면, 그의 소설에서 부정

의 대상은 간난艱難과 신산스러움이란 점액질이 끈적하게 묻어나 좀처럼 씻겨지지 않는 삶의 그 무엇이다. 우리들 삶의 안팎에 오랫동안 눌러붙은 채 떨어지기는커녕 무엇이 이물질인지 구분이 되지 않은 채 삶의 속살로 자연스레 스며들어, 이제 그것을 떼어내는 일은 불가능하다. 그렇다고 방법이 전혀 없는 것은 아니다. 삶과 한데 어우러졌다면, 그 이물질을 혐오스러워할 게 아니라 아예 삶 자체의 형질을 변화시키면 될 터이다. 즉 삶의 체질을 서서히 변화시키면 되는 것이다. 체질을 변화시키는 것이야말로 어떻게 보면 가장 근원적 처방일지 모른다. 김재영이 부정의 대상을 감싸안으면서, 부정의 대상을 넘어서고, 부정의 대상을 정화시킨다고 내가 언급한 데에는 바로 이를 두고 하는 말이다. 부정의 대상 역시 우리의 삶의 한 양태인바, 삶을 온전히 그리고 자연스럽게 유지하기 위해서는 삶의 부분을 차지하는 부정의 대상을 삶의 전체적 맥락에서 감싸안을 때만이 부정의 대상을 포함한 우리의 삶의 온전성과 항상성이 유지될 수 있는 것이다. 그러기 위해서는 간난과 신산스러운 삶 자체를 견뎌야 한다. 김재영의 소설에서 곧잘 목도되는 인물들은 이 같은 점을 공통적으로 보여 준다.

가세가 몰락하여 고향을 떠나 서울로 이주하여 궁핍한 생활을 하는 와중에 정순 언니는 어촌 출신의 가난한 대학 동기를 사랑하였으나 집안의 완강한 반대에 못이겨 가출을 하여 급기야 자살을 시도하였지만 늙은 어부의 도움으로 살아나 그 어부의 애를 낳고 집으로 돌아온다. 정순네 가족 중에서 정순의 어멈은 유독 정순의 박복한 인생을 혐오하고 증오하지만, 그렇다고 정순을 가족의 울타리 밖으로 내쫓지 않는다. 정순네 가족은 정순의 비루한 삶을 함께 살아갈 따름이다(「국향」). 그런가 하면 다람쥐 쳇바퀴와 같은 무미건조하고 지루한 반복적 일상에 갇혀 전업주부의 인생에 종언을 고한 선영 엄마의 비극을 지켜보고, 악다구니 치며 노점상으로 생계를 근근히 유지해나가는 까무 언니의 강퍅한 삶을 우두망찰 지켜보며, "뚜렷한 이유 없이 지글대는 적의"를 앙가슴에 품은 채 자동화된 이 메마른 일상을 '나'는 살아간다(「치어들의 꿈」). 또한 사회변혁의 꿈을 품은 학생운동가들이 어엿한 기성 세대로 편입되면서 그들이 그토록 부정하고자 했던 자본주의의 속물근성에 친연성을 보이는 것 이상으로 아예 노골적으로 타락한 속성을 서슴없이 드러내고 있는 우리시대의 서글픈 학생운동가의 후일담과 내면 풍경을 접하며 살아간다(「자정의 불빛」, 「국화야, 국화야」). 어디 이것 뿐인가. 도시의 공장 노동자로서 소시민의 삶을 살아오다 공작 퇴직금을 사기당하고 엎친데 덮친 격으로 아내와 이혼을 하면서 소시민으로서의 단란한 가정마저 파괴되고, 급기야 노숙자 신세로 전락한 '나'는 고향으로 돌아와 '나'와 처지는 다르지만, 궁색하기만 한 또 다른 삶의 열패자들을 지켜보며 살아간다(「미조」).

그렇다. 김재영의 소설집에 실린 단편들에서 돋을새김되는 점은 이처럼 삶의 열패자들이며 낙오자들인데, 그들은 이 환멸스럽고 지긋지긋한 삶을 견디며 살고 있다. 하지만 오해하지 말자. 그들은 이 비참하고 부정적 삶에 내성화된 삶의 태도를 통해 이러한 삶에 자포자기하고 있는 것은 결코 아니다. 그들은 그들만의 삶의 방식으로 그들을 에워싸고 있는 악무한의 현실에 오체투지하고 있을 따름이다. 그렇게 그들의 보잘것 없는 온몸을 비루한 삶에 내던질 따름이다. 이 삶의 방식이야말로 어느 순간부터 삶의 길을 잃어버린 그들이 취할 수 있는 최선의 삶을 위한 미적 실천이라 해도 과언이 아니다.

그런데 그들의 이러한 삶의 방식을 선택하게 된 데에는 다음과 같은 이유의 맥락을 촘촘히 재구성해보아야 한다.

> 요즘 세상에 생애를 걸 만큼 가치 있는 인간관계란 없다고
>
> —「국향」, 88쪽

> 햇빛 속을 달려간 열차, 그 열차를 타고 가서 내린 곳엔 꿈과 행복이, 인생의 비밀이 선명한 빛깔과 향기를 뿜으며 열려 있지 않다는 사실을 이미 내가 알고 있는 것처럼
>
> —「물밑에 숨은 새」, 245쪽

> 타오르는 원한과 분노를 양식 삼은 먼 길⋯⋯. 그렇다면 난 무엇에 분노하고 어디로 떠나야 하는 걸까. (⋯중략⋯) 근원을 알 수 없는 욕망과 열패감, 턱없는 분노와 무력감.
>
> —「치어들의 꿈」, 143쪽

> 스딸린 시대의 유토피아와 그들의 낙관주의를 상징하고 있는 그 그림(에릭 불라또쁘의 '붉은 수평선'이란 그림-인용자)은 이십일 세기를 살아가는 지구인들에게는 하나의 비웃음거리가 되어버렸다. 가까이 다가갈수록 더욱 멀어지는 수평선처럼 사회주의 이상은 결국 환영에 불과했던 걸까.
>
> —「아홉 개의 푸른 쏘냐」, 77쪽

미숙은 아이를 핑계로 먼저 빠져나왔다. 집으로 돌아오는 중에도 이런저

런 생각이 끝도 없이 떠올랐다. 지난 시절의 치열한 활동은 삶의 평원에 꽂힌 말뚝이었다. 그렇다면 지금은 그 말뚝으로부터 얼마나 멀리 떨어져 나온 걸까, 아니 말뚝에 매인 줄이란 아직 자신의 몸과 연결되어 있는 걸까. 이미 오래전에 끊겨 나간 게 아닐까. 이제는 다시 그곳으로 돌아가는 길을 영영 잃어버린 게 아닐까. 하지만 이제 누구도 그리로 돌아가라고 강요하지 않는다. 일찌감치 말뚝에서 놓여난 주변의 친구들. 그들은 모두 몸 속에, 새로운 말뚝을 박고 살아가지 않는가. 그렇다면 아무 때고 불쑥불쑥 솟는 불안감은 뭐지? 죄의식일까, 아님 미련일까. 아직 포기하고 싶지 않은 세상에 대한 희망?

—「국화야, 국화야」, 336~337쪽

서로 다른 다섯 작품에서 뽑아낸 위의 인용문들에 관류하고 있는 것은 부정한 세계에 대해 싸워야 할 이유가 이제는 명확하지 않다는 점이다. 그 싸움의 목적이 어떤 전망을 모색하고 밝은 내일을 선취先取하고자 하는 어떤 강렬한 변혁적 욕망에 추동되었다면, 이제 그 욕망은 온데간데없이 증발되어 있다. 그 욕망이 강렬했던 만큼 그 욕망의 빈 자리에는 도저히 알 수 없는 원한과 분노의 감정이 들끓을 뿐이다. 하여 대상에게 향하지 못한 원한과 분노의 감정은 분출의 길을 잃은 채 그 감정을 품은 주체를 향해 돌아온다. 이러한 악순환 속에서 주체는 자기 학대의 상처를 감내한다. 물론 이 자기 학대의 원인이 모호하다고 무턱대로 발뺌을 할 수만은 없다. 우리 사회뿐만 아니라 자본주의 세계체제의 부정을 넘어서려는 현실사회주의의 기획이 무산된 것은 쉽게 간과할 수 없는 원인遠因이자 근인近因으로 작동되었음은 두루 아는 사실이다. 현실사회주의의 기획과 그 실험이 실패로 귀착되는 모습을 보면서, 세계의 진보적 이성사회는 동요되었으며, 급격히 위축 내지 붕괴되어가지 않았던가. 게다가 전지구적 자본주의 세계체제는 갈수록 그 팽창적 힘을 뻗치고 있지 않은가. 따라서 자본주의 세계체제의 바깥은 존재하는지, 그 너머에 존재하는 어떤 삶의 지경으로 넘어설 수 있는지에 대한 패배주의적 회의감이 급물살을 타고 번지지 않았던가. 그러면서 우리는 하나둘, 천천히, 조용히, 그리고 태연히 전지구적 자본주의 세계체제의 일상에 오롯이 그 둥지를 틀고 있지 않는가.

사실, 김재영이 소설 속 인물들로 하여금 예의 비관주의에 젖어 있는 전언을 들려주도록 하는 데에는, 소설 속 인물들의 서로 다른 구체적 삶의 조건 속에서 간난신고艱難辛苦의 삶을 감내하며 사는 게 바로 이러한 삶을 타개하려는 싸움의 목적과 대상이 부재하다는 것을 절실히 말하고 싶기 때문이다. 이것은 김재영의 동시대의 젊은 소설가들에게서 정형화된 클리셰cliche, 즉 진지한 삶에 대한 극단적인 냉소와 부정이 버무려진 가운데 삶에 대한 모멸적 태도를 취하는 것과 큰 차이를 갖는다. 비록 천민자본주의인 우리의 삶이 가벼울 대로 가벼운 삶이라 할지언정 그러한 삶에 대한 부정과 갱신의 욕망은 삶에 대한 위악적 태도를 과장할 게 아니라 김재영처럼 삶의 부박함에 대한 정공법식 대응이 그 진정성을 획득한다고 볼 수 있다. 다시 강조하건대, 그는 아무리 우리들 삶이 부정적인 것 투성이라 할지라도 그 부정적 삶을 위악의 방식에 의해 부정하지는 않는다. 그의 정공법식 대응이 말해주듯, 그는 부정의 삶을 똑바로 응시하고, 부정의 삶을 감싸안으면서 넘어서고자 한다. 가령, 「또 다른 계절」에서 등장하는 어머니는 자신의 죽은 남편에 대한 마을 사람들의 오명을 벗겨내기 위해 마을 사람들 앞에 나서는데, 어머니의 이 같은 결연한 행동은 어느 순간 갑자기 돌출한 그녀의 충동 때문이 아니라 남편 없이 자식들을 힘겹게 키워내며 삶을 떳떳하게 살아온 그녀의 정공법식 삶이 갖는 숭고성에서 비롯된다. 어머니의 이 같은 결연한 행동이 있었기에, 아버지 제사상을 준비하는 가족의 분위기는 침울하지 않다.3) 이제 아버지는 어머니의 삶의 방식에 의해 오명을 벗게 될 것이며, 가족은 부정한 세계의 위협으로부터 자유로울 수 있는 삶의 또 다른 계기를 맞이할 것이기 때문이다.

김재영의 이와 같은 삶의 의연한 대응 방식은 「미조」에서도 할멈의 돈을 훔쳐 달아나며 삶에 대한 강렬한 욕망을 품는 여인의 다음과 같은 비장한 말에서도 엿볼 수 있다.

> "정신 나간 건 바로 너야. 가만히 앉아서 죽기를 기다리잖아. 난, 아냐. 어떻게든 살아야겠어. 부모를 잃고 가겟방에서 얹혀살게 된 뒤로 난 그렇게 살아왔어. 읍내 공장에서 일하다가 다리를 다쳤을 때도, 아이 아버지가 떠났을 때도 그랬지. 지금도 마찬가지야. 뭐 때문이냐고? 글쎄 모르지. 하지만 죽어지지 않는 한 살아가는 거야."
>
> —「미조」, 306쪽

---

3) "아버지가 돌아가신 지 꼭 일 년 되는 서글픈 날이지만, 지글대며 피어오르는 기름 냄새는 어쩐지 꼭 일 년 만에 맞는 잔칫날처럼 기분을 들뜨게 했다. 기름 냄새는 집 안을 속속들이 파고들어 눅눅하고 그늘져 있던 공기를 순식간에 바꾸어놓는 듯했다. (…중략…) 내일은 국토관리청으로 갈 거라고 말하는 어머니 표정은 엄숙하면서도 결연하다. 향을 피우고 아버지에게 잔을 올리면서 어머니는 한 번도 울지 않았다."(「또 다른 계절」, 277쪽)

요컨대 김재영의 소설 속 인물들은 근원을 알 수 없는 삶에 대한 환멸감과 대상이 부재한 원한과 분노의 감정에 사로잡힌 채 부정한 세계를 살고 있다. 그 부정의 세계를 자신의 삶 자체로 받아들이며, 그것을 감내하며 살고 있다. 이 같은 그의 삶의 방식은 비루한 삶에 대한 내성화의 그것이 아니라, 삶의 고통에 대한 신열身熱을 앓으면서 비루함을 감싸 넘어서려는 삶의 숭고성이라고 나는 생각한다. 하여 김재영은 비관주의적 삶에 대한 정공법식 대응으로써 간난신고의 삶을 견딘다. 그러한 삶 속에서 김재영은 '지금, 이곳'의 불모성과 기나긴 싸움의 여정에 들어서고 있다.

4. 산문정신의 핍진성을 기대하며

이제 첫 소설집을 세상에 내놓은 작가 김재영에게 거는 기대가 큰 것은 나의 비평적 판단만은 아닐 터이다. 지금까지 읽어보았듯이, 그의 소설은 정통 소설 형식에 대한 파격의 실험을 보이지 않는다. 형식의 새로움에 사로잡혀 있지 않다. 그만큼 그의 소설은 요란하지 않고, 오히려 묵직하다고 할까. 그렇다고 그의 소설이 둔감한 것은 아니다. 최근 개성이 뚜렷한 작품들이 쏟아져나오는 게 사실이고, 첨단의 감각을 동원한 소설이 지속적으로 선보이고 있지만, 조금만 거리를 두고 본다면, 엇비슷한 형식의 소설들을 변주한 데 불과하다. 이런 작품들을 접하는 순간에는 어떤 새로운 미적 충격이 휩싸이지만, 그 미적 충격은 이내 휘발되고 만다. 그래서 나는 어느새 우리의 소설이 감각이 승한 가운데 인지의 끝에서 오는 생의 충격과 즐거움을 가져다주지 못하는 것은 아닌지, 이런 생각이 한갓 기우杞憂에 지나지 않았으면 하고 생각할 때가 자주 있다.

김재영은 이러한 기우를 불식시켜줄 수 있는 작가라는 점에서 미덥다. 그렇다고 이번 첫 소설집에 대한 문제를 묵과할 수만은 없다. 김재영에게 거는 기대가 큰 만큼 나의 문제제기가 그의 향후 소설의 행보에 작은 도움이 되었으면 하는 바람이다.

우선, 외국인 이주 노동자의 문제에 대해 어느 작가보다 애정을 갖고 있으므로, 이 문제를 좀더 폭넓은 시각에 의해 심층적으로 접근했으면 하는 아쉬움이 남는다. 거듭 환기하지만, 외국인 노동자 문제가 한국사회에서 갖는 특수성에 대한 섬세한 접근이 요구된다. 여기에는 한국이 자본주의 세계체제 내에서 갖는 정치경제학적 문제들에 대한 거시적 시각과 아울러 한국사회 내에서 민족, 인종, 성, 종교 등 미시적 층위에서 제기되는 문제들에 대한 다층적 시각이 요구된다. 그러면서 간과할 수 없는 것은, 외국인 노동자 문제가 아시아의 당면한 과제인 탈식민의 문제와 어떻게 접속되어 있는가에 관한 밀도 있는 시각이 병행되어야 한다. 특히 남과 북의 분단체제를 지양하여 평화공존체제로 거듭 나고자 하는 우리의 특수성을 감안해볼 때 이에 따른 노동시장의 급변화는 어떤 형태이든지 외국인 노동자의 문제와 밀접히 연동될 수밖에 없는 사안이다. 그렇다면, 김재영이 각별한 관심을 두고 있는 이 문제에 대한 서사적 탐구는 단편의 양식이 아니라 장편의 양식으로 정면 대결해야 할 과제라고 나는 판단한다. 가뜩이나 우리의 젊은 작가들이 복잡다변한 세계에 맞서 싸우려는 산문정신이 결핍되어 있음을 고려해본다면, 김재영은 과감히 이 문제를 붙잡고 싸울 필요가 있다. 복잡다변한 세계를 외면하지 않고 분투하는 자세야말로 '지금, 이곳'에서 애타게 갈구하는 산문정신의 핍진성이 지닌 서사적 힘이다. 외국인 노동자에 대한 서사적 탐구는 그 좋은 분투의 대상인 셈이다.

다음으로 부정의 세계를 감싸안으면서 넘어가는 김재영 소설의 미적 실천에서 아쉬운 점은 이번 소설집에 실린 모든 작품이 그런 것은 아니지만, 간난신고의 삶을 견딜 때마다 유년시절의 아름다운 기억, 즉 훼손되지 않은 유년의 과거에 의지하고 있다는 점이다. 물론 유년의 기억은 성인의 타락한 세계를 견딜 수 있는 무한한 삶의 동력을 제공해준다. 유년의 때묻지 않은, 싱싱한 삶이야말로 마르지 않는 생의 활명수를 뿜어내는 근원이다. 하지만 자칫 유년시절에 과도하게 기대는 일은 현재적 고통을 순간적으로 견디게 하는 마약과 같은 기능으로 전락할 수도 있다는 것을 경계해야 한다. 부정의 세계를 감싸안으면서 견디는 게 김재영 소설의 미적 실천으로 보증되기 위해서는 이 같은 점을 숙고해야 할 것이다.

나는 이 글의 맨 앞머리에서 김재영이 2000년에 작단에 발을 들여놓았다는 점을 일부러 명시했다. 그것은 그가 21세기 우리 소설의 현재와 미래를 가늠해볼 수 있는 작가로 성장했으면 하는 비평가로서의 욕망이 투사되었음을 고백한다. 어찌 첫 술에 배부를 수 있겠냐만, 『코끼리』 이후 갱신된 김재영의 소설 세계에 거는 기대를 나는 숨기지 않으련다. 부디 『코끼리』에 배어 있는 초심을 부단히 담금질하기를.

'좋은 소설'과 대화를 나누는 비평의 행복

김재영의 소설에 관한 두 번째 비평

1. '좋은 소설'은 어떤 것일까요?

재영 씨에게

그동안 어떻게 지내셨는지요. 당신의 첫 소설집 『코끼리』(실천문학, 2005)가 2005년에 선보인 지 3년여란 시간이 훌쩍 지나가고 말았네요. 당신의 첫 소설집을 인상 깊게 읽은 저로서는, 아직 두 번째 작품집의 형태로는 묶여 나오지 않았으나, 문예지에 발표되는 작품을 기회가 있을 때마다 찾아 읽곤 했습니다. 이 글을 준비하면서, 저는 쑥스럽지만, 당신의 첫 소설집에 대해 비평한 저의 「부정의 대상을 감싸안으며 넘어서는 미적 분투 —김재영론」(『실천문학』, 2006년 봄호)을 들춰보았습니다. 그 글을 맺으면서,

저는 다음과 같이 언급했더군요.

이제 첫 소설집을 세상에 내놓은 작가 김재영에게 거는 기대가 큰 것은 나의 비평적 판단만은 아닐 터이다. 지금까지 읽어보았듯이, 그의 소설은 정통 소설 형식에 대한 파격의 실험을 보이지 않는다. 형식의 새로움에 사로잡혀 있지 않다. 그만큼 그의 소설은 요란하지 않고, 오히려 묵직하다고 할까. 그렇다고 그의 소설이 둔감한 것은 아니다. 최근 개성이 뚜렷한 작품들이 쏟아져나오는 게 사실이고, 첨단의 감각을 동원한 소설이 지속적으로 선보이고 있지만, 조금만 거리를 두고 본다면, 엇비슷한 형식의 소설들을 변주한 데 불과하다. 이런 작품들을 접하는 순간에는 어떤 새로운 미적 충격이 휩싸이지만, 그 미적 충격은 이내 휘발되고 만다. 그래서 나는 어느새 우리의 소설이 감각이 승한 가운데 인지의 끝에서 오는 생의 충격과 즐거움을 가져다주지 못하는 것은 아닌지, 이런 생각이 한갓 기우杞憂에 지나지 않기를, 하고 생각할 때가 자주 있다.

김재영은 이러한 기우를 불식시켜줄 수 있는 작가라는 점에서 미덥다. (「부정의 대상을 감싸안으며 넘어서는 미적 분투—김재영론」, 『실천문학』, 2006년 봄호, 364쪽)

고백하건대, 이런 생각에는 지금도 변함이 없습니다. 『코끼리』 이후 발표된 작품들 역시 새롭고 낯선 서사의 형식이기보다 우리에게 익숙한 서사의 형식을 통해 당신이 천착하고 있는 소설 세계를 우직하게 보여주고 있습니다.

사실, 저는 최근에 고민이 있습니다. 아주 상투적이고 식상한 고민일

텐데요. 당신의 작품을 읽을 때마다 드는 고민입니다. 대관절, '좋은 소설'은 어떤 것일까요. (아차, 뜬금없이 이런 우문愚問을 던지다니! 문학을 하는 동료들 사이에서 기피하는 질문 중 하나인데, 이 물음을 이렇게 쉽게 하다니! 하지만, 저는 이런 근본적인 질문을 자꾸 우리 스스로에게 던져보아야 한다고 생각해요. 너무나 소박하고 상식적인 물음일수록 작가와 비평가는 겸허히 자신들의 미적 세계관을 절차탁마하면서 자신들만의 현답賢答을 갖고 있어야 하지 않을까요.)

대단히 포괄적이고 손쉽게 답할 수 없는 질문이라는 걸 잘 압니다. 저는 문청文靑 시절부터 고집하는 제 나름대로의 기준이 있는데요. '좋은 소설'이란 세계와 불화하며, 아주 집요하게 세계를 동요시키는 가운데, '지금, 이곳' 너머에 존재하는 어떤 세계에 대한 꿈을 지속적으로 꾸도록, '지금, 이곳'에 있는 '나'를 매우 곤혹스럽게 하는 소설입니다. 말하자면, 새로운 미적 체험을 안겨주되, 그 미적 체험은 '나'가 있는 세계에 균열을 냄으로써 '나'에게 익숙한 세계를 넘어 어떤 아름다운 가치를 실현할 수 있는 세계를 욕망하도록 하는 소설을, 저는 '좋은 소설'이라고 생각합니다. 이런 생각을 다른 이들에게 얘기하면, 그들은 저를 '미적 계몽주의자'라고 곧잘 타박하곤 합니다. 아직도 소설을 통해 세상이 바뀌기를 갈망할 정도로 순진하냐고 말입니다.

재영 씨,

저를 보고 '미적 계몽주의자'라고 타박하는 데 대해 부분적으로는 동의합니다. 하지만, 소설을 통해 세상이 바뀌기를 갈망하는, 그런 순진한 '미적 계몽주의자'는 아닙니다. 다만, 저는 세계-내적-존재로서 악무한으로 치닫고 있는 이 세계에 대해 불화를 하고, 이 세계에 조금도 안주하지 않고, 이 세계에 존재하고 있는 자신에 대한 반성적 성찰을 통해, 이 세계

너머의 어떤 또 다른 세계를 향한 미적 충동을 갖도록 하는 비평을 추구한다는 점을 말하고 싶습니다. 이런 말을 하는 데에는, 재영 씨의 소설을 통해 저의 이러한 비평이 튼실해질 수 있다는 생각이 들며, 이것은 바로 재영 씨의 소설이 은연중 제가 생각하고 있는 '좋은 소설'이라는 판단이 들기 때문입니다.

2. 원한의 양가성, 음울한 혹은 희화적인

재영 씨,

저는 이 글을 준비하면서 다시 한 번 소설집 『코끼리』를 읽어보았습니다. 이번에 읽으면서 유달리 눈에 띄는 작품이 있었는데요. 그것은 「치어들의 꿈」이었습니다. 제가 처음에 김재영론을 준비할 때는 다른 작품들이 상대적으로 눈에 띄었는데, 가령, 외국인 노동자를 다룬 「코끼리」나 「아홉 개의 푸른 쏘냐」와 같은 작품이 갖는 문제성이 돋을새김되었습니다. 그런데, 이번에 읽을 때는 그때 그렇게 관심을 갖지 못했던 작품이 우선적으로 다가오더군요. 아마, 첫 소설집이 출간될 당시에는 외국인 노동자를 재영 씨처럼 예각적으로 다룬 작품이 몇 안 되었으므로, 「코끼리」와 「아홉 개의 푸른 쏘냐」와 같은 작품이 갖는 선진적 문제의식과 그 미적 실천을 특별히 비평적으로 주목했지 않았나 싶습니다. 물론, 그렇다고 오해해서 안 될 게 이 두 작품이 지금 시점에서 작품성이 떨어지느냐 하면,

결코 그렇지 않다는 점을 분명히 해두고자 합니다.

　제가 특별히 이번에 「치어들의 꿈」을 주목하게 된 것은, 비루한 일상에 치어 살고 있는 전업주부인 '나'에게서 보이는 "뚜렷한 이유 없이 지글대는 적의"(「치어들의 꿈」, 134쪽)가 매우 충격적으로 다가온다는 점입니다. 왜, '나'는 이 이유 없는 적의敵意를 품을까요. 이유가 없다는 것은 분노하고 싸워야 할 대상이 명확하지 않다는 점이 아닌가요. 사실, '나'는 "문제는 그 원한의 대상이 누군지 모른다는 거야"(「치어들의 꿈」, 140쪽)라고 푸념을 하는데, 원한의 대상이 부재한 사회에서 그 원한의 대상이 자칫 '나' 자신이 되기 십상이라는 점이 매우 두려운 게 아닌지 모르겠습니다. 어떻게 보면, 원한의 대상을 명확히 찾지 못하도록 하는, 정체 불명의 증오와 분노 속에서 일상을 살도록 하는, 그리하여 제 풀에 꺾여서 스스로 파멸하도록 하는, 그래서 그것을 도저히 견디지 못하는 개별자는 삶에 마침표를 찍고, 그 개별자가 속해 있는 사회는 아무렇지도 않은 듯이 유지되는 '지금, 이곳'이야말로 정작 우리가 두려워하고 싸워야 할 원한의 대상이 아닌지요. 저는 이것을 「치어들의 꿈」의 마지막 장면에서 섬뜩하게 마주칩니다.

　"요새 젊은것들은 그저 호강에 겨워서 저 지랄이지?"

　"그러게 말이야. 지들이 시집살이를 하나 옛날 우리네처럼 뼈가 으스러지게 들일을 하나. 서방하구 새끼들 밥해 먹이는 것도 힘들다고 자살한대? 원, 세상이 우습게 되려니까, 쯧쯧쯧……."

　어느 노부부가 하는 소리가 넓은 아파트 광장을 왕왕 울려댔다. 나는 방금 전 구급차가 요란하게 지나갔던 방향으로 온 힘을 다해 달렸다. 어지러운 네온사인에 미쳐 발광하는 도시가 성큼 가슴을 압박해왔다. 저 짐승 때

문이야, 선영 엄마, 정신 차려, 저 번뜩대는 거대한 짐승 때문이야. 원한의
대상도 모르면서……아무런 단서도 없이……그건 바보짓이야. 정신 똑바
로 차려, 선영 엄마!(「치어들의 꿈」, 『코끼리』, 147~148쪽)

'나'와 달리 전업주부의 삶에 평소 자긍심을 갖고 있는 선영 엄마가 아
파트에서 투신하여 자살한 대목에서 '나'는 마침내 원한의 대상을 발견하
고, 선영 엄마의 몫까지 더 해 원한을 바깥으로 드러냅니다. 선영 엄마를
죽음으로 내몬 것은, 어떤 거창한 역사적 혹은 사회적 원인에 의해서가
아닙니다. 선영 엄마는 평범한 전업주부로서의 삶을 살았을 뿐입니다.
너무나 평범한, 지극히 평범한 전업주부로서의 삶을 살았을 따름입니다.
그런데, 바로 이 지극히 평범한 삶이 선영 엄마의 죽음을 자초했다면 어
떨까요. 선영 엄마의 죽음을 두고 노부부가 얘기했듯이 말이죠. '나'는 선
영 엄마의 죽음 앞에서 비로소 원한의 대상과 마주치는데, 바로 그것이
'도시적 일상'이라고 하면, 너무나 평범한 언급일까요. 다람쥐 쳇바퀴와
같은 소시민적 일상에 안주하는 게 행복임을 내면화하는 사회 속에서 선
영 엄마와 '나'는 갇혀 있었던 겁니다. 그리고 그러한 도시적 일상 속에
길들여지는 자신의 모습을 문득 대하는 순간, 지금까지 찾을 수 없었던
원한의 대상이 바로 자신이라는 점을 알게 되고, 그 원한의 대상인 자신
을 향해 솟구치는 분노는 결국 생의 종언을 초래하게 된 것이 아닐까요.
　「치어들의 꿈」이 원한을 표출하는 방식이 이처럼 음울하다면, 「십오만
원 프로젝트」(『실천문학』, 2006년 여름호)와 「달을 향하여」(웹진 『문장』, 2007년
2월호)는 이와 정반대의 방식으로 원한을 풀어내어 흥미롭습니다.
　「십오만 원 프로젝트」와 「달을 향하여」에서는 공통적으로 실직자 가

장이 주요 인물로 부각되는데요. 「십오만 원 프로젝트」의 '나'는 한때 계약직으로 시체 냉동실 보관 직원으로 일한 적이 있다가 정규직 직장을 다니기 위해 고시원에서 공무원 시험을 준비하는 삼수생으로서 처가살이를 합니다. '나'는 주기적으로 모종의 이벤트를 통해 장인의 환심을 사면서 가시방석 같은 처가살이를 현명하게 견디는 삶을 살아갑니다. 이렇게까지 하면서 살아야 하는가 할 정도로, '나'는 장인의 환심을 사기 위한 온갖 프로젝트를 기획 · 실행하는데요. 그 중 가장 압권이 십오만 원을 갖고 장인을 포함한 마을 어른들이 야유회를 즐기는 것인데, '나'는 십오만 원 범위 안에서 장인과 마을 어른들의 환심을 최대한 사기 위해 노심초사합니다. '나'에게 십오만 원밖에 없다는 사실을 철저히 숨긴 채 십오만 원 이상의 경비를 소모하면서 야유회를 즐기는 것처럼 하는 위장술을 발휘하는 것이죠. 도대체, 처가살이가 무엇이길래, '나'는 처가살이를 잠시라도 편하게 하기 위해 예의 위장술을 주기적으로 기획해야 하는 것일까요. '나'의 이런 위장술은, '나'의 딱한 처지(변변한 정규 직장 없이 눈칫밥을 먹는 처가살이)를 견디기 위한 '나'만의 생존 방식인데, 이 딱한 처지를 향한 '나'의 원한은 작가에 의해 매우 희화적으로 그려지고 있습니다.

그런가 하면, 「달을 향하여」의 '나'는 명예퇴직을 한 가장으로서 회현동에 있는 자신의 아파트의 전세금을 올려받아야 한다는 아내의 말을 듣고 회현동 아파트를 찾습니다. 그런데 우연히 '나'는 회현동에서 어린 시절의 친구 덕호를 만나는데, 덕호는 엉뚱하게도 '나'에게 달을 분양하려고 합니다. 덕호의 말에 따르면, '달'은 이미 세계의 유명 인사들에게 분양되고 있다는 것이죠. '나'와 덕호가 어린 시절 남산 공원에서 동경하던 달의 비의성秘義性은 온데간데 없고, 저 우주에 있는 달마저 지구의 자본의 이해관계로 인식하는 현실이 서글프기만 합니다. 무엇이, 왜, 덕호에게 달을 분양하도록 하는 망상을 갖게 하였을까요. 오죽하면, 덕호가 달을 분양하겠다는 생각을 품을까요. 명예퇴직을 한 '나'는 아내에게 천덕꾸러기 신세가 된 지 오래이고, 덕호는 꿈을 포기한 채 달을 부동산 시장의 매물로 생각하는 이 환멸스러운 현실에서 우리는 살고 있습니다. '나'와 덕호가 품은 원한이 작가에 의해 다소 몽환적으로 혹은 희화적으로 표출되고 있는 게 왠지 모를 슬픔으로 다가오네요.

3. 일상에 매몰되지 않으려는 역사적 성찰

재영 씨,

그렇다고 당신의 작품이 원한이라는 사적 감정이 지배적인 것으로 파악하자는 얘기는 결코 아니니 별다른 오해가 없었으면 합니다. 가령, 「자정의 불빛」과 「국화야, 국화야」에서 드러나는 당신의 역사의식은 한 개인이 품는 원한의 사적 감정을 넘어 서서, 그 사적 감정이 한국사회의 역사적 혹은 사회적 맥락으로 어떻게 자리잡고 해석될 수 있는가의 문제를 짚어내고 있습니다.

영화 보던 날 생각했어요. 사랑. 사회주의 국민들도 사랑을 하는구나. 하지만 변혁을 하겠다는 내가 사랑을 하고, 가정을 꾸릴 수 있을까? 노동자나

혁명가도 아닌 소시민의 가정을? 그러고도 계속 역사의 거센 물결을 탈 수 있을까? 나는 고민을 그런 식으로밖에 할 줄 몰랐어요. 편협했지요. 삶에 대한 정열과 신념을 넘쳐흘렀지만, 때론 너무 경직되어…….(「자정의 불빛」,『코끼리』, 203쪽)

"회사 측의 방해공작도 조합 활동을 위축되게 하지만, 그렇지만 말이야, 그보다는 활동가들, 특히 나 같은 학생운동 출신들 사이에 만연한 패배주의가 더 문제야. 방향을 잃고 표류하는 배처럼 싸움의 대상도 내용도 찾질 못하고 있어. 도대체 뭐가 문제일까? 모두가 새 정권의 논리에 말려든 걸까? 이제는 투쟁의 시대가 아니라 협력이 최선의 시대라는. 게다가 모두들 생활 자체에 자꾸 지쳐만 가. 나만 해도……."

재석은 무슨 말인가 더 하려는 듯하더니 그대로 입을 다물어 버렸다. 미숙 역시 주변의 모든 것이 제 색깔을 잃어가고 있다고 느꼈다. 명분도, 이상도, 정열도. 너무 갑자기 나약해지고 허물어져가는 우리. 변해가는 서로의 모습을 외면하기에 바쁜 우리. 오로지 남은 건 일상의 대화뿐이다. 그나마 영웅담처럼 혹은 자신을 비춰보는 거울처럼 나누던 지난 시절의 추억조차 이제는 꺼내지지 않는다. 아파트 마련이니, 취직이니, 그도 아니면 너절한 우스갯소리로 빈 구석들을 채우려 든다.(「국화야, 국화야」,『코끼리』, 335쪽)

열렬한 학생운동권이었던 '진임'은 "인텔리에게 배반당한 어느 여성 노동자의 삶과 사랑을 다룬"(「자정의 불빛」, 201쪽) 옛 소련 영화를 보면서, "너무 경직되어" 있던 자신을 되돌아봅니다. 1980년대의 열렬한 학생운동가들은 그들이 믿었던 사회주의적 신념을 실천하기 위해 우리들 삶에서 소중한 개별자의 사랑을 희생시켜왔던 것을 반성합니다. 세상을 향한 변혁적 열정과 정치적 신념이 강하여, 집단 공동체를 우선적으로 고려하고, 개별자와 연루된 모든 삶의 양상들을 부르주아적 속물 근성으로 가치 폄하해온 것에 대한 혹독한 자기 반성의 통과의례를 거칩니다. 이렇게 반민주적인 대상과 맞서 싸워온 '진임'은 개별자들의 소중한 사랑을 혹시 잃어버렸던 것은 아닌가 하는 반성적 물음에 직면하게 되는 것이죠. 어떻게 보면, '진임'의 이러한 반성은 1980년대를 관통해온 자로서 그 시대를 신화화하는 게 아니라 객관적 거리두기를 통해 얻은 것과 잃은 것을 냉철히 점검해보는 비판적 역사의식의 일환으로 해석되어도 무방하다고 저는 생각하는데요. 그렇기 때문에 당신은 '진임'을 속물적 부르주아 세계를 추수하지 않는 나름대로의 역사적 의지를 고스란히 간직하는 인물로 남겨둡니다.

이러한 '진임'의 면모는 위에서 인용한 「국화야, 국화야」의 재석의 말과 미숙의 상념 속에서도 확연히 읽을 수 있습니다. 재석은 1980년대를 관통해온 1990년대 이후의 현실에서도 여전히 사회운동에 몸담고 있는데, 1980년대와 달리 운동의 역량이 현저히 위축되어 있습니다. 재석의 말대로 "학생운동 출신들 사이에 만연한 패배주의"와 "모두들 생활에 자체에 자꾸 지쳐만 가"고 있는 게 엄연한 현실입니다. 미숙은 이 점을 "오로지 남은 건 일상의 대화뿐"이라고 자조自嘲합니다. 즉, 자본주의적 일상에 충실히 사는 것만이 삶의 최선의 가치라고 말합니다. 어떻게 얻어낸 민주화의 성과인지, 우리들은 형식적 민주주의가 정착되어가면서 민주화를 향한 그 뜨거운 열망과 정치적 신념을 망각하게 됩니다. 민주주의의 참다운 가치는 이제부터 뿌리내리도록 서로의 지혜를 모으고 실천해야 함에도 불구하고, 마치 민주화가 다 달성된 것인 양 운동권은 물론 일반인들은 아주 빠른 속도로 소비 자본주의적 일상의 매혹에 젖어듭니다. 재영 씨도 인정하듯, 이러한 풍경은 1980년대의 이른바 '불의 시대'를 통해 살아남은 자들이 직면한 역사적 곤혹스러움이자 부끄러운 모습입니다. 재영 씨는 이 곤혹스럽고 부끄러운 풍경을 정직하게 대면하고 있습니다. 역사의 큰 대가를 지불하고 되찾은 게 고작 부를 축적하고 입신양명하기 위한 기회인지, 재영 씨는 준열히 되묻고 있습니다.

재영 씨,

저는 이 두 작품을 이번에 다시 읽으면서, 문득, 1990년대 초반에 붐을 이루었던 운동권의 후일담 소설이 겹쳐지는군요. 재영 씨도 알고 있듯, 1990년대 초반은 지난 연대의 상처가 미처 아물지 않았던 시기입니다. 그래서 1980년대를 힘겹게 견뎌온 작가들은 후일담의 서사를 통해 시대적 윤리와 소설적 윤리를 성찰했던 셈입니다. 그런데, 우리는 이 후일담 문학에 대한 정당한 평가를 하고 있을까요. 제가 이런 문제를 제기하는 데에는, 재영 씨의 작품이 비록 2000년대에 소설집의 형태로 묶여 나왔으나, 재영 씨의 소설 세계를 온당히 해명하기 위해서는 운동권의 후일담 소설에 대한 평가를 괄호 안에 넣을 수 없기 때문입니다. 그래선데요, 저는 후일담 소설이 항간에서 얘기하듯, 80년대문학/90년대문학의 단절의 징표로만 받아들이기보다 차이를 둔 어떤 연속적 계기를 지닌 것으로 볼 수 없을까 하는 점입니다.

제 입장에서는 재영 씨의 앞의 두 작품에서 드러난 인물들처럼 사회변혁 운동의 선명한 논리를 갖고 창작했던 사람들이 87년 이후의 급변하는 현실 정황 속에서 자신의 문학세계를 갱신하려는 고뇌어린 몸부림의 산물이 바로 후일담 문학이라는 점이죠. 그런데, 이 후일담 문학에 대한 90년대 문학의 주체들은 어떠한 평가를 내렸습니까. 90년대 문학주의를 내세우는 비평가들이 후일담 문학을 철지난 80년대 계몽주의문학에 대한 아집 내지 현실 패배주의라는 식으로 부정의 딱지를 붙이지 않았나요. 저는 바로 이 같은 평가야말로 90년대 문학이 80년대 문학을 온당히 성찰하지 못한 문제이며, 80년대 문학과 어떠한 관계성을 갖지 않으려는 90년대 문학의 옹졸한 인정투쟁이라고 보입니다. 지금부터라도 늦지 않았습니다. 80년대의 강한 저항의 논리들이 후일담 문학에서는 어떠한 주체의 성찰을 통해 갱신되고 있는지를 다시 검토해야 하지 않을까요. 그래서 80년대의 사회변혁운동의 주체들이 87년 이후 90년대 후기자본주의가 맹렬한 공세를 띠고 있는 상황에서 또 다른 주체로 어떻게 갱신되고 있는지를 고민하는 흔적으로서 후일담을 재조명해야 하며, 그럴 때 80년대와 90년대의 문학은 차이를 겸비한 연속적 시각, 즉 단속적斷續的 시각 속에서 재영 씨와 같은 서사적 노력이 문학사적 의미로 온당히 평가될 수 있을 것이라고 생각해봅니다.

4. 비제국적 시선과 아시아적 연대의 징후

재영 씨,
저는 당신의 첫 소설집 이후 발표한 작품들 중 「앵초」(『창작과비평』, 2007

년 여름호), 「꽃가마배」(『작가세계』, 2007년 여름호), 「롱아일랜드의 꽃게잡이」(『황해문화』, 2007년 겨울호) 등을 읽으면서, 소설적 공간이 확장되는 가운데 세계에 대한 인식이 넓고 깊어지는 것을 짐작할 수 있습니다. 무엇보다 제국의 복판에서 세계와 맞서 싸우는 재영 씨의 서사적 고투를 만날 수 있으며, 아시아적 연대를 모색하는 재영 씨의 서사적 전망을 함께 읽을 수 있어 비평가로서 소설을 통한 지적 흥미를 모처럼 가져봤다고 할까요.

먼저, 「앵초」에 대한 얘기를 꺼내봅니다. 「앵초」는 9·11테러의 희생자인 남편 민욱의 죽음을 추도하는 것과 연루된 이야기들로 이루어져 있습니다. 재영 씨는 한국소설로는 드물게 9·11테러의 희생자를 정면으로 다루고 있는데, 그것도 9·11테러가 있었던 뉴욕으로 소설적 공간을 옮겨 서사화하고 있습니다.

사실, 기왕 말이 나왔으니 하는 말이지만, 저는 9·11에 대해 재영 씨가 어떠한 관점을 갖고 이 소설을 써내려가는지 퍽 궁금하였습니다. 이미 9·11에 대해서는 우리가 접할 수 있는 온갖 정보를 알고 있는 터에, 9·11을 둘러싼 새로운 사실의 발견에 기반한 서사는 어딘지 번짓수를 잘못 짚은 것 같거든요. 말하자면, 저는 김재영이란 한국 작가에 의해 '해석된 진실'을 만나고 싶었습니다. 이것은 달리 말해 제국의 시선이 아닌, 제국의 논리에 오염되거나 포섭되지 않은, 비제국적 시선으로 9·11을 바라보는 작가적 시선을 만나고 싶었다는 겁니다. 이에 대해 당신은 소설 곳곳에서 다음과 같은 시선을 취하고 있습니다.

억울한 죽음들은 번쩍이는 미국 정부홍보지에 실려 총알이 되고 폭탄이 되고 미사일이 되어 다른 죽음을 불러들일 뿐이었다. (「앵초」, 284쪽)

성당 안은 좀더 경건한 추모 분위기다. 촛불들, 꽃들, 희생자 사진들, 편지, 메씨지를 담은 물건들, 가슴 아픈 사연 그리고 수많은 성조기와 성조기 무늬의 소품들……누군가 운다. 돌아보니 젊은 여자다. 울음이 잦아들 때까지 사람들이 그녀를 위로한다. 나는 왜 이리 냉담한가. 왜 이리 무심한 표정으로 낯선 사람들 틈에 서 있나. 흐느껴 울어도 시원찮을 텐데. 바닥에 주저앉아 내 친구를 살려내라고 생떼를 써도 모자랄 만큼 억울한데. 넘치는 성조기 때문인가. 온통 미국인에 의한, 미국인을 위한, 미국인의 추모 분위기 탓인가. 한국 국적을 가지고 일하다 희생된 민욱 같은 사람들, 그런 외국인들을 위한 어떤 마음 씀도 찾을 수 없다. 다시 한 번 성당을 꼼꼼히 둘러본다. 눈에 띄지 않는다. 성당을 빠져나와 건물 뒤쪽에 마련된 공원묘지로 간다. 추모공원 한쪽에는 '희망의 종'이 매달려 있다. 미디어를 통해 본 기억이 난다. 부시를 비롯한 미국 정치가들이 해마다 9월이면 타종하던, 비장한 표정으로 악의 축을 선정하고 전쟁을 선포하던, 영광에 마음 들뜬 젊은이들을 불러 모아 오래된 거짓말, 조국을 위해 죽는 건 감미롭고 지당하도다, 라고 외치던 그 장소, 그 종이다.

왜 민욱의 이름은 안 보이냐고 묻자 수화기 너머의 하윤이 맥없이 "외국인이잖아. 시신도 못 찾았고"라고 답한다. 외국인 추모제는 백악관에서 따로 마련한다던데 가본 적이 없고, 한인들이 마련하는 추모식도 비공식적인 거라 잘 모르겠다면서. 죽음마저 국경이 갈리고 이해관계에 따라 귀천이 나뉘는 현실에 마음이 울적하다. (「앵초」, 294~295쪽)

"죽음마저 국경이 갈리고 이해관계에 따라 귀천이 나뉘는 현실"이 바로 재영 씨가 인식하는 9·11에 대한 '해석된 진실'입니다. 소설 속 작중 인물인 아내는 남편 민욱의 죽음을 추모하기 위해 그라운드 제로에 갔지만, 그곳 어디에서도 남편 이름을 찾을 수 없습니다. 9·11 참사를 당한 사람들은 미국인만이 아닌데도, 미국인을 제외한 다른 나람 사람들은 9·11이란 역사의 현장에서 존재하지 않습니다. 오직 미국인을 위한 추모식만이 있을 따름입니다. 재영 씨는 제국의 시선이 아닌, 그렇다고 9·11테러를 자행한 이슬람급진주의자들의 시선이 아닌, 비제국주의적·비테러리스트적 시선에 의해 어떤 진실을 예각적으로 갈파합니다. 그것은 "안타깝게도 죽음마저 국경이 나뉘고 이익에 따라 철저히 이용되는 세상"(「앵초」, 308쪽)을 향한 준열한 비판이며, 억울한 죽음을 희생양 삼아 제국의 팽창적 야욕을 미화하려는 데 대한 반문명적 태도를 문제삼고 있습니다. 그러면서 재영 씨는 이 모든 반문명적 야만에 의해 희생당한 뭇 사람들을 위한 당신만의 추도식을 갖습니다.

> 그녀는 오늘의 추도식이 그라운드 제로를 떠도는 남편의 영혼을 달래고, 병든 노모를 위로하며, 풍성한 음식과 고운 앵초 사이에서 집안의 안녕을 비는 가든파티가 되기를 바랐다. 남편 없이 새 둥지를 마련하기까지 힘들었던 세월을 스스로 위로하고 싶었던 것이다. (「앵초」, 308쪽)

그렇습니다. 민욱의 아내가 갖는 추도식은 9·11로 억울한 죽음을 당한 뭇 사람들의 영혼을 달래되, 살아남은 자들의 슬픔과 고통까지 함께 치유하는 역할을 맡는, 국경과 인종을 초월한 인류애적 추도식입니다. 또한 이 추도식은 아직도 한국전쟁의 상흔에서 벗어나지 못한 병든 노모를 위로하기 위한 것이며, 인종 차별이 극심한 제국에서 당당히 인간으로서 위엄을 지키며 살아가는 자신들의 삶을 위로하는 성격이 공존하는 추도식입니다.

잠시, 저는 「앵초」에서 민욱의 아내가 갖는 이 추도식의 풍경을 그려 보았습니다. 이 추도식 풍경을 그려보는 것만으로도, 당신이 얼마나 문명이라는 이름으로 야만의 가면을 쓰고 있는 제국의 가증스러움을 가차 없이 비판하고 있는지, 그리고 비판에 머무르지 않고, 제국의 기만적인 인류애를 넘어선, 진정성이 깃들어 있는 인류애를 서사적으로 실천하려는 의지가 얼마나 확고한지를 짐작하고도 남습니다.

이러한 제국의 기만적 인류애에 대한 비판은 「롱아일랜드 꽃게잡이」를 통해 제국의 일상 속에서 신산스러운 삶을 살 수밖에 없도록 제도화된 이민자의 고달픈 현실로 형상화되기도 합니다. 즉, "소외된 이방인들로 가득한 도시는 튀고 자살하고 싶은 사람들을 얼마든지 공급할"(「롱아일랜드 꽃게잡이」, 288쪽) 속성을 갖고 있기에, 제국으로 이민한 사람들은 제국에 뿌리를 내리지 못하고 하루하루를 염세적으로 살아갑니다.

재영 씨,

제국에 대한 성찰적 서사를 아직 이 두 작품 외에는 만날 수 없기 때문에 섣불리 당신의 제국에 대한 서사적 인식과 그 형상성이 딱히 이렇다고 평가할 수는 없습니다. 하지만, 기왕 제국의 변방에 있는 작가로서 제국에 대한 서사적 통찰을 보이는 작품은 얼마든지 쓸 수 있다고 생각합니다. 제국의 중심부에 있는 작가들보다 훨씬 제국을 다층적으로 볼 수 있는 여건이 되니까요. 그런 점에서 「앵초」와 「롱아일랜드 꽃게잡이」와 같은 서사적 시도는 의미가 있는 것입니다. 그러고보니, 재영 씨가 이와 같은 서사를 시도하게 된 것은, 얼마간 제국에서 생활한 경험이 있기 때문이죠? 비록, 긴 경험은 아니지만, 작가가 갖는 예리한 심미적 인식으로써 이후 제국의 지배 논리에 균열을 내는 서사적 마력을 발휘했으면 하는 바람 간절합니다.

　여기서 「꽃가마배」 또한 예사롭지 않은 작품인데요. 저는 이 작품을 앞서 언급했듯이, 아시아적 연대의 가능성이 징후적으로 모색되고 있는 작품으로 읽었습니다. "하반신이 마비된 중년 홀아비"(「꽃가마배」, 177쪽)인 아버지는 태국인 여자를 아내로 맞이하여 행복한 부부생활을 누리던 도중, 태국인 여자가 불륜을 저질렀다는 오해를 사게 되면서, 결국 그녀는 아버지 사이에 혼혈아를 낳고 집에서 쫓겨나는 신세가 되며 아이는 태국으로 보내집니다. 그리고 그녀는 한국의 어느 공장의 화재사고로 죽습니다. 태국인 여자가 억울한 누명을 쓰게 된 것이라는 진실은 나중에 드러나게 되는데, 이 소설의 미더움은 작중인물 '나'가 태국인 여자가 낳은 혼혈 이복동생을 찾아나선다는 점이며, 그 혼혈 이복동생을 만나는 것으로 끝을 맺습니다. 여기서 제가 주목하고자 하는 것은, 한국은 유달리 피의 순수성을 고집하는 순혈주의를 맹신하다시피 하는데, 점차 국제결혼이 급증하는 현실 속에서 순혈주의의 억압성이 얼마나 인간의 행복을 앗아갈 수 있는지를 우리는 직시해야 하고, 바로 이 순혈주의가 한국사회에 침강되어 있어, 내부 파시즘으로 언제든지 작동될 수 있다는 점을 늘 경계해야 한다는 점입니다. 태국인 여자가 억울한 누명으로 객지에서 죽게 된 것은, 바로 한국사회의 내부 파시즘에 의한 것이라 해도 과언이 아닐 테지요. 따라서 이 작품은 순혈주의로 외화된 우리 안의 파시즘을 경계함과 동시에, 혼혈 이복동생을 찾아 나서 만난다는 것에서, 아시아적 연대의 숭고한 아름다움을 모색하고자 하는 작가의 의지로 읽히기도 합니다.

제가 너무 비약적으로 읽은 것인지 모르겠지만, 이후 재영 씨의 이러한 서사적 노력이 웅숭깊어지기를 기대해봅니다.

재영 씨,

이제 글을 마무리 지을 때가 되었네요. 저는 참 행복한 비평가인가 봅니다. 한 작가의 작가론을 두 번 씩 쓸 기회를 갖는 행운을 가졌네요. 그래서, 이번에는 의도적으로 첫 소설집에 실린 작품에 대한 얘기는 가급적 피했습니다. 저의 첫 김재영론에서 미처 생각이 미치지 못했던 작품과, 첫 소설집 이후 발표된 작품들을 중심으로 성긴 생각들을 끄집어 내었습니다. 두 '김재영론'을 함께 놓고 보시면, 재영 씨 소설 세계를 좀더 자세히 살펴볼 수 있지 않을까 하는 생각이 듭니다.

'좋은 소설'을 쓰는 작가를 곁에 두고 있는 비평가가 더 이상 부러워할 게 있을까요? 아직 두 번 째 소설집이 묶이지는 않은 터라, 재영 씨의 소설 세계를 좀더 정치하게 파악해볼 수는 없지만, 제가 이 글의 서두에서 언급했듯, 당신은 우직하게 당신만의 소설 세계를 펼쳐보일 수 있을 거라는 비평적 신뢰를 가져봅니다.

'좋은 소설'을 쓰는 작가를 곁에 두게 된 비평가가
2008년 가을의 복판에서

(『오늘의 문예비평』, 2008년 겨울호)

근대의 '제도화된 일상'에 고투苦鬪하는*

박금산의 소설미학에 대한 한 해명

금산씨에게,

말도 많던 2006년을 보내고, 2007년을 맞이했습니다. 해묵은 시간은 어김없이 흘러가고, 새로운 시간의 문턱으로 들어섰습니다. 사람들은 매년 새해를 맞이하면서 나름대로의 소중한 꿈을 간직하죠. 행복을 향한 꿈을 말입니다. 새해 첫날 떠오르는 태양의 기운 속에서 가족의 건강과 일의 성취, 그리고 사회적 안정과 경제적 번영, 더 나아가 인류의 평화를 향한 꿈을 품습니다. 금산씨는 어떠한 꿈을 품었는지요.

지난해 연말쯤이던가. 이 땅의 지식인을 대상으로 지난해를 성찰하는

---

* 이 글은 (사)민족문학작가회의 산하에 있는 '민족문학연구소'가 2006년 9월 15일에 개최한 제1회 '민족문학연구소와 함께 하는 젊은 작가와의 대화 : 박금산 편'에서 발제한 것을 다소 수정했다는 점을 밝혀둡니다. 이 자리를 빌어 그날 대화에 참석해준 박금산씨와 동료 비평가, 그리고 독자 여러분께 감사의 말씀을 드립니다.

사자성어를 고른 적이 있었습니다. 그때 선택된 사자성어가 '밀운불우密雲不雨'였어요. 천지에 구름이 가득하나, 비가 내리지 않는 형국이 바로 오늘의 우리의 삶이라는 촌철살인과 같은 언급이었습니다. 적당한 양의 비가 적절한 때에 내려 대지를 적셔줘야 하는데 그렇지 못하다는 것입니다. 참으로 비관적인 견해라 아니할 수 없습니다. 아마도, 금산씨도 대동소이한 견해를 갖고 있을 거라 생각합니다. 2007년 올해에는 꼭 적절한 시기에 적당한 양의 비가 목마른 대지를 적셔주었으면 하는 마음 간절합니다.

새해를 금산씨는 어떻게 보내실 건지요. 제가 알기로 금산씨는 소설가이자 대학원 박사 학위 과정을 밟았으며 대학에서 학생들을 가르치는 시간강사이자, 결혼을 하여 처자식을 두고 있는 어엿한 가장의 역할을 맡고 있습니다. 1인 3역을 수행하고 있죠. 금산씨의 소설에서도 금산씨의 1인 3역에 따른 일상의 고단함을 살펴볼 수 있습니다만, 어휴, 잠시 생각만해도 금산씨의 일상이 얼마나 복잡한 일로 이루어지고 있는지를 가늠해봅니다. 소설쓰는 일이 시간과의 싸움을 벌여야 하는 노동이라는 사실은 두루 아는 사실입니다. 금산씨의 동세대 작가들의 상당수가 전업 소설가라는 사실을 고려한다면, 소설쓰는 일에만 전념을 하더라도 힘들텐데, 더욱이 박사학위 과정을 밟았으며 대학에서 강의를 하는 일까지 하고 있다는 점을 생각해보면, 금산씨야말로 시쳇말로 슈퍼맨이라는 생각이 문득 듭니다. 하물며 처자식을 두고 있는 가장이라는 신분까지 턱하니 맡고서 말입니다. 금산씨가 1972년생임을 감안해볼 때 금산씨의 이러한 1인 3역은 금산씨처럼 젊은 동세대의 작가들에게서는 아마 엄두도 못낼 상황이 아닌가 합니다.

금산씨,

제가 금산씨의 1인 3역에 대한 얘기를 이렇게 했다고 불쾌하게 생각하는 것은 아니죠? 제가 이렇게 금산씨의 1인 3역에 관심을 갖게 된 데에는, '박금산'이라는 우리 시대의 젊은 작가의 소설세계를 이해하기 위한 한 비평가의 소박한 비평적 욕망 때문입니다. 사실, 금산씨의 소설세계를 이루는 것 중 가볍게 지나칠 수 없는 게 금산씨의 1인 3역이 자연스레 녹아들어 있는 소설들입니다. 금산씨의 첫 소설집 『생일선물』(랜덤하우스중앙, 2005)에 실린 두 단편 「경계에서 잠들다」와 「일요일 열람실」을 포함하여, 계간 『문학과경계』(2006년 여름호)에 발표한 중편 「바디페인팅 제1호—생활의 자세」와 같은 소설들은 '박금산'이란 작가의 소설미학을 엿볼 수 있는 주요한 소설이라고 저는 생각합니다. 비루하고 사소한 일상을 다룬다는 측면에서는 금산씨 역시 동세대의 젊은 작가와 대동소이하지만, 그 일상을 다루는 방식과 일상을 통해 일상을 넘어서고자 하는, 하여 일상과 힘겹게 고투苦鬪하는 점에서는 '박금산'식 서사의 특장特長을 유감없이 발휘하고 있는 것으로 보입니다. 실제로, 금산씨는 금산씨 스스로 일상을 다루는 자신의 서사를 '박금산식 소설미학'으로 정립하고자 하는 욕망을 품고 있습니다. 가령, 금산씨가 자신의 소설에 대한 언급을 하고 있는 다음의 대목에서 이러한 욕망을 은연중 드러내고 있습니다.

A : 뭐랄까, 「경계에서 잠들다」, 「일요일 열람실에서」 같은 게 실험적이라 할 수 있죠.

Q : 그건 전통 아닌가요? 논문을 쓰고, 강의를 하고, 소설을 쓰고, 가정을 벗어나고 싶어 몸부림치지만 어쩔 수 없이 가족을 사랑하고마는 그런 화자가 등장하던데, 듣자 하니 거기 나온 아이 이름도 실명이라고 하던데, 왜

그게 실험적이라고 하는 거죠? 형식도 신변잡기류의 수필 같던데.

　　A : 글쎄, 그렇다니까요. 수필을 무시하지 마세요. 난 말예요, 소설이 바디페인팅 같은 거라고 생각해요. 그러니까 쑥스러워 죽을 지경이에요. 앞에서 말한 두 작품들은 누드들이죠. 인류가 말입니다, 옷을 입기 시작한 뒤로 가장 파격적인 실험이 된 건 뭐냐면 말예요, 바로 누드란 말씀이죠. 현란한 옷 입고 스텝 밟는 건 패션쇼의 전통이 돼버렸잖아요. 실험은 그때그때 다른 거예요.

　　　　　　　　　　　—박금산, 「박금산의 광고성 FAQ」, 『실천문학』, 2006년 여름호, 229쪽

　　물론, 금산씨는 노골적으로 "자, 이것이 바로 제 소설미학이란 말이죠"라고 구체적으로 어떤 학술적 명명법에 의해 금산씨의 소설미학을 호명하고 있지는 않습니다. 그 대신 '바디페인팅'이라는 비유를 통해 소설(혹은 소설의 실험)에 대한 금산씨의 생각의 일단을 쑥스럽게 드러낼 뿐입니다. 그런데, 금산씨의 이러한 쑥스러운 말의 이면에는, 동세대의 소설에 대한 금산씨의 강한 문제제기가 자리하고 있는 것을 아십니까? 말의 표면에는 금산씨가 소설에 대한 금산씨의 지극히 개인적인 의견에 불과한 것 같지만, 금산씨의 말을 곰곰 씹어보면, '지금, 이곳'에서 주목받는 젊은 소설들은 기존의 소설들과 달라야 한다는, 새로운 소설문법에 대한 어떤 강박증으로 인해 새로운 소설미학을 앞다투어 너도나도 선보이지만, 사실 먼발치에서 눈을 크게 뜨고 보면, 그 새로운 소설미학이라는 것들의 실체가 미적 갱신의 미명 아래 전혀 미적 갱신을 이루지 못한 채 전혀 새롭지 않은, 으레 현란하게 호들갑을 떨어야만 '반짝하는' 새로움으로 간주되기 십상인, 하여 새로움의 외피를 뒤집어쓴 새롭지 않은 식상한 틀로 고정화

되고 있다는 점을 꼬집고 있다고 생각됩니다(장르는 다르지만, 저간에 '미래파'라고 호명되는 우리의 젊은 시의 미적 갱신 역시 어떻게 보면 유사한 측면에서 얘기되어야 할 성질의 문제는 아닐는지요).

'바디페인팅'에 대한 금산씨의 생각을 더 들어볼까요.

Q : 소설이 바디페인팅이라구요? 왜요?

A : 왜가 어디 있습니까. 그냥 그런 거 같으니까 그런 거지. 당신은 소설이 뭔지 얘기할 수 있나요? 재미있잖아요, 바디페인팅, 비유가.

Q : 소설은 진실된 거짓이라고 하는 말이 있는데, 바디페인팅은 그것과 어떻게 닿아 있죠?

A : 전 말입니다, 소설이 거짓이지만 진실 냄새를 풍기는 건, 페인트를 만지면 몸이 느껴지기 때문이라고 생각합니다. 그러니까 바디페인팅인 거죠.

Q : 눈속임이라는 얘기군요?

A : 아니요. 만지는 게 중요하다는 얘깁니다. 함부로 말하지 마세요.

—박금산, 「박금산의 광고성 FAQ」, 『실천문학』, 2006년 여름호, 229~230쪽

'소설=바디페인팅'인 이유에 대해, 금산씨 답변의 핵심은 나체에 온갖 페인트를 칠함으로써 페인트 칠한 육체의 형상에 주목하기보다 그 "페인트를 만지면 몸이 느껴"진다는 데 주목하고 있습니다. 말하자면 금산씨가 소설을 바디페인팅에 비유하는 데에는 바디페인팅이란 예술적 형식—내용을 관통하여 바디페인팅의 대상이 된 나체를 '직접 만짐'으로써 나체의 온기와 살갗, 근육의 미세한 떨림들로부터 나체에 깊게 새겨진 삶의 '진실'과 마주대하고자 하는 '박금산식 소설미학'을 금산씨 스스로 발견

하고자 하는 것으로 저는 생각합니다. 바로 여기서 동세대의 작가들처럼 일상을 다루되, 일상에 대한 접근과 모랄적 측면에서 구별되는 점이 있습니다. 이것을 좀더 구체적으로 얘기해보자면 이렇습니다.

금산씨는 보잘것없는 지리하고 비루한 일상에 깊이 새겨진 삶의 진실을 마주하려고 합니다. 그런데 일상의 각질은 너무 두꺼워 좀처럼 그 각질 뒤켠에 있는 일상의 속살을 만지는 것을 허락하지 않습니다. 일상의 속살을 만지기 위해서는 일상의 두터운 각질을 헤집고 들어가야 하는 고통과 상처를 감내해야 하는데 말처럼 그렇게 쉬운 일은 아니거든요. 왜냐하면 우리의 일상은 마냥 허술하게 이루어져 있는 게 아니라 각종 근대적 제도들로 아주 완고하게 이루어져 있거든요. 말하자면 우리의 일상은 제도의 바같이 존재하지 않는, 제도의 바깥으로 탈주하는 것을 쉽사리 용납하지 않는, '제도화된 일상'이라는 점입니다. 따라서 온갖 제도들에 의해 일상은 규정지어지며, 그 규정된 일상 속에서 우리는 삶의 안정감을 찾고자 부단히 애를 씁니다. 그 안정감은 '제도화된 일상'을 더욱 제도로써 옭아매는 것임에도 불구하고 말입니다. 예컨대, 「경계에서 잠들다」란 소설에서는, 일주일에 겨우 두 시간 강의를 위해 삼 일이란 시간을 투자해야 하고, 이렇다할 수입이 없어 시쳇말로 등처가의 삶을 살고 있는 소설가이자 대학 시간강사의 일상이, '제도화된 일상'의 바깥으로 탈주할 수 없다는 점을 때로는 희화적으로 때로는 우울하게 보여줍니다. 소설도 써야 하고, 박사 학위 논문도 준비해야하고, 그나마 몇 시간 안 되는 대학 강의도 준비해야 하고, 가정의 생계를 꾸려나가는 아내를 대신하여 집안 일도 해야 하고, 그러다보니 아내와 갈등을 빚게 되고, 이러한 일상 속에서도 허락된 시간을 쪼개가며, 그 시간의 경계와 구획 속에서 삶을 살아야 하는 게 바로 작중인물들의 '제도화된 일상'입니다. 여기서 작중인물 '그'의 삶을 보증할 수 있는 최대한의 방편은 "재빨리 객관적인 조건들을 주변에 세워놓고 그 안에 자기를 가"(「경계에서 잠들다」, 『생일선물』, 302쪽)둬 놓는 일입니다. 하여, 자신의 삶을 규정짓는 '제도화된 일상'을 마주대하면서 삶의 권태로움의 극단, 그 경계에 서 보는 것입니다. 이 경계에 서 있을 때, 금산씨의 작중인물들은 '제도화된 일상'의 안쪽에 안주하는 게 아니라 도리어 제도와 길항하면서 '제도화된 일상'의 내부에 균열을 내는, 심지어 예의 일상을 내파內破하는 삶의 동력을 얻고 있습니다.

이러한 면은 금산씨의 최근작 「바디페인팅 제1호−생활의 자세」에서 읽을 수 있습니다. 이 소설은 소설집 『생일선물』에 실린 「경계에서 잠들다」, 「일요일 열람실에서」에 등장하는 작중인물과 동일한 맥락에서 파악해도 무리가 없을 듯합니다. 언뜻 보면, 1990년대 초반 작단에서 한 주류였던 이른바 '소설가 소설'인 것처럼 보이지만, 이 소설을 기존의 '소설가 소설'과 동일한 맥락에서 파악해서는 곤란하다고 생각합니다. 여기서 각별히 유념해야 할 것은 소설가로서의 주체성을 '지금, 이곳'의 문학제도와 매우 밀접히 연계시켜 파악하려 한다는 점입니다. 그저 현격히 달라진 현실 속에서 소설을 어떻게 쓸 것인가, 무엇을 쓸 것인가, 하는 문제를 붙들고 씨름하는 게 아니라, 이러한 소설쓰기의 전반적 문제들의 밑자리에 자리하고 있는 제도적 문제들을 탐구하고 있습니다.

소설의 대강은 주인공인 소설가가 문학지원 프로그램을 알게 되고, 특정한 지원 프로그램을 준비하는 과정에 따른 삽화들로 채워져 있습니다. 금산씨가 정작 탐구하고 싶은 서사적 관심사는, 그동안 우리 작가들이 외면하거나, 무심한 상태로 있는 가운데, 작가와 문학을 위해 존재하는 유무형의 문학제도에 대한 냉철한 성찰입니다. 그러면서 이러한 문학제도와 연관된 작가들을 향한 자기풍자적 모랄을 취하고 있습니다. 그동안 소설가를 주체로 한 소설이 없는 것은 아니되, 금산씨의 이 소설처럼 작금의 문학제도를 직접적 대상으로 한 '소설가 소설'은 없었다는 생각이 듭니다. 말하자면 금산씨의 이 소설은 문학제도를 향해, 문학제도를 대상으로, 서사 작업을 펼치고 있습니다. 그러면서 문학제도 안에서, 문학제도와 친숙하지 못한, 우리 작가들의 생태를 자기풍자의 방식으로 서사화하고 있습니다. 이러한 의미에서 다음과 같은 주인공의 진술은 우리의 문학제도 안에 붙들려 있으면서, 그 제도로부터 벗어나고자 하는, 한 젊은 소설가의 진실한 육성으로 들려옵니다.

나는 인도에서 가장 싼 여관을 잡고 20일을 보내다가 돌아올지도 모른다. 시간당 대실료 5,000원, 하루 숙박료 20,000원인 학교 앞 여관에 틀어박혀 있을지도 모른다. 지출 내역을 공개하라고 나중에 제도가 요구해오면 나는 공항의 입출국 확인서를 위조해서 나갔다가 들어온 것처럼 조작할 수도 있을 거다. 물론 아내까지도 속일 수 있을 것이다. 나는 어디로 갈 것인가. 겨우 1,000만 원 가지고 이런 생각을? 김복연 씨는 혀를 찰 것이다. 심사위원님들, 난 당신들에게 거짓말을 한 것이 아니었습니다. 당신들을 희생시키고 싶지 않았어요. 당신들은 안전합니다. 난 제도한테 말을 한 것이었습니다. 당신들 또한 그걸 모를 리 없었겠지요. 그러니까 내가 1,000만 원을 받을 수 있게 됐겠지요. 땡큐.(어이쿠, 쏘리라고 쓸 뻔했다)

—「바디페인팅 제1호—생활의 자세」, 396쪽

"난 제도한테 말을 한 것이었습니다."라는 '나'의 언술에서 확연히 드러나고 있듯, 「바디페인팅 제1호-생활의 자세」는 21세기의 젊은 소설가가 문학제도와 유리되는 게 아니라, (물론 소설가를 비롯한 예술가들이 근대적 제도와 불화의 관계를 맺는 것은 예술가들의 숙명일 터입니다. 그것이 예술적 제도라 할지라도 말입니다) 그 제도의 안쪽에서 제도를 내파內破시키고자 하는 열망으로 읽을 수 있습니다. 즉 금산씨는 문학제도와 길항하고 있는 흔치 않는 21세기 젊은 작가인 셈입니다.

기왕 말이 나왔으니 몇 마디 보태겠습니다. 금산씨도 어느 정도 맥락을 파악하고 있으리 생각합니다. 금산씨가 탐구하고 있는 문학제도와 관련하여, 1990년대 후반과 2000년대 초반 이른바 문학권력 논쟁이 진행되었습니다. 그 논쟁에서 여러 민감한 사안을 우리 문학계에 제출하였는데요. 문학상업주의로 치닫는 한국문학의 구조적 문제, 비평의 폐쇄적 에콜이 초래한 문학의 섹트화, 문언유착의 고질적 병폐, 문학적 지성의 빈곤을 부채질 하는 출판상업주의의 노골적 행태, 무엇보다 문학의 제도와 한국사회의 진전은 밀접한 연관을 맺고 있다는 점 등에 대한 논의가 논쟁적으로 제출되었습니다. 문제는 이러한 논의들이 한국문학의 제도적 갱신을 위한 것이며, 비평가들만의 논쟁에 초점을 맞추어진 게 아니라 창작의 토양을 객토하는 데 있음에도 불구하고 우리시대의 작가들은 강건너 불구경 하듯이 우두망찰 방관만 할 따름이었습니다. 돌이켜보면, 비평가들끼리의 담론 투쟁이 아니라 창작자들도 자신의 의견을 자신만의 방식으로 문제를 재구성하여 개입하였다면 하는 아쉬움이 절실합니다. 특히, 금산씨처럼 젊은 세대의 작가들이 의욕적으로 개입해들어왔으면 했습니다. 물론 여러 현실적 곤란한 문제들이 있죠. 아직 창작집을 내지 않은 신예작가들이 자칫 그러한 제도적 문제에 개입해들어왔다가는 유수출판사와 그 출판사의 기획에 참여하고 있는 비평가들에게 눈엣가시가 되어, 출판에 어려움이 뒤따르리라는 것은 예상 못할 바 아닙니다.

그런데, 창작자들이 문학제도에 대한 문외한을 자처하며 무관심을 보이는 한 금산씨가 「바디페인팅 제1호—생활의 자세」에서 직면하고 있는 제도적 어려움들을 해결할 길은 요원하기만 할 것입니다. 이 문제는 그저 창작자들의 창작 환경을 개선해야 한다는 차원의 협소한 문제로 환원시켜서는 안 될 것입니다. 문학의 예술적 가치를 생산해내는 창작자들의 창작 환경이 예술적 제도와 무관하지 않으며, 그 제도와 길항하는 가운데 제도를 넘어서는 문학의 가치를 우리 사회가 소중한 것으로 인식해야 하는 문제까지 확장되어야 하는 것이기에, 금산씨의 이러한 작업은 쉽게 간과할 수 없는 것이라 판단됩니다. '지금, 이곳'의 한 젊은 작가가 처한 문학의 제도적 문제들에 대한 서사적 탐구가 소설가의 한갓 신변잡기를 쓴 소설로 결코 평가절하할 수 없기 때문입니다.

금산씨,

오늘, 금산씨를 모시고, 나누고 싶은 얘깃거리가 많지만, 저의 역할이란 게 저를 매개로 하여 여기에 온 여러분들과 어떻게 하면 대화를 나눌 수 있는 자리를 마련해볼 수 있을까, 하는 점이어서 제가 미처 못다한 얘기는 잠시 후 금산씨로부터 직접 얘기를 들을까 합니다. 다만, 마지막으로 하고 싶은 얘기는 금산씨의 두 단편 「쌍」과 「춤의 결과」에서 보이는 문체의 미적 특질입니다.

오늘 이 자리에 온 분들이 이 두 소설을 읽었다면, 금산씨의 다른 소설과 뚜렷이 구별되는 문체에 눈여겨보았을 듯합니다. 「쌍」이 판소리사설을 현대적으로 변용했다면, 「춤의 결과」인 경우 개화기 4·4조 창가 가사의 형식 또는 조선의 4음보 율격인 가사의 형식을 대담히 차용하고 있습니다("내가 알고 있는 우리의 한 형식인 계몽성 농후한 개화기 4·4조 창가 가사의 형식이자 유희성 강한 조선의 가사 형식으로 말을 하고자 한다." 「춤의 결과」, 266쪽). 활자에 시선을 가만가만 고정시키다보면, 자신도 모르는 새 판소리의 가락과 장단이며, 4음보의 율격으로 소설이 읊어지고 있다는 이명耳鳴을 느껴볼 수 있을 겁니다.

잠시, 두 소설에서 한 단락씩을 발췌하여 소리 내어 읽어보면 어떨까요.

시절이 수상했다. 화무십일홍이고 신혼 재미도 1년 넘게는 깨를 낳지 못한다. 새끼를 낳아야 하고 벌 나비를 불러야 한다. 현찰 마르는 월말, 연말도 아니었는데 뜨내기손님 서너 테이블 받으면 하루 장사가 끝이었다. 영구암에 올라가는 관광버스 기사들한테 담뱃값을 쥐어줘도 사람들은 바닷가로 내려오지 않았다. 사람들은 영구암 구경을 끝내고 차를 타고 돌아갔다. 그네들이 널찍하게 지어놓은 주차장에서 도시락을 까먹을 때, 육구씨를 비롯한 청년 회원들의 상한 비위는 멍게처럼 향기로워. 에이 시파르, 욕이 되어 길게 울려갔다. 바닷가를 가로막은 회 백화점만 흥청거렸다. 뭣이든 대형으로 쌈을 싸야 운수까지 대통하는 세상이었다. 횟집 차린지 3년 만에 세상은 몰라보게 달라졌다. 육구씨도 대형으로 사고를 쳐야하는 시점에 이르렀던 것이다.

—「쌍」, 249쪽

봄이오고 꽃이피고 내기다시 하고싶어 강아저씨 찾아갔지 전화로는 말

못하고 말못하니 찾아가서 그여자를 만났는데 강아저씨 아파트는 안마과
외 번창하여 광고간판 내걸겠고 희희락락 즐거움이 두루두루 가득했다 둘
이서로 동업하여 교육하는 제자들과 안마쌀롱 문을 열어 프랜차이즈를 펼
치겠다 꿈이아주 야무졌다 보아하니 여자님은 나가요를 그만두고 아저씨
의 밥시중을 정성으로 드는판에 출퇴근을 생략하고 같이붙어 산다했다 호
적정리 끝내고서 정식부부 된다했다 어불이 성설이네 말로못할 인연만든
이년재주 감탄하고 말았는데 봄이오면 두고보자 산에들에 눈녹으면 그때
한번 다시하자 했던다짐 어찌하나 노래하고 싶지만은 말못하니 어떡하나.

—「춤의 결과」, 292쪽

 이러한 우리의 고전서사와 고전시가 양식을 현대소설에 대담히 접맥
시키고 있는 금산씨의 서사로부터 서사의 새로움, 즉 서사의 실험성에 대
한 생각을 숙고하게 됩니다. 과연, 작가에게 서사적 실험이 갖는 의미는
무엇일까요. 다양한 실험을 통해 작가가 획득하고자 하는 소설의 미적 특
질은 무엇일까요. 물론, 작가는 서사의 실험을 통해 우리에게 익숙한 세
계를 낯설게 인식함으로써 작가 나름대로 세계의 진실을 포착하고자 합
니다. 저는 금산씨가 판소리와 4음보의 고전 시가의 형식에 관심을 기울
인 것은, 앞서 언급했듯이 근대의 '제도화된 일상'을 내파內破하려는 한
의도로 보입니다. 이것은 「쌍」의 주동인물 육구씨와 「춤의 결과」의 주동
인물인 강아저씨가 처한 일상의 견고한 구조 속에서 견뎌나갈 수 있는 삶
의 어떤 활력을 그들에게 부여하기 위한 작가의 욕망으로 읽히기 때문입
니다.

 「쌍」에서 육구씨는 겉으로 보기에 어딘가 모자란 듯 하지만 실상 경제

적 부를 축적시키는 수완이 뛰어나, 횟집도 열어보고, 대형할인매장에서 즉석 회코너를 여는 등 돈을 버는 욕망을 갖고 있습니다. 그런데 육구씨가 계획한 대로 돈이 벌리는 것은 아닙니다. 세상이 그렇게 육구씨의 마음대로 돌아가는 게 결코 아니거든요. 대형할인매장의 제도화된 시장 질서 속에 편입되기에는 육구씨의 삶은 그렇게 근대의 제도적 일상에 익숙하지 않으며, 틈만 나면 그 근대의 제도적 일상의 틈새로 슬그머니 빠져나가고자 하니까요. 세련되고 체계가 잡힌 자본주의적 근대의 제도화된 일상에서 완전히 벗어날 수는 없으나, 육구씨는 그 제도화된 일상에 균열을 내는 삶을 주체적으로 선택하고자 합니다. 어떻게 보면 좌충우돌식의 삶을 살고 있는 듯 하지만, 육구씨의 삶은 근대의 '제도화된 일상'이 자아내는 우울과 비관의 파토스가 아닌 판소리의 서사형식이 지닌 해학과 골계의 파토스를 통해 이 우울과 비관으로 채색된 근대의 일상을 넘어서고자 합니다.

「춤의 결과」의 경우 시각장애인인 강아저씨는 벼룩시장에 안마 과외 지도 광고를 내고 한 여성을 제자로 받아들여, 그 여자와 함께 안마 과외 사업에 성공을 합니다. 장애인의 고유 직업이랄 수 있는 안마 사업이, 보건복지부령 안마사의 자격에 관한 법률의 틈새를 이용하여 정상인들이 스포츠 마사지와 출장 마사지 등으로 시각장애인의 안마 사업을 위협하자, 아예 강아저씨는 안마 과외 지도를 통해 정상인들을 가르치는 것을 통해 돈을 법니다. 바로 이 모순의 관계야말로 금산씨가 주목하고 있는 근대의 제도화된 일상의 한 측면입니다. 법률이란 근대적 제도가 근대사회를 지탱시켜주는 가장 완결된 제도적 장치이지만, 이 제도적 장치의 빈틈을 이용하여 또 다른 근대의 제도화된 일상이 구축됩니다. '안마사—안마 과외 지도−마사지'의 제도는 자연스레 일상의 틀로 고착되는데, 금산 씨는 이 모순의 관계를 4음보 가사의 개방된 율격으로 서사화하고 있습니다. 기실, 4음보의 율격을 지닌 고전 시가인 가사는 사대부들의 성리학적 세계관(천일합일天人合一, 물아일체物我一體, 왕도정치王道政治)을 실천하기 위한 현실적 긴장과 고뇌에서 잠시 벗어나 유장한 장단으로 유흥을 만끽할 때 즐겨 차용하는 율격으로, 이처럼 4음보인 가사는 사대부들의 모순된 입장을 담아내기에 적합한 시가였습니다. 다시 말해 긴장/이완, 고뇌/유흥이란 모순의 처지를 담아낼 수 있는 안성맞춤의 시가 양식이었던 겁니다. 이러한 4음보의 가사 율격을 금산씨는 강아저씨의 모순된 삶을 이해하는 적합한 형식으로 대담히 도입했다는 점이 저로서는 서사 형식의 실험을, 서구의 그것이 아니라, 우리의 전통적 문학 형식(혹은 양식)으로부터 변용시켰다는 점에 높이 평가하고 싶습니다. 강아저씨는 자신을 에워싸고 있는 근대의 제도적 모순(안마사 자격을 둘러싼 법률의 허점)에서 구축된 또 다른 근대의 제도화된 일상을 살고 있는데, 이 모순의 삶을 금산씨는 4음보 가사의 율격을 서사의 형식으로 전유시키고 있다는 점입니다.

저는 이런 생각을 해보았습니다. 우리의 고전 서사와 시가의 형식을 현대 소설에 접맥시키고자 하는 금산씨의 의도가, 단지 기존의 소설과 달라보이겠다는 형식상의 실험에만 머무른 게 아니라 금산씨 소설에서 면밀하게 탐구되고 있는 근대의 제도화된 일상의 실체를 직접 만지고 싶고, 그것을 내파內破하고자 하는, 작가의 세계대응의 일환이 아닌가 하고 말입니다. 그렇다면, 섣부른 예단인지 모르겠습니다만, 저는 금산씨에게 근대적 소설의 서사양식을 서구의 그것이 아닌, 즉 제1세계 제국주의의 미학적 질서와 규범이 아닌, 제국주의 미적 질서를 전복시킬 수 있는 − 그것은 우리에게 낯익은 리얼리즘과 모더니즘이 아닌 ― 새로운 미적 질서를 구축시킬 수 있겠다는 기대를 품어봅니다.

금산씨,

젊다는 것은 특권을 지니고 있습니다. 미적 갱신을 위해 지금도 전세계의 동세대의 작가들은 저마다의 독창적인 서사의 지평을 일궈내고자 애를 쓰고 있습니다. 우리의 경우도 예외가 아니죠. 다만, 우리 시대의 젊은 작가들을 보며 안타까운 점은, 어느새 출판상업주의의 달콤한 맛에 길들여지기를 자처하고 있는 듯합니다. 문화감각은 특출한 데 반해 현실을 읽어낼 수 있는 비판적 지성의 예리함과 깊고 넓은 지혜의 안광眼光은 사그라들고 있는 듯합니다. 형식적 실험에 고심을 하고 있지만, 그 실험이 전복적 상상력의 가치를 염두에 두지 않는, 세계의 곤혹스러움과 맞짱을 뜨지 않는, 여기餘技로서의 소설로 만족하고 있는 듯합니다. 금산씨는 너무나 잘 알고 있을 겁니다. 금산씨의 소설에서도 보이듯이, 일상의 시간을 쪼개며 소설쓰기에 전념하는 일은, 결코 '여기로서의 소설쓰기'는 아니죠. 저는 금산씨가 첫 소설집 『생일선물』에서 보였던 문제의식을 좀더 성숙한 차원에서 가다듬고, ― 가령, 「티슈」와 「맹인식물원」, 「귓속의 길」에서 관심을 기울이고 있는 일상으로부터 소외된 감각에 대한 서사적 탐구를 좀더 밀도 높게 밀어붙이고, 「생일선물」에서 보이는 조각 모티프를 통해 과거의 퇴행을 벗겨내고, 현재적 삶과 정면으로 마주치고자 하는 그 서사적 열정을 사회와의 관계 속에서 좀더 예리하게 조각해내었으면 합니다. ― 서사적 양식을 그동안 우리에게 낯익은 제국주의의 전횡적 미적 질서와 규범이 아닌, 그것을 발본적으로 전복시키는 서사적 양식을 모색했으면 하는 바람 간절합니다.

이제, 설이 다가오네요. 금산씨 고향이 전남 여수이면서도 돌산이 아닌가요. 소설에서 간혹 갯내음이 맡아지거든요. 제 고향도 바닷가 제주입니다. 올 설에는 여수의 돌산과 제주의 바닷가에서 각자의 소줏잔 가득 술을 채워 수평선에 술잔을 서로 맞추어봅시다.

2007년 설의 문턱에서
당신의 소설의 재미를 찾은 한 비평가가

(『내일을 여는 작가』, 2007년 봄호)

김종광식 서사, 그 새로움의 명암

미적 갱신의 기로에 선 김종광씨에게

　김, 종, 광.

　한국문단 안팎으로 당신의 이름은 이미 널리 알려져 있습니다. '김유정
―이문구―성석제―김종광'이라는 계보에 웬만하면 딴지를 걸 자가 없을
정도로 당신은 한국소설사의 한 흐름으로 등재되어 있다고 저는 생각합
니다. 당신의 첫 소설집 『경찰서여, 안녕』(문학동네, 2000)이 출간되었을 때,
문단 안팎에서 보인 반응들이 새삼 기억이 나는군요. 당신의 동세대 작가
들이 온갖 미적 실험을 통해 새로운 서사를 보이기 위한 강박증에 매달릴
때 당신은 보란 듯이, 우리들에게 낯익은 서사 전통으로써 당신만의 서사
적 특장特長을 마음껏 펼쳐보였습니다. 익숙한 서사 양식이되, 새롭게 읽
히는 소설 읽기의 즐거움을 독자들이 만끽하도록 하였습니다. 그 무렵 비
평계의 말석에 자리하고 있던 나 역시 당신의 서사적 매력에 흠뻑 빠져 다

음과 같은 말을 한 적이 있습니다.

김종광의 소설적 매력은 그의 창작집 표지에 노랗게 박혀 있는 "능청과 의뭉 너머, 멋진 신세계의 우스꽝스러운 비애"라는 문구에 응축돼 있는 것처럼, 인생사의 많은 우여곡절을 겪어온 한 재담꾼이 청중들 앞에서 자신의 이야기를 걸쭉하게 풀어놓는 가운데 '질펀한 웃음'과 그 이면에 배어 있는 '삶의 신산함'을 진술하게 들려주는 데 있다. 삶의 신산함을 감싸안는 웃음이랄까. 따라서 그의 웃음은 가식적이지 않다. 무엇보다 '현실의 구체성'에 밀착한 웃음이기에 우리로 하여금 그냥 한번 웃음을 자아내게끔 하는 게 아니라 웃음을 유발시키는 동인動因을 성찰케 하는 계기를 던져준다.

—「서사의 갱신, 멀고도 험난한 도정」,『'쓰다'의 정치학』, 새움, 2001, 151쪽

소설이 이렇게 재밌구나. 그러면서 쉽게 휘발되지 않는 서사적 진실의 길로 독자를 안내하는구나. 아직도 소설은 읽을 만한 가치가 있으며, 아무리 영상문화의 홍수 속에서 살고 있다고 하지만, 소설이 지닌 예술적 감동의 폭과 깊이는 영상문화와는 다른 차원에서 그 가치를 보증하는구나. 작가 김종광의 출현이야말로 지리멸렬한 시대를 살고 있는 우리들에게 삶이란 아직도 살만한 가치가 충분히 있으며, 우리의 일상을 구성하는 삶의 편린들 어느 것 하나 소홀히 할 수 없다는 것을 웃음의 형식으로써 성찰케 하였습니다. 비록 한국의 소설시장이 번역된 외국 소설에 크게 잠식되었지만, 김종광식 서사의 출현은 한국 소설의 미래가 결코 비관적이지 않다는 것을 웅변해주는 징후로 판단되곤 하였습니다.

이렇게 한국 소설의 미래를 걸머진 당신은 전업소설가로서 김종광식

서사에 매진해왔습니다. 하여, 당신은 세 번째 소설집 『낙서문학사』(문학과지성사, 2006)를 내놓았습니다. 이 소설집에는 모두 9편의 단편이 실려 있는데, 이 단편들을 읽으면서 당신의 소설이 중대한 전환점에 서 있구나, 하는 생각을 지울 수 없습니다. 왜냐하면 『낙서문학사』에 수록된 소설들을 읽고 있으면, 소설을 읽고 있는 건지, 아니면 소설과 다른 서사물을 읽고 있는 건지 당혹스러웠기 때문입니다. 『낙서문학사』 이전에 발표된 당신의 작품들은 우리에게 낯익은 서사 양식, 즉 소설이었다는 것을 부인할 수 없습니다. 그런데 이번에 간행된 소설집에 묶인 작품들은 김종광식 서사에 낯익은 독자들에게는 친숙하지 않은 것처럼 보입니다. 솔직히 말한다면, 당신 역시 동시대의 젊은 소설가들처럼 미적 실험을 통해 새로운 서사를 선보이려는 듯한 인상이 짙습니다. 물론 이것을 탓할 수는 없습니다. 어떤 작가든지 미적 나태함을 보여서는 안 되겠죠. 미적 갱신의 가능성을 모색하는 과정 속에서 새로운 서사를 탐구하고, 그것이 곧 현실에 대한 치열한 서사적 대응의 산물이라는 점을 과소평가할 수 없으니까요. 제 비평적 관심은 바로 여기에 있습니다. 오랜만에 펴낸 김종광의 소설집에서 뚜렷이 목도되는 미적 실험이 미적 유희에 자족하지 않고 현실에 대한 김종광식 특유의 서사적 대응의 산물인가에 비평의 촉수를 곤두세웠으니까요.

　이런 면에서 소설집 『낙서문학사』에 실린 작품 중 유독 관심을 끄는 것은 「낙서문학사 창시자편」과 「낙서문학사 발흥자편」 두 개의 단편입니다. 당신은 이 두 단편을 통해 '지금, 이곳'의 한국문학 전반에 대한 제도적 성찰을 하고 있습니다. 작중 인물 유사풀은 전대미문의 문학 양식을 주창하는데, 그것은 '낙서문학'이죠. '낙서문학'은 기존의 문학 장르로 규정할 수도 없으며 판단할 수도 없습니다. 시, 소설, 수필, 평론, 희곡 등 그 어느 것에도 속하지 않는 문학 양식이라고 유사풀은 주장을 합니다. 그러면서 그는 "21세기에는 21세기에 맞는 문학이 필요"하며, "20세기 5대 장르의 성과와 한계를 이어받고 극복하여, 21세기 문학은 낙서문학이 되어야 한다는 것을" 힘주어 강조합니다. 말하자면 '낙서문학'은 20세기의 문학의 성과와 한계를 극복한 명실공히 21세기의 삶에 걸맞는 21세기의 문학이라는 말이 성립됩니다. 그렇다면 '낙서문학'은 최근 인문학에서 화두인 '융합·횡단·통섭'의 성격을 지닌, 기존 5대 장르의 '융합·횡단·통섭'을 말하는 것일까요. 당신의 문학적 상상력은 여기에 멈추지 않습니다. 유사풀의 '낙서문학'이 "전 세계적으로 알려지게 되었고, 전 세계적인 것이 되었"으며, "세계에서 가장 비싼 상금"을 주는 문학상의 권위까지 확보하게 되었다고 합니다. 물론, 전 세계적인 독자층을 확보한 문학이 되었구요.

당신이 들려주는 이러한 황당한 이야기를 들으며, 비평가인 나 자신에 대한, 아니 당신과 나를 포함한 한국문학 전반에 대한 씁쓸한 웃음을 지을 수밖에 없었습니다. 도대체 21세기에 걸맞는 문학이란 무엇일까. 당신은 작중 인물을 빌려 '낙서문학'이라는 새로운 문학 양식을 우리에게 들려주면서, 현재 한국문학 전반이 처한 어떤 위기 국면을 풍자적 태도로써 비판하고 있는 것인가요. 문학의 전통적 장르가 해체되면서, 기존의 문학 양식으로 포괄할 수 없는 새로운 문학 양식이 출현하고, 그것이 전 지구적 자본주의 세계체제 아래 언론권력의 비호 속에서 문학 시장을 석권하고, 문학의 제도적 영역으로 확산되어 가는 현상을 풍자하고 있는 것인가요. 저는 두 단편의 행간에서 포착되는 '지금, 이곳'의 한국문학 전반에 대한 제도적 풍자를 눈여겨봅니다. 처음에는 누구 하나 귀기울이지 않던 유사풀의 '낙서문학'이 시장성을 확보하자, 출판사와 언론 및 문학 제도권은 앞다투어 '낙서문학'을 세계문학의 21세기적 가치로 포장하는 데 여념이 없습니다. 중요한 것은 출판시장에서 막대한 이윤을 확보하는 것이지, '낙서문학'이 21세기의 새로운 문학으로서 얼마나 문학적 가치를 갖고 있는 것인지는 중요한 사안이 아닙니다. 여기서 '낙서문학'에 대한 당신의 풍자는 '낙서문학'에 대한 비평적 옹호를 하는 비평가와 비평 담론이 유통되는 문예지에 대한 문제의식을 포괄하고 있는데, 이러한 당신의 풍자적 태도는 한국문학 전반에 대한 제도적 성찰을 수행하고 있다 해도 틀린 말은 아닐 테지요. 하여, 새로운 문학적 권위가 어떻게 확보되며, 그것이 동시대 문학의 제도적 권력을 구체적으로 어떻게 얻게 되는지가 서사의 형식으로써 드러났습니다.

　　문학의 본질, 문학을 한다는 것, 작가라는 존재, 독자의 정체, 작가와 독자를 매개하는 출판시장과 그 관계자들, 이러한 엄청난 문제들을 소설로써 탐구해보겠다는 각오로 '낙서문학사'를 기획했었다. 용기백배하여 「낙서문학사 창시자편」과 「낙서문학사 발흥자편」을 빠르게, 스스로 재미있게 쓸 수 있었다. 그러나 그 다음엔 계속할 수가 없었다. 용기가 점점 스러지더니 문학과 정면으로 박치기하는 이야기를 쓴다는 것이 두려워졌다. 내가 20년을 더 소설가로 살아남는다면 그때 가서 마저 하리라, 하고 미루고 말았다.

　　　　　　　　　　　　　　　　　—「작가의 말」, 『낙서문학사』, 352쪽

사실, 저는 『낙서문학사』의 말미에서 당신이 직접 언급한 위의 진술에 주목했습니다. 당신의 기존의 소설들에서는 문학 전반에 대한 탐구를 한 적이 없었습니다. 하지만 이번에는 당신이 고백했듯이 "용기백배하여" 소설로써 문학 제도에 대한 탐구를 시도하였습니다. 저는 당신의 이 용기에 경의를 표합니다. 한국소설이 위축되었다고들 얘기하는데, 어찌된 일인지 작가들은 자신의 작품을 통해 이 문제의 심각성을 정면으로 다루기는커녕 아무런 위기의 징후도 없는 듯 그렇고 그런 소설들을 발표하는 데 여념이 없습니다. 이 문제를 다루는 것은 비평가의 영역이지 창작자의 몫은 아니라며, 문학의 제도에 대한 성찰 자체를 회피해왔습니다. 기왕 말이 나왔으니 하는 얘기이지만, 한국의 작가들은 문학 제도에 대한 비판적 성찰에 인색하기만 합니다. 문학 제도의 속성을 잘 모르기 때문이 아니라 문학 제도와 긴밀한 관계를 맺고 있는 작가들이 그 부정적 속성에 대해 "정면으로 박치기 하는 이야기를 쓴다는 것"이 쉽지 않기 때문입니다. 당신도 이 점에 대해 고백했듯이 말입니다. 하지만 이제부터는 당신이 과감히 비판적 성찰의 포문을 열었듯이, 한국의 작가들이 문학 제도에 대한 서사적 탐구를 불필요한 창작으로 간주하는 게 아니라 비평의 영역과는 다른 글쓰기 차원에서 새롭게 탐구되어야 할 창작의 영토임을 진지하게 인식해야 할 것으로 생각됩니다.

이러한 맥락에서 저는 이번 소설집에 수록된 작품들이 문학 제도를 비롯한 사회의 제도적 측면에 대한 풍자적 태도를 취하고 있다는 점을 눈여겨 보았습니다. 가령, 「절멸의 날」인 경우 스포츠와 매춘이 절묘히 결합된 사회를 매섭게 풍자하고 있는데, 특히 주목해야 할 것은 언론권력과 유착 관계에 있는 사회의 지배체제에 대한 당신의 비판적 문제인식입니다.

"넌 아직 언론을 알려면 멀었구나. 이 말사기가 끝장난 것이지. 언론권력은 변함이 없다는 것을 알아야지. 해방전선방송국, 해방전선신문, 인터넷해방전선……. 봐라, 언론권력은 빛깔만 달리했을 뿐 그대로잖아? 그대로 국가를 지배하고 있잖아? 언론권력은 절대로 상실되는 게 아니다. 언론권력은 영원히 죽지 않는 불사의 카멜레온이다, 알겠느냐?"

"알 것 같기도 하지만……."

"해방전선이 매춘을 없애고 자본주의를 없애고, 비인간적인 수밖에 없는 너무나도 불쌍한 존재인 인간을 없앨 수는 있어도, 언론만큼은 없앨 수 없다."

―「절멸의 날」, 253쪽

"너처럼 도망치는 것들이 살아남지. 또한 나처럼 교활한 작자들이 살아남지. 아무리 많이 죽어도 누군가는 생존하게 돼 있어. 그들 생존자들은, 다시금, 자신들을 스스로 지배하기 위한 체제를 만들 것이고, 자신들의 사상을 흐릴 언론을 만들겠지. 인간은, 자신들이 스스로 만들어낸 체제와 언론에 지배당하지 않고서는 불안해서 살 수 없는 족속이거든. 저 총성과 불꽃은, 또 다른 지배체제가 만들어지는 필연적인 과정일 뿐이야."

―「절멸의 날」, 262쪽

아무리 사회의 지배체제가 바뀐다고 하지만, 특정한 지배체제에 있던 언론의 형태와 형식이 바뀔 뿐이지 언론 자체가 소유한 언론권력은 소멸되지 않습니다. 또 다른 지배체제가 유지되기 위해서는 언론을 적절히 이용해야 하며, 그 과정 속에서 언론은 또 다시 지배체제의 권력과 유착 관계를 맺고 있음을, 당신은 날카롭게 묘파하고 있습니다.

그런데 이번 소설집에 실린 당신의 소설을 읽는 동안, 당신의 예전 작품들에서 익숙했던 서사가 아니라 새로운 서사를 접하는 것 같아 무엇을 전달하고자 하는지 그 의미 맥락을 좀처럼 이해하기 쉽지는 않았습니다. 작품들마다 약간의 편차는 있지만, 소설 속 발화자가 여러명인데다가, 이러저런 얘기를 중구난방으로 떠드는 통에 종래의 단편 서사 양식에 익숙한 독자들에게는 이만저만 낯선 게 아니었습니다. 물론 이러한 서사 양식이 김종광식 서사의 일환이라는 데 대해서는 존중할 여지가 충분합니다. 문학평론가 최성실씨는 당신의 이번 소설집을 "지금까지의 한국 문학에서 발화 중심의 다중 서사 미학과 문학사회학의 감각적 상상력이 어우러진 보기 드문 소설로 기록될 것이다"라고 평가한바, 당신의 소설이 갖는 특질을 긍정적으로 평가하기도 합니다.

여기서 저는 당신의 이번 소설들이 거둔 성과에 주목함과 동시에 한편으로는 문제를 제기하고 싶은 것도 있습니다. 당신 소설의 매력은 잘 읽힌다는 것이며, 소설의 재미를 만끽할 수 있다는 것이며, 현실에 대한 비판적 성찰의 태도를 지닌다는 점이며, 서구의 근대적 소설을 추종하는 게 아니라 그것을 극복하고자 하는 서사적 갱신의 치열성을 갖고 있다는 점입니다. 그런데, 이번 소설집에 실린 소설들 대부분은 읽히기는 하지만, 비유를 들자면, 뜸이 들지 않는 약간 설익은 밥을 먹은 듯합니다. 뜸이 잘 든 밥을 먹으면, 밥알을 씹을 때마다 혀끝에 감지되는 감칠맛을 맛볼 수 있는 터에, 이번 소설집의 소설들은 그러한 감칠맛을 맛보기가 힘 들다는 생각이 듭니다. 글쎄, 제 개인적인 독서 감각일까요. 김종광의 종래의 소설들을 읽고 있으면, 우리의 일상 속에 자리하는 삶의 감칠맛을 감지할 수 있었거든요. 그래선가요. 이번 소설집인 경우 독자가 소설을 읽으면서 자연스레 소설의 재미를 맛볼 수 있는 게 아니라 작가가 일부러 소설의 재미를 주고 있는 듯합니다. 인위적인 재미를 준다고 할까요. 소설을 읽다보니 저절로 모르는 새 터져나오는 웃음이 아니라 작가의 철저한 기획 아래 의도된 웃음을 지어야 한다고 할까요. 게다가 미적 갱신의 노력이 없는 것은 아니되, 서구 모더니즘류의 미적 실험에 갇혀 있는 것으로 보입니다. 아마도 여기에는 최근 젊은 작가들 사이에 팽배해져 있는 새로운 서사를 선보이고자 하는 흐름에 당신마저 자유로울 수 없기 때문이 아닐까요. 제작 정작 우려하는 것은 바로 이러한 점입니다. 동시대의 주류 미학과 원거리를 유지할 수는 없습니다. 하지만 동시대의 주류 미학과 비판적 거리두기를 통해 자신만의 독창적인 미적 지평을 개척할 수는 있습니다. 저는 이 글의 앞머리에서도 언급했듯이, 당신의 첫 소설집을 읽으면서 한국 소설의 미래를 걸머져도 손색이 없는 작가가 출현하였다는 징후를 발견하였습니다. 고백하건대, 당신의 소설을 읽는 동안 저절로 터져나온 웃음이 수차례였으며, 그 웃음 사이사이에 자리하고 있는 현실에 대한 당신의 문제의식에 십분 공감을 하였습니다. 서구의 소설을 모방하지 않고, 뚝심 있게 펼치는 당신 나름대로의 문학적 상상력에 놀라곤 하였습니다.

하지만 이번 『낙서문학사』에 실린 소설들은, 분명, 당신의 종래 소설세계에서 탐구되지 않는 영역(문학의 제도적 측면과 사회의 제도적 측면)에 대한 서사적 탐구 면에서는 주목할 만하되, 종래의 소설 세계보다 진전된 것으로 보이지는 않습니다. 가장 아쉬운 것은, 김종광식 서사 특유의 웃음의 미학이 증발됐으며, 서구 모더니즘류의 미적 실험에 안주했다는 점입니다. 다중 서사 미학만 하더라도 입장이 서로 다른 개별자의 발화가 작품 곳곳에 배치되어 있어, 서로 간섭을 함으로써 어떤 중심적 성향을 해체시키는 담론의 효과는 보이지만, 도대체 그러한 서사 담론의 구사를 통해 소설적 진실을 전복적 상상력에 의해 탐구하고 있는가의 문제는 별개의 성격입니다. 무엇보다 소설적 진실을 효과적으로 드러내는 담론 구사로 보기 힘들다는 생각입니다. 회사의 구조조정에 대한 문제를 꼬집고 경영진들의 구조적 문제를 비판하는 정도의 주제를 전달하기 위한 차원(「쇠북공기전 망징패조편」), 우리 사회의 님비곰비현상이 갖는 사회적 문제점을 지적하기 위한(「조싼은 혜맨다」) 정도의 서사를 미적 갱신으로 파악하기 힘들기 때문입니다.

종광씨

저는 최근 당신을 포함하여 동시대의 젊은 소설가의 작품을 읽을 때마다 체증에 걸린 것인 양 가슴이 답답하기만 합니다. 우리 시대의 젊은 작가들은 현실과 정면으로 박치기하는 것을 두려워하고 있는 것은 아닐까요. 아니, 현실을 대면하는 것 자체를 회피하는 것은 아닐까요. 현실을 대면하고 있되, 그들은 현실에 대한 문학적 지성의 힘을 스스로 소거시키는 것은 아닐까요. 제가 이번 소설집 『낙서문학사』를 통해 확인할 수 있는 것은, 종광씨는 이 문학적 지성의 힘을 포기하지 않고 있다는 점입니다. 제가 종광씨의 문학에 기대를 거는 것은 당신의 문학적 상상력에는 활기가 넘쳐 있고, 무엇보다 현실과의 치열한 서사적 대응을 포기하지 않고 있다는 점입니다. 다만, 앞서 논의한 것처럼 동시대의 주류 미학과 비판적 거리두기를 통해 김종광식 서사의 지평을 개척해야 할 과제가 놓여 있습니다. 이를 위해서는 문학적 지성의 힘을 쉼없이 갈고 다듬어야 할 것이며, 어설프게 서구 모더니즘류의 미학을 답습할 게 아니라 당신의 종래의 소설들에서 곧잘 보였던 우리의 전통적 서사를 창발적으로 갱신한 서사를 미적 전위로써 전유해야 할 것입니다.

저는 당신의 소설을 읽으면서 한국 소설이 위기 국면을 극복할 가능성의 길을 모색해봅니다. 그 길은 비평가만의 몫도 아니고, 창작자만의 몫도 아닙니다. 비평과 창작이 다 함께 궁리해야 할 길입니다.

이후 종광씨의 건필을 기원합니다.

2007년 여름의 문턱에서
종광씨의 애독자인 한 비평가가

(『문학사상』, 2007년 6월호)

박완서 소설의 한 매혹, 수다떨기의 힘

박완서의 소설집 『친절한 복희씨』

　　최근 독서계의 현황을 진단해보면, 어제 오늘의 일이 아니듯 번역물에 편중되어 있음을 알 수 있다. 본격문학과 대중문학의 구분 없이 외국문학을 번역한 작품들이 한국 독서계를 잠식한 지 이미 오래다. 그런데 그 와중에서도 굳건히 한국문학의 자존심을 드높이는 작가들이 있는데 바로 박완서가 그 중 하나다. 생물학적 나이로써 작가의 문학적 역량을 가늠해볼 수는 없지만, 소설인 경우 글쓰기에 투여되는 절대 노동시간을 고려해볼 때, 70대 후반의 작가가 소설쓰기의 긴장을 놓지 않은 채 소설의 매혹을 마음껏 발산하며, 소설 특유의 심미적 이성을 보증하고 있는 것은 쉽게 간과할 수 없는 일이다.

　　그렇다면, 박완서 소설의 매혹은 어디에 있을까. 9년 만에 선을 보인 소설집 『친절한 복희씨』(문학과지성사, 2007)는 박완서 소설의 진경珍景에 우리를 흠뻑 취하게 한다. 이번 소설집에는 모두 9편의 단편이 실려 있다. 어느 단편 하나를 특별히 골라낼 필요 없이 9편의 소설 모두 단편의 미학을 통해 소설의 위의威儀를 실감토록 한다. 무엇보다 작가는 이번 소설집에 실린 작품들을 통해 삶의 풍정風情을 넓고 깊게 성찰해내는 세계에 대한 웅숭깊은 시선을 보여준다. 박완서 특유의 삶에 대한 겹시선은 이번 소설집에서도 예외가 아니다. 중산층의 삶과 현실 속에서 육화된 위선과 위악의 양상을 결코 간단히 치부해버리지 않는다. 비록 위선과 위악이 삶에 대한 거짓 양태를 취함으로써 부정해야 할 윤리적 덕목이기는 하되, 이것 또한 엄연한 삶의 실체인바, 송두리째 부정해야 할 비윤리적 덕목이 아니라 오히려 삶의 윤활유와 같은 역할을 다 하는 것으로 파악한다. 중산층의 삶에서 위선과 위악은 타매해야 할 부정의 딱지가 아니라 중산층의 삶의 형식 속에서 자연스레 형성된 삶의 미적 태도로 인식한다. 가령, 「마흔 아홉 살」에서 무의탁 남자 노인의 목욕봉사회 회장을 충실히 수행하고 있는 평범한 중산층 중년 여성인 카타리나는 이중성을 지닌 인물로 동료들로부터 입방아에 오르내린다. 카타리나와 아무런 연고도 없는 노인의 목욕봉사는 헌신적인데도 불구하고 정작 그녀의 시아버지의 속옷 빨랫감에 대해서는 그토록 혐오스러운 태도를 노골적으로 보인다는 게 그녀의 이중성에 대한 지적이다. 누가 봐도 이러한 카타리나의 처사는 위선으로 똘똘 뭉친 이중인격자에 불과한 부도덕적인 것으로 간주하기 십상이다. 하지만 박완서는 카타리나의 이러한 이중성의 원인이 쉰을 앞둔 며느리와 시어머니 사이의 갈등에 기인한 것으로 아주 자연스러운 행동 양태로 인식할 뿐만 아니라 "모든 인간관계 속에 위선이 불가피하게 개입하게 돼 있어. 꼭 필요한 윤활유야."(107쪽)라는 소설적 통찰을 넌지시 드러낸다. 위선 그 자체를 인간 삶의 절대악으로 손쉽게 재단내리는 게 아니라, (카타리나의 삶으로부터) 위선 역시 삶의 다양한 결 속에서 한 몫을 담당하고 있는 것으로 본다. 그리하여 자신의 삶에서 결락된 부분을 카타리나라는 타자로부터 발견하는데, 그 결락된 부분에 대한 삶을 위무받고자 하는 것 자체가 바로 위선임을 지적한다. 박완서는 이 같은 중산층의 삶에서 발견되는 면모를, 이른바 '수다떨기'의 서술전략을 통해 박완서만의 단편 미학을 창출하고 있다.

사실, 이번 소설집을 관통하고 있는 서술전략은 수다떨기의 미적 체험을 극대화하는 것이라 해도 과언이 아닐 터이다. 특정한 관심사를 중심으로 어떤 특정한 결말을 내기 위한 말하기가 아니라 어떤 매개를 통해 인물들이 나름대로의 관점에서 자유롭게 말을 하다보니, 서로의 말들은 간섭·충돌·혼효·미끄러짐의 과정을 밟게 되는데, 표면적으로는 뭔가 어수선하여 말의 의미를 정확히 간파할 수 없으나, 말하는 자들은 상호주관적인 존재로서 어떤 단일한 의미에 수렴되는 게 아니라 말하기의 맥락을 염두에 두면서 의미망을 형성한다. 이 의미망 안에서 의미는 언어가 지칭하는 특정한 것에만 한정되는 게 아니라 그것 사이에 있는 인간 삶의 비의성을 포괄한다. 그러면서 유일무이한 미적 아우라를 발산해낸다. 『친절한 복희씨』가 매혹적인 것은 수다떨기의 서술전략이 보증해내는 바로 예의 미학에 있다.

노인들의 애틋한 사랑 속에서 어떤 대상을 향해 미치도록 그리워하는 정감을 절묘하게 풀어내는 두 노인의 수다(「그리움을 위하여」), 한국전쟁 무렵 상이군인이 된 남자와 "플라토닉의 맹목적 신도"(75쪽)인 양 연애 감정을 나누었던 '나'는 이제 "애무할 거라곤 추억밖에 없는 저 처량한 늙은 이"(77쪽)가 된 채 자신을 대상으로 한 상념의 수다(「그 남자네 집」), "벌레 한 마리도 못 죽이는 착한 여자"(238쪽)인 복희의 박복한 인생유전에 대한 수다(「친절한 복희씨」), 모처럼 서울 나들이를 하다가 겪는 갖가지 봉변에 얽힌 수다(「그래도 해피 엔드」), 생의 "원초적인 결핍감"(119쪽)을 안고 태어나 재미교포와 결혼하여 살다가 우울증에 걸렸는데, 자신의 생이 "처음부터 자식의 고유한 존재가치를 인정하지 않은 이름을 지은 부모"(139쪽)를 향한 원망의 수다(「후남아, 밥 먹어라」), 사돈내외가 결합하여 사는 모습에 대한 주변 사람들의 온갖 억측과 편견을 무릅쓰고 행복한 삶을 사는 노인에 대한 수다(「대범한 밥상」), 이 모든 수다들을 듣고 있노라면, 어떤 수다들 사이에서 피어나는, 수다와 연관된 사람들을 향한 애도와 연대, 그리고 환대의 파토스가 자연스레 번져온다. 그러면서 소설 속 인물들 누구에게나 삶의 무게만한 사연이 있고, 그 사연 하나하나가 갖는 삶의 가치를 존중하게 된다. 때로는 삶의 대립각을 세운 채 도저히 이해할 수 없고, 함께 자리를 할 수 없는 듯 하지만, "인간관계 속에 숨은 그럴듯한 허위의식"(「거저나 마찬가지」, 180쪽)에 대한 맹목적 인정이 아니라 삶의 맥락 속에서 그 또한 어엿한 삶의 내적 질서를 이루는 형식이라는 데 저절로 수긍이 간다.

소설이 작가와 그 운명을 함께 하는 것이라면, 삶의 온갖 풍파를 겪은 작가 박완서에 의해 조감되는 삶이란,『친절한 복희씨』에 등장하는 각개의 인물들에게서 엿볼 수 있듯, 비루한 삶의 일상의 무게와 사연에도 불구하고 수다떨기의 형식을 통해 삶을 살게 하는, 삶을 향한 저 도저한 사랑과 포용이 아닐까.

(『2008작가가 선정한 오늘의 '좋은 소설'』, 작가, 2008)

소멸의 운명을 견디는 소리와 춤

이현수의 장편소설 『신기생뎐』

철판에 붉은 피 흐르고 가슴에 심장이 살아 뛰는 사람으로서 사람의 대접을 받지 못하고 짐승으로 더불어 변하게 되는 때에 어찌 탄식인들 없으며 눈물인들 없으오리마는 탄식과 눈물만으로는 모든 것이 해결되지 못하나니라. 때로 흐르는 도다. 벗이여 한숨을 거두라. 눈물을 씻으라. 눈물과 한숨을 익히고 서서 우리는 우리의 밟은 길을 돌아보는 동시에 우리의 존재를 찾아야 할 것이요.

―「영춘사(迎春辭)」(기생 잡지 『장한(長恨)』 창간호, 1927. 1. 10) 중에서

1. 근대의 표상으로 덧씌어진 기생 담론을 벗겨내며

지금 내 책상에는 일제 식민지 시대 식민통치의 일환으로 제작되어 유포된 엽서를 설명하고 있는 책이 놓여 있다. 그 엽서는 기생을 모델로 한 것으로, 일제는 다종다양한 기생 엽서를 발행하여 식민통치의 용도로 유효적절히 활용하였다고 한다. 그러면서 저자는 매우 의미심장한 점을 다음과 같이 언급한다.

> 기생은 없다. 표상의 시대에 살고 있는 우리에게 단지 기생에 대한 이미지와 담론만이 있을 뿐이다. 그리고 그 재현의 경연장에서 살아남은 이미지와 담론들이 우리에게 현재화되어 있는 것이다. 우리가 알고 있는 기생은 기생의 표상일 뿐 기생 그 자체가 아니며, 한국근대기의 어느 지점(일제강점기)에서 창출된 것이며 그것을 기생으로 '만든' 수많은 담론들이 오늘에 미치고 있는 것이다.
>
> —이경민, 『기생은 어떻게 만들어졌는가』, 사진아카이브연구소, 2005, 13쪽

기생의 실체는 휘발된 채 기생의 이미지와, 기생에 대한 온갖 풍문들로 만들어진 기생 담론들만이 존재하고 있다는 이 같은 지적은, 기생에 대해 우리가 얼마나 많이 왜곡된 정보를 지니고 있는지를 반성케 한다. 기생은 일제에 의해 교묘히 그리고 철저히 식민지 남성에 의해 배제된 타자로서, 또한 식민지 근대화에서 배격해야 할 전근대적 유산인 타자로서 한갓 성적 욕망의 대상으로서만 인식되었다. 말하자면 기생은 식민지에서 남성

과 근대라는, 이중의 억압을 받는 존재로 전락되었다. 그러면서 자연스레 기생은 식민통치에 의해 숱한 이미지와 담론들로 대체되었다. 그리고 이렇게 '만들어진' 기생은 현재까지 우리의 무의식 깊숙이 자리하고 있으며, 기생과 연루된 부정적 이미지와 담론들은 서서히 굳어지고 있다. 하기야 지금, 이곳에서 기생을 좀처럼 만날 수 없으니, 기생에 대한 통념들이 기정사실화되는 것도 별스런 일은 아닐 터이다.

그런데 작가 이현수는 이러한 우리들 통념을 보란 듯이 뒤집는다. 이현수는 장편『신기생뎐』(문학동네, 2005)을 통해 우리가 망각하고 있었던, 혹은 우리가 잘못 이해하고 있었던 기생에서 벗어나, 기생의 삶의 갈피에 오롯이 자리하고 있는 그 무엇을 섬세히 매만지고 있다. 아니, 그는『신기생뎐』에서 기생과 더불어 기생의 삶을 살고 있다. 하여, 우리의 삶 바깥으로 밀려나 있던 기생의 삶을 감싸안는다. 이현수에게 기생은 더 이상 사회로부터 천시받고 냉대받는 비천한 존재가 아니다. 근대의 정상질서를 오염시키는, 근대의 일상으로부터 제거되어야 할 병균과 같은 존재가 아니다. 이현수에게 기생은 기생의 이미지와 담론들로 덧씌워진 존재가 아니라, 기생의 실체로서 새롭게 인식되는 존재다. 근대의 표상으로 존재하는 기생이 아니라 실제 우리들 삶 속에서 뿌리내린 채 살고 있는 실체로서의 기생을, 작가 이현수는 서사로써 보증해낸다.

2. 기생의 '재귀적 욕망'과 기생의 사랑의 형식

기생의 삶은 술이 곁들인 흥겨운 가무歌舞가 전부인 것 같지만, 그래서 삶의 고통과 절연된 낙樂의 세계에 젖어있는 것 같지만, 기생의 삶을 조금만 들여다보면, 결코 그렇지 않다는 것을 알 수 있다. 술과 가무, 그리고 성애性愛가 늘 기생의 삶 안팎을 감싸고 있는 듯 하지만, 기생의 삶 그루터기에는 기생이 홀로 감내하기에는 벅찬 삶의 상처가 옹이져 있다. 그 상처를 치유하기 위해 기생은 자신의 욕망을 통해 욕망을 넘어서는 삶을 살아간다. 욕망을 넘어선 순간, 이내 기생은 욕망의 덫에 또 다시 걸려든다. 그것이 바로 기생의 욕망의 생리다. 하여, 기생의 상처가 아문 그 순간, 또 다시 상처는 벌어지고, 그 상처를 치유하기 위해 기생은 욕망의 그물에 기꺼이 나포된다. 기생의 욕망은 타자를 향하되, 타자와 관계를 맺는 욕망이 아니라, 기생에게 돌아올 수밖에 없는 '재귀적再歸的 욕망'의 속성을 갖고 있기에 기생을 가둬놓는다.

『신기생뎐』에서 우리가 마주치는 기생들은 이러한 삶을 견디며 살고 있다. 오 마담이란 기생은 그 대표적 인물이다. 과부 집안의 인연의 사슬을 끊고자 오 마담의 어머니는 여덟 살짜리 그녀를 진주권번에 맡긴다. 그로부터 오 마담은 기생 수업을 받으며 기생으로서의 곡절많은 삶을 살아간다. "줄과부 떼과부 등 천한 집구석일랑 싹 잊어버리고 너만이라도 훨훨 새처럼 자유롭게 한세상 살다 가거라"(42쪽)라는, 어머니의 마지막 말을 뒤로 한 채 오 마담은 그렇게 기생의 삶을 시작한 것이다. 그런데 이 땅에서 기방이 사라지는 것과 함께 기생 역시 그 자취 만을 남길 뿐, 이제 소리기생으로서의 오 마담의 존재와 그 가치는 소멸의 운명에 처해 있다. 높은 음을 마음껏 내지 못하는 오 마담은 소리기생으로서의 존재 가치를 확보할 수 없게 된다. 오랜 세월 동안 기방에서 기생의 삶을 살아간 오 마담에게 소리기생으로서의 존재 가치가 소멸해가고 있는 것처럼 끔찍한 일은 없다. 하지만 오 마담은 기생의 독특한 '재귀적 욕망'을 통해 기생의 삶의 진정성을 발견해낸다. 가령, 오 마담이 제자 뻘 되는 소리기생에게 하는 다음과 같은 말 속에 녹아들어 있는 진실이야말로 기생으로서의 삶이 갖는 진정성의 한 측면이라 할 수 있다.

"기생은 마음에 굳은살이 배겨 송판처럼 딱딱해져야 온전한 기생으로 완성이 된단다. 송판처럼 딱딱해진 다음에야 몸도 마음도 물처럼 부드럽게 열릴 수가 있는 법이거든. 정을 둔 곳이 있고 없고는 나중 일이다. 나는 …… 남자를 믿지 않았다."

(…중략…)

"남자를 믿은 적이 없으니 그들이 날 버려도 배반을 해도 난 언제나 모든 걸 내줄 수가 있었다. 남자를 부정하고 나니 모든 남자를 받아들일 수 있는 너른 품이 생기더라. 이게 내 사랑의 방식이었느니. 느들 보기엔 내 사랑이 물 위에 뜬 거품처럼 부질없어 보였는지 몰라도."

"……"

"뜬금없이 들리겠다만, 철새들이 한철 머물다 가는 철새도래지라고 있지 않냐? 사계절 먹이가 풍부하고 추운 겨울에도 물이 얼지 않아서 철새들의 쉼터나 잠자리가 되어주는 을숙도나 주남저수지 같은 곳 말이다. 나는, 내 무릎이 남정네들에게 철새도래지 같은 그런 도래지가 되었으면 싶었구

나."(68~69쪽)

오 마담은 기생으로서 자신을 찾는 남성들에게 쉼터를 제공해줄 뿐, 그들을 사랑이란 이름으로 구속하지 않는다. 그렇다고 오 마담이 자신을 찾는 남성을 사랑하지 않았느냐 하면, 그렇지도 않다. 오 마담은 기생 살이를 하면서 여러 남성들을 사랑하였으며, 사랑한 그 남성들로부터 배신을 당한다. 하지만 오 마담은 자신을 헌신짝처럼 내팽개친 그들을 미워하지 않는다. 오 마담이 사랑한 누군가가 떠나면, 오 마담은 텅 빈 욕망을 채우기 위해 또 누군가를 사랑하게 되고, 또 다시 그녀를 떠나면, 다른 누군가와 사랑을 나눈다. 말하자면 오 마담은 기생의 사랑, 그 형식을 통해 사랑을 한다. 이 사랑은 타자를 향하되, 타자와 관계를 맺지 않으면서, 타자를 구속하지 않는, 사랑의 형식을 취한다. 이 사랑의 형식을 통해 기생은 기생으로서의 신산스러운 삶을 견디는 것이다. 오 마담의 또 다른 얘기에 귀기울여 보자.

"기생으로 산다는 건, 이 화전과 닮이 닮았다. 보기만 좋지 막상 먹어보면 별맛이 없는 것도 그렇고. 찹쌀전 위에 꽃잎을 한 장씩 꾹꾹 찍듯 기생들은 자기 가슴을 펜촉같이 날카로운 것으로 꾹꾹 찍어야 할 때가 많아. 그래서 기생들의 가슴에서는 피가 흐르지 않아. 동글동글 맺혀 있을 뿐이지. 제 스스로 낸 제 가슴의 핏물을 내려다보고 사는 게 기생이야."(201~202쪽)

모양새가 이쁘지만 별다른 맛이 없는 화전을 기생에 빗댄다. 화전을 치장하는 꽃처럼 기생의 가슴에 핏물이 맺힌 채 그 핏물을 내려다보고 사는 게 바로 기생의 거부할 수 없는 운명이다. 기생의 앙가슴에는 삶의 아물지 않는 상처가 화전 위의 꽃처럼 맺혀 있다. 기생은 이 꽃을 화려히 피어낸다. 눈물로 꽃을 피어낸다. 누구도 기생의 흐르는 눈물을 닦을 수 없다. 누구도 눈물을 흘리는 기생을 따뜻하게 위무할 수 없다. 기생 스스로 자신의 운명을 감내해야 하며, 흐르는 눈물을 억지로 닦지 않는다. 눈물을 흘리되, 눈물이 저절로 마를 때까지 하염없이 눈물을 흘릴 따름이다. 그것이 바로 기생으로서의 삶을 온전히 살아가는 것이며, 기생으로서의 삶을 사랑하는 방식이다.

기생의 사랑이 이렇기에, 오 마담은 자신을 먼 발치에서 흠모하는 박 기사를 향해 기생으로서의 사랑을 간직할 뿐이다. 사실 박 기사야말로 군산의 기생집인 부용각과의 인연 때문에, 특히 오 마담의 소리에 이끌려 전 인생을 부용각의 집사로 내맡긴바, 오 마담을 향한 사랑의 진실을 간직하고 있다는 것을 그녀는 진작부터 알고 있다. 하지만 그녀는 박 기사의 순정한 사랑을 기방을 찾는 여느 남성들처럼 대하고 싶지는 않다. 어쩌면 그녀를 향한 박 기사의 사랑을 다른 남성들의 사랑과 구별지음으로써 박 기사를 향한 그녀의 사랑이 소중히 간직되고 싶어서인지 모른다. 물론 박 기사를 향한 그녀의 사랑이 겉으로 드러나지 않았으나, 20년 동안 박 기사를 향한 사랑의 순정을 그녀는 품고 있었다. 기생으로서의 사랑의 형식을 통해.

이 보오, 박 기사. 오늘은, 오늘만은 그리 바쁘게 돌아서지 마오. 지난 20년 동안 꿀물 대접을 들고 내게로 오는 당신의 발자국 소리를 들었소. 한 발 한 발 이 꽃살무늬 방문으로 조심스레 다가오는 당신의 발자국 소리를 나는 귀를 열고 듣고만 있었소. 한 발을 뗄 적마다 이리저리 흩어질 당신의 어지러운 마음과 한 발을 디딜 적에 오롯이 맺힐 아픈 마음도 환히 알고 있었소. 그럼에도 나는 자는 척 누워 있었소. 당신이 그림처럼 몸을 움직이며 소리도 없이 방문 앞에 꿀물 대접을 놓고 돌아설 때에 내 여러 마음들이 가만히 모이는 것, 모인 마음이 조금씩 움직이려 하는 기미를 나는 모르는 척 애써 눌러 두었소. 아침 햇살이 꽃살문을 적시며 방으로 밀고 들어오기 시작할 무렵이면 어김없이 들리던 당신의 기척을 부러 듣지 않으려고 이불을 덮어쓴 적도 많았소. 내가 당신을 모를 체 한 것, 끝내 당신이 내게로 오지 못한 것. 당신은 그것 때문에 평생을 아팠겠지만 그 또한 사랑의 한 형태요. 내 사랑의 마지막 자존심이라 생각해주오. (233~234쪽)

3. 기생의 비원悲願이 배어있는 소리와 춤

이렇듯 우리는 작가 이현수의『신기생뎐』을 통해 기생의 삶과 욕망의 실체를 정직하게 맞대면한다. 기생은 여성으로서 욕망을 자연스럽게 표출하지 못한다. 뿐만 아니라 기생은 예인藝人으로서 소리와 춤의 예술적 능력을 사회로부터 공식적으로 인정받지도 못한다. 여기에 기생으로서의 비원悲願이 서려 있기 마련이다.

오 마담의 대를 이어 부용각의 마지막 기생이 될 지도 모르는 미스 민은 국악원에서 중요무형문화재의 전수자가 되는 것을 포기하고 부용각의 춤기생으로 입문한다. 철롯가에서 유년을 보낸 미스 민은 억척스럽게 살고 있는 언니들의 도움으로 국악고등학교에 보내졌지만, 그녀는 예술적 능력을 사회로부터 공인받는 길을 포기하고, 당장 눈 앞에 닥친 경제적 문제를 해결하기 위해 부용각의 춤기생의 길을 선택한다. 아들 없는 집의 온갖 설움을 안고, 빈곤을 이겨내며, 막내에게 미래의 꿈을 발견하고 싶은 세 언니들의 희망을 접은 채 그녀는 나끝순이라는 이름 대신, 미스 민이라는 춤기생으로 다시 태어나려고 한다. 미스 민이 기생의 길에 들어선 이유와 오 마담이 기생에 들어선 이유는 서로 다르지만, 그들은 여성으로서의 욕망을 드러내지 못하고, 예인으로서의 예술적 능력을 공인받지 못하는 '기생'으로서의 숙명적 삶을 공유한다.

그들의 이 숙명적 삶에는 기생으로서의 비원이 자리하고 있다. 하여, 그들의 노래와 춤은 기생의 비원이 자연스레 배어 있다. 예인의 예술적 능력으로 그들의 노래와 춤을 판단할 수 없는 것은 바로 이러한 연유 때문이다. 미스 민이 기생으로서 화초머리를 올리기 위해 박 사장 앞에서 추는 살풀이춤의 몇 대목을 잠시 감상해보자.

밟음의 춤. 연못에 던진 돌의 파문이 동심원을 그리며 그윽하게 물결쳐 번지는 것 같이, 흐르긴 흐르되 흘러서 넘치지 않는, 집중된 동작만이 가질 수 있는 고요한 역동성. 겉으로는 동작이 거의 없는 듯 한데 실상은 그 속에 잠겨 흐르다가 우쭐, 어깨짓이나 고개놀림만으로 장단을 먹어주는 허튼춤. (…중략…)

손을 공중에서 무상하게 떨구어 가을낙엽 지듯 꺾는 춤사위를 낙엽사위라고 한다. 낙엽사위는 가슴 속의 시름을 쓰다듬어 울게 하는 손짓이어야 한다. 무겁고, 애통하게. 독하게 맺힌 기운을 풀어주는 춤. 사랑이 그리워서 쫓아가 잡고, 잡을 듯 말 듯 잡지 못하고 아프게 돌아설 때 춤에 무게가 실린다. 한의 무게, 생의 무게를 몸에 실어서 추는 춤이 살풀이다. 살풀이는 교태나 모양만으로 출 수 있는 춤이 아니다. 미스 민은 살풀이를 추기에는 생물학적 나이가 어릴 지도 모른다. 손만 들어도 춤이되는, 연륜으로 '쩔어서' 무르녹은 춤이 아니다. (…중략…) 풀어내도 풀길 없는 유년기와 청소년기의 응어리가 춤으로 이어져 흐른다. 응어리가 깊을수록 신명은 고조된다. 고단한 세 언니들의 꿈을 실어, 중요무형문화재 이수자로 끝까지 살아남지 못한 자책감과 앞으로의 가야할 길의 불안함을 실어, 미스 민의 춤을 절정을 향해 가파르게 치닫는다. (…중략…) 홑치마로 간신히 몸을 가린 미스 민, 숨을 고르는가 싶더니 대뜸 느린 살풀이에서 자진 살풀이로 옮아간다. 무릎을 꿇고 두 팔로 바닥을 쓸 제 젖무덤이 훤히 드러나고 겨드랑사위로 감았다 뿌릴 제는 다리와 허리의 선은 물론이요 거웃까지 거뭇거뭇 비친다. 몸을 외로 틀 때, 허리를 숙일 때, 한 발을 살짝 들고 돌 때, 얇고 부드러운 홑겹의 생비단 치마는 미스 민의 알몸에 서슴없이 흐르고 감겨들며 나부긴다.(103~105쪽)

기생으로서 화초머리를 올리는 날 박 사장 앞에서 추는 살풀이춤의 장면이다. 미스 민이 추는 살풀이춤은 유년기와 청소년기의 응어리 진 한을 풀어내는 춤이다. 기생의 길을 선택한 그녀의 삶에 대한 제의적 춤이다. 뿐만 아니라 그녀의 미래에 꿈을 실었던 그녀 언니들의 응어리진 한을 풀어내는 춤이다. 그녀의 춤에는 한 여성으로서 혹은 한 예인으로서 욕망보다 기생으로서의 숙명적 삶을 살아가야 하는 비원이 배어 있다.

여기서 간과할 수 없는 것은 작중 인물 미스 민이 춤을 추고 있지만, 작가 이현수도 미스 민과 더불어 춤의 신명에 흠뻑 빠져 있다는 점이다. 기생의 비원이 감도는 춤의 신명이 작가의 언어에 의해 북돋워지고 있다. 우리들 곁에서 명멸해가고 있는 기생의 춤이 작가 이현수의 마술적 언어에 의해 되살아나고 있는 것이다.

우리가 『신기생뎐』에 주목하는 것은 바로 이와 같은 기생의 춤이 작가의 심미안에 의해 섬세히 포착되고 있다는 점이다. 기생이 춤을 추고 있지만, 작가의 언어 역시 춤을 추고 있다. 물론 춤만 추고 있는 것은 아니다. 기생의 춤 못지않게 귀기울여 들어야 할 것은 기생의 노래다. 기생의 춤이 이럴진대, 기생의 노래야 두 말하면 잔소리가 아니겠는가, 말이다.

소리기생인 오 마담은 이제 소리기생으로서의 절정기를 지났다. 더 이상 높은 소리를 낼 수 없다. 소리가 떠난 소리기생은 소리기생이 아닌 것이다. 소리기생으로서 오 마담의 삶은 서서히 종언을 고하고 있다. 그렇다고 오 마담의 소리기생으로서의 삶이 허망한 것은 결코 아니다. 그녀는 소리의 어떤 지경에 도달했으며, 그 지경을 이제 넘어서 있다.

꿈이로다. 꿈이로다. 모두가 꿈이로다.

오 마담의 시김새 소리 좀 들어보거나. 특정음에서 특정음으로 곧잘 가지 않고 한 음의 주변을 맴돌며 잘게 떨리는 소리. 음가를 짧게 쪼개어 때로는 끌어올리고 때로는 미끄러져 내려 본래의 음높이마저 흐르는 저 소리. 나는 꿈 속에서도 오 마담의 소리만은 가려내네. 오 마담의 소리에 따라붙는 시김새처럼 사는 게 평생의 소원이었으니 내 어찌 그 소리를 모르겠나. 잠깐 눈을 붙인 사이 꿈을 꾸었다네. 오 마담이 풀밭 위를 맨발로 걷고 있었어. 한없이 자유로워 보였다네. 내가 물었네. 이제 그 벌판을 지나왔는가, 그리고 고대하던 평원에 당도했는가, 하고. 오 마담은 싱긋이 웃을 뿐 아무런 말이 없었다네. 참으로 편안한 얼굴이어서 꿈속에서도 마음이 놓였네.(156~157쪽)

오 마담을 남 몰래 흠모하던 박 기사는 그녀의 시김새 소리를 듣는다. 그는 그녀의 시김새 소리를 들으며, 그 시김새 소리처럼 살고 싶어한다. 맺힐 듯 풀려 있고, 풀려 있는 듯 맺혀 있는 잘게 떨리는 소리와 같은 삶을 살고 싶어한다. 오 마담의 웅어리진 그 무엇을 풀어내는 소리를 들으며, 오 마담과 더불어 자유의 삶을 살고 싶다. 그는 꿈을 꾼다. 오 마담은 시김새 소리 속에서 자유로워 보인다. 그녀가 그토록 이르고 싶어하던 소리의 어떤 지경에 도달했는지, 웃음을 짓고 있다.

그런데 소리의 이러한 지경에 이르기 위해서는 소리를 잘 들을 수 있어야 한다. 하여, 작가 이현수가 주목하고 있는 것은 소리를 듣는 또 다른 지경이다. 좋은 소리를 내기 위해서는 좋은 소리를 들을 수 있어야 하듯, 영육을 울려주는 소리를 내기 위해서는 마찬가지로 영육을 울리는 소리를 섬세히 감별할 수 있어야 한다.

소리가 혀끝에 감긴다. 휘파람처럼 혀끝에서 놀던 소리가 목구멍을 휘어 감고 들어가 뱃속을 한바퀴 뒹굴다 입밖으로 터져 나오려는 순간 꿀꺽 소리를 삼킨다. 이제는 아무 때고 소리가 혀에 붙어 놀지만 지금 소리는 예전 소리가 아니라는 걸 안다. 꽃 지는 소리를 들을 수 있는 것처럼, 오 마담은 귀가 아니라 몸으로 자신이 내는 소리를 가늠할 수 있다. 몸이 하나의 통이 되어 후두와 배와 단전에서 울리는 몸 안의 소리를 듣는다. 입 밖으

로 곧 나올 소리의 높낮이와 깊고 얕음, 소리의 경중이 미리 짚인다. 소리
를 잘 들을 줄 알아야 좋은 소리를 한다지만 늙은 소리기생에겐 그런 재능
도 비극이다. 소리가 절정에 달했을 무렵에는 기쁨과 희열로 온몸이 떨리
기도 했지만 지금은 소리 한 번 시원하게 내지를 수 없게 만든다.(200쪽)

비록 예전처럼 소리기생으로서 절정기는 아니지만, 이미 소리의 한 지
경에 도달한 그녀는 귀로 소리를 듣지 않고 온몸으로 소리를 듣는 또 다
른 지경에 이른다. 그녀는 소리의 고저·장단·경중, 그 미세한 차이를
감지해낼 수 있다. 다시 말해 "소리로 소리를 뛰어넘었고, 기생으로 마지
막까지 남"(208쪽)은 오 마담은 높은 소리를 절묘히 내지르지 못하지만, 좋
은 소리를 가려서 들을 수 있는 재능마저 퇴화된 것은 아니다. 귀가 아닌
온몸으로 좋은 소리를 구별함으로써 그녀는 이 땅에서 소리기생으로서의
자신의 삶을 마감하고 있다. 그녀는 잘 알고 있다. 높은 소리를 내기 위
해, 주독酒毒을 해독하기 위해 회음혈에 사향 뜸을 뜨지만, 이미 자신에게
떠나간 소리를 돌이킬 수 없다는 것을. 이 땅에서 기생이 하나둘 가뭇없
이 스러져가듯이 소리기생의 운명도 서서히 종언을 고하고 있음을.

4. 역사의 풍경 속으로 사라질 부용각과 기생

그런데 정작 우리가 『신기생뎐』에서 기생의 이모저모를 만날 수 있는

것은 기생이 살고 있는 기생집이 있기 때문에 가능하다. 말하자면 기생을 기생답게 하는, 기생의 존재에 삶터를 제공해주는 물적 토대가 있기에 가능하다. 『신기생뎐』의 주요 공간인 부용각은 그래서 더욱 중요하다.

> 부용각의 겹처마, 팔작지붕이 어둠에 휩싸이면 손님이 든 방마다 도도한 흥취가 살아나고, 낮 동안 고요 속에 갇혀 있던 안뜰 바깥뜰 할 것 없이 부용각의 모든 부속물들이 덩달아 수런거리며 깨어나 기방의 정취에 한 부조하는 게 보통이었다.(52쪽)

부용각은 기생의 존재에 육체성을 보증해준다. 부용각의 아우라는 기생의 문화를 유지시켜주는 데 한몫을 다 하고 있다. 물론 기생의 생활공간인 부용각은 기생의 전통이 퇴색되듯, 옛 풍경과 정취를 고스란히 간직하고 있지는 않다. 세월의 부침에 따라 부용각 역시 기생의 운명과 궤를 같이 하고 있다. 하지만 부용각은 마지막 기생을 길러내고 있듯이 기생의 전통을 쉽게 휘발시키고 있지는 않다. 부용각은 부엌어멈인 타박네가 기생의 전통을 이어가고 있기 때문이다. "부르는 노래는 현대요, 가르치는 방식은 옛 방식"(66쪽)인데서 짐작할 수 있는 것처럼 부용각은 "과거와 현재가 분리되지 않고 뒤죽박죽 섞인 채로 공존하"(66쪽)고 있는 곳이다. 근대와 전근대가 동거하고 있다는 부용각은 이렇게 오늘도 신기생과 함께 생명을 지탱하고 있다.

다시 강조하건대, 부용각이 기생의 전통을 유지하는 것은 어디까지나 타박네의 고집스러움 때문이다. "기방 부엌돌림으로만 반백년 가까이 살아"(10쪽)오면서, "기방의 마지막 부엌어멈"(13쪽)인 타박네는 기방 음식을 장만하는 것은 물론, 부용각의 자질구레한 모든 것을 관장하는, 부용각의 실질적 주인이다. 타박네는 기생은 아니지만, 부용각 기생의 든든한 후원 자이자, 보호자로서의 역할을 다 하고 있다. 한 평생을 기생들과 함께 살 았으니, 비록 기생의 신분은 아니지만, 기생 못지 않은 기생의 삶을 살고 있다 해도 과언이 아닐 터이다.

타박네와 부용각, 그리고 부용각의 기생. 어찌보면, 세월의 급물살 속 에서 위태롭게 자리를 지키고 있다. 근대를 넘어 탈근대로 옮아가는 지 금, 이곳에서 타박네의 부용각은 역사의 풍경 속으로 사라질 운명이다. 이 즈음에서 나는 생각을 가다듬어본다. 최첨단의 문명 감각으로 살아갈 우리의 삶의 관심 밖으로 이미 멀찌감치 밀려난 기생의 삶에 관심을 갖는 작가의 의도는 어디에 있을까. 그것도 전통적인 기생의 삶에 주목하는 게 아니라, 말 그대로 과거와 현재가 뒤섞인 '신기생'의 삶에 관심을 쏟는 이 유는 무엇일까. 작가는 오 마담, 미스 민을 비롯한 신기생을 통해 여성의 근대적 주체로서의 삶을 말하고 있지는 않다. 근래 유행하는 젠더적 시각 을 통해 여성의 삶을 새롭게 인식하는 데 서사의 초점이 맞추어져 있지도 않다. 그렇다고 사라지는 기생의 전통을 발견함으로써 근대의 이면에 자 리하고 있는 전근대의 문화적 생산성을 새롭게 주목하는 데 있지도 않다.

그렇다면 무엇일까. 혹 우리에게 덧씌워진 기생의 표상이 아니라, 기생 의 삶에 눅진하게 배어 있는 그들의 삶의 애환을 기생 특유의 '재귀적 욕 망'을 통해 어루만지려는 것은 아닐까. 하여, 우리가 미처 관심갖지 않았 던 기생의 사랑의 형식과, 그 비원이 배어 있는 가무를 통해 기생의 숙명 적 삶을 넘어서고자 하는, 그들의 삶의 진정성에 작가가 주목하는 것은 아닐까. 혹 언젠가 기생이 이 땅에서 소멸해갈 운명이라면, 작가는 그 운명의 과정을 회피하지 않는 마지막 기생의 삶의 존재 가치와 그 엄숙함을 지켜보고 싶은 것은 아닐까. 혹 자신의 욕망에 솔직하되, 그 욕망에 구속되지 않는 기생의 삶을 통해 우리가 미처 놓치고 있는 삶의 소중한 그 무엇을 성찰하고 싶은 것은 아닐까. 작가 이현수의『신기생뎐』은 우리에게 자칫 소홀히 여기기 십상인 삶의 문제들을 곰곰이 되묻게 한다.

(『신기생뎐』, 문학동네, 2005)

현실의 체념과 비관을 넘어서는

이재웅의 소설집 『럭키의 죽음』

　　재웅씨에게

　　당신은 장편소설 『그런데, 소년은 눈물을 그쳤나요』(실천문학사, 2005)를
세상에 내놓은 지 햇수로 삼 년째 되는 올해 첫 소설집 『럭키의 죽음』(랜
덤하우스, 2007)을 내놓았습니다. 『럭키의 죽음』의 해설을 준비하는 과정에
서 저는 무심결에 당신의 첫 장편소설의 표지 뒷면에 있는 작가 박민규의
추천사에 시선을 고정시켰습니다. 박민규는 다음과 같이 말하였습니다.

　　"정말 힘들게 소설을 쓰는 작가라면 누구를 들 수 있을까요?" 누가 나에
　게 그런 질문을 던진다면 나는 주저 없이 이재웅의 이름을 말머리에 올릴
　것이다. 그의 소설에는 사소한 문장이 없다. 끝까지 전력으로 투구하고, 언
　제나 정면으로 승부한다. 그는 무모하다. 그러나 이 무모함 앞에서 우리는

결국 가슴을 적시게 된다. 그것은 바로 그가 온몸으로 밀고 가는 사실의 힘, 바로 문학의 힘에 압도되기 때문이다.

저는 박민규의 이와 같은 추천사의 행간에 숨어 있는, 동료 소설가의 작품 세계를 적확히 파악하고 있는 점에 이견異見이 없습니다. 무엇보다 무모하리만치 "정면으로 승부한다"라는 박민규의 판단은, 당신의 소설 세계에 대한 촌철살인의 평가라해도 손색이 없다는 생각이 듭니다. 만화적 상상력의 극단으로써 우리의 현실을 탐구하고 있는 박민규의 서사를 생각해 볼 때, 당신의 서사가 현실을 에둘러가지 않고 현실의 온갖 부정을 정면으로 부딪치고 있다는 것은 부정할 수 없습니다. 그것이 당신의 서사가 동시대의 동료 소설가들의 서사보다 비교우위를 확보하고 있는 측면입니다. 물론, 이 점이 당신의 서사적 특징 모두를 수렴하고 있는 것은 아닙니다. 하지만 당신의 소설을 읽으면서 가볍게 지나칠 수 없는 것은, 최근 동시대의 젊은 작가들 대부분의 작품 성향이 탈근대적 징후에 예민히 반응하는 양상을 보이고 있는 데 비해, 당신은 이 같은 소설의 주류에 휩쓸리지 않고 당신만의 서사의 지평을 우직히 모색하고 있다는 점입니다. 당신에게는 아직도 근대의 문제'들'이 여전히 중요한 서사적 관심사라는 것을 알 수 있습니다. 이 점은 첫 소설집인 『럭키의 죽음』 곳곳에서 포착됩니다.

망각과 기억의 쟁투를 통한 삶의 성찰

우선, 저는 이번 소설집에 실린 소설들을 읽으면서 당신이 '기억'이라는 문제와 씨름하고 있다는 생각이 들었습니다. 망각의 사위로 소멸해버

리는 것이야말로 인간이 거부할 수 없는 삶의 엄연한 현실의 논리라는 점
에 대해서는 당신도 딴지를 걸지 않을 겁니다. 그러면서 또한 망각할 수
없는 것들에 대한 그 무엇을 기억해내어야 하는 것도 인간이 거부할 수
없는 삶의 엄연한 현실의 논리입니다. 말하자면 망각과 기억의 쟁투로부
터 인간은 자유로울 수 없는 것이겠죠. 이 쟁투의 과정 속에서 인간의 현
실은 새롭게 인식될 뿐만 아니라 새롭게 재구성될 터입니다.

　여기서 눈여겨보아야 할 소설은 「고모의 사진」입니다. 어느 일요일 시
골의 어머니에게서 걸려온 한 통의 전화는 오랫동안 망각하고 있던 연지
평 고모의 존재를 기억하게 합니다. 아니, 기억을 해내는 것 이상으로 연
지평 고모가 '나'의 현실의 삶 속으로 깊숙이 개입해들어옵니다. 우연의
일치인지, 연지평 고모는 '나'의 집을 방문하고, '나'가 살고 있는 아파트
의 주민들에게 물건을 팔고는 그것도 모자라 '나'의 돈을 훔쳐 달아났습니
다. 그런데, 그 연지평 고모는 '나'의 실제 그 고모가 아닙니다. '나'와 아
내는 어머니의 전화를 받고, 마치 무엇엔가 홀린 듯이 연지평 고모가 꼭
'나'의 집을 방문할 것이라는 기대와 믿음을 갖고 있는 터에, 집을 방문한
어떤 노파를 연지평 고모라고 확신을 했던 겁니다. 이런 어처구니없는 일
을 당한 '나'를 어떻게 이해해야 할까요. 저는 이 웃지못할 사건을 접하면
서, '나'의 망각과 기억의 관계 속에서 '나'의 현실이 재구성되고 있다는
것을 생각해보았습니다. 실제로 '나'는 연지평 고모에 대한 뚜렷한 기억
을 갖고 있지 않습니다. 그렇다고 연지평 고모의 존재를 철저히 망각하고
있지도 않습니다. 다만, '나'의 가족들이 연지평 고모와 연루된 과거의 기
억을 지워버리고 싶어한다는 점과, 연지평 고모는 '나'의 가족들의 현실에
서 결코 환대받지 못할 존재라는 점이 어렴풋하게나마 기억될 따름입니

다. 즉, 연지평 고모는 '나'의 가족의 현실에서 추방되어야 할 부정한(혹은 오염된) 과거의 대상에 불과할 뿐입니다. 여기에는 연지평 고모를 에워싼 갖가지 소문들이 더해지면서, 그녀에 대한 진실은 온데간데 없이 휘발되어 그녀의 존재는 한갓 추상으로써만 부각되는 것과 무관하지 않습니다.

사실, 나는 단상 뒤에 기억해낸 소문을 신뢰해야 할지 그렇지 말아야 할지도 분간할 수 없다. 더 나아가 그 소문(강간을 당했다는 소문—인용자)이 정말 옳은 것인지도 장담할 수 없다. 다시 생각해보면 그 시기도 정확치 않았고, 또 그 가해자도 순사였는지, 한국군이었는지, 아니면 인민군인지, 고주망태의 남편이었는지 알 수 없는 것이다. 게다가 그 여름날의 여자가 정말 고모, 더 나아가 연지평 고모였는지도 확실히 장담할 수는 없다. 단지, 그 여름날 화상 입은 얼굴의 여자와 그런 소문들이 연계되면서 나에게 한 명의 추상적인 여인상을 환기시키고, 그 여인상이 연지평 고모의 모습으로 굳어지는 것이다. 그것은 너무 강렬해서 일종의 확신처럼 느껴지기도 한다.

하지만 이제 내가 나를 신뢰할 수 있는가?

—「고모의 사진」, 111쪽

연지평 고모가 언제, 누구에게서 강간을 당했는지는 정확하지 않으나, 분명한 사실은 그녀가 한국사의 상처를 짊어지고 있는 인물이라는 점입니다. 그 혹독한 상처를 입은 그녀는 그녀를 향한 온갖 추문과 풍문 속에서 "추상적인 여인상"으로 굳어져 '나'에게 "일종의 확신처럼 느껴"졌는데, 문제는 '나'의 이 확신이 왜곡된 기억들과 억압된 기억들 속에서 형성된 연지평 고모의 왜상歪像을 낳았고, 이 왜상은 '나'의 현실 속으로 틈입해들어와 '나'란 존재에 대한 의구심과 '나'의 현실을 재구성하고 있다는 점입니다. 하여, '나'는 도대체 무엇이 확실하고 자명한 것인지에 대한 본질적 물음을 던집니다. 여기서 자칫 오해해서 안 될 것은, '나'의 이러한 불확실성은 항간에 팽배해 있는 (탈주체의) 탈근대적 징후에 토대를 둔 것이기보다 근대의 또 다른 억압, 즉 역사적 질곡 속에서 빚어진 왜상의 산물이라는 점입니다.

이 같은 '억압된 기억'으로 빚어진 '나'의 현존을 향한 공포와 불확실성은 「택배」에서 미스테리 심리물로 변주되고 있습니다. '나'가 전혀 알 수 없는 택배가 배달되었는데, 그것은 부패하기 시작한 고양이의 사체와 '나'를 증오하고 협박하는 종이쪽지였습니다. 마치 몇 년 전 '나'와 헤어진 어떤 여인으로부터 들었던 증오의 말, "내가 그때 일을 잊었을 것 같아?"(268쪽)를 상기시키는 종이쪽지의 내용이었습니다. 이 느닷없는 택배의 위협 속에서 '나'는 과거의 온갖 일상들을 시시콜콜히 기억해내려고 애씁니다. 이토록 끔찍한 협박을 받을 만한 행동을 누군가에게 저지른 적이 있는지, 망각의 뒤안길에 오롯이 자리하고 있는 숱한 사연들을 기억해냅니다. 마치 영원히 잊어버리면 안 될 것처럼 기억 강박증에 걸린 것인양 아주 자그마한 것들까지 놓치지 않고 기억해내려고 합니다. 이렇게 아무리 기억의 저장소에서 모든 것들을 다 끄집어 낸다 하더라도 정체모를 타자로부터 목숨의 위협을 받을 만한 이유들을 찾을 수 없습니다.

저는 이러한 '나'의 기억 강박증과 피해 망상증을 서사화하는 작가 이재웅이 정작 의도하고 있는 것은 무엇일까, 하는 의문을 가져보았습니다. 「택배」의 마지막 몇 문장으로부터 이에 대한 생각을 가다듬어 볼 수 있었습니다.

나는 무엇인가가 두려웠고, 또 그것에 분노하고 있었다. 나는 주택가의
골목 한쪽을 노려보았다. 그곳에는 아무것도 없었다. 나는 거대한 추위에
몸을 떨었다.

—「택배」, 271~272쪽

분명, '나'는 두렵습니다. 「택배」를 받고 이 두려움이 점증된 게 사실
입니다. '나'의 비루하고 하찮은 일상이 누군가에게 증오의 대상이 되었
다는 것 자체가 두려워진 것입니다. 또한 누가 무엇 때문에 '나'의 일상에
불청객으로서 간섭을 하여, 과거의 일들을 시시콜콜히 기억하도록 강제
하며 그것도 모자라 '나'의 목숨을 위협하는지, 그 익명의 대상에 대해 분
노를 숨기지 않습니다. 어쩌면 '나' 역시 '나'도 모르는 새 누군가의 일상
에 간섭을 하였고, 타자들로 하여금 망각된 일상을 애써 기억하도록 강제
하였는지 모를 일이기 때문입니다.

이처럼 「택배」가 미스테리 심리물로써 기억의 강박증과 피해 망상증
을 다루고 있다면, 「신년 연하장」은 다소 풍자적 태도로 작중 인물 진생
의 이와 같은 면을 드러내고 있습니다. 진생은 아파트 경비원으로서 평소
관심에도 없는 신년 연하장을 쓰는데, 매번 아파트 일을 보면서 갈등의
관계에 있는 아파트 경비장과 그를 취직시켜준 아파트 관리소장, 그리고
취직에 결정적 힘이 되어준 은사님 등 세 분에게 각기 다른 목적을 갖고
신년 연하장을 보내려고 합니다. 연하장의 첫 인사말을 쓰는 단계에서 그
는 자신과 맺은 서로 다른 사연들을 반추하는데, 그 사연은 서로 구체적
으로 다르지만, 진생이 아파트 경비원으로서 직업을 갖게 된 것과 직간접
으로 연루되어 있습니다. 서로 다른 세 사람에게 걸맞는 연하장을 쓰기

위해 진생은 자신과 맺은 각기 다른 일상의 기억들을 집요하게 떠올리는데, 물론 여기에는 힘들게 얻은 아파트 경비원 자리를 혹시 그만두지 않을까, 하는 피해 망상증 또한 간과할 수 없습니다. 말하자면 진생에게 신년 연하장을 쓰는 과정은 아파트 경비원으로서 맺은 사회적 관계를 돈독히 유지하고자 하는 목적이 있되, 그 과정 속에서 진생 자신의 강퍅한 삶을 성찰해보는 기회를 가지기도 한 셈입니다.

이렇게 저는 「고모의 사진」, 「택배」, 「신년 연하장」 등 세 단편을 통해 작가 이재웅이 망각과 기억의 쟁투의 과정 속에서 현실을 새롭게 인식하고 재구성하고자 하는 서사 욕망에 주목해봅니다. 하여, 당신이 '왜곡된 기억(혹은 억압된 기억)'과 맞서 싸우며, 비루하고 하찮은 일상 속에서 기억의 강박증과 피해 망상증으로부터 자유로울 수 없는 우리들의 삶의 현실을 정직히 성찰하는 노력이 지속되기를 기대해봅니다.

진보의 갱신을 위한 현실 비판의 시선

재웅씨,

저는 당신의 소설 세계에서 간과할 수 없는 것 중 하나로 현실에 대한 비판적 태도를 손꼽고 싶습니다. 그런데 당신의 현실 비판을 보고 있으면, 비판을 받는 대상에 대해 어떤 측은한 감정을 동반하곤 합니다. 비판의 대상은 마땅히 비판받을 만 하여, 그 대상에 대한 연민이나 동정의 시선이 불필요함에도 불구하고 비판의 대상을 향한 연민과 동정의 시선을 쉽게 거둬버릴 수 없습니다. 그것은 비판의 대상도 문제이지만, 그 대상이 그럴 수밖에 없는 상황에 놓이도록 비판의 조건을 형성시킨, 비판의 대상을 에워싼 모든 이들 또한 비판으로부터 자유롭지 못하기 때문이라는 생각이 듭니다.

　가령, 「젊은 자식들이 아버지를 어떻게 망쳐놓는가?」를 봅시다. 얼핏 보아 이 소설에서 비판의 대상은 제명題名에서 추정할 수 있듯 아버지를 망쳐놓은 젊은 자식들로 생각하기 일쑤일 겁니다. 하지만 재웅씨는 젊은 자식들만을 비판의 대상으로 국한시키지는 않습니다. 작중 인물 아버지 유내춘은 회사의 구조조정으로 인해 실직된 상태로 사회적 지위를 하루아침에 박탈당한 처지입니다. 그런데다가 그는 집안에서 자식들로부터 소외를 당합니다. "그는 자신의 젊은 아이들을 잘 알지도 못하면서 너무 깊게 믿고 있었"(16쪽)던 게 잘못이었던 것을 뒤늦게 알았으나 그들 사이의 소원한 관계를 정상화시키기가 쉽지 않다는 것을 너무나 잘 알고 있습니다. 유내춘이란 인물은 국가발전주의 전략에 의해 맹목적으로 추진해온 근대화(혹은 산업화)의 희생양으로서, 유내춘이 말하듯이 "앞으로 달려나가는 도덕만이" "최고의 도덕"(18쪽)인 시대를 살아왔습니다. 하여, 유내춘은 "삶 그 자체와 삶에 내재된 어떤 요소들―그것이 희열이든, 불안이든, 조용함이든, 즐거움이든, 그 무엇이든 간에―에 대해 어느 순간부터 깊게 생각해본 적이 없었"(20쪽)던 셈입니다. 말하자면 유내춘은 국가가 주도해나간 발전지상주의와 속도지상주의의 삶 속에서 자신의 삶을 저당잡혀 살아왔던 우리 시대 근대화의 희생양이라 해도 지나치지 않습니다. 이러한 유내춘을 향해 자식들은 연민과 동정의 시선을 주기는커녕 유내춘과 같은 "그들은 마치 성난 말처럼 질주에만 신경 쓸 뿐이야!"(30쪽)라는 냉소의 시선을 던질 뿐입니다. 유내춘의 젊은 자식들 누구 하나 그의 삶을 온전히 이해하려고 하지 않습니다.

여기서 작가 재웅씨는 실직자가 된 유내춘의 삶을 더욱 곤혹스럽게 만드는 자식들을 향한 비판적 태도와, 자식들이 유내춘을 향한 그러한 태도를 가질 수밖에 없도록 한 발전지상주의를 구조화한 우리의 지난 시대를 함께 비판합니다. 결국 유내춘과 같은 우리 시대의 아버지들은 발전이 최고의 미덕이라는 근대화의 이데올로기 속에서 자신의 모든 삶을 희생시켰는데, 바로 그 때문에 자식들에게서도 소외받는 이중의 시대적 고통을 감내하고 있습니다. 과연, 누가 누구를 소외시키고 비판해야 할까요. 이 소설을 읽는 내내 유내춘이란 인물이 어느 특별한 집안의 가장이 아니라 맹목적 근대화를 추구해온 우리 시대의 아버지들이란 점에서 그들을 향한 측은지심惻隱之心이 슬그머니 고개를 내밀곤 합니다.

여기서 저는 구체적 정황은 다르지만,「인터뷰」에서 비판의 대상이 되고 있는 작중 인물 전학태를 주목해봅니다. 전학태는 좌파 실천가로서 현재 "무슨무슨 정신사 연구소"(53쪽)를 운영하며 자신의 활동을 사회적으로 널리 알리는데 집착하는 속물적 근성을 숨기지 않습니다. 그는 이른바 진보상업주의를 최대한 활용하여 자신의 입신양명을 이루려고 하는 욕망을 서슴없이 드러냅니다. 전학태의 활동을 위한 취재 자리에서 그가 발언한 다음과 같은 전언이 이를 여실히 입증해보입니다.

"나는 신념이 공유되기를 원합니다. 이곳에 있는 우리 직원들도 그것을 원하지요. 오늘날의 진보 투쟁이란 싸움을 위한 싸움이라는 인상을 받습니다. 그건 지속적이지 못하지요. 투쟁은 이제 일상과 동일한 연장선으로 회귀해야 합니다. 그것은 후퇴가 아니라 성숙입니다. 뒤돌아서면 집단이 기주의자들이 되고 또 속물적 자본에 그 의식이 종속되고 마는 것도 우리의 의식화가 성숙하지 못하다는 증거입니다." (…중략…)

　"그러려면 누군가는 앞서서 싸워야 하지만 누군가는 그 투쟁의 의미를 분석하고 그 열정을 공유할 수 있도록 지원해야 하지요. 싸움은 전면적이지만 그 지원은 개인적입니다. 한 사람 한 사람이 그 투쟁을 음미할 수 있도록 해야 한다는 것이지요. 개인이 변하면 집단이 변하고 집단이 변하면 사회가 변합니다. 저는 오랫동안 소외받은 다수가 어떻게 투쟁해야 하는가를 고민해왔지요. 하지만 이제는 개개인을 생각합니다. 나는 진보의 정신과 영혼, 그것을 구하고 싶습니다."

—「인터뷰」, 52쪽

　전학태의 달변을 듣고 있자면, '지금, 이곳'에서 진보의 갱신이 어떻게 구체적으로 이루어져야 하는가에 관한 모종의 지혜를 얻을 수 있겠다는 생각마저 듭니다. 특히 진보 투쟁이 "일상과 동일한 연장선으로 회귀"해야 한다는 것은 아무리 강조해도 지나치지 않을 전언입니다. 그런데, 문제는 이와 같은 진보의 갱신을 실천하고자 하는 전학태가 후원회를 모집한다는 차원에서 진보를 빌미로 개인사업을 확충하고 있다는 점입니다. 일상의 진보를 실천한다는 미명 아래 그는 진보상업주의의 속물적 욕망을 아무런 부끄럼 없이 드러냅니다. 사실, 전학태에게 일상의 진보는 관심사 밖이라고 할 수 있습니다. 지난 날 좌파 실천가라는 이력을 근거로 급변한 현실 속에서 그가 관심을 갖는 것은 유력한 정치가와 경제인을 후원인 삼아 입신양명을 하려는 것 이상도 이하도 아니기 때문입니다. 저는 재웅씨의 「인터뷰」를 읽으면서 1990년대 이후 다종다양한 진보의 움직임의 일환으로 전학태처럼 과거 진보적 운동을 한 이력을 무슨 대단한 것인 양 앞세워 그럴듯한 달변으로써 진보의 갱신에 몸담는 척 하면서, 기실 진보를 윤리적 알리바이 삼아 자신의 속물적 욕망을 충족시키는 데 급급한 사이비 좌파 실천가를 향한 재웅씨의 매서운 비판에 전적으로 공감하는 바입니다. 그러면서 전학태 같은 사이비 좌파 실천가 때문에 진보의 갱신을 향해 혼신의 힘을 쏟고 있는 진보적 운동의 주체들이 사회적 냉소의 시선을 감내하고 있다는 점을 생각할 때마다 모래알을 씹는 듯한 심정입니다. 분명, '지금, 이곳'에서 요구되는 진보는 민주화 이후의 민주주의를 정착시키는 과정 속에서 쟁취해야 할 '일상의 진보'일 터입니다. 이를 위해서는 급변한 현실에 걸맞는 여러 가지 실천의 길을 지속적으로 모색해야 할 겁니다. 그런데, 진보적 운동의 주체가 진보적 운동에 부합되지 않는 행보를 보일 때 그 길이 인간 해방을 향한 진정성을 상실하게 되는 것은 불을 보듯 뻔한 일입니다. 「인터뷰」를 통해 작금의 진보적 운동의 주체가 혹시 그에 걸맞지 않는 행보를 보이고 있는 것은 아닌가 하는 진보적 운동 내부를 향한 비판이란 점에서 저는 여러 가지를 생각해보곤 합니다.

사회적 약소자에 대한 통념화를 거스르며

재웅씨,

이제 당신에게 보내는 서신을 맺어야 할 듯합니다. 끝으로 저는 이번 소설집의 표제작인 「럭키의 죽음」에서 작중 인물 황노인이 쉽게 잊혀지지 않습니다. 고물상 주인으로부터 온갖 폭력을 감내하면서 "일흔이 넘은 나이에 주위로부터 모자라고 푼수기가 있는 노인으로 낙인찍힌 데다가, 친구도 없이 개 한 마리('럭키'라고 불리우는 불독—인용자)에 자신의 영혼을 의탁하고 있"(161쪽)는 황노인은 사회의 약소자弱小者입니다. 그런데 이 황노인은 예사롭지 않은 눈을 소유하고 있는데, "그것은 황노인의 어떤 순진무구한 영혼의 심성이 투영되어 있"는 "갓난아기들의 그것처럼 검고 투명하고, 영롱해지는" "독특한 느낌"(157쪽)을 발산합니다. 이러한 눈을 소유하는 "그는 무척이나 고립된 외로운 사람이며, 그 외로움을 벗고자 발버둥치지만 사회의 영악함과는 어울리지 못하는 어떤 천성 때문에 거기에서 헤어나오지 못하는"(160쪽) 속성을 지니고 있습니다. 이렇게 순진무구한 영혼의 심성을 소유한 눈을 가진 황노인은 그토록 아끼던 개 '럭키'를 무참히 때려죽입니다. 황노인의 이런 돌출적인, 광기에 가까운 행동을 어떻게 이해해야 할까요.

황노인은 자신과 다를 바 없는 '럭키'가 심한 병을 앓고 있다는 사실을 알았지만 자신의 힘으로 '럭키'의 병을 고칠 수 없자, '럭키'를 자신의 손으로 죽이는 결단을 실행합니다. 어떻게 보면, 사회적 약소자가 할 수 있는 최선의 일인지도 모를 일입니다. 황노인이 '럭키'를 죽이는 행위는 곧 황노인 자신이 누구의 도움을 빌리지 않고 자신의 비천한 존재의 마지막을 결행하는 엄숙함 그 자체라 해도 무방할 것이라는 생각이 듭니다. 황노인과 '럭키'의 존재에 대해 그 누구도 관심을 갖지 않는 터에, '럭키'를 죽이는 황노인의 고함과 죽어가는 '럭키'의 비명은 황노인이 살고 있는 아파트의 가난한 사람들에게 아무런 의미가 없는 한갓 일상의 소음에 불과할 뿐입니다. 사회적 약소자들이 만들어내는 만성적 소음 말입니다. 이제 '럭키'가 부재한 이후 황노인은 어떻게 살아갈까요. 황노인은 '럭키' 없이도 순진무구한 영혼의 심성을 소유한 눈을 가질 수 있을까요. 저는 이 소설의 마지막에서 '럭키'의 비참한 죽음을 목도한 '나'가 아무렇지도 않은 듯 담배를 입에 물고, "욕설을 중얼거리며, 이 A동을 떠나야겠다고 생각했다."(174쪽)라는 대목에서 우리 사회에 도래할 비관주의적·염세적·묵시록적 징후를 포착해봅니다. 물론, 작가 이재웅씨가 꿈꾸고 모색하는 우리들 삶과 현실이 이러한 징후에 속수무책으로 휘둘리는 것은 아닐 테지요. 저는 당신이 「럭키의 죽음」을 통해 바로 이러한 징후를 예지적으로 파악하면서 사회적 약소자의 존재를 무가치한 것으로 통념화하는 우리 사회에 대해 반성적 성찰을 도모하는 것으로 이해하고 있습니다.

사실, 사회적 약소자에 대한 당신의 서사적 관심은 당신의 첫 장편소설에서도 발견할 수 있어 그리 새로운 서사는 아닙니다. 다만, 당신도 잘 알듯이, 우리 사회는 최근 한미 FTA의 타결로 인해 사회적 양극화 현상이 가속화될 것이고, 이로 인해 사회적 약소자의 문제들이 사회의 심각한 사안으로 부각될 것이라는 사회적 진단이 줄을 잇고 있습니다. 동시대의 젊은 작가들이 이후 이러한 문제들에 대해 다양한 서사를 보이겠지만, 제가 특별히 당신의 서사에 애정을 갖는 것은 당신의 소설 세계에서 놓치고 있지 않은 '현실'의 문제에 대한 서사적 대응을 사회적 약소자의 관점에서 좀더 섬세히 그리고 치열히 해줄 수 있다는 비평적 기대감을 감출 수 없기 때문입니다.

저는 작가 이재웅씨가 '현실'의 체념과 비관을 넘어서서 현실과 힘겹게 고투하며 '맞장뜨는' 산문정신의 소유자임을 믿어 의심치 않으며, 힘들지만 그 길은 함께 가는 길이라는 것임을 말하며 이만 글을 맺습니다.

(『럭키의 죽음』, 랜덤하우스, 2007)

사소하고 하찮은 일상, 타자들의 위험한 관계

서성란의 장편소설 『특별한 손님』

1. '일상의 권태'를 견디는 삶의 저력

일상을 살아가는 우리들은 간혹 "뭐, 재밌는 일은 없을까?"라는 뜬금없는 질문을 던지곤 한다. 비루하고 지리한 일상으로부터 용수철처럼 튕겨져 나오고 싶은 유혹을 느끼곤 한다. 일상의 온갖 유무형의 제도들의 구속으로부터 해방되고 싶은 욕망을 품곤 한다. 그렇다고 일상 자체를 완전히 부정하려 들지는 않는다. 사소하고 하찮은 일상은 어딘지 모르게 안온함을 자아내는 삶의 소중한 그 무엇의 가치를 갖고 있기 때문이다. 하여, 일상으로부터 해방되고 싶으면서도 구속되고 싶은, 일상에 대한 이중의 태도를 지닌다. 이것은 '일상의 권태'에 대한 이중의 태도를 지니는 것과 무관하지 않다. 즉 일상 속에서 권태로움을 견디지 못해 어떤 변화의 삶을 꿈꾸지만, 막상 그 변화의 복판에 선 순간 일상의 안온함은 부서지고, 부서진 일상의 파편들에 혹독한 상처가 날 수밖에 없다. 사정이 이쯤되면 권태는 권태를 느끼는 한 개인에게만 문제되는 게 아니라 그 개인과 관계를 맺는 타자들에게도 적지 않은 문제를 야기시킨다. 말하자면 권태로 인한 특정 개인의 삶의 상처는 그 개인과 연루된 타자들의 일상으로 삽시간에 번져나간다.

서성란의 장편소설『특별한 손님』(실천문학사, 2006)을 읽고 있노라면, 일상의 권태로움에서 벗어나는 일이 얼마나 고통스러운 일이며, 그 고통을 견디는 게 얼마나 삶의 아픈 상처를 감당해야 하는 것인지를 깊이 숙고하게 된다. 작가 서성란은 그의 이전 소설에서도 천착하고 있듯이, '지금, 이곳'을 살고 있는 우리 이웃들의 삶에 난 상처를 정직하게 응시하며, 그 고통을 함께 앓는다. 나는 삶의 상처를 보듬어 감싸안는 서성란의 서사로부터 일상의 권태를 견디는 삶의 저력을 만난다.

2. 타자들의 위험한 관계, 일상의 상처내기 혹은 감내하기

『특별한 손님』에서 주요한 사건을 간략히 정리하면 다음과 같다. 호준은 은행원으로서 10년 넘게 안정된 직장 생활을 하고 있는 결혼한 남성이다. 호준의 일상은 겉으로 보기에 큰 문제가 없는 평범한 삶 그 자체다. 그러던 호준은 오나희라는 낯선 여자와 인터넷 채팅을 하더니 넘어서는 안 되는 경계를 넘고야 만다. 호준과 오나희는 이른바 불륜의 관계를 맺게 된 것이다. 호준은 안온한 일상(결혼생활과 직장생활)의 틈새에서 피어난 권태의 유혹에 빠져들고 삶의 무기력증에서 벗어나고자 인터넷 가상 공간의 힘을 빌렸지만, 가상 공간에서 맺어진 관계는 실재의 세계에서 도리어 호준을 억압하는 관계로 역전된다. 이 불륜의 사실을 알게 된 호준의 부인 유경은 "10년을 넘게 이어 가고 있는 결혼생활에 집착도 애정도 미련도 남아 있지 않았"(11쪽)던 터에, 호준과 결별할 마음의 준비를 하고 있다.

그런데, 이들의 관계는 좀더 복잡한 측면이 있다. 이들의 관계를 단순히 불륜이란 측면에서만 보면, 그렇고 그런 뻔한 애정 삼각 구도의 통속성을 지닌 데 불과하지만, 이들의 관계는 이러한 통속성으로 간단히 치부할 수 없다. 호준과 오나희는 여느 불륜의 관계에 있는 연인들처럼 서로 미치도록 사랑하지 않는다. 도리어 호준은 오나희로부터 벗어나고자 한다. 호준은 더는 오나희와의 관계를 맺고 싶지 않다. 심지어 호준은 유경에게 오나희로부터 벗어나려고 하는 자신을 도와달라고 한다. 이러한 호준을 유경은 도저히 이해할 수 없다.

유경은 대꾸하지 않고 눈을 감았다. 호준의 부탁한 대로 두 달 동안은 여자의 전화를 받지 않고 메시지조차 무시할 수는 있을지 자신이 없었다.

당신 덕분에 나는 대낮에 거리 한 복판에서 발가벗긴 기분이야. 내 옷을 벗긴 사람은 당신을 사랑한다는 바로 그 여자고, 그 여자는 내가 어떤 색깔 속옷을 입었는지 치수는 얼마인지는 물론이고 내가 한 달에 몇 번 섹스를 하고 어떤 체위를 즐기는지까지 낱낱이 알고 있어. 내가 왜 이런 수치를 당해야 하는 건지 말해봐.

　지금 이 순간 나는 차라리 당신한테서 그 여자를 사랑한다고 말을 듣고 싶어. 내가 당신을 용서할 수 없는 건 사랑하지도 않는 여자와 함부로 관계를 맺고 도박을 하듯 당신의 미래를 걸었다는 거야. 내가 지금 당신 곁을 떠나지 않는 건, 당신이 처음으로 나한테 도움을 청했기 때문이야. 하지만 분명한 건 우리 두 사람은 원점으로 돌아갈 수 없어. 우리에게 아무 일도 일어나지 않았다는 듯이 살 수는 없다고. 불안하고 괴로워하는 당신 모습 정말 보기 힘들어. 당신에 대한 내 감정이 온전히 미움과 원망뿐이라 해도 나는 당신이 예전처럼 당당하길 바라. 더는 망가진 당신 모습 보고 싶지 않아.(90쪽)

유경은 참담하고 슬프다. 그리고 분노한다. 생판 모르는 낯선 여자(오나희)가 유경의 은밀한 일상을 낱낱이 꿰뚫어보고 있는 것이다. 속옷의 색깔과 속옷의 치수, 섹스의 횟수와 섹스의 체위까지 말이다. 오나희가 어떻게 이 모든 은밀한 사항을 알 수 있을까. 유경의 이 사소한 일상을 오나희는 어떻게 알 수 있을까. 유경의 은밀한 일상을 세밀히 알 정도로 오나희는 호준과 그토록 친밀한 사이란 말인가. 유경은 어떻게 하다 자신의 일상이 타인에게 노출되는 것도 모른 채 살았단 말인가. 무엇보다 유경이 화난 것은 호준이 오나희를 사랑하면 모를까, 호준은 유경에게 완강히 말한다. 자신은 오나희를 사랑하지 않으며, 오나희로부터 벗어나기 위해 유경의 도움이 절실히 필요하다고 말이다. 유경은 호준의 이러한 모습을 온전히 이해할 수 없다. 그렇다면 호준과 오나희는 도대체 어떠한 관계란 말인가. 불륜의 관계인 것만은 의심할 여지가 없는데, 이들의 관계는 통상적인 불륜으로만 볼 수 없기에, 유경은 이들의 관계에 개입해들어간다.

여기서 호준과 불륜의 관계에 있는 오나희는 불륜의 관계를 넘어서서 유경과의 새로운 관계를 맺으려 한다는 점을 가볍게 지나칠 수 없다. 호준과 유경 사이의 부부관계를 해체하고 호준의 사랑을 획득하여 호준과 오나희의 행복을 성취하려는 데 목적을 둔 관계가 아니라, 호준과 유경 모두의 삶에 불행을 안겨다주기 위한 목적에서 오나희는 유경과 위험한 관계를 맺고 있다. 오나희는 호준과 유경에게 '삶의 복수'를 하고 있는 것이다.

사실, 바로 이 점이 『특별한 손님』에서 주의깊게 읽어야 할 대목이다. 소설을 읽는 내내 독자들은 마치 추리 소설을 읽는 듯한 느낌이 들 정도로 『특별한 손님』의 작중 인물들 사이에 얽힌 관계들에 주목하게 된다. 오나희를 사랑하지 않고 오나희와 곧 헤어질 것이라고 하면서도 오나희와의 만남을 이어가는 호준, 호준과의 결혼생활에 심드렁해지고 호준이 오나희와 불륜의 관계를 맺고 있는 것을 알면서도 주체적으로 결혼생활을 끝내지 못하는 유경, 호준과의 불륜에 아무런 양심적 가책이라곤 찾아볼 수 없고 도리어 호준이 불륜을 저지를 수밖에 없는 여러 정황에 대해 그 책임을 유경에게 전가하는 오나희 등의 모습을 보면서 독자들은 예사롭지 않은 이들 관계에 촉각을 곤두세운다.

그런데, 의외로 이들의 복잡한 관계는 한 순간에 풀린다. 이들 사이에 얽히고 얽힌 관계에 주목하고, 이들의 내면 세계의 심연을 들여다보려 애쓰던 독자들에게 잘 안 풀리던 비밀이 한꺼번에 벗겨진다. 다소 길지만 유경과 오나희 사이에 주고받는 다음의 대화에 귀기울여보자.

"당신 정체가 뭐야?"

테이블 앞으로 바짝 다가앉으며 유경은 여자의 눈동자를 쏘아보았다.

"당신 말대로라면 지금 내 눈 앞에 앉아 있는 건 사람이 아니라 유령이야. 죽었다는 당신 언니는 지금 어디에 있는 거지? 아니, 당신한테 언니가 있기는 했던 거야? 아니면 당신이 바로 그 언니라는 사람인가? 나는 도무지 당신 정체를 알 수가 없어."

유경은 여자가 오나현이라고 확신할 수 없었다. 오나현이라는 여자는 오나희일 수도 제 삼의 여자일 수도 있었다. 그게 누구이건 불길한 느낌을 풍기는 여자에게 호준이 왜 그다지도 질질 끌려다녔는지 알 수 없었다.

"호준 씨가 얼마나 외로운 사람인지 당신이 알아?"

막다른 골목에 몰린 짐승처럼 여자는 가래 낀 목소리로 으르렁거렸다.

"당신은 환자야. 당신 때문에 멀쩡한 사람이 하루하루 병들어 가다가 결국 파멸하게 된다는 걸 알기나 해?"

여자가 존재하지도 않는 언니를 만들어내고, 죽이고, 호준과 유경에 대한 분노와 집착을 키운 까닭이 무엇인지 유경은 알고 싶었다. 여자를 자극하지 말자고 생각하면서도 유경은 감정을 통제하기 힘들었다.

"그래. 나 정신과 치료받고 있어. 윤호준이 날 좋아하지 않는다는 것도 알고 있지. 하지만 날 이렇게 만든 그 사람 용서 못해."

"연이 아빠가 당신한테 뭘 잘못 했는데?"

"나한테 따뜻하게 대해 준 것. 그게 그 사람의 잘못이야. 난 그 사람도 나처럼 외로운 사람이라고 생각했어. 그래서 내 마음을 다 줬어. 내가 가진 걸 모두 주고 싶은 사람이야."

"넌 그 사람에게 준 게 아무것도 없어. 오히려 직장과 가정을 잃게 만들었잖아. 내게 위자료를 주겠다고 했지?"

"그건 그냥 해본 말이었어. 그 사람을 얻고 싶은 욕심에 그런 말을 했던 거뿐이야. 호준 씨가 직장을 그만둘 거라고는 생각 못 했어. 그래서 내가 더 괴로운 거야. 나 때문에……"(152쪽)

지금까지 호준이 오나희라고 알고 있던 여자는 정신과 치료를 받고 있는 오나현이라는 여자의 상상 속에 존재하는 허구적 인물이라는 뜻밖의 사실이 유경을 통해 드러난다. 이 사실도 모르는 새 호준은 오나희라고 불리는 오나현의 허구적 인물을 만났고 있었던 셈이다. 결혼생활과 직장생활에 대한 권태에 사로잡혀 있던 호준은 오나현과의 만남을 통해 일상의 새로운 기쁨을 만끽하였다. 무엇보다 호준의 실존적 외로움을 오나현과 함께 나누고 싶었기 때문이다. 오나현 역시 자신의 실존적 외로움을 호준과 함께 나누고 싶었다. 하지만 이들의 관계는 지속성을 갖지는 못했다. 이들의 관계는 타자의 타자성을 존중해주는 것이라기보다 그 관계의 힘을 빌어 궁극적으로 자신들만의 세계를 더욱 공고히 하려고 했기 때문이다. 그동안 낯익은 자신의 일상에서 잠시 벗어나 삶의 어떤 활력을 얻고자한 방편으로 타자의 삶에 개입해들어가 서로에게 결여된 일상의 그 무엇을 충족시켜주려 했지만, 그들은 일상의 소중한 것을 또한 잃어버렸다. 자신에게 결여된 것과 동일한 차원의 결여를 타자에게 기대하고 요구하는 타자와의 만남은 주체의 동일성을 더욱 공고히 하려는 일환에 지나지 않는바, 그들을 에워싼 일상의 권태를 극복할 수 없는 일이다. 물론 일상의 바깥으로 탈주하고자 하는 욕망을 소유하는 것 자체를 탓할 수는 없다. 따라서 그 탈주 욕망을 통해 사소하고 하찮은 일상을 극복하려는 의도를 폄하할 수는 없다. 하지만 '일상의 바깥은 존재하지 않는다'는 삶의 진실을 곱씹어볼 때, 일상의 바깥으로 허황되게 탈주하려는 것보다 일상의 안쪽에 균열을 내어 마침내 일상이 내파(內破)되는 어떤 순간의 도래를 위한 삶을 사는 일이 결코 예사롭지 않다는 점을 주목해야 할 터이다. 그럼에도 불구하고 호준과 오나현은 각자의 일상에 균열을 내기는커녕 일상의 바깥으로 탈주하려는 무모한 모험으로 인해 서로에게 깊은 상처를 남길 따름이다. 이 상처가 어디 그들만으로 국한되는 상처인가. 그들의 관계에 개입된 유경 역시 씻을 수 없는 삶의 상처를 지니게 된 것을.

이렇게 그들의 일상은 온통 상처투성이다. 여기에는 각자의 삶의 영역 속에서 일상을 살고 있는 듯 하지만 우리들 일상은 서로 뒤엉켜 있고, 자신이 원하든 원하지 않든 어떤 관계로 맺을 수밖에 없는 일상의 속성을 간과할 수 없다. 우리는 일상의 숱한 관계 속에서 자신을 향해 또는 타자를 향해 상처를 입히기 마련이다.

이것과 관련하여, 『특별한 손님』에서 눈여겨 보아야 인물은 유경의 대학 친구 미라다. 미라는 관계망상증 환자로서 대학 시절에 유경을 흠모하던 남학생 준하를 사랑한다. 유경은 준하를 향한 미라의 애틋한 사랑의 마음을 잘 알고 있어, 준하와 미라의 만남의 자리를 마련해주기도 한다. 그런데 준하는 미라의 마음에는 아무런 관심도 없고 유경을 좋아한다. 준하를 사이에 둔 유경과 미라의 관계는 이들에게 서로 다른 상처를 입힌다. 특히 미라는 관계망상증으로 인해 자신을 가족과의 관계 속에서 "독초 같은 존재"(144쪽)라고 인식하며, 고립과 소외를 자처한다. 그 과정에서 미라는 미라와 맺는 모든 관계 속에서 타자들에게 상처를 입힌다. 미라의 일상적 상처와 고통은 미라와 관계를 맺는 타자들의 그것이기도 하다. 미라의 삶을 향한 유경의 독백은 이를 넌지시 우리들에게 들려준다.

> 무엇 때문에 너는 그토록 타인의 삶에 깊숙이 빠져든 거니? 타인의 삶에
> 개입할수록 너의 생은 빛을 잃고 영혼까지 빼앗기게 된다는 사실을 왜 모
> 른다 말이야! 상처받는 건 그들만이 아니야. 너와 너의 가족들까지 모두
> 진흙탕 속에 빠뜨린 너는 지금 대체 어디에 있는 거니?(174쪽)

그런데, 문득, 유경의 독백을 들으면서 드는 흥미로운 생각은, 미라와
오나현의 존재가 포개진다는 점이다. 유경이 염려하듯이 관계망상증으로
인해 타자들의 삶에 너무 깊숙이 관여하는 미라와, 자신이 아닌 허구적 인
물의 가면을 쓰고 타자들과 관계를 맺는 오나현은 어딘지 모르게 흡사한
양상을 지닌다. 미라와 오나현 모두 타자들을 향한 관계 맺기에 적극적인
데, 그 관계가 타자의 타자성을 존중하는 것이 아니라 자신들의 세계를 공
고히 구축시키기 위한 방편의 일환이라는 점에서는 공통점을 취한다고
볼 수 있다. 그렇기 때문에 그들이 타자들과의 맺는 관계는 정상적이지 못
하며, 그 관계로 인해 그들 자신과 타자들은 모두 상처를 입는다.

여기서 우리는 한가지 중요한 물음을 던져보아야 한다. 일상의 상처를
입게 된 원인이 미라와 오나현처럼 애초에 타자들과 일그러진 관계를 맺
었기 때문인가. 하여, 그 관계에 얽혀들 수밖에 없는 일상의 구조 때문인
가. 이 물음에 대해 작가 서성란은 해답의 실마리를 툭 던져준다.

> 준하에게 향해 있던 마음을 접었던 것은 미라를 동정했거나 배려해서가
> 아니라 수백 통이 넘을 것 같은 편지 때문이었다. 유경은 상처받은 미라보

다 자신이 받게될 상처가 두려웠던 것이다. 호준이 한밤중에 누군가를 만나러 나가고 혼자만의 방을 고집할 때 유경은 아무것도 캐묻지 않고 오히려 그가 떠나는 상상을 했었다.

오나현의 존재는 호준과 유경 모두에게 상처를 주었다. 타인의 삶에 얽혀들지 않으려 늘 주의를 기울이며 살았지만 삶은 유경이 생각했던 것보다 훨씬 복잡하고 어지럽게 꼬여 있었다. 유경은 언제나 한 발자국 떨어져 호준을 지켜보았던 것을 후회했다. 준하의 마음이 미라를 향해 열릴 거라고 믿지 않으면서도 도망치듯 떠났던 자신이 비겁했다는 걸 뒤늦게 알았다.(170쪽)

결국, 유경은 자기가 상처 입는 것을 두려워한 나머지 호준과 오나현, 준하와 미라의 관계에 끼어들지 않으려고 한 자신을 성찰한다. 유경은 자신을 에워싼 일상의 복잡한 관계에 개입하지 않으려 했다. 복잡한 일상과 거리를 둔 채 초탈한 삶을 살려고 하였다. 그러한 삶의 태도로부터 유경은 자신의 일상적 삶의 안온함을 지켜내려 했던 것이다. 호준이 오나현과 불륜의 관계에 있지만 그 관계를 방관하려고 하였으며, 준하와 미라의 관계로부 혹 자신이 상처받을 수 있기에 자신을 지켜내려고 한 것 등은 일상적 삶의 관계성을 성찰하지 못한 유경의 잘못이다. 바로 여기서 일상의 상처 입기를 두려워한 삶의 태도가 얼마나 어리석은 것인가를 간파할 수 있다. 타자들과의 관계 맺기를 두려워한 삶의 태도가 얼마나 일상을 가식적으로 외면한 삶인가를 헤아릴 수 있다. 오나현과 미라는 겉으로 볼 때 타자들의 삶에 깊은 상처를 낸 부정한 인물로 비쳐지지만, 그들이야말로 일상의 삶을 정직하게 사는 삶의 태도를 지니고 있는지 모를 일이다. 도리어 유경처럼 삶의 상처 입기를 두려워하는 것이야말로 일상에 안주하는 삶의 태도를 지니고 있는 가식적이고 용기 없는 삶이 아닐까.

3. '일상의 권태'를 넘어서는 소설을 기대하며

이 글의 서두에서 잠시 언급한 바 있듯이, 작가 서성란은 『특별한 손님』뿐만 아니라 그의 다른 소설에서도 일상 속의 깊은 상처를 응시하는 작가적 시선을 갖고 있다. 상처를 응시하는 그의 시선은 차갑지 않고 따뜻하다. 상처가 난 원인에 대한 날카로운 분석자의 시선이 아니라 상처를 아프게 앓는, 그래서 상처를 감싸안는 포근한 시선으로 상처를 대한다. 『특별한 손님』에서도 삶의 일상의 상처를 함께 앓는 서성란 특유의 서사적 진미를 음미해볼 수 있다.

이번 장편소설 『특별한 손님』에서는 불륜이라는 낯익은 소재를 다루고 있되, 주목해야 할 것은 타자들과 맺는 일상의 관계와 그 관계로부터 빚어지는 일상의 상처를 통해 일상을 견뎌내는 삶의 저력이다. 불륜의 관계를 맺고 있는 사람들에게서 일상의 온갖 제도들의 구속으로부터 해방되고자 하는 욕망을 찾는다든가, 여성적 자의식의 자유로운 표현을 통해 여성의 삶을 성찰한다든가, 사소하고 하찮은 일상을 전복시키려고 한다든가 하는 면들을 『특별한 손님』에서 읽어내고자 한다면, 번짓수를 잘못 짚은 독법이 아닐까. 그보다는 일상의 바깥으로 탈주하기 위해 타자들과 맺는 관계가, 타자성을 존중하지 않는 '위험한 관계' 맺기가 될 경우 타자들에게 가하는 일상의 상처는 씻을 수 없는 고통을 안겨준다는 점을 주요하게 읽어야 한다. 여기서 간과할 수 없는 것은 타자들과의 관계 맺기가 두렵다고 이를 회피하는 것은 일상을 외면하는 일이라는 점이다. 사실 관계를 맺지 않는 것 자체가 쉬운 일이 아니라는 것을 고려해볼 때, 관계 맺기를 회피하는 것이야말로 일상을 살아가는 정직한 삶의 태도라고 볼 수 없는 일이다. 왜냐하면 우리는 일상의 바깥으로 영원히 추방당하지 않는 한 일상의 영토 안에서 저 숱한 비루한 관계들 속에서 일상의 상처를 감내하며 살아야 하기 때문이다. 자신과 타자에게 일상의 상처를 내고, 그 상처의 고통을 앓으면서 상처가 아무는 일상이야말로 우리들이 외면해서는 안 될 삶의 생리다.

우리들은 기대해볼 일이다. 작가 서성란이 일상의 관계를 밀도 있게 천착하고 있는 성실한 글쓰기를 통해 일상의 안쪽에서 일상의 안온함을 경계하고, 더 나아가 서성란 특유의 따뜻한 시선으로 일상의 온갖 관계에 대한 응시를 통해 일상의 권태를 넘어서는 소설의 지평을 힘차게 그리고 우직하게 모색하기를.

(『특별한 손님』, 실천문학사, 2006)

삶의 절멸에 맞선 아름다운 투쟁

홍새라의 장편소설 『새터 사람들』

1. 공동체의 행복을 위한 농촌으로의 하방下放

　　작가 홍새라는 그의 장편소설 『새터 사람들』(삶이 보이는 창, 2006)을 통해 '지금, 이곳'의 소설 지평에서 밀려나 있는 문제를 예각적으로 다루고 있다. 익히 다 아는 사실이듯 저간의 소설 동향은 우리 사회의 공동체와 관련된 사안들에 대한 서사를 낡고 고루한 것으로 치부하고, 단자화된 개인이 마주치는 일상의 온갖 문제들에 대한 서사를 주목한다. 개인과 일상의 복잡한 관계를 서사적으로 탐구한다는 것은 매우 중요한 문제임에 틀림없다. 전근대와 근대, 그리고 탈근대가 포개져 있는 우리 사회에서 개인과 일상의 관계를, 작가의 독특한 시각으로 탐구해내는 일은 소중하다.

그런데, 작가의 이와 같은 서사적 탐구에서 쉽게 지나칠 수 없는 것은 개인과 일상의 관계를 지나치게 협소한 범위로 국한시키는 가운데 그 관계에 포박되는, 하여 이렇다할 삶의 진전의 계기를 찾아볼 수 없게 된다는 점이다. 일상의 견고한 틀을 과감히 벗어나고자 하지만, 그 탈주를 쉽게 용납하지 않는 일상 속에서 개인은 무기력한 삶을 살아가며, 그러한 삶의 틈새 속에서 몽환의 세계를 꿈꾼다. 그럴수록 개인과 일상의 관계는 삶의 행복과 무관한 삶의 무의미성을 부채질할 뿐이다. 여기에는 개인과 일상의 관계가 사회의 공동체와 맺는 또 다른 관계성에 대해 소홀하고 있다는 점을 지적해볼 수 있다.

홍새라의 장편소설 『새터 사람들』은 바로 이러한 점에서 눈여겨보아야 할 작품이다. 이 소설은 최근 동시대 작가들의 소설 영토에서 좀처럼 만나기 힘든 농촌을 주무대로 하여, 그곳에서 농민들이 겪는 힘겨운 문제들을 보여주고 있다. 동시대의 작가들 대부분이 도시를 중심으로 한 개인과 일상의 관계를 탐구하고 있다면, 홍새라는 농촌으로 하방(下放)하여 농촌이 직면하고 있는 문제들을 정면으로 마주한다. 홍새라에게 농촌은 도시에서 포착되는 문제들 못지 않은, 그보다 심각하면 심각하지 결코 만만하게 봐서는 안 될 중요한 문제를 안고 있는 문제적 공간이다. 농촌은 홍새라에게 소설을 쓰기 위해 선택된 소재적 공간이 아니다. 『새터 사람들』에서 만나는 농촌은 우리의 삶의 공동체가 얼마나 소중한 것이며, 그 공동체 안에서 개인과 일상의 관계는 어떻게 이루어져야 하는지에 관한 문제를 숙고하도록 한다. 말하자면, 공동체가 급격히 해체되고 있는 현싯점에서 홍새라의 소설은 공동체의 존재가 왜 그토록 소중한 것인지, 자칫 그동안 우리가 망실하고 있던 문제를 되돌아보도록 한다는 점에서 과소평가할 수 없다고 나는 생각한다. 공동체의 운명을 저버릴 수 없는 '새터 사람들'의 투박하고 경건한 삶 속에서 공동체의 행복을 지켜내기 위한 게 얼마나 숭고한 일인지 곰곰 되새겨볼 일이다.

2. 생수공장, 자본의 야만적 행태

'새터 사람들'에게 뜻밖의 소식이 들려온다. 지방 뉴스에서 자신들이 살고 있는 새터 근처에 생수공장이 들어선다는 것이다. 사실 '새터 사람들'은 생수공장의 실체를 잘 알지 못한다. 그저 막연히 생수공장이 들어서면, 그동안 낙후되어 있던 새터 마을이 개발될 것이고, 농사만 짓던 마을 주민들의 경제적 삶이 이전보다 나아질 것이라는 기대를 갖고 있을 따름이다. 하지만 이러한 막연한 기대는 생수공장이 이미 들어선 지역에서 불거지고 있는 문제들을 접하면서, 생수공장이 마을에 들어서지 못하도록 하는 문제의식으로 바뀐다. 생수공장이 마을에 들어와서 안 되는 이유를 뚜렷이 인식하고 있는 다음의 대목을 읽어보자.

> "농민회장이 그르는데 충청도는 시방 물공장 때민에 난리랜다. 골골마둥 안 디러슨 데가 읎대는데 물이 바짝바짝 마른대. 우쩜 좋재."
>
> (…중략…)
>
> "그랬어? 그쪽에선 뭐래는데."

"무조건 막아야 핸다구 그르는 거여. 넌 물공장에 대해 뭘 좀 아니."

"난두 먹어만 봤지 잘 몰러. 기준치 이상의 세균이 있다구 신문에 난 걸 본 적은 있어두 물이 마른대는 건 금시초문이여. 물이 마른대니. 그르먼은 그게, 앞으로 뭐가 우트게 되는 거여."

"어째 되긴 뭐이 어째 되냐. 농사구 뭐구 다 끝장나는 거지. 씨펄 늠덜. 우트게 살으란 얘기여. 수입개방해서 국민덜 멕여살릴테니까 아무 걱정 읎다 이 얘기 아니여. 그르니까느 농사꾼덜언 농사를 짓던 말던 암 상관두 읎구. 다 죽던 말던 암 상관두 읎다 그 말이 아니여. 복장 터지네. 복장 터져."

얼굴까지 벌개진 이근술이 거칠게 욕을 쏟아놓는다. 김시인도 뒤를 이어 분개를 한다.

"그르게 말이네. 아무리 이해해 볼래야 이해할 수 없는 노릇이네. 물이 마르는 걸 뻔히 알면서도 물공장을 들여오겠다는 건가."

"뻔해지 뭐. 개발정책이라구 내놓는 게 우째 그래 한 치 앞두 못 내다보는 건지 한심해기만 해유. 무조건 파헤치기만 해믄 그게 개발이구 그게 잘 해는 건 줄루만 안대니까요. 생각해는 게 우째 그릏게만 돌어간대유. 에이, 개만두 못핸 늠덜."

한자 살아 있을 생과 물 수를 떠올리던 방현재도 그렇구나. 아, 그렇구나. 하면서 이내 머리를 친다. 생수가 농촌에서 나오는 것이란 사실을 왜 생각 몰랐을까. 물조차 사 먹는 시대라는 사실이 경악스럽고 역겨워서 웬만하면 생수를 먹지 않는 것으로만 스스로를 위안하고 달랬었다. 개인이 그래봐야 별 소용이 없다는 것을 알면서도 그러했었다. 편리함에 길들여진 도시 사람들과 이에 기댄 자본의 끝없는 욕망. 누가 막을 수 있으랴. 어느 누구든 자신도 모르는 사이 빠져들게 하는 무서운 힘을. 어느 누구든 스스로 뛰어들지 않으면 살 수조차 없게 하는 그 거대한 힘을. 그들이 만들어내는 연쇄그물 아래서 농촌은 이런 신음을 하고 있었단 말인가. 물이 마른다니. 농촌에 물이 마른다니. 갑자기 정신이 번쩍 드는 느낌이다. 며칠 전에 보았던 둔내와 우천의 모습까지 눈앞을 스쳐지난다. 물공장의 문제는 그와 비교도 할 수 없을 만큼 크고 근복적인 문제가 아닌가.(58~60쪽)

다소 길게 인용한 위 대목에서 우리는 농촌에 들어서고 있는 생수공장의 폐해를 단적으로 파악할 수 있다. 농촌에 생수공장 건립을 대수롭지 않게 허락하여 낙후된 농촌을 살리는 것으로 인식하는 근시안적 개발정책이야말로 농촌의 삶을 살리는 게 아니라 농촌의 삶을 훼손시킨다는 점을, 작가 홍새라는 적시하고 있다. 무엇보다 생수공장이 "편리함에 길들여진 도시 사람들과 이에 기댄 자본의 끝없는 욕망"(59쪽)을 충족시켜주는 동안, 그 생수공장이 들어선 농촌의 생명력이 서서히 고갈되고 있다는 사실을, 작가는 예의주시한다. 생명을 건강히 키워내는 물을 담뿍 머금은 대지가 물이 고갈된다는 것은, 생명을 온전히 키워낼 수 있는 대지의 능력이 소진될 수밖에 없으며, 그곳에서 농사를 짓는 농민들에게는 삶의 터전이 눈앞에서 황폐화되는 것이나 다를 바 없다. 가뜩이나 정부의 근시안적이고 탁상행정식 농업정책이 농민들에게 신뢰를 받지 못하는 현실 속에서 세계자유무역의 전횡 아래 값싼 수입농산물이 개방되고, 농민의 어려움이 가중되고 있음을 고려해볼 때, 그나마 농촌에서 농사를 짓고 있는 농민들에게 농사를 마음 편히 지을 수 없는 농업환경이 도래하고 있다는 것은 끔찍한 일이 아닐 수 없다.

사실, 생수공장이 들어서는 데 대한 새터 사람들의 걱정과 분노는 농민이 농사를 짓느냐 마느냐 하는, 농민만의 삶의 문제로 치부될 성질의 그것이 결코 아니다. 좀더 이 문제를 심층적으로 접근해야 한다는 게 작가 홍새라의 문제의식이다. 여기에는 전국토를 대상으로 추진되고 있는 근대화에 결부된 자본의 야만적 행태에 대한 비판적 성찰의 문제의식이 놓여 있다. 세계의 모든 대상을 물화物化시키고자 하는 자본의 야만은 자연의 생명을 보증해주는 물마저 자본의 욕망을 충족시켜주는 물화의 대상으로 전도시킨다. 도시인의 이른바 웰빙의 삶을 위해 공급되어지는 생수통에 담겨지기 위해 농촌의 물은 생수공장에 의해 제조업 제품으로 화려히(?) 탈바꿈한다. 생수통에 담겨지는 순간, 농촌의 물은 더는 농촌과 자연의 생명력을 지닌 물이 아니다. 농민에 의해 농작물을 길러내는 데 없어서는 안 될 생명의 소중한 가치를 지닌 물이 아니다. 생수공장에서 그 물은 자연의 본래성이 휘발된 채 도시의 근대적 일상을 이루는 제조품으로서의 생수, 즉 잘 포장된 상품에 불과하다. 상품화된 생수를 마시며 도시인은 웰빙의 삶을 살고 있다는 환상 속에서 뿌듯해한다.

이렇게 근대적 도시인이 웰빙의 삶이란 환상을 만족하는 동안, 생명의 물을 빼앗긴 농민은 근대화의 희생양으로서 죽음의 삶을 살아간다. 이것은 환상이 아니라 실재다. 도시인이 생수를 마시며 웰빙의 환상에 자족할 때 농민은 생명의 가치를 박탈당한 채 황폐화된 삶의 실재와 맞대면한다. 이러한 곳에서 이제 더는 농촌 공동체의 행복과 미래를 꿈꿀 수 없다.

눈썹이 희어질 일을 걱정하는 아이들이 사라진 농촌!
복조리를 돌리는 청년들이 없어진 농촌!
말도 통하지 않는 남의 나라 여자를 돈까지 주고 데려와야 하는 농촌!

생각에 잠긴 채 장승배기로 오던 방현재는 여자들과 아이들 소리가 요란한 삼층석탑 쪽을 돌아본다. 대체 세계 어느 나라에 이런 곳이 있을까. 이렇게 미래가 없는 곳이, 하고 길고도 긴 탄식을 내뱉는다.(116~117쪽)

『새터 사람들』의 작중 인물 방현재에게 농촌이란 미래가 없는 곳이 아니었다. 고향인 새터를 떠나 도시에서 생활하는 동안 방현재는 근대적 도시의 일상 속에서 노예의 삶을 살아왔다. 비록 새터보다 편리한 문명의 혜택을 받으며 살았으되, 방현재의 삶은 근대적 도시의 주체로서의 삶이 아니라 도시 문명에 예속된 도시란 거대한 괴물을 살리는 삶 그 이상도 이하도 아닌 것이었다. 하여, 그는 도시의 이러한 삶을 떠나 새터로 귀향하였던 것이다. 그가 망실하고 있던 삶의 동력을 찾아서 말이다. 농촌은 그에게 삶의 새로운 활력을 되찾을 수 있는 생명의 싱그러운 기운이 마르지 않는 셈이기 때문이다. 그런데 이제 농촌은 그에게 삶의 활력을 회복시켜줄 생명력을 잃어갈 위기에 놓여 있다. 만일 새터에 생수공장이 들어선다면 머지 않아 새터는 방현재가 그토록 부정했던 도시의 야만에 속수무책으로 당할 것이라는 사실은 명약관화한 일이다.

3. 근대의 야만과 파행에 맞서는 아름다운 투쟁

이제, 방현재를 비롯한 '새터 사람들'은 생수공장이 들어서는 것을 막기 위한 투쟁을 벌인다. 그런데 이 투쟁은 처음부터 조직적이면서 목적지향적이고 전투적 성격을 갖는 것은 아니다. 작가 홍새라는 마을 사람들의 투쟁을 작가의 성급한 계몽의지에 의해 일방적으로 그리고 있지 않다. 홍새라는 마을 사람들이 생수공장 건립 반대를 위한 투쟁의 과정을 정직하게 보여준다. 투쟁의 과정 속에서 마을 사람들이 생수공장의 실체를 인식하고, 그 인식을 실천과 함께 하는 모습에 주목한다. 물론 이 과정 속에서 마을 사람들은 서로의 이해 관계 속에서 투쟁에 소극적이거나 냉소적인 태도를 취하기도 한다. 생수공장이 들어오면 그에 따라 이익을 보는 사람들이 있고, 그 이익을 좇아 이합집산하는 모습을 보이기도 한다. 투쟁의 과정이란 이처럼 어떤 단일한 대오를 보이는 것만이 아니다. 이러한 내부의 숱한 갈등을 거치면서 부정한 대상을 향한 투쟁의 결속력은 더욱 공고해지는 셈이다. 가령, 그 갈등 중에서 투쟁의 방편으로 언론의 관심을 주목시키기 위한 일환으로 계획하고 있던 마당극 공연을 앞두고 마을 이장과 견해차를 보이는데, 이 문제를 해결하는 과정이 그 대표적 사례다. 마을 이장은 마당극 공연을 포기했으면 하는 마을 군수의 의견을 전한다. 마당극을 공연했을 경우 공권력이 개입하여 마을 사람들이 붙잡혀들어간다는 것이다. 반면, 시위를 주도하는 마을 젊은이들은 마당극을 공연하기로 결심한다. 투쟁의 극적 효과를 살리기 위해 마당극의 공연은 중요하기 때문이다. 이장과 젊은이들 사이의 갈등은 이내 젊은이들 사이의 갈등으로 옮아간다.

"우째덜 핼건가. 결정덜을 내리세. 자네덜이 중 뜻을 굽히지 않는대면은 내가 물러나겠네. 대책우원장 자릴 내놓테니까 자네덜 뜻대루다 해게! 물공장이구 뭐구 다 귀찮구 싫네. 골머리 썩히는 거두 한두 번이지 인제 아주 진절머리가 나."

입술을 깨물고 있던 방현재가 이장에게 대적하려는 이근술을 막으며 나선다.

"무신 말씀이세유. 이 문제루 우린 대책우원회 내부가 갈라질 순 읎는 일이래유. 그리되믄 물공장은 절대 막을 수두 읎구유. 이게 젤 중요핸 문제래유. 대책우원회 내부가 갈라지는 마당에 그깟 마당극이 뭐 중요해유. 마을 으른덜이 반대럴 해신대니 우리가 그 뜻을 따르겠습니다. 근술이성. 성도 알지? 이건 우리가 물공장 막으려구 뜻을 모으민서 다같이 약속핸 일이야."

"그래. 그르먼은 내가 관둘 테니까 생각 잘 맞넌 니나 같이 잘 해봐라."

방현재의 말을 듣던 이근술이 벌떡 일어난다. 횡하니 방을 나가버린다.

"아니 저 사람이."

흥분해 있던 이장 최복길이 몹시 당황한 얼굴을 한다. 어리떨떨한 얼굴로 이근술을 멍하니 쳐다볼 뿐이다.

성, 내 말은 그게 아니야. 내 말 뜻은 성이 그렇게 해야 핸다구 그르는 게 아니잖아. 속이 상한 방현재도 이근술의 모습을 바라본 채 혼자 중얼거린다. 환경에 관한 규제책이나 정책도 제대로 마련돼 있지 않은 현실에서 마당극 문제가 무에 그리 중요하단 말인가. 누가 옳고 그르다고 할 수 있단 말인가. 도토리가 서로 제 키가 크다고 하는 것과 다를 게 없는 일이다. 느리게 가더라도, 좀 느리게 가더라도 이장의 생각을 포용해야 하는 게 아닐까. 아니 존중해야 하는 게 아닐까. 시위를 하지 말자는 것도, 물공장을 막지 말자는 것도 아니지 않은가. (277~278쪽)

생수공장 건립을 반대하는 시위를 주동적으로 준비하고 있는 이근술은 이장의 뜻을 받아들이는 방현재와 충돌한다. 이근술은 시위다운 시위를 하지 못하게 하는 이장의 뜻을 받아들일 수 없다. 하지만 방현재는 이근술과 생각이 다르다. 투쟁을 하는 형식도 중요하지만, 정작 중요한 것은 투쟁을 하는 본래의 목적이다. 본말이 전도되어서는 안 되는 것이다. 게다가 이러한 갈등 속에서 투쟁 주체들 사이에 내부 분열이 생김으로써 투쟁의 의지가 스러져서도 곤란하다. 하여, 방현재는 이장의 의견을 수용하면서 이근술을 다독거린다. 이렇게 투쟁의 주체들은 그들 사이에 존재하는 내부의 갈등을 함께 겪고, 온갖 어려움을 지혜롭게 극복하는 과정을 통해서 그 힘을 발산하는 것이다. 그래서 투쟁의 과정은 아름답다. 투쟁의 목적을 성취하는 것도 중요한 일이지만, 투쟁에 동참하는 과정을 통해 투쟁의 주체들은 타자들과의 관계를 통해 성찰의 고통을 동반하면서 한층 성숙한 존재로 거듭나기 때문이다.

우리는 이러한 면을 방현재의 투쟁 과정 속에서 읽을 수 있다. 방현재는 생수공장 건립 반대 시위에 참여하는 것을 통해 '괴물'로 비유되는 도시의 저 부정한 삶의 연쇄그물로부터 놓여나고자 한다. 방현재에게 생수공장 건립에 대한 반대 투쟁은 악무한의 근대적 도시의 삶을 완강히 부정하는 성격을 갖는다. 그러면서 자본의 야만적 파행 속에 상처입은 자신의 존재를 구원하기 위한 투쟁이다. 죽음(혹은 죽임)의 삶이 아니라 새로운 삶(혹은 살림)을 준비하기 위한 투쟁이다.

열목어 떼의 모습을 상상하던 방현재는 낙수대가 들어간 시위 때의 노래가 떠오른다. 폭포소리에 질세라 큰 목청으로 내처 부르기 시작한다. 덕고

오산 낙수우대를 울고 넘는 우리 니임아. 물항나 저어고오리가 굿은비에 젖는구려. 작은성골 물을 파는 군의원님아, 군수니임아. 노래를 부르면서 외친다. 잊으리라. 너를 잊으리라. 너를 잊고 살아가거라. 모두 잊고 이곳에 나를 묻으리라. 표표히 제 모습을 지켜온 성지나 다름없어 보이는 산, 덕고산. 패자는 품어주고 승자의 깃발은 꽂지 못하게 하는 산, 덕고산. 이 아름다운 산을 지키리라. 잘 가라. 미영아. 내 사랑아. 도시를 잊듯 내 너를 잊으리니 잘 가라. 내 사랑 미영아. 어느 곳을 가도 발을 뺄 수 없는 연쇄그물. 나는 이제 그것과 싸우련다. 너도 싸우련. 무엇이 되었든 네가 있는 곳에서 너도 싸우련. 그물에 갇혀 일등이 되려고만 하지 말고. 가치가 없어지면 언제든 버림을 당할 테니 그러지만 말고. 하여 네가 애초에 품었던 꿈을 실현시키련. 당당히. 아주 당당히. 잊으라. 모든 걸 잊으라. 그저 잊으라. 모든 걸 그저, 그저 잊으라. 그래야 길이 보일 터이니. 하던 울림의 소리가 문득 생각난다. 바람의 얘기처럼 산의 속삭임처럼 깊고도 깊은 곳에서 울려나오던 소리다. (313쪽)

방현재가 새터에 와서 도시의 삶과 결별을 꾀하고자 했지만, 미영과의 관계 때문에 그 결별은 쉬운 일이 아니었다. 미영을 향한 그리움은 도시의 삶과 뒤엉킨 채 방현재로 하여금 존재의 성찰을 동반한 갱신의 장애물이었다. 하지만 방현재는 생수공장 건립 반대의 투쟁을 거치면서 미영과의 결별을 선언한다. 뿐만 아니라 도시의 일상 속에 놓여 있는 미영에게 '괴물'과 같은 도시에 맞서 싸울 것을 주문한다. 방현재는 마침내 그가 그토록 욕망하던 존재의 갱신을 하게 된 것이다.

4. 농촌 공동체의 삶에 뿌리를 둔 진보적 운동

그런데, 방현재의 갱신은 그의 실존적 각성의 차원에 머무르지 않는다. 그는 '새터 사람들'과 함께 근대화의 야만에 저항을 하는 과정 속에서 구체적인 일을 도모하려고 한다. 근대화의 저 도도한 물결 속에서 해체·붕괴되어가고 있는 농촌 공동체의 새로운 전망을 향한 실천을 하고자 한다. 이 실천은 근대화를 외면한 채 전통의 아우라로 감싸인 농촌 공동체를 보존하고자 하는 게 결코 아니다. 신자유주의시장 질서 속에서 속수무책으로 당할 수밖에 없는 농촌, 개발정책이란 미명 아래 대지의 생명력이 고갈되는 데도 불구하고 방관만 할 수밖에 없는 농촌, 미래의 삶을 보증할 수 없는 농촌의 문제들은 근대가 배태시킨 또 다른 과제들이다. 목가적 전원 풍경으로서의 농촌이 아닌 근대의 절박한 삶의 문제들이 똬리를 틀고 있는 만큼 예의 문제들에 능동적으로 대응하기 위한 구체적 실천이 요구되는 것은 너무나 당연한 일이다.

사람들 사이의 침묵을 뚫으며 방현재가 얼굴을 든다.

"그르구. 저, 말이래유. 지가 요번 참에 우리 군에다 환경단체럴 맨들까 해구 있는데. 우트게딜 생각해세유."

김시인이 사뭇 놀란 표정을 짓는다.

"자네가? 음, 그런 생각을 하고 있었군. 개발이다 뭐다 군 전체가 온통 망가져가고 있는 터이니 좋은 생각이네. 시기두 아주 적절한 것 같구. 그래, 그것 참 좋은 생각이야."

이장 최복길도 재빨리 방현재를 쳐다보며 묻는다.

"자네가 증발루다 그 돈두 안 되는 에러운 일을 해겠다는 거여. 충청도 젊은이 말을 들으니 그게 뭐 여간 에러운 일이 아니래던데."

"예. 그야 그 지만 시방 농촌서 쉬운 일은 뭐가 있나유."

방현재가 대답을 하자 김시인이 고개를 깊숙이 끄덕인다.

"그럼 그렇고 말고. 나도 더 이상 자네한테 유기농업을 하자고 조르지 않을 테니 열심히 해보게. 경제적인 거야 우리가 나서서 십시일반으로 밑받침을 하면 될 테고."(316쪽)

물론, 우리는 작중 인물들처럼 너무나 잘 알고 있다. 방현재가 만들고자 하는 환경단체는 '지금, 이곳'의 농촌에서 많은 어려움에 봉착할 것이다. 생수공장 건립과 같은 근대적 문명의 이기利器들이 날이 갈수록 개발의 손길이 미치지 않은 농촌 공동체의 삶 깊숙이 틈입해들어올 것은 불을 보듯 뻔한 일이다. 근대의 마력은 과포화 상태에 직면한 도시를 벗어나, 불가사리와 같은 번식력으로 농촌 공동체를 집어 삼킬 것이다. 방현재가 만들어 활동해야 할 환경단체는 이와 같은 근대의 마력을 어떻게 하면 슬기롭게 대응할 수 있는가 하는 점에 지혜를 모아 실천에 병행해야 할 것이다. 무턱대고 근대화를 부정할 게 아니라 농촌 공동체의 삶을 파괴시키지 않으면서 농촌이 새롭게 직면하고 있는 문제들을 응시하고 새로운 전망을 구체적으로 실천할 수 있는 일을 도모해야 할 것이다. 그 과정에서 환경단체는 근대적 도시의 삶의 양식에 토대를 둔 시민운동의 경계에 구속되지 않고, 그것을 창조적으로 뛰어넘어 농촌 공동체의 삶에 뿌리를 둔 진보적 운동 역량을 발산해야 할 터이다. 때문에 방현재가 꾸려가야 할 환경단체에 거는 '새터 사람들'의 기대는 크다. 그런데, 이게 어찌 방현재만의 몫이던가. '새터 사람들' 본연의 일이 삶의 터전에서 농사를 신명나게 짓는 데 있는 만큼 하나의 공동체를 이루고 있는 민중들의 각성과 실천이 절실히 요구된다. 따라서 이 소설의 말미에서 농민회의 영농발대식을 겸하여 산신제를 지내며 지신밟기를 통해 '새터 사람들'의 농사 짓기의 신명을 북돋우고자 하는 것이야말로 민중이 직면한 문제를 회피하지 않고 정면으로 응시하면서 새로운 삶의 대지를 일궈내는 민중의 활력 그 자체라 해도 손색이 없다.

요컨대, 우리는 홍새라의 『새터 사람들』을 통해 망실해가고 있는 농촌 공동체의 문제적 현실을 또렷이 보게 된다. 홍새라는 농촌이 직면하고 있는 근대의 파행과 야만에 대한 예각적 인식에 머물지 않고, 그것에 맞서 힘겹게 싸우는 투쟁의 과정 속에서 민중의 삶이 지닌 건강성을 복원시키는 아름다운 싸움을 벌이고 있다. 그의 아름다운 투쟁이 삶의 건강한 가치를 지속시키기 위한 데 궁극의 목적이 있다는 것을 믿는다.

(『새터 사람들』, 삶이 보이는 창, 2006)

비루한 삶을 가로지르는 희망

강기희의 장편소설 『개 같은 인생들』

1.

희망의 불씨를 지피고 있는 당신에게

누군가는 세상살이에서 희망이 없다며 극도의 우울감과 좌절감에 빠져 삶의 벼랑 끝으로 내몰리는가 하면, 누군가는 아무리 세상살이가 힘들더라도 희망의 끈을 놓치 않은 채 치열한 삶을 살고 있습니다. 물론 우리들의 삶을 이렇게 극단적인 두 개의 유형으로 나뉠 수는 없을 겁니다. 개별적 삶의 양상이 나름대로의 구체성 만큼 차이를 지닌 터에, 삶을 이렇게 편의적으로 도식화할 수는 없는 것이니까요. 하지만, 우리의 삶에 '희망'이란 척도를 들이댄다면, '지금, 이곳'의 우리의 삶이 이러한 양태를 보인다는 데 대해 큰 이견이 없을 것이라 생각합니다.

저는 당신의 장편소설 『개 같은 인생들』(화남, 2006)을 읽는 동안, 저도 모르는 새 관성화·자동화·통념화된 '희망'에 대해 숙고의 시간을 가질 수 있었습니다. 당신은 〈작가의 말〉에서, "나는 이 땅에서 실종되어버린 희망이라는 단어를 되찾아주고 싶었다. 하지만 희망이라는 단어를 찾는 일은 좌초된 보물선을 찾는 일보다 더 힘들었다."라고 말했죠. 그럴듯한 희망의 외피만을 둘러쓴 채 정작 있어야 할 알맹이가 없는 가짜 희망에 미혹되지 않고, 희망의 정수精粹를 발견하여 그 희망의 힘을 되찾고자 하는, 당신의 서사적 진정성이 '희망 여인숙'을 찾는 작중 인물들의 삶에 스며들어 있더군요.

그런데 희망은 그렇게 호락호락 쉽게 발견되지 않습니다. 그저 막연히 과거와 현재보다 더 나은 장밋빛 미래를 꿈꾸는 게 바로 희망이라고 말할 수는 없으니까요. 왜냐하면 누구나 희망을 가질 수는 있지만, 희망의 힘을 쉽게 가질 수는 없기 때문입니다. 희망의 힘을 발견한 자는 자신의 삶을 미래에 저당잡히지 않고, '지금, 이곳'의 삶과 치열히 맞대면 하려고 합니다. 하여, 비루한 삶을 살고 있을지라도 그 비루한 삶과의 대면 속에서 무엇과도 바꿀 수 없는 삶의 진경珍景/眞境을 목도하게 될 것입니다.

당신은 '희망 여인숙'과 관련된 사람들을 통해 이러한 서사적 진실을 모색하고 있습니다. '희망 여인숙'을 찾아오는 자들은 각자의 세상살이에서 삶의 벼랑 끝으로 내몰린 자들 투성입니다. 그들은 삶의 일상으로부터 배제되었습니다. 세상이 그들을 더 이상 삶의 영토 안에서 살 수 없도록 추방하였습니다. 그들은 삶의 패잔병이며, 삶의 낙오자들이더군요. 가족, 친구, 이웃, 사회로부터 멀어진 자들로서 그들은 절망과 환멸에 짓눌려 있습니다.

　이러한 그들이 마치 약속이나 한 것인 양 모여드는 곳이 바로 '희망 여인숙'입니다. 비록 세상으로부터 버림받고, 절망의 나락에 빠져 있기에 희망을 간직하고 있지 않은 것 같지만, 그들은 그래도 희망의 끈을 결코 놓지 않습니다. 여기에는 서로의 개별적 처지는 다르지만, 서로의 간난艱難한 삶에 대한 연민의 시선이, 그들로 하여금 희망의 끈을 붙잡게 하기 때문이라는 생각이 듭니다.

　2.

　『개 같은 인생들』을 읽으면서 먼저 주목되는 인물은 정만호입니다. 정만호는 현재 좀처럼 헤어나올 수 없는 삶의 늪에 빠져 있더군요. 그는 중병을 앓고 있으며, 아내가 죽었고, 그의 아들을 양육할 수가 없어 형님에게 맡겼는데, 형님네의 삶마저 곤곤한 상태에서 그의 아들은 외국으로 입양되어 있습니다. 말하자면, 정만호의 가족은 완전히 해체된 상태입니다. 그런데다가 정만호는 언제 죽을지 모르는 시한부 인생을 사는 것이나 마찬가지의 삶을 살고 있습니다. 정만호에게 희망은 좀처럼 찾아볼 수 없습니다. 물론 정만호의 삶이 이렇게 비참하지만은 않았습니다. 비록 그는 시골 중학교 출신이지만, "학비와 기숙사비 전액을 국비로 지원 받으며 공부를 할 수 있는"(34쪽) 공고를 졸업하여, 취업을 해서 아내와 사랑을 나누었고, 아들을 낳아 단란한 가정을 꾸리기도 하였습니다. 하지만 정만호의 행복은 오래가지 않았습니다. 석면 가공 공장의 열악한 작업 환경과 공해 물질에 병든 아내는 이미 세상을 떠났으며, 정만호 자신도 중병에 걸렸던 것입니다. 산업화 혹은 근대화란 미명 아래 정만호와 같은 노동자들은 개발시대의 희생양이었습니다. 우리는 너무나 잘 알고 있지 않습니까. 노동자의 땀과 피의 대가로 개발독재가 지탱되었으며, 아직도 개발독재의 그 파시즘을 경계하지 못한 자들은 경제개발의 양적 성과만을 부각시키고 있습니다. 사실, 정만호의 불행은 정만호 개인적 차원에서 감내해야 할 불행이라기보다 개발독재가 역사적으로 책임져야 할 우리시대의 사회적 과제나 다름이 없습니다. 그런데 우리 사회는 어떻습니까. 소설에서도 보이고 있듯, 정만호의 아내는 이렇다할 치료도 받지 못한 채 죽었으며, 정만호 역시 시립병원에서 3년 동안 입원을 한 끝에 어쩔 수 없이 퇴원을 하지 않았습니까.

퇴원수속을 해주던 원무과 직원은 다시는 오지 말라는 듯 내게 눈알을 부라렸다. 나 같은 환자는 병원에 아무런 도움이 안 된다는 뜻이었다. 빨리 죽기라도 하면 시체를 대학병원에 넘기는 조건으로 몇 푼의 돈을 챙길 수 있지만, 죽을 것 같으면서도 숨이 끊어지지 않는 나 같은 환자는 병원 입장에서 보면 골칫덩이밖에 되지 않았다. 나는 서둘러 죽지 않는다는 이유로 인간 이하의 대접을 받으며 지난 삼 년을 병원에서 지냈다. 끔찍한 세월이 아닐 수 없다.(30쪽)

정만호는 시립병원에서 정상적으로 치료받아야 할 환자가 아닙니다.

그를 치료하여 정상 생활을 할 수 있도록 하는 게 병원의 역할임에도 불구하고, 병원은 철저히 그를 병원의 수입을 올려야 하는 자본축적의 대상으로밖에 취급하고 있지 않습니다. 그의 시체를 대학병원에 해부용으로 넘기는 게 주요 관심사라는 점은 이를 뒷받침해줍니다. 이것은 단순히 병원의 공적 역할을 다 하고 있지 못하다는 문제로만 파악되어서는 안 됩니다. 여기서 소홀히 지나칠 수 없는 것은, 병원의 원무과 직원의 고압적이고 묵시적인 태도에서 단적으로 알 수 있듯, 돈이 없는 환자는 자본주의 사회의 의료 제도로부터 축출되고 있다는 점입니다.

이처럼 개발시대의 희생양으로서 영육의 상처를 치유받지 못한 정만호가 찾아간 '희망 여인숙'은 그에게 희망의 불씨를 지피게 합니다. 그곳에서 정만호는 자신과 비슷한 처지에 있는 사람들을 만나 상처를 위무받는가 하면, 또 다른 상처를 받기도 합니다. 대개가 정만호처럼 사회로부터 배제받은 자들이며, 제 나름대로의 상처를 지닌 채 기약 없는 미래를 앞두고 있습니다. 그런데 '희망 여인숙'의 주인 할머니는 이들을 스스럼없이 받아들입니다. 숙소를 제공해줄 뿐만 아니라 끼니도 제공하죠. 더욱이 할머니는 정만호에게 일자리까지 소개해줍니다. 이쯤되면, 여인숙 할머니는 정만호에게 구세주나 다름이 없는 셈이죠. 딱히 정만호에게만 특별한 관심을 쏟았다고는 볼 수 없으나, 여인숙 할머니가 병든 정만호의 처지를 가엾게 여기며 따뜻이 품어주고 있는 점은, 할머니의 남편을 죽인 죄로 감옥살이를 하는 패륜아인 자신의 아들 대신에 정만호를 아들처럼 대하고자 하는 심정과 아예 무관하지 않은 것으로 읽힙니다. 이왕 말이 나왔으니 말인데, 할머니의 며느리는 정만호를 여인숙의 뭇 사내들과 달리 대하고 있어요. 정만호가 해남댁 식당에서 일을 하다가 그만 둔 것도,

여인숙 며느리와 해남댁 사이에 정만호 문제로 크게 다툼이 벌어졌기 때문이죠. 이 일 외에도 정만호에 대한 며느리의 감정은 연정에 가까운 것이라 볼 수 있습니다. 정만호 역시 죽은 아내를 대신하여 여인숙 며느리를 향한 사랑의 감정을 갖고 있습니다. 여인숙에 머무는 은 사장이 그녀에게 추파와 농지거리를 던질 때마다 필요 이상의 불편한 감정을 느끼는 것은, 정만호가 그녀를 어느새 사랑하고 있기 때문이라 볼 수 있습니다. 그렇다면, 정만호는 '희망 여인숙'에서 소중한 희망의 불씨를 지피고 있었는지 모릅니다. 가족이 해체되어, 단독자가 된 정만호는 여인숙에서 그동안 자신의 불행한 삶에서 망각하고 있던 가족애를 되찾고 있었습니다. 정만호의 수입은 많지 않으나, 할머니가 소개해준 애견 가게에서 벌고 있는 돈을 모아 외국으로 입양된 자신의 아들을 만날 희망을 간직하고 있는 것 또한 정만호의 뜨거운 가족애를 되찾고자 하는 의지로 볼 수 있습니다. 이렇게 '희망 여인숙'은 그에게 절망과 환멸의 허방에서 허우적거리게 하는 게 아니라 희망과 환희의 삶으로 살게 하는 삶의 쉼터이며, 전환점인 셈입니다.

3.

그런가 하면, 이곳에서 정만호는 지금까지 명확히 인식하지 못했던 우리 사회의 부조리와 모순에 대한 문제점을 발견하기도 합니다. 가령, 함께 여인숙 생활을 하고 있는 마도영으로부터는 우리 사회에서 그 어떤 희망도 찾아볼 수 없다는 비판을 접하며, 이 사회로부터 자신을 주체적으로 소외시키고자 하는 삶의 양태를 만납니다. 말하자면, 여인숙의 다른 사람들은 한결같이 사회로부터 자신이 축출당했다는 피해의식을 갖고 있는 반면, 마도영은 이러한 피해의식에 젖어 있지 않고, 오히려 그 자신이 이러한 사회를 소외시켜버림으로써 꺼져가는 자신의 희망의 불씨를 되살리고자 안간힘을 씁니다. 사실, 정만호가 입양된 자신의 아들을 직접 만나야겠다고 다짐한 데에는 마도영의 이러한 삶의 태도와 전혀 무관하지 않습니다. 마도영의 주체적 삶의 태도로부터 정만호는 아들을 향한 주체적 삶의 의지를 발견하였기 때문입니다.

"네덜란드에 꼭 갈 수 있기를 바랍니다."

오늘 아침 마도영이 칠레의 산티아고로 떠나면서 했던 말이었다. 그러면서 그는 자신이 가지고 있던 네덜란드에 관한 자료를 내게 넘겨주었다. 자료에는 암스테르담 공항에서 내려 아들이 있는 하알렘까지 가는 교통편을 비롯하여 싼값으로 묵을 수 있는 호텔과 주변의 관광지에 관한 정보가 상세하게 나와 있었다.

"꼭 떠나야 합니까. 그냥 한국에서 살아도 되지 않나요?"

그 아침, 배낭을 메고 나서는 마도영에게 나는 왜 그런 쓸데없는 질문을 했는지 지금 생각해도 한심스럽기 그지없었다.

내 질문에 마도영이 빙긋 웃으며 "걸레는 빨아도 걸레, 라는 한국 말이 있잖아요. 한번 걸레는 그 수명을 다할 때까지 걸레이지 절대로 수건이 될 수 없다고 생각하는, 그런 정형화된 사회에서 나 같은 놈은 견뎌내기 힘들거든요. 쥐뿔도 뿔이라며 거들먹거리는 사람이 판치는 이 땅은 내게 어떤 희망도 주지 않아요. 거리를 나가 보세요. 길거리엔 온통 쥐뿔밖에 보이지 않아요. 그런 세상에서 무슨 희망을 발견한단 말입니까. 그러니 떠나는 겁니다” 하고 말했다.

“언제 돌아옵니까?”

“이번에 떠나면 다시는 돌아오지 않을 겁니다.”(227쪽)

마도영은 새로운 희망을 발견하기 위해 우리 사회를 떠났습니다. 정만호에게는 네덜란드로 입양된 그의 아들을 꼭 찾아볼 것을 암묵적으로 당부하면서 말입니다.

정만호가 마도영으로부터 우리 사회의 희망의 부재를 보았다면, 황 사장과 은 사장으로부터는 희망이 비틀어져 있는 모습을 적나라하게 보게 됩니다. 황 사장은 정만호가 일하고 있는 애완견 가게의 주인인데, 그는 불법화되어 있는 투견 사업을 하고 있습니다. 애완견 가게에 관심이 있기보다 투견 사업에 관심이 있죠. 하여, 투견장에서 수익을 벌어들이기 위하여 온갖 수단을 가리지 않습니다. 우리는 '애완견/투견', 이 상반된 관계 속에서 황 사장의 이중적 속성을 목도하게 됩니다. 특히 투견 사업에서 고수익을 얻기 위해 투견의 성질을 더욱 광폭하게 하기 위하여 개의 건강에 치명적인 약물을 투여하는 행위는, 다시 한번 배금주의拜金主義에 찌들대로 찌든 자본주의의 행태악行態惡에 몸서리를 치게 합니다. 그런데 더욱 우울한 것은 이러한 부정 행위에 정만호 역시 결부되어 있다는 겁니다. 정만호는 황 사장과의 관계 속에서 자유롭지 않습니다. 하여, 황 사장이 벌어들인 돈의 일부가 정만호의 수입이 됩니다. 말하자면, 정만호의 수입은 황 사장의 부정한 행위를 통해 번 돈이라는 사실입니다. 여기서 우리는 자본주의의 구조악構造惡을 동시에 목도하게 됩니다. 관계 속에서 자본주의는 그 특유의 민활함을 유지하고, 그 과정에서 개별자의 행태악과 관계의 구조악은 자연스레 밀착되어 있는 것입니다. 정만호의 불행의 시작이 개발독재의 파행적 근대성에서 비롯되었다면, 그 불행은 개발독재 시대에 대한 역사적 단죄를 철저히 하지 못한 '지금, 이곳'에서 또 다른 양상으로 삶의 가치를 훼손시키고 있습니다.

그렇다면, 은 사장은 어떻습니까. 은 사장은 황 사장과 달리 '희망 여인숙'을 찾아온, 다시 말해 겉으로 볼 때 정만호와 비슷한 입장의 사람이라 볼 수 있습니다. 하지만, 은 사장이 여인숙을 찾아온 이유는 정만호처럼 삶의 나락으로 떨어졌기 때문이 아닙니다. 그는 일부러 사업 부도를 내어 자신의 은신처를 찾아 여인숙으로 온 것입니다. 여인숙에서 그는 여전히 사장 행세를 하기에 여념이 없습니다. 그러던 그는 여인숙 며느리에 대한 흑심을 품지만, 정만호가 방해가 된다고 생각한 나머지 조직 폭력배를 동원하여 급기야 정만호를 죽이게 됩니다. 은 사장에게 정만호는 거추장스러운 존재에 불과할 따름입니다. 은 사장의 속물적 욕망을 충족시키기 위해 정만호와 같은 사회에서 버림받은 존재들은 아무런 쓸모도 없는 폐기물에 불과합니다.

저는 황 사장과 은 사장이란 두 인물을 통해 자본주의 사회의 음울한 면을 다시 한번 마주쳤습니다. 자본주의체제의 바깥은 없다고들 합니다만, 그렇다고 이처럼 꽉 막혀버린 삶을 우두망찰 지켜보아야만 할까요.

4.

하지만, 당신은 소설의 종결 부분에서 희망을 찾고 있더군요. 비록 정만호의 마지막 삶은 조폭의 칼을 빌린 허무함 그 자체이지만, '희망 여인숙' 사람들이 함께 한 '시신기증인 합동추도식'에서 여인숙 사람들은 제 나름대로의 삶의 희망의 불씨를 품고 있습니다. 이미 삶의 바닥을 친 사람들이기에, 이제 그들은 다시 주저앉지 않고, 삶을 살아갈 것입니다. 정만호의 시신이 대학 병원에 해부용으로 기증되어, 훗날 명의名醫 탄생의 기반이 될 수 있듯, 여인숙의 사람들 역시 절망을 극복하고, 작지만 결코 작다고 할 수 없는 원대한 희망을 간직할 것이라고 생각해봅니다.

끝으로 정만호에게 연정을 품고 있었던 며느리의 다음과 같은 말이 귓전을 맴돕니다.

"그 일이 있고 난 후부터 여인숙은 다시 재밌어졌어요. 사람들도 많이 찾아오고요. 더구나 문씨 아저씨가 돌아왔으니 얼마나 좋은지 모르겠어요. 한동안은 그 놈들 때문에 편안한 쉼터가 되지 못했는데 이제 다시 희망 여인숙이 된 것 같아요. 그리고 앞으로는 아저씨를 자주 찾아 뵐 수 있을 것 같으네요. 이제 곧 장마철이고 비가 많이 오지 않겠어요. 비오는 날은 커피를 팔 수 없으니 아저씨를 만나러 올 수 있거든요. 그 때까지 잘 계세요. 그리고 이건 주머니에 있던 건데 비행기표와 여권이네요. 어디 멀리 떠나시려고 했었나 봐요. 이젠 이런 거 없어도 가고 싶은 곳을 맘대로 갈 수 있겠지만 그래도 무슨 일이 생길지 모르니 챙겨 두세요."(304쪽)

그렇습니다. '희망 여인숙'은 희망이 부재한 자들 혹은 희망이 결여된 자들에게 삶의 쉼터이자 삶의 전환점으로, 삶을 포기하지 않고 살게 하는 곳이지, 삶의 온전한 가치를 훼손하고, 삶을 위협하는, 그러한 곳이 결코 아닙니다. 『개 같은 인생들』의 마지막 장을 덮으며, 우리들의 희망에 대해 다시 성찰하게 됩니다. 그리고 희망의 정수精粹를 새롭게 발견하고자 하는 당신의 서사적 진정성, 그 오롯한 맛에 흠뻑 취해봅니다.

(『개 같은 인생들』, 화남, 2006)

상처의 뿌리에 닿는 '상처의 사회학'과 '상처의 윤리학'

유시연의 소설집 『알래스카에는 눈이 내리지 않는다』

2년 전 쯤인가. 나는 문학계간지 『리토피아』에 발표된 단편소설 한 편을 읽고, 허공 깊숙이 시선을 던져놓은 적이 있었다. 지독히 외롭고 세계로부터 상처받은 자들이 바로 '외로움'이란 삶의 형식을 통해 그들 자신의 상처를 위무할뿐만 아니라 상처받은 자들을 향한 애도와 연대의 계기를 모색하고 있는, 삶을 향한 저 도저한 치열성에 잠시 호흡을 가다듬었다. 이번 소설집의 표제작이기도 한 「알래스카에는 눈이 내리지 않는다」는 그렇게 다가왔다. 작가 유시연이 이번에 세상에 내보이는 첫 작품집에는 모두 11편의 단편이 수록돼 있고, 각 작품이 뿜어대는 서사적 매혹은 우리를 사로잡기에 충분하다. 그 중 「알래스카에는 눈이 내리지 않는다」가 발산하는 서사적 비의성은 예사롭지 않다. 가령,

나만의 방식이에요……. 허공에서 아네(알래스카 원주민 여성의 이름—인용
자)의 목소리가 들리는 듯하다. 그는 문을 열고 밖으로 나온다. 짙은 남빛
과 청회색 지평선이 맞닿아 있는 밤 속에서 커다란 새의 울음소리가 들려
온다. 한밤중 짐승이 울부짖는 벌판에 나가 한바탕 혹한과 맞서 싸움으로
써 외로움을 이겨나간다는 아네의 말이 바람처럼 그의 가슴을 두드린다.
노을을 보러 광활한 지평선을 달려나가던 그의 무모함과 무엇이 다른가.

—「알래스카에는 눈이 내리지 않는다」, 53쪽

에서 알래스카 원주민 여성인 아네가 자신의 외로움을 이겨나가는 방식
은 타자와 어떤 새로운 관계를 섣불리 모색하는 게 아니라는 점을 묘파할
수 있다. 외로움의 극단에 서보는 것, 외로움을 회피하지 않고 외로움과
정면으로 맞서며 외로움의 복판을 횡단하는 게 바로 외로움을 극복하는
길이라는 모종의 깨우침을 아네는 얻는다. 왜냐하면 아네에게는 알래스
카에서 생존하기 위해 생득된 "생존에 대한 집요함과 치열한 본능이 숨
을 쉬고 있었"(52쪽)기 때문이다. 어떻게 보면, 아네란 존재는 극지방 근처
의 생물학적 환경에 자연스레 적응하면서 살 수밖에 없는 유별난 인물이
아닌 것처럼 보일지 모르지만, 작가 유시연에게는 아네가 보이는 그 적응
의 형식이 아네란 존재의 특이성에 국한되는 게 아니라 아네처럼 세상을
부유하는 자가 겪는 타자로부터의 상처, 그로 인해 세상의 끝자락에 선
외로운 실존의 숭고한 삶의 형식과 다를 바 없는 것으로 인식된다.

　나는 이번 작품집에 실린 11편의 소설들을 관류하고 있는 작가의 문제
의식이 여기에 맞닿아 있는 것으로 보인다. 최근 언제부터인가, 한국소설
의 주류 서사가 타자(혹은 타자성)을 탐구하는 문제에 경사된 가운데 주체를

탐구하는 서사가 현격히 위축되고 있다. 그동안 주체중심주의의 서사가 빚은 한국소설의 관성화된 풍토에 대한 발본적 문제제기에 힘입어 한국 소설의 지평을 새롭게 모색한다는 차원에서 타자(성)의 문제를 집중적으로 탐구한 것 자체를 탓할 수는 없다. 문제는 탈주체의 서사가 하나의 트랜드로 정착되는 가운데 한국소설의 지평을 풍요롭게 하기보다 엇비슷한 성향의 서사들로 북적대는, 그리하여 뭔가 예전보다 다채로운 서사의 풍경을 보이는 듯 하지만 서사적 충격파가 전혀 생기지 않거나 이내 소멸해버림으로써 한국소설의 지평이 더욱 왜소해지고 있다. 한국소설을 에워싼 저간의 상황을 직시해볼 때 유시연의 소설은 '지금, 이곳'의 주류 서사로부터 거리를 유지하는 가운데 타자(성)보다 주체의 어떤 면을 치열하게 탐구한다. 그 서사적 문제의식의 기본 골격은 앞서 잠시 언급한바, 세계에 뿌리내리지 못한 채 배회하는 자의 삶의 상처가 격정적 외로움을 통해 외로움의 경계를 넘어서는 실존의 숭고한 삶의 형식을 탐구하는 데 있다.

「달의 강」은 작가의 이러한 문제의식을 보여주는 문제작이다. 각자의 처지가 서로 다른 세 여성은 각기 박복한 삶을 살아간다. '나'의 어머니와 이모는 서로에게 좀처럼 치유하기 힘든 상처를 깊게 남긴다. 어머니와 혼담이 오고간 남자는 이모와 사랑을 하여 끝내 어머니와 결혼을 하지 않고 이모와 야반도주를 하였다. 말하자면 이들 자매는 한 남자를 두고 삼각관계에 놓였는데, 이유야 어떻든 여동생이 사랑을 쟁취하게 되었고, 언니는 사랑의 패배자로 전락하고 말았다. 그런데 문제는 언니로부터 쟁취해간 사랑을 지속시키지 못한 채 여동생은 그 남자와 헤어진다. 이 또한 여동생의 불행인지, 남성편력자로서의 숙명을 살아간다. 급기야 그녀는 '나'에게 "남자를 일곱 번이나 갈아치운 이모"(111쪽)로서 바느질을 하고 불경을 외며 지독히 외로운 삶을 살고 있다. 그런가 하면, '나'의 어머니는 여동생에게 사랑을 빼앗긴 후 다른 남자와 결혼을 하였지만 행복한 생활을 누리지도 못한 채 국회의원 공채를 받는 데 혈안이 된 나머지 어떤 재력 있는 여인의 지원을 받기 위해 가장과 남편, 아버지의 역할을 내팽개친 남자로부터 감내하기 힘든 삶의 온갖 상처를 겪는다. 그리고 마침내 그녀는 그토록 증오하던 남편의 차에 치여 죽음을 맞고, 그 덕택에 남편은 국회의원 보궐선거에서 현모양처의 죽음이 자아낸 동정표로 인해 꿈에 그리던 국회의원 금배지를 획득한다. 이렇게 자매는 서로에게 깊은 상처를 남기고, 또 그들과 관계를 맺었던 남자들로부터 상처를 간직한 채 삶을 살아왔던 셈이다. 자매의 이 기구한 삶의 숙명과 상처는 '나'의 현재적 삶과 살며시 포개진다. '나'는 자궁근종 수술로 자궁을 들어낸, 그래서 생명을 잉태할 수 없는 불임 여성으로서의 삶을 살 수밖에 없다. '나'의 어머니와 이모가 그랬듯이, '나' 역시 영육靈肉에 깊게 패인 상처를 지니고 삶을 살아야 한다.

「달의 강」은 시종일관 이 세 여성 사이에 팽팽히 감지되는 삶의 긴장과 각자의 삶에서 발산되는 도저한 외로움의 파토스가 지배적이다. 작가 유시연은 작심한 것처럼 삶의 매서운 국면을 서늘히 목도한다. 우리가 살고 있는 일상이란, 서로에게 치명적 상처를 낼 수 있는 맹독을 지닌 관계인바, 언제 순식간에 그 맹독이 온몸으로 퍼져 타자와의 관계가 절연된 채 "어둠이라는 두려운 삶을 밤을 새워 혼자 감당해야하는 외로움"(120쪽)의 형식이 내면화될지 모를 일이다. 그렇다면, 이 외로움의 형식이 내면화된 순간, '나'는 어머니와 이모 사이의 혹독한 상처는 물론 그들 각자를 짓눌렀던 비루한 삶의 무거움과 '나'의 불모성이 지닌 삶의 절멸성, 그 지독한 외로움의 가치가 "지나간 시간의 길목마다 버티고선 상처들"(115쪽)을 외면하지 않는 정직성에 기인한다는 것을 알게 된다. 때문에 "나는 어머니가 그러했던 것처럼 망루 위에 서서 한 생을 건너가는 바람을, 그 인연의 허망함을 응시하는 환각에 사로잡"(120쪽)히는 것을 결코 두려워하지 않는다. 그것이 바로 '나'의 불모성을 견뎌내는 삶의 진정성을 보증해내는 형식이므로.

여기서 작가 유시연의 소설을 관류하고 있는 이러한 문제의식을 접하다보면, 곤혹스러운 물음에 맞닥뜨리게 된다. 유시연의 소설 속 인물들은 모두 나름대로의 삶의 혹독한 상처를 지니게 되는데, 부각되는 것은 앞서 살펴보았듯이, 그 상처를 견뎌내는 삶의 형식이다보니, 상처의 구조와 행태, 즉 상처를 입히는 자와 입는 자 사이의 관계에 대한 서사적 탐구를 소홀히 하기 십상이다. 여기에는 상처를 주고받는 자들이 놓인 구체적인 사회적 위상, 즉 정치경제학적 위상이 주요한 동인動因으로 작동하는데, 이점은 자칫 부차적이거나 아예 은폐된 문제가 되어 상처를 주고받는 자 모두에게 상처를 입힌, 그리하여 모두 삶의 불가해성에 의해 삶의 벼랑끝으로 내몰린 존재에 불과하다는 쪽으로 쉽게 수렴되고 만다. 말하자면, 상처의 구체성은 휘발된 채 상처란 추상적 관념만이 앙상하게 남을 뿐이다.

그런데 유시연의 소설은 예의 곤혹스러운 물음을 회피하지 않는다. 그는 상처를 삶의 지반과 동떨어진 어떤 비의적인 것으로 간주하지 않는다. 삶의 구체적 현실 속에서 실감을 갖는 상처로, 이른바 '상처의 사회학' 혹은 '상처의 윤리학'에 대한 서사적 탐구를 보인다.

「봄이 지나가다」와 「물결이 친다」는 예의 서사적 탐구를 잘 보여준다. 우선, 「봄이 지나가다」에 주목해보자. 사북에서 막장생활의 후유증으로 폐결핵을 앓은 이후 암 선고를 받고 시한부 삶을 선고받은 작중인물 그는 사북항쟁 시절 박형진이란 광부의 밀고로 인해 항쟁의 주모자로 자백을 강요당하며, "도살장에 끌려온 가축처럼 취급당했다."(207쪽) 그는 이 터무니없는 자백 강요와 폭력의 기억을 망각하지 않은 채 박형진에게 진심 어린 사죄를 받기 위해 다시 사북을 찾는다. 다시 찾은 사북은 지난 날 탄광개발 사업으로 융성했던 황금시절의 자취는 온데간데없이 사라진 을씨년스러운 폐광촌이 된 지 오래되었고, 탄광개발 욕망과 또 다른 자본을 향한 욕망을 소비시키는 카지노호텔이 휑뎅그렁히 자리하고 있다. 그곳에서 박형진은 폐기종을 앓고 있었으며, 하필 그와 만나는 자리에서 혼수상태가 되어 목숨이 위태롭다.

여기서 눈여겨 보아야 할 것은, 사북과 두 작중인물인 그와 박형진이 동일성을 띠고 있다는 점이다. 사북은 한때 국가발전의 주요 성장동력을 제공하는, 국부國富의 주요한 원천인 탄광이 밀집하여 번성했던 곳이었다. 그러다가 점차 탄광의 활용도가 현격히 떨어지면서 사북은 언제 그랬냐는 듯이 국가의 혐오시설이 들어찬 배제되어야 할 천덕꾸러기 신세로 전락하였고, 탄광개발 사업 대신 카지노호텔로 전환하여 예전과 또 다른 번영을 꿈꾸고 있는 지역이다. 그런데, '탄광개발 사업 → 카지노호텔'로의 변천 과정 속에서 사북은 혹독한 상처를 입었으며, 사북의 상처는 두 작중인물인 그와 박형진의 그것과 유리된 게 아니다. 국가발전의 미명 아래 이른바 막장 인생을 볼모 삼아 국부國富를 충족시키는 욕망에만 붙들린 채 사북과 그곳에서 삶의 터전을 잡고 살아가는 사람들의 미래적 삶에 대한 국가적(혹은 사회적) 방기는 매우 큰 상처를 남긴 것이다. 사북의 상처를 근본적으로 치유하기는커녕 외형을 달리한 또 다른 자본 축적의 물질

(카지노호텔)을 새롭게 배치한 것은 그 상처가 또 다른 유형으로 현재진행 중이라는 것을 말해준다. 지금은 광부가 아니지만, 광부였던 그와 박형진은 사북의 이러한 상처를 시한부 인생과 폐기종을 앓는 상처로 현재화하고 있기에 그렇다. 따라서 이 작품의 말미에서 보이는 "누가 가해자인지 분별이 서지 않았다. 그와 박, 모두 피해자는 아니었을까."(212쪽)라는 서술은, 삶의 불가해성으로 인한 상처받은 자들의 자기합리화를 뒷받침하는 게 아니라 사회적 약소자인 이들이 구체적으로 놓여 있는 정치경제학적 위상과 관련한 문제점을, 작가가 묘파하고 있다 해도 과언이 아니다. 탄광개발 사업과 뒤엉킨 자본 축적의 이해관계, 그리고 카지노호텔로의 변천과 맞물린 또 다른 이해관계가 사북을 통어하는 '상처의 사회학'이며 '상처의 윤리학'의 밑자리를 이룬다는 것을 말이다.

　이러한 면은 「물결이 친다」에서도 예외가 아니다. 한때 주식회사에서 분주한 일상을 살던 펀드매니저인 김태영은 경제적 어려움으로 빚독촉에 못이겨 장기 적출 수술을 받았으며, 개인파산 상태에 놓인 채 주민등록증이 말소돼 법적 혹은 사회적 존재의 형식으로 등기되지 않은 익명의 존재로 전락해 있다. 그에게 남은 것은 "생의 의지를 잃어버린 자의 박제된 표정"(248쪽)일 뿐이다. 그는 경제문제로 인해 사회적 존재감을 박탈당한, 아니 사회적 존재를 거세당한, 목숨이 붙어 있는 생명체에 불과하다. 더욱이 신체의 일부를 경제 행위의 대가로 지불한 영육靈肉이 만신창이가 된 상태다. 말하자면 김태영은 '지금, 이곳'의 경제적 현실로 인해 고유명사를 지닌 존재에서 고유명사가 제거당한 익명의 존재로 바뀌었고, 자신이 누구인지도 모른 채 존재의 결핍을 넘어 존재의 부재로 인한 상처를 앓고 있다.

잉어는 상처를 입었을 것이다. 잉어에게도 살아가는 일은 힘겹고 고달픈 일임에 틀림없다. 스스로 상처를 치유하지 못하면 햇볕도 들지 않는 어둡고 침침한 바위 밑에서 조용히 숨져갈 것이고 살점은 너덜너덜 흩어져 강물 속 구석구석을 돌아다닐 것이다. 상처를 치유하는 일이란 물고기나 사람이나 힘겹다. 아물어가려면 그만큼의 시간과 또 다른 상처의 과정이 필요하고 결국엔 흔적을 남기게 마련이다.

— 「물결이 친다」, 255쪽

낚시질을 하는 김태영은 잉어와 자신의 존재를 동일시한다. 살아간다는 일은 상처를 입는 것이며, 누가 특별히 그 상처를 치유해주지 않는 한 스스로 치유해야 한다. 문제는 상처가 완치되지 않는다는 것이며, 상처를 치유하는 과정 속에서 또 다른 상처가 생기고, 이렇게 상처들이 아무는 과정 속에서 상처들은 자연스레 흔적을 남기기 일쑤다. 김태영이란 사회적 존재가 휘발된 채 익명의 존재로 남고, 급기야 장기가 적출당한 흔적이 내상內傷으로 남아 있듯이.

「물결이 친다」에서의 김태영을 통해 사회적 상처에 대한 치유와 극복이 지극히 주관적이면서 낭만적인 형식으로 진행되고 있는 것처럼 보이지만, 자본주의적 근대의 일상에 위협을 가해온 존재의 부재 상태를, 우선 철저히 감각하고 인식하는 것으로부터 치유와 극복의 가능성을 모색할 수 있다는 점을 작가는 말하고 싶은 게 아닐까. 사회적 상처를 입힌 대상을 향한 섣부른 분노와 응징보다 그 상처의 넓이와 깊이에 동반되는 끔찍한 아픔을 철저히 앓는 일로부터 상처를 치유하는 새로운 길을 모색하고 싶은 것은 아닐까. 바로 이 점이 작가 유시연에게서 발견되는 '상처의 사회학'과 '상처의 윤리학'이 지닌 진정성이 아닐까.

따라서 상처를 두려워하지 않고 철저히 아픔으로써 상처를 치유할 수 있다는 이 기막힌 역설이야말로 유시연의 소설 속 인물들이 지닌 비범한 측면이다. 가령, 「메마른 고원」에서 "수컷의 상실된 욕망"(94쪽)을 지닌 남자와 "수컷에 대한 허기가 있"(80쪽)는 여자가 나온다. 문제는 여자의 자궁은 "생명을 가둘 수 없는" "메마른 고원"(92쪽), 즉 불임 여성이다. 여자는 "착한 남자와 만나 참깨처럼 고소하게 살"며 애를 낳고 싶다. "어머니를 유기한 아버지, 평생 나를 향해 잔소리를 퍼부어 댄 어머니, 도망가듯 여행을 하고, 다시 결혼을 한"(96쪽) '나'는 지금까지 값비싸게 지불한 삶의 대가를 보상받기 위해서라도 단란한 가정을 꾸려 행복한 삶을 살고 싶다. 그런데, 이 행복한 삶을 향한 욕망은 '나' 혼자 이룰 수 없다. '나'가 재혼한 남자와 함께 행복을 공유해야 한다. 하지만 재혼한 남자는 과거에 사랑한 여인의 배신으로 인한 상처가 너무 깊어 아직도 그 상처의 고통 속에서 자신의 삶을 약물에 전적으로 의존하고 있다. 남자의 건강은 더욱 악화되고, 상처 또한 더욱 깊어진다. '나'는 남자의 건강을 회복시키려는 어떠한 노력도 하지 않으며, 남자의 상처를 보듬어 감싸안지도 않는다. '나' 역시 남자 못지 않은 상처 투성이로, 매서울 만큼 그 상처를 혼자 감내했듯, 남자 역시 상처의 아픔을 홀로 견뎌내야 하는 것이다. 다만 '나'가 할 수 있는 일이란, 남자에게 면회를 가야겠다는 막연한 동병상련同病相憐의 마음을 품을 뿐이다.

다시 말하건대, 유시연의 이러한 인물들은 겉으로 볼 때 매섭고 몰인정한 측면으로 보이지만, 타자의 상처를 섣불리 위무하려고 하지 않을 뿐이지, 타자 스스로 상처를 치유할 수 있는 길을 모색하게 한다는 점에서 결코 간단히 판단할 수 없는 측면이다. 비록 그 길이 평탄하지 않는 형극의 길일지라도 그 길 위에서 상처를 삭힐수록 상처의 흔적은 남지만 상처는 이내 스스로 아물고 말기 때문이다. 그렇다면 이것을 '상처의 자기치유'라고 말할 수는 없을까.

그렇다. 작가 유시연의 소설 속 인물들이 발산하는 매혹의 정체는 '상처의 자기치유'의 도정 속에서 맞닥뜨리는, 처절한 아픔의 끝자락에서 순간적으로 엄습해오는 '외로운 아름다움'이다. 그래서인지, 이 '상처의 자기치유'는 '상처의 사회학', '상처의 윤리학'과 포개지는 유시연의 서사의 또 다른 골격을 이룬다고 해도 지나치지 않다.

사실, 이번 소설집에 실린 소설의 인물들은 특정한 그 누구를 호명할 필요 없이 '상처의 자기치유'를 위한 힘든 싸움을 결행하고 있다. 비록 '나'는 "환영받지 못하고 외곽지대 인생을 살아온 시간의 갈피"(221~222쪽) 속에서 "박제된 생의 이면에 핀 곰팡이와 같"(222쪽)은 삶을 살고 있지만, 도시에 갇힌 채 자포자기의 삶을 사는 게 아니라 경비행기를 타고 도시의 창공 위를 날면서 도시로부터 상처받은 비루한 삶을 스스로 치유하려 한다든지(「도시 위를 날다」), 오페라 가수의 꿈을 꾸던 연지는 열 아홉 살 성적 유린을 당한 후 "오랜 세월 부대끼면서도 안으로 굳게 빗장을 잠근 바위의 견고한 내면"을 지닌 채 좀처럼 과거의 그 끔찍한 상처의 기억으로부터 벗어날 수 없는 것 같지만, 연지는 남쪽 항구도시에서 어린이집을 운영하며 과거의 상처를 치유하고 있었다(「당신의 장미」). 그런가 하면, 아버지의 경운기 운전 부주의로 어머니가 죽은 이후 아버지는 어머니의 죽음에 대한 죄책감으로 편집증처럼 보일 정도로 나무를 기르는 데 집착하더니 심지어 도시의 아파트 생활을 하면서도 베란다에 나무를 가꾸는데, 이것은 어머니의 죽음에 대한 정신적 내상을 드러내는 것이되, 평생 나무 농사를 지었던 자신의 삶을 반추—여기에는 자식들의 삶에 저당잡혀 나무 농사를 실패한 것도 아울러—하면서 그 숱한 상처들을 스스로 위무하는 행위와 무관하지 않다(「여름의 흐름」).

유시연의 첫 소설집에 실린 단편 11편을 읽어가는 내내 가슴이 먹먹하였다. 아무리 소설이란 장르가 태생적으로 상처받은 자들의 운명을 정면으로 응시하는 속성을 띠고 있어, 운명과 맞서 싸우는 괴로움과 곤혹스러움의 서사시라고 하지만, 유시연의 소설처럼 집요하리만치 상처를 다루고 있는 소설을 만나기 드물다. 이미 깊게 패인 상처의 고통으로 더는 그 어떠한 상처도 감내할 수 없는데도, 유시연은 이미 난 상처에 또 다른 상처를 덧낸다. 마치 삶이란, 상처투성이 자체이며, 상처를 적당히 아물게 하는 것은 언제 또 다시 더 큰 상처가 덧날지 모를 일이기에, 상처의 뿌리에 닿을 정도로 아파하는 게 상처를 낮게 하는 것이라는 점을 서사화한다. 나는 이러한 유시연의 서사를 잠정적으로 '상처의 사회학' 혹은 '상처의 윤리학'이라고 부르고 싶다. 물론, 여기에는 앞서 살펴보았듯, '상처의 자기치유'라는 점을 가볍게 보아넘겨서 안 된다. 상처의 뿌리에 닿는 혹독한 상처내기와 그 상처를 견디고 치유하기 위해서는 타자의 힘을 섣불리 빌리는(타자를 향한 위선과 위악의 애도와 연대, 그리고 환대) 게 아니라 상처를 입은 자의 처절한 외로움으로써 상처의 바닥을 치고 오르는 '상처의 자기치유'의 황홀경, 그 서사의 매혹을 눈여겨보아야 한다고 나는 생각한다.

유시연의 소설을 읽는 내내 "개 같은 인생"(「숲의 축제」, 147쪽)의 풍경들이 관념의 나래로써가 아닌, 실제 우리들의 삶의 구체적 모습과 포개지는 실감을 쉽게 떨쳐내기 힘들었다. 너나 할 것 없이 먹고 사는 일이 모든 일의 최상의 가치를 선점하고 있는 '지금, 이곳'에서 유시연의 소설이 우리에게 타전하는 귀중한 소설적 전언에 귀 기울여본다. 이때 유념해야 할 것은 유시연의 소설적 전언은 피상적 계몽성의 차원을 넘어선다는 점이다. 우리가 미처 알려고 하지 않았거나 묵과하고 있었던 점을 깨닫게 해준다는 점에서 유시연의 소설적 전언은 계몽적이다. 하지만 이것은 심층적 계몽성을 지니고 있어, 우리의 삶을 뿌리째 뒤흔드는 성찰적 역할을 맡고 있다. 소박하고 상투적이지만, 과연, 무엇이 그리고 어떻게 살아가는 삶이 진정으로 행복한 삶인가. 행복의 가치를 어디에 두어야 하는가. 저 한없이 낮고 비루한 삶의 바닥에서 상처투성이의 생을 정직하게 마주하지 않고, 온갖 위선과 위악에 의한 타자와의 관계로 상처를 치유하는 게 얼마나 끔찍한 고통인가. 이것이야말로 악무한의 삶을 더욱 부채질하는 소설의 반윤리학反倫理學의 나락으로 떨어지는 게 아닌가. 그래서인지, 나는 유시연의 소설들을 뒤적거릴 때마다 자꾸만 '상처의 사회학' 혹은 '상처의 윤리학'에 대해 곰곰 생각해본다. 이번 소설집 이후 어떠한 소설 세계를 펼쳐보일 지 궁금하다. '상처의 사회학'과 '상처의 윤리학'을 통해 유시연만의 웅숭깊은 소설 세계의 진경珍景/眞境을 펼쳐보였으면 하는 비평적 기대를 한껏 품어본다.

(『알래스카에는 눈이 내리지 않는다』, 화남, 2008)

소멸과 연루된 상처의 고통들

김이은의 소설집 『마다가스카르 자살예방센터』

여기, 어떤 존재의 소멸에 대한 극도의 두려움을 안고 있는 자가 있다고 하자. 그에게 소멸 혹은 소멸의 징후는 세계의 고통과 다를 바 없다. 그런데, 이 세계의 고통은 그만이 인지하고 감각하는 주관적 성격의 그것이 결코 아니기 때문에 예사롭지 않다. 비록 그가 세계의 고통에 둔감한 타자들보다 예민한 반응을 먼저 보인 것은 사실이지만, 중요한 것은 반응의 시간적 차이가 아니라 그 반응이 우리의 삶에 대한 성찰적 역할을 수행한다는 점이다. 그렇기 때문에 세계의 고통은 주관적이면서 동시에 객관적 성격을 지닌다.

김이은의 첫 소설집 『마다가스카르 자살예방센터』(현대문학, 2005)를 읽는 동안 나는 이 소설집에 수록된 9편의 단편을 관통하고 있는 작가의 문제의식을 예의 시각에서 흥미롭게 추적해보았다. 얼핏보면, 김이은의 작품들은 항간의 젊은작가들에게 트랜드화되다시피한, 현실과 환상의 포개짐 속에서 세계에 대한 문화적 해석을 제출하는 것으로 읽힌다. 하지만 김이은의 작품들은 저간의 트랜드로 일반화할 수 없다. 그는 세계의 고통을, 소멸(혹은 증발)의 맥락에서 아파한다. 소설 속 인물들이 저마다 지닌 아픔은 현실과 환상을 매개하고, 현실과 환상의 경계를 넘나든다. 그 아픔은 존재의 확실성에 대한 회의에서 비롯된, 존재의 소멸과 깊이 연루되어 있다.

가령, 자신의 신체 중 일부가 갑자기 사라져가는 이상 현상에 대한 환멸과 두려움에 고통스러워하는 광고사진 모델(「쥬라기 나이트」), 자신의 애완견을 엄마가 혹시 죽여버리지 않을까 하는 맹목에 사로잡힌 나머지 자신의 엄마와 불화의 관계를 맺고 있는 '나'(「빈이 비나」), 연골무형증이란 희귀병 환자로서 성장이 멈추어버린 채 타자들과 자연스레 관계가 차단됨으로써 세상으로부터 격리된 '나'(「일리자로프의 가위」), 겨울 지리산 여행 도중 폭설에 길을 잃고 쌍둥이 형제와 함께 그 고통을 견딘 기억이 또렷이 각인되어 있는데도 불구하고 쌍둥이 형제가 없었다는 데 대해 혼란스러워하는 그녀(「외인출입금지」), 희귀병에 걸린 남자가 혹시 자살하지 않을까 하는 염려 때문에 그 남자의 자살을 예방하려고 안간힘을 쓰는 자살예방센터의 직원인 여자(「마다가스카르 자살예방센터」), 국도변 휴게소에서 성장하다 교통사고로 인한 엄마의 갑작스런 죽음의 충격으로 성장이 멈추어버린 여자(「날아라, 이글」) 등 김이은의 소설 속 주요 인물들은 마치 약속이나 한 것인 양 존재의 소멸과 증발에 대한 모티프를 공통적으로 갖고 있다.

김이은의 소설집 『마다가스카르 자살예방센터』를 읽는 재미는 바로 이러한 모티프에 대한 궁금증을 해소하는 것과 무관하지 않다. 이 궁금증을 해소하는 것은, 작가 김이은이 세계와 어떠한 양상으로 충돌하고 있는

지, 그 충돌 속에서 세계를 어떻게 해석해내고 있는지에 대한 우리의 지적 흥미를 배가시키는 일이기도 하다.

김이은이 존재의 소멸과 연루된 것에 대해 강한 문제의식을 갖고 있다는 것은, 뒤집어 말한다면, 소멸해갈 수 없는 것에 대한 문제의식과 내통한다고 볼 수 있다. 또 이것을 바꿔 말한다면, 현상적으로는 소멸해갔으되, 그 소멸의 흔적을 통해 소멸 이전의 상태로 복원하고 싶은 데 대한 문제의식을 결코 소홀히 할 수 없다. 바로 여기서 세계에 대한 김이은의 상처와 고통이 동반된다. 소멸해갈 징후가 농후하거나, 이미 소멸한 것은 다시 원래의 상태로 돌이킬 수 없다. 시간의 흐름을 결코 되돌릴 수는 없는 일이다. 또한 '그때, 그곳'으로 돌아갈 수도 없다. 어쩌면, "돌아갈 곳이란 애초부터 없던 건 아닐까"(「외인출입금지」, 231쪽)하는 작중 인물의 음울한 물음이야말로 작가 김이은의 전언을 드러낸 것이 아닐까.

돌아갈 곳이 없다는 문제의식은, 어떤 근원에 대한 부정과 회의에 긴밀한 연관을 맺고 있다는 것을 말해준다. 예컨대, "엄마와 나 사이에 아버지 얘기는 하지 말아야 하는 불문율"(「빈이 비니」, 203쪽)에서 단적으로 알 수 있듯이, 아버지로 호명되는 근원은 존재해서는 안 되는 부정의 대상이다. 비단, 이것은 아버지에게만 국한되지 않는다. 어머니의 급작스런 죽음으로 인한 세계의 충격은 아버지와 또 다른 근원의 부재에 따른 상처와 고통을 안겨주거나(「날아라, 이글」, 「일리자로프의 가위」), 위선자로서 인식되는 어머니의 존재는 아버지의 역할을 대신해주는 근원에 대한 강한 불신에 따른 상처와 고통을 안겨준다(「빈이 비니」).

그런데, 김이은의 소설에서 눈여겨 보아야 할 것은 이러한 세계의 내적 고통을 견뎌나갈 뿐만 아니라 넘어서려는 의지를 보이고 있다는 점이다.

아니, 좀더 정확히 말한다면, 의지를 행동으로 과감히 표출하고 있다. 「일리자로프의 가위」에 등장하는 '나'에서 바로 이러한 점을 읽을 수 있다. '나'는 연골무형증이란 희귀병으로 성장이 멈춘데다가 안짱다리이며 볼품 없는 외양을 지닌 추녀다. 세상은 이러한 '나'를 정상적 삶의 영역에서 배제시킨다. 하지만 '나'는 미용사 자격시험을 준비하면서 자신에게 가하는 세계의 폭력에 맞서 싸우고자 한다. 때문에 미용사 자격시험을 준비하는 데 '나'는 혼신의 힘을 기울인다. 미용사 자격증을 따는 데 목적이 있기보다 자신의 신체적 조건으로 보란 듯이 세계의 폭력을 비웃고자 한다. '나'의 이러한 의지는 목욕실에서 미용사 자격시험을 준비하는 강박증에서 여실히 나타난다. 더욱이 작품의 말미에서 오백이와 육체적 사랑을 나누면서도 오백이의 머리를 미용사 자격시험을 준비하는 대상으로 삼아 그 머리칼을 자르는, 다소 엽기적 행위야 말로 '나'를 평생 따라다닌 세계의 내적 고통을 넘어서려는 의지의 표출이다.

첫 소설집을 펴낸 작가 김이은의 문제의식은 강렬하다. 소멸과 근원의 부재에 대한 문제의식은 '지금, 이곳'에서 그 문제성을 소홀히 할 수 없다. 자본주의 세계체제에 나포된 우리의 일상은 새것 콤플렉스에 사로잡힌 지 오래다. 나날이 새로운 감각에 호소하면서, 자신의 존재를 증명해 보이려는 온갖 이데올로그ideologue들에 현혹되지 않은 채 지금처럼 치열한 문제의식을 갈무리하길 기대해본다. 하여, 나는 김이은의 다음과 같은 그의 고백이 갖는 진정성에 귀를 기울인다 : "눈에서 눈물이 마르지 않고, 지금처럼 줄곧 진창에 구르더라도 온전히 아파하고, 제대로 앓아내자! 그것이 요즘 내가 생각하는 순리입니다."

(『2006작가가 선정한 오늘의 '좋은 소설'』, 작가, 2006)

'저항의 순정'을 복원하는 4·3문학의 '창조적 운명'

김시태의 장편소설『연북정』

1. 4·3의 새로운 '단계'와『연북정』의 출현

여기, 제주의 4·3을 다루는 또 다른 문제작이 있다. 김시태의 장편소설『연북정』(도서출판 선; 2006)이 그것이다. 김시태? 이 이름은 우리 작단에서 낯설다. 아니, 좀더 솔직히 말하자면, 아직 소설가로서 공식적으로 등재되지 않은 이름이다. 그보다는 현대문학을 연구하는 학자로서 그리고 시집을 상재한 시인으로서 낯익은 게 사실이다. 그러던 그가 최근 지리멸렬한 모습을 보이고 있는 우리 작단을 향해 보란 듯이 문제작을 내놓았다. 그것도 4·3에 대한 문제작을 말이다.

기왕 말이 나왔으니 하는 얘기지만, 아무리 그가 '작가의 말'을 통해

"이 소설에서 제시하고 싶은 것은 4·3 그 자체가 아니다"라고 힘주어 강조함에도 불구하고, 이 소설이 토대를 두고 있는 역사적 시공간이 4·3이라는 사실 자체를 부인할 수는 없다. 하여, 이 소설이 4·3을 직간접적으로 다룬 기존의 소설들과 전혀 다른 별개의 차원에서 존재하는 것 또한 아니다. 말하자면, 김시태의 『연북정』은 이른바 4·3문학의 범주를 크게 벗어나지 않는다. 바로 여기서 이 소설이 갖는 문제성이 주목되어야 할 것이다. 나는 평소 4·3문학의 갱신을 향한 비평적 욕망을 품으면서, 그것을 실현하기 위한 비평적 고투苦鬪를 벌이고 있는 터에, 김시태의 『연북정』이 4·3문학의 새로운 지평을 모색하는 데 쉽게 간과될 수 없는, 4·3문학의 갱신을 구체화시키는 과정의 산물로 보아도 손색이 없다고 생각한다. 왜냐하면 김시태의 『연북정』은 기존의 4·3문학이 거둔 문학적 성과를 축적하고 있되, 언제든지 새롭게 다시 씌어져야 할 4·3문학의 '창조적 운명'을 외면하고 있지 않기 때문이다. 이러한 맥락에서 나는 다른 자리에서 다음과 같은 입장을 밝힌 바 있다.

4·3문학은 바야흐로 새로운 전환점에 서 있는 셈이다. 국가가 공식적으로 과오를 인정했다(2003년 10월 31일 대한민국 최고 권력자로서는 처음으로 노무현 대통령이 4·3의 역사적 참상은 국가권력의 과오에 있었다는 것을 공식적으로 인정했으며 그 직접적 참상의 대상이었던 제주도민들을 향해 사과했다.─인용자)는 것은, 4·3문학운동에 자연스레 한 매듭이 지어졌다는 것으로 보아야 한다. 이것은 종래의 4·3문학운동과 질적으로 다른, 좀더 진전된 4·3문학을 추구해야 하는 새로운 과제가 제기된 것으로 해석해야 한다. 그리하여 나는 4·3의 새로운 국면의 도래라기보다는 새로운 단계로 접어들었다는 생각

을 갖는다. 4·3문학이 4·3의 역사적 해결 과정과 무관하지 않듯이, 반세기 동안 4·3의 역사적 진실을 훼손시켰던 반공이데올로기와 레드콤플렉스의 자장磁場으로부터 벗어났다는 것은 4·3과 4·3문학이 새로운 단계로 이행되고 있다는 것을 보여준다. 이제 제주의 4·3에는 국가의 지배권력에 의해 정치적으로 조작된 '공산폭동'이라는 이데올로기의 전횡적 폭력이 들어설 수 없다. 무고한 죽음을 당한 4·3의 원혼들은 '공산폭도'라는 멍에를 벗어버릴 수 있다. 따라서 4·3을 다루는 문학인들은 이제 이러한 문제를 해결하려는 문학적 대응보다 다각적 문제에 그 역량을 모아야 할 것이다.

—고명철, 「화마의 섬에서 평화의 섬으로 가는 길」, 『칼날 위에 서다』, 실천문학사, 2005, 212~213쪽

김시태의 『연북정』은 이렇게 4·3의 새로운 '단계'로 접어든 역사적 시공간 속에서 중요한 문제성을 내장한 문제작으로 읽힌다. 그것은 기존의 4·3문학에서 낯익은 주류 서사들, 가령 4·3에 대한 수난사적 접근과 항쟁사적 접근이 고정적 패턴으로 굳어지기 시작하면서 4·3문학의 상투성을 낳기에 이르렀고, 이것은 급기야 그동안 힘겹게 쟁취한 4·3의 역사적 가치를 퇴색시킬 우려가 있는데, 『연북정』은 4·3문학의 상투성에 나포되지 않은 채 종래 4·3문학에서 본격적으로 그리고 집중적으로 다루지 못한 문제들에 서사의 초점을 맞춘다.

김시태가 『연북정』에서 각별한 애착을 갖고 있는 것은 격정의 시대를 온몸으로 살아간 젊은이들의 '냉철한 열정'이다. 그런데, '냉철한 이성'이라면 모를까, 또한 '뜨거운 열정'이라면 모를까, '냉철한 열정'이라니? 언뜻 이해하기 쉽지 않다. 바로 여기에 한국현대사, 아니 세계사에서 미증유의 사건으로 기록될 것 중 하나인, 도저히 인간의 상식으로는 이해할 수 없는 너무나 끔찍하고 섬뜩한 공포의 아우라에 압살당한 인간학살의 광기 그 한복판을 견뎌온 생의 비의성이 오롯이 자리하고 있다. 4·3의 시공 속에 놓인 젊은이들은 늘 깨어 있어야 했다. 사면이 물로 막혀 있는 절해고도의 섬을 더욱 고립화시키고, 그 섬을 재물 삼아 무소불위의 국가권력을 더욱 공고히 다짐으로써 온전한 자주독립 국가 세우기를 열망하는 의지들을 무참히 짓밟는 그 국가권력의 폭력적 실체를, 그들은 뚜렷이 인식해야 했다. 비록 접할 수 있는 정보가 제한되어 있지만, 그럴수록 더욱 그들은 세계를 냉철히 파악하고 역사의 국면을 예각적으로 판단하여, 조금도 멈칫함이 없는 결단성으로써 뜻한 바를 실천했다. 항간의 평가처럼 그들은 역사적 치기와 낭만성으로 충만된 급진적 모험주의자들이 결코 아니다. 김시태는 그의 장편소설 『연북정』에서 이 격정의 시대를 '냉철한 열정'적 삶으로 살아간 젊은이들의 아름다운 순정을 서사화한다.

김시태가 특별히 주목하고 있는 젊은이들은 제주의 조천이란 지역을 중심으로 활동하고 있는 자들이다. 현준과 그의 친구들은 해방공간에서 온전한 자주독립 국가의 기틀을 다지기 위한 여러 활동을 실천한다. 무엇보다 그들은 유엔감시위원단 아래 남한만 단독정부를 수립하기 위해 실시될 총선거를 반대한다. 즉 그들은 남북분할통치를 부정한다. 이를 위해 그들은 제주의 민중과 함께 그들이 지닌 문제의식을 공유하고자 하였으며, 온전한 해방을 쟁취하고 명실공히 외세의 간섭이 없는 자주독립 국가를 세우고자 하는 욕망을 품는다. 여기서 짚고 넘어가야 할 중요한 사안이 있다. 온전한 해방과 온전한 자주독립 국가 세우기는 진보적 성향의 지식인들에 의해 선취先取되는 게 결코 아니라는 것이다. 김시태는 작중 인물 현준을 통해 이 소중한 문제의식을 성찰토록 한다.

> 운동원들이 그림자처럼 슬그머니 사라지고 나면 거기 머물러 있는 사람들만 봉변을 당하기 일쑤다. 그렇다, 그(현준—인용자)는 생각했다. 이건 참으로 중요한 문제다. 이 싸움이 끝난 뒤엔 반드시 짚고 넘어가야 한다. 인민은 분명 우리편에 서 있는데, 우리와 운명을 같이하고 있는데……. 우린 실제로 뭘 가져다 준 것일까. 고통, 죽음, 좌절, 분노, 실의, 사람들은 그럼에도 불구하고 인민이란 말을 버릇처럼 내뱉고 있다. 인민을 위해서! 인민의 이름으로! 나 역시 그래온 것이다. 나도 인민의 하나로 자처해 왔고, 또 인민의 품안으로 달려가고 있는 것이다.(1권, 76쪽)

현준은 해방공간에서 목하 진행되고 있는 일련의 진보적 운동의 행태를 예각적으로 성찰하고 있다. 인민—민중을 계몽한다는 차원에서 그들의 편에 설 때는 언제고, 조금이라도 신변에 위협을 느끼면 언제 그랬냐는 듯 인민—민중의 곁을 떠나버리는 운동원의 기회주의적 속성에 대해 현준은 비판적 성찰의 태도를 보인다. 진보적 가치는 인민—민중의 존재를 염두에 둘 때 그 가치의 진정성이 보증되는 것이지, 인민-민중의 존재를 잠시라도 망각한 순간 그 가치는 진보주의를 맹목화한 인간의 한갓 허영심에 불과할 뿐이다.

현준의 이러한 비판적 성찰은 그만이 발견한 진실이 아니다. 현준과 같은 생각은 제주의 민중들을 국가권력의 폭압적 이데올로기의 전횡으로부터 지켜내고자 온힘을 쏟은 젊은이들에게서 공통적으로 발견할 수 있는 진실이라 해도 과언이 아니다. 제주의 민중들과 함께 생사고락을 했기에 무려 햇수로 7년이란 죽음의 시간(1948.4.3~1954.9.21)을 살 수 있었던 것이다. 제주의 4·3에 대해 다양한 시각이 존재하지만, 김시태가 『연북정』에서 놓치고 있지 않는 시각은 제주의 민중들과 함께 하는 젊은이들의 저 도도한 역사적 생의 욕망이며, 그 욕망의 형식이 취하는 '저항의 순정'이다.

이 '저항의 순정'은 젊은이들의 스승이라 할 수 있는 우석 선생의 전언에서도 읽어낼 수 있다.

"사람은 누구나 태어나면 죽는 거지. 그런데, 제일 중요한 것은 말이야, 어떻게 자기를 지키느냐는 거야. 즉, 어떤 상황, 어떤 불합리한 사회에 놓일지라도 마지막까지 인간적 긍지와 자부심을 잃지 않고 떳떳하게 살다가는 것, 그것이 곧 자기를 지키는 것이야." 노인은 생각에 잠긴 듯 눈을 감고 있다가 후우―, 하고 긴 숨을 몰아쉬면서 말했다. "누구보다 자기 자신에게 책일 질 수 있는 삶, 어떠한 위험 속에서도 굴하지 않고 자신에 충실하기 위해 과감히 전진하는 삶, 그것이 가장 중요한 것일세. 이상 사회의 실현이니 평화니 하는 것도 따지고 보면 다 자기 완성, 자아의 윤리적 진실

을 증명하기 위한 투쟁일세."(1권, 137쪽)

제주도 밖에서 항일 독립운동을 하고 제주에서 인민위원회 고문으로 추대되었던 우석 선생은 '자아의 윤리적 진실을 증명하기 위한 투쟁'의 삶이야말로 숭고한 것임을 피력한다. 물론, 이 투쟁의 삶은 세계의 고통을 외면하지 않고 그것과 맞서 싸우는 윤리적 진실의 가치를 지켜내기 위한 삶이다. 세계의 고통과 벽을 쌓고 단독자로서의 자기 세계를 완성하는 삶은 우석 선생이 들려주는 전언의 참 뜻과 무관하다. 하여, 세계의 고통에 공명共鳴하는 '자아의 윤리적 진실을 증명하기 위한 투쟁의 삶'은 곧 '저항의 순정'과 등가의 관계를 이룬다.

이러한 맥락을 염두에 둘 때, 『연북정』에 등장하는 젊은이들의 '저항의 순정'을 정직하게 만날 수 있다. 현준을 비롯한 4·3항쟁에 동참한 젊은이들이 목숨을 아끼지 않고, 제주의 민중들과 함께 국가권력의 폭압에 맞선 투쟁은 "무언가 분명하진 않지만 거역할 수 없는 어떤 강력한 힘"(1권, 319쪽)이 작게는 제주의 공동체를 파괴시킬 수 없으며, 크게는 파행적으로 치닫고 있는 국가 세우기의 과정을 더는 용납할 수 없기 때문이다. 여기서 제주의 군사 책임자인 20대 중반의 김 중령이 국가권력을 수행하는 역할을 맡고 있지만, 4·3사건을 초토화작전에 의해 강경 진압하는 데 대해 찬성하지 않는 이유를 헤아려볼 수 있다. 김 중령은 군인으로서 미군정의 명령을 받아야 하고 국가권력의 수행자 역할을 거부할 수 없다. 하지만 그는 4·3사건이 일어나게 된 정황을 조사하는 과정 속에서 이 사건이 공산주의 운동의 영향을 받은 요소가 전혀 없는 것은 아니되, 4·3을 일으킨 무장대들과 이를 옹호하는 제주의 민중들을 공산주의자와 동일시한다는 것 자체는 4·3사건의 진실과 무관하다는 판단에 이른다. 도리어 그는 4·3사건을 신속히 강경 진압해야 하는 터무니 없는 날조된 논리를 제공하는 미군정과 국가권력의 음험함에 대해 비판적 태도를 갖는다. 그리하여 그는 목숨을 담보하고 무장대와 회담을 갖고, 무고한 제주 민중의 목숨을 구하고자 한다. 김 중령 역시 4·3항쟁에 동참한 젊은이들처럼 자신의 '윤리적 진실을 증명하기 위한 투쟁의 삶'을 포기할 수 없었던 것이다. 4·3무장대와 김 중령은 구체적으로 처해진 서로의 입장이 명확히 다르지만, 그들이 앙가슴에 품은 것, 즉 세계의 고통을 외면하지 않고 그 고통과 맞서 싸워야 하는 윤리적 진실의 가치를 보증하기 위한 숭고한 삶을 선택한 것이다.

사실, 앞서 잠시 언급했듯이, 종래 4·3문학이 축적한 성과를 조금만 일별해본다면, 4·3에 대한 수난사적 접근과 항쟁사적 접근 속에서 4·3에 대한 거대서사에 초점을 맞추어왔다. 이것은 절실히 요구되었던 4·3문학의 과제였다. 4·3과 관련한 그 어떠한 것도 침묵해야 했으며, 망각이 강요되었고, 4·3을 기억한다는 것 자체만으로 온갖 억압을 받아야만 했다는 점을 상기해볼 때, 4·3의 거대서사를 복원한다는 것 자체는 4·3문학의 과제들 중 매우 절실한 것이었다. 아직도 이 역사歷史/役事는 멈추어서는 안 된다. 하지만 여기에 갇혀서도 안 된다. 나는 이제 4·3문학(운동)이 새로운 '단계'에 들어섰음을 밝힌 바 있다. 거대서사를 지속적으로 복원하되, 거대서사를 촘촘히 채워놓는 미시서사들을 소홀히 해서 안 된다. 왜냐하면 무장대와 김 중령은 거대서사적 측면으로만 보면 서로 화해할 수 없는 대립각을 세우고 있지만, 미시서사적 측면에 주목했을 때 광기의 시대를 부정하고 민중의 생명을 지켜내고자 하는 공통의 윤리적 감

각을 공유하고 있다는 점을 결코 가볍게 넘겨버릴 수 없다. 이러한 미시
서사가 간직한 삶의 진실 역시 4·3이란 격동의 시대를 이루고 있는 숱한
삶들의 가치를 온전히 복원해내는 소중한 일이다.

3. 죽음의 세계 틈 새에 있는 저항의 아름다움

그런데, 역사는 무섭도록 냉정하다. 젊은이들의 이 같은 '저항의 순정'
은 무자비한 국가폭력에 의해 유린을 당한다. 제주를 뒤덮은 "죽음은 이
제 일상적인 것이 되었으며" "공포와 불안으로 얼룩진 이런 암흑세계에
서는 다만 죽음이 있을 뿐, 죽음을 제외하고 나면 자기 것이라고 말할 수
있는 게 아무것도 없었다."(2권, 258쪽) 제주 민중들은 "이미 죽음을 넘어선
것일까. 아니, 죽음까지도 삶의 한 부분으로 수용하고 있는 것일까."(2권,
294쪽) 바꿔 말해 제주는 죽음을 살고 있었다.

여기서 유독 잊혀지지 않는 제주의 언어가 이명耳鳴으로 남아 있다. 그
것은 "살암시민 만난 날 이실 거라(살아 있으면 만나는 날이 있을 거야—인용
자)"(2권, 170쪽)라는 제주 민중의 언어에 깊이 배어 있는, 죽음을 살면서 동
시에 죽음을 넘어서는 제주 민중 특유의 삶의 힘을 불현듯 마주친다. 그
토록 음험한 지옥의 현실을 제주의 민중들은 낙담하거나 체념하지 않고
제주의 생존과 함께 한 검푸른 바다와 한라산의 목초지대가 지닌 자연의
의연함을 생의 논리적 감각으로 육화하여 살아왔다. 그 어떠한 근대의 폭

력도 제주의 의연한 자연의 용모를 육화하며 살아온 제주 민중의 삶을 절멸시킬 수 없었다. 비록 초토화작전에 의해 제주를 반공주의 이데올로기의 희생양으로 삼은 국가권력이 제주의 삶 자체를 언어절言語絶의 참사로 종결지었지만, 4·3의 역사적 진실은 마치 "영원히 마르지 않는 생명의 물!"(2권, 319쪽)처럼 '지금, 이곳'에서도 역사의 장강長江을 흘러 역사의 대양으로 흐르고 있다. 제주의 숱한 오름 중 한 오름에는 "창(밑)터진물이라고 부르는" 호수가 있어 "아무리 가물어도 물이 마르지 않는다고들"(2권, 318쪽)하는데, 제주의 창조주인 설문대할망이 마르지 않는 물을 제공한다고 전해온다. 말하자면, 영원히 마르지 않는 '창터진물'이 4·3의 무장대와 제주 민중들에게 생명수와 같은 역할을 하였듯이, 제주인들은 '창터진물'의 존재를 소중히 간직하면서 4·3의 역사적 진실의 가치를 늘 새롭게 발견해내고 있다. 그럴 때, 『연북정』의 마지막 대목에서 현준이 한국전쟁이 일어나자 4·3무장대 활동을 한 이력으로 인해 자칫 국민보도연맹원 집단 학살의 피해를 받을 수 있었으나, 그 죽음에서 벗어나고자 국방색 군복을 입고 인민군을 적으로 한 전쟁터로 나가는 자신을 향해 자조섞인 웃음을 지은 구체적 맥락을 온전히 이해할 수 있다.

　남한만의 단독정부 수립을 위한 총선거 결과가 유일하게 부결처리된 제주. 하여, 제주는 4·3항쟁을 일으켜 이승만의 국가폭력에 대항한 숱한 젊은이들의 윤리적 진실을 보증하기 위한 처절한 싸움을 벌여왔다. 초토화작전에 의한 절멸의 위기를 견뎌낸 젊은이들은 이제 자신들이 맞서 싸운 국가권력의 수행자 역할을 하기 위해 전선으로 향한다. 역사의 아이러니다. 이 역사의 아이러니 또한 4·3의 진실과 무관하지 않다. 이것 역시 4·3문학이 다시 씌어져야 한다는 4·3문학의 '창조적 운명'을 말하는 것이다.

나는『연북정』의 마지막 장을 덮은 후 무심결에 '작가의 말'을 천천히 되새김질해보았다. 특히 "20세기 한국 사회의 근대화 과정을 더듬어보면 어느 날 갑자기 이루어진 것이 아니고 역사의 깊은 흐름에 닿아 있음을 알 수 있다. 지금은 그 빛이 더러 퇴색했다고 하더라도 우리 사회에 뿌리를 내리기 시작한 레지스탕스 문화는 두고두고 값진 결실로 남아 있게 될 것이다"라는 전언의 울림이 심상치 않다. 어쩌면 김시태는 제주 4·3을 통해 그 시대를 온몸으로 살아간 젊은이들의 '레지스탕스 문화'의 아름다운 순정을 복원해내고 싶었던 게 아닐까. '저항의 순정' 말이다. 제주의 경계에 갇혀 있지 않고, 제주의 안팎을 넘나드는 '저항의 순정'이 지닌 정신 아뜩할 아름다움의 가치를 추구한 것은 아닐까. 고통받는 세계, 불모화된 세계, 죽음을 살아야 하는 끔찍한 세계 들 틈새에 오롯이 자리하고 있는 희망과 구원, 즉 아름다움의 세계를 '저항의 순정'으로 포착하고 싶었던 게 아닐까.

이렇게 4·3문학의 새로운 지평은 쉼없이 모색되고 있다!

(『본질과 현상』, 2007년 여름호)